Schalom Asch wurde am 1. November 1880 in Kutno als Sohn armer jüdischer Eltern geboren. Er wuchs zusammen mit 15 Geschwistern auf und besuchte nur die Talmudschule des Ortes. 1899 gelang ihm in Warschau, wo er mit den deutschen Klassikern in Berührung kam, sein erstes Meisterwerk, »Ein Städtchen«. 1907 führte Max Reinhardt in Berlin das Theaterstück »Gott der Rache« des 26jährigen mit großem Erfolg auf. Schalom Asch hat in der Schweiz, in den USA, Frankreich und Israel gelebt. 1920 wurde er in den USA naturalisiert. Dennoch blieb er immer im jüdischen Glauben verwurzelt. Seine Werke schildern das gegenwärtige und vergangene jüdische Leben in seiner ganzen Vielfalt. Über allen Religionen steht bei ihm jedoch die Liebe zum Nächsten. Schalom Asch schuf als Autodidakt in geradezu besessener Arbeit ein in Fülle und Thematik gewaltiges Werk von 60 Bänden, das er in jiddischer Sprache niederschrieb und das später auch in andere Sprachen übersetzt wurde. Er starb 1957 in London.

Von Schalom Asch ist außerdem als Knaur-Taschenbuch erhältlich:

»Jesus« (Band 2868)

Vollständige Taschenbuchausgabe 1990
Droemersche Verlagsanstalt Th. Knaur Nachf., München
Lizenzausgabe mit freundlicher Genehmigung des Diana Verlags, Zürich
Titel der Originalausgabe »Moses«
Aus dem Amerikanischen von Richard Jordan

Umschlaggestaltung Manfred Waller
Umschlagabbildung »Moses zerschlägt die Gesetzestafeln« (Gemäldeausschnitt), 1659, von Rembrandt. Gemäldegalerie Staatliche Museen Preußischer Kulturbesitz, Berlin (West).
Foto Jörg P. Anders
Druck und Bindung Ebner Ulm
Printed in Germany 5 4 3 2 1
ISBN 3-426-02867-0

Schalom Asch:
Moses

»Der Gott hat gegeben«

Roman

Knaur®

ERSTER TEIL

Was geschieht, das ist der Same, ausgesäet in die Äcker der Zeit. Der Same zerfällt und vergeht. Was ihm entkeimt, ist Wahrheit, denn es steht geschrieben: Wahrheit wird sprießen aus der Erde.

ERSTES KAPITEL

ZAHLREICH und mannigfaltig waren die Gründe, die Ramses II. dazu bewogen, die uralte, ehrwürdige Hauptstadt der Könige so vieler Dynastien, die Stadt Theben an den Ufern des Nil, aufzugeben und nach Ramses an der Grenzstraße, die zu den Gebieten der Asiaten führte, überzusiedeln.

Ganz abgesehen von der Bedrohung durch diese Länder Asiens, die in jenen Jahren mit Vorstößen und Einfällen einen wachsenden Druck auf die aegyptischen Grenzen ausübten, abgesehen also von der Notwendigkeit, diese unruhige Welt des Ostens im Auge zu behalten, war Ramses von Bauwut besessen; von seiner ersten Regierungszeit an hatte ihm der Traum von einer neuen Hauptstadt keine Ruhe gelassen, eines neuen Königssitzes mit neuen Tempeln und Palästen und vor allem mit einem neuen Namen, seinem eigenen. Diese Stadt aufzunehmen, dazu war Gosen ausersehen, die Sklavenprovinz im Delta; Ramses ließ sich von den Protesten des Hohepriesters – des Hohepriesters seines Vaters, des großen Gottes Ra, Fleisch von dessen Fleisch er war – nicht beirren, sondern hielt an seinem Entschluß fest und führte ihn aus.

Es kam auch dies hinzu: der Oberaufseher der königlichen Kornkammern, der mächtige Prinz Pontiphos, der den Rang eines königlichen Fächerträgers bekleidete, hatte einen Plan zur Nutzbarmachung zahlloser Sklaven für die Errichtung von Getreidesammelstädten aufgestellt, in denen der Kornüberschuß der fetten Jahre für die mageren Jahre eingelagert werden konnte. Pharaos Oberbaumeister, Prinz Nabara, ebenfalls im Rang eines königlichen Fächerträgers, aber hatte diesen Bauplan für die Provinz Gosen bestimmt. Dafür waren ebenfalls mehrere Gründe ausschlaggebend: Ersparnisgründe einerseits, denn die Sklaven brauchten nicht aus einer andern Provinz herangeschafft zu werden; auch solche topographischer Natur: der Boden Gosens selbst lieferte in reichem Maße Baumaterial. Der fette, vom Nil ins Delta hinabgeschwemmte und dort abgelagerte Schlamm eignete sich vortrefflich zur Ziegelherstellung, denn er trocknete rasch an der Sonne. Außerdem war der Boden reich an Kreide und Kalk, so daß er, mit Stroh vermengt, einen haltbaren Baustoff abgab. Diesen konnten die Sklaven an Ort und Stelle erzeugen und ohne unnötigen Zeitverlust an die Baustellen verbringen.

Seit der Hof Ramses' II. nach der neuen Hauptstadt übergesiedelt war, hatte die Deltaniederung, dicht bei Gosen, den Lieblings-Tummelplatz für den Pharao und sein Gefolge gebildet; mit Falken, Pfeilen sowie Wurfgeschossen aus gebogenem Holz konnte man dort der Jagd auf große Vögel obliegen, einem Zeitvertreib, dem sich denn auch männiglich mit Leidenschaft hingab.

Wenn der Nil sich nach einer Überschwemmung wieder in sein natürliches Bett zurückzog, hinterließ er einen dicken Schaum, der noch lange in den verdeckten Mulden und Marschen, in die selten das Sonnenlicht drang, stehen blieb. In dem hier dicht wuchernden Ried von Binsen und Bambus wimmelte es von allem möglichen Gekräuch, von fettbäuchigen Fröschen, schlüpfrigen huschenden Eidechsen, smaragdgrünen Nilreptilien mit Köpfen von Landtieren, kurz, von üppiger, lockender Weide für gefiederte Geschöpfe jeglicher Art, vom raubgierigen Falken bis zum stolzen Adler, von der weißen, unschuldigen Wildtaube bis zum schwarzen, widerwärtigen Aasgeier.

Die Vogeljagd gehörte so unbedingt zum Hofleben, daß sie nur den Höflingen erlaubt, allen andern Personen aber streng verboten war, wiewohl sie in früherer Zeit als eine Beschäftigung für Sklaven gegolten hatte.

Sie war auch dem Prinzen Moses untersagt; von Argwohn umgeben, von Geheimnis beschattet – denn viele Leute glaubten nicht, daß er in Wahrheit der Sohn der Prinzessin Bathiya sei, wie die Hebräer sie späterhin nannten –, wurde er dem Gefolge des Pharao strengstens ferngehalten, wenn dieser sich ins Gosen-Delta auf die Jagd begab.

Über den merkwürdigen Prinzen liefen am Hof alle möglichen Gerüchte um. Die höhere Priesterschaft, die, um den allmächtigen Hohepriester gesammelt, die strengst abgeschlossene Kaste bildete, raunte sich in den eigenen Reihen heimlich zu, es bestehe über diesen Fremdling eine Eintragung im Buch der königlichen Aufzeichnungen, die besagte, er sei der Sohn einer hebräischen Sklavin, und die Tochter des Pharao habe ihn als Säugling in einem auf dem Nil schwimmenden Binsenkörbchen gefunden. Doch diese Geschichte wurde bei den Hofpriestern nur unterm Siegel der strengsten Verschwiegenheit weitergegeben; ihrer öffentlich auch nur Erwähnung zu tun, war verboten. Becknekos selbst, der Hohepriester mit dem gewaltigen Körperbau, dem breiten Brustkasten und dem großen glattrasierten Schädel, Becknekos, von dem allgemein bekannt war, daß er dem Prinzen Feindseligkeit und Mißtrauen entgegenbrachte, hielt jedoch – sowohl in verdeckten wie auch in halb andeutenden Worten – die vom Hof akzeptierte offizielle Version aufrecht, die die Mutter des Prinzen, Bathiya, zäh verfocht: sie habe den Prinzen genau gleicherweise wie die Göttin Isis den Gott Horus geboren; des zum Beweis brauche man ihm ja bloß, sagte sie, ins Gesicht zu sehen, welches mit seiner Adlernase stärkstens an das Falkenantlitz des Gottes Horus erinnere.

Wie dem auch sei, welche Gründe auch immer dafür maßgebend sein mochten, dem jungen Prinzen war es verboten, sich den sumpfigen Kanälen zu nähern, die vom Nil abzweigten wie ausgestreckte verdorrende Arme. Jedem Aufseher der pharaonischen Hofhaltung war dies bekannt, und das Verbot wurde, seit der Hof nach Ramses in der unmittelbaren Nachbarschaft der Sklavenprovinz Gosen übergesiedelt war, von des Prinzen engster Umgebung mit schärfster aegyptischer Disziplin durchgeführt.

Kalter, tödlicher Schrecken befiel daher einen der Aufsichtseunuchen, der den jungen Prinzen bei einem Morgenritt begleitete, als er gewahrte, daß der Prinz seinem Pferde die Zügel freigab, so daß es, statt zum Flußufer einzuschwenken, wie es bisher stets geschehen war, plötzlich den Hang hinuntergaloppierte, über den man nach dem Gebiet von Gosen gelangte. Dem Eunuchen brach der Angstschweiß aus allen Poren, und die Tropfen davon glänzten auf seiner Stirn im Sonnenlicht wie Perlen; auf seinem glattgeschabten Schädel spiegelten sich huschende Strahlen, während er aus Leibeskräften versuchte, den davonsprengenden Prinzen einzuholen.

«Sohn des Ra!» keuchte er in tödlicher Angst. «Fleisch von des Gottes Fleisch! Kind der Isis! Geist des Horus! Halt! Halt! Halt!» Endlich war es ihm doch gelungen, an des Prinzen Seite zu gelangen.

«Ich reite in die Sümpfe hinunter, um Vögel zu jagen. Die Luft wimmelt ja von ihnen.»

«Im Namen deiner Mutter, Kind des Ra, Geist der Götter,

nicht dort hinab! Das Delta ist dir verschlossen, Gottsohn des Horus; es ist verriegelt, verboten!»

«Warum ist es verboten?», fragte der Prinz voller Erregung, und, wie stets wenn er sich erregte, ward ihm die Rede gehemmt; kaum stammelnd vermochte er die Worte herauszubringen, und sein schönes Gesicht mit der schlanken an den Gott Horus gemahnenden Nase ward von der seelischen Erregung noch zu tieferer Röte entflammt, als sie schon die Erregung des wilden Ritts hervorgerufen hatte.

«Du, der du mit Weisheit getränkt bist vom allwissenden Gotte Thoth, der dich geheilt von den Wunden, die dein Oheim, Gott Seth, dir geschlagen, du weißt wohl, daß deine Mutter, das Kind des Ra, dich – wie Isis den Horus – in den Sümpfen des Delta gefunden hat; und ebenso fand man auch den Leichnam deines edlen Vaters Osiris, des Gottes der Toten, den dein böser Onkel aus Eifersucht um deine Mutter Isis erschlagen hat. Dort unten lauert dein Oheim Seth im Hinterhalt auf dich, dein Oheim, mit dem du für immerdar auf Kriegsfuß lebst, um Rache zu nehmen für deines Vaters Tod.»

All dies war dem jungen Prinzen wohlbekannt. Er wußte, wer er nach dem Glauben der Aegypter war: eine Wiederverkörperung des Gottes Horus. Er wußte aber auch, daß seine «Mutter», die Tochter des Pharao, diesen Glauben in Umlauf gesetzt hatte im Zusammenhang mit den wunderlichen Umständen, unter denen sie ihn als Neugeborenes gefunden haben wollte. Schon in jungen Jahren hatte er dieses Märchen abgelehnt. Er verstand, daß das, was seine Feinde, die Priester, sich zuflüsterten, nicht von reiner Bosheit eingegeben war: daß er das Kind einer hebräischen Sklavin aus Gosen sei, die ihn vor dem Gebot eines früheren Pharaos, das alle männlichen Kinder der Hebräer zum Tode verdammte, hatte retten wollen. Sie – diese hebräische Sklavin, seine wirkliche Mutter – hatte ihn in einem Binsenkörbchen auf dem Nil ausgesetzt, und dort hatte die Tochter des Pharao ihn gefunden. Dies war der wahre Sachverhalt über seine Geburt. Doch woher wußte er das? Es war ihm, als habe er dies Wissen mit der Milch seiner Amme eingesogen zusammen mit dem Gebot, es nie zu vergessen. Er war noch zu klein gewesen, um ihre Worte genau im Gedächtnis zu behalten; es war zu lange her, als daß er sich noch ihrer Züge entsann. Ein anderes kam hinzu: da war der geheimnisvolle Bote – die Botin richtiger, wenn man sie, die niemals eine Botschaft ausrichtete, sondern ihn nur heimsuchte, so nennen konnte –, jene Botin, die, wie es ihm schien, allein von seiner Familie kommen konnte; das rätselhafte Mädchen – es stellte sich tatsächlich heraus, daß sie seine Schwester war –, das auf verborgenen Schleichwegen selbst inmitten des wohlbewachten Hofes des Pharao den Zugang zu ihm fand.

Seiner Aufsässigkeit gegen den Eunuchen, der Verachtung von dessen Befehl, lag nicht die Begierde, ebenfalls auf die Jagd zu gehen, zu Grunde. Was ihn dazu trieb, war das Verlangen, wenn auch nur ein einziges Mal, die Sklavenprovinz zu besuchen, seiner Brüder ansichtig zu werden, der Sklaven, welche die so nahe den Jagdgründen gelegene Stadt Pithom erbauten. Vielleicht, bedachte er, werde es der Zufall fügen, daß er dort auf die Seinen stoße, eine Mutter, einen Vater, einen Bruder finde.

Er vermochte den Gedanken nicht loszuwerden, daß das hohe, schlanke, von der Sonne dunkelgebrannte Mädchen in der Tracht der aegyptischen Dörflerinnen, das es so häufig fertigbrachte, sich am Tor zu des Pharao Hof aufzustellen, mit ihm durch Bande des Bluts verbunden sei. Manchmal blickte sie ihn ruhig und fest an, manchmal auch kam es ihm vor, als ob sie ihm einen Blick zuwerfe, der wie ein Zeichen war. Selbst jetzt, da er auf die Sklavenstadt zuritt, folgte sie ihm von ferne; er sah sie nicht, doch war es ihm, als spüre er ihren Blick in seinem Rücken. Und es wallte in ihm ein Drang empor, mit den Seinen zusammenzutreffen, seine Brüder bei der Fronarbeit zu sehen, die Bitternis ihres Daseins auf seinen Lippen zu schmecken, auf dem eigenen Körper die Striemen von des Sklavenaufsehers Peitsche zu spüren.

Nacht um Nacht hatte ihn dieses Verlangen wachgehalten, und er hatte Pläne geschmiedet, um ihm Erfüllung zu verschaffen. Er wußte, daß Hunderte von Augen ihn ständig überwachten, daß jeder Schritt, den er tat, von sichtbaren und unsichtbaren Aufsehern, die meisten davon im Solde der Priesterschaft, beobachtet wurden. Nun, da sich die Gelegenheit ergeben hatte, daß er sich in einem gewissen Abstand von seinem Leibwächter befand, hatte er unversehens seinem Pferd, es in die Richtung auf Gosen zu lenkend, den Kopf freigegeben. Doch er wußte auch, daß es kein Leichtes war, sein Vorhaben auszuführen. Der Leibwächter war zwar ein tief unter ihm stehender Sklave, aber er war von den Priestern dazu ermächtigt, im Notfall Helfershelfer aufzubieten, um den Prinzen allenfalls mit Gewalt an den Hof zurückzubringen. Dieser sah sich daher vor die Aufgabe gestellt, den verängstigten Leibwächter für sein Vorhaben zu gewinnen; zu diesem Zweck hatte er sich entschlossen, Macht gegen Macht zu setzen, sich der abergläubischen Vorstellungen des Sklaven zu bedienen, sie gegen die ihm gewordenen Befehle auszuspielen.

«Weiß das Volk Aegyptens, daß mir allein, dem Kind der Isis, mir allein von allen aus Pharaos Stamm, das geheime Wort, der Unaussprechliche Name des Gottes Ra anvertraut ist, welchen meine Mutter ihm entwand, da er alt und krank war; jawohl, da meine Mutter ihre Zauberkraft gegen ihn gebraucht und ihn vergiftet hat mit dem Speichel seines eigenen Mundes? Alle Türen der Nacht stehen mir offen. Mittels des Mondstrahls dringe ich ein in alle Geheimnisse und kraft des Unaussprechlichen Namens wirke ich Wunder.»

Der Leibwächter fiel fast vom Roß. Sein riesiger Schädel fuhr hoch, sein Körper zitterte und schließlich fiel er tatsächlich mehr, als daß er glitt, von seinem Pferde. Das Gesicht auf den Boden gedrückt, streckte er sich vor den Hufen von des Prinzen Pferd hin.

«Steh auf und sieh mich an!», befahl Moses mit harter, eherner Stimme.

Der Wächter erhob sich und blieb mit gesenktem Kopf, dem Prinzen nicht ins Gesicht zu sehen wagend, stehen; denn es schien ihm, als ob die Flammenstrahlen des Ra, wenn der Gott sie in der Morgenfrühe grell über die Wogen des Nil hinsandte, jetzt dem Prinzen entströmten; sengend spürte er ihre Hitze auf seiner Haut.

Tatsächlich war es wie eine Verwandlung über den Prinzen gekommen, als er die beschwörenden Worte ausgesprochen hatte. Die Strahlen gingen nicht von seinem Antlitz aus, jedoch sie brachen aus seinen Augen hervor. Sie waren zu zwei brennenden Brunnen geworden, und die bernsteinfarbenen Lichtkeile, die aus ihnen hervorstürzten und das Fleisch entzündeten, waren wie Pfeile des Gebietens, die versengten, was sie berührten. Unsichtbar drangen sie ein und rissen sie Wunden. Die Durchschlagskraft seines Blicks ging ein in seine Stimme, ihr Klang war wie der eines Hammers.

«Kind des Ra, Fleisch von seinem Fleisch!» Der Wächter bebte wie ein Blatt im Wind vor Entsetzen, daß ein einziges Wort aus dem Munde des Gottes die Erde sich auftun lassen könne, um ihn lebendig zu verschlingen. «Was ist dein Begehr?»

«Steige wieder auf und reite hinter mir her. Und was immer du hören, was immer du sehen magst, laß es begraben sein in der Gruft deines Herzens!»

«Ja, o Kind des Ra, Fleisch von seinem Fleisch.»

Doch als der Wächter wieder in den Sattel gestiegen war, vermochte er sich nicht von der Stelle zu rühren. Es war, als ob Mann und Roß versteinert seien.

«Warum nimmst du nicht deinen Platz hinter mir ein?», herrschte Moses ihn mit der gleichen ehernen Stimme an.

Der Leibwächter zitterte und keuchte. Vor sich sah er den Tod, den der Gott mit einer einzigen Silbe über ihn bringen konnte. Er rührte sich noch immer nicht vom Fleck; er zitterte nur und stammelte:

«Kind des Ra! Wie darf ich mich entfernen vom Nilufer, wenn der Schreiber eingetragen hat in seinen Bericht: ‚Zwei Pferde für den Prinzen und seinen Leibwächter nach dem Flußufer‘?»

Ein leises Lächeln umspielte die feinen Lippen des Prinzen. Er mußte denken: ‚Sklaventum ist stärker als Tod.‘

Er sagte:

«In des Schreibers Bericht wird ein Flammenkiel die Worte eintragen: ‚Zwei Pferde für den Prinzen Moses und seinen Leibwächter nach dem Lande Gosen‘.»

Jetzt erst vermochte sich der Wächter von der Stelle zu rühren. Es war, als ob die Ketten der aegyptischen Disziplin von seinem Körper gefallen seien.

So weit das Auge reichte, erblickte Prinz Moses ein breites braches Schlammfeld, das sich bis zum Horizont erstreckte. Es war mit Reihen von Arbeitern bedeckt, langen, schlangenartigen Linien, die sich in rhythmischem Takt bewegten. Zuerst konnte man keine Einzelgestalt unterscheiden; nicht wegen der Entfernung, sondern weil jeder einzelne Arbeiter so mit der Masse der übrigen zusammenhing, daß der Einzelmensch für das Auge verschwand, eingegangen war in die rhythmisch bewegte Kette.

Aus dem trockengelegten Sumpfland mit seinen hartgewordenen Kanälen kamen endlose Reihen von Sklaven, auf den nackten Schultern Holzbalken schleppend, an denen zwei Weidenkörbe von gleichem Gewicht hingen. Das waren die Träger, die den Lehm zu den Plätzen brachten, wo die Stampfer warteten. Diese halfen die Körbe zu entladen; dann wurde der Lehm mit Häcksel gemischt. Darauf gingen die Stampfer in die lehmige Masse hinein, darin ihre nackten Körper bis zur Hüfte fast versanken, und traten die Masse fest. Die fertig geknetete Masse schleppten andere Sklaven dann zu den Ziegelstreichern, die mit flinken, geschickten Bewegungen große Ziegel daraus formten. Diese wurden dann von weiteren nackten Sklaven in lange Reihen aufgestellt mit genügend Zwischenraum, daß die Sonne sie backen konnte.

Am einen Ende der Kette war eine hohe viereckige Mauer, die als Maßeinheit diente. Die letzten beiden Arbeiter der Kette bedeckten die Vorderseite der Mauer mit den gebackenen Ziegeln. An der einen Ecke der Mauer saß, zierlich auf ein Knie niedergelassen, ein Schreiber und trug die Anzahl der niedergelegten Ziegel auf ein Tontäfelchen ein. Wo die Mauer nicht ganz bedeckt war, wurde sofort entdeckt, daß die Rechnung nicht stimmte; wenn kein Ausgleich erfolgte, zog das Bestrafung der Sklaven nach sich.

Der Schreiber am Ende jeder Sklavenkette war ein Aegypter; das ließ sich sofort an seinem kahlgeschabten Schädel, seinen ebenso glattrasierten Wangen und Lippen erkennen. Auch sein Lendentuch war von besonderer Form; es war aus feinem aegyptischem Linnen und hing wie ein Schurz herab. Sein nackter Oberkörper war schwarz wie der eines Negers, er hatte einen breiten Rücken und muskulöse Arme.

Die Sklaven waren Semiten. Das ließ sich an ihren kurzen schwarzen Bärten – manchmal spitze Geißbärte – und den Schläfenlocken erkennen. Sie waren ebenfalls bis auf die Lendentücher nackt, die aus Streifen grober Sackleinwand bestanden. Sie trugen die Lendentücher auch nicht wie die Aegypter schön geschürzt und mit geknüpften Fransen versehen; sie waren bloß dazu da, um ihre Blöße zu verdecken, waren deshalb mit Stricken und Bändern festgebunden.

Scharf traten an ihren Körpern die Rippen und das Rückgrat hervor. In dem grellen Sonnenlicht glänzte ihre von Angst- und Arbeitsschweiß triefende Haut wie Kupfer. Ihre Gesichter waren stumpf und qualverzerrt, ihre Lippen dünn, aufgesprungen, fest zugekniffen. Doch in diesen ingrimmigen Gesichtern mit ihren langen gekrümmten Nasen brannten die Augen, als entlüde sich aus ihnen alle gestaute Verbitterung, Pein und Wut ihrer Träger. In dumpfem Schweigen verrichteten sie ihre Arbeit; Bewegungen und Schritte behielten unter den sie bedrohenden, aus Flußbinsen geflochtenen Peitschen, die in der Hand von zwei jede Sklavenreihe begleitenden und beaufsichtigenden hebräischen Wächtern lagen, dauernd einen schwerfälligen Rhythmus bei.

Für Nichtablieferung der vorgeschriebenen Anzahl von Ziegeln wurde nicht der einzelne Arbeiter, sondern die ganze Gruppe verantwortlich gemacht, die mit der Auferlegung von Nachtschichten und Verringerung der Lebensmittel bestraft wurde. Darum eben war jeder Sklavenreihe das hebräische Aufseherpaar beigegeben, das die Aufgabe hatte, die Mitsklaven anzutreiben. Sie waren dem Schreiber verantwortlich, die Schreiber den aegyptischen Oberaufsehern, diese wiederum höheren Beamten und diese zuletzt dem Fronvogt.

Wie eine mit Giftzähnen bewehrte Schlange streckte und wand sich so die Sklavenkette Aegyptens von den Sümpfen hin bis zum Thron des Pharao.

Kettengliedern gleich, bis in die Unendlichkeit ineinander verhängt, daß es wirkte, als sei die Erde von ihnen bedeckt, so sah der junge Prinz die Sklavenhorden. Nackt, gekrümmt, gebeugt, mit stumpfgewordenem Haupt- und Barthaar stampften sie und wälzten sie sich in den schlammigen Erdgruben. Als das Auge sich schließlich an das Bild gewöhnt hatte, wurden die Einzelheiten des Arbeitsgangs deutlicher. Dann merkte man, daß keineswegs sämtliche Sklaven mit der Herstellung von Ziegeln beschäftigt, sondern daß eine ganze Anzahl von ihnen mit langen Stricken zusammengeschirrt waren. Die endlose Folge dunkelglänzender Leiber war zu einem riesenhaften Ungetüm aus tausend Körpern mit zahllosen Armen und Beinen zusammengefügt, das im gegebenen Augenblick mit Körper und Gliedmaßen an dem riesigen Steinblock ruckte, an den es angeschirrt war. Auf diesem Stein saß ein aegyptischer Schreiber; er hatte einen Stab in der Hand, mit dem er den Hub und Zug des Ungetüms durch taktmäßige Bewegungen leitete.

Zuerst hatte es Moses gedünkt, als bestünden die Sklavenketten, die Ziegel herstellten oder den mächtigen Steinblock bewegten, nicht aus einzelnen Menschen; sie sahen aus wie Ameisenzüge, die einen Weg entlangkriechen oder wie ein unabsehbar ausgestreckter Tausendfuß, der über den heißen Wüstensand dahinkrabbelte. Doch je länger er den Blick darauf verweilen ließ, um so deutlicher hoben sich ihm aus der Masse der verschmolzenen Sklavenleiber die Einzelgestalten und deren Gesichter heraus. Er fing an, gesonderte Menschen zu unterscheiden, Menschen, deren jeder seinen Kopf, seinen Leib, seine Hände und Füße hatte; Menschen mit eigenen, ihnen allein zugehörigen Gesichtern, Mienen, Trieben; in schwarzen Gesichtern glühende Augen, die das dichte Gestrüpp der darüber hängenden Brauen durchflackerten gleich drohenden, warnenden Flammenkeilen; dann wieder Augen, deren Feuer verlöscht war, die mit Blicken der Hoffnungslosigkeit und des Verzichts ausdruckslos ins Blaue gerichtet waren; andere Augen auch, die gleich den Augen halsstarriger Esel, die die grausamste Züchtigung über sich ergehen lassen, doch sich weigern, sich von der Stelle zu rühren, mit unverrückbar starrem Blick zur Seite schauten.

Er beobachtete, wie da und dort aus der Mitte der Sklavenkette sich ein Körper abzeichnete, sich reckte und streckte, in stumpfsinnig-schwerfälliger Aufsässigkeit unter dem schneidenden Peitschenhieb des Aufsehers verharrte, bis er zusammenbrach, aus der Reihe gezerrt und wie zertretenes Ungeziefer im Sand weggeschoben wurde. Er sah auch Leiber, die in wütender Auflehnung sich gegen die Stränge hochbäumten und die Arme wild erhoben gegen die Bedrücker. Doch die weitaus größere Überzahl ertrug in tierhafter Betäubung die Last des Geschirrs und die Pein der Peitsche.

Moses merkte mit einmal, daß seine Hände zitterten, daß er vom Scheitel bis zur Sohle bebte, als stemme er sich einem Wirbelsturm entgegen. Eine Flut von Erbitterung wogte in seinem Herzen empor. War er doch einer von ihnen! War er doch unter ihnen geboren; sein Vater, seine Mutter, seine Brüder, sie waren unter ihnen. Um ihretwillen hatte er sich in Gefahr begeben, indem er, dem Befehl des Pharao trotzend, hierhergekommen war, um sie anzuschauen. Doch ein stärkeres Gefühl noch durchpulste ihn: er war gekommen, weil er gerufen worden war; irgendwer wartete hier, um ihn seiner Familie zuzuführen. Doch in dieser Minute, da er die Sklavenketten erschaute, vermochte er sie nicht als seinesgleichen zu erkennen. Waren diese seine Brüder? Wie konnte das sein? Sie waren Sklaven: er war ein Prinz aus dem Hause des Pharao. Er zürnte sich selbst um dieser Gefühle des Fern- und Fremdseins von ihnen, ja der Verachtung für sie willen, die diese Sklaven in ihm wachriefen. Seine Gemütsverwirrung steigerte sich. Ein heiliges Feuer war in ihm entzündet, und sein Fleisch erschauerte vor Wut, einer Wut, die sich nicht nur gegen die Fronvögte und den pharaonischen Sklavenbetrieb richtete, sondern gegen deren Opfer, die Sklaven. «Sklaven! Sklaven! Sklaven! Was habe ich mit ihnen zu schaffen?»

Dann fiel sein Blick auf einen andern Vorgang. Weiter weg erkannte er eine Anzahl Frauen mit Körben voll Essen und Krügen mit Wasser. Von Zeit zu Zeit wurde eine Gruppe von Sklaven losgebunden, und, die Leiber von Schweiß glänzend und mit Blutstropfen gesprenkelt, taumelten die Männer unter Aufbietung ihrer letzten Kräfte auf die Frauengruppe zu.

Die Frauen standen auf und liefen den Männern entgegen, empfingen sie zärtlich und wischten ihnen mit den Händen die triefenden Gesichter und Leiber ab. Sie nahmen ihre Kopftücher ab und legten sie den Männern über die Schädel, um sie vor der Sonnenglut zu schützen. Dann stützten sie sie und halfen ihnen, zu dem Ruheplatz zu gelangen. Manche Frauen ließen die Männer mit den Köpfen in ihrem Schoß liegen und leckten ihnen die Tropfen ihrer Qual von den Stirnen, hoben ihnen die Krüge an die Lippen, und aus ihren sehnenden Augen ergossen sich tröstende und stärkende Blicke auf die gepeinigten Gestalten der Liegenden.

Moses vermochte die Laute aufzufangen, die tröstlichen Zuspruchs voll von den Lippen der Frauen kamen; aus dem Ausdruck der Züge und der Augen der Frauen, die sich über die Männer beugten, um sie vor der Sonne zu schützen, konnte er den Sinn der Worte ablesen. Die Zärtlichkeit der Frauen rührte ihn tief. Doch etwas war an diesem Bild, das er nicht verstand. Er trat näher zu der Gruppe heran und wandte sich an einen der Aufseher, der offenbar die Ruhezeit der Sklaven abmaß. Er fragte ihn:

«Wer sind diese Frauen?»

«Die Ehefrauen der Sklaven. Sie kommen in der Ruhepause her und bringen ihnen zu essen.»

«Haben denn die Sklaven Ehefrauen?», fragte Moses.

«Die hebräischen Sklaven halten an ihren Familien fest. Wir haben es mit allen Mitteln versucht, sie aus ihrem Familienverband herauszureißen und ihre Weiber zu verteilen; es ist uns aber nicht gelungen. Die hebräischen Weiber halten weiter zu ihren Ehemännern.»

Regungslos blieb Moses stehen; sein Herz erfüllte große Freude. Mit neu erschlossenen Augen und neu geweckten Gefühlen betrachtete er die hebräischen Familien.

«Sklaven, die an ihren Familien festhalten, sind keine Sklaven», sagte er zu sich selbst.

Doch dieser Gedanke entfachte seinen Zorn von neuem; es war als sei die weißglühende Flamme von seinem Herzen bis in die äußersten Enden seiner Glieder gezuckt.

Auf einmal merkte er, daß ein junges Augenpaar auf ihm ruhte. Die Augen waren ihm bekannt; sie gehörten dem Mädchen, das ihm seit vielen Jahren gefolgt war, das sich seinetwegen am Palasttor herumgetrieben oder im Schatten der Säulengänge gelauert hatte, dem Mädchen, um dessentwillen er den kühnen Entschluß gefaßt hatte, die Sklaven zu besuchen.

Er wandte sich dem Mädchen zu und hob die Augen zu ihm. Es stand inmitten einer Gruppe von Frauen, die sich mit ihren Männern befaßten; sein gefühlvoller Blick war fest auf ihn geheftet. Es ließ sich erkennen, daß sie die Wirkung abzuschätzen versuchte, die das Bild auf ihn ausübte; es war auch zu erkennen, daß sie diese Wirkung abgeschätzt hatte, denn ein Ausdruck fast der Freude war über ihr langes, abgezehrtes, sonnverbranntes Gesicht gehuscht.

Moses blickte sich um und gewahrte, daß der Eunuch, sein Leibwächter, der ihm bisher Schritt für Schritt auf den Fersen geblieben war, sich jetzt in der wirren Schar der ausruhenden Sklaven und ihrer Weiber verloren hatte. Unter dem ihn überwältigenden Drang, seine Eltern zu sehen, sprang Moses neben das Mädchen, packte mit schmerzhaftem Griff dessen Hand und stieß in geradezu zornig klingendem Ton heraus:

«Rasch! Führe mich zu meinen Eltern!»

Das Mädchen wand sich durch das Gedränge; Moses folgte ihm eiligen Schritts.

«Woher wußtest du, daß ich heute kommen würde?»

«Alle Tage habe ich auf dich gewartet. Ich wußte, du würdest eines Tages kommen.»

Moses sprach kein Wort mehr. Hastig ging er dem Mädchen nach.

ZWEITES KAPITEL

NICHT weit vom Baugrund befand sich das Sklavenlager. Es bestand aus leichten zeltartigen Hütten, die aus Bambusstangen mit darübergelegten Palmblättern und Binsenmatten hergestellt waren. Das Lagerleben spielte sich in völliger Öffentlichkeit ab, denn die meisten dieser Unterkünfte hatten nur drei Wände; einige wenige nur besaßen etwas wie dünne, lockere Türen aus geflochtenen Zweigen.

Es ging sehr lebhaft darin zu. Frauen arbeiteten in den kleinen Gärten vor den Hütten; andere waren mit Hausarbeiten beschäftigt; auf den steinernen Altarfeuerstellen, von denen Dampf und Rauch aufstieg, bereiteten sie Speisen; noch andere schleppten Wasser in Krügen herbei, die sie auf dem Kopf oder an Schultergehängen trugen; wieder andere zerrieben Korn auf den Mühlsteinen.

Moses blieb von Zeit zu Zeit an einer der Hütten stehen, ohne sich an die Ungeduld seiner Führerin zu kehren, die, wie sie ihm gesagt hatte, Miriam hieß. Neugierig beobachtete er das um ihn sich tummelnde Leben; es fiel ihm auf, wie fleißig dieses Volk war. Im Lager befanden sich viele Kinder aller möglichen Altersstufen, die wie Hühner herumschwärmten. Er beobachtete jedoch, daß die Knaben, die sich unter den Kindern befanden, möglichst außer Sichtweite gehalten wurden – der Grund dafür war ihm wohlbekannt.

Doch auch wenn das nicht der Fall gewesen wäre, so hätte er ihn bald erfahren. Denn plötzlich erhob sich Wehgeschrei. Sich danach umwendend sah er, wie eine Mutter von großem, kräftigem Wuchs mit langen herabhängenden Brüsten sich mit aegyptischen Wachen herumschlug. Er sah, wie sie rasend zwei verängstigte Kinder an sich riß und sie fest an sich preßte; dabei schrie sie mit weit offenem Mund, in ihren Augen lag Entsetzen und Wut, ihre Haare flogen zerzaust herum; so wehrte sie die Männer ab, die ihr die Kinder zu entreißen suchten.

Andere Frauen verließen ihre Arbeit in den Gärten oder an den Altarfeuerstellen und kamen ihr zu Hilfe. Zwischen den Weibern und den Wachen entspann sich ein wildes Handgemenge. Die zwei bedrohten Kinder kreischten aus Leibeskräften, und die Mutter schlug ihre Zähne in den nackten Arm eines Wächters, der eines der Kinder gepackt hatte und es von ihr wegzerrte. Ein zweiter Wächter riß einen kurzen Dolch aus seinem Gürtel und stach damit auf das Kind los, das die Mutter fest an sich gedrückt hielt. Ein Blutstrahl besprengte Mutter und Kind sowie den Wächter. Dann verließen die Mutter die Kräfte; sie preßte nur noch den Körper des erdolchten Kindes an ihre Brust, um die Wunde zu bedecken. Indessen hatten die Wachen das andere Kind an sich gerissen und eilten mit ihm, das sterbende Kind in seiner Mutter Armen zurücklassend, von dannen.

Moses war bleich geworden. Seine Lippen zitterten, seine Hand fuhr nach dem Dolch in seinem Gürtel. Doch bevor er ihn zücken konnte, spürte er den festen Griff von Miriams Hand auf seinem Arm.

«Blicke gut hin, sieh alles, aber schweig!», sagte sie.

«Wer sind die Männer?», fragte Moses, obwohl er die Antwort vorauswußte.

«Wachen des Pharao, die nach den von den hebräischen Frauen verborgen gehaltenen männlichen Kindern fahnden.»

«Ja, ja, ich weiß.»

Miriam nahm seine Hand und geleitete ihn weiter.

Er hörte einen Ausbruch von Gelächter hinter sich dreinschallen; es war wie der Durchbruch eines Wasserstroms durch einen Deich. Als er sich umdrehte, sah er die Mutter, deren eines Kind hingemordet, deren anderes entführt worden war, mit aufgerissenem Mund dastehen; grell leuchteten ihre Augen aus dem erdschwarzen Gesicht, lang floß ihr Haar über ihren nackten Körper. In den Armen hielt sie die Leiche ihres Kindes, stoßweise entbrach Gelächter ihrem Mund.

Ein Weib kreischte gellend hinter den Wachen her:

«Für jedes, das ihr packt, kommen zehn andere.»

«Wie der Sand am Meer werden wir unsern Samen aussäen», schrie ein anderes Weib von der Tür einer Hütte her.

«Komm, sie erwarten dich», sagte Miriam; und Moses folgte ihr stumm, wie aus einer Betäubung aufschreckend.

Schließlich gelangten sie zu einer Ecke des Lagers, wo die Behausungen nicht mehr aus Binsengeflecht über Bambusstangen bestanden, sondern Wände aus Nilschlamm hatten und auch die Palmenzweige, die das Dach bildeten, mit Lehm bedeckt waren. Die kleinen Grundstücke um die Hütten herum waren besser gepflegt; sie waren mit Reihen von Bohnen, mit Hafer und Gerste, eine jede Feldfrucht scharf in einzelnen Beeten abgesondert, bepflanzt. Neben manchen dieser Hütten waren kleine Teiche angelegt, die vom Fluß her gespeist wurden, und darauf schwammen Enten und andere Wasservögel herum.

Zuletzt geleitete Miriam Moses zu einer von einem Bambushain überschatteten Hütte aus Bambusrohr. Am Eingang dazu, vor dem ein gewebter Teppich hing, erwartete ihn eine aus drei Personen bestehende Familie.

«Dies ist dein Vater Amram, deine Mutter Jochebed und dein Bruder Aaron, Prinz Moses», sagte Miriam.

Moses heftete seine Augen auf seiner Mutter Gesicht und konnte sie nicht mehr davon losreißen. Dieses Gesicht war von einem vielfältigen Falten- und Runzelgewirr wie durchpflügt; seine Haut war über und über verbrannt und zerarbeitet. Der Hals war dick und geschwollen. Die Augen, die seinen Blick erwiderten, zeigten übergroße weiße, von roten Äderchen durchzogene Flächen; auch die Augenhöhlen waren gerötet. Vor Erregung hatte sie die verzerrten, verquollenen Lippen aufgetan, und Moses sah einen einzigen Zahn, der noch aus den Kiefern hervorstand. Er blickte hinab auf die arbeitsmüden Arme, die, wie vor Verlegenheit, gekreuzt waren, und dann auf die nackten dicken, gleich Pflanzenwurzeln verkrümmten Zehen. Heiß wallte es in ihm auf. Wie durch einen dichten Nebel hindurch entsann er sich der Züge aus seiner frühesten Kindheit, als er an einer Frauenbrust gelegen hatte.

Am deutlichsten erkannte er in dem von zahllosen um Lippen und Augen sich sammelnden Furchen entstellten Gesicht seiner Mutter die Seelenqual aller hebräischen Mütter in Aegypten, die ihrer Kinder beraubt worden waren. In ihren Händen erkannte er die Hände aller hebräischen Mütter, die mit teuflischen Häschern um das Leben ihrer Kinder gerungen hatten; in ihrem Blick den letzten Blick der Verzweiflung, den sie ihrem entrissenen Kind nachsandten.

Er beugte sich zu ihr hinab, legte ihr die Arme um den Hals, eine Geste, die sie nicht gewagt hatte, und küßte ihr die salzigen Tränen von den Wangen.

Erst als die Bewillkommnung zu Ende war, brachte der Prinz stotternd heraus:

«Wer seid ihr? Woher stammt ihr? Was ist euer Ursprung?»

«Wir sind Hebräer... so lautet unser Name; wir sind entsprungen dem Vater unseres Volkes, Abraham, der von jenseits des Flusses kam. Doch wir sind auch genannt Israel, die Kinder Israels, nach dem Namen eines andern Ahnherrn unseres Volkes, welcher uns hierher nach Aegypten gebracht hat. Wir kommen aus den Ländern, die auf der andern Seite der Wüste liegen, und es ist unsere Hoffnung, daß der Gott, der sich unsern Vorfahren offenbarte, uns eines Tages dorthin zurückführen werde.»

«Wie kamt ihr hierher nach Aegypten?»

«Der Ahnherr eines unserer Stämme war einst ein Großer in Aegypten. Die Ahnherren unserer andern Stämme folgten ihm nach. Wir kamen hieher als Freie. Die Ahnherren unserer Stämme besaßen viel Land und großen Reichtum. Doch die Aegypter übermochten und knechteten uns.»

Moses sah sich den jungen Mann, der solchermaßen antwortete, genau an. Es war sein Bruder Aaron. Er war hochgewachsen und wohlgebaut; ein schwarzer, nach Assyrerweise gerade geschnittener Bart umrahmte sein langes Gesicht. Seine Haare waren sorgfältig zu Locken gedreht, die herabhingen wie die eines Höflings des Pharao; sie waren sogar gesalbt. Auch sein Gewand war nicht das eines Sklaven – das glatte, um die Mitte festgeschnürte Lendentuch –, sondern es war ein langer leinener, mit schwarzen und violetten Streifen gezierter Mantel, der seinen Körper vom Hals bis zu den Sandalen einhüllte. Was jedoch Moses besonders auffiel, war, daß sein Bruder ihm in koptischer Sprache, dem Idiom der Gebildeten, der Schreiber und Priester Aegyptens, antwortete und nicht in einem der semitischen Dialekte, deren sich die asiatischen Sklaven bedienten.

«Wie kommt es», fragte er, «daß du nicht mit den Sklaven arbeitest? Tust du Arbeit anderer Art?»

«Unser Stamm», erwiderte Aaron, «genießt seit uralten Zeiten das Vorrecht der Befreiung von Sklavenarbeiten, weil wir die Priester und die Hüter der Überlieferung aller Stämme sind.»

«Und Pharao erkennt die Vorrechte eures Stammes an?»

«Diese Vorrechte stehen verzeichnet in den Gesetzbüchern Aegyptens und sind geheiligt durch die Überlieferung der Pharaonen. Sie wurden erkämpft in den Tagen, da die Pharaonen unser Volk in Knechtschaft schlugen. Wir hielten fest an unsern Priesterrechten und ließen uns nicht zu Sklavenarbeit heranziehen.»

«Wenn aber», versetzte Moses, «Pharao euch als den Priesterstamm der Hebräer anerkennt, so muß er doch zugeben, daß auch die andern Stämme keine Sklaven sind, denn Sklaven haben keine Priester. In Aegypten ist es nur Freien gestattet, den Göttern zu dienen und sie anzubeten; Sklaven ist dies verboten. Sklaven haben keine Götter.»

«All dies wissen auch wir», entgegnete Aaron. «Dies ist ja gerade der Beweis dafür, daß die Versklavung unseres Volks niemals Gesetzeskraft in Aegypten erlangte. Wir kamen nicht als Kriegsgefangene in dieses Land; wir kamen als Freie hierher, vom Pharao aufgefordert. Darum wahren wir ja so eifrig die Vorrechte unserer Priesterschaft. Wir sind die Hüter der Geburtsaufzeichnungen. Ein jedes unserm Volk geborene Kind wird in die Rolle seines Stammes eingetragen, und unsere Aufgabe ist es, die Reinheit der Familien zu bewahren.»

«Ein jedes Kind?», fragte Moses. «Gibt es denn Knaben, die des Pharao Wachen nicht wegnehmen?»

«Hast du nicht gehört, was das Weib dem Wächter nachrief?», fragte Miriam. «‚Für jedes, das ihr packt, kommen zehn andere.‘»

Aaron ergänzte die Rede der Schwester, indem er sagte: «Wir haben geheime Orte, in der Wüste gegrabene Höhlen, darin wir die Kinder vor den Häschern des Pharao verbergen. Sie werden dort von Hebammen und Ammen aufgezogen. Miriam, die du hier siehst, gehört zu ihnen. Die Kinder bleiben dort bei den Ammen, bis sie alt genug sind, um in den Überlieferungen und Gesetzen unseres Volks unterwiesen zu werden durch die Ältesten und die Anführer; ein jedes Kind wird unterrichtet durch die Lehrer seines Stammes. Durch unsere Aufseher schicken wir sie dann zusammen mit andern Gliedern ihrer Familie zur Arbeit. Manchmal erkennen die Vögte des Pharao sie als Neulinge, als erwachsene Kinder, die bei der Geburt nicht ausgeliefert wurden. Dann kann es vorkommen, daß ein solcher Jüngling gefaßt und lebendig in die Wände eines Hauses eingemauert wird. Doch häufiger gelingt es uns, einen der Vögte oder der Schreiber zu bestechen, daß er die Augen zudrückt. Auf diese Weise erhalten wir unsern Mannesstamm.»

«Doch wozu? Zu welchem Zweck? Damit ihr bis zu eurem Lebensende Sklaven bleibt?»

«Der Tag unserer Befreiung wird kommen. Und darum haben wir dich zu uns kommen lassen, Bruder. Unser Vater und unsere Mutter erwarten, gleich jeglichem Mann und jeglicher Frau in Israel, das Zeichen von Gott, daß die Zeit unserer Knechtschaft geendet und die Zeit unserer Erlösung gekommen ist.»

«Woher wißt ihr dies?»

«Unsere Ältesten, die Hüter der Überlieferung, haben berechnet, daß wir bald die vierhundert Jahre vollendet haben, die der Gott unserer Väter als die Frist unserer Knechtschaft vorbestimmt hat, als er den Bund machte mit unserm Erzvater Abraham.»

«Haben denn die Götter auch mit uns einen Bund gemacht?»

«Nicht die Götter», erwiderte Aaron scharfen Tones. «Der einzige lebendige Gott, der Herrscher der Welt.»

«Der einzige lebendige Gott», sagte Moses nachdenklich. «Einst war ein Pharao hier in aegyptischen Landen, der alle Götter durch einen einzigen Gott ersetzen wollte. Nach seinem Tode wurden seine Tempel zerstört und wurden die alten Götter wieder eingeführt. Aegypten begehrt keine lebendigen Götter, sondern nur tote.»

«Das weiß ich», erwiderte Aaron. «Doch der Gott unserer Väter ist kein unbekannter lebendiger Gott, so wie jener Pharao ihn bei den Aegyptern einführen wollte. Er ist der Eine, der Einzige Gott Abrahams, Isaaks und Jakobs.»

«Wie ist sein Name?»

«Warum willst du seinen Namen wissen? Keiner kann unsern Gott mittels Zauberei, durch die Nennung seines Namens, zwingen, wie Isis tat mit Ra.»

«Was weißt du von Isis und Ra?»

«Die Priesterbücher der Aegypter sind mir nicht versiegelt», antwortete Aaron.

«Es scheint wahrlich, als habest du sie gelesen. Doch ich fragte nicht so sehr um den Namen Gottes als um sein Wesen. Ist er ein bekannter Gott?»

«Er ist uns bekannt durch unsere Vorfahren.»

«Wieso?»

«Unsere Überlieferung, die Gebräuche unserer Vorväter, unsere Glaubenssätze erben sich von Geschlecht zu Geschlecht fort, und unsere Ältesten wachen ob den Geschlechtern und über den Glauben.»

«Wer sind sie, eure Ältesten?»

«Die Ältesten Israels, die Leviten, zu denen auch du zählst. Sie hausen abseits von uns, in entlegenen Höhlen, die wir für sie errichtet; dort lernen und erforschen sie die Überlieferung, welche ihnen überkommen ist von den Urgeschlechtern, und sie erhalten sie in ihrer ganzen Reinheit. Unvermindert, unversehrt geht sie von den Alten auf die Jungen über. Sie wissen um unsere Ursprünge. Sie kennen das Leben der Erzväter. Sie kennen die Worte des Bundes zwischen Gott und unserm ersten Urvater. Ja, sie mögen auch den Namen unseres Gottes kennen; aber wenn dem so ist, so halten sie ihn geheim, denn bei uns ist es verboten, seinen Namen auszusprechen.»

«Führe mich zu ihnen, Bruder Aaron. Ich will alles lernen, was man weiß oder was zu wissen erlaubt ist, alles über die Erzväter, die Überlieferung, den Glauben... alles.»

«Wie denn?», fragte Aaron. «Willst du denn bei uns bleiben?»

«Ich will mit euch auf die Befreiung warten, welche unser Gott unserm Ahnherrn verheißen hat.»

«Und willst den Palast des Pharao vertauschen mit unserm armseligen Obdach und unserer Knechtschaft?»

«Ist denn nicht eure Armut und eure Knechtschaft meine Armut und meine Knechtschaft?», fragte Moses, nahe zur Mutter hintretend.

Er bemerkte, daß sie noch immer mit gekreuzten Armen dastand. Er nahm ihre Hände in die seinen und betrachtete sie genau. Die Hände aller hebräischen Mütter, deren Knaben ihnen entrissen worden waren, vereinigten sich in diesen verkrümmten, wurzelähnlichen Fingern, die waren wie fleischgewordene Klagelaute. Er führte die Finger der Mutter zu den Lippen.

«Du bist in Todesgefahr, wenn du bei uns bleibst.»

«Größer noch war die Todesgefahr, als du das Körbchen herrichtetest und mich auf den Wassern des Nil aussetztest. Doch der Gott unserer Väter errettete mich.»

Der alte Amram erhob die Arme zum Himmel und brach stammelnd in die Worte aus: «Ich danke Dir, Gott unserer Väter, daß Du den Bund gemacht hast zwischen Dir und meinem Sohn selbst in der Abgeschiedenheit von des Pharao Haus.»

«Mein Bruder», sagte Aaron, «hast du vergessen, daß wir hier in der Knechtschaft leben? Wie willst du in dieser Behausung dein Leben fristen nach des Pharao Palast?»

«Ihr seid freier hier, als ich es bin im Palast des Pharao», entgegnete Moses.

Die übrigen Familienangehörigen verstummten. Sprachlos über die Enthüllung von der Gefangenschaft, die Moses in der Freiheit litt, blickten sie einander an.

«Ist die Tochter des Pharao gut zu dir?», fragte die Mutter besorgt.

«Meine Mutter Bathiya ist mir so teuer, wie du es bist, Mutter Jochebed. Hat sie mich nicht als ihren Sohn angenommen? Und nicht nur an jenem ersten Tag, sondern alle Tage, hat sie mich vor Übel bewahrt und mich vom Tode gerettet.»

Auf die Gesichter von Aaron und Miriam trat eine erstaunte Miene, als sie den Bruder so sprechen hörten; doch die Mutter, ungeachtet des Herzwehs, das ihr seine Worte machten, sagte demütig: «Sie zog dich aus dem Wasser und gab dir den Namen Moses; sie ließ mich, deine Mutter, dich säugen und sie pflanzte dich in ihr Herz wie einen eigenen Sohn.»

«Sie hat mich beschützt, wie eine Löwin ihre Jungen beschützt, vor den Händen des Hohepriesters Becknekos», ergänzte Moses.

Da aber sprach Miriam, die die Lebensklügste der Familie war: «Unsern Bruder Moses in allen Ehren und mit Verlaub für meine Worte vor dir, mein Bruder Aaron, es dünkt mich nicht weise, daß Moses so plötzlich und ohne Vorbereitung, auch ohne Vorwissen seiner Mutter, der Tochter des Pharao, den Palast des Pharao verläßt. Jeder seiner Schritte wird genau überwacht; im Augenblick, da er vermißt wird, werden tausend Späher und Wächter ihm nachgesandt werden. Becknekos hat seine Späher unter uns, hier im Lande Gosen. Sie werden hier nach ihm suchen, und ob sie ihn finden oder nicht, so werden sie die in den Wüstenhöhlen versteckten Kinder finden; wir werden der Kinder und ihrer Mütter verlustig gehen. Ich rate daher, mit Verlaub, daß Moses zurückkehrt zu seiner Mutter im Palast des Pharao und ihr anvertraut, er habe sein Volk und seine Brüder gefunden, bei denen er eine Weile bleiben wolle. Sie ist der Güte voll für dich, Moses, und sie wird dir erlauben, dem Ruf deines Herzens zu folgen und dich beschirmen vor deinen Feinden, so wie sie es bisher getan hat.»

Miriams Rat setzte sich durch, und so nahm Moses Abschied von Vater und Mutter, von Schwester und Bruder, indem er sie umarmte und an ihrem Halse weinte. Er kehrte nach Pithom zurück, wo er seinen Leibwächter mit den Pferden wartend fand.

Als Moses auf dem Rückweg das sumpfige Tal an der Grenze von Gosen hinabritt, ward er mit einmal umflattert von den Flügeln zahlloser angstvoller Vögel. Von ihm aus ihren Schlupfwinkeln im Schilf, darin sie nisteten, aufgestört, stiegen sie hoch gleich einer Wolke um den Donner der dahinsprengenden Hufe. Der Abend fiel herab, die Sonne versank in einem Himmel blutroter Gewässer, sich abhebend von den Umrissen der Bambusstauden, die auf einem einsamen Inselchen hervorragten. Plötzlich verspürte er einen Schlag wider die Brust, mit der einen Hand die Zügel loslassend, griff er hin, und eine verschreckte Wildtaube, die schutzsuchend zu ihm geflüchtet war, blieb ihm zwischen den Fingern. Ohne zu wissen, was der Vogel wollte, schob er ihn doch ganz triebmäßig unter seinen Kittel und ließ ihn sich an seiner nackten Brust bergen. Plötzlich aber verspürte er einen brennenden Stich in seinem Arm. Er blickte auf und sah einen rasenden Falken, der mit seinem scharfen Schnabel auf seinen Arm einhackte. Dies also war es: der Falke war auf die Taube herabgestoßen und wütete nun gegen den Menschen, der seine Beute vor ihm beschützte.

Moses lächelte und streckte den Arm mit dem daraufsitzenden Falken aus. Und er sprach wie zu sich selbst:

«Hier, du Raubvogel, hast du mein Fleisch, doch die Taube gebe ich nicht her.»

Und er ließ die angstvoll flatternde Taube an seiner Brust und wärmte sie; denn sie war ihm ein Sinnbild geworden.

DRITTES KAPITEL

ICH bin der Gott Ra; ich bin der, welcher allein ist.
Ich bin der Gott Ra in seinem ersten Aufstieg».

Wovon die Deutung ist:

> «Der große Gott, der sich selbst erschuf, ist das Wasser.
> Dies ist der Himmelsozean, der Vater der Götter».

Von frühester Kindheit, vom Tag an, da er ins Haus des Pharao gebracht, von der Zeit an, da er von der Mutterbrust entwöhnt worden war, hatte Moses die dunklen Sprüche der Priester gelernt. Die Sonne war der Gott Ra, der alle Dinge, die da sind, erschaffen hatte: «Aus seinen Augen kam der Menschen Geschlecht, aus seinem Mund das der Götter.»

Immer wieder wurde ihm eingehämmert, Ra sei der Gott der Sonne, der Gott Aegyptens, Pharao aber sei der verleiblichte Ra, Fleisch von des Gottes Fleisch. Er lernte die erhabenen Hymnen an Ra singen:

> «Du, der du in der Ferne bist, deine Strahlen sind auf der Erde.
> Du sinkest im Westen,
> Und die Erde wird dunkel wie Tod.
> Du erhältst den Sohn im Leib der Mutter.
> Du tröstest ihn, auf daß er nicht weine,
> Du bist die Amme im Leib der Mutter.»

Jeder Vers hatte seine bestimmte Auslegung, die der Schüler lernen mußte, ständig wiederholend: «Der Ra, welcher seinen eigenen Namen schuf.»

Mit seinem Licht und seinen Strahlen wärmte Gott Ra nicht nur die beiden Lande Aegyptens, sondern alle Länder. Er entrieb die grünen Schößlinge der Erde, ließ alle Pflanzen blühen, rief die Knospen an den Bäumen hervor, nicht allein in den Ländern am Nilstrom, sondern in allen Ländern, die das Antlitz der Erde bedeckten. Seine Strahlen beleuchteten und erwärmten Freund wie Feind. Die Sonne sank nicht, wenn der Pharao starb, noch verdunkelte sie sich für den Feind, wenn der Pharao mit einem fremden Volke kämpfte. Wie kann Ra der Schöpfer der Welt sein, wenn er gleich Mond und Gestirnen, zu bestimmten Zeiten auf- und unterzugehen gezwungen ist? Wie kann Ra der Schöpfer der Welt sein, wenn er dem Gesetz unterworfen ist, welches ihm von irgendwoher vorbestimmt ist? Isis gewinnt Macht über ihn, indem sie ihm seinen Namen entlockt. Außer Ra gab es noch viele Götter und Göttinnen, die Eifersucht gegeneinander hegten, einander bekämpften und vergifteten.

Doch so sehr sie die Sonne und das Licht verherrlichten, die Aegypter beteten Nacht und Tod an. Der gewaltige Schatten des mächtigen Gottes Osiris, in dessen Hut ein jeder Pharao, jeder Höfling, jeder hohe Beamte nach seinem Tode einging, lag schwer über der Sonne Aegyptens. Jeder Pharao, jeder hohe Beamte, jeder Hohepriester – andere kamen nicht in Betracht – verbrachte sein ganzes Leben mit der Vorbereitung auf den Tod, der Zurüstung seiner Grabstätte, indem er Pyramiden erbauen oder ein Mausoleum ins Felsgestein hauen ließ, Linnen, Binden, Salben, Öl, Wein, Bier und Brot, Stühle und Tische anhäufte und den Wagen bereitmachte, der ihn zur Gruft führen sollte. Zehntausende von Sklaven hackten Felsen los, schleppten die Steine hinweg; Tausende von anderen erbauten, errichteten die Pyramiden. Baumeister und Bildhauer, Schreiber und Rechner, Maler, Tänzer, Fechter, Saitenspieler, Holzschnitzer – sie alle arbeiteten an der Erstellung von Grabmälern, sie alle mühten sich ab mit der Erzeugung der Mumienbinden, der Gefäße, der Kunstwerke, die der Tote mit sich nahm.

Osiris, der König der Ewigkeit, der Herrscher der Unterwelt, war nicht minder mächtig denn Ra. Seine Tempel bedeckten ganze Stadtteile von Theben und Memphis. Zehntausende von Sklaven bearbeiteten die Felder, die den Tempeln gehörten, andere bewachten die Feldfrucht, die in den zahllosen Scheunen und Kornhäusern rings um die Tempel aufgestapelt war. Er, der Gott Osiris, gleich Ammon-Ra hatte er nicht nur seine Priester, sondern auch seine Sänger, ja seinen Harem, sogar seine eigene Gattin unter den Lebenden.

Von Kindesbeinen an hatte Moses eine tiefe Abneigung empfunden sowohl gegen Ra, den Gott der Sonne, wie gegen Osiris, den Gott der Nacht und des Todes. Sämtliche Priester wußten, viele andere Leute argwöhnten, daß das ausgesetzte Kind, das die Tochter Pharaos in den Sümpfen des Deltas gefunden hatte und von dem sie behauptete, sie habe es empfangen, so wie Isis den Osiris empfangen hatte, eines der Kinder der hebräischen

Sklaven sei. Und eben seine hebräische Veranlagung ließ ihn bereits in seinen frühesten Jahren gegen die Götter Aegyptens aufbegehren. Sein Haß auf den Gott Osiris, zu dessen Priestern einem seine fürstliche Mutter ihn zu machen strebte, war noch tiefer als sein Haß gegen die andern Götter. Er haßte den Tod; und sein Widerwille gegen die Götter Aegyptens, zumal auch gegen den Totenkult, verlieh seinem Charakter die Prägung und übte einen tiefen Einfluß auf seine ganze Lebensbahn aus.

Seine Mutter, die Tochter des Pharao, war nicht nur Osirispriesterin, sondern als Verkörperung der Isis betrachtete sie sich selbst und wurde sie allgemein anerkannt als Gattin des Gottes und Angehörige seines Harems. Dieser Harem bestand aus den Frauen der höchsten Beamten und Priester. Ihnen lag es ob, vor dem Gott die Harfe zu spielen, vor ihm zu tanzen und der Göttin Isis beizustehen, ihren Geliebten zu suchen und seinen Tod zu beweinen.

Sehr oft vollzog Bathiya in dem Tempel, der sich innerhalb ihres Palastes befand, den persönlichen Dienst vor Osiris. Dann war sie die Göttin Isis, des zum Zeichen sie Hörner auf dem Haupte trug. Sie wusch den Gott, wie man ein Kind wäscht, sie salbte ihn mit Ölen, kleidete ihn in weiße Gewänder und behängte ihn mit Schmuck.

Häufig während seiner Jugend bediente sie sich des Knaben Moses, der während der Zeremonie den jungen Horus vorstellte. Man setzte ihm die Hauptzier eines Vogels auf, die Prinzessin nahm ihn auf den Schoß, so wie Isis den Horus in ihrem Schoß trug, und reichte ihm die Brust zum Saugen.

Moses blieb am Hof des Pharao ein Fremdling; von Anfang an war er von Widerwillen gegen die Riten und vor allem gegen die ihm aufgenötigte Rolle des Horus erfaßt. Dem strengen Verbot seiner Erzieher und Lehrer zum Trotz versuchte er sogar immer wieder, den Weg zu den hebräischen Sklaven zu finden, zu denen seine wahren Eltern gehörten. Das Verlangen, die Wahrheit über seine Abstammung und die Bande seines Bluts zu erfahren, zog ihn immer wieder dorthin. Dieses Verhalten versetzte ihn nicht nur in eine zweifelhafte Stellung am Hofe, sondern brachte ihn auch nicht selten in Lebensgefahr.

Während der Jahre seiner Erziehung war ihm der Weg zu seinen Eltern vollkommen verschlossen. Das fremdstämmige

Kind, das von der Tochter des Pharao als das ihre angenommen worden war, wurde offiziell als Prinz anerkannt. Ramses II. hatte kein Glück mit seinem eigenen Nachwuchs gehabt. Zwölf seiner Söhne waren gestorben, einer nur war mit Müh und Not am Leben geblieben, der als Nachfolger in Betracht kam. Und wiewohl ein Thronanspruch für den angenommenen Sohn der Prinzessin überhaupt nicht in Frage kam, so verlieh doch die Tatsache, daß so wenig direkte Thronerben vorhanden waren, dem fremdstämmigen Prinzen eine bedeutende Stellung. Die Hohepriester und die ganze Priesterschaft standen dem aegyptischen Prinzen, in dessen Adern fremdes Blut rann, in bitterer Feindschaft gegenüber.

So hochgestellt er am Hofe war, einer so strengen Erziehung und Zucht war der junge Moses unterworfen. Dem Brauch am aegyptischen Hof gemäß wurden angenommene Kinder zusammen mit Prinzen von Geblüt aufgezogen, und zwar nicht am Hof selbst, sondern in der Militärschule, auf die die Söhne der angesehenen Familien ebenfalls geschickt wurden, gleichviel ob sie die Soldatenlaufbahn einschlagen oder ihren Weg in der klerikalen Hierarchie machen sollten.

Die Erziehung auf der Militärschule war streng und rauh. Der Kadett, der zum ersten Dienstgrad, dem eines «Hauptmanns des Marstalls», befördert worden war, war vom Morgengrauen bis in den Nachmittag hinein in der Schule. Der Nachmittag war Leibesübungen, Drill und Märschen gewidmet. Der leiseste Verstoß gegen die Mannszucht wurde mit Peitschenhieben geahndet. Die Aegypter hatten ein Sprichwort: «Der Knabe hat seine Ohren hinten; darum hört er nur durch den Hintern.»

In der Klasse lernte der junge Prinz koptisch lesen und schreiben sowie die Geheimschrift der Priester zu beherrschen; in der Bild- oder Hieroglyphenschrift wurden nur die zum Priesterstand Bestimmten unterrichtet. Sie lernten auch die bei den Schreibern übliche Keilschrift; ebenso die semitische Schrift der asiatischen Völker, der Kanaaniter, Hethiter, Syrer, gegen die seit der Zeit Ramses' I., des Vaters des gegenwärtigen Pharao, häufig Kriegszüge unternommen wurden.

Zum Unterrichtsplan gehörte auch Landwirtschaft, Gesetzeskunde und Regierungskunst; außerdem Astronomie, selbstverständlich in Verbindung mit Astrologie, Horoskopen von Menschen und Völkern, ferner Beschwörungsformeln, Zaubermittel zur Heilung von Krankheiten durch Götternamen, durch Tränke und anderen, manchmal schmutzigen, widerlichen Absud; Anfangsgründe der Anatomie wurden durchgenommen sowie auch Geometrie, Technik und Architektur höherer Stufe gelehrt.

Als der Prinz zum Grad eines «Hauptmanns des Marstalls» vorgerückt war, verzichtete er auf den Titel «Vater Gottes», den er auf Grund eines Schritts seiner Mutter beim Tempel des Ammon in Ramses führte. Zu ihrem Leidwesen und zur Genugtuung der Priester erwählte der Prinz die Soldatenlaufbahn.

Er nahm an mehreren vom Pharao veranstalteten Kriegszügen ins Innere Afrikas teil. Das Heer zog in westlicher Richtung durch den Erdteil und brachte Hunderttausende von schwarzen und weißen, zur Feldarbeit bestimmten Sklaven mit heim. Moses wandte sich nach Südwesten, drang in Abessinien ein und zeichnete sich bei der Einnahme von dessen Hauptstadt mehr durch seine einfallsreiche Strategie als durch kämpferische Eigenschaften aus.

Nach der Rückkehr von diesem Zug wurde ihm der Titel eines «Fächerträgers» verliehen, auf den er an sich auf Grund seiner Stellung am Hofe Anspruch hatte. Er war damit berechtigt, bei allen öffentlichen Empfängen im nächsten Gefolge des Pharao teilzunehmen und in deren Verlauf unmittelbar hinter dem Thron zu stehen. Sein Ansehen bei den führenden Persönlichkeiten des Hofes erfuhr dadurch eine bedeutende Steigerung, und seine Stellung gegenüber seinen Widersachern wurde gestärkt.

Hochgewachsen wie ein aufschießender Palmbaum, von athletischem Körperbau und eiserner Konstitution, eine schöne Erscheinung und, als der Adoptivsohn der allgeliebten Prinzessin, in hoher Gunst beim Hofe, weigerte sich der junge Prinz jedoch, eine der Töchter aus den vornehmen Priesterfamilien zur Frau zu nehmen, wie es ihm seine Mutter mehrfach antrug; höfische Ehrungen ließen ihn kalt, ja er versäumte es oft, von seinem hohen Vorrecht Gebrauch zu machen, mit den höchsten Vertretern des aegyptischen Adels bei Hofzeremonien dicht hinter dem Thron des Pharao zu stehen. Auch von großen Opfer- und anderen Feierlichkeiten in den Haupttempeln blieb er fern. Er vermied es sogar, an den Morgenprozessionen zur Begrüßung der Sonne, einer außerordentlich geheiligten Zeremonie, teilzunehmen. Dagegen beschäftigte er sich mit Dingen, die dem Verdacht Raum gaben, er sei ein Aufrührer gegen die bestehende Ordnung, ein Aufhetzer der niederen Schichten. Die Priester betrachteten ihn mit haßerfüllten Augen, und er entfremdete sich seinem eigenen Kreis, der Umgebung der Prinzessin, so sehr, daß er nicht nur seine Laufbahn, sondern sogar sein Leben aufs Spiel setzte.

Im Zusammenhang mit den hebräischen Sklavenstämmen von Gosen begann er sein Augenmerk auf die gesamte gesellschaftliche Ordnung des aegyptischen Staates zu richten.

Er brauchte nicht lange zu der Entdeckung, daß sein eigenes Volk, die hebräischen Stämme, nur einen kleinen Bestandteil der Sklavenschaft, nur ein untergeordnetes Element in der Gesamtwirtschaft des Pharaonenlandes bildeten. Sie waren in der Tat von so verhältnismäßiger Geringfügigkeit, daß die Schreiber und Tempelchronisten ihrer in den Berichten keine Erwähnung taten, und keinerlei Andeutung über sie in die für die kommenden Geschlechter bestimmten Steindokumente eingemeißelt sind. Sie galten lediglich als einer von den Stämmen, die der neuen Kornkammerstadt Pithom, die der Pharao im Lande Gosen errichten ließ, als Ziegelmacher zugewiesen waren. Sie waren zwar ungewöhnlich zeugungskräftig und mit Nachkommenschaft gesegnet, aber die Vögte des Pharao hatten dagegen ein gutes Mittel gefunden: sie brachten die Söhne um. Und dagegen wieder boten die hebräischen Sklaven alles an Klugheit und Schlauheit auf, um so viele Kinder als möglich zu retten.

Pharaos Heere brachten Sklaven herbei aus den nahen und fernen Ländern jenseits der Wüsten: Hethiter und Ammoniter, Kanaaniter und Moabiter, Araber aus der Wüste und von den Ländern um das Rote Meer, Aethiopier aus dem Süden, schwarze und weiße Sklaven von überallher. Der ganze Körper Aegyptens war bedeckt mit dem Aussatz der Sklaverei. Die Sklaven waren auch keineswegs ausschließlich Fremdstämmige, die im Krieg oder in Raubzügen gefangen worden waren. Es waren auch gebürtige Aegypter unter ihnen. Denn es gab ja eigentlich, außer dem Pharao, seinem schwelgerischen Hof, der obersten

Priesterschaft und den höchsten Beamten keine freien Menschen im Lande Aegypten. Selbst Höflinge, Priester, Beamte waren so in das totalitäre System des Landes verwoben, daß sie Sklaven des Pharao waren. Kein Bauer pflügte die Erde, kein Gärtner pflanzte einen Baum, kein Hirt weidete seine Herde, kein Schreiner machte einen Tisch für sich selbst. Jedes Erzeugnis gehörte ihm, der nichts erzeugte. Aegyptens ganzer Reichtum, vom Vieh und der Feldfrucht bis zu dem, was aus den Händen des Handwerkers hervorging, gehörte dem Staat, dem Pharao oder dem Tempel. Die Handwerker und die Feldarbeiter wurden von ihrem eigenen Erträgnis entlohnt, je nach ihrer Klasse und dem Wert ihrer Arbeit. Der Unterschied zwischen dem gelernten und dem ungelernten Arbeiter bestand lediglich in der besseren Nahrung, die der erste empfing. Der Handwerker, der Maurer, der Bildhauer, der Maler, der Techniker, der Schreiber, der Werkmeister – keiner von ihnen arbeitete aus freien Stükken, sondern um seinen Hunger zu stillen. Der Sklavenvogt schaffte für seinen Herrn genau aus der gleichen Seelenverfassung heraus wie die Sklaven, die er zur Arbeit trieb.

Das totalitäre System war durch Brauch und Erziehung so geheiligt, daß die leiseste Anzweifelung, ob sie nun durch ein Mitglied der kleinen an der Macht befindlichen Gruppe oder durch einen Angehörigen der gesichtlosen Masse geäußert wurde, als eine Mischung von Hochverrat und Gotteslästerung betrachtet worden wäre. Tatsächlich hatte sich diese Lebensweise so stillschweigend und vollständig durchgesetzt, daß es keinem Menschen je einfiel, sie als fragwürdig zu empfinden. In seiner elenden Binsenhütte stöhnte der geknechtete Feldarbeiter darüber, daß er ein Lastesel sei, dem zu schwer aufgeladen und der zu mager gefüttert werde. Die unterdrückten Massen gaben ihren Leiden in rührenden, schwermütigen und tränenreichen Volksliedern Ausdruck. Sie besaßen nicht einmal einen Gott, dem sie ihr Leid zu klagen vermochten, einen Glauben, der sie mit Hoffnung und Mut erfüllen konnte. Nicht einmal ein Gesetz war für sie vorhanden, in dem sie hätten erforschen können, was erlaubt und was verboten war. Die Menschengattung war in ihnen zum Tier herabgewürdigt, und auf der Stufe von Tieren brachte die große Masse ihr Leben hin. Frauen vergingen sich mit Böcken, Männer mit Rindern; Mißgeburten und Krüppel kamen zur Welt; die Krüppel wurden den wilden Tieren zum Fraß vorgeworfen oder sonstwie getötet; diejenigen, die aufwuchsen, waren zu lebenslänglicher Fronarbeit verurteilt.

Solchermaßen bot sich das Staatswesen Aegyptens dem fremdstämmigen Prinzen Moses dar, als er, vom Finger Gottes angerührt, zu den Höhen erhoben ward, von denen aus er die Fäulnis, das Verbrechen und die Missetat zu erkennen vermochte, die das Land überwucherten. Am Hofe des Pharao großgeworden, gelangte er hinaus über die Grenzen seiner Erziehung und ward des Unterschieds zwischen Gut und Böse inne, für den seine ganze Umgebung blind war. Es war, als sei der Fremdling in Moses erwacht, der Fremdling nicht nur aus einem andern Land, einem andern Volk, sondern aus einer andern Welt, in der es noch Maße und Gewichte zur Bewertung der menschlichen Taten gab. Die Ungerechtigkeit, unter der das Land seufzte, stachelte ihn auf; die Stimmen vergangener Geschlechter klangen dumpf und doch machtvoll in seinem Blut.

Als Sklave im Haus des Pharao – als solchen sah er sich selbst an – hatte er keinen Gott, zu dem er beten, auf den er seine Hoffnung setzen konnte. Die Götter Aegyptens waren seine Götter nie gewesen; stets hatte er gegen sie einen tiefen Widerwillen empfunden. Er haßte ihre toten, mumienähnlichen Gestalten, die die Tempel und Paläste Aegyptens füllten; vor allen andern aber haßte er die Götter der Unterwelt: Osiris, den Herrn des Todes, der mit den Wahrzeichen seiner Herrschaft – Krummstab und Geißel – in der Hand auf seinem Throne saß, die Seelen der Toten zu richten, die vor ihn gebracht wurden; Horus, seinen Sohn, mit dem Falkenhaupt, dessen Dienst Moses' fürstliche Mutter den Sohn hatte weihen wollen, den Gott, der den Toten vor den Richterstuhl des Osiris führt, ihm das Herz aus der Brust nimmt und es wägt. Je nach dem Spruch wurde der Tote entweder ins Paradies, in die Gemeinschaft des Osiris versetzt oder in ein schwarzes Schwein verwandelt. Moses verabscheute dieses ständige Denken an den Tod, all das wichtige Drum und Dran, die ganze Vorbereitung auf die jenseitige Welt, die nur Knechtschaft, Elend und Tränen in der diesseitigen bedeutete.

Er vermochte seine Empfindungen nicht zu verheimlichen.

Nach dem Sklaventum und den Göttern war Moses der Totenkult am verhaßtesten. Ramses' Gattin, die Königin Nefertori, siechte an langer Krankheit hin; die ganzen Jahre ihrer Krankheit über hatten Zehntausende von Sklaven an ihrem Grabmal im Tal der Könige gebaut. Andere Tausende hatten dessen Ausschmückung und Zurüstung fertiggestellt. Die größten Künstler Aegyptens zierten die Decke und die Wände aus.

Die Decke war mit Lapis Lazuli eingelegt; die Wände bemalten vortreffliche Maler mit Szenen aus dem Leben des Hofs; Bildhauer metzten Basreliefs in die Quadern, die die Sklaven aus fernen Wüstengebirgen herbeigeschleppt hatten, und höhlten die Grube für den Sarg aus; um die steinerne Reproduktion ihrer Mumie wurden steinerne Bilder der Götter aufgestellt; Salbenmischer, Weihrauchsammler, Leineweber stellten das Material zur Einbalsamierung der Mumie her; Totenbeschwörer beaufsichtigten alle Vorbereitungen; und gleichzeitig schufen Handwerksmeister, Goldschmiede, Holzschnitzer die Möbel, die Truhen, die Tische und all den Zierat, den die Königin ins Grab mitnahm, indes andere Arbeiter die Braten, die Öle, die Früchte, die Enten und Gänse bereiteten, die ihr samt ihren Lieblingskatzen und -hunden in die Gruft mitgegeben wurden.

Beim Begräbnis wurden die tote Königin und die Reproduktionen ihrer Mumie in der Haltung des Lebens, von Priestern in Göttermasken gestützt, am Eingang des Grabmals aufgestellt. Vor der Königin defilierte dann ein langer Zug von Sklaven, die aus Holz und Elfenbein gefertigte, mit Gold und Lapis Lazuli geschmückte Tische und Stühle in die Gruft schleppten; Bettzeug und Leintücher, Salben, Wohlgerüche, Edelgestein, Hemden und Mäntel folgten. Darauf kamen Sklaven mit Speisen, als gälte es ein großes Gelage lebender Menschen: lebender Geflügel, geflochtene Körbe voll Brot und Kuchen, Krüge mit Öl und Wein, Vasen mit Blumen, sogar ein Ochse und Ziegen, und schließlich ihre beiden Lieblingshunde.

Ein höchst merkwürdiger Einzelzug wurde diesmal von den Priestern zu dem üblichen Zeremoniell hinzugefügt; auf einmal tat sich der Mund der mumifizierten Königin auf und ihm entfloh ein langes «O-h-h» des Staunens und der Bewunderung. Und als die Oberpriesterin in Tracht und Maske der Göttin Isis das Symbol des ewigen Lebens in Form eines Bogens – zur Versinnbildlichung, daß die Göttin die Königin nunmehr als den Göttern gleichgestellt betrachtete – zur Nase der Mumie führte, sprang aus der Stirn der Isis – eine Erfindung der zauberkundigen Priester – ein künstlicher Flammenstrahl, der wie eine Rakete zum Himmel aufschoß, – für alle Zuschauer ein ganz offenbares Wunder.

Der ganze Hof geriet außer sich angesichts die es glorreichen Zeichens, daß die Königin unter die Götter als ihresgleichen aufgenommen und als die Mutter der Götter gekrönt worden sei gleich Isis.

Bei dieser Gelegenheit wurde ein Wort in Umlauf gesetzt, das man dem «Fremdling», wie Moses bei den Priestern hieß, zuschrieb. Wahrscheinlich hatte es ein Sklave, ein Schreiber, der zur Hofhaltung gehörte, aus dem Munde des Prinzen vernommen und es den Priestern zu Ohren gebracht; danach solle Moses zu seiner Umgebung gesagt haben: «In Aegypten arbeiten die Lebenden für die Toten.»

Von diesem Augenblick an folgte eine Schar von Spähern Moses auf Schritt und Tritt und spitzte die Ohren bei jeder Silbe, die er äußerte.

Es wurde bekannt, daß der «Fremdling» öfter mit Sklaven zusammenkam, mit ihnen sprach und Teilnahme für ihr Los bezeigte. Er erlaubte sich sogar, Sklavenleiber zu berühren, eine Handlung, die einer Besudelung gleichkam und ihn von der Teilnahme an Kulthandlungen im Tempel ausschloß, ja ihn unwürdig machte, den Fuß in einen Tempel zu setzen.

Es wurde weiterhin ruchbar, daß er mit eigener Hand einen Schreiber des pharaonischen Hofes gezüchtigt habe, den er dabei betroffen hatte, wie er einen seiner Sklaven schlug. Zwar war der Schreiber selbst ein Sklave, aber er war dem «Lastesel» vorgesetzt und daher berechtigt, diesen, wenn es ihm nötig dünkte, zu schlagen. Moses' Vergehen bestand jedoch hauptsächlich darin, daß er, der Fächerträger des Pharao war, die zu diesem erhabenen Amt geweihte Hand dazu gebraucht hatte, einen Sklaven zu schlagen. Außerdem war es ein eines edelgeborenen Höflings unwürdiges Betragen, einen Sklaven unmittelbar und selbst zu züchtigen; ein Sklave mußte von einem andern Sklaven gezüchtigt werden; der Herr gab dazu lediglich den Befehl.

All diese Übertretungen, die sich Moses zu Schulden kommen ließ, wurden getreulich der obersten Instanz, dem Hohepriester Becknekos, hinterbracht.

Dieser, der höchste Oberpriester des großen Gottes Ammon-Ra, war der mächtigste Mann nach dem Pharao. Er war der höchste Oberpriester nicht nur Ammons, sondern sämtlicher Götter, und seine Machtvollkommenheit erstreckte sich auf alle Tempel und alle Priester Aegyptens.

In seine jetzige hohe Stellung war er durch allmähliches Aufrücken gelangt, nachdem er alle Stufen durchlaufen hatte, angefangen bei der eines Hauptmanns des Marstalls der Militärschule wie alle Söhne der herrschenden Aristokratie. Dann hatte er den Grad erreicht, der den Titel «Vater des Gottes» führte, und war dann auf den Sprossen der Hierarchie weiter emporgestiegen, hatte dabei alle Geheimwissenschaft seiner Kaste gelernt, war dann nacheinander «Veb» gewesen – was bedeutet: Tempelschauspieler, Tempelvorleser –, dann Priester der Reinheit, als welcher er das Blut, das dem Gotte dargebracht wurde, mit Zunge und Fingern zu untersuchen hatte, sowie Ankleidepriester, dessen Aufgabe es war, dem Gott Ammon den Mantel umzulegen; danach erster Gehilfe des obersten Hohepriesters und schließlich oberster Hohepriester sämtlicher Götter.

Der Reichtum von Becknekos überstieg alle Schätzungen. Der Ammonstempel allein hatte zur Bestellung der dem Tempel gehörenden Ländereien vierzigtausend Sklaven im Dienst. Seine Beauftragten zogen Abgaben aus zahlreichen Städten innerhalb und außerhalb der aegyptischen Grenzen ein, Städten die der Pharao den Tempeln verschrieben hatte. Die Lagerhäuser und Kornkammern der Tempel barsten von Getreide und Fertigwaren: Ballen von Leinen, Alabastergefäßen, Geräten und Werkzeugen aus Bronze, Edelsteinen und Kleinodien, zahllosen Krügen und Bottichen voll Wein, Honig und Bier.

Tausende wohlausgebildeter und wohlgeübter Sklaven, dazu Verwalter, Schreiber, Baumeister, Techniker, Maler, Bildhauer, Bronzeschmiede und Steinmetzen waren Eigentum der Tempel. Die Priesterkaste Aegyptens war ein Staat im Staate, ein Reich, dessen unumschränkter Beherrscher der Priester Becknekos war.

Er war ein Mann von gewaltiger Statur, dieser Hohepriester, den aus aegyptischem Basalt gehauenen athletischen Götterstatuen gleichend. Sein mächtiger Schädel war kahlgeschabt, ebenso wie sein Gesicht und der ganze übrige Körper. Kein Härchen durfte an dem ganzen Mann sein, das war strengstes

Gebot für ihn, damit sich auch nicht, was die Götter verhüten mochten, der kleinste Unterschlupf für eine Laus oder anderes Ungeziefer an ihm bilden konnte, was ihn bemakelt und unfähig für sein hohes, geheiligtes Amt gemacht haben würde. Seine riesigen kalten, fahlen Augen saßen in seinem breitflächigen nackten Gesicht wie Glasaugen einer Mumie. So erschien er bei der Verrichtung der Kulthandlungen im Tempel. Bei Hofe jedoch trug er eine dicke geflochtene schwarze Perücke in Form eines Helms, die ihm faltig über Ohren und Nacken hing. Über seinem massigen nackten Brustkasten trug er ein Brustschild aus gehämmertem Gold, das mit Lapis Lazuli und edlem Gestein besetzt war. Den Unterkörper bedeckte ein Schurz aus feinstem Linnengewebe.

So gewandet, den Stab, das Wahrzeichen seiner hohen Amtswürde, in der Hand, kam er eines Tages zum Hof und erbat Audienz beim Pharao.

Sie wurde ihm alsbald gewährt, und nun führte er Klage gegen den fremdstämmigen Prinzen, der die Götter lästere, die in Osiris ruhenden Geister beleidige, sich selbst durch den Umgang mit Sklaven bemakele und diese zur Aufsässigkeit gegen den Pharao reize.

Moses hatte einen Schutzengel am Hofe: seine fürstliche Mutter, die Prinzessin.

Ramses II. hatte viele Töchter, denn die weiblichen Kinder seiner Kebsweiber waren nicht gleich den männlichen im Säuglingsalter zu Grunde gegangen. Sie alle lebten in dem zum Hof gehörenden Harem. Sie waren in Tanz und Harfenspiel ausgebildet und dienten dem Pharao zu Geschenkzwecken und zur Verleihung von Auszeichnungen. Wenn es sich als nötig erwies, das Wohlwollen eines wichtigen Priesters zu gewinnen oder einen Heerführer für eine besondere Kriegsleistung zu belohnen, wenn mit einem Machthaber von Syrien oder Mesopotamien, der nicht durch kriegerische Mittel zu überwinden war, ein Vertrag abgeschlossen wurde, so erhielten diese eine Tochter des Pharao zum Geschenk und erwarben damit das Anrecht auf den Titel eines «Eidam des Pharao».

Tag für Tag saßen die Töchter in der großen Halle des Harems; auf ihren Köpfen trugen sie welkende Kränze, und ihre Leiber erzitterten unter der Gluthitze. So saßen sie da in ihren durchsichtigen Hemden aus Schleierlinnen, von nackten Sklavinnen umgeben, die Lotusblüten an ihre Nasenflügel führten, um sie zu erfrischen, und sie mit Tänzen, von Harfenspielerinnen begleitet, zu unterhalten suchten. Als Schmuckstücke des Pharaonenhofs brachten sie ihre Jugendjahre im Harem hin, bis die Stunde kam, da sie einem der Günstlinge des Pharao zum Geschenk gemacht oder als Belohnung für eine besondere Leistung, zur Besiegelung eines wichtigen Vertrags gebraucht wurden.

Auch Moses war eine von Pharaos Töchtern angeboten worden, als er nach seiner Rückkehr aus dem abessinischen Feldzug befördert worden war; doch mit Hilfe seiner Mutter gelang es ihm, der Eheschließung auszuweichen. Bathiya fühlte sich mit einem unzerstörbaren Band an dieses Kind aus fremdem Schoß geknüpft. Voller Geduld und Zärtlichkeit ertrug sie alle Schwierigkeiten, Sorgen und Nadelstiche, die sie ob der Fremdartigkeit seiner Herkunft auszuhalten hatte; und je mehr sie um seinetwillen zu erdulden hatte, um so mehr liebte sie Moses. Sie vermochte ihm keinen Wunsch abzuschlagen. Sie glaubte an seine Klugheit, sein Schicksal, seinen Stern; sie glaubte daran, daß er zu Großem geboren sei, zu Leistungen, die die Götter ihm vorbehalten hatten, und daß eben darum sie zu seiner Pflege und zu seinem Schutz auserwählt worden sei. Von den Göttern selbst war ihr diese seltsame, mystische Liebe zuteil geworden, die ihre Brust erfüllte und in dieses kleine Menschenkind überströmte. Ihre Gefühle zu zergliedern, dazu hatte sie weder Fähigkeit noch Neigung; sie war sich nur dieser grenzenlosen Liebe, dieses tief in sie eingesenkten Sehnens bewußt, das sie zu diesem jungen, zu einem Teil ihrer selbst gewordenen Leben zog.

Moses hegte für seine Pflegemutter nicht minder innige Gefühle. Seine Hingebung und Liebe für sie entstammte nicht bloßer Dankbarkeit, sondern entsprang echteren und tieferen Quellen. Wohl war sie es allein, die ihm inmitten des ihn mit allgemeiner Feindseligkeit umgebenden Gewimmels von Hofschranzen Halt und Schutz gewährte; doch tiefer noch war er sich bewußt, daß er ihrer in anderer Weise bedurfte, nämlich, daß sein noch verhülltes Geschick durch ihr Eingreifen bestimmt worden war. Wie sie selbst so glaubte auch er daran, daß sie vom Schicksal dazu ausersehen gewesen war, an ihm Mutterstelle zu vertreten. Ihr jugendliches, zartgeschnittenes, alabastern getöntes Antlitz war ihm teuer und tief vertraut; er sehnte sich nach ihm, sobald er ihr fern war. Wenn er sie, nachdem er zum Mann herangewachsen war, nach kurzer Abwesenheit wiedersah, wurde er schwankend in seinem Entschluß, das Haus des Pharao zu verlassen – den er seit geraumer Zeit schon hegte –, und sein Wille wurde schwach vor der Liebe zu seiner Mutter. Ihr Anblick machte ihn wieder zum Kind. Nein, seine Verehrung für sie war nicht nur die Gegengabe für die Sorgen, die er ihr durch sein befremdliches und bedenkliches Verhalten schuf, für die Beschwerden, die sie um seinetwillen zu erdulden hatte, ja die Vereinsamung, die ihr dadurch aufgezwungen wurde, daß sie ihm ihren Schutz angedeihen ließ; es war etwas Höheres, etwas Geheiligtes, Erhabenes, etwas wie eine mystische Wesenhaftigkeit, die ihm aus einer anderen Welt zugekommen war. Er begann, in ihr eine Botin, ausgesandt von der Gottheit seiner Urahnen, der Gottheit des Stammes zu sehen, dem er angehörte, die sie zu seiner Mutter und Beschützerin erkoren hatte. Die Ehrerbietung, die er für seine Ursprünge empfand, übertrug sich solchermaßen zum Teil auf sie, die Fremde, die mit seinem Geschick verknüpft war.

Als die Prinzessin von der Gefahr erfuhr, in der Moses infolge der beim Pharao durch den Hohepriester vorgebrachten Bezichtigungen schwebte, legte sie selbst ihr Priesterinnengewand an und erschien in der Gestalt der Göttin Isis vor ihrem Vater. Mit allem Nachdruck und Gewicht ihrer Göttlichkeit erklärte sie, daß Moses ihr Sohn Horus sei und daß sie sich zu Füßen des Gottes Osiris vergiften werde, falls man sie ihres einzigen Lebenstrostes, ihres Sohnes Horus-Moses beraube.

Ihr leidenschaftliches, wildes Eingreifen bewahrte Moses vor sicherem Tode; aber er kam nicht ungestraft davon. Er wurde aller seiner Hofämter, Titel und Vorrechte entkleidet und aus der Hofgesellschaft ausgestoßen; doch aus Rücksicht auf seine Mutter wurde ihm ein bewährter Wächter, ein Tempeleunuch, beigegeben, der ihn Tag und Nacht zu bewachen hatte.

VIERTES KAPITEL

DIE Prinzessin, die Moses Mutter nannte, hatte bereits das fünfzigste Lebensjahr erreicht, doch die geheimen Künste der Kosmetiker verliehen ihr das Aussehen eines kaum zwanzigjährigen Mädchens. Ihr schlanker Körper war stets gleich einer Mumie von zarten Leinenbinden umwunden. Ihr Gesicht war lang und schmal, die Augen waren feingeschnittene Ovale. Ihre dünne, durchscheinende Haut hatte die Tönung von Alabaster. Die Ärzte hatten ihr Äußerstes getan, um ihren Zügen das jungfräuliche Aussehen zu erhalten, das einer Frau, die ihr Leben den Göttern geweiht hatte, anstand; und tatsächlich gaben ihre gerade Nase, die schmalen Lippen, der schlanke Hals ihr das Aussehen eines halbwüchsigen Mädchens.

Als Moses durch den Schreiber, der ihr als Sekretär diente, um eine Audienz bei ihr nachsuchte, war sie gerade von der Zeremonie zurückgekommen, die sie als Priesterin des Osiris allmorgendlich in dem kleinen Tempel, der mit ihren Gemächern verbunden war, ausführte.

Sie hatte die gehörnte Mondkrone, die sie als Göttin Isis trug, abgesetzt. Sie war noch in einem Erregungszustand von der Kulthandlung, in deren Verlauf sie den Gott gesalbt und bekleidet, ihm Lotusblüten geopfert und fromme Lieder gesungen hatte. Ihr Herz war noch voll vom Erlebnis des geheiligten Augenblicks, des Verbundenseins mit dem Herrn der Unterwelt, ihrem göttlichen, vielgeliebten Gatten. Die Gemütsbewegung zitterte noch in ihren Zügen nach; ihre Augen glühten und glitzerten noch vom Feuer der Verzückung Sie fühlte sich erhoben und gereinigt, wie jedesmal nach der heiligen Handlung.

Sie empfing Moses in dem kleinen, zurückgezogenen Gemach neben ihren Bade- und Salbräumen, wo sie zu ruhen und sich für die gottesdienstlichen Handlungen vorzubereiten pflegte.

Im Gegensatz zu den prunkvollen Gemächern und Festsälen des Palastes mit ihren zahllosen Lotussäulen war dieses Ruhegemach der Prinzessin ein einfacher Raum ohne Säulen mit glatten, hohen Wänden. Nur die Decke war mit roten, gelben und violetten Ornamenten bemalt. Die Prinzessin saß zurückgelehnt auf einem Ruhebett, dessen Holzschnitzerei mit Elfenbein beschlagen und mit Lapis Lazuli eingelegt war. Eine aus dem gleichen Material gefertigte und im selben Stil gehaltene Truhe stand daneben.

Auf ihrer schweren, mit Goldstickerei durchwobenen Perücke trug sie ein von einem Falkenkopf überragtes Diadem. Ihren langen, schlanken Hals bedeckte eine Halskrause. Das Kleid aus Schleierlinnen fiel in vielen Falten bis zu ihren Füßen, die auf einem Schemel ruhten. Vor ihr stand eine nackte junge Sklavin, die ihr mit einer Lotusblume Duft zufächelte.

Als Moses sie durch eine tiefe Neigung des Kopfes begrüßt hatte, entließ die Prinzessin die Sklavin. Dann hieß sie Moses, sich neben sie auf das Ruhebett zu setzen, und als er der Aufforderung gefolgt war, nahm sie seine Hand und sprach zärtlich zu ihm:

«Teuer ist mir dein Angesicht, mein Sohn, wie das Antlitz des Horus teuer ist den Augen seiner Mutter Isis. Was hast du mir von dem zu berichten, das die Götter dir anvertraut haben?»

«Ich bin dein Diener, den du erhoben hast zum Rang deines Sohnes. Die Sterne der Nacht haben gesehen die Zärtlichkeit der Mutter für ihren Sohn, und ihre Zeugenschaft gibt mir den Mut, dir meine Gedanken darzutun. Ich ging hin, meine Brüder zu sehen, und ich habe sie in ihrer bitteren Fron gesehen. Unter ihnen habe ich meinen Vater und meine Mutter gefunden.»

Ein tiefer Leidenszug machte sich im Gesicht der Prinzessin geltend. Unter der Salbenschminke nahm ihre Haut eine neue Blässe an, und ihre kaum sich vom Kleid abhebende Brust bebte. Sie beherrschte sich jedoch und erwiderte:

«Ich wußte wohl, daß du eines Tages den Weg finden würdest zu deinen Eltern inmitten der Sklaven Gosens. Nicht ich habe dich von ihnen getrennt. Ich gab dich deiner eigenen Mutter zum Säugen, als ich dich im Nile fand, so wie Isis ihren Sohn fand.»

«Ich weiß es, Mutter; du bist gnädig zu mir gewesen von der ersten Stunde an, da du mich fandest. Die Götter haben dich auserkoren, meine Schritte zu bewahren vor allem Übel. Wie soll ich dir danken für all deine Güte, große Mutter?» Moses erhob sich und verneigte sich tief vor ihr.

«Was willst du nunmehr beginnen, mein Sohn?»

«Ich will hingehen zu meinen Brüdern und bei ihnen bleiben.»

«Ein Tropfen mehr im Ozean des Sklaventums Aegyptens?», sagte sie in ängstlich fragendem Ton.

«Meine Brüder sind keine Sklaven, Mutter. Bei ihnen weilt der Geist ihres Gottes. Sie halten seine Gesetze, sie gedenken der Namen und Taten ihrer Vorväter und sie leben gemäß den Überlieferungen ihrer Ahnen, die von Geschlecht zu Geschlecht weitergegeben wurden.»

«Allein in Aegypten sind sie Sklaven.»

«Sie leben in der Hoffnung auf Erlösung, die ihr Gott ihnen verheißen hat. Wer in der Erwartung der Befreiung lebt, ist kein Sklave, Mutter. Ich begehre, mich mit ihnen zu vereinigen in ihrer Hoffnung und der Erlösung zu harren.»

«Genügt es dir nicht, der Sohn von Pharaos Tochter zu sein, daß du andere Erlösung suchst? Willst du das, was dir zuteil wurde, fahren lassen um des Erhofften willens.»

«Das mir zuteil Gewordene ist mir fremd. Du hast dich mit aller Liebe bemüht, mich für die Rolle zu rüsten, die du mir von der ersten Stunde an zugedacht hattest. Diese Rolle ist nichts für mich. Das Gewand, das du mir übergeworfen hast, ist an mir in Stücke zerfallen. Der Geist meiner Eltern hat mich ein Fremder bleiben lassen im Hause, das du mir erbaut hast. Ich bin der Gnade nicht würdig, die du mir erwiesen hast, Mutter. Als ein Fremdling bin ich aufgewachsen an deiner Brust. Ich bin wie ein Baum, den man entwurzelt hat und der auf fremdem Boden liegt. Ich gehöre nicht zu den Göttern, deinen Göttern, die du mir gegeben hast, und meine eigenen Götter kenne ich nicht. Ich muß hingehen zu meinen Brüdern, um von ihnen zu erfahren den Geist ihres Gottes. Ich will wissen, wer meine Vorväter waren. Ich will wieder eingepflanzt werden in den Boden, der meinem Wesen und meiner Natur gemäß ist. Vielleicht werde ich Ruhe und Beistand finden unter meinen Brüdern.»

Die Prinzessin war wieder in nachdenkliches Schweigen verfallen, indes sie die dunklen Augen auf das Gesicht des Sohnes heftete. Ihr Blick war von Mitgefühl und Liebe erfüllt. Von ihrer inneren Erregung zeugte das Zittern, das Busen und Hals erbeben ließ. Sie streichelte die Hand des Sohnes, die sie immer noch in ihrer hielt, und sprach schließlich:

«Mein Sohn, ob du Ruhe und Beistand finden wirst inmitten deiner Brüder, das weiß ich nicht; zu lange hast du fremde Luft geatmet. Mein Herz zittert in der Brust; in mir wohnt Klage um dein Leiden. Die Götter haben die Aderstränge unserer

Herzen ineinander gewoben, und jedes Leid, das du trägst, geht ein in mein Blut. Ich weiß wohl, wie unfroh du bist in den üppigen Palästen des Pharao; aber wirst du froher sein in den Sklavenhütten deiner Brüder? Ich weiß, daß du unsern Göttern fremd geblieben bist; aber werden dir deine eigenen Götter vertrauter sein? Du bist wie eine Pflanze, die viele Jahre in fremdem Boden und in fremder Luft gehegt wurde; wirst du Wurzel schlagen und Blüten treiben, wenn du wiederum in deinen eigenen Boden verpflanzt wirst? Deine Wurzeln haben andere Nahrung aufzunehmen gelernt; werden sie nicht einschrumpfen und versteinern in der harten Erde des Sklavenlands? Unter Fremden kannst du als ein Fremder leben, unter den Deinen vermagst du nicht als ein Fremder zu leben.»

Nun versank Moses in Grübelei. Sein strahlendes, männliches Gesicht verdunkelte sich, seine hohe, gewölbte Stirn bedeckte sich mit Runzeln, und der Glanz seiner Augen ward überschattet.

«Ich weiß, Mutter, daß die Gefahr groß ist. Doch ich kann auf diesen Schritt nicht Verzicht leisten. Der Geist meines Volkes hat in mir einen großen Liebesdurst nach meinen Brüdern erweckt. Fern von ihnen leide ich mehr um sie, als wenn ich bei ihnen bin. Des Nachts erwache ich im Gedanken an ihre Knechtschaft und schreie laut. Liebe und Mitleid für meine Brüder zerfleischen mich wie die Krallen eines Löwen. Immerdar sehe ich ihre Leiber vor mir, bedeckt vom Schweiß der Todesqual, zusammenbrechend unterm Gewicht ihrer Bürde. Der Peitschenhieb, der sie trifft, brennt sich in mich ein vor Scham und Schmerz. Es ist, als ob der Gott meiner Väter mein Herz genommen und es verwandelt habe in einen Schwamm, auf daß es ihre Not einsauge. Mein Leib ist zu schwach, die Last des Leidens zu tragen; vielleicht, wenn ich unter ihnen weile, wenn ich ihnen nahe bin, um Zeuge zu sein ihrer Bitternis und Mühsal, werde ich ihre Hoffnung teilen und mit ihnen harren können auf die Erlösung. Vielleicht werde ich dann in höherem Maße Kraft finden, als wenn ich, ihnen fern, allein für mich bliebe.»

Die Prinzessin streckte die Hand aus, um sie auf die Augen des Sohnes zu legen und die Tränen darin auf ihre Fingerspitzen zu sammeln, die sie dann zu den Lippen führte.

In tiefem Staunen sah Moses zu ihr auf.

«Mutter, was tust du?»

«Deine Tränen sind der Born jener Liebe, mit der die Götter meinen Leib befruchtet haben. Als ich dich fand in deinem Körbchen im Schilf des Nil, ward eben diese Quelle der Tränen geschlagen. In jenem Augenblick hieß mich die Göttin, die Tränen zu trinken, die in mir die Liebe zu dir entzünden würden, mein Sohn. Mein Geschick ist mit dem deinen verknüpft, und wo immer du hingehen magst, werde ich bei dir sein. Gehe zu deinen Brüdern und erlange Kunde bei ihnen von dem fremden und mächtigen Gottgeist, der dein Schicksal lenkt. Ich fühle es, ich weiß es, daß ein Gottgeist, unbekannten Himmelsregionen entspringend, auf die sich die Macht unserer Götter nicht erstreckt, über deinen Wegen wacht. Er lenkt deine Schritte, wie ein Lotse seine Schiffe lenkt; Er formt dich, wie der Töpfer das Gefäß formt, daß du ein Werkzeug seiest in Seiner Hand. Er hat Wache gehalten über dich vom Tag deiner Geburt an. Er hat dich errettet aus vielen Gefahren; Er hat dich gezogen aus den Zähnen der Löwen. Er hat gekämpft mit unsern Göttern und Er hat sie übermocht. Ich weiß nicht, wessen dieser Gottgeist ist, ich weiß nur daß Er nicht der meine ist. Ich bin hingegeben an andere Gewalten und Regionen; doch ich neige mein Haupt in Ehrfurcht vor Seiner Majestät. Ich weiß, daß auch ich ein Werkzeug bin in Seiner Hand, geschaffen zur Erfüllung Seiner Zwecke. Denn alles, was ich tat und tue, geschieht auf Sein Geheiß und nach Seinem Willen; und Seinem Willen gehorche ich. Gehe, mein Sohn, geh hin auf den Pfaden, die der Gottgeist deiner Väter für dich bereitet hat. Er wird dich beschirmen vor den Gefahren, die dich bedrängen, so wie Er bisher getan. Er wird dich beschützen vor den Händen unserer Götter, vor unserem Willen, so wie Er dich beschützt hat vor den Händen des Hohepriesters; und wenn jener Gottgeist mir gebietet, dir beizustehen bei der dir bestimmten Aufgabe, so werde ich Ihm, unserer Götter nicht achtend, gehorchen. Denn ich muß tun, wie mir befohlen wird vom Gottgeist durch das Feuer der Liebe und der Hingabe, das Er entzündet hat in meinem Herzen mittels der Tränen, die ich getrunken habe von deinen Augen.»

Moses konnte seine Blicke nicht abwenden vom Angesicht der Prinzessin. Es war ihm, als kenne er sie nicht mehr. Sie hatte sich von dem Ruhelager erhoben, sie schien größer geworden, und ihr Antlitz war erleuchtet von einem inwendigen Licht der Heiligung. Nicht mehr war sie die Priesterin eines fremden Gottes. Sie war gleich der Prophetin eines Gottes, der ihm vertraut war, da es sein eigener Gott war.

Die Prinzessin klatschte in die Hände. Die hohe Tür des Gemachs ward aufgetan, und darin erschien eine junge, kraftvoll gebaute Negerin mit Ringen in den Ohren und Reifen an ihren langen Armen. Ihr Wuchs war ganz ungewöhnlich; ihre Brust, von einem schmalen roten Band gehalten, war mächtig. Ihre Scham war von einem kurzen Schurz bedeckt; ihr Unterleib und Nabel waren nackt. An der Schwelle des Gemachs warf sie sich zu Boden.

«Fiha! Nimm den Prinzen mit dir, kleide ihn in die Tracht eines Sklaven und lasse ihn durch die geheime Pforte des Isistempels ins Freie. Dann geleite ihn zu den Feldern der Ziegelstreicher in der Sklavenstadt zu Gosen. Du bist mir verantwortlich für sein Leben und sein Wohlergehen. Du wirst bei ihm bleiben, solange er deiner bedarf; du wirst alles tun, was du tun mußt, und dich allem enthalten, was du nicht tun darfst.»

«Wie du gebietest, große Mutter», murmelte die Negerin.

«Gehe, mein Sohn, wohin immer der Gottgeist deines Volkes dich führen mag», sagte die Prinzessin.

Moses neigte das Haupt. «Mutter!»

Sie zog ihn an sich und nahm den Kopf des Sohnes zum letzten Mal in ihre langen, schlanken Arme.

«Mutter, mein Gott wird auch deiner sein.»

«Wenn du Ihn findest, so komm zu mir und sprich mir von Ihm.»

«Ja, Mutter.»

FÜNFTES KAPITEL

EINEM vor Durst keuchenden Hirsche gleich, der, erhitzt und gehetzt, dem reinen Quell zustrebt, der Dornen und Disteln, die sein Fell zerreißen, nicht achtend, besessen von dem einen, einzigen Drang, zum Born des lebenspendenden Wassers zu gelangen, so kümmerte sich Moses nicht mehr um das kleinliche, ehrgeizige Streben, das die ihm Nächsten erfüllte, sondern gab er sich nur dem einen Verlangen, dem einen Trieb hin, sein eigenes Volk immer besser kennen zu lernen, ihm immer inniger nahezukommen.

Die Überlieferungen der Stämme waren durch die Ältesten in Israel von Geschlecht zu Geschlecht weitergegeben worden. Die «Ältesten» bestanden nicht lediglich aus alten Leuten; es waren auch junge Menschen unter ihnen. Bei den Stämmen war man immer auf der Suche nach jungen Menschen, die von Gott mit Weisheit und Erkenntnis gesegnet waren, und solche wurden zu den in einer bestimmten Höhle stattfindenden Sitzungen der Ältesten von Israel zugezogen. Denn das Bestreben ging dahin, den Fortbestand der Überlieferung dadurch zu sichern, daß man sie in die noch frischen Seelen der jüngsten Generation einpflanzte. Doch selbstverständlich waren die maßgebenderen unter den «Ältesten» Männer vorgeschrittenen Alters.

Einer von diesen war blind. Es war der hochbetagte Uziel, dem alle in aufmerksamem Schweigen lauschten, wenn er die Geschlechter und Taten der Väter aufzählte. Er war von hoher Gestalt, hatte eine bleiche Gesichtsfarbe und dünnen grauen Bartwuchs; seine Augensterne schienen immer auf einen festen Punkt in weiter Ferne eingestellt, als vermöge er dort, jenseits der Sichtweite der Andern, die Quellen des Wissens von den Urzeiten zu sehen. Die Andern saßen um ihn herum, Amram, Jizchar, Hebron, auch einige Junge, Söhne des Jizchar, seine Worte einsaugend und wiederholend, was sie gehört hatten.

Es hieß, der alte Uziel könne sich noch der Generation entsinnen, die auf Joseph folgte, der Tage, da die Ibrim, die Hebräer, noch als Freie im Lande Gosen wohnten; doch das war einigermaßen übertrieben. Uziel war zwar selbst nie Sklave gewesen, aber er war geboren, als die Stämme bereits der Sklaverei anheimgefallen waren. Jedenfalls genoß er große Verehrung als derjenige unter den Ältesten, durch den der Strom der Überlieferung der Geschlechter geflossen war.

Er wurde von den Weisen hoch in Ehren gehalten. Zur Zeit, als Moses mit ihm bekannt wurde, war er bereits vom Alter stark geschwächt. Er vermochte sich nicht mehr zu rühren. Er war stets auf ein Lager von weichen weißen Schaffellen gebettet und wurde wie ein Kind mit Milch ernährt. Dabei war sein Gedächtnis noch sehr frisch, und wenn er den überlieferten Text hersagte, geschah es mit solcher Lebhaftigkeit, daß man hätte glauben können, seine nun zu ewiger Nacht geschlossenen Augen sähen das Geschilderte vor sich, und als habe er aus freien Stükken die Augen zugedrückt, um jede Einzelheit jener verschollenen Begebenheiten und Menschen unversehrt zu bewahren.

Uziel war die höchste Autorität, wenn Streit oder Ungewißheit entstand hinsichtlich eines Ereignisses der Vergangenheit, eines von den Erzvätern überlieferten Brauchs, eines Namens in den Stammtafeln, eines Ausdrucks, den die Väter gebraucht hatten. Denn nicht nur die Ereignisse, Offenbarungen und Bräuche wurden als wichtig erachtet; ebenso wichtig waren Sprache und Wortlaut, wie sie von den früheren Generationen überliefert waren. Der Einheitlichkeit der Überlieferung wurde viel Gewicht beigelegt, und es wurde darauf gehalten, daß ein jeder der Ältesten Satzbau und Ausdruck bis in jede Einzelheit genau beherrschte und die überlieferten Worte buchstabengetreu wiedergab. Nie war es erlebt worden, daß der alte Uziel, so oft er den überlieferten Text auch gesprochen, je auch nur ein Wörtchen zugefügt oder weggelassen hatte.

Bei dem alten Uziel saß Moses, ihm zu lauschen und alles zu wiederholen, was er über das Leben der Väter vom allerersten Tag an durch ihn erfuhr; wie mit stählernem Griffel waren die Worte in sein Herz gegraben.

Hier lernte Moses, daß ein Gottgeist, den sie als den Gott ihrer Väter betrachteten und der sich hinter einem unaussprechlichen Namen verbarg, Himmel und Erde geschaffen, daß Er Ordnung gebracht habe in das «Tohuwabohu», das Urchaos; daß Er Sonne, Mond und Sterne an den Himmel gestellt, die Erde mit Tieren und Vögeln aller Art bevölkert, die Meere mit Fischen und Gewürm gefüllt habe. Daß Er dies alles nicht aus Spieltrieb, nicht aus einer Laune heraus, sondern zu einem Zweck gemacht habe. Der Zweck aber war die Güte, welche Gerechtigkeit ist. Denn vom allerersten Schöpfungstage an hatte der Geist unterschieden zwischen Gut und Böse, zwischen Gerechtigkeit und Sündigkeit; und Er wog und maß alle Seine Geschöpfe, ihr Verhalten und ihre Taten, ob sie gut oder böse, gerecht oder sündig waren. Er brachte die große Flut über die Erde – Moses hatte über die große Flut aus den babylonischen Schriften gelernt, die auf der Militärschule durchgenommen wurden –, wiederum nicht aus Laune und zur Spielerei, sondern weil Seine Schöpfung, so Mensch wie Tier, abgewichen war vom Zweck der Schöpfung, dem Ziel von Gut und Böse; und Er hatte wenige der einzelnen Arten auserlesen und vor der großen Flut gerettet, um eines Neubeginnes willen.

Von Anbeginn an hatte der Geist die Welt Seiner Schöpfung unter Seine besondere Vormundschaft und Vorsehung genommen. Er überließ sie nicht ihren eigenen Einfällen und Anschlägen, nicht einmal in jenen Zeiten, da Er den Menschenkindern noch unbekannt war. Er wachte über denen, die Seine Absichten erfüllten und ein rechtschaffenes Leben führten; ihnen erwies Er sich gnädig. Die jedoch, die sich Seinen Absichten widersetzten und Unrecht taten, züchtigte und vernichtete Er. Bis der Tag kam, da Er entdeckt wurde, von dem Ersten, dem Erzvater des Volkes, Abraham, welcher der Ibri, der Hebräer, genannt wurde – ein Wort, das bedeutet, daß er vom andern Ufer des Stromes kam – und ein Fremdling war in dem Land, in dem er sich niedergelassen hatte.

Der Vater der Stämme war der Erste unter den Kindern der Menschen, welcher entdeckte, daß es nur Einen Gottgeist gebe, Einen Einzigen Gott, der der Schöpfer aller Dinge im Himmel und auf Erden sei. Der Gottgeist offenbarte sich dem Vater und machte einen Bund mit ihm und seinen Nachkommen für alle künftigen Geschlechter. Der Geist wurde ihr Gott, der Eine, Einzige Gott des Volkes, welches Abrahams Samen entsprang. Es war das Auserwählte Volk und es nahm auf sich die Erfüllung aller Gesetze, Gebote und Gebräuche, die Gott ihm wies, auf daß es ein Beispiel sei der Rechtschaffenheit und der Wahrhaftigkeit für alle Völker der Welt.

Und dieses Volk, welches sich vermehren und zahllos werden sollte gleich den Sternen des Firmaments und dem Sand am Meer, sollte seinen Ursprung nehmen von Abraham, der, da ihm das Versprechen ward, noch kinderlos war. Der Eine Einzige Gott jedoch hatte diesem Volk eines der Länder der von Ihm geschaffenen Erde vorbehalten. Er setzte die Grenzen des Landes; das Volk sollte ziehen in dieses Land, darin siedeln und wohnen in Rechtschaffenheit und Gerechtigkeit, wodurch es Ihm dienen würde. Von jener Stunde an hatte Gott das Schicksal des Volkes in Seinen Schutz und Schirm genommen.

Da er den Einen Einzigen Geist einmal als seinen Gott anerkannt und angenommen hatte, gehorchte Abraham Ihm in allen Stücken und ward nicht wankend in seinem Gehorsam. Er suchte nicht nach Gründen und fragte nicht nach Zwecken. Er glaubte an Ihn, und er glaubte, daß alles, was Er tat, wohlgetan sei, und diente Gott. Er rechtete nicht einmal mit Ihm, als Er ihm offenbarte, daß Abrahams Kinder Fremdlinge sein würden in einem fremden Land, untertan einem fremden Volk, unterdrückt vierhundert Jahre lang, ehe daß sie selbst ihre Volkheit erlangten.

Und Abraham, der Vater aller Stämme, da er den Bund mit dem unbekannten Gott gemacht, war sogar bereit, auf dieses Gottes Geheiß den einzigen Lohn, der ihm geworden war, zum Opfer zu bringen auf dem Altar, den Sohn, den er im hohen Alter gezeugt, der das Zeugnis war der Erfüllung des Bundes. Er mäkelte und marktete nicht an dem Gebot, wiewohl er dessen Grund nicht kannte, sondern ohne ein Wort der Klage ging er hin und führte seinen Sohn Isaak, in dem die Verheißung verkörpert war, zum Altar, um als Brandopfer zu dienen. Solcherweise nährte Abraham sich mit tausend Mündern an der Quelle des Unbekannten, auf daß er daraus beschwöre den Einen Bekannten, den Geist des Ewigen Wesens; und da er Ihn gefunden hatte, unterwarf er sich Ihm bedingungslos. Nicht um der Zukunft willen, nicht um seiner Nachkommenschaft willen machte Abraham diesen Bund, sondern zur Vollendung seines Einsseins mit dem Geist. Abraham löste sich auf und ging ein in den Geist, da in Ihm und bei Ihm das Ewige Leben war ohne Gestalt und ohne Gehalt. Und der Geist begehrte nicht ein Opfer durch den Tod von Abrahams Sohn, sondern vielmehr ein Opfer im Leben seines Sohnes, wie Er es verlangte von allen Söhnen und Töchtern, welche Abraham entspringen sollten. Ihre Lebensführung, die Heiligung ihres Lebens – das sollte das Opfer sein.

Da ward Moses inne des Gegensatzes zwischen dem Gottgeist Abrahams und den Göttern Aegyptens. Der Geist, welcher sich Abraham offenbart hatte, war kein Geist der Toten. Er war kein Osiris, der Gott der ewigen Nacht, mit dem der Pharao im Tode eins wurde; Er war nicht Ra, mit dem der Pharao eins wurde beim Aufgehen der Sonne. Er war der Gott des ewigen Seins, der Schöpfung, des Werdens, des Lebens, alles dessen, was war und was weste. Ein mächtiges Wesen, eine gewaltige Gegenwärtigkeit war in Ihm, das Wesen aller Welten. Denn alle Welten, alles, was ist – Sonne, Sterne, Nacht, das Bekannte und das Unbekannte – waren Teile Seiner Schöpfung. In Ihm war er beschlossen, für den die Schöpfung bestimmt war: der Mensch. Und durch den Bund, den Abraham mit dem Geist gemacht hatte, ward ein Bund geschaffen unter allen seinen Nachkommen, dem Geist zu dienen, nicht mit dem Tod sondern mit der Führung ihres Lebens.

Ein jeder der Sklavenbrüder Moses', wie er sie da, mit nackten Füßen aus dem schlammigen Grund heraustappen sah, um Ziegel für den Pharao zu bereiten, war ein Teil von Abrahams großer Erkenntnis. Seine Brüder waren der Bund mit dem Geist in Gestalt und Gehalt. In ihnen lebte die Verheißung des Geistes. Und mit der Verheißung war in ihr Blut und Mark verwoben die Hoffnung auf die Zukunft, die Hoffnung alles Seins, denn sie waren Leben.

Nein, nicht die Sklaven des Pharao waren diese da, die Kinder Josephs, wie die Aegypter sie nannten und wie sie sich selbst gern nennen hörten, denn ihre Abkunft vom Retter Aegyptens war ihr einziger Anspruch an die Aegypter. In diesen gequälten Leibern, die unter Strick und Peitsche seufzten, floß das Blut Abrahams, des Mannes, der der Erste war, welchem der ewige Geist des Seins offenbar ward. Ein jeder von ihnen hatte gefesselt gelegen auf Isaaks Altar und ein jeder war bereit, seine Zukunft dem Geist zum Opfer darzubringen. Jeder von ihnen war ein Abkömmling desjenigen, der zuerst gewandelt war auf den Wegen des Geistes. Ihre Leiber waren bedeckt von den Schwären der Peitschenhiebe, doch in ihnen lebte das Bündnis, die Verheißung, die Hoffnung des Menschen auf Gott.

Vor allem andern aber war Moses ein Mensch mit einem Sinn für die Wirklichkeiten des Lebens. Er hatte ein Auge für alles, was um ihn herum vorging, und war bald mit seiner Umgebung vertraut. Mit Leichtigkeit begriff er den ganzen Aufbau des Sklavensystems, in dessen Fesseln seine Brüder schmachteten. Es war ein System mit einer strengen Ordnung, das der geringsten Veränderung Widerstand leistete, und Moses erkannte bald zu seiner schmerzlichen Beschämung, daß seine geknechteten

Brüder, ja auch Angehörige seines eigenen Stammes, in nicht geringem Maße mitverantwortlich waren für die Aufrechterhaltung des Systems. Als Aufseher und Beamte nahmen sie teil an der Knechtung der Stämme. Mit den aegyptischen Behörden verhandelten sie über die zur Ausführung einer bestimmten Planung nötigen hebräischen Sklaven, und sie machten unter sich aus, wer dabei die Aufsicht führen solle, und ernannten die betreffenden Personen. Sie übernahmen die Verantwortung für die den Arbeitern zu liefernden Lebensmittel; sie sammelten die Erzeugnisse von denjenigen Hebräern ein, denen dafür das Vorrecht zugebilligt war, selbst ihre Grundstücke zu bestellen.

Moses entdeckte ferner, daß keineswegs alle Kinder Israels zu der widerwärtigen Fron der Ziegelöfen verurteilt waren. Es war dies tatsächlich nur die niedrigste Stufe der Zwangsarbeit. Einer beträchtlichen Anzahl waren höhere Arbeiten zugewiesen. Die Aegypter waren ein berechnendes Volk, sie leisteten sich nicht die Verschwendung des Hasses auf Kosten nutzbarer Gaben. Wenn ein junger Sklave Verstand und Handfertigkeit zeigte, so wurde er zu einem Handwerksmeister in die Lehre gegeben und ausgebildet, um den Aegyptern für höhere Leistungen zur Verfügung zu stehen.

Dicht bei den Schlammfeldern, wo die Ziegel gebacken wurden, entdeckte Moses die Werkhütten der Steinmetzen: nach allen Seiten offen, nur mit Vorhängen aus Palmblättern vor der sengenden Sonne geschützt, waren sie auf dem heißen Sand errichtet; Reihe um Reihe geschickter Sklavenhände regten sich darin mit den Bronzehauen und Holzhämmern; über jeder Arbeiterreihe schwang der unvermeidliche Aufseher die Peitsche, um Takt und Tempo der Arbeit im Gang zu halten. In andern Hütten wurden die behauenen Blöcke glattgerieben: wiederum Reihe um Reihe schwitzender Leiber in taktmäßiger Bewegung, um dem bereits gestalteten Stein die Glätte und den Glanz des Marmors zu verleihen. In noch weiteren Hütten waren Kunsthandwerker höherer Gattung damit beschäftigt, die Götter-, Tier- und Menschenfiguren zu meißeln, die für die Ausschmückung der Tempel bestimmt waren.

Jeder Sklave jedoch, ob es ein Handlanger oder ein Handwerker war, ob er den Lehm für die Ziegel stampfte und Basaltblöcke schleppte oder mit kunstfertigem Meißel die Götter- und

Menschenbilder schuf, war gleicherweise von der Peitsche bedroht. In dieser Hinsicht gab es keine Abstufungen; wie es keine Abstufung des Sklaventums gab; es war ausnahmslos, unlinderbar, unwiderruflich. Vom Tag der Geburt an war das Kind, wenn es überhaupt am Leben gelassen wurde, das Eigentum des Pharao. Selbst schwangere Weiber wurden an die Webstühle gebunden, die die Hütten in den anstoßenden Feldern beherbergten. Leinenstoffe, Decken, Leichentücher, daran war für die Zwecke der Lebenden und der Toten nie endenwollender Bedarf in Aegypten.

Beim ersten Anblick der langen Zeilen von Weberhütten kam es Moses vor, als seien die Leiber der arbeitenden Frauen und die Webstühle, an denen sie arbeiteten, jeweils zu einer einzigen Maschinerie geworden. Die Stöcke der Aufseher schlugen auf kleinen Trommeln einen raschen, stetigen Takt, und die Füße der Weberinnen auf den Trittbrettern, ihre Hände, die das Schiffchen durch die Kette warfen, hielten den Rhythmus ein. Fiel eine Hand oder ein Fuß aus dem Takt, so zuckte die Peitsche nieder. Gliedmassen und Muskel wurden pausenlos und unablässig auf dem Höchstgrad der Anspannung gehalten; neben den Müttern aber, in gleicher Hetze und Hast, arbeiteten die halbwüchsigen Mädchen.

Allein mit den Schlammfeldern, den Steinmetzen- und Weberinnenhütten war die Vielfalt der den Kindern Israels auferlegten Sklavenarbeit noch nicht beendet. Moses machte bald die Erfahrung, daß viele hebräische Sklaven auch an reiche Aegypter «ausgeliehen» wurden, sei es zu gröberer Arbeit in Feld oder Garten, als Fischer und Viehhüter, sei es für feinere Betätigung in Handwerk und Künsten.

Moses bekam auch bald heraus, daß die Kinder Israels nicht nur in einem Hörigkeitsverhältnis zu dem Pharao standen, sondern auch gegenüber den hebräischen Aufsehern, die ermächtigt waren, die hebräischen Sklaven zu allen möglichen Diensten weiterzuvermieten: als Feldarbeiter, Gutsverwalter, Schreiber, Buchhalter, Kunstweber, Salbenmischer, Gold- und Silberschmiede. So kam es, daß zwar das Leben eines jeden Sohnes Israels Eigentum des Pharao war, seine Gaben und Kenntnisse aber auch dem Korah und andern hebräischen Aufsichtsbeamten nach Belieben zur Verfügung standen.

Was Moses mehr noch als die Versklavung durch die Aegypter täglich und stündlich ins Herz schnitt, war die Versklavung der Kinder Israels durch die Aufseher und Bedrücker des eigenen Bluts. Mit unendlicher List war den Stämmen das Netz des Sklaventums übergeworfen: die Bestellung von hebräischen Vögten über hebräische Knechte unterwarf den einen Volksteil dem andern. Moses' Herz blutete um der Schwachen und Wehrlosen willen und flammte auf vor Zorn gegen die Bedrücker, nicht zuletzt gegen die aus dem eigenen Volk; und er tat ein stillschweigendes Gelübde, das Los mit den Lehmstampfern und Ziegelstreichern zu teilen, nicht mit dem der ausgezeichneten Männer aus dem bevorrechteten Stamm Levi.

Es hatte eine Stunde gegeben, da Amram, der Vater von Moses, so tief gebeugt war durch die lange Knechtschaft, daß er den Glauben an die Verheißung aufgegeben hatte, die den Erzvätern von Gott geworden war; dies aber, der Glaube an die Verheißung, war die einzige Kraft, die die Stämme aufrecht und den Lebensfunken in ihnen glimmend erhielt.

In seinen jungen Jahren hatte Amram sich geweigert, weiterhin Kinder in eine Welt der Knechtschaft zu setzen. Wozu neues Leben schaffen? Damit die Fische des Nil Futter bekamen? Amrams Tochter Miriam hingegen, die wie eine lodernde Fackel des Aufruhrs war, trug das Flammenwort der Hoffnung unter den Stämmen von Hütte zu Hütte; und auch in der der Eltern ließ sie nicht ab, zu ringen und zu kämpfen, dergestalt, daß sie den Vater nach langen Jahren wieder zu dem verlorenen Glauben bekehrte. Und als dann dem Hause des Amram das jüngste Kind geboren war, wuchs im Verlauf der Jahre auch der wiedergeborene Glaube infolge der wundersamen Ereignisse, die sich daran schlossen, zu neuer, größerer Kraft, als eben dieser Jüngstgeborene auf so wundersame Weise davor bewahrt worden war, den Fischen des Nil als Speise zu dienen. Fand ihn doch des Pharao Tochter, um ihn an ihres Vaters Hof zu bringen und dort aufzuziehen als ihr eigenes Kind. Dies sah Amram als ein Zeichen an dafür, daß die Erlösung nahe, und er glaubte, daß das Kind zu Großem bestimmt sei.

Die wundersame Errettung des Moses erweckte neue Hoffnung auf Erlösung in allen Angehörigen der Familie und veranlaßte den ältesten Sohn, Aaron, der vor dem Schreckensgebot, das alle männlichen Geburten zur Vernichtung verurteilte, geboren war, dazu, sich vorzubereiten auf die hohe Rolle, für die er sich bestimmt glaubte, sobald die Zeit erfüllt sein würde: die bedeutende Stellung, die die Priester im Leben der Aegypter einnahmen, gab ihm den Gedanken ein, das Hohepriesteramt zu erstreben. Er widmete sich dem Studium des Kultrituals der Aegypter, lernte ihre Gebete, Gesänge und Beschwörungsformeln. Auch darin nahm er sich die aegyptischen Priester zum Muster, daß er sich peinlichster körperlicher Reinlichkeit und Ausgeglichenheit befleißigte. Er kleidete sich in leuchtend weiße Gewänder, salbte sich Kopf- und Barthaar, das er nicht nach dem Brauch der Aegypter schor und schabte, sondern wachsen ließ, wie es bei den Stämmen Sitte war; er bemühte sich, seine Rede zu verfeinern und seine Sprache mit hoch religiösen bildlichen Wendungen zu schmücken. Und er bereitete sich nicht nur selbst auf die Priesterschaft vor, sondern auch seine Söhne Nadab und Abihu; er bildete sie zu seinen Helfern bei der hohen Stellung aus, die er einmal einzunehmen erhoffte.

Aaron war jedoch so sehr damit in Anspruch genommen, die Überlieferung der Erzväter bei den Stämmen lebendig zu erhalten und die Hoffnung auf die bevorstehende Erlösung zu nähren, daß er die einzelnen um ihn lebenden Hebräer aus den Augen verlor. Zweifellos waren ihm die Quälereien und die Entbehrungen bekannt, die die Sklaven zu erdulden hatten, doch er war unter der Herrschaft des Sklavenwesens herangewachsen und war so daran gewöhnt, daß er es als eine natürliche Gegebenheit hinnahm. Er verabsäumte es nicht nur, gegen die Söhne Korahs und andere, die die Hebräer mehr wie Tiere denn wie Menschen behandelten, aufzutreten; er war auch der Ansicht, daß, so lange die Sklaven unter der Fremdherrschaft der Aegypter seien, man sich mit ihr abfinden müsse, wie sie nun einmal war. Moses jedoch, der am Hof des Pharao als freier Mann aufgewachsen war, vermochte sich nicht mit der tierischen Rohheit des Sklavenwesens auszusöhnen. Ihm ging es nahe, daß der einzelne Hebräer, während sein Bruder Aaron alles daran setzte, die Überlieferung hochzuhalten, in den Mergelgruben Aegyptens zu Grunde ging. Es schien ihm, daß, wenn dies noch eine kurze Zeit so weiterging, überhaupt niemand mehr übrig bleibe, der zu befreien war und für den man sich auf das Priesteramt vorzubereiten brauchte. Am meisten aber erbitterten ihn die Aufseher und Wächter aus den Reihen der Hebräer selbst, die die Vögte des Pharao über die Sklaven gesetzt hatten. Mehr als einmal beriet sich Moses mit seinem Bruder über die Lebensbedingungen der hebräischen Sklaven, über die Gleichgültigkeit der Söhne Levis gegenüber den Leiden ihrer Brüder und das Verhalten der Söhne des Korah und anderer, die dem Pharao ihre Unterstützung zur Aufrechterhaltung des Sklavenwesens liehen. Doch stets war die Antwort:

«So lange der Gott unserer Väter nicht zu uns kommt und uns aus der Knechtschaft erlöst, wie Er es unsern Vorfahren verheißen hat, so lange dürfen wir nicht glauben, daß unsere Zeit gekommen sei.»

«Glaubst du denn, mein Bruder, daß diejenigen, die dann zu befreien sind, auch befreit sein werden? Denn nur diejenigen, die in ihrem Herzen Söhne der Freiheit sind, vermögen in Wahrheit Söhne der Freiheit zu werden. Du, der du die Zustände billigst, wie sie einmal sind, du pflanzest Knechtseligkeit in die Herzen der Juden.»

«Was sollen wir denn tun? Aufstehen wider Pharao? Weißt du nicht, mein Bruder, daß diejenigen, welche sich auflehnen gegen unsere Knechtschaft in Aegypten, sich damit auflehnen gegen den Gott unserer Väter, der uns die Knechtschaft prophezeit hat?»

«Willst du damit sagen, mein Bruder, daß es der Wille des Gottes unserer Väter, des Gottes Abrahams, Isaaks und Jakobs ist, daß deren Nachkommen Hörige seien in Aegypten und ihr Leben in Knechtschaft verbringen? Wie aber, mein Bruder, stellt deine Einbildungskraft sich die Erlösung vor?»

«Die Erlösung?», wiederholte Aaron und strich sich ernst über den langen, wohlgepflegten schwarzen Bart. «Die Erlösung wird kommen, sobald der Gott unserer Väter das Herz des Pharao erweicht, ihn zu der Einsicht gebracht hat, daß er ungerecht mit uns verfuhr, daß wir keine Abkömmlinge von Kriegsgefangenen, keine aus Eroberungszügen gewonnenen Sklaven sind, sondern die Nachkommen freier Männer, welche, vom Pharao selbst und Joseph, seinem Vizekönig, aufgefordert, nach Aegypten gekommen sind. Dann wird er uns wieder in unsere Rechte einsetzen, die wir einst genossen haben – die Rechte, die wir vom Stamm Levi noch immer genießen –, und wird uns gestatten, unsern eigenen Gott in Freiheit anzubeten, oder er wird uns Land in der Wüste anweisen, wo wir unser Heiligtum erbauen und dort dem Gott unserer Väter opfern können.»

Moses wurde bleich vor Zorn und es verschlug ihm die Rede, wie es stets geschah, wenn er in großer Erregung war. Er zitterte wie ein Schilfrohr, doch er zwang sich, seinen Zorn zu bemeistern und seine Verachtung der Knechtschaft zu verbergen, die in den Herzen der ihm nächststehenden, ihn umgebenden Menschen sich eingenistet hatte.

«Ja, vielleicht bist du selbst dazu ausersehen, das Herz des Pharao zu erweichen. Gott hat die Tochter Pharaos zu deiner Mutter und Beschützerin bestimmt. Ist dies nicht ein Zeichen, daß du der Auserkorene bist, der Eine, welcher durch die Tochter das Herz des Vaters erweichen wird, auf daß er uns wieder einsetze in die Rechte, die wir besaßen, bevor wir geknechtet wurden? Ist dies nicht der Grund, um dessentwillen wir dich haben kommen lassen?»

«Auf solche Weise verfährt der Gott Abrahams, Isaaks und Jakobs mit seinen Feinden? Mit Bittstellen und Unterwürfigkeit?», fragte Moses erstaunt.

«Weißt du eine bessere Weise, mit dem Pharao, dem Herrscher Aegyptens, zu verfahren?»

«Ich? Nein. Doch der Gott unserer Väter! Jawohl! Mit einer mächtigen Hand und einem ausgestreckten Arm!», schrie Moses und hob die geballte Faust gen Himmel.

Nun war es an Aaron zu erbleichen. Er neigte das Haupt vor dem Bruder. Zum ersten Mal war es ihm, als flammten Lichtstrahlen aus Moses' Augen.

Die einzige überragende Persönlichkeit in Moses' Umgebung, die sich mit dem Sklavenwesen nicht versöhnen konnte, war Miriam, die hochgewachsene hagere Frau, der die dunkle, sonnverbrannte, fast lederartige Haut über die Knochen hing wie einem Skelett. In dieser ausgemergelten Gestalt brannte eine heilige Flamme, die ihr keine Ruhe ließ, sondern sie zu rastloser Tätigkeit anfeuerte. Niemals saß sie still. Sie kannte alle Familien und deren sämtliche Angehörige; sie besuchte sie in den Hütten;

sie wußte um ihre Kämpfe, ihre Nöte, ihre Sorgen. Hier half sie einer Mutter ihren neugeborenen Knaben zu verbergen und ihn an den Wachen und Aufsehern vorbei zu einem sichern Ort zu schmuggeln; dort saß sie bei einer ihres Sohnes beraubten Mutter, tröstete und stärkte sie; dann wieder übernahm sie den Haushalt einer kranken Ehefrau, bereitete das elende Mahl für den als Sklaven arbeitenden Ehemann und trug es ihm aufs Feld hinaus. Sie wußte um die geheimen Behelligungen, die allen Frauen widerfuhren, die Angriffe, die sie von Seiten der ruchlosen aegyptischen Aufseher zu erdulden hatten, die dauernd die hebräischen Frauen, während deren Männer Sklavenarbeit verrichteten, zwangen, ihnen zu Willen zu sein.

Von Miriam auch erfuhr Moses über den wüsten Aufseher Aharnes und die rohe, niederträchtige Behandlung, die er den hebräischen Müttern angedeihen ließ.

Die aegyptischen Vögte hatten es sich zur Aufgabe gemacht die Reinheit des Familienlebens, die bei den Hebräern herrschte, auszurotten, ihre Sittenstrenge zu untergraben, damit sie unterwürfiger würden. Die andern, die nicht-hebräischen Sklaven, hatten keinen Sinn für Familienzusammenhalt; das Ziel der Aufseher war es, die Hebräer auf die gleiche Stufe herabzudrücken, was sie bisher mittels schwerster Fronarbeit nicht zuwege gebracht hatten. Am eifrigsten verfolgte der Aufseher Aharnes dieses Ziel, den dabei nicht nur seine angeborene gemeine Gesinnung leitete, sondern auch der Vorsatz, sich den Ruf eines tüchtigen Sklavenvogts zu erwerben. Er begnügte sich nicht damit, in die Hütten der Hebräer einzudringen und die Frauen zu belästigen; er wollte unbedingt deren hartnäckigen Widerstand brechen, um sie sich zu Willen zu machen. Er wußte wohl Bescheid über die Treue der hebräischen Ehefrauen, über die Liebe, die in den hebräischen Familien herrschte; er wußte auch, mit welcher Reinheit und Zärtlichkeit die Hebräerinnen an ihren Gatten hingen, wie liebevoll sie sie empfingen, wenn sie bei Einbruch der Nacht zerschlagen von der Fronarbeit heimgewankt kamen. Aharnes ließ es sich angelegen sein, das Los dieser Männer noch bitterer zu machen, sie gegen ihre Frauen aufzuhetzen, das Verhältnis zwischen den Gatten zu vergiften, und sie mit der Hoffnung, ihre Mühsal zu erleichtern, gefügiger zu machen.

Aharnes hatte es ganz besonders abgesehen auf die Familie

des Phineas, des Sohnes Dosi, vom Stamme Benjamin. Auf dessen schönes Eheweib Schalmut hatte Aharnes ein Auge geworfen; er hatte beobachtet, wie zärtlich Schalmut ihren Mann während der Mittagspause umsorgte, wie sie ihm jede Handreichung abnahm, ihm den Schweiß von der Stirn wischte. Seine böse Lust war aufgestachelt.

Eines Abends erschien Aharnes auf der Schwelle der Hütte von Phineas ben Dosi. Er verlangte rundheraus, Schalmut solle sich ihm im Beisein ihres Gatten und ohne jedes Sträuben hingeben. Wenn sie sich dessen weigere, so werde ihr Gatte von den Steinschleppern zu den Lehmstampfern versetzt werden, eine Arbeit, die über die Kräfte eines Mannes in seinem Alter hinausging. Mann und Frau waren fest entschlossen, eine jede Qual lieber zu erdulden, als die Reinheit ihres Ehelebens aufzugeben; von diesem Augenblick an setzte der Aufseher Aharnes alles daran, dem Phineas das Leben unerträglich zu machen. Er versetzte ihn nicht nur zu den Lehmstampfern, sondern er wartete mit tückischer Freude auf den Augenblick, da der dem Zusammenbrechen nahe Phineas in der Arbeit innehielt, um sich die brennenden Füße zu kühlen; dann ließ er mit eigener Hand die Peitsche auf den keuchenden Sklaven niedersausen. Und dann harrte er der Stunde, da Phineas ben Dosi gänzlich zusammenbrechen würde, um von den andern eingeschüchterten Sklaven in den Lehm hineingestampft zu werden.

Als Miriam Moses davon erzählte, fragte dieser:

«Und was wird mit ihr, mit Schalmut, geschehen?»

«Sie wird ihrem Manne in den Tod folgen, sie wird sich nicht schänden lassen von dem Heiden. Das hat sie mir selbst gesagt, und mich gebeten, für ihren kleinen Sohn zu sorgen, der sich mit den andern verborgenen Knaben in einer Höhle befindet.»

Moses zerbiß zwischen den Zähnen den Bart, den er sich, seit er sich mit seinen Brüdern zu Gosen vereinigt hatte, hatte wachsen lassen. Regungslos blieb er geraume Zeitlang stehen. Dann knüpfte er das blaue Band auf, das seinen Schurz bedeckte, und warf es von sich. Nur noch mit dem Lendenschurz, der Tracht des Sklaven, bekleidet, stand er da.

«Du wirfst das Band des Stammes Levi von dir?», schrie Miriam entsetzt auf. «Die Aufseher werden dich für einen Sklaven halten und dich zur Fronarbeit schleppen.»

«Eben dies will ich. Ich will nicht mehr der Bevorzugung teilhaftig sein, die der Pharao dem Stamme Levi gewährt hat. Ich will einer von *ihnen* sein.»

«Wie willst du deinen Brüdern helfen, wenn du selbst ein Sklave wirst gleich ihnen? Mangelt es etwa an Sklaven in Aegypten?»

«Nicht ihnen will ich helfen, sondern mir. Ich will einer von ihnen sein, nichts weiter», antwortete Moses.

SECHSTES KAPITEL

MIT seinem dichten schwarzen Haarschopf und dem schwarzen Bart, der sein Gesicht umgab wie ein Granitfries, seinem starken Nacken und seinen breiten Schultern, seinen Händen, die wie zwei Hämmer wirkten, sah Moses aus wie ein riesenhafter Sklave, als er sich bei einem der hebräischen Aufseher an den Mergelgruben meldete.

«Was für ein Stamm?», fragte der hebräische Aufseher, mit seinen schmalen Augen in dem langen Gesicht, das ein gelber Spitzbart noch länger machte, die ungewöhnliche Gestalt und das ihm unbekannte Gesicht musternd.

Moses gab keine Antwort auf die Frage des Aufsehers, sondern sagte: «Ich komme, um den Platz des kranken Phineas ben Dosi einzunehmen, dessen Füße von der harten Arbeit geschwollen sind und der nicht mehr arbeiten kann.»

In der Grube richtete sich eine der nackten Gestalten, die auf der schmierigen Masse herumstampften, die magerste und elendeste von allen, auf, und ein schweißüberströmtes Gesicht hob sich überrascht. Wer hatte seinen Namen ausgesprochen?

«Ich habe keine Erlaubnis von Aharnes, dem Werkführer der Ziegelstreicher, empfangen, Phineas ben Dosi von der Arbeit zu entbinden», sagte der hebräische Aufseher.

«Ich komme als Ersatz für ihn. Die vorgeschriebene Anzahl der Ziegel wird gemacht werden», sagte Moses.

«Mein Auftrag geht dahin, Phineas ben Dosi in der Grube zu behalten und dafür zu sorgen, daß er die Arbeit keinen Augenblick lang unterbricht.»

«Ich nehme seinen Platz ein.» Mit einem Sprung war Moses bereits in der Grube. Er hob den abgemagerten, gebrechlichen Hebräer, der fast unter seinem Griff zusammenbrach, hoch und setzte ihn auf den Rand der Grube. Dann sprang er wieder zurück und stellte sich auf den freigewordenen Platz in der Kette der Stampfer.

«Nein, nein! Das gibt es nicht! Das darfst du nicht! Das ist verboten!», schrie der Aufseher. Er lief zu dem keuchenden Phineas ben Dosi hin, der ausgestreckt im Sand lag, und begann ihn mit der Peitsche zu bearbeiten. «Marsch, zurück in die Grube!»

Gleich dem Gebrüll eines Löwen schallte da Moses' Stimme aus der Grube herauf: «Schurke! Was schlägst du deinen Bruder?»

Der gelbbärtige Hebräer wandte sich der Stimme zu und sah in ein flammensprühendes Augenpaar; und er sah eine Hand gegen sich erhoben gleich einem wuchtigen Hammer. Todesangst packte ihn angesichts der flammenden Augen und des dräuenden Hammers. Er ließ ab von dem halbtoten Phineas.

Moses trat in die Reihe der andern neun hebräischen Sklaven, die den Lehm stampften, und tat ihnen nach. Sie arbeiteten im Takt, wie wenn es ein Tanz wäre, sie kneteten mit den Füßen die schwere, schlüpfrige Masse, die auf den Boden der Grube abgeladen war. Von Zeit zu Zeit wurden bestimmte Mengen von Sand, mit Stroh, welken Blättern und Holzspänen vermischt, in den Lehmbrei geschüttet, um ihm die zur Formung der Ziegel nötige Härte zu verleihen. Es dauerte nicht lange, bis Moses seine Füße brennen spürte, als wenn unter dem Boden der Grube ein Feuer die Lehmmasse erhitze. Ab und zu verspürte er auch einen scharfen Stich in der Sohle, als ob ein Splitter sein Fleisch durchbohre. Doch der körperliche Schmerz, der sich von Minute zu Minute steigerte, ward übertäubt von der tiefen inneren Befriedigung. Er tat etwas, was er tun mußte, und vor der seelischen Genugtuung darüber verschwand die sengende Pein in seinen Gliedern. Gewissenhaft, stetig, ohne Unterbruch wie die Andern, gab er sich der Arbeit hin, damit die seiner Gruppe auferlegte Leistung erreicht wurde.

Plötzlich merkte er, daß ein ängstliches Zittern durch die nackten, schweißtriefenden Leiber seiner Gefährten ging. Sie zuckten zusammen, ihre Füße bewegten sich rascher und es lief wie eine heiße Woge des Schreckens, die ihnen noch heftigere Schweißströme entpreßte, über sie hin. Auch der Aufseher am Rande der Grube fing an, nervös zu werden und die Sklaven mit neuer Wut anzutreiben. Seine Peitsche schwang sich über die Köpfe der Arbeiter hin; er wagte jedoch nicht, sie niedersausen zu lassen; die Angst vor dem Riesen, der sich zu der Kette gesellt hatte, hemmte seine Hand.

«Schneller! Schneller! Eins, zwei! Eins, zwei! Rechts hoch, links ab!», kreischte er den Sklaven in der Grube zu, und Angstschweiß perlte ihm von der Stirn.

Gleich darauf sah Moses denjenigen, dessen Auftauchen Sklaven wie Aufseher in Erregung versetzt hatte. Am Grubenrand stand ein hochgewachsener Aegypter. Bis auf den Lendenschurz war er nackt. Sein Schädel war glattgeschabt; um den Hals hing ihm ein kleines Metallschild auf die Brust herunter; in der einen Hand hatte er einen Bambusstab mit einem Kupferknopf an der Spitze. Er beugte sich über den Grubenrand vor, und seine grauen, nackten, randlosen Augen, deren Brauen ebenfalls wegrasiert waren, liefen suchend über die Sklavenreihen hin. Mit einem murrenden Laut wandte er sich zu dem zitternden Aufseher um.

«Ich sehe Phineas nicht. Ist er in den Lehm gefallen?»

«Nein, vom Pharao bestellter Vogt. Sein Platz ist von einem Andern eingenommen worden.»

«Auf wessen Befehl?»

Der Aufseher keuchte und zitterte, brachte aber kein Wort heraus.

«Auf wessen Befehl?», fragte der Aegypter noch einmal, Wut in der Stimme.

Der Aufseher deutete auf Moses. Mit Lehm bedeckt bis zur Hüfte, sah Moses mit herrischem Blick aus der Grube empor.

«Auf Befehl eines Sklaven?», brüllte der Aegypter. «Gib ihm die Peitsche!»

Mit einknickenden Knien trat der Aufseher an die Grube heran. Als er die Hand hob, fühlte er Moses' Augen ihn anblitzen, und seine Hand sank, wie von einem plötzlichen Schlag gerührt, herab.

«Vom Pharao bestellter Vogt, er ist kein Sklave», stammelte der Hebräer mit wachsender Angst.

«Kein Sklave? Das werden wir gleich sehen!»

Der Aegypter trat nun ebenfalls an den Rand der Grube heran und hob den Stock mit dem Metallknopf über Moses' Haupt. Der Rumpf des Riesen hob sich aus dem Schlamm; unter der hohen Stirn strahlten zwei Augen den Vogt mit Feuerflammen an.

Der ausgestreckte Arm des Aegypters mit dem Bambusstab blieb regungslos in der Luft, als sei die ganze Gestalt versteinert.

«Kein Sklave? Wer ist er denn? Wer ist er?», schrie der Aegypter, und der Bambusstab sauste auf den Kopf des hebräischen Aufsehers herunter.

«Vom Pharao bestellter Vogt, Pharao wird nichts einbüßen. Anstelle eines kranken, schwachen Arbeiters hast du einen gesunden und kräftigen. Die Ziegelablieferung wird nicht vermindert sein. Warum schlägst du den getreuen Diener des Pharao? Ihn trifft keine Schuld», rief Moses aus der Grube herauf.

«Wer bist du, daß du es wagst, einen vom Pharao bestellten Vogt belehren zu wollen? Ihr alle seid die Sklaven des Pharao, ihr alle gehört dem großen König, die Kranken wie die Gesunden, die Schwachen wie die Starken. Marsch mit dem Faulenzer wieder in die Grube!» befahl der Aegypter.

Der hebräische Aufseher ließ seine Wut und Angst an dem jämmerlichen Phineas aus, der halb von Sand vergraben reglos dalag. Die Hiebe, die er von dem Aegypter bekommen hatte, zahlte er nun dem kranken Mann doppelt und dreifach heim.

«Marsch, zurück in die Grube, Faulenzer, Tagedieb! Du bist bloß faul, nicht krank. Marsch, wieder auf den Lehm mit dir!», schrie der hebräische Aufseher.

«Was schlägst du deinen Bruder?», rief Moses ihm zu. «Siehst du nicht, daß er krank ist, daß seine Glieder von Wunden bedeckt sind? Bin ich nicht an seine Stelle getreten? Tue ich nicht seine Arbeit?»

«Du wirst arbeiten, und er wird arbeiten. Ihr seid allesamt die Sklaven des Pharao», schrie der Aegypter und schlug ebenfalls auf Phineas ein.

Dieser hatte kaum zur Grube hinkriechen können, als Moses ihn zart und vorsichtig in die Arme nahm wie eine Mutter ihr Kind, und dann hielt er ihn weiter so, während er wieder zu stampfen begann.

«Laß ihn los! Laß ihn schaffen!»

«Er kann nicht schaffen. Er kann ja nicht auf den Füßen stehen.»

«Dann laß ihn fallen, daß er mit in den Lehm gestampft wird. In den Lehm mit ihm! Ich, Pharaos Vogt, befehle es», schrie der Aegypter den übrigen Sklaven zu.

Doch als sie den rasenden Zorn in den Augen Moses' sahen, erschraken die Sklaven nicht minder als der Aufseher.

Moses aber trug den kranken, zusammengesunkenen Körper des Phineas aus der Grube, bettete ihn sorgsam in den Sand und sagte herrisch:

«Hier bleibt er jetzt und ruht sich aus. Ich arbeite an seiner Statt», und stieg wieder in die Grube hinunter.

Phineas blieb regungslos liegen, als habe ihn alles Leben verlassen.

«Ich fürchte, er kann wirklich nicht mehr arbeiten», sagte der hebräische Aufseher zu dem Aegypter.

«Wenn er nicht mehr zur Arbeit taugt, so taugt er zu anderem», sagte der Aegypter, beugte sich vor, hob den kupferbeschwerten Stab und ließ ihn mit aller Kraft auf den Schädel des Hebräers niedergehen. Der Körper zuckte krampfartig hoch und fiel dann leblos zurück.

«Da!», schrie der Aegypter. «Da habt ihr Stroh für eure Ziegel!», und stieß mit dem Stab den Leichnam in den Lehmschlamm hinunter.

Die Leiche versank und verschwand unter den Füßen der Lehmstampfer. Moses sprang aus der Grube heraus. Seine Fäuste waren geballt, die Schlagader am Hals trat hervor; sein Gesicht war weiß, doch seine Augen glühten. Er kam auf den Aegypter zu, der schwer Atem zu holen begann; die große Gestalt schrumpfte zusammen, als sei sie bereits von dem Riesen vor ihm niedergeschlagen. Er zitterte wie Espenlaub.

«Wenn du einer von unseren Leuten bist, so habe Mitleid mit deinen Brüdern. Wenn du den Aegypter erschlägst, so blüht uns allen das Schicksal des Phineas ben Dosi», wimmerte der hebräische Aufseher Moses an.

Moses zerbiß die Spitze seines Barts zwischen den knirschenden Zähnen und ging mit großen Schritten hinweg.

«Wer ist das?», fragte der Aegypter den hebräischen Aufseher.

«Wir wissen nicht, wer er ist. Aber er gehört nicht zu den Sklaven.»

«Woher weißt du das?»

«Er spricht und handelt wie ein Sohn der Freiheit.»

«Wer er auch ist, er ist ein Aufrührer. Melde es sofort Dathan und Abiram, daß ein gefährlicher Hetzer unter den Sklaven aufgetaucht ist und sie gegen den Pharao aufwiegelt. Sie sollen herausfinden, wer er ist und Maßnahmen gegen ihn ergreifen. Ihr alle seid mir verantwortlich für sein Tun.»

SIEBENTES KAPITEL

MOSES saß auf der Schwelle von seines Vaters Amram Hütte, und seine Schwester Miriam verband ihm die Wunden und Blasen, die er sich durch den heißen Lehm an den Beinen geholt hatte. Sein Bruder Aaron, der bereits von dem Zwischenfall an der Grube erfahren hatte, machte ihm Vorwürfe wegen seines gefährlichen, unverantwortlichen Benehmens.

«Es sind wohl zu wenig Sklaven vorhanden, daß du noch vom Hof des Pharao herkommen mußtest, um ihre Zahl zu vermehren? Dein Vorgehen gefährdet die Lage des ganzen Stammes Levi, denn wenn dem Pharao zur Kenntnis kommt, daß einer von den Söhnen Levis auf seine Vorrechte verzichtet und sich freiwillig in die Lehmgruben begeben hat, um unter einem hebräischen Sklavenaufseher zu arbeiten, so wird er diese Verzichtleistung von uns allen verlangen, und wir werden, was Gott verhüten möge, das Vorrecht einbüßen, das wir so lange und so hartnäckig verteidigt haben. Dies, mein Bruder, wird der Lohn für deine Tat sein! Unsern Brüdern von den andern Stämmen wird dadurch nicht geholfen, du aber bringst den Fluch Aegyptens über deinen eigenen Stamm.»

«Ich weiß nichts vom Stamm Levi und ich weiß nicht, auf Grund wovon er ein anderes Los beansprucht als das der Bruderstämme. Ich weiß nur, daß der Gott, welcher unserm Vater Abraham erschienen ist, ein Gott des Rechts und der Gerechtigkeit ist. Von den Ältesten in Israel habe ich gelernt, daß der

Geist, der die Welt erschaffen hat, der Gott Abrahams, Isaaks und Jakobs, eine große Flut geschickt hat, um die Sündigen auszutilgen. Er hat aus dem selben Grunde Feuer und Schwefel regnen lassen über Sodom und Gomorrha. Doch aus der Flut errettete Er Noah; und auf die Fürbitte unseres Vaters Abraham würde Er Sodom und Gomorrha gerettet haben, wenn sich dort nur fünf Gerechte gefunden hätten. Aus all dem entnehme ich, daß der Gott Abrahams, Isaaks und Jakobs nicht nur ein Gott des Rechts und der Gerechtigkeit, sondern auch des Mitleids und der Vergebung ist. Den verborgenen Sinn, warum Er die Kinder Abrahams Pharao unterworfen sein läßt, weshalb Er den Missetätern erlaubt, die Kinder Seines Freundes zu quälen, vermögen wir nicht zu ergründen. Doch wir müssen glauben, daß, wenn Er ein Gott des Rechts und der Gerechtigkeit ist – und das ist Er –, Ungerechtigkeit Ihm verhaßt ist. Vom Fenster des Himmels schaut Er herab, Er gewahrt, wie die Diener des Pharao an den Kindern Seines Freundes Abraham tun, und Er ist mit ihnen in ihrer Drangsal. Zehnfach wird Er die belohnen, welche Seinem Volke beistehen, und Er wird Rache nehmen an den Peinigern; denn wiewohl Er ein gnädiger und vergebender Gott ist, ist Er auch ein Gott der Rache und der Züchtigung.»

Aarons Zorn schwand hin vor der Glaubensstärke Moses'. Er wurde gepackt von der Leidenschaft der Verzweiflung, die von des Bruders Lippen strömte, und er fuhr wieder zurück vor dem heißen Flammenschein, der aus des Bruders Augen brach. In milderem Ton antwortete er:

«Gewiß, all dies wird geschehen, wenn der Gott unserer Väter sich unserer erbarmt und uns aus der aegyptischen Knechtschaft erlöst, so wie Er es verheißen hat. Bis dahin müssen wir das Joch der Hörigkeit tragen, müssen leiden und verstummen.»

«Aber wie kann man stumm bleiben, wenn die Augen sehen, was die meinen gesehen haben?», fragte Moses, das Gesicht in den Händen bergend.

«Du weißt besser, denn jeder Andere, was mit Sklaven geschieht, die sich gegen den Pharao auflehnen», sagte Aaron.

«Ich?»

«Warst du nicht einer von den Kriegern des Pharao, die mithalfen bei der Unterjochung fremder Völker?»

Moses schwieg eine Weile und das Blut wich aus seinem Gesicht. Er schlug die Augen nieder und antwortete demütig:

«Ja, mein Bruder Aaron. Du hast mich an meine Schuld und meine Schande gemahnt. In meiner Unwissenheit war ich dem Pharao behilflich, seine Herrschaft über fremde Völker auszudehnen, bis der Gott meiner Väter mich lehrte, mich in die Seele des Sklaven zu versetzen angesichts der Sklaverei meiner Brüder, bis Er mich lehrte, die Empfindung des Sklaventums am eigenen Fleisch zu spüren.»

«Niemand darf davon erfahren, Bruder Moses», sagte Aaron. «Die Sache muß nicht nur vor den Aufsehern des Pharao, sondern auch vor unseren Stämmen verheimlicht werden. Am allerwenigsten dürfen Dathan und Abiram davon erfahren. Das Klügste wäre, du kehrtest an den Hof des Pharao zurück. Dort ist die Tochter des Pharao deine Beschützerin. Verweile dort, bis der Gott unserer Vorfahren sich uns offenbart; dann wirst du uns am Hofe des Pharao von größerem Nutzen sein, als du hier sein könntest, wo du ein Sklave unter Sklaven bist.»

«Für mich ist der Rückweg zum Hof des Pharao für immer versperrt», versetzte Moses. «Mein Platz ist bei meinen Brüdern.»

«Unter den Sklaven ist weder deine Freiheit noch auch nur dein Leben sicher. Geh hin und verbirg dich unter den Ältesten Israels, auf daß nicht entdeckt werde, wer du seist. Dort, in der Höhle der Ältesten forsche in der Überlieferung und suche Trost in der Verheißung des Ewigen Gottes.»

Als Aaron später mit seiner Schwester Miriam allein war, sagte er leise zu ihr: «Nimm deinen Bruder mit dir und verbirg ihn und laß niemanden seinen Zufluchtsort wissen; sein Leben ist in Gefahr.»

* * *

Moses jedoch lehnte es ab, in ein Versteck zu gehen. Er zeigte sich im Gegenteil immer mehr unter den Sklaven. Er half den Steinträgern ihre Last schleppen, er legte sich mit den Steinziehern in die Stränge, neben den Lehmschauflern grub er. Da er jede der mannigfaltigen Sklavenarbeiten am eigenen Leibe erfahren wollte, erschien er auf allen Arbeitsstätten, mischte er sich unter die Ziegelstreicher und Maurer, unter die Lehmschaufler am Nilufer und die Steinhauer in den Bergen.

Niemand kannte ihn; doch alle, die Aufseher nicht minder als die Sklaven, erkannten und anerkannten in ihm den Sohn der Freiheit. Schon seine äußere Erscheinung verkündete dies, denn er ragte hoch über die hebräischen Sklaven mit ihren von Hunger und Fronarbeit ausgemergelten Leibern hinaus wie ein Riese unter Zwergen. Sein gewaltiges, majestätisches Haupt hob sich über sie empor; noch eindrucksmächtiger jedoch als seine leibliche Erscheinung war die Flamme, die aus seinen Augen schoß, der Lichtschein, der auf seinem freien, offenen Antlitz lag. Im Lendentuch des Sklaven, ohne das geringste Abzeichen einer Machtvollkommenheit, beherrschte er Sklaven wie Aufseher, befahl er Hebräern wie Aegyptern. Man hielt ihn für einen geheimen Oberaufseher, einen als Sklaven verkleideten Beauftragten des Pharao, der das Verhalten der Sklaven und der Aufseher erkunden solle. Peiniger wie Gepeinigte zitterten vor ihm und gehorchten ihm.

Um seine Familie nicht in sein Schicksal zu verwickeln, auch um das Leben seiner Brüder noch besser kennen zu lernen, verließ er die Hütte seines Vaters und wohnte unter den Sklaven. Die Einzige, die mit ihm in Verbindung blieb, war wiederum seine Schwester Miriam. Ohne sich an die Weisungen und Warnungen ihres Bruders Aaron zu kehren, richtete sie Moses unter den Feldarbeitssklaven eine Hütte ein. Sie sorgte für seines Leibes Notdurft und sie half ihm, mit dem Leben der Sklaven genauer bekannt zu werden. Von ihr erfuhr er auch, was aus Schalmut, der Witwe des Phineas ben Dosi vom Stamme Benjamin, geworden war.

Nach der Ermordung ihres Mannes versetzte der Aegypter Aharnes sie zur Fronarbeit unter die männlichen Sklaven, die die Körbe mit dem getrockneten Ton zu den Ziegelstreichern zu bringen hatten. Diese über ihre Kräfte gehende Arbeit brach ihr schier das Rückgrat und verkrümmte ihr die Hüften. Doch ihr Wille ward nicht gebrochen und nicht verkrümmt; sie unterwarf sich dem Aegypter nicht. Schließlich drang dieser in ihre Hütte ein und vergewaltigte sie vor aller Augen. Schalmut vermochte die Schmach nicht zu überleben: sie stürzte sich in die Lehmgrube, in der ihr Mann den Tod gefunden hatte und starb des gleichen Todes.

Als Moses dies angehört hatte, fiel er in langes Schweigen.

Sein Haupt senkte sich auf die Brust, und nur das heftige Zucken seiner dichten Brauen verriet, welch ein Sturm in ihm tobte.

Miriam aber fuhr fort: «Der Unhold begnügt sich jedoch nicht mit diesem Opfer. Er stellt weiterhin anderen Frauen nach, bricht in den Frieden anderer Heimstätten ein. Der Schrei der hebräischen Mütter steigt aus unsern Hütten zum Himmel.»

Moses hob den Kopf.

«Wann geht dies reißende Tier auf Raub aus?»

«Wann immer ihn der Hunger packt. Er beobachtet die Frauen bei der Arbeit oder wenn sie zu ihren Männern in die Gruben kommen, sucht sich sein Opfer aus und stellt ihm erbarmungslos nach, bis er seinen Willen gehabt hat. Manchmal kommt er unter Tags, wenn der Ehemann bei der Arbeit ist, in eine Hütte; manchmal auch, wenn der Ehemann da ist. Wo immer er auftaucht, befällt Schrecken das ganze Lager, und kein Weib ist sicher vor diesem Scheusal.»

«Und niemand gebietet ihm Einhalt?»

«Wer soll das tun? Wer darf es wagen, sich ihm auch nur mit einem Wort zu widersetzen? Wir, unser aller Leben, unser aller Ehre, sind in seine Hand gegeben.»

«Einen gibt es noch: den Gott unserer Väter. Er blickt vom Himmel herab und Ihm bleibt nichts verborgen. Er hat eine Grenze gesetzt dem Bösen – bis hierher und nicht weiter! Er hat bereitet den Tag des Lohnes für die Gerechten und den Tag der Rache für die Verruchten, so wie er tat mit Sodom und Gomorrha», sagte Moses.

So wie Abraham den wahren Gott erkannt hatte im Getümmel der falschen Götzen, die ihn umgaben, so ward Moses des Geistes der Gerechtigkeit inne inmitten des Meeres von Sündhaftigkeit, das ihn am Hofe des Pharao umgab. Er war aufgewachsen in einer Welt, die keinen Maßstab hatte und keinen Gewichtstein für Recht und Unrecht, Gut und Böse, welche nur wußte von der Scheidung in Bevorrechtete und Benachteiligte, von Bedrückern und Bedrückten; aus der Finsternis der aegyptischen Knechtschaft hervor hatte er den strahlenden Begriff der Gerechtigkeit beschworen. Und so war nun jegliche Sünde, der er begegnete, ein Stein des Anstoßes auf seinem Wege, ein Stein, der beseitigt werden mußte; jedes krumme Tun mußte gerade gerichtet werden. Wenn er Zeuge eines Schurkenstreichs wurde, so war es, als ob sein Fleisch in Flammen gesetzt würde, jäh wallte sein Zorn empor, seine Nerven und Muskeln spannten sich zur Vergeltung. Doch mit eiserner Selbstzucht hielt er seinen Jähzorn im Zaum, wußte er doch um die Gefahr, die ein jeder lief, welcher sich in Aegypten gegen Unrecht auflehnte.

Am Hofe des Pharao hatte er es erfahren; dort aber hatte er in seiner Mutter eine mächtige Beschützerin gehabt. Hier jedoch, unter seinesgleichen, mußte er seiner Wut Zügel anlegen; er durfte nur sehen, hören und – schweigen. Denn nicht ihm allein drohte ja Gefahr, sondern all denen, denen er helfen wollte. «Wenn du den Aegypter erschlägst, so blüht uns allen das Schicksal des Phineas ben Dosi», hatte der hebräische Aufseher gewinselt. Die Worte waren in seinem Gedächtnis geblieben; sie zügelten seine Leidenschaft.

Nun aber, da er erfuhr, welche Bedrohung für die hebräischen Mütter dieser Aegypter bedeutete, war es ihm, als ob der Zügelstrang risse, als werde eine Peitsche über ihm geschwungen, die ihn antreibe, ihm gebiete, ihn zwänge zur Tat, der Beschützer der Schutzlosen zu sein.

Gleich dem vom Schicksal bestimmten Werkzeug der Gerechtigkeit nahm er Aufstellung zwischen den Hütten der Hebräer, um zu warten, bis das Scheusal wiederum erscheine. Er harrte Tag und Nacht, ohne vom Platz zu weichen.

Schließlich sah er denn auch den Aegypter mit großen Schritten von der Umgegend der Gruben herkommen. Die Nacht war bereits hereingebrochen, allein er erkannte den Herankommenden im glänzenden Schein der Sterne. Der Aegypter hatte seinen Bambusstab mit der Kupferkugel bei sich, mit dem er den Schädel des Phineas zerschmettert hatte; in diesem Todesstab sah Moses das Sinnbild der Macht des Aegypters über Leben und Tod seiner Brüder.

Er trat aus dem Schatten der Hütte, wo er gestanden hatte, und schritt dem Aegypter entgegen.

«Wohin gehst du, Aegypter?»

Der Mann hob die Augen und warf einen erstaunten Blick auf den, der ihn also anzureden wagte.

«Wer bist du, daß du einen von des Pharao Vögten zur Rede stellst?»

«Der Pharao hat dich als Aufseher bestellt über die Arbeit der Hebräer. . . über ihre Arbeit, nichts weiter. Doch nun ist keine Arbeitsstunde, und dies ist kein Arbeitsplatz. Was suchst du hier bei den Hütten der Hebräer?»

Der Aegypter war einen Augenblick lang einfach sprachlos vor Verdutztheit. Er sah Moses genauer an und erkannte ihn.

«Was?! Bist du nicht der Sklave, der sich schon einmal unterfangen hat, mich an der Ausübung meines Dienstes für den Pharao zu verhindern? Meine Leute suchen dich schon lange. Es ist gut, daß du mir jetzt in die Hände gefallen bist.»

Der Aegypter streckte die Hand aus, um Moses zu packen, doch Moses schüttelte ihn ab.

«Der Pharao hat dich zum Aufseher über die Leiber der Hebräer gemacht, nicht über ihre Seelen. Niemand hat dir das Recht gegeben, die Frauen der Hebräer zu schänden. Hebe dich hinweg und lasse die hebräischen Frauen in Frieden.»

«Sklave! Unverschämter Hebräersklave! Willst du einem Vogt des Pharao sagen, welche Rechte er hat, willst du ihm befehlen, wo er zu gehen und zu stehen hat? In den Staub mit dir!» Und er schwang den metallbewehrten Stab.

Mit der Schnelligkeit und Geschicklichkeit, die ihm noch von seinen Tagen im Gymnasion her zur Verfügung standen, entwand Moses den Stab unverzüglich des Aegypters Hand, riß ihn an sich und verfuhr mit dem Aegypter wie dieser mit Phineas ben Dosi verfahren war.

Moses blickte sich nach allen Seiten um. Keine Menschenseele hatte gesehen, wie er den Schurken niederschlug. Die Nacht breitete sich stumm und strahlend hin. Er hob den Leichnam auf, nahm ihn auf die Schultern und trug ihn von den Hütten der Hebräer fort zum Rand der Wüste. Mittels des Aegypters Stab grub er ein Loch im Sand, in das er erst die Leiche und dann den blutbefleckten Stab warf. Mit Händen und Füßen scharrte er alles zu und tilgte damit für immer die letzten Spuren des Scheusals hinweg, das so lange einen tödlichen Schrecken für die Hütten der Hebräer gebildet hatte.

ACHTES KAPITEL

DAS Land Gosen im Delta, wo Joseph seine Brüder und deren Familien nach ihrem Eintreffen in Aegypten angesiedelt hatte, gehörte zu den Provinzen mit dem fettesten und fruchtbarsten Boden im ganzen Staatsgebiet. Tausende von Wasserläufen gingen in der Überschwemmungszeit vom Nil aus und füllten die in dem pechschwarzen Erdreich gezogenen Gräben und Kanäle. Der Boden sog sich voll mit dem fetten Schlamm, den der Strom anschwemmte, und das rasche Reifen der Saaten, von Getreide, Gemüse und Flachs, wenn vom wolkenlosen Himmel die Sonne sengend herunterbrannte, ermöglichte alljährlich eine zwiefache reiche Ernte.

Neben der Überfülle an Bodenfrucht nährten die Gräben und Kanäle, die die Pflanzungen und Wiesenländereien durchzogen, mit ihrem unerschöpflichen Vorrat an Fröschen, Würmern und Eidechsen, zahllose Schwärme von Gänsen, Enten und anderm Geflügel; und das ganze Jahr hindurch bot sich üppige Weide für fettes Vieh.

Die erste Generation der Hebräer, die noch unterm Schutz von Josephs großem Namen hier hauste, hatte in Hülle und Fülle gelebt. Es waren Leute darunter, vornehmlich die nächsten Anverwandten Josephs sowie viele Angehörige des Stammes Levi, die sich rasch zu Führerstellung aufschwangen, ja reich wurden, indem sie großen Landbesitz erwarben. Zu den entlohnten Feldarbeitern nahmen sie bald nach der Aegypter Weise Sklaven in ihren Dienst; sie erstanden sie auf den Sklavenmärkten, die von Pharaos Heeren mit Kriegsgefangenen aus den unterworfenen asiatischen Völkern versorgt wurden. Späterhin erlangten sie sogar die Herrschaft über einen Teil der ärmeren Stämme, die sich gezwungen sahen, die reicheren und tatkräftigeren um Hilfe anzugehen. So hatten sie schließlich nicht nur Fremden das Sklavenjoch auferlegt, sondern auch vielen der eigenen Brüder, die, nicht im Stande, ihre Schulden abzutragen, sich selbst als Sklaven verkauften, wie es Aegypter in den gleichen Fällen taten.

Die rasche Zunahme der reichen Grundbesitzer- und Viehzüchterklasse unter den Hebräern war eine der Ursachen – wenn auch nicht die vornehmlichste –, die zur Verknechtung der Stämme in Aegypten führte. Die Aegypter stachelten Neid und Haß gegen die Fremdlinge auf, die sich mit ihren Sitten und Gebräuchen von den Einheimischen absonderten, die deren Götter nicht anerkannten, den Tempeln keine Abgaben entrichteten; und Neid und Haß erzeugte Angst vor den sich abseits haltenden Hebräern. Die Aegypter begannen auf Mittel zu sinnen, um die Macht und den Reichtum der Stämme zu mindern. Nicht von einem Tag auf den andern, sondern Schritt für Schritt wurde die Versklavung vorgenommen; sie setzte ein bei den Armen, die in die Hände der Reichen geraten waren. Zuerst beschlagnahmten die Aegypter das Erbteil der weniger bevorrechteten Stämme, derjenigen, die von Jakobs Kebsweibern abstammten, und zwar auf Grund nicht entrichteter Abgaben und sonstiger Schulden. Nach dem aegyptischen Gesetz verfiel mit dem eingezogenen Landbesitz auch dessen Eigentümer der Staatsgewalt. So ihres Landbesitzes beraubt, hatten die Schuldner keine andere Wahl, als in den Dienst der neuen Eigentümer zu treten.

Nicht alle jedoch unterwarfen sich sofort der Knechtschaft. Ganze Familien widersetzten sich gewaltsam. Andere wanderten aus und ließen sich in den Grenzbezirken des Landes Kanaan nieder.

Den halsstarrigsten Widerstand von den Stämmen leisteten die Kinder Levis. Sie weigerten sich, die Rechte, die ihnen von Josephs Zeiten her zustanden, aufzugeben. Kraftvoller als die übrigen Stämme, fest wurzelnd in der Überlieferung und stolz auf ihren Stammvater Levi, der einst mit dem Schwert die Ehre Jakobs verteidigt hatte, waren sie bald nach Josephs Tod die Führer der Stämme geworden. Die Ratgeber des Pharao merkten bald, daß es leichter sein würde, die Herrschaft über die fremdstämmigen Hebräer – mit ihren Überlieferungen von den Vorfahren, ihrem Glauben an einen fremden Gott, ihre Erinnerung an die Freiheit – durch Helfershelfer aus den eigenen Reihen aufrechtzuerhalten. Die Hebräer wurden daher einer Art Selbstverwaltung überlassen, die in den Händen des Stammes Levi lag; durch Vermittlung des Stammes Levi führten die Aegypter die Sklaverei ein, die schließlich sämtliche Stämme erfaßte. Doch die Vorrechte, die die Leviten genossen, schlossen nicht die Sicherheit ihrer Söhne ein.

Zu den tatkräftigsten und reichsten Familien des Stammes Levi zählte, wenn auch an Ansehen der Familie des Amram, des Vaters von Moses und Aaron, nachstehend, die des Korah, des Sohnes Jizchar, eines Bruders von Amram.

Korah, damals in der Blüte der Jahre, war ein Mann von großer Körperkraft und stattlicher Erscheinung. Er übte eine Gewaltherrschaft über die Stämme aus. Von seinem Vater Jizchar hatte er beträchtlichen Besitz an Land und Vieh geerbt. Im Gegensatz zu seinem Bruder Amram, der bei der Einführung der Sklaverei sich geweigert hatte, im Sinne der Aegypter zu arbeiten, die daher sein Hab und Gut beschlagnahmten, hatte der jüngere Jizchar eifrig dazu die Hand geboten. Mit andern Gleichgesinnten hatte er es übernommen, die jüdischen Aufseher für die Sklaven von Gosen zu stellen, die Anzahl der Sklaven für die verschiedenen Arbeitszweige zu bestimmen: für das Lehmstampfen, Ziegelstreichen, Kanalgraben, Lastenschleppen. Der Diensteifer des Jizchar wurde vom Pharao belohnt, indem er ihm nicht nur gestattete, den ererbten Besitz zu behalten, sondern sich auch noch aus den eingezogenen Gütern der aufsässigen Hebräer zu bereichern. Jizchars aufgehäuftes Vermögen war das Erbe seines Sohnes Korah geworden.

In dem großen, in aegyptischem Stil aus Ziegeln erbauten Haus unter den gelbgekalkten Säulen, die die Balkendecke des hohen Hauptsaals trugen, waren die Söhne Levis versammelt. Nur die ältere Generation war abwesend. Amram war zu schwach, um daran teilzunehmen, und daher in seiner Hütte geblieben. Jizchar weilte nicht mehr unter den Lebenden, und Hebron und Uziel befanden sich in dem geheimen Höhlenschlupfwinkel, in dem sich die Ältesten Israels dem Studium der Überlieferung hingaben. Mit dem Sklavenbetrieb befaßten sich ausschließlich die Angehörigen der jüngeren Generation. Ihr Oberhaupt und Sprecher aber war Korah.

Auf einem geschnitzten Stuhl, etwas wie einem Thronsessel, saß er der Versammlung vor. Er war zwar erst ein Vierziger, sein massiger Körperbau ließ ihn jedoch älter erscheinen. Er war wohlbeleibt und kurzhalsig; auf seinen Brustkasten fiel ein grauschwarzer, nach Assyrerart geschnittener, gelockter und gekräuselter Bart. Ein bunter Mantel reichte ihm bis zu den

Knien. Um seinen Stiernacken wand sich eine Kette, und seine kurzen, dicken Finger waren mit goldenen Ringen geschmückt.

Ihm gegenüber, ebenfalls in einem farbigen Mantelgewand, das eine der Schultern freiließ, saß Aaron. Der Überlieferung zufolge hatten die Söhne Jakobs bunte Gewänder getragen, als sie nach Aegypten gekommen waren, und die Söhne Levis hüllten sich, um sich von den übrigen Stämmen zu unterscheiden, in gefärbte Stoffe.

Alle Anwesenden, darunter Korahs Brüder Nepheg und Zichri, sowie die Söhne Uziels Mischal, Aliphzin und Sitri, waren ähnlich gekleidet; alle trugen sie das Metallabzeichen ihres Stammes auf der Brust. Die jüngere Generation, darunter Korahs Söhne Amir, Elkanah und Abiasaph, die mit ihrem vierschrötigen Körperbau und ihren gekräuselten Bärten ihrem Vater sehr ähnlich sahen, standen hinter ihren Oheimen in einer Reihe nebeneinander. Zu diesen letzten gehörten auch die Brüder Dathan und Abiram, zwei junge Aufseher. Obzwar sie keine Leviten waren, sondern dem Stamm Ruben angehörten, gab ihnen ihre Stellung das Recht, an der Versammlung teilzunehmen. Sie trugen Brustschilder und mit Kupferringen beschlagene Bambusstäbe als Abzeichen ihres höheren Rangs innerhalb der Sklavenhierarchie.

Vor dieser gewichtigen Versammlung stand Moses. Seine Brust war nackt; er trug kein Stammesschild; seine Lenden waren bedeckt mit dem weißen Schurz der Sklaven; seine schweren Schläfenlocken und seine dichten Kopfhaare hingen zerrauft herunter, als sei er gerade von der Fronarbeit in den Lehmgruben gekommen. Dies war denn auch der Fall. Die Söhne Levis hatten ihn von der Sklavenarbeit wegholen lassen.

«Moses, Sohn des Amram!» Korah heftete seine schmalen in speckigen Hautfalten sitzenden Augen auf ihn und erhob seine rauhe Stimme, deren Klangfärbung jetzt eine Mischung aus Zorn und Kummer darstellte. «Moses, Sohn des Amram! Unser Bruder! Als der Gott unserer Väter sich dir gnädig erwies und dich unterm Schutz der Tochter des Pharao an dessen Hof brachte, war es unsere Hoffnung, daß Er in dir einen zweiten Joseph heranwachsen lassen wolle, welcher sich erhebe zugunsten unserer Brüder in der Knechtschaft. Diesen Glauben hegten wir die ganzen Jahre hindurch und wir sahen in dir einen zweiten Fürsprecher, einen zweiten Helfer der Hilflosen. Wie wallten unsere Herzen empor vor Freude, wenn wir vernahmen von den großen Taten, die einer aus unserm Blut im Dienste des Pharao vollbrachte! In deinem Geschick sahen wir ein Zeichen von der Hand Gottes, daß die Zeit der Erlösung sich nahe. Und die Ältesten in Israel, welchen die vorbestimmte Stunde bekannt ist, sagten uns, daß unsere Leidenszeit sich ihrem Ende zuneige. Da aber sandten wir nach dir. Und wir waren des Glaubens, du seiest der Erkorene und Erwählte, und durch dich werde der Ewige uns wieder einsetzen auf unsern Platz in des Pharao Reich, uns wieder teilhaftig werden lassen der Rechte, die wir besaßen in den Tagen Josephs. An dir würde es sein, zu rühren das Herz des Pharao, daß er gnädig mit uns verfahre, auf daß wir leben mögen in Frieden und Zufriedenheit wie in den alten Tagen. Was aber hast du getan? Statt deine Brüder zu befreien, bist du selbst ein Sklave geworden; statt unsere Häupter aufzurichten, hast du neue Gefahren auf sie herabbeschworen, hast du über die Brüder deines eigenen Stammes die Drohung der Sklaverei gebracht. Wir alle sind verdächtig der Auflehnung gegen Pharao, weil du die Herzen unserer Brüder aufgerührt hast gegen ihre Knechtschaft, und seit du gekommen bist, sind wir in den Augen von des Pharao Dienern tief gesunken. Du hast es so weit kommen lassen, Hand anzulegen an einen von des Pharao Vögten während der pflichtschuldigen Ausübung seines Dienstes. Und darum ist uns der Befehl erteilt worden, den Aufrührer, den Schürer der Aufsässigkeit, der Sicherheitswache auszuliefern. Man macht uns mitverantwortlich für dein Tun; uns alle um der Schuld des Einen willen. Dathan und Abiram, zeiget den Befehl vor, welchen ihr vom Oberaufseher des Pharao erhalten habt.»

Dathan und Abiram, die Söhne des Eliab, traten von ihrem Platz hinter Korahs Sessel hervor und stellten sich vor ihm auf. Zum Zeichen der Unterwürfigkeit legten sie ihre Stäbe zu seinen Füßen nieder, und dann nahm Dathan, der Ältere, aus seinem Gürtel eine beschriebene Papyrusrolle, machte eine ehrerbietige Verbeugung und sprach laut:

«Korah ben Jizchar, dies ist das Schreiben, welches wir erhalten haben von dem Oberaufseher dritten Grades des Pharao.

Dathan, der Sohn des Eliab, behändigt dies Schreiben hiermit Korah, dem Sohn des Jizchar.»

Korah nahm das Schriftstück in die eine Hand, deutete mit der andern darauf und rief: «Hier ist der Befehl, zu fahnden nach dem Aufrührer, welcher einen von des Pharao Vögten bedroht hat, und ihn noch vor dem Mondwechsel der Sicherheitswache zu übergeben.»

«Paltiel, der hebräische Aufseher, hat Moses ben Amram erkannt und erklärt, daß er derjenige war, der sich auflehnte wider den Vogt des Pharao und ihn am Leben bedrohte», verkündete Nadab. «Der hebräische Aufseher ist zugegen, um Zeugnis abzulegen. Soll ich ihn hereinrufen, Korah ben Jizchar?»

«Das tut nicht not!» sagte Moses dazwischenfahrend. «Ich war es, der sich aufgelehnt und die Hand erhoben hat gegen den Vogt des Pharao. Vor meinen Augen mordete dieser Aegypter eine Seele in Israel, einen meiner Brüder, hin. Nicht in Nachachtung eines Gesetzes, nicht in Ausführung seiner Pflicht als Aufseher, sondern aus Niedertracht und Verderbtheit des Herzens, weil es ihn gelüstete nach des Mannes Weib. Wenn an meinen Händen auch nur die geringste Schuld ist, dann ergreift mich und übergebt mich der Wache. Ich harre in Ergebenheit.»

«Moses ben Amram! Wir sind keine vom Pharao bestellten Richter, welche Recht und Unrecht zu wägen haben. Pharao hat seine Diener und seine Richter. Es steht uns nicht zu, auszusprechen, was ein Aufseher zu tun und zu lassen hat. Das ist dir wohlbekannt. Wir haben auch, da sei Gott vor, nicht die Absicht, dich in die Hände des Pharao zu liefern. Du bist unser Bruder, unser Fleisch und Blut. Wir haben nur eine flehentliche Bitte an dich: verlasse die Arbeitsplätze der Sklaven und kehre an des Pharao Hof zurück. Pharaos Tochter hat dich an Sohnesstatt angenommen, und du bist in der Tat für sie wie ein Sohn. Sie hat dich bisher vor deinen Feinden beschirmt, und sie wird dich von nun an weiter beschirmen. Wenn du unter ihrem Schirm und Schutz stehst, wird niemand es wagen, dich zu verfolgen. Und, wer weiß, vielleicht wirst du mit Hilfe deiner Mutter für deine Brüder eine Erleichterung ihrer Bürde erlangen. Du bist zu Großem bestimmt vom Gott unserer Väter. Durch dich mag nun die Erlösung kommen. Moses ben Amram, dies ist der Spruch der Ältesten deines Stammes, und diesem Spruch bist du verpflichtet, dich zu unterwerfen.»

«Korah ben Jizchar! Nicht durch meine Hände und nicht durch Fleisch und Blut kann die Erlösung kommen, sondern nur durch den Einen und Einzigen Lebendigen Gott, der sich unseren Vätern offenbart und sie an sich geknüpft hat mit dem Band eines ewigen Bundes. Sein Herz wachet über jegliches Unrecht, und Sein Auge erschaut eine jede ungerechte Tat. Er hat gewahret unsere Not und unsere Schmach, und Er wird uns zur Hilfe eilen, wenn die Stunde gekommen ist, da Sein Wille erfüllet wird. Nur Seine Hand vermag uns zu helfen, und nur durch Ihn kann die wahre und vollständige Erlösung kommen. Wer bin ich, daß ihr auf mich die Hoffnung der Bedrückten setzet? Ich kannte meine Brüder nicht in früherer Zeit, und da ich sie nun kenne, bin ich ihresgleichen, ein Sklave unter Sklaven. Ich bin bei ihnen in ihrer Not und Pein; mit ihnen will ich der Erlösung harren. Die Lehmgrube bei Tag und die kahle Hütte meiner Brüder bei Nacht, diese sind für mich des Pharao Palast.»

Die um Korah ben Jizchar Versammelten blieben stumm. Korah selbst war fahl, die fetten Tränensäcke unter seinen Augen waren schlaff geworden und die Augen waren tiefer in ihre Höhlen gesunken. Er starrte Dathan und Abiram an, diese starrten ihn an; kein Wort unterbrach die Stille.

Schließlich erhob sich Aaron und sprach also zu Moses:

«Moses, mein Bruder, zu lange bist du ein Freier gewesen, um dich in die Seele des Hörigen versetzen zu können. Wenn der Freie durstig ist, so kann er seinen Durst mit Wasser löschen; der Hörige muß lernen, selbst seinen Durst zu verschlukken. Der gekrümmte Rücken und der gebrochene Geist des Sklaven sind seine Wehr und Waffen. Wir können mit unsern Wünschen nicht so frei schalten wie du. Auch wir wissen die Gewichte und Maße von Recht und Unrecht. Aber wir müssen sie uns aus dem Sinn schlagen. Auch wir würden den Dienern des Pharao gern Widerstand leisten; aber wir müssen darauf verzichten, denn in unserer Knechtschaft liegt unsre Sicherheit. Begib dich hinweg, Bruder Moses. Wenn du nicht an den Hof des Pharao zurückkehren willst, so suche dir eine andere Heimstatt.»

«Meine Heimstatt ist unter meinen Brüdern in ihrer Not, Bruder Aaron.»

«Wenn du in der Heimstatt deiner Brüder zu wohnen wünschst, so mußt du das zahme Verhalten eines Sklaven befolgen. Ein Freier unter Sklaven bringt Gefahr über sich und Tod über seine Brüder.»

Moses dachte eine Weile nach, dann sagte er im zerknirschten Ton eines Betenden: «Bruder Aaron, ich werde ein Sklave sein, so wie sie Sklaven sind.»

«Du wirst nicht im Stande sein, das zu ertragen, Bruder Moses. Siehst du nicht, daß dies sogar jetzt über deine Kraft geht? Begib dich hinweg von uns, Bruder Moses, ehe es zu spät ist.»

«Ich werde versuchen, meinen Geist zu demütigen, mein Rückgrat der Knechtschaft zu beugen, wenn ich nur bei ihnen sein darf», sagte Moses in flehendem Ton.

«Du wirst es nicht vollbringen, Bruder Moses. Der Gott unserer Väter wird es dir nicht erlauben. Einer von uns muß frei sein!», erwiderte Aaron.

«Ach, ich muß bei ihnen sein . . . ich muß», sagte Moses wie zu sich selbst.

«Wir haben unsere Pflicht getan. Wir haben dich beizeiten gewarnt», sagte Korah und erhob sich von seinem Sessel.

* * *

Er vermochte nicht ihresgleichen zu werden. So sehr er sich bemühte, sich ins Geschirr der Sklaverei zu schicken, das Joch zu tragen wie seine Brüder, unter ihnen so zu sein, wie sie waren, sich in nichts von ihnen zu unterscheiden, er konnte seinen freien Geist nicht zähmen. Es war als habe der Gott seiner Väter selbst ihm den Funken ins Herz gelegt, der immer heller und heller erglühend schließlich das Licht der Freiheit entfachen mußte. Doch wenn dem so war, mußte er bei ihnen bleiben, sie täglich und stündlich daran mahnen, daß sie Söhne der Freiheit seien, Kinder Abrahams, Isaaks und Jakobs, denen Gott die Erlösung verheißen hatte. Er mußte unter ihnen bleiben, gleichviel welche Gefahren er lief.

Doch hatte er das Recht, unter Sklaven ein Sohn der Freiheit zu sein? Hatte er das Recht, das Joch ihrer Knechtschaft noch schwerer zu machen? Es ward ihm bald klar, daß er, genau nach Aarons Worten, zum Stein des Anstoßes im Weg der Stämme Israels wurde. Über die hebräischen Sklaven wurde eine schärfere Zucht verhängt; die aegyptischen wie die hebräischen Aufseher stellten größere Anforderungen: die Arbeitszeit wurde verlängert; die Arbeiter wurden bereits aus ihren Hütten getrieben, wenn die Sterne noch in vollem Glanz leuchteten, und durften erst vom Arbeitsplatz zurückkehren, wenn die Sterne wieder schienen. Immer weniger freie Zeit blieb ihnen, ihre kleinen Gärtchen neben ihren Unterkünften zu pflegen. Man ließ ihnen allen, auch den Weibern, keine ruhige Stunde mehr. Auch die Frauen wurden zur Fronarbeit herangezogen, sie wurden gezwungen, Körbe voll Lehm, unter denen sie fast zusammenbrachen, auf den Köpfen zu schleppen. Zur Hausarbeit blieb ihnen keine Zeit mehr, weder ihren Männern Mahlzeiten zu bereiten, noch ihnen das Essen auf die Arbeitsplätze zu bringen.

Moses beobachtete auch, daß die hebräischen Aufseher härter geworden waren als die Aegypter. Mit den brutalsten Mitteln wüteten sie gegen ihre Blutsbrüder, um aus deren gepeinigten Leibern immer höhere Arbeitsleistungen herauszupressen; Moses' Zorn gegen die hebräischen Aufseher wurde bitterer als der gegen die aegyptischen Vögte. Doch er gab sich die allergrößte Mühe, seine Wut zu bemeistern und seinen Freiheitsdrang nicht zu verraten. Allein lange hielt er das nicht aus.

Es konnte ihm nicht entgehen, daß er die Schuld trug an der Verschlimmerung der Lage seiner Brüder. Er durfte sich nicht mehr unter den Sklaven zeigen. Sobald er zu einer Gruppe herantrat und seine Hilfe anbot, etwa beim Hochheben einer schweren Last oder um mit dem Spaten ein besonders widerstandsfähiges Stück Boden zu bearbeiten, kehrten sich die Sklaven erschrocken von ihm ab. Sie sahen einen Fremden in ihm, einen, der nicht zu ihrer Welt gehörte, sondern eher zur Welt des Feindes; sie nahmen ihn als einen verkleideten Aegypter. Er hörte, wie die hebräischen Sklaven einander hinter seinem Rücken zuraunten:

«Da geht der verkleidete Aegypter, den der Pharao geschickt hat, um bei uns zu spionieren.»

«Seit er bei uns aufgetaucht ist, haben sich die Peitschenhiebe verdoppelt.»

Da hätte Moses herumfahren und sie anschreien mögen: «Ich bin doch euer Bruder! Um euretwillen habe ich den Aegypter erschlagen!» Doch er beherrschte sich, er verschloß sein Leid in den Tiefen seines Herzens. Nur zu gut begriff er, wo die Quellen ihrer Angst waren; die ihm Nächststehenden, Korah, Dathan, Abiram, Aarons Söhne Danab und Abiah, sie verbreiteten üble Kunde über ihn; sie ließen es sich angelegen sein, ihn in den Augen der Sklaven verhaßt zu machen, in der Hoffnung, daß ihn dies schließlich doch zum Fortgehen zwingen werde.

Er merkte, daß auch Aaron sich von ihm fernhielt; alle, alle wichen ihm aus und flüsterten hinter seinem Rücken. Er merkte auch, daß er von geheimen Sendlingen verfolgt wurde. Sobald er in der Mitte einer Arbeitergruppe auftauchte, war auch schon ein Mann mit einem Stab in der Hand zur Stelle, der die Leute auseinanderjagte und schrie: «Marsch an die Arbeit! Hört ihn nicht an! Er gehört nicht zu uns!»

Seine Schwester Miriam war die einzige, die sich nicht von ihm zurückzog. Sie bewachte seinen geheimen Aufenthalt unter seinen Freunden, den Sklaven, und sorgte für seinen Lebensunterhalt. Eines Tages sagte sie zu ihm:

«Ich weiß nicht, was es damit auf sich hat. Aber bei Korah finden ständig Zusammenkünfte statt, bei denen von dir gesprochen wird. Hüte dich vor den Söhnen Aarons.»

«Ich weiß. Sie sind die geheimen Sendlinge, die auf meine Fußspuren gesetzt sind und unter den Hebräern Übles über mich aussprengen.»

Einmal kam er zu der Lehmgrube, in der er kürzlich sich an den Platz von Phineas ben Dosi gestellt hatte. Er kam gerade in dem Augenblick dorthin, als die zwei hebräischen Wächter Dathan und Abiram einen hebräischen Lehmstampfer, der vor Erschöpfung am Rande der Grube niedergefallen war, mit ihren Lederpeitschen bearbeiteten, daß das Blut in Strömen von des Sklaven Körper rann.

«Marsch wieder in die Grube, marsch an die Arbeit, faules Hundeaas!», brüllten die zwei.

Moses überkam eine solche Raserei, daß er nicht mehr an sich halten konnte. Er dachte nicht mehr an die Gefahr, die ihm drohte, er fühlte nur noch den unerträglichen Schmerz über das Unrecht, die Schmach, die Bruder dem Bruder antat. Er sprang auf Dathan zu, packte ihn und drehte ihm den Arm auf den Rücken. Das gelbe, kleine, bösartige Gesicht des hebräischen Stockmeisters schwebte vor ihm.

«Schurke! Was stößest du deinen Bruder? Willst du ihn in die Grube schmeißen, daß er in den Lehm hineingestampft wird, so wie der aegyptische Vogt tat mit dem andern hebräischen Arbeiter?»

«Wer hat dich zum Herrn und Richter über uns gesetzt? Willst du mich erschlagen, wie du den Aegypter erschlagen hast?»

Moses ließ den Aufseher los und schritt hinweg.

Jetzt begriff er. Jetzt merkte er, daß ohne jeden Zweifel das Los der Hebräer durch seine Schuld härter geworden war.

Am Abend noch brachte ihm Miriam eine Nachricht von Aaron.

«Schau, daß du unverzüglich aus dem Lande Gosen kommst. Dein Leben ist in Gefahr. Dathan und Abiram stellen dir nach. Du hast unser Los schwerer gemacht, denn es jemals war!»

Nun entschloß er sich doch, das Land Gosen zu verlassen.

* * *

Das Land Gosen war rings fest umgrenzt. Auf der einen Seite lag das Weltmeer, auf der andern Seite Aegypten. Der einzige Ort, wohin Moses fliehen konnte, war die Wüste Sur, die jenseits des Schilfmeeres lag. Das Schilfmeer ist jedoch nicht das Rote Meer, das viel ferner, nämlich bei der Sinai-Halbinsel liegt. Es war ein riesiges rötliches Sumpfgelände voll wildem Schilf und Bambusröhricht, das sich an der Seite des Landes Gosen entlangzog und es von der Wüste Sur schied. An manchen Stellen drang das Meer in das Land Gosen ein, eine weite Strecke mit einer Reihe von Lagunen erfüllend und sich dann durch die verschlammten Niederungen des Deltas in den großen See Marah, den großen Bittersee, ergießend. So floßen die Gewässer auf natürlichen Wegen, durch selbst geschaffene Kanäle und Gräben, ins Rote Meer. Das Schilfmeer war seicht; an manchen Stellen konnte man es zu Fuß durchschreiten, wenn man sich auch sehr hüten mußte, nicht von dem trügerischen, schaumigen Schlamm in die Tiefe gesogen zu werden – ein Schicksal, das schon manchen Flüchtling mit Sack und Pack, mit Rind und Kind ereilt hatte. Auch wimmelte es drumherum von Krokodilen und giftigen Schlangen. Nur Leute, die mit dem Sumpfgelände sehr vertraut waren, kannten die wenigen Fußwege, auf denen ein Wanderer halbwegs sicher hinüberkam. Moses war das Schilfmeer eine völlig unbekannte Gegend; er wußte nur, daß dort überall Gefahr lauerte. Doch es war der einzige Fluchtweg vor Pharaos Häschern und seinen eigenen Brüdern, der ihm offenstand.

So von den Seinen bedrängt, ward er gerettet durch seine fremdstämmige Mutter, die Tochter des Pharao.

Die Dienerin der Prinzessin Bathiya, Fiha, suchte ihn mit Hilfe Miriams in seinem Versteck auf und brachte ihm nachfolgende Botschaft: «Pharaos Schwert hängt dicht über dir, geschärft von den Händen deiner Brüder.»

«Hier», sagte Fiha, «sind die aegyptischen Gewänder, welche dir deine Mutter sendet. Lege sie an und begib dich hinweg von hier. Pharaos Häscher nahen.»

«Alle Tore sind mir verschlossen», sagte Moses.

«Ich weiß eines durch das Schilfmeer zur Wüste Sur.»

«Kennst du das Schilfmeer wohl?»

«Ich stamme aus der dortigen Gegend, und ich kenne Weg und Steg. Mache dich bereit und komm sofort mit mir; die Zeit drängt.»

Moses legte aegyptische Tracht an, nahm von seinen Eltern Abschied und umarmte seine Schwester Miriam. Und so wich der Sohn, auf den sie so viel Hoffnungen gesetzt, wieder von ihnen und ließ seine Nächsten einsam zurück.

Die ganze Nacht hindurch führte Fiha Moses über die schlüpfrigen Pfade des Schilfmeers, und beim Morgengrauen kamen sie an in der Wüste Sur.

«Kehre zu meiner Mutter zurück und berichte ihr, daß ich auf ihre Worte gehört habe, daß ich lieber ein Fremder unter Fremden geworden bin, denn ein Fremder unter Meinesgleichen zu sein.»

Fiha jedoch rührte sich nicht. Sie heftete ihre Augen auf Moses; unterwürfige Bitte war darin.

«Was ist dein Begehr, Fiha?»

«Auch ich habe fürstlichen Rang, ich bin die Tochter aus einem Königshause; gleich dem deinen wurde auch mein Volk vom Pharao in Sklaverei gebracht; gleich dir kann auch ich die Not meines Volkes nicht ansehen. Nimm mich mit dir, Herr, und laß mich deine Dienerin sein.»

«Ich bin weder ein Fürst noch ein Herr. Nicht lange, und ich bin nichts als ein Fremdling in der Fremde.»

«Mit dir aber geht die große Hoffnung auf Befreiung; und ich möchte so gern diese Hoffnung auch für mein Volk hegen dürfen.»

«Kehre zurück, Fiha. Ich kann dir nichts geben. Hoffnung magst du hegen, gleich uns allen, wenn du glaubst an den großen Gott, welcher den Schwachen und Gequälten zu Hilfe kommt.»

«Der Gott deiner Väter?»

«Er kann auch dein Gott werden, denn Er ist der Gott aller, welche an Ihn glauben.»

NEUNTES KAPITEL

MOSES befand sich nun inmitten eines anderen Meeres, des Meeres der Wüste. Er wußte nicht, welche Richtung er einschlagen sollte. Es war ihm auch ziemlich gleichgültig. Die vom Wind zu Hügeln aufgewehte Sandwildnis dehnte sich ohne einen Anhalts- oder Zielpunkt für Auge oder Willen einförmig vor ihm aus.

Es war ihm bekannt, daß der nächste Weg die an der Meeresküste entlanglaufende Karawanenstraße war, die zum Land der Philister oder in das Land Kanaan führte, von woher seine Ahnen nach Aegypten gekommen waren. Das war das Land der Verheißung, das Abraham, Isaak und Jakob für künftige Zeiten als Erbteil gegebene Land. Doch in diesem Boden sagte ihm diese Verheißung gar nichts; es war ihm, als habe er keinen Teil daran. Zwar, mit Aegypten verband ihn nichts mehr; aber mit seinen Brüdern auch nichts. Denn es dünkte ihm fast, er, der mit seinen Brüdern nicht in der Knechtschaft zusammenleben konnte, er werde auch nicht in der Freiheit mit ihnen zusammenleben können. Und was gingen ihn fremdstämmige Kanaaniter an, deren Land seine Brüder einmal erben würden?

Inmitten der Einöde war er so ohne Bruder, ohne Gott. Längst schon, fast noch in seinen Knabenjahren, hatte er den

Göttern Aegyptens abgesagt; den Gott seiner Väter aber hatte er nicht gefunden; vielmehr, er hatte Ihn gefunden und wieder verloren. Denn Moses fühlte sich jetzt nicht nur seinen Brüdern, sondern auch dem Gott seiner Väter entfremdet.

Er hatte diesen Gottgeist ergriffen und begriffen als den Geist der Gerechtigkeit, den Inbegriff der Rechtschaffenheit, wie er es sein ganzes Leben lang gesucht hatte. So wie Er die Welt erschaffen, wie Er die Geschicke der Menschen und Völker geleitet – dies hatte nur einen Zweck: einzusetzen die Herrschaft der Rechtschaffenheit. Darum züchtigte Er die Schlechten und belohnte die Gerechten ohne Ansehung der Person, ohne Unterschied zwischen Mächtigen und Schwachen, ob es nun der Pharao, Aegyptens König, war oder Hagar, die Magd, der Sein Freund Abraham Unrecht getan.

Diese Vorstellung von dem Gott der Gerechtigkeit, die ihm eins geworden war mit dem Gott seiner Väter, hatte ihn so sehr mit Liebe und Ehrfurcht erfüllt, daß er auch nicht den Gedanken an eine Unvollkommenheit Seines Tuns zuließ. Und doch stand ihm die furchtbare Wirklichkeit Aegyptens vor Augen. Der Geist, Er hörte den Schrei der Unterdrückten, der von Aegyptens Boden emporstieg: Warum blieb Er stumm? Warum eilte Er ihnen nicht zu Hilfe? Warum erlöste Er die Leidenden nicht? Warum verfuhr Er mit den Aegyptern nicht, wie Er mit Sodom und Gomorrha verfahren war? Wie konnte Er es ansehen, daß die Kinder Seines Freundes, mit dem Er den ewigen Bund geschlossen hatte, tagtäglich von den Lehmstampfern zertreten und ihre Knochen in die Bauten der Aegypter eingemauert wurden?

Auch das verstand Moses nicht: was für eine Bewandtnis es mit den vierhundert Jahren der Knechtschaft hatte. Mußte der Preis ihrer Erlesung zum auserwählten Volk mit Folter und Knechtschaft bezahlt werden? Tat es not, daß sie in brennenden Ziegelöfen geläutert wurden? Der Grund für ihr Leiden blieb ihm unverständlich.

Im Grunde seines Wesens war Moses ein einfacher Mensch, den ein einziges, bis zur Besessenheit gehendes Gefühl beherrschte: die Unterscheidung von Recht und Unrecht. Auf der einen Seite erblickte er: Hörigkeit, Leiden, Unterdrückung; auf der andern: Herrschaft, Sünde, Ruchlosigkeit. Er sah, daß die Ruchlosen, ihrem Machtgelüst frönend, ihre schwächeren Brüder überwältigt, sie wie Lasttiere ins Geschirr gespannt, sie zu ewiger Fron verurteilt hatten; doch niemand war da, der sich der Bedrückten annahm und die Bedrücker züchtigte, so wie es einst gewesen in den Tagen des Erzvaters Abraham.

Wie verhielt es sich eigentlich mit jenen Begebnissen in der verschollenen Vergangenheit? Waren es nur aus der Verzweiflung heraus geborene Sehnsuchts- und Hoffnungsträume? Wäre es möglich, daß niemals von einem unsichtbaren Gott eine Verheißung gegeben, niemals ein Bund mit den Vorvätern geschlossen worden war, daß dies alles nichts war als Traumgesicht, Einbildung und Wahn, um die Bitternis der Knechtschaft zu versüßen? Vor diesem Gedanken, zu dem ihn die eigene Erbitterung getrieben hatte, schrak Moses zurück. Nein; Sklaven machen sich keine Hoffnung auf Befreiung. Sie waren keine wahren Sklaven. Die Verheißung Gottes war echt; sie lebte in ihnen, gestaltete ihrer aller Leben. Sie war so stark, als werde sie tagtäglich neu ausgesprochen. Der Gott der Väter lebte in ihrer Mitte und Tag um Tag erneuerte Er den Bund. Nur dies vermochte die Auserwählung zu erklären. Sie klammerten sich an die Hoffnung; an ihr nährte und stärkte sich ihre Geduld und ihre Ausdauer.

Versunken in diese Betrachtungen schritt Moses durch die Wüste fürbaß. Ein bestimmtes Ziel hatte er zwar nicht; aber er wußte recht gut, wo er sich befand. Wiewohl die Kriegszüge, an denen er teilgenommen hatte, sich in südlicher Richtung, gegen Aethiopien zu, nicht nach Osten zu gegen die asiatischen Länder, bewegt hatten, war ihm das Wüstengelände an sich nicht unbekannt. Er war auch wohl mit allem versehen – dafür hatte seine Mutter durch Fihas Vermittlung gesorgt –, außer Lebensmitteln trug er verschiedene Beutel mit Silberstücken von Schekelgewicht, wie sie damals überall gültig waren, bei sich. Er wußte darüber Bescheid, wo er in die Wüste Sur übergetreten war und wo die Oasenstadt Kadesch-Barnea herwärts Edom lag. Nach einigem ziellosem Umherstreifen richtete er seine Schritte dorthin.

Während der Ausbildungszeit auf der Militärschule hatte er aus den Keilschrifttexten Einblick in die Gesetzgebung Babylons gewonnen und hatte darin insbesondere sein Augenmerk gerichtet auf die zwischen Herrn und Sklaven herrschenden Beziehungen. Seine frühzeitige Beschäftigung mit den Problemen von Gut und Böse, Recht und Unrecht hatten sein Interesse am Rechtswesen geweckt, und in den Gesetzen Babylons hatte er ein gewisses Maß von Gerechtigkeit gefunden. Er hatte darin ein viel stärkeres Mitgefühl für die Lage der Armen, der Witwen und Waisen entdeckt als in den Gesetzen Aegyptens, in denen der Brutalität der Sklaverei keine Schranke gesetzt war. Doch in Aegypten war es ihm nicht möglich gewesen, das babylonische Gesetzbuch von Grund auf zu studieren. Aegypten und Babylonien waren miteinander verfeindet; selbst die Handelsbeziehungen zwischen den beiden Ländern waren abgebrochen. Es herrschte zwischen ihnen etwas wie eine Erbfeindschaft, ewiger Neid und Eifersucht, da jeder der beiden Großstaaten darauf aus war, sich der zwischen ihnen liegenden kleineren Länder zu bemächtigen, und jeder von beiden immer argwöhnte, daß dem anderen die ihm nicht gegönnte Beute zufalle. Daher hatte Moses nur Bruchstücke der babylonischen Gesetzgebung kennen lernen können, und es war immer sein geheimer Wunsch gewesen, Babylonien zu besuchen und dessen Gesetze an Ort und Stelle zu studieren. Doch eine solche Reise war durch die Verfeindung der beiden Länder und Höfe unmöglich gewesen; nun aber, Wanderer in der Wüste, wie er war, fiel ihm dieser alte Plan wieder ein, und er überlegte, ob er vielleicht über Edom und die arabische Wüste nach Babylon gelangen könne.

Die Wüste Sur durchfloß ein dünnes Rinnsal aegyptischer Karawanen. Es gab außer dem am Meeresufer entlang noch einen Karawanenweg im Binnenland, der, die Wüste Pharan kreuzend, die kürzeste Verbindung zwischen Memphis und der Sinaihalbinsel herstellte. Hier zog sich auch die Straße zur arabischen Wüste über die kleine Oasenstadt Ezeon-Geber am äußersten Ende des Ostarms des Roten Meeres hin.

Im Augenblick befand sich Moses in einer trostlosen Einöde. Seit er das Städtchen Sukkoth hinter sich gelassen hatte, durch das Fiha ihn in die Sumpfgegend geführt hatte, war er nicht einer Menschenseele begegnet. Eine Oase war ihm auch nicht bekannt, in deren «Khan» er ein Nachtlager hätte finden können. Nach Kadesch-Barnea in der Wüste Zin war es wohl sieben Tagereisen. Es hatte deshalb keinen Sinn, noch nach Einbruch der Nacht weiterzumarschieren; Moses bereitete sich vor, da, wo er just war, die Nacht zu verbringen.

Nach Sonnenuntergang sprang ein kühler Wind auf. Schwerer Tau fiel gleich einem Schleier auf den Wüstensand. Moses fröstelte; er hüllte sich in den weißen Wollmantel, den Fiha ihm gebracht hatte, und setzte sich in einer kleinen Mulde nieder, die der Wind zwischen zwei Sandwehen ausgehöhlt hatte. Dann knotete er das Bündel mit Lebensmitteln, das er an der Spitze seines Stocks getragen hatte, auf, öffnete die Kürbisflasche mit Wasser, die an seinem Gürtel hing, und begann zu essen.

Dem Sonnenuntergang folgte unverzüglich die Nacht, und als Moses sich in seiner Mulde ausstreckte, funkelten die Sterne bereits in vollem Schein. Moses blickte zu ihnen auf, und es fiel ihm das von den Ältesten in Israel vernommene wundersame Erlebnis des Ahnherrn der Stämme ein: wie dieser auf dem Weg nach Haran von der Nacht überrascht wurde, sich auf den nackten Erdboden zum Schlafe ausgestreckt und wie er dann im Traum eine Leiter gesehen hatte, welche Erde und Himmel verband und auf der Engel des HErrn auf- und niederstiegen. Jetzt begriff Moses die Bedeutung des Traums. Zwischen Erde und Himmel war eine Verbindung; der Mensch war nicht dem blinden Spiel des Zufalls überlassen wie das Tier des Feldes, sondern er stand immerdar in Beziehung mit dem Schöpfer, der die Wege der Welt lenkte durch seine auf der Leiter zwischen Himmel und Erde auf- und niedersteigenden Engel. Im Sternenlicht, das auf den Sand der Wüste fiel, gewahrte Moses die Engel, die Boten zwischen den Tiefen und den Höhen. Es war ihm als berühre er geradezu das Band zwischen dem Menschen und seinem Schöpfer und als höre er die Stimme des Gottes, der zu Jakob sprach: «Ich bin der Gott Abrahams und bin der Gott Isaaks.»

Moses' Herz war der Ehrfurcht voll vor dem Gott seiner Väter. Gleich Jakob hatte er seines Vaters Haus verlassen und gleich Jakob empfand er, daß der Gott seiner Väter mit ihm sei. Gleich Jakob verlangte es ihn, zu Ihm zu beten, Ihn bei Namen zu rufen, seine Hand zu Ihm auszustrecken, mit Ihm eins zu werden. Doch zunächst war ihm kein Wort gegeben. Er wußte nicht, wo Er sei, er kannte keinen der überkommenen Lobgesänge an Ihn. Ihm waren nur die Preisgesänge und Gebete an die aegyptischen Götter bekannt. Diese aber waren ihm verhaßt geworden, und er brachte es nicht über sich, an den Gott seiner Väter die Worte zu richten, die die Aegypter an Ra zu richten pflegten. Er suchte ein Band zu finden, das ihn verbinde mit dem Gott der Väter mittels eines Lobgesangs und eines Namens, die nur Ihm zukamen und nicht jedem beliebigen Götzen. Er selbst wollte Ihm angehören, wollte eingehen in Seine Vorsehung, so wie seine Vorfahren Abraham, Isaak und Jakob, wie deren Kinder in Aegypten es einst waren.

Er stand vom Boden auf, kniete sich dann in den Sand hin, hob Antlitz und Arme zum sternübersäten Himmel:

«Zu Dir, dessen Name und Ort ich nicht kenne, zu Dir, der um mich ist, obschon ich Dich nicht sehe, zu Dir, der Du erschienst meinen Vätern Abraham, Isaak und Jakob, zu Dir erhebe ich meine Stimme. Ich kenne nicht Deine Wege und kenne nicht Deine Gerechtigkeit. Doch ich glaube an die Verheißung, welche Du gegeben hast meinen Vätern, und ich weiß, daß Du alles weißt, was den Kindern Deines Freundes widerfährt. Du siehest ihre Leiden und hörest ihr Stöhnen und Du wirst Dein Versprechen erfüllen und sie erlösen von der Knechtschaft. Wohin immer ich gehen mag, lasse mich immer gedenken der Pein meiner Brüder. Stärke das Band zwischen ihnen und mir. Und wenn die Stunde gekommen ist, da Du von Deinem Sitz mit Deinen himmlischen Heerscharen herabeilen wirst zu ihrer Befreiung, so befreie auch mich, Gott meiner Väter, reiße mich nicht hinweg von Deinem Volk, laß mich teilhaben an seinem Geschick.»

Am Morgen aber, als Moses wieder aufgebrochen war und durch die Wüste Sur dahinschritt, vernahm er hinter sich eine Stimme:

«Du, der du zu Fuß wanderst! Du, der du zu Fuß wanderst! Du bist nicht auf dem richtigen Wege!»

Als er sich nach der Stimme umdrehte, erblickte Moses einen auf einem Esel hinter ihm herreitenden Mann. Als der Reiter dann näherkam, erstaunte Moses bei seinem Anblick.

Der Reiter war eingehüllt in Binden und Lappen, die nicht nur seinen Körper, sondern auch sein Gesicht bedeckten. Nur die Augen waren gerade noch zu sehen, das heißt: nur ein Auge, denn die andere Augenhöhle war leer. Rote Tropfen rannen daraus hervor. Wenn der Reiter kein Menschenantlitz zeigte, so dafür der Esel, der seine großen Augen auf Moses heftete. Von dem in Lumpen gehüllten Körper des Mannes hingen tönerne Götzen- und andere Figürchen in Form von Tieren und Gewürm herunter; aus seinen Satteltaschen sahen Tontäfelchen und Papyrusrollen hervor. Auch an dem Körper des Esels hingen alle möglichen Götzenbilder; das größte davon, anscheinend eine Katzenmumie, baumelte vom Hals des Reittiers herunter.

«Woher weißt du, Fremder, meinen Weg und mein Ziel», fragte Moses, «und dazu noch mit verhüllten Augen?»

«Braucht ein Seher Augen, zu sehen, was sich begibt auf der Straße? Meine Eselin sieht für mich. Sie gehörte einst meinem Feind in einem andern Geschlecht. Ich sprach einen Zauber über sie aus und machte sie zu meinem Reittier. Jetzt ist sie mein Auge und mein Mund für alles, was da offenbart ist, aber was nicht offenbart ist, das erschaue ich mit meinem Geist.»

«Und was suche ich, Fremder?», fragte Moses.

«Du fliehest vor einem großen Übel, und du bist aufgebrochen zu finden Gerechtigkeit.»

«Wer hat dir dies gesagt, Seher?»

«Mein Geist, welcher lebt in meinem blinden Auge. Du bist nicht das Kleid, das du trägst. Dein Gewand ist aus feinster aegyptischer Wolle, und die Beutel an deinem Gürtel sind gespickt mit Silberstücken vollen Wertes, was sie zur Münze macht in allen Ländern. Du hast kein Tier unter dir, um deinen würdigen, in so würdevolles Gewand gekleideten Leib zu tragen. Noch hast du einen Wächter dir zur Seite, daß er wache über den Schatz an deinem Gürtel gegen Räuber und Wegelagerer. Du hast keinen Diener, zu entlasten deine Schultern von der schweren Bürde deiner Lebensmittel. Aus deinem Bündel dringt ein Wohlgeruch feiner Öle an meine Nase durch die dicke Hülle meines Gesichts hindurch. All dies sagt mir, Fremdling, daß deine Abreise hastig und geheim gewesen ist. Wer kann das sein, der die Flucht ergreift mit so viel Hab und Gut? Ein Dieb? Nein, ein Dieb schreitet nicht offen dahin im Tageslicht. Ein hochgestellter Diener des Pharao, ein Vertrauter des Königs, ein königlicher Beamter, welcher bei Hof in Ungnade gefallen ist? Wird er, von Feinden verfolgt, aufbrechen, um irgendwo

Gerechtigkeit zu suchen? Doch wie dem auch sein mag, du bedarfst des Beistands der Götter auf deinem gefahrvollen Wege. Hier habe ich für dich eine Schnur mit geweihten Skorpionen. Auf ihnen ist der Name des Gottes eingekratzt, und ich gebe ihn dir insgeheim» – des Fremden Stimme dämpfte sich – «ich hörte den Namen des Gottes aus dem Munde des Hohepriesters im Tempel, und ich ritzte ihn auf die Skorpione. Er wird deinem Willen hörig sein. Du wirst ihm Befehle erteilen können, wie ich meiner Eselin befehle, die nicht mehr und nicht weniger ist als ein gefangener Gott. Gib mir einen deiner Beutel mit Silber, und der Name des Gottes ist dein.»

«Götter, die man zu Gefangenen machen kann und die um Silberlinge verkauft werden, sollen meine Beschützer sein? Nein, Fremdling. Ich bin unterwegs, um Ihn zu suchen, der nicht zum Gefangenen gemacht und nicht gekauft werden kann wie ein Sklave. Der Gott, den ich suche, ist der Gott, der Himmel und Erde erschuf und alles, was darinnen ist. Und Er herrscht darüber in Gerechtigkeit, denn Er ist ein Gott der Gerechtigkeit.»

«Was habe ich gesagt?» Der Seher schlug sich voll Entzücken auf den Bauch. «Das Kleid ist ein aegyptisch Kleid, der Leib gehört dem Pharao, denn er ist von den Söhnen Josephs. Doch vergebens warten sie auf den großen Gott, daß Er komme und sie erlöse. Wie der Vater, so der Sohn. Joseph war ein Träumer, und die hebräischen Sklaven sind ebenfalls Träumer.»

«Sklaven träumen nicht», rief Moses aus.

«Vergebens, vergebens! Der große Gott kommt nicht. Der große Gott sitzt gefangen auf dem Feuerberg des Sinai. Er konnte mit den Menschen nicht auskommen; Er verlangte immer Rechtschaffenheit. Und wenn sich die nicht zeigte, dann war Er gleich bei der Hand mit Strafen: Sintflut oder Schwefelregen. Weder mit Menschen noch mit Göttern konnte Er Umgang pflegen wegen Seiner unsäglichen Eifersucht. So verbündeten sich die Götter wider Ihn. Sie beschworen Seinen Namen aus Ihm heraus, und mittels des Namens beschworen sie Ihn vom Himmel zur Erde herunter; und jetzt wird Er auf dem Feuerberg Sinai gefangen gehalten. Bei Nacht kannst du Seine Stimme zwischen den Gipfeln klagen hören. Und Abrahams Enkel sind immer noch die Sklaven des Pharao und warten weiter vergebens auf Sein Kommen. Vergebens, vergebens, vergebens harren sie. Der große Gott, mit dem Abraham seinen Bund schloß, den gibt es nicht mehr.»

«Wie die Götter, so die Seher! Falschheit wohnt in ihren Herzen, Lüge auf ihren Lippen, Trug in ihren Händen. Der Gott Abrahams ist nicht aus solchem Stoff geformt wie deine Götter, Er kann nicht gezähmt und gefangen gehalten werden. Der Gott Abrahams ist der Gott der Gerechtigkeit. Gerechtigkeit mag eine Zeitlang verschwinden, doch sie lebet ewiglich, denn Gerechtigkeit ist Wahrheit.»

«Oioioi, oioi, oioi, eben das sage ich ja. Der Gott Abrahams war in Wahrheit ein Gott der Gerechtigkeit, und darum konnte Er nicht wohnen unter einem Dach mit Göttern oder Menschen. Gerechtigkeit ist ein zu hoher Preis für einen Gott. Darum wartest du vergebens darauf, daß Gerechtigkeit komme und dich erlöse. Der Gott der Gerechtigkeit liegt in Ketten. Ich sage dir, du tust besser daran, einen Bund zu schließen mit den heimischen Göttern, den Göttern der Erde, die die Natur der Menschen, ihre Wünsche und Nöte kennen. Zum Beispiel, da, so ein kleiner Skorpiongott wie der hier, den du kaufen kannst um zehn Silberlinge, der wird dir mehr nützen in deiner Not als der Gott der Gerechtigkeit. Er wird dich beschützen vor dem bösen Blick und dich bewahren vor des Pharao Häschern. Und für einen ganzen Beutel Silberlinge bekommst du von mir den Gott des Heiligen Kalbs, der deine Lenden kräftigen und deine Fruchtbarkeit vermehren wird. Ein Fremder mit kräftigen Lenden und großer Fruchtbarkeit ist ein willkommener Gast in einem jeden Haus, darin es Töchter hat.»

Allein Moses hörte nicht mehr hin auf das Geschwätz des blinden Sehers. Er schlug eine andere Richtung ein, in der er nun mit starken Schritten weitereilte. Statt Kadesch-Barnea hatte er sich Ezeon-Geber zum Ziel gesetzt und so stürzte er sich nun ins Innere der Wüste Sur. Er hoffte so die Verfolger, die der Pharao ihm sicher nachgeschickt hatte, auf die falsche Fährte zu lenken.

Die seltsame Begegnung ging Moses nicht aus dem Sinn. Er kannte den Mann nicht, doch seine Gattung war ihm bekannt, die der wüsten Verkünder wüster Götter, die, ihre Götzen verkaufend, von Land zu Land zogen. Das gesamte Gebiet zwischen

Aegypten und Babylon war überlagert von dem unseligen Schatten der Zauberei und der Abgötterei. In einer breiten Flut wälzte er sich aus Aegypten und floß, Dunkelheit verbreitend, über dessen Grenzen hinaus nach allen Richtungen, wo Menschen wohnten. Schlangen und widerwärtiges Tiergezücht, Katzen- und Krokodilmumien erlangten Herrschaft über die Menschen. Tote Götter waren ihr Gesetz, und die Erde wimmelte von schwarzen Dämonen und war erfüllt von abergläubischen Vorstellungen. Gott hatte sich in Seinen Himmel zurückgezogen und Sich dort eingeschlossen, hatte Sein Antlitz abgewendet von der Erde, Seine Schöpfung dem Zufall und der Willkür überlassend. Keine Spur schien mehr vorhanden von der göttlichen Vorsehung im Treiben des Menschengeschlechts. Alle Bindungen waren gelockert, alle Schranken aufgehoben; Mensch, Tier und Gewürm vermengte sich, ward eine einzige, erdhafte, gestaltlose Familie.

Das einzige Volk, in dem noch ein Funke des göttlichen Lichts zurückgeblieben war, befand sich in der Knechtschaft von Götzendienern. Die Erinnerung an einen Einzigen, Alleinigen, Lebendigen Gott und die Überlieferung von Ihm kämpfte verzweifelt gegen eine Flut von Verknechtung und Erniedrigung an. Abrahams Bund war ein Spott unter den Völkern der Welt. Die Rückerinnerung an einen höheren geistigen Gott schwand immer mehr dahin. Blinde Seelen in einer verdunkelten Welt! Das einzige Volk, das noch Augen hatte zu sehen, war geknechtet, als ob, Gott behüte, die Schlangengötter aufgestanden wären gegen den höheren Gott und Ihn in Gefangenschaft hielten, während sie ungestört die Welt beherrschten.

Doch sein ganzes Wesen empörte sich gegen dieses Bild der Menschheit. Er konnte sich nicht damit abfinden, daß die Welt zu ewiger Finsternis und der Mensch zur Ausrottung verdammt sei. Er, der die Welt geschaffen, Er verfolgte damit einen höheren Zweck, auf den alles und jedes gerichtet war. In Seiner Schöpfung war Ordnung, Sinn und Gesetz. Eine Überlegung, die er angestellt hatte, da er sah, wie die Aegypter die Sonne als Gott anbeteten, fiel ihm wieder ein. Die Sonne konnte nicht Schöpfer sein, konnte keine Macht haben über das Geschick der Welt. Sie hatte nicht einmal einen eigenen Willen. Sie war nur das eine der vielen vom Schöpfer erschaffenen Werkzeuge und verhielt sich gemäß den ihr von Ihm vorgeschriebenen Regeln. Und wie mit der Sonne war es mit allem Erschaffenen, es war einverleibt in die Ordnung Seines Weltgesetzes. Das große Aegypten mit seinem Reichtum und seiner Macht, es war der Sklave eines Sklaven. Und so war es mit allen Völkern und allen Menschen, die nicht den Einzigen, Lebendigen Gott anerkannten, sondern eine Seiner Schöpfungen anbeteten. Und darum waren die einzigen Söhne der Freiheit eben die Sklaven Pharaos, die Kinder Abrahams, bei denen der Begriff des Göttlichen noch lebendig war und die der Vollendung von Gottes Gerechtigkeit harrten. Und obwohl Er Seine Ankunft hinauszögerte, verloren sie nicht den Glauben an Ihn und die Zuversicht auf Ihn. Von Knechtschaft umgeben waren sie die Freien, weil sie den Richter und Sein Gericht angenommen hatten.

«O Gott Abrahams, Isaaks und Jakobs, Einziger, Lebendiger Gott meiner Väter, laß mich teilhaben am Geschick der Sklaven Aegyptens. Laß mich Dir verbündet sein. Lasse mir Dein Licht leuchten und laß mich nicht untergehen in der Finsternis, die die Welt bedeckt», so betete Moses ein ums andere Mal.

* * *

Ezeon-Geber, wo Moses nach langer Wanderung ankam, war, das merkte er alsbald, ein gefährlicher Ort für ihn. Es war der Sammelplatz der zwischen Aegypten und Arabien verkehrenden Karawanen und ein Etappenort für die vom Pharao gegen die Länder Asiens unternommenen Kriegszüge. Es diente auch der pharaonischen Flotte im Roten Meer als Stützpunkt. In ständiger Furcht, von einem Sendling des Pharao erkannt zu werden, kürzte Moses seinen Aufenthalt in Ezeon-Geber nach Möglichkeit ab und schlug von dort die Richtung nach links ein, nicht der arabischen, sondern der Wüste von Midian zu, welche an der andern Gabelzinke des Roten Meeres lag; nach einer Wanderung von einem Tag und einer Nacht erreichte er die Oasenstadt Midian.

Wie es Brauch bei allen Fremden war, die an einen neuen Ort kamen, machte er am Brunnen Halt, der vor der Stadt lag, und setzte sich dorthin, um zu warten, bis die Einwohner Wasser holen kämen und ihn vielleicht einer von ihnen als Gast in sein Haus lade.

Es war noch früh am Tag. Die ersten Sonnenstrahlen begannen erst den Tau aufzusaugen. Die Landschaft gefiel Moses. Er betrachtete die kleinen Lehmhütten, die im Schatten der Dattelpalmen standen; seine Augen erlabten sich an den grünen Streifen zwischen den Quellen und erholten sich von der grellen Glut des Wüstensandes.

Er gedachte seines Vorvaters Jakob, der Erzählungen von dessen Leben, denen er so eifrig gelauscht hatte, wenn die Ältesten davon berichteten. Er sah Jakob vor sich, wie er am Tag seiner Ankunft am Brunnen von Haran saß. Und in sein Gedächtnis kam das Gebet, das Jakob sprach zu Beth-El und das Gelübde, das er getan, daß wenn Gott ihn behüten werde auf seinem Wege und ihm werde Brot geben zu essen und Kleider anzuziehen und ihn wieder heim bringen werde in Frieden zu seinem Vater, daß dann der HErr sein Gott sein solle. Auch er, Moses, hatte seines Vaters Haus verlassen. Nein, er hatte ja nie seines Vaters Haus gekannt. Doch seine Brüder hatte er verlassen, und sein Herz sehnte sich nach ihnen, so wie Jakobs Herz sich gesehnt hatte nach Isaak. Und gleich Jakob betete er nun, daß er behütet werden möge auf dem Weg, den er gehe. Für sich verlangte er nicht mehr als Jakob damals verlangt hatte – Brot zu essen und Kleider anzuziehen –, nur die Kruste des schlichten Arbeiters und ein Gewand für seine Blöße, kein Reich und keine Herrschaft. So betete er denn zu Gott, ihn in Frieden heim zu bringen zu seines Vaters Hause, auf daß er wieder zusammen sei mit seinen Brüdern. In Freiheit. Oder auch in der Knechtschaft.

Da er so saß und an Jakob dachte und alles, was ihm begegnet war an den Brunnen von Haran, sah Moses auf einmal Rahel herankommen. Er erkannte sie! Sie war die größte unter ihren Schwestern. Dies war sie, den Hirtenstab über der Schulter an der Spitze ihrer Herde, freien, stolzen Ganges sich nähernd. Die schwarzen Locken fielen ihr über die Schultern, und ihr Hals war ein starker weißer Turm. Gemessen und langsam waren ihre Schritte, und ihr ganzes Wesen war im Einklang mit ihren Schritten. Hinter der Herde kamen, die Tiere vor sich hertreibend, ihre Schwestern; langsam liefen die Schafe der größten Schwester nach im Schritt mit ihren Schritten.

Moses überkam es, als müsse er zum Brunnen gehen, um Wasser zu ziehen für den Trog von Rahels Schafen; doch er bedachte sich: er war hier ein Fremdling. Das Mädchen, das auf ihn zukam, war seine Verwandte nicht, so wie Rahel die Anverwandte Jakobs gewesen. Der Rahel, die sich hier näherte, war er ein Fremder. Er durfte ihr nicht um den Hals fallen und sagen, daß er ihres Blutes sei. Sein Blut war in Aegypten, unter den Sklaven des Pharao. So blieb er denn reglos sitzen und sah zu, wie die sieben Mädchen Wasser aus dem Brunnen zogen und es in den schmalen Steintrog schütteten. Die dürstenden Schafe drängten sich heran zu dem frischen sprudelnden Wasser; die Mägdlein standen bei ihnen und streichelten die weißen Köpfe der Schafe.

Und indes Moses dasaß, sich an dem Bild erfreuend, welches sein Herz mit Liebe für alle Menschen füllte, da er der Sorge der Vorsehung gedachte und der Wasser, welche für alle Menschen rannen, da ward sein Sinnen mit einmal jäh unterbrochen durch einen wüsten Lärm. Eine Horde von groben Hirten kam daher, sie fuchtelten mit rohen Armen, schrien und tobten und scheuchten die Schafe vom Trog weg. Stecken und Peitschen gingen auf die friedfertigen Tiere nieder, die noch vor einer Minute geruhig ihren Durst gelöscht hatten. Angstvoll stoben sie auseinander und mit ihnen die Mädchen, die sie in hilfloser Erregung zusammenzuhalten versuchten.

Moses bedachte nicht mehr, daß er hier ein Fremder sei, er dachte nicht mehr an die Häscher des Pharao, die ihn ergreifen und ausliefern konnten. Das beleidigte Recht gewann Gewalt über ihn, die Leidenschaft, den Bedrückten zu schützen. Sein Zorn flammte auf gegen die wüste Hirtenschar, und mit einem Satz sprang er unter sie. Sein hoher Wuchs, seine funkelnden Augen, seine herrische Stimme genügten, die feigen Angreifer in Schrecken zu setzen.

«Ihr Weiber in Mannskleidern! Ihr Wüstenböcke! Ihr wollt das Wasser wegnehmen, das schwache Frauenhände mit so viel Mühe zusammengebracht haben? Das Wasser gehört denen, die es geschöpft haben. Macht euch weg mit euren Herden! Weg vom Trog!»

«Wir haben gehört, Herr!», stammelten die Hirten.

Moses half den Mädchen die zerstreuten Schafe wieder zu sammeln und sie zum Trog zurückzuführen.

Als die Schafe sich sattgetrunken hatten, sagte Moses: «Gehet heim in Frieden zu eurem Vater. Ich bleibe hier und passe auf, daß die Hirten euch nicht folgen und belästigen.»

Die Mädchen aber gehorchten ihm.

ZEHNTES KAPITEL

DIE Töchter des Priesters Jethro fanden Moses noch am Brunnen sitzend wie vorher, als sie wiederkamen, um ihn auf ihres Vaters Geheiß in dessen Haus zu holen. Auf seinen Stab gestützt war er so in Sinnen versunken, daß er die sieben Mägdlein nicht herankommen sah. Die Älteste von ihnen aber hub an und sprach:

«Herr, unser Vater Jethro hat uns geschickt, dich zu holen. Wenn wir Gnade gefunden haben vor deinen Augen, so erhebe dich, komm mit uns und iß Brot mit uns unter unseres Vaters Dach.»

Moses stand auf und ging mit den Mädchen.

Kahlgeschorenen Hauptes und Angesichts trat der Priester von Midian hervor und begrüßte ihn.

«Gesegnet sei dein Eintritt unter mein Dach. Meine Töchter haben mir erzählt, wie du ihnen beigestanden hast und sie beschützt hast gegen die rohen Hirten am Brunnen. Und daß du außerdem ihnen geholfen, die Schafe zu tränken. Auch daß du nicht Bezahlung noch Belohnung gefordert und sie beschirmt hast vor weiterer Belästigung. So habe ich meine Töchter nach dir ausgesandt. Bleibe bei uns eine Weile und iß Brot mit uns.» Und Jethro verneigte sich vor Moses. Hinter ihm stand sein Sohn Hobab, ein sonnverbrannter, braunhäutiger Jüngling, und auch dieser verneigte sich vor Moses. Und darauf traten eine nach der andern, angefangen von Zippora, der ältesten, bis zur jüngsten, die Töchter vor ihn hin, und verbeugten sich vor ihm.

Moses aber sprach:

«Ich bin zu gering, um die Güte zu verdienen, welche ihr mir erzeiget. Ich tat nur, was als recht gilt, indem ich die Schwachen beschützte vor den Starken, und dies erheischt keinerlei Lohn noch Dank.»

«Du tatest, was als recht gilt?», wiederholte Jethro etwas erstaunt. «In unserm Land ist es kein gültig Ding, sich gegen den Stärkeren auf die Seite des Schwächeren zu schlagen. Darf ich den Namen des dreimal gesegneten Landes erfahren, aus welchem du kommst? Das kann nicht Aegypten sein, wiewohl dein Gewand dies bezeugt.»

«Es ist ein gültig Ding unter meinem Volk.»

«Unter deinem Volk!» rief Jethro aus. «Du bist doch nicht etwa vom Volk Abrahams, des Hebräers?»

Überrascht fuhr Moses auf.

«Woher weißt du von Abraham, dem Hebräer? Und wieso zählst du mich zu seinem Volk?»

«Woher ich weiß von Abraham, dem Hebräer? Wer von uns wüßte nicht von ihm? Unsere Väter und Vorväter haben uns berichtet von ihm, und in unsern Aufzeichnungen steht es geschrieben, daß er ein Freund des großen Gottes war. Von Kindesbeinen an haben wir vernommen von seiner Gastlichkeit. Unsere Väter haben ihn uns als leuchtendes Beispiel vor Augen gestellt. Und du mußt seinem Volke angehören, denn du handelst nach seinen Geboten. Hat er sich nicht angenommen Lots, seines Neffen, indem er gegen Kedor-Lamor zu Felde zog, zu befreien die unterdrückten Völker? Und wurde er dafür nicht gesegnet von Melchisedek, dem ersten Priester des höchsten Gottes? Hat er sich nicht sogar angenommen des verworfenen Volkes von Sodom? O, wir kennen den Namen Abrahams, des Hebräers, und seines Volkes sehr wohl. Bist du denn in Wahrheit von Abrahams Stamm?»

«Das bin ich . . . und bin es nicht. Die Nachkommen Abrahams sind Sklaven in Aegypten, ich jedoch bin aufgewachsen als einer der Söhne des Pharao. Meine Brüder kneten Lehm und backen Ziegel; ich jedoch bin frei. Ich bin weder ein Sklave noch ein Sohn der Freiheit. Ich vermochte nicht zu bleiben am Hof des Pharao noch konnte ich bleiben unter meinen Brüdern. Ich konnte kein Freier sein unter Sklaven. Ich sah ihr Leid und ihre Not, und meine Hände taten, wie mein freier Geist ihnen befahl. Ich vermochte ihnen nicht zu helfen und habe mich selbst in Gefahr des Lebens gebracht. Von den Peinigern wie von den Gepeinigten wurde ich weggejagt; ich bin auf der Flucht vor ihnen beiden.»

«Unter uns wirst du Schutz finden vor beiden. Unsere Stadt liegt tief in der Wüste, fern von der Hauptstraße, im Schatten des Sinai. Hierher werden die Häscher des Pharao nicht dringen und noch weniger die Klagen deiner Brüder. Gott hat den Schoß meines Weibes nicht mit vielen männlichen Nachkommen gesegnet. Ein einziger Sohn ist mein Erbe, und ich setze nicht viel Hoffnung auf ihn. Er ist nicht geschaffen zum Priester, noch steht ihm der Sinn nach diesem Amt. Hobab ist ein Kind der Wüste, ein Kundiger von Baum und Kraut, und wiewohl dies der Heilkunst förderlich ist, dem Priesteramt ist es nicht von Nutzen. Das Amt des Priesters erheischt vor allen Dingen einmal eine stattliche Gestalt, einen Mann von kräftigem Wuchs mit starken Händen, weiten Augen, strahlendem Antlitz; einen Mann mit mächtiger Stimme – kurz einen Mann, wie du bist, einen Mann, dessen Stirnrunzeln Furcht einflößt. Das Volk in diesen Breiten lechzt nach Rat und Hilfe; und wiewohl wir mitten in der Wildnis hausen, so ist hier doch nicht wenig Umtrieb der Bedürftigen. Viel Not und Krankheit ist vorhanden; auch kommen Weiber um Heilung ihrer Unfruchtbarkeit und der Unfruchtbarkeit ihres Viehs. Und es gibt allerhand sonstige Seuchen und Heimsuchungen. Alle wenden sich um Hilfe an die Götter und sie vermeinen, der Priester kann ein jedes Gebresten heilen und kann für jegliches Ungemach die Hilfe der Götter erlangen. Unser Wissen hierzulande ist gering, und neue Quellen der Erkenntnis gibt es nicht, sintemalen wir weitab sind von der Welt. Da könntest du von großem Nutzen sein, du, der du frisch von Aegypten kommst, im Besitz zweifellos der Geheimnisse, der Zauberkünste der aegyptischen Tempel und geschult in Aegyptens Schulen. Vielleicht sind dir auch die Heilmittel deiner Vorfahren bekannt. Es heißt, daß bei Josephs Kindern die Überlieferung wohl gehütet wird. All dies möchte von Nutzen und du selbst uns eine große Hilfe sein.»

«Priester von Midian», antwortete Moses, «gerne würde ich bei dir bleiben, doch dein Helfer im Priesteramt vermag ich nicht zu sein. Mein Volk kennt nur Einen Unsichtbaren Gott, den großen Gott unserer Väter. Vor Ihm ist Zauberei ein Greuel. Wenn du willst, daß ich bei dir bleibe, so kann es nur unter einer Bedingung sein. Meine Vorfahren waren Hirten, und auch ich möchte ein Hirte sein. Ich werde deine Schafe hüten.»

«Ach ja, es war mir entfallen, daß dein Gott ein eifersüchtiger Gott ist. Hat nicht dein Vorfahr Abraham die Götzen seines

Vaters Tharah vernichtet? Wir alle würden dem Einen großen Gotte dienen, wenn wir wüßten, wie. Er hat keinen Namen und keinen Ort; und Götter müssen beides haben. Die Menschen müssen etwas haben, was ihre Augen sehen, ihre Hände berühren können, um zu wissen, woran sie sind. Sei es so, wie du sagest. Was du sein und tun magst, es ist schön, dich bei uns zu wissen, deine große Gestalt, hier wo der Männer wenige und der Weiber viele sind. Sage mir, Hirte, was willst du als Lohn?»

«Einer meiner Vorfahren kam einst, gleich mir, an einen fremden Ort. Gleich mir auch hatte er als Begleiter auf seiner Reise nur den Gott seiner Väter. Gleich mir brachte er kein Gold mit und auch nur wenig Silber, kein Schaf und kein Rind; nur die Arbeitskraft seiner beiden Hände. Und da er das Weib sah, das er liebte, verdingte er sich, um sie zu dienen sieben schwere Jahre lang. Da ich am Brunnen saß, gedachte ich meines Vorvaters Jakob und betete in meinem Herzen zu Gott, daß Er meine Wege lenke und mit mir sei, so wie Er gewesen mit Jakob. Und da ich in diesen Gedanken saß, kamen deine Töchter daher mit den Schafen, und ich erblickte Zippora, deine älteste Tochter, wie Jakob Rahel erblickte. Und unverzüglich war meine Seele gebunden an ihre Seele. Gleich einer Schwester war sie in meinen Augen, so wie Rahel war in den Augen Jakobs. Gib mir deine Tochter Zippora zum Weibe, und ich werde dir dienen sieben Jahre.»

«Nicht sieben Tage sollst du dienen. Wie ein Sohn warst du mir allsogleich, da meine Augen auf dich fielen. Meine Tochter ist dein, und die Schafe sind dein. Schäfer sind gute Seher; so heißt es wenigstens.» Und wie zu sich selbst sprechend fügte Jethro hinzu: «Dies wird mir auch dienlich sein in meinem Priesteramt.» Dann zu seinem Sohn gewandt: «Geh, Hobab, richte einen reichen Hochzeitsschmaus und rufe das Volk zusammen. Ein Sohn ist gekommen zu Jethro, dem Priester, ein Kind Abrahams. Wie ist dein Name? Bisher fragte ich dich nicht danach, da ich annahm, du werdest einem Fremden vielleicht nicht trauen. Nun, da du mein Sohn bist, nenne mir deinen Namen.»

«Mein Name ist Moses.»

«Das wußte ich, als du mir sagtest, wer du seist. Wie ist dein verborgener, dein geheimer Name, hinter dem du dich verhüllst?»

«Ich habe keinen andern Namen. Mein Name ist Moses.»

«Es ist für einen Mann nicht gut, nur einen Namen zu haben. Wenn er keinen geheimen Namen zur Verhüllung hat, so ist er leicht einem Zauber ausgesetzt. Als Zeichen meines Vertrauens zu dir, mein Sohn, will ich dir das Geheimnis meines verborgenen Namens anvertrauen. Ich habe viele Namen, doch der Name, den ich für meine Familie trage, mein Familienname . . .» – damit trat Jethro nah zu Moses hin und flüsterte ihm ins Ohr – «. . . ist Reguel. Für die Andern bin ich Jethro oder Jether, doch für dich von nun an Reguel. Auch du mußt einen geheimen Namen haben. Wenn einer an dir einen Zauber ausüben will auf den Namen Moses, so wird er dir nicht schaden, denn du wirst verborgen sein hinter deinem geheimen Namen, den niemand kennt außer den Angehörigen deiner Familie, denen du traust. Und so werde ich dich nennen . . .», und wiederum trat Jethro dicht zu Moses heran und begann unter allerhand Formeln einen geheimen Namen in Moses' Ohr zu flüstern.

Indes Jethro dies ausführte, warf Moses einen Blick um sich herum und sah die vielerlei Götzenbilder und Zaubergeräte, von denen das Haus voll war. Es fiel ihm ein, daß auch im Hause des Laban, in dem Jakob geweilt, viele Teraphim gewesen waren, und er sprach zu sich selbst: «Der Gott meiner Väter will, daß auch hierin mein Los gleiche dem Jakobs, unseres Vorfahren, daß ich wohnen soll unter Teraphim, doch glaube an Ihn und Ihm die Treue halte.»

* * *

Die Vertreibung der rohen Hirten, durch die Moses' erstes Auftreten gekennzeichnet war, hatte einen tiefen Eindruck nicht nur auf die Familie Jethros gemacht, sondern auf alle Bewohner von Midian.

Midian war eine Oase, die wie eine kleine Insel inmitten des Sandmeers der Wüste lag; es hatte guten Weidegrund und viele Brunnen. Die Hirten, die Moses verjagt hatte, gehörten zu einem Stamm, der dicht bei Midian am Rand der Wüste hauste. Sie neideten den Midianitern ihre Weiden und mehr noch ihre Brunnen. Sie hatten die Midianiter schon immer belästigt, hatten häufig Überfälle auf deren Brunnen und Herden gemacht. Die Oasenbewohner lebten in dauernder Angst vor einem großen Angriff, bei dem sie womöglich für immer von ihren guten Weidegründen vertrieben werden mochten. Midian war knapp an Männern, und die Gefahr von der Wüste her wurde von Jahr zu Jahr bedrohlicher. Die Midianiter hatten sich sogar zum Hohn und Spott der umwohnenden Stämme gezwungen gesehen, ihre Schafe und Rinder von den Weibern hüten zu lassen.

Die Tat des Fremdlings – eines Aegypters offenbar –, der die Schar der jungen Hirten verjagt hatte, welche Jethros Töchter am Brunnen belästigten, weckte bei dem Hirtenstamm nicht weniger Furcht, wie sie bei den Midianitern Bewunderung erregt hatte. Es begannen Gerüchte umzugehen über den Aegypter, dem der Priester Jethro mit so auffälliger Eile seine Tochter gegeben und seine Schafe anvertraut hatte. Er sei ein Riese, kein gewöhnlicher Mensch; sein Blick allein, der scharf sei wie ein Speer, habe die Hirten über den Haufen geworfen, daß sie ihm zu Füßen in den Staub gefallen seien. Außerdem sei er der Zauberei kundig, die er bei den aegyptischen Priestern gelernt habe. Immer phantastischer wurden die über ihn verbreiteten Geschichten. So wurde berichtet, er kenne die Namen der Götter und könne durch Besprechung Kranke gesund, Gesunde krank und Tote lebendig machen. Und je mehr die Legenden um den aegyptischen Riesen, der Jethros Tochter zum Weibe genommen hatte, anwuchsen, um so höher stieg das Ansehen des Priesters von Midian. Es hieß, er habe, jetzt, mit den Kenntnissen und Künsten des aegyptischen Schwiegersohns ausgerüstet, neue Heilmittel und Heilverfahren, neue Beschwörungsformeln und Zauberkräfte aller möglichen Art, für die die Aegypter berühmt waren, noch hinzuerworben.

Jethro war nicht nur der Priester von Midian, er war der Arzt und Richter, der Mittler und Helfer in allen Schwierigkeiten, der Berater bei allem, was den Familien und Sippen Midians zustieß. Moses sah, wie die Menschen zum Priester kamen, er hörte die Fragen, die sie ihm vorlegten, die Sorgen, die sie bedrückten, und er dachte nach über die Ratschläge, die Jethro ihnen erteilte. Jethro glaubte an alle Götter, und er suchte jeden Besucher zu befriedigen nach Maßgabe des Gottes, an den dieser glaubte. Er verteilte Amulette und Zaubersprüche; auch heilende Öle, Salben und Weihrauch, dem Heilkräfte zugesprochen wurden. Jethro war auf Grund der mit dem Priesteramt ihm zugekommenen Überlieferungen wohlvertraut mit der uralten Kenntnis der Heilkräuter.

Diese hatte sich durch viele Geschlechter hindurch angehäuft und wurde vornehmlich durch die wandernden Seher verbreitet. Die Bewohner der Wüste litten vielfach an Augen- und Hautkrankheiten, die die sengenden Winde und der Mangel an Wasser hervorriefen. Der Priester erkannte an den äußeren Anzeichen, welche Krankheiten heilbar, welche unheilbar und welche ansteckend seien. Die mit ansteckenden Krankheiten Behafteten wurden streng abgesondert; es gab auch gewisse primitive hygienische Vorschriften für die Gesamtbevölkerung sowie strenge Speisegesetze, wie etwa das Verzehren gewisser Säugetiere und Fische, deren Fleisch als schädlich galt, verboten war. Alle diese Vorschriften und Verbote wurden als zum Kult gehörig und unmittelbarem göttlichem Befehl entsprungen auferlegt.

Die Midianiter kamen vor Jethro mit allen möglichen Streitigkeiten, Ansprüchen und Klagen über Vergehungen; es gab Zwiste unter Nachbarn und Familien zu schlichten, Diebstahl, Raub und Mord zu richten. Die Midianiter hatten ein primitives Gesetzbuch, darin in rauhen Zügen der Gehalt des Wüstenrechts zusammengefaßt war. Es enthielt vor allem die sieben Grundgebote, die, nach allgemeinem Glauben, auf Noahs Zeiten zurückgingen; diese Gebote wurden bei allen Wüstenstämmen in Ehren und heilig gehalten. Im Gegensatz zu den Aegyptern nahmen es die Midianiter sehr genau mit allem, was die Einheit und Reinheit der Familie anging; geschlechtlicher Umgang mit nahen Verwandten war ebenso streng untersagt wie der zwischen Menschen und Tieren, – Widernatürlichkeiten, die bei den Aegyptern gang und gäbe waren.

Alle diese Gebote, oder wie sie wohl genauer bezeichnet werden, Gebräuche, welche Jethro bei den Midianitern eingeführt hatte, wurden Noah zugeschrieben, was jedoch weiter nichts besagen wollte, als daß sie uralt waren und stets bestanden hatten gleich Naturgesetzen. Sie waren jedoch dadurch geheiligt, daß sie außerdem als von Abraham erlassene Gebote galten, eben jenem Abraham, den viele Wüstenstämme mit Stolz als ihren Ahnen beanspruchten, sei es als Nachkommen seines Sohnes Ismael, sei es als solche seines Enkels Esau. Abraham,

Ismael, Esau – das waren die von allen gekannten und verehrten Heldengestalten der fernsten Vergangenheit.

Viele Sagen gab es, die sich mit dem Leben dieser Helden, ihren Gewohnheiten, Sitten und Gebräuchen befaßten. Abrahams Gastfreundlichkeit wurde zu einem Gebot, einer geheiligten Pflicht bei vielen Wüstenstämmen. Manche dieser Stämme legten dem Gebot, Vater und Mutter zu ehren, besonderes Gewicht bei; auch dies mußte von den Vorfahren der Hebräer überkommen sein. Andererseits gab es immer noch Stämme, bei denen die Rechte der Erstgeburt vollkommen schrankenlos gehandhabt wurden: wenn der Vater so alt wurde, daß er sich nicht mehr gegen den ältesten Sohn verteidigen konnte, so erschlug dieser den Vater und trat als Erbe dessen gesamten Besitz, einschließlich der Weiber, an.

So lebten neben wohltätigen Gebräuchen noch solche von urtümlicher Roheit und Grausamkeit bei den Stämmen weiter. Bei einigen von ihnen hatte sich eine menschliche Einstellung zu Sklaven und Fremden herausgebildet; wogegen andere eben in diesem Betracht bei der alten Rücksichtslosigkeit und Roheit beharrten. Doch gutes wie schlechtes Brauchtum wurde als gleich recht und angemessen erachtet. Ein äußerer Maßstab für Recht und Gerechtigkeit war nicht vorhanden. Das Alter von Gewohnheit, Brauch oder Sitte gab den Ausschlag, und bei aller Rechtsprechung wurde demgemäß verfahren. Es war, als ob der Mensch, gleich seinen Göttern, mit Blindheit geschlagen sei und Recht nicht von Unrecht scheiden könne.

Von Moses' Herz könnte man sagen, daß es etwas war wie ein moralischer Filter, der Gut und Böse schied. Er beobachtete genau das Leben um ihn, mit aufmerksamem Auge und Ohr unterrichtete er sich über alle Sitten und Gebräuche der Stämme, über ihre Gesetze und ihre Rechtsprechung. Ganz zweifelsfrei erkannte er das Brauchtum, das dem ungetrübten Born der Überlieferung von seinen Vorvätern entströmte und das begnadet war von dem erhabenen Gott, dem sie dienten, und das Seinen Stempel trug. In diesen Sittenvorschriften erkannte er den Willen Gottes, Seine Liebe zum Menschen, Seine Sorge für ihn. Er erkannte die Hand des Einen, des Allmächtigen; und sein Glaube erneuerte sich, daß der Gott seiner Väter über dem Menschengeschlecht wache; wenn man selbst Seine die Welt regierende Hand nicht spürte, wenn tatsächlich die Macht der Gottlosigkeit die Oberhand gewonnen zu haben schien, so war es doch wahr und gewiß, daß Gottes Reich zur vorbestimmten Zeit erneuert werde. Moses glaubte an den Bund mit den Erzvätern und an die ihnen gegebene Verheißung, und mit dem ganzen Ungestüm seiner Natur liebte er das Gute und haßte er das Böse und hielt er fest an der Gerechtigkeit als der einzigen Hoffnung des Menschen auf Rettung im stürmischen Meer des Seins.

Im Hause Jethros führte Moses ein einsames Leben, ein Leben für sich. Ungeachtet des hohen Ansehens, das ihm allseitig entgegengebracht wurde, war er seiner Frau ein Fremder. Es war in Jethros Haus selbstverständlich bekannt, daß er den Söhnen Josephs entstamme, die im Lande Gosen Sklaven waren. Doch dies gereichte ihm nicht zur Unehre. Die Söhne Josephs waren in Wirklichkeit nie als Sklaven betrachtet worden. Man wußte, daß sie edler Abstammung seien, und die Erinnerung an Joseph, der Vizekönig des Pharao gewesen, war noch lebendig bei den Stämmen. Weit verbreitet war auch die Kunde, daß die Söhne Josephs ihrer Befreiung entgegenharrten; dies, zusammen mit der Abkunft von Abraham, gab ihnen in den Augen des Volks, trotz ihrer gegenwärtigen Lage, eine würdige Stellung. In Jethros Umgebung war es auch bekannt, daß Moses selbst niemals Sklave im Lande Gosen gewesen, sondern am Hof des Pharao aufgewachsen und an den Hochschulen Aegyptens ausgebildet worden war. Unter anderem hatte er dort auch eine weite Kenntnis in Bezug auf den Ackerbau erlangt: von ihm lernten die Stämme, ihre Felder in regelmäßigen Abständen brach liegen zu lassen, damit sich der Boden erholte und neue Fruchtbarkeit gewann.

Bei all dem war Moses von einer gewissen Dunkelheit umgeben, eine Andeutung von Geheimnis lag um seine Persönlichkeit, und er tat wenig dazu, sie zu zerstreuen. Er hielt sich keineswegs bewußt abseits, denn er half seinem Schwiegervater bei der Beratung der vielen Menschen, die mit ihren Nöten zu Jethro kamen. Doch er wollte ihre Götter nicht kennen lernen, geschweige, daß er sie anerkennen wollte, und dies war insofern auffallend, als es für selbstverständlich galt, daß jeder Fremde, der sich an einem neuen Ort niederließ, die dort heimischen Götter annahm. Er jedoch nahm an ihren Festen und Feiern nicht teil. Mit der ihm angeborenen Offenheit und Leidenschaft erlaubte er sich sogar, für die orgiastischen Zeremonien, mit denen sie ihre Götter verehrten, Verachtung auszudrücken, zumal für jene, in denen sich die Jugend unterschiedslosen geschlechtlichen Ausschweifungen unter einem geheiligten Baum hingab. Und als Zippora ihm seinen ersten Sohn gebar und auf das Körperchen des Kindes das Familienabzeichen eintätowieren lassen wollte, wie es für die ältesten Söhne Sitte war, widersetzte sich Moses auf das Strengste und untersagte es ihr.

Er betete die Ortsgötter nicht an, noch beging er irgend eine Kulthandlung für seinen Gott. Er schien sein Leben zu führen, als stehe er allein außerhalb des Schutzes eines Gottes.

So empfand es Moses allerdings auch hin und wieder selbst. Er sah sich als eine vereinzelte Gestalt zwischen Himmel und Erde, die zu niemandem im Himmel oder auf Erden gehörte. Seine Brüder im Lande Gosen hatten ihn verjagt und hatten ihn zweifellos bereits vergessen; vielleicht hatten sie auch den Gott ihrer Väter vergessen. Er selbst jedoch – allein unter allen Menschen – ward verzehrt von einem vergeblichen Sehnen nach dem Allerhöchsten, nach dem Gott, der sich einst Abraham offenbart hatte, ein Licht zu sein und ein Leitstern des Menschen. Seit damals aber hatte sich dichte Dunkelheit herabgesenkt auf die Erde, und in dieser Dunkelheit ging Moses dahin, das Licht suchend.

Mittlerweile hütete er die Schafe seines Schwiegervaters. Der Beruf des Hirten galt nicht als ein niedriger. Im Gegenteil wurde er als eine Form von Gottesverehrung betrachtet. Der Hirte, der seine Tage und Nächte einsam, nur von seiner Herde umgeben durch die Wildnis wandernd, hinbrachte, war den Göttern nahe. Vielfach wurde der Schäfer als Seher betrachtet, und die Menschen kamen zu ihm, um seinen Rat einzuholen. Er kannte Heilmittel und wurde als Heiliger angesehen. Stammväter, Priester, ja Herrscher gaben nicht selten ihre hohe Stellung auf und zogen sich als Hirten in die Einsamkeit der Wildnis zurück.

Auch Moses betrachtete das Hüten der Schafe als frommes Tun, waren doch die Erzväter Israels, Abraham, Isaak und Jakob, samt und sonders Hirten gewesen. Der Ahnherr seines eigenen Stammes, Levi, hatte mit seinen Brüdern die Schafe ihres Vaters

Jakob gehütet. Und Moses nahm es ernst und eifrig mit seiner Arbeit.

In der Wüste war das Schafhüten auch keineswegs leicht; Moses mußte all seine Aufmerksamkeit daran wenden, um es von Grund auf zu lernen. Man mußte dazu mit den Geheimnissen der Wüste vertraut werden; man mußte Erfahrung darin gewinnen, versteckte Futterplätze aufzusuchen, die kleinen grünen Täler, die von Wasser durchflossen waren und in denen der Tau sich sammelte, daß das Gras sprießen konnte; man mußte die Wüstenquellen kennen, die aus dem Felsgestein sprangen. Doch als Moses sich einmal all dies angeeignet hatte, war er seinem Schwager Hobab eine große Hilfe.

Hobab war ein schlanker, braunhäutiger Jüngling mit einem dicken Schopf spröden Lockenhaars; seine Wangen und seine Stirn waren mit den Familienabzeichen tätowiert; in den Ohren trug er Ringe. Die Wildnis von Midian kannte er wie seines Vaters Hofplatz. Manchmal verschwand er dort tagelang und kam mit seltenen Arten von Kakteen, wildem Schilfrohr, Myrrhen- und Kampferblättern zurück, aus denen sein Vater Jethro seine Heilsäfte herstellte. Als Moses zum ersten Mal in die Wüste hinausging, begleitete Hobab ihn und weihte ihn in die Geheimnisse des Lebens in der Wildnis ein und wies ihm die verdeckten Streifen grünen Landes in den winzigen Tälern zwischen den hochragenden Bergen. Nie drang die Sonne hierher; der dicke Nachttau blieb tagelang liegen, sammelte sich an und erzeugte üppige Nahrung für die Schafe. Hobab kannte die Kakteen, deren Wurzeln, und die Palmen, deren Blätter Wasser enthielten; er wußte, welche Pflanzen einen süßen, welche einen bitteren Geschmack hatten und welche giftig waren. Er zeigte Moses verborgene Höhlen, wo er mit den Schafen während der Sandstürme Schutz finden konnte. Moses lernte mit Eifer und ward bald vertraut mit dem Wesen der Wüste; auch hier erfuhr er wiederum, daß Gott selbst die Wildnis mit lebenden Geschöpfen bevölkert und sie mit der Nahrung, derer sie bedurften, ausgestattet hatte.

So, ausgerüstet mit einem Bündel, darin sein Eheweib Zippora getrockneten Käse und gebackene Fladen gehüllt hatte, sowie der Kürbisflasche mit Wasser an seinem Gürtel, hütete Moses die Schafe des Jethro. Voller Sorgfalt beobachtete er das Verhalten seiner Pflegebefohlenen. Diese einfältigen Geschöpfe, denen Gott keine Wehr noch Waffen zum eigenen Schutz gewährt hatte, waren ganz und gar von der Gnade des Hirten abhängig, so wie der Mensch völlig abhing von der Gnade Gottes. Moses war beflissen, den Beruf des Hirten gründlich zu erlernen. Er suchte die Bedürfnisse der Schafe zu verstehen, zu unterscheiden, wann ihr Blöken Durst und wann es Hunger bedeutete. Er nahm sich der Lämmer an, die die Schafe in den Sand warfen; er lernte, das Heraufziehen von Stürmen vorauszuahnen, um die Herde rechtzeitig unter Dach zu bringen. Er ward erfahren in der Auffindung der verborgenen grünen Winkel und Wasserstellen; immer jedoch blieb ihm die Abhängigkeit der Schafe vom Menschen ein Gleichnis für des Menschen Abhängigkeit von Gott.

Häufig kam es vor, daß Moses bei der Herde einer Unruhe inne wurde, deren Ursache er sich nicht erklären konnte. Vergebens zerbrach er sich den Kopf, warum die Schafe mit einmal in ein wildes Geblök ausbrachen, warum ihre törichten Augen von plötzlichem Grauen erfüllt waren, warum sie sich voller Entsetzen aneinanderdrängten; die Gefahr, die sich ihnen von weiter Ferne ankündigen mußte, vermochte Moses nicht zu entdecken. Mit der Zeit machte er die Erfahrung, daß in solchen Fällen die kaum wahrnehmbare Witterung eines Schakals an die Nüstern der Tiere gedrungen sein mußte. Irgendwo in der Gegend mußte dann ein solcher Raubgeselle herumschleichen, lauern, die Nacht erwarten. Vielleicht hatten die Schafe auch das Glitzern von Schakalaugen zwischen den Felsen erspäht. Der Hirt jedoch hatte nichts gerochen, nichts gesehen.

Einmal geschah es, daß Moses aus dem erregten Blöken der Herde nicht die Angst und des Flehen heraushörte, das die Annäherung von Gefahr verkündete. Er, ihr Hirte und Beschützer, hatte sich, in seinen weißen Wollmantel gewickelt, unterm Sternenschein zum Schlafen ausgestreckt und war eingeschlummert. Das Geblök weckte ihn auf, doch dessen Sinn erfaßte er nicht sofort. Als er schließlich aufsprang, sah er einen Schakal, der in die Herde eingebrochen war. Er scheuchte das Raubtier hinweg, doch es war zu spät, um das Schaf zu retten, das der Räuber mit sich in die Nacht hinausschleppte. Moses machte sich bittere Vorwürfe um seiner Achtlosigkeit und Blindheit willen; er fühlte sich zerknirscht und schuldig geworden vor den einfältigen Geschöpfen, die er in ihrer Not im Stich gelassen hatte.

«Ein schöner Hirte bin ich, der die Hilferufe seiner Pflegebefohlenen nicht versteht», so schalt er sich selbst.

Und von da an legte er sich zur Nachtzeit nicht mehr schlafen, sondern blieb, auf seinen Stab gestützt, bis zum Morgengrauen aufrecht stehen.

Ein ander Mal sah er ein Lämmlein aus der Herde ausbrechen und, ganz gegen die sonstige Art der Schafe, weglaufen. Moses eilte hinter dem Tierchen her, dieses aber lief ungewöhnlich rasch, sodaß er es lange nicht einholen konnte. Schließlich wurde er zwischen zwei engstehenden Felsen des Lammes habhaft. Es blieb jedoch stehen, und als Moses es zur Herde zurückscheuchen wollte, sah er, daß das Lamm die Schnauze dicht am Boden hatte und gierig die Feuchtigkeit aufleckte, die zwischen den Felsen herausrann.

Moses ward von Scham ergriffen, er wartete ab und sprach dabei:

«Dich dürstete, da gingst du Wasser suchen; ich aber hetzte dich voll Ungeduld. Armes, müdes Tierchen!» Und er hob das Lamm auf seine Schultern und trug es so zurück zur Herde. «Gott meiner Väter, laß mich ein guter Hirte sein meinen Schafen, so wie meine Vorfahren den ihren waren.» Also betete Moses.

ELFTES KAPITEL

EINIGE Jahre waren vergangen, seit Moses sich bei Jethro niedergelassen hatte und dessen Schafe hütete. Er hatte sich an den Hirtenberuf gewöhnt und war mit ganzem Herzen dabei. Das einsame Leben an verödeten Orten, wo er mit seinen Gedanken allein sein, über seine Brüder nachdenken und seinen Geist mit dem Geist des Gottes seiner Väter vereinigen konnte, war recht nach seinem Sinn.

In der Wüste war er jetzt wie zuhause; er kannte die Oasen, die grünen Winkel, die vereinzelten Gruppen von Dattelpalmen, die Wasserstellen. Weithin die Kreuz und die Quer wanderte er mit seiner Herde auf der Suche nach Weidegrund; manchmal verschwand er auf ganze Wochen. Er hatte gelernt, sich von Zuckerrohr und Moosflechten zu ernähren, die zwischen den Felsen wuchsen und die der Tau gleich einem Schimmelüberzug hinterließ. Getrocknet und zu Teig zerrieben konnte man sie zu süßen, wohlschmeckenden Kuchen backen.

In seinen Schäfermantel gehüllt stand oder saß er die Nacht hindurch bei seiner Herde und schaute zu den Sternen empor nach einem Zeichen von dem Ewigen Gott, in dem sein Glaube verankert war. Manchmal jedoch, wenn seine Gedanken zu seinen Brüdern wanderten und er ihrer bitteren Knechtschaft gedachte, machte er sich Vorwürfe und fragte sich, wie er hier in Freiheit und Sicherheit unterm weiten Himmelsgewölbe zu sitzen vermöge, während ihr Blut von den Fronvögten des Pharao vergossen wurde.

Hatte er recht getan, als er seine Brüder verließ, um sein Leben zu retten? War es billig, daß er allein aus seinem Volk Vergeltung gefordert hatte für die Missetat, die ihnen angetan wurde? War er im Recht gewesen, als er den Aegypter erschlug? Wer war er, daß er es auf sich nehmen durfte, einen Menschen zu töten und so sein eigenes wie das Leben seiner Brüder zu gefährden? Vielleicht hatte der hebräische Aufseher nur wahr gesprochen, als er fragte: «Wer hat dich zum Richter gesetzt?»

«Die Niedertracht des Aufsehers hat mich zum Richter gesetzt», sagte er zu sich selbst. «Durfte ich ruhig mitansehen, wie er eine Seele in Israel erschlug um seines bösen Triebes willen und aus der Niedertracht seines Herzens? Ich war Zeuge seiner Niederträchtigkeit, und so hatte ich das Recht, ihn zu richten und den Spruch auszuführen. Nur wer mit eigenen Augen die Missetat gesehen hat, hat das Recht, den Missetäter zu bestrafen. Ich durfte die Greueltat nicht um meiner Sicherheit willen mit Stillschweigen übergehen. Besser um der Gerechtigkeit willen leiden als zu Ungerechtigkeit geknechtet zu werden. Ich mußte den Urteilsspruch gegen den Aegypter selbst vollziehen, da ich selbst Zeuge der Missetat war.»

Mit seinen Schafen in einsamen, entlegenen, verödeten Gegenden fern allen Menschen und menschlichen Behausungen umherwandernd, ward Moses mit allen Sinnen des Gottes seiner Väter inne und fand Erfüllung in Ihm. Er suchte Ihn und er fand Ihn nicht im Himmel, nicht unter den Sternen, nicht in Sonne oder Mond oder in einer andern Seiner Schöpfungen, wie die Götzenanbeter taten. Er fühlte Ihn im ganzen Wesen der Welt, in allen Seinen Wegen und Weisen. Der göttliche Geist hatte nicht nur den Himmel und die Erde und alles, was darinnen war, erschaffen: Er beherrschte und lenkte alles nach Seinem Willen. Nicht für den Bruchteil einer Sekunde ward Seine lenkende Hand irgendeinem Teil der Welt oder einem ihrer Bewohner entzogen. Er hatte Recht und Gesetz angeordnet für alle ihre Taten und den Maßstab für Gut und Böse. Er richtete die Welt und alles von Ihm Geschaffene nach dem Gesetz und dem Maß, das Gerechtigkeit war. Alles, was gerecht und gut war, war bei Ihm und von Ihm; alles, was ungerecht und böse war, war wider Ihn, gegen Seinen Willen und Seine Ordnung, und mußte daher ausgetilgt werden von der Erde.

Und Er würde Seinen Bund halten und Seine Verheißung, Israel zu erlösen, erfüllen, doch nicht durch feige Mittel und Wege, durch Bitten und Betteln, nicht durch einen zweiten Joseph, wie die Söhne Levis und sein Bruder Aaron glaubten. Nein, nicht durch Selbsterniedrigung und kriecherisches Bittstellen, sondern durch Recht und Gerechtigkeit. Und wenn auch die Erlösung noch ausblieb, und Pharao weiter schwelgte in Sünde, in Mord, in Raub und Tag um Tag Israels Blut vergoß, so würde Gott doch sicherlich erscheinen und Rechenschaft verlangen für eine jede Seele, Blut um Blut, Leben um Leben. Er würde Buße fordern und eintreiben von den Aegyptern für jeglichen Tag der Fronarbeit, den sie den Söhnen Josephs auferlegt hatten. Seine Gerechtigkeit würde aufflammen gleich einer neuen Sonne am Himmel, und alles, was lebte, würde erkennen, daß ein Richter herrsche über die Welt. Furchtbar war Er in Seiner Rache, wie Er glorreich war in Seiner Gnade. Und die Herzen der Missetäter würden vergehen vor Schauder vor dem Gott Israels, und sie würden wegwerfen ihre Götzen und Götzenbilder gleich Scherben zerbrochener Töpfe, und sie würden sich scharen um die Zelte Israels, um Ihn aufzusuchen, der das den Vätern gegebene Versprechen einhielt und Starken wie Schwachen gleiche Gerechtigkeit widerfahren ließ. Dann würde Ein Einziger Gott herrschen über die Erde, und Ein Einziges Maß sein der Gerechtigkeit.

Unter der Sonnenglut am Tage, unter dem Sternenschein der kalten Wüstennächte aufrecht stehend bei seiner Herde nährte Moses das Vorstellungsbild von einem gerechten Gott Israels und barg es tief in seinem Herzen. Und diese Vorstellung verlieh ihm die Kraft, die Qual seiner Gedanken an die Knechtschaft seiner Brüder zu überstehen, da sie seinen Glauben an die künftige Erlösung stärkte.

Von Zeit zu Zeit kehrte er aus der Wildnis heim zu seinem Schwiegervater Jethro in Midian, zu seinem Weibe Zippora und zu den beiden Kindern, die sie ihm geboren hatte. Bei einer solchen Gelegenheit nahm Jethro eine Zählung der Herde vor und sonderte die Lämmer aus, die während des letzten Aufenthalts in der Wüste geworfen worden waren. Diese schied er aus für Moses, als Grundstock für dessen eigene Herde.

«Du hast jetzt deine eigenen Kinder», sagte er. «So ist es nunmehr an der Zeit, daß du dein eigenes Haus erbauest und deine eigenen Schafe hütest.»

«Mein Haus wird sein bei den Kindern Israels, wenn der Gott unsrer Väter sie erlöst haben wird von der Knechtschaft in Aegypten. Solange sie in der Sklaverei des Pharao schmachten, und keine Heimstatt haben, habe auch ich keine Heimat, denn inwiefern bin ich besser als sie?»

«Aber sie leben in der Verbannung, und du bist beheimatet. Deine Heimat ist dort, wo dein Weib und deine Kinder sind.»

«Meine Heimat ist dort, wo mein Gatte ist», warf Zippora ein; «wenn meines Gatten Heimat bei seinen geknechteten Brüdern ist, so ist auch meine Heimat bei ihnen.»

Jethro, dem ein tiefer Sinn für Recht und Ordnung innewohnte, gefielen die Worte seiner Tochter wohl.

«Es ist der Welt Lauf», sagte er, «daß das Weib dem Manne anhangen soll und daß sie ein einziges Fleisch werden. Doch deines Mannes Platz ist nicht mehr unter seinen Brüdern in Aegypten. Niemals war er einer der Ihren. Er war ein Fremdling unter ihnen, und ein Fremdling ist er auch hier unter uns. Hat er nicht seinen ältesten Sohn Gerson genannt, was bedeutet ‚Fremder in fremdem Land'? Ein Mann jedoch gehört an einen bestimmten Platz, er kann nicht sein Leben lang zwischen zwei Welten stehen. Es ist an der Zeit, Moses, daß du dich entscheidest, zu wem du gehörst: zu ihnen oder zu uns.»

Moses wußte darauf keine Antwort, denn er erkannte die Wahrheit in Jethros Worten. Er war ein Fremdling auf der Wanderschaft zwischen zwei Welten.

«Ich weiß, daß dein Herz bei deinen Brüdern in Aegypten ist. Du bist nicht hier bei uns: du hast keinen Blick für deine eigenen Kinder. Du denkst nur an deine Brüder», sagte Zippora, als sie mit Moses allein war. «Wenn du zu ihnen gehest, so nimm mich mit dir.»

«Nach Aegypten? In die Sklaverei?»

«Ich will lieber dort in der Sklaverei bei dir sein als hier in der Freiheit ohne dich.»

«Ich kann nicht zu meinen Brüdern in der Sklaverei gehen. Du hast gehört, was dein Vater sagte. Er sprach die Wahrheit.»

«Wie du, so glaube auch ich an den großen Gott, der sie erlösen wird. Laß uns hingehen nach Aegypten und dort mit deinen Brüdern die Befreiung erharren.»

«Ich gehöre nicht zu ihnen, und die Befreiung ist nicht für mich. Ich stehe abseits.»

«Wieso? Bist du nicht ihresgleichen?»

«Nur wer zu leiden vermag, wie sie leiden, und inmitten aller Leiden stark im Glauben bleibt, darf der Erlösung harren. Ich bin von ihnen geflohen; ich habe ihre Leiden von mir geschüttelt.»

«Leidest du nicht mehr als sie? Habe ich dich nicht in der Nacht stöhnen gehört wie ein verwundetes Tier? Weiß ich nicht, daß dein Herz sich krümmt vor Qual, wenn du der Knechtschaft deiner Brüder gedenkst? Dein Leid ist zwiefach, denn du leidest mit ihnen und leidest für sie.»

«Nein, Zippora, ich kann nicht zu ihnen gehen, Gott hat mich beschwert mit einem freien Herzen und einem trotzigen Willen. Ich muß ihnen fernbleiben. Aus der Ferne muß ich anhören ihre Klage, und aus der Ferne nur werde ich hören dürfen ihr Jauchzen, wenn die Stunde der Befreiung schlägt. Denn nur diejenigen, die zusammen mit den Kindern Abrahams waren während ihrer Knechtschaft in Aegypten, werden teilhaben an der Erlösung, nicht aber die, die ihr entflohen sind.»

* * *

Eines Tages, als er mit der Herde aus der Wüste heimkehrte, fand Moses Gäste bei Jethro. Ab und zu kam es vor, daß herumziehende Priester und Wahrsager bei Jethro zu Gast waren oder kurz dort verweilten, um Amulette, Teraphim, Heilkräuter oder Zaubergeräte auszutauschen. Mehreren der jetzigen Gäste seines Schwiegervaters war Moses in der Umgebung bereits begegnet. Darunter war auch der blinde Seher, der ihn in der Wüste Sur angehalten hatte; hier war er etwas wie der Hauptsprecher der kleinen Versammlung.

«Es kann nicht anders sein», erklärte er, «als daß der höchste Gott Abrahams die hebräischen Sklaven mit einem Zauberbann belegt hat, um sie daran zu hindern, Ihn abzuschütteln, welches Mißgeschick auch immer sie heimsuchen mag. Denn nun hat sie ein neues Ungemach betroffen: alltäglich läßt ihnen Pharao eine Anzahl ihrer Kinder wegnehmen, um in deren Blut zu baden. Es heißt, ein Aussatz habe ihn befallen, und die Ärzte haben ihm gesagt, er könne davon nur geheilt werden, wenn er in Kinderblut bade. So müssen sie jeglichen Tag zusehen, wie ihre Kinder zur Schlachtbank weggeschleppt werden – und dennoch glauben sie immer noch daran, daß ihr Gott kommen werde, um sie zu erlösen aus der Hand des Pharao. In früheren Zeiten, in den Tagen eines vormaligen Pharao, war es Brauch, die Knochen von toten Sklaven in die Lehmgruben zu werfen, damit die Ziegel fester wurden. Heutzutage nimmt man kleine Kinder und mauert sie lebendig in die Wände. Die Stimme ihrer Kinder schreit aus den Mauern – aber ihr Gott sitzt als Gefangener in den Dornbüschen des Feuerberges, und man hört auch Seine Stimmen klagen um die Leiden Seiner Gläubigen, denen Er nicht zu helfen vermag.»

«Dies ist mir ebenfalls bekannt», sagte einer der anderen Seher. «Hirten, die nächtlicherweile ihre Schafe an den Feuerberg heranführten, hörten aus den Dornbüschen eine Stimme, eine menschliche Klagestimme, doch eine Stimme von solcher Gewalt, daß Bäume entwurzelt und Felsen gesprengt werden, und mit donnerndem Lärm in den Abgrund stürzen. Von solcher Gewalt ist die Stimme, die da schreit aus dem Feuerberg. Ganz sicher ist in den Felsmauern des Gebirges ein Geist gefangen. Sobald die Hirten merken, daß sie sich dem Berge nähern, kehren sie eilends mit ihren Herden um.»

«Die Götter haben den höchsten Gott Abrahams in ihre Gewalt bekommen, und halten Ihn dort gefangen, damit Er nicht hervortreten und die Kinder Abrahams befreien kann. Die Götter befürchten, daß die Kinder Abrahams, wenn sie erst aus der Sklaverei befreit sind, den Namen und die Gebote ihres Gottes über die ganze Welt verbreiten, und daß alle Völker sich abwenden werden von den Göttern, um Ihn anzubeten. Wenn die Verheißung an Abraham erfüllt wird, so wäre das der Tod der Götter.»

«Jawohl, auch uns ist es bekannt. Wir wissen es von unseren Vätern. Der höchste Gott Abrahams ist ein Gott der Eifersucht und der Rache, der keine andern Götter neben sich duldet. Es heißt, als erste Bedingung habe Er dem Abraham auferlegt, daß seine Kinder keine andern Götter neben Ihm haben dürften, und daß sie Ihm allein dienen müßten. Die Götter sind bedroht und erfüllt von Angst, die Kinder Abrahams könnten der Knechtschaft entrinnen, frei werden und die Verehrung ihres Gottes über die ganze Welt verbreiten.»

«Nicht allein die Götter sind bedroht, nicht allein sie sind von Furcht erfüllt. Ebenso bedroht und voller Angst sind alle Priester und Seher der Götter.»

«Die Kinder Abrahams sollen nie freikommen, das werden wir nicht dulden.»

«Nein, Pharao wird sie nicht ziehen lassen.»

«Die Priester Aegyptens werden es nicht zugeben; sie wissen, was das bedeuten würde.»

«Wir müssen alles daran setzen und kein Mittel unversucht lassen, um die hebräischen Sklaven von ihrem höchsten Gott wegzulocken. Wir müssen ihnen Kunde geben davon, daß der Gott, welcher den Bund mit Abraham gemacht hat, ein Gefangener der Götter ist, welche ebenfalls ein Bündnis geschlossen haben, und zwar ein Bündnis gegen Ihn, daß Er nie wieder frei werde. Die hebräischen Sklaven sollen unsre Götter annehmen oder die Götter Aegyptens. Dann wird Pharao ihr Joch erleichtern. Nur so werden wir imstande sein, die Erinnerung an den Höchsten Gott von der Erde zu tilgen. Denn wenn Seine Gläubigen Ihn verwerfen, so wird Er vergessen sein», sagte der blinde Seher.

«Die Kinder Abrahams werden ihren Gott niemals verwerfen. Ich kenne sie. Um Seinetwillen werden sie alle Leiden ertragen; sie werden in die Grube fahren und ihren Glauben an Ihn mitnehmen. Ich fürchte, dein Plan, die Erzählung von dem gefangen gehaltenen Gott zu verbreiten, wird zu nichts führen», sagte Jethro zu dem blinden Seher. «Sie werden deiner hohnlachen. Sie wissen wohl, daß niemand den Gott ihres Vaters Abraham gefangen nehmen kann. Soviel ist sicher.»

«Wenn dem so ist, so müssen wir dafür sorgen, daß die Kinder Abrahams in Aegypten zugrunde gehen. Wir müssen es den Priestern Aegyptens klarmachen, und diese ihrerseits müssen es dem Pharao klarmachen, daß nicht allein die Aegyptens, sondern alle Götter aller Völker den Untergang der Hebräer wünschen, auf daß mit ihnen die Erinnerung an ihren Gott untergehe und aus dem Gedächtnis der Lebenden getilgt werde. Denn dieses ist nur lebendig bei den Hebräern, und nur durch deren Mund kann den Völkern der Erde von Ihm Kunde werden», sagte ein anderer Seher.

«Nicht nur bei den Hebräern ist der Gott Abrahams lebendig, sondern in Seiner ganzen Schöpfung. Wenn Pharao nicht nur die Kinder Israels ausrotten würde, sondern alle Menschenkinder, so vermöchte er nicht, die Erinnerung an den Einen Lebendigen Gott zu vernichten. Sein Lob und Preis wird von der gesamten Schöpfung ausgedrückt. Himmel und Erde werden bezeugen, daß Er der Eine, Einzige Gott ist, der sie erschaffen hat, und sie werden Seinen Namen verkünden für und für bis zum letzten Tag», rief Moses aus dem Winkel hervor, in dem er stand.

«Das wurde auch gesagt von dem Gott Aton, welchen Amenhotep, der vierte seines Namens, einführte in Tel-el-Amarna, nachdem er alle Götter Aegyptens entfernt und ihre Verehrung verboten hatte. Erinnert ihr euch, was dem Gott zugesungen wurde: ‚Du bist der Vater und die Mutter von allem, was du erschaffen hast‘? Und wo ist er nun? Sein Name darf nicht mehr erwähnt werden, seine Tempel in Tel-el-Amarna sind verödet, und kein Gedächtnismal von ihm ist mehr vorhanden. Das ist das Schicksal eines jeden Gottes, der versucht, die andern Götter zu beseitigen. Sein Platz ist der Feuerberg, wo er angekettet wird an den Felsen», sagte einer von den Sehern.

«Mit wem vergleichst du den Lebendigen Gott Abrahams? Mit einem seiner Geschöpfe. Wer war Aton und wer ist er? Dasselbe wie Ammon-Ra, den er vertrieb: die Sonne, die ihr alle anbetet. Die Sonne aber ist nur eine der Schöpfungen des Großen Gottes. Er hat viele Sonnen, die ihr nie gesehen habt, und alle sind erschaffen von Seinen Händen», sagte Moses.

«Wer ist dies?», fragte der blinde Seher erstaunt. «Die Stimme klingt mir bekannt. Ist dies nicht der Mann, dem ich einst vor Jahren in der Wüste begegnete? Man erzählte mir von ihm in Aegypten. Er hetzte die hebräischen Sklaven auf und erschlug einen Aufseher des Pharao. Die Häscher fahnden noch immer nach ihm. Ist es nicht eben dieser Mann?»

«Es ist mein Schwiegersohn, Moses, er ist ein Hebräer», sagte Jethro.

Die dunkle Kunde von neuen Verfolgungen in Aegypten versetzte die Seele Moses' in großen Aufruhr. Er fand keine Ruhe; er war nicht im Stande, wieder mit Jethros Herden in die Wüste zu ziehen. Konnte es denn wahr sein, was der Zauberer gesagt hatte daß die falschen Götter den Gott Abrahams überwältigt hatten und Er untergegangen war wie Aton? Nein, nein, das konnte nicht sein. Jede Regung seiner Seele sagte ihm, daß der Gott Abrahams lebe und auf das Höchste lebendig sei. Er erkannte es hundertfältig. Gott lebte in dem Gedächtnis seiner Brüder, der Sklaven; Er lebte in der Ordnung der Welt, im Aufgang und Niedergang der Sonne, im Kreisen der Sternbilder. Moses sah Ihn in der winzigsten Pflanze, die auf dem Wüstenboden gedieh, er fühlte Ihn im stummen Flehen der Schafe, im Aneinanderhängen von Müttern und Kindern, in allen Offenbarungen Seiner Schöpfung. Auf allem ruhte das Auge des Schöpfers, und Seine Barmherzigkeit strömte über alles hin.

Wenn dem aber so war, warum blieb Er stumm? Warum duldete Er, daß die Kinder Seines Freundes litten, daß ihre Leiber in die Lehmgruben geworfen oder eingemauert wurden in die Schatzkammern des Pharao? Wie lange noch? Warum erschien Er nicht, warum richtete Er nicht Ordnung auf unter den Menschen, wie Er sie aufgerichtet hatte in der übrigen Schöpfung?

Sein Herz war noch wund von der Schmach, die dem Gott Abrahams dadurch angetan worden, daß Er auf eine Stufe gestellt wurde mit dem Götzen Aton. Der Pharao Amenhotep, der vierte dieses Namens, hatte in der Tat Aton aufgerichtet als er sich gegen Ammon-Ra empörte, dessen Tempel zerstörte, seinen Namen unterdrückte und ihn aus dem Gedächtnis der Aegypter zu tilgen suchte. Dann war Amenhotep dazu übergegangen, auch alle andern Götter zu unterdrücken, indem er Aton zum einzigen Gott Aegyptens erklärte; er hatte die Hauptstadt der früheren Pharaonen aufgegeben und nilabwärts inmitten von Felsgestein eine neue Stadt gegründet, die er dem neuen Gott weihte. Tel-el-Amarna wurde das Zentrum des neuen Glaubens. Kein anderer Gott durfte neben ihm, Aton, genannt werden, der der Spender des Lebens war, Vater und Mutter des Pharao. Nun aber war die Stadt Tel-el-Amarna nur noch eine trostlose Einöde. Kein Menschenfuß betrat sie, und kein Menschenmund sprach mehr den Namen des Aton aus. Die nachfolgenden Pharaonen, angefangen mit Amenhoteps Schwiegersohn, dem jungen Tutanchamen, hatten Aton entthront und die Herrschaft des Ammon-Ra und aller andern Götter wieder aufgerichtet. Der Pharao wurde wieder der Gott Ra, Fleisch von seinem Fleisch, und die ganze Göttergesellschaft gelangte zu neuer Blüte.

Die Verehrung des Aton überdauerte die Regierungszeit des Pharao nicht, der ihn erhoben hatte. Nichts war von ihm übrig geblieben als die Trümmerstätte, die einst die Stadt Tel-el-Amarna gewesen war. Moses hatte sie gesehen; er kannte die verödeten Tempel; er kannte das Bild, das Aton dargestellt hatte: ein Bild der Sonne mit vielen Strahlenhänden, die sich ausstreckten nach den vier Enden der Erde.

Ein heiliger Zorn war in Moses entfacht. So tief seine Liebe für seine Brüder, so bitter sein Leid um sie war, tiefer war seine Liebe zu dem Gott Abrahams, bitterer war sein Gram über den Ihm angetanen Schimpf. Für Moses war dieser Gott sein Himmel und seine Erde geworden, seine Zuflucht, sein Besitz und die Erfüllung seines Lebens. Von seinem Stamm losgerissen, sowohl vom Hof des Pharao wie von den eigenen Brüdern verstoßen, fern von Vater und Mutter, war ihm der Gott Abrahams zum Ein und Alles geworden. Er war sein Wesensgrund, das Fundament seines leiblichen und geistigen Seins; nichts und niemand gab es für ihn als diesen Gott, dessen Namen er weder kannte noch den Ort, wo er Ihn zu suchen hatte. Dieser fremde, unbekannte, verborgene und doch vertraute, nur offenbarte Gott war sein eigenster Besitz geworden.

Ein großer Zorn brannte in ihm, zusammengeflossen aus Schmerz und Wut über die seinem Gott angetanen Schmähungen. Jethros Haus wurde ihm unerträglich, weil dort die Schmach begangen worden war. Er eilte aufs Feld hinaus, fiel auf die Knie, hob die Arme gen Himmel und brüllte wie ein verwundeter Löwe:

«Gott Abrahams, wie lange willst Du schweigen? Sieh, mit wem man Dich verglichen hat!»

ZWÖLFTES KAPITEL

WIEDERUM wurde Moses von quälender Unruhe erfaßt. Die Gläubigkeit, die ihm in der Einsamkeit der Wüste zu eigen gewesen war, verließ ihn. Dort, in der Wüste, hatte er, während er die Schafe hütete, zu dem Gott Abrahams zu beten vermocht, dessen Namen er nicht hatte anrufen können. In der großen Stille unter den Sternen des Himmels der Wüste, hatte er sich selbst einen Namen für Ihn gemacht. Da er gesehen, wie die Schafe sich Schutz suchend aneinander drängten unter dem weiten, singenden Firmament, hatte er die Gnade Gottes auf der Schöpfung ruhend empfunden, und so hatte er Ihn in seinem Herzen genannt den Gott der Gnade und Barmherzigkeit.

Da hatte er im tiefsten Herzen gewußt, daß der Gott der Gnade und Barmherzigkeit Mitleid hatte mit Seinem Volk und mit allen Leidenden. Er litt um der Missetat willen, die der Mensch dem Menschen zufügte, und Er war bei Seinem Volk in dessen Elend. Das Blut der in die Paläste und Speicher des Pharao eingemauerten Kinder schrie auf zu Ihm, und dennoch blieb Er stumm.

Der Grund für Sein Schweigen war, daß Er eine Stunde bestimmt hatte; und diese Stunde stand bevor. Immer näher kam sie heran, die Zeit floß dahin wie ein Strom, und sie würde fließen bis das Staubecken der Geduld erschöpft war.

Es litt ihn nicht mehr in der Wüste, noch in Jethros Hause. Darum versammelte er seine Herde, sagte der Familie Lebewohl und machte sich auf den Weg durch die Wildnis nach Ezeon-Geber, das an der Spitze der östlichen Ausbuchtung des Roten Meeres lag.

Es war ihm, als habe ihm eine innere Stimme zugerufen: «Nimm deinen Weg über das Gebirge Sinai.»

Von den Kuppen der Sandhügel Midians konnte Moses in weiter Ferne die Felsspitzen des Sinai-Gebirges erkennen. Das erste Aufblitzen der Morgensonne wie die scheidenden Strahlen der untergehenden Sonne tauchten die kupferfarbenen Gipfel und Grate in Feuer, und verliehen ihren Schneefirnen einen perlmuttenen Glanz. Der Widerschein der Felsenberge erschimmerte über die ganze Fläche der Wüste hin. Moses begriff wohl, daß diese kupfrigen Felsgipfel von den frühesten Zeiten an den Beduinen und den Hirten des Landstrichs bannende Furcht eingeflößt hatten und daß die Menschen das Gebiet mieden. Außerdem war die ganze Umgebung wasserlos; kein Rauschen eines Baches war zu hören; über der ganzen Gegend lag eine Stille, die an Tod gemahnte und doch nicht beruhigend wirkte, denn es war ein Schweigen der Versteinerung. Richtung und Verteilung der Felswände war derart, daß, was irgend die Totenstille störte, den tausendfältigen Widerhall gewaltiger Echos hervorrief. Ein die Abhänge hinunterrollender Stein stürzte mit einem donnernden Getöse wie von riesenhaften Gießbächen, das sich nach allen Seiten über die weite Leere verbreitete, ins Tal hinunter. Diese in der trockenen, zitternden Luft widerhallenden Klänge hatten in der Phantasie der Beduinen die Sagen von Geistern und gefallenen Göttern erzeugt, die in dem Feuergebirg gefangen gehalten würden. Es waren das Götter, denen ihre früheren Anhänger die Gefolgschaft aufgesagt hatten, weil sie nicht imstande gewesen waren, den Gläubigen in der Stunde der Not Hilfe zu leisten. Es waren Götter, die die Flucht ergriffen hatten vor dem Groll der Menschen oder vor der Feindschaft stärkerer Götter; die Widersacher und Wettbewerber hatten sie verfolgt, sie eingefangen und hier in Haft gesetzt. Die Klagen der besiegten und vergessenen Götter aber erfüllten die Wüstennächte mit ihrem Geheul.

Und nicht nur wandernde Beduinen und fremde Stämme, sondern auch Jethro selbst – das wußte Moses – glaubten daran, daß der Höchste Gott, welchen Abraham angebetet, sich als außerstande erwiesen hatte, die Hebräer aus Pharaos Hand zu erretten und darum ebenfalls unter die besiegten Götter auf dem Sinai aufgenommen worden sei. Dieses Glaubens waren Jethro und die Seinen, obschon sie im Beisein von Moses nicht darüber sprachen.

Moses war bisher selbst den Abhängen des Sinai stets ausgewichen. Der Boden hatte nur kargen Graswuchs; er bestand zum größten Teil aus Sand und Geröll und war reich an Kupfererzen. Selbst wenn sich während des Winters in den tief eingerissenen Schluchten allerhand Grünfutter finden ließ, so war die Gegend doch wegen des Steinschlags und der jähen Abgründe gefährlich.

Moses jedoch durchschritt geradenwegs die grüne Oase Ezeon-Geber und führte seine Herde auf das Sinai-Gebirge zu. Zunächst ging er den Arm des Roten Meeres entlang, dann in Richtung auf den Berg Horeb, da sein Schwager Hobab ihm gesagt hatte, daß im Schatten des Gebirges sich Gras fände. Es waren auch Dattelpalmen und Kakteen vorhanden, und in den der Sonne nicht ausgesetzten Schrunden hatte sich Wasser angesammelt.

Moses schritt wie unter einem Zwang dahin, als handele er nicht nach seinem freien Willen. Was ihn trieb, darüber vermochte er sich keine Rechenschaft abzulegen. Selbstverständlich dachte er auch nicht im entferntesten daran, daß an dem unsinnigen Gerede der Wahrsager über die Gefangenschaft des Gottes Abrahams unter den andern Göttern im Feuerberg etwas Wahres sein könne. Der Drang, der ihn beseelte, war anderer Natur, er war unbestimmt, unklar, doch völlig unwiderstehlich.

Vor seinem Abschied aus Jethros Hause hatte er in einem Anfall von Verzweiflung tatsächlich das Vorhaben kundgegeben, nach Aegypten zurückzukehren und sich dem Pharao zu stellen, in der Hoffnung, diese Unterwerfung werde das schwere Los seiner Brüder mildern. Mit Müh und Not hatten Jethro und Zippora ihm diesen Entschluß ausgeredet. Sie hatten ihn dagegen, aus Furcht, daß Bileam, der blinde Wahrsager, den Häschern des Pharao Moses' Aufenthalt in Midian verriete, dazu ermuntert, sich wieder in die Wüste zu begeben. Doch diese Flucht zum Sinai hin war Moses unerklärlich.

Als er tiefer ins Innere der Halbinsel gekommen war, faßte sein Herz wieder Mut, und er fand Frieden im Schatten des Horeb. Tagsüber suchte er nach grünen Stellen, die die Sonnenglut nicht versengt hatte. In den Ausläufern des Gebirgs fand er Kaktusgewächse, die dort in ständigem Kampf gegen Winde und Sandstürme mühsam fortkamen. Die kleinen Pflanzen boten den Schafen ein willkommenes Futter, und sie fraßen sie bis zu den Wurzeln ab. An einer Stelle entdeckte Moses wie durch ein Wunder eine Höhle mit einem großen Wasservorrat; es war kein angesammeltes Regenwasser, sondern mußte wohl aus dem Felsen quellen, da es frisch und kühl war. Moses führte seine Herde in die Höhle und wäre es wohl zufrieden gewesen, dort länger zu verweilen. Der Horeb, der in der Mitte des Sinai-Gebirgs lag, war eine flachere Kuppe als die übrigen, und daher zur Weide geeignet. Er bestand aus Kalkstein, und in den Spalten des Gesteins wuchsen Disteln, Dornen sowie andere Pflanzen und Wurzeln, die der Herde bescheidene aber ausreichende Nahrung boten. Auch wucherte hier die winzige weiße Flechte und bedeckte die Felsen mit einem moosigen Überzug.

Die anderen Berge waren steil, spitz, zackig gleich Felsenfingern, die sich in den Himmel bohrten; auf dem Horeb jedoch zog sich eine Reihe von Hochflächen hin; und wenn Moses des Nachts in seinen Schäfermantel gehüllt dasaß, Antlitz und Arme im Gebet erhoben, lag das sternenübersäte Himmelsgewölbe in einem Bogen um ihn, nicht unterbrochen von wilden Ausbrüchen des Gesteins, sodaß das Flehen seiner Gebete sich ungehemmt in die Himmelshöhen schwang.

In Tat und Wahrheit sah er nun das Feuer, das die ersten und die letzten Strahlen der Sonne auf den Kupferspitzen entzündete. Er hörte die Stimmen, Hall und Widerhall, die sich in donnernden Kreisen um die Gipfel ausbreiteten. Doch weder die Flammen noch die Stimmen beeindruckten ihn sonderlich, denn er wußte Bescheid über sie. Und die angstvollen Erzählungen derjenigen, die an dämonische Gefangene der Berge glaubten, schätzte er nicht höher ein als das Geplapper von Kindern, die sich vor den Schatten an der Wand fürchten. Falsche Götter bestanden nicht für ihn.

Doch als er eines Morgens aus dem leichten Schlummer emporfuhr, in den er bei den Schafen sitzend gefallen war, ward er inne, daß die Stille noch tiefer war als sonst, so als ob der Raum um ihn herausgehoben sei aus der übrigen Schöpfung und sich zu einem abgetrennten Heiligtum zusammengeschlossen habe. Und als er um sich blickte, da schien es ihm, als ob dies in der Tat geschehen sei.

Graue Wolken waren vom Zenith herabgesunken und umringten die Berge. Die Wolken durchstachen die zackigen Finger der höchsten Gipfel, und aus der Tiefe schwebten unaufhörlich Nebelkränze empor. Weißlich flatternd trieben die Kränze von Gipfel zu Gipfel, dann begannen sie, sich dort zu einem Kreis zusammenzuschließen, wo Moses bei seinen Schafen saß. Tiefer senkten sie sich über ihn und die Schafe herab, die sich, wie vor einer Gefahr, zusammendrängten.

Eine ungewohnte Macht und Gewalt schlug Moses in ihren Bann. Um ihn herrschte tiefe Stille und es war, als ob die Schöpfung den Atem anhalte vor etwas, was da kommen müsse.

Andachtsvolle, ehrfürchtige Stimmung überkam Moses. Er fühlte sich seinem Schöpfer näher denn je. Sein Herz floß über von Mitgefühl für alles Erschaffene, und ein tiefer Drang zum Gebet ergriff ihn. Neben den Schafen kniete er nieder, erhob die Arme und betete also:

«Gott der Gnade und der Barmherzigkeit, blicke herab von Deinen Himmelshöhen und siehe, was aus Deiner Schöpfung geworden ist. Deine Kinder wandern umher gleich Schafen ohne Hirte. Niemand ist da, ihnen den Weg zu zeigen und sie zu bringen unter Deinen Willen. Erbarme Dich der Kinder des Menschen, den Du erschaffen hast, offenbare Dich ihnen, wie Du getan hast in den Tagen Abrahams. Nach Dir dürstet die ganze Schöpfung und nach Dir sehnen sich alle Menschen, denn Du allein bist der Schöpfer alles dessen, was lebet.»

Als Moses sich von diesem Gebet erhob, hatten die Wolken sich verzogen und schwebten nun über den Gipfeln. Die Sonne brach durch die Wolkenbänke. Von Ruhe und Dank erfüllt trockneten die Schafe ihr feuchtes Fell an der hervortretenden Sonne. Moses blickte um sich, und es war, als ob die Erde wiederum in die Frische der ersten sechs Schöpfungstage getaucht sei. Und er selbst war getaucht in Reinheit gleich einem neugeborenen Kinde.

Da zog mit einmal etwas in der Ferne seine Blicke an.

Eine Flamme stieg dort deutlich von der Erde empor wie eine hochgerichtete Säule. Ein Dornbusch stand in Brand.

Nichts Außergewöhnliches war an diesem Anblick; es kam

häufig genug vor, daß ein vertrockneter, verwelkter Dornbusch in der Wüste Feuer fing, daß das Feuer aufflammte und wieder zusammenfiel, da es keine weitere Nahrung fand. Hier aber hielt das Feuer lange Zeit an; Moses schaute hin, staunte und sprach zu sich selbst: «Der Busch brennet und wird doch nicht verzehret.»

Und sprach weiter: «Ich will hingehen und besehen dies große Gesicht, warum der Busch nicht verbrennet.»

Da er aber zu dem brennenden Busch hintrat, vernahm er eine Stimme, welche sanft und leise seinen Namen rief:

«Moses! Moses!»

Moses war zuerst nicht erschrocken. Die Stimme klang vertraut wie die eines Vaters. Er antwortete:

«Hier bin ich.»

Und die Stimme sprach vom Innern des Busches her:

«Tritt nicht herzu. Tue deine Schuhe ab von deinen Füßen, denn der Grund, darauf du stehest, ist heiliger Grund.»

Bestürzt von der Stimme, gehorchte Moses.

Die Stimme aber sprach weiter aus dem brennenden Busch:

«Ich bin der Gott deiner Väter, der Gott Abrahams, der Gott Isaaks und der Gott Jakobs.»

Da Moses diese Worte hörte, hob er den Saum seines Mantels und verhüllte sein Angesicht.

Die Stimme aber fuhr fort und sprach:

«Ich habe gesehen das Elend Meines Volkes in Aegypten und habe ihr Geschrei gehöret gegen die, so sie antreiben. Ich habe ihr Leid erkannt. Und bin herniedergefahren, daß Ich sie errette von der Aegypter Hand und sie hinausführe und sie bringe in ein gut und weit Land, in ein Land darinnen Milch und Honig fließet; nämlich an den Ort der Kanaaniter, Hethiter, Amoriter, Pheresiter, Heviter und Jebusiter. Weil denn nun das Geschrei der Kinder Israels vor Mich gekommen ist und Ich auch gesehen habe die Bedrückung, die ihnen auferlegt ist von den Aegyptern, so gehe nun hin, Ich will dich senden zu Pharao, daß du Mein Volk, die Kinder Israels, aus Aegypten führest.»

Die ganze Zeit über hatte Moses, das Gesicht mit dem Saum seines Mantels verhüllt, vor dem brennenden Busch gestanden. Er sah kein Bild; er hörte nur die Stimme sprechen aus der Flamme. Er hatte sich als den Unwürdigsten in Israel erachtet, der der Erlösung mit den Andern nicht teilhaftig werden dürfe, weil er ihre Knechtschaft nicht erduldet hatte. Wie aber kam nun dies? Er, der vermeint hatte, schuldig zu sein an der Erschwerung von Pharaos Joch, er sollte Gottes Sendling sein, um die Kinder Israels aus Aegypten hinauszuführen? Das Haupt noch immer verhüllt, neigte er es zur Erde vor Ihm, den er nicht sah, und sprach mit stammelnder Zunge und nach Worten suchend:

«Wer bin ich, daß ich zu Pharao gehe und führe die Kinder Israels aus Aegypten?»

Warm und weich, als wolle sie den Schrecken mildern, der ihn überkommen hatte, sprach die Stimme weiter zu Moses:

«Ich will mit dir sein, und das soll dir das Zeichen sein, daß Ich dich gesandt habe: Wenn du Mein Volk aus Aegypten geführt hast, werdet ihr Gott opfern auf diesem Berge.»

Doch diese Worte steigerten nur noch seine Bestürzung. ‚Ihr sollt Gott opfern auf diesem Berge!' War dies der Gott Israels, welcher sprach oder war es – was Gott verhüte! – einer von den in dem Berg hausenden Göttern? Denn vielleicht war doch etwas Wahres an den Gerüchten, daß solche hier hausten. Doch wieder Mut fassend entschloß Moses sich, den Geist zu prüfen, der mit ihm sprach und er sagte darum:

«Wenn ich zu den Kindern Israels komme und spreche zu ihnen ‚Der Gott eurer Väter hat mich zu euch gesandt', und sie mich fragen werden ‚wie ist Sein Name?', was soll ich ihnen sagen?»

Die Stimme aber antwortete:

«Ich bin, der Ich bin. Also sollst du zu den Kindern Israels sprechen: ‚Ich bin' hat mich zu euch gesandt. Der Herr, der Gott eurer Väter, der Gott Abrahams, der Gott Isaaks, der Gott Jakobs, hat mich zu euch gesandt. Dies ist Mein Name ewiglich, dabei soll man Meiner gedenken für und für.» Danach aber ward die Stimme gebieterisch: «Geh hin, versammle die Ältesten in Israel und sprich zu ihnen: ‚Der Herr, der Gott eurer Väter, der Gott Abrahams, der Gott Isaaks und der Gott Jakobs ist mir erschienen und hat mir geboten zu sagen, daß Er sich eurer erinnert hat und gesehen hat alles, was euch in Aegypten widerfahren ist.' Und Er hat ferner gesagt: ‚Ich will euch aus dem Lande der Aegypter führen und euch führen in ein Land wo Milch und Honig fließt.' Und wenn sie deine Stimme hören, so sollst du und die Ältesten in Israel hingehen zum Könige von Aegypten und also zu ihm sprechen: ‚Der HErr, der Hebräer Gott, hat uns gerufen. So laß uns nun gehen drei Tagereisen in die Wüste, daß wir opfern dem HErrn, unserm Gott.‘ Aber ich weiß, daß euch der König von Aegypten nicht wird ziehen lassen, ohne durch eine starke Hand. Dann werde ich Meine Hand ausstrecken und werde schlagen Aegypten mit allerlei Wundern, die Ich darinnen tun werde. Danach wird er euch ziehen lassen. Wenn ihr aber ausziehet, so sollt ihr nicht leer ausziehen.»

Doch nun, da Moses die Überzeugung gewonnen hatte, daß die Stimme, welche zu ihm sprach, die Stimme des Gottes alles Seins, des Gottes der Schöpfung war, nun da er eingesehen hatte, daß Gott Sich zu ihm von allen Kindern Israels und allen Söhnen Levis herabgelassen und ihn betraut hatte mit der Sendung der Erlösung, nun sah er voraus, mit welchem Mißtrauen er empfangen werden würde, wenn er mit seiner Sendung vor die hintreten würde, die ihn aus Aegypten getrieben hatten, Korah und Aaron. Von Angst bestürmt, schrie er auf:

«Aber sie werden mir nicht glauben, noch auf meine Stimme hören, sondern werden sagen: ‚Gott hat dich nicht gesandt‘.»

«Was ist es, das du in deiner Hand hast?», fragte die Stimme.

«Ein Stab.»

«Wirf ihn auf die Erde.»

Moses warf den Stab von sich, er fiel zur Erde und ward zu einer scheußlichen Schlange. Moses floh entsetzt.

«Strecke deine Hand aus und erhasche sie beim Schwanz», befahl die Stimme.

Moses gehorchte, faßte die Schlange beim Schwanz, und augenblicklich ward sie wieder zu dem Stab.

«Darum werden sie dir glauben, daß dir erschienen sei der HErr ihrer Väter», sagte die Stimme. «Stecke deine Hand in deinen Busen.»

Moses gehorchte und steckte seine Hand in seinen Busen, und da er sie wieder hervorzog, war sie aussätzig, weiß wie Schnee vor Aussatz.

«Tue deine Hand wieder in deinen Busen.»

Moses gehorchte, und da er sie abermals hervorzog, war sie wie sein ander Fleisch.

Und weiter vernahm er die Stimme:

«Wenn sie dir nun nicht glauben wollen bei dem ersten Zeichen, so werden sie dir doch glauben bei dem zweiten. Wenn sie aber diesen beiden Zeichen nicht glauben werden, so nimm Wasser aus dem Strom und gieße es auf das trockene Land, so wird das Wasser, das du aus dem Strom genommen hast, Blut werden auf dem trockenen Land.»

In all seinem Jubel und seiner Freude, die Moses erfüllten, ungeachtet dieser ersten Zeichen der Erfüllung, und selbst angesichts des göttlichen Zeugnisses seiner Berufung dazu, ließ Moses eine unüberwindliche Bescheidenheit noch immer an seiner Eignung für diese Sendung zweifeln. Wie sollte er mit seiner stammelnden Zunge, mit seiner leichten Erregbarkeit der Sprecher Israels vor dem Pharao sein? Stockend und flehentlich sagte er:

«Ich bitte dich, HErr, ich bin kein beredter Mann, weder bin ich es anher gewesen, noch seitdem Du geredet hast mit Deinem Knecht. Denn ich habe eine schwere Zunge und bin von langsamer Rede.»

Doch die Stimme Gottes schwoll nicht an vor Zorn noch brach eine Flamme aus dem Busch hervor, um ihn zu vernichten. Sanft sprach die Stimme, als ob eine Mutter ihrem Kinde Trost und Stärkung zuspreche. So also tröstete und stärkte ihn Gott:

«Wer hat dem Menschen den Mund geschaffen? Wer macht einen Menschen stumm oder taub, sehend oder blind? Habe nicht Ich es getan, der HErr? So gehe denn hin und Ich will mit deinem Munde sein und dich lehren, was du sagen sollst.»

Doch Moses war nun einmal wie gebannt in seine Furchtsamkeit. Das Gesicht in den Sand vergraben, lag er jetzt vor dem brennenden Dornbusch hingestreckt. Er malte sich aus, wie er nach Aegypten zurückkehrte; er stellte sich vor, wie Aaron ihn inmitten der Ältesten empfing und erbleichend sagte: «Warum bist du wiedergekommen, Ungemach über uns zu bringen? Genügt dir nicht, was Pharao uns angetan hat, seitdem du den Aegypter erschlugst? Warum bist du gekommen, uns wiederum aufzurühren mit Lügen, daß Gott sich dir gezeigt habe? Hebe dich hinweg mit deinen Träumen. Ein Unglück bist du nur für deine Brüder.» Und Moses sah es vor sich, wie die erschrockenen Gesichter der Ältesten sich ihm zuwandten. Wie konnte er, nach dem, was er getan hatte, nach Aegypten gehn? Nein, nein. Er grub das Haupt in den Sand und streckte die Hände aus zu dem brennenden Busch hin.

«Ich bitte dich, Herr, sende wen Du senden willst.»

Doch kaum hatte er diese Worte ausgesprochen, da schien es, als werde er aufgehoben von einem Wirbelwind, der ihn in den Abgrund zu stürzen drohte. Und er vernahm die Donnerstimme:

«Ist dort nicht Aaron, der Levit, dein Bruder? Ich weiß, daß er beredt ist. Und siehe, er wird herauskommen, dir entgegen, und wenn seine Augen dich erschauen, so wird sein Herz sich freuen. Und du sollst zu ihm reden und ihm die Worte in den Mund legen, und Ich will sein mit deinem Mund und mit seinem Mund, und werde euch lehren, was ihr tun sollt. Und er soll für dich zum Volke sprechen. Er soll dein Mund sein, und du sollst für ihn an Gottes Statt sein. Und diesen Stab nimm in deine Hand, damit du Zeichen tun sollst.»

Gott hatte gesprochen; wer durfte sich Ihm widersetzen? Er hatte alle Gedanken Moses' gekannt und auf alle seine Befürchtungen geantwortet. Er hatte ihm göttliche Macht verliehen über Aaron, und hatte Aaron zu seinem Mundstück gemacht. Er hatte ihm geboten, seinen Stab aufzunehmen, um Zeichen zu tun, und hatte ihn ausgesandt, die Kinder Israels zu erlösen aus der aegyptischen Knechtschaft.

Moses erhob sich langsam und verneigte sich tief vor dem Gott Israels, der zu ihm gesprochen hatte. Dann wandte er sich und begab sich daran, seine Sendung zu erfüllen.

* * *

Er trieb die Herde zusammen und führte sie dann zurück nach Midian.

Er übergab die Herde wieder seinem Schwiegervater Jethro und sagte:

«Ich bitte dich, laß mich gehen zu meinen Brüdern nach Aegypten und sehen, ob sie noch leben.»

Jethro versuchte nicht, ihn zurückzuhalten. Er legte sich nicht einmal ins Mittel, als er merkte, daß Moses sich rüstete, sein Weib und seine Kinder mit nach Aegypten zu nehmen, wo ihnen die Gefahr drohte, Sklaven zu werden. Ohne daß Moses ihm ein Wort gesagt hätte, verstand er, daß dieser in der Wildnis des Sinai ein Erlebnis gehabt haben mußte. Denn auf dem Angesicht des Moses lag ein Leuchten, das Jethro und dessen ganzes Haus mit Ehrfurcht erfüllte.

Jethro sagte zu seinem Schwiegersohn:

«Gehe hin in Frieden.»

Und Moses nahm Zippora, sein Weib, samt den zwei Söhnen, die sie ihm geboren hatte, und zog hinaus in die Wüste gen Aegypten.

DREIZEHNTES KAPITEL

DIE Ältesten Israels waren in der Höhle versammelt. Der greise Uziel saß, rechts und links von andern Greisen gestützt, gegen einen Felsblock gelehnt. Um ihn herum befanden sich die Anführer der Stämme; es waren teils ältere Männer, teils jüngere, mit noch sprossenden Bärten und vollen Lockenköpfen. Der Stamm Levi war unter andern durch Korah und seine Söhne vertreten; auch Dathan und Abiram waren zugegen, die die Ältesten und Anführer des Stammes Ruben und außerdem die Vorsteher der jüdischen Aufseher und Wächter waren. Doch bei dieser Gelegenheit trugen sie weder ihre bunten Gewänder noch die Brustschilder ihres Dienstgrades, auch hatten sie nicht ihre Stäbe mit den Kupferspitzen bei sich; denn die Zusammenkunft der Ältesten von Israel fand im Geheimen statt.

Vor der Versammlung standen Aaron und Moses, und Aaron sprach für Moses.

Aaron berichtete all die Wunderdinge, die sein Bruder erlebt hatte: daß Gott ihm in der Wüste Sinai beim Berge Horeb erschienen sei, daß er ihm befohlen habe, die Ältesten in Israel zu versammeln und ihnen zu sagen, der Gott ihrer Väter, der Gott Abrahams, Isaaks und Jakobs, habe sich ihrer und dessen, was ihnen widerfahre, erinnert; und er werde sie aus Aegypten führen in ein Land, wo Milch und Honig fließet, in das Land Kanaan; er solle sagen, was Gott Moses und den Ältesten in Israel befohlen habe, daß sie hingingen zu Pharao und sagten: ‚Unser Gott, der Gott der Hebräer, ist uns erschienen. Lasset uns nun hingehen in die Wüste drei Tagereisen von hier und dem HErrn unserm Gotte opfern‘.»

Und Aaron sprach fernerhin für sich selbst, daß er ebenfalls die Stimme Gottes gehört, welche ihm geboten habe, hinaus in die Wüste und seinem Bruder entgegen zu gehen. Und so sei er hingegangen und habe Moses und dessen Weib beim Berge des HErrn getroffen, als sie daherkamen, um nach Aegypten zu ziehen, ohne Furcht noch Angst, um ihre Sendung zu erfüllen. Dort habe Moses ihm alles erzählt, was er erlebt, und habe ihm den Stab gezeigt, mit welchem Gott ihn geheißen, Wunder und Zeichen zu tun; Aaron aber hatte Gott befohlen, alles zu glauben, was sein Bruder ihm erzähle. Und so stünden sie nun vor den Ältesten in Israel mit der guten Zeitung von der Erlösung, gemäß dem Worte Gottes.

Geraume Zeit, nachdem Aaron geendet, hing noch tiefes Schweigen über der Versammlung. Was sie gehört, war unwahrscheinlich und befremdlich. Gott war erschienen, doch nicht ihnen, den Aeltesten in Israel, sondern gerade ihm, der nicht mit ihnen die Knechtschaft geteilt, der nichts von ihnen wußte? Und Er war den Israeliten nicht in Aegypten erschienen, sondern irgendwo in der Wüste? Wie konnte das sein? Schließlich sprach einer der Ältesten:

«Woher sollen wir wissen, daß es unser Gott war? Der Gott Abrahams, Isaaks und Jakobs, der sich unserm Bruder gezeigt hat? Hat Er ihm Seinen Namen gesagt? Kann es nicht ein böser Geist der Wüste gewesen sein, der uns zu Bösem verführen will?»

Da sprach Moses selbst zu den Versammelten:

«Gewiß fragte ich Ihn nach Seinem Namen. Ich sagte zu dem Geist, welcher mir erschien: ‚Wie ist Dein Name? Und was soll ich sagen, wer mich sendet?'. Und er antwortete: ‚*Ich bin, der ich bin.* Sage den Kindern Israels: ‚*Ich bin* hat mich zu euch gesandt'. Und sage ihnen ferner: ‚Der Gott eurer Väter, der Gott Abrahams, Isaaks und Jakobs, hat mich zu euch gesandt. Dies ist Mein Name ewiglich, dabei soll man Meiner gedenken für und für.'»

Als Moses geendet, fiel der blinde Uziel auf die Knie, hob die Arme und rief: «Ich erkenne Ihn! Er ist, der Er ist. Das ist Sein Name für und für. Er war mit unsern Vätern Abraham, Isaak und Jakob und zeigte ihnen den Weg. Mit Ihm haben sie den Bund gemacht für uns und unsre Zukunft bis zum Ende der

Tage. Er ist bei uns hier in Aegypten. Er sieht unsere Drangsal und unser Leid. Und Er hat Erbarmen mit uns. Er wird uns befreien vom Joche Pharaos, und wird uns führen in das Land, wo Milch und Honig fließen, das Er unsern Vätern verheißen hat. Und Er wird mit unsern Kindern sein in allen Geschlechtern, in allen Zeiten, in allen Welten, in all ihrem Erleben und all ihrem Tun. Denn Er ist das Sein. Kein Sein ist ohne Ihn, denn in Seinem Namen Jehovah ist vereinigt Vergangenheit, Gegenwart und Zukunft.»

Nachdem der blinde Uziel diese Worte gesprochen, verstummten die versammelten Ältesten Israels in tiefer Ehrfurcht.

Darauf sprach Moses wiederum: «Dreimal wollte ich mich abwenden und Seinem Befehl ausweichen. Nicht darum, weil ich nicht geglaubt hätte, daß Er es sei, denn an Seiner Stimme erkannte ich den Gott unsrer Väter; auch nicht, weil ich Angst gehabt hätte, Seine Worte vor Pharao zu bringen. Denn ich bin jederzeit bereit, vor Pharao hinzutreten und zu fordern, daß er dem Befehl Gottes gehorche. Auch hat Er mir vorausgesagt, daß Pharao uns nicht ziehen lassen, daß Er das Herz des Pharao verhärten werde, auf daß Pharao und ganz Aegypten Seine Gerechtigkeit und Seine mächtige Hand erkennten, wenn Er Rechenschaft fordern werde für ein jedes Leid, das Pharao uns zugefügt. Ich glaube und ich weiß, daß Er von Pharao und den Aegyptern Buße eintreiben wird für jeden Tropfen Bluts, den sie vergossen haben, und daß Er aus Aegypten ein Beispiel und ein Greuel machen wird, wie Er getan hat mit Sodom und Gomorrha, auf daß alle Bedrücker in künftigen Zeiten wissen, daß ein Auge da ist, welches wachet, und eine Hand, welche Gerechtigkeit übet. Doch zuerst wollte ich nicht gehen und suchte dem Gebot auszuweichen. Und ich setzte mich der Gefahr Seines Zornes aus, lediglich weil ich mich nicht für geeignet hielt, Gottes Bote an mein Volk zu sein. Denn wer bin ich? Ich bin der Geringste unter euch. Ich habe nicht an meinem Fleisch den Geschmack eures Leides geschmeckt; ich habe nicht Bedrückung und Knechtschaft mit euch erduldet. Ich bin nur schuld gewesen, daß euer Joch schwerer wurde, indes ich selbst in die Wüste flüchtete. Wer bin ich, daß es mein Los sein soll, Gottes Sendling an Israel zu sein? Doch Gott hat mich gepackt und gefangen, so wie ein Adler ein Lamm packt mit seinen

Fängen. Gott hat mich in Fesseln geschlagen und hat die Sendung auf meine Schultern gelegt. Er hat den Stab Seines Zorns in meine Hände gelegt und mich gesandt zu euch mit der Botschaft in meinem Mund. Ich stehe vor euch. Glaubet an unseren Gott, den Gott Abrahams, Isaaks und Jakobs.»

Wiederum trat Schweigen ein und schließlich erhob Korah seine Stimme: «Dennoch möchten wir gerne ein Zeichen haben, daß es in der Tat die Macht Gottes ist, die mit dir ist, um Wunder zu tun in Seinem Namen.»

«Nicht ich tue Wunder, sondern Gott, der Gott Abrahams wird Wunder wirken», und er warf seinen Stab den Ältesten vor die Füße.

Da schnellte eine scheußliche Schlange auf vom Boden der Höhle, und es schien, als ob ihr Kopf sich gegen die Ungläubigen richtete. Da packte Moses die Schlange beim Schwanz, und siehe, er hielt den Stab in der Hand.

«Der Zorn Gottes ist der Stab von Moses, zu vernichten Seine Feinde», ließen sich Stimmen unter den Ältesten vernehmen.

«Und Israel zu helfen», schrien andere.

Und da fielen, die Gesichter zum Boden der Höhle gebückt, die Hände aufgehoben, alle Versammelten, wie ein Mann, auf die Knie.

«Gott Abrahams, Isaaks und Jakobs, Du hast unserer gedacht und unsere Drangsal erkannt, gepriesen seist Du.»

Einer allein in diesem ganzen Kreis blieb, die massige Gestalt ungerührt von dem, was um ihn vorging, regungslos sitzen, Korah. Und mit kalter Stimme sagte er:

«Gewiß ist dies ein Zeichen von Macht in Moses' Hand. Doch ist uns nicht allen bekannt, was die Zauberer Pharaos mit ihren Künsten vollbringen? Sie lassen Worte aus dem Mund der Toten kommen und beschwören Feuerflammen aus der Luft. Welches Gewicht wird dieses Wunderzeichen in ihren Augen haben? Wenn Moses und Aaron die Ältesten auffordern, mit ihnen zum Pharao zu gehen, so müssen sie andere Zeichen vorweisen, gewaltigere Wunder, um Pharao zu schrecken, Zeichen und Wunder, die ihnen der Gott Schaddai gewiß und wahrhaftig anvertraut hat.»

Da führte Moses der Versammlung das zweite Zeichen vor. Doch wiederum hing Zweifel an den Lippen Korahs.

«Mit diesen Zeichen willst du Pharao und seine Zauberer schrecken?»

«Was scheren uns Zeichen?», fuhr Moses zornig auf, doch wie immer, wenn Zorn ihn überkam, stotterte er und fand nur mühsam die Worte. «Sind vor Gott nicht alle Dinge möglich? Gehorchen nicht die himmlischen Heerscharen Seinem Wink, um Seine Befehle auszuführen?»

«Gott hat ihm nicht einmal den Mund aufgetan und seine Zunge geläufig gemacht», sagte Korah zu den Versammelten. «Wie soll er reden vor Pharao?»

«Ich selbst habe Gott meine Mängel vorgestellt. Er aber hat mich getröstet und Aaron bestimmt, mein Mund zu sein, der für mich spreche», sagte Moses, und die Bescheidenheit dieser Antwort schien selbst auf Korah Eindruck zu machen.

«Und was wirst du Pharao sagen?», fragte er.

«Das, was uns Gott zu sagen befiehlt. Gott selbst wird die Worte auf unsere Lippen legen und wird uns sagen, was wir tun sollen.»

«Wenn dem so ist, dann rate ich, daß Moses und Aaron allein zum Pharao gehen und im Namen des Gottes der Hebräer sprechen. Sie werden ja wissen, was sie ihm zu sagen haben. Wir können nicht ganz Israel dieser schrecklichen Gefahr aussetzen; denn wenn es dazu kommt, daß der Pharao in Wut gerät, so muß jemand da sein, der ihn besänftigt.»

Die hebräischen Aufsichtsbeamten, mit Dathan und Abiram an der Spitze, murmelten zustimmende Worte.

«Wir werden allein hingehen und vor Pharao treten», sagte Aaron.

«Und wir werden abwarten und sehen, was dabei herauskommt», versetzte Korah.

* * *

Als Moses vom Hof des Pharao entwichen war, hatten sich die obersten Hofschranzen, unter der Führung der Priester, alle erdenkliche Mühe gegeben, die Erinnerung an den Fremdstämmigen auszutilgen, der zur Stellung eines Prinzen gelangt gewesen war und möglicherweise eine Gefahr für die Dynastie hätte bilden können. Jegliche Erwähnung seines Namens wurde untersagt. Im Lauf der Jahre raffte der Tod auch viele von denen dahin, die Moses gekannt hatten, darunter Becknekos und den damaligen Pharao selbst. Und wiewohl Meneptah, der neue Herrscher, eine schwache Erinnerung an den fremdstämmigen jungen Prinzen hatte, der von seiner Schwester Bathiya an Sohnesstatt angenommen worden war, erkannte er diesen nicht wieder, als er mit seinem Bruder Aaron als Fürsprecher der hebräischen Sklaven vor ihm erschien.

Meneptah war kein Ramses II., und das jetzige Aegypten auch nicht mehr das Aegypten dieses großen Herrschers. Die Macht Babylons war gewachsen, das seine Schwingen breitete über die Länder Asiens und sie zum Abfall von Aegypten aufgestachelt hatte. Andererseits hatten sich die Libyer, ein von altersher berühmt kriegstüchtiges Volk, mit den Vorfahren der Etrusker auf der Insel Sizilien verbündet und wagten es sogar, kriegerische Vorstöße auf aegyptisches Gebiet zu unternehmen. Zwar war es den Aegyptern schließlich gelungen, sie zurückzuwerfen, und der Pharao war imstande gewesen, sich auf seinen Siegesmälern zu rühmen, er habe Libyen verwüstet, er habe auch dem Vormarsch der Hethiter Halt geboten, doch die Aufstände in den Ländern Kanaans, insbesondere der Philister von Askalon und Gaza, verlängerten den Kampf gegen die Aegypter auf viele Jahre hinaus. Diese Umstände veranlaßten die Sklaven Aegyptens, die zahllosen Sklaven, die in den Tempeln und Höfen, in den Feldern, Werkstätten und Webereien für die Lebenden und die Toten arbeiteten, ihrerseits aufsässig zu werden und, wenn auch nicht ihre völlige Befreiung – davon wagten sie nicht einmal zu träumen –, so jedenfalls eine Erleichterung ihrer Lage, bessere Ernährung und kürzere Arbeitszeit zu fordern. Hin und wieder hatte sich der Pharao auch gezwungen gesehen, solchen Forderungen nachzugeben.

Daher verstand sich Meneptah dazu, die Sprecher der hebräischen Stämme zu empfangen in der Annahme, daß sie höchstenfalls mehr freie Zeit zur Bestellung ihrer eigenen kleinen Äcker verlangen würden.

Selbstverständlich wurde Moses und Aaron keine offizielle Staatsaudienz gewährt; eine solche Ehre kam Sklaven nicht zu. Der Pharao empfing die beiden in einer der vielen Bildhauerwerkstätten, wo ein Standbild von ihm ausgeführt wurde. Diesmal handelte es sich um eine riesige Königsfigur in schwarzem

Granit, zur Aufstellung in dem Grabmal, das dereinst seine Mumie aufnehmen sollte. Es war Gesetz, daß die Pharaonen sich vor ihren Untertanen nicht ohne die doppelte Krone und den goldenen Schmuck zeigen durften, die sie gleich der Sonne, deren Personifikation sie waren, leuchten ließen; dieses Gesetz jedoch galt nicht für die Gegenwart von Sklaven, welche nicht als würdig erachtet wurden, den Pharao in all seinem Glanze zu erblicken. Er empfing Aaron und Moses daher so wie er für die Bildhauer Modell stand, nämlich völlig unbekleidet, nur mit dem Szepter in der Hand.

Meneptah war bereits ein alter Mann, weniger auf Grund seiner Lebensjahre als durch die vielen Aufstände und Einfälle, mit denen er hatte fertig werden müssen, gealtert. Sein fleischiger Körper zeigte schlaffe Falten, die sich bei jedem Atemzug hoben und senkten. Von Gesicht und Hals hing die Haut sackig herunter. Die Granitstatue jedoch, die der Bildhauer geschaffen hatte, gab einen jungen Mann wieder, dessen straffer, harter, athletischer Körper auf der Höhe seiner Kraft wie der eines Löwen war; Hände und Füße waren in strengen, geraden Linien gemeißelt, und das Gesicht war das eines Jünglings mit sprossendem Bart: die ganze Gestalt war eine einzige monumentale Lüge gleich den hieroglyphischen Berichten von seinen gewaltigen Siegen.

Moses und Aaron erschienen allein vor Pharao; der Sprecher war Aaron.

Zunächst erinnerte er daran, daß die Stämme Israels keine Kriegsgefangenen waren, daß sie, durch den damaligen Pharao und dessen Vizekönig Joseph aufgefordert, nach Aegypten gekommen seien. Sie gehörten daher nicht zur Klasse der Sklaven, sondern seien freie Söhne eines fremden Volkes, denen das Land Gosen von dem einstigen Pharao zur Niederlassung angewiesen worden sei in Anerkennung der Verdienste eines Mannes aus ihrem Volke, welcher Aegypten vor Hungersnot gerettet hatte. Die Versklavung der Hebräer in Gosen sei völlig wider Recht und Gesetz erfolgt. Sie hätten sich geweigert, die Götter des Landes anzunehmen. Sie seien jedoch keineswegs ohne Gott, wie andere Sklaven, denn sie seien verpflichtet ihrem eigenen Gott, der mit den Vätern einen Bund geschlossen hatte. Doch sie seien lässig gewesen in ihrer Verehrung für Ihn und hätten es an Opfern fehlen lassen. «Nun hat sich der Gott Israels uns offenbart als Jehovah – was bedeutet: ‚Ich bin, der Ich bin' – und hat uns geboten, vor Pharao hinzutreten und zu sprechen: ‚Laß Mein Volk ziehen, daß es Mir opfere.'»

Der Pharao war höchst erstaunt. So etwas war ihm noch nicht vorgekommen. Sklaven hatten bisher durch ihre Sprecher untertänigst um besseres Essen oder längere Ruhezeit angesucht. Diese Hebräer aber verlangten das Recht, Gott anzubeten. Dies war geradezu unerhört. Die bloße Erwähnung des Namens eines fremden Gottes, eines andern Gottes als Pharao, war Lästerung und Verrat. Das Blut stieg dem Pharao zu Kopfe, daß selbst die Fleischsäcke, die ihm von Wangen und Hals hingen, rot wurden. Inmitten der furchtbaren Verwirrung vergaß der eine Fächerträger vom Dienst seines Amtes zu walten und blieb in der Erwartung, daß der Pharao die Leibwache kommen lasse, um die beiden unverschämten Fürsprecher der Sklaven verhaften zu lassen, mit offenem Mund stehen. Doch der Pharao rief nicht nach der Leibwache, sondern ließ seine Wut abebben und schrie nur mit einer schrillen Stimme, die nicht wie seine eigene klang: «Wer ist Jehovah, daß ich Seine Stimme hören müsse und Israel ziehen lasse. Ich kenne keinen Jehovah und werde Israel nicht ziehen lassen!»

Doch die beiden unglaublichen Sendlinge gaben sich mit diesem Machtwort des Pharao nicht zufrieden, sondern sprachen weiter:

«Der Gott der Hebräer hat uns gerufen und hat uns befohlen, dir zu sagen: ‚Laß uns hinziehen, drei Tagereisen in die Wüste und dem HErrn unserm Gott opfern, auf daß uns nicht widerfahre Pestilenz oder Schwert.'»

Noch immer gab der Pharao nicht den Befehl zur Verhaftung der beiden, sondern fuhr sie wütend an:

«Du, Moses, und du, Aaron, was wollt ihr das Volk wegnehmen von seiner Arbeit? Gehet hin an eure Dienste. Das Volk dieses Landes ist sowieso schon zu faul, und ihr wollt es noch feiern heißen von seinem Dienst.»

Mit diesen Worten entließ er die beiden Abgesandten, ohne ihnen, zum Staunen aller Anwesenden, ein Haar auf ihrem Haupte krümmen zu lassen. Erst einige Zeit später, nachdem Moses und Aaron gegangen waren, schien der Pharao zu sich zu kommen und er gab dem obersten Vogt der Sklaven den Befehl aus: «Dem Volk soll zur Herstellung der Ziegel kein Stroh mehr gegeben werden, wie es bisher der Brauch war. Es soll selbst sein Stroh zusammenlesen. Aber die Anzahl der abzuliefernden Ziegel muß darum die gleiche bleiben. Denn sie gehen müßig und darum schreien sie und sprechen: ‚Wir wollen hingehen und unserm Gott opfern.' Man lege ihnen schwerere Arbeit auf, sodaß sie dauernd zu schaffen haben und sich nicht kehren an lügnerische Rede.»

Das Stroh, ohne das die Ziegel nicht hergestellt werden konnten, war bisher stets auf den Kornfeldern eingesammelt und den Ziegelarbeitern in die Lehmgruben geliefert worden. Das Land Gosen selbst hatte einen großen Teil des Strohs aufgebracht. Die neue Verordnung des Pharao nun brachte das ganze Verfahren in Unordnung. Die hebräischen Aufseher, die den aegyptischen Vögten gegenüber verantwortlich waren, mußten dafür sorgen, daß die gleiche Anzahl Ziegel wie bisher abgeliefert wurde, obschon nun kein Stroh mehr von anderer Seite herangeschafft wurde. So mußten sie einen Teil ihrer Arbeiter vom Lehmstampfen abzweigen und diese zum Auflesen von Stroh auf die Felder schicken. Und deshalb mußten sie auch die hebräischen Frauen zur Arbeit heranziehen.

Bisher hatten die Frauen immer noch die Möglichkeit gehabt, das Essen für ihre Männer zu bereiten und ihnen auf den Arbeitsplatz zu bringen, was für die gehetzten Arbeiter eine große Stärkung und Tröstung bedeutet hatte; dies ging nun nicht mehr an. Auch konnten sie keinerlei Arbeit mehr auf ihren eigenen kleinen Äckern verrichten. Denn sie mußten hinaus auf die Felder, um Stroh zu sammeln. Auch die Kinder wurden zu dieser Arbeit herangezogen. Auf den Karrenstraßen und den Feldwegen des Landes Gosen konnte man nun die Frauen und Töchter der hebräischen Sklaven sehen, die, halbnackt, ausgehungert, verwahrlost, hinter den von Ochsen gezogenen Erntewagen herliefen und das von diesen herunterfallende Stroh auflasen. Und an die Wagen mit dem Stroh waren die hebräischen Sklaven mit zerrauften Bärten und zerzausten Schläfenlocken, die schwitzenden Leiber von der Sonnenglut versengt, gleich Zugtieren vorgespannt. Im ganzen Lande Gosen und dessen Umgebung bot sich dieser Anblick, und jedermann erkannte, daß der Pharao die Hebräer auf die Stufe des Viehs herabgewürdigt hatte wegen ihrer Frechheit und ihres Hochmuts, weil sie mit solcher Halsstarrigkeit an ihrem Stammesgott festhielten, von dem sie glaubten oder zu glauben vorgaben, er sei noch lebendig und wolle, daß sie ihm opferten. Und allerwärts wurden sie verlacht und verspottet wegen ihrer unverschämten und närrischen Träume von Befreiung aus der Knechtschaft.

Die hebräischen Aufseher mußten zusehen, wie das Volk unter dem ihm neu auferlegten Joch litt. Sie sahen, wie Kinder und junge Mädchen, die Rücken gekrümmt unter den Lasten und mit den Striemen von den Dreschflegeln auf dem Leib, mit aufgesprungenen und blutenden Füßen von den Feldern heimkehrten. Schwangere Weiber kamen, unter den Lasten zusammenbrechend, auf freiem Feld mit Frühgeburten nieder. Doch trotz alledem vermochten die Ährenleserinnen nicht die vorgeschriebene Menge Stroh aufzubringen. Aus Mangel an Bindemitteln zerfielen daher die Ziegel beim Backen, und die Anzahl der fertiggestellten Backsteine verminderte sich binnen zwei Tagen um die Hälfte. Die hebräischen Aufseher wurden dafür verantwortlich gemacht.

Sie wurden bei den aegyptischen Vögten vorstellig und sagten: «Wir können nicht mehr aus den jüdischen Arbeitern herausquetschen. Was Pharao verlangt, ist unmöglich.»

«Dann wird Pharao euch züchtigen.»

«Mag er mit uns tun, was er will. Wir können das Volk nicht zu etwas zwingen, was nicht möglich ist. Das Volk verblutet unter unsern Augen.»

Da wurden die hebräischen Aufseher ergriffen, entkleidet und vor allem Volk ausgepeitscht. Keiner wurde verschont, selbst Dathan und Abiram nicht. Die zwei jüdischen Oberaufseher wurden wie gemeine Sklaven gezüchtigt; doch die Stimmung unter den Hebräern war jetzt so, daß sie Schmach und Schmerz dieser Züchtigung mit Entsagung und Liebe ertrugen und sich weigerten, vom Volk noch weiter die unmögliche Mühsal zu erpressen.

Für diese Widersetzlichkeit wurden sie Tag um Tag ausgepeitscht. Sie baten um eine Audienz beim Pharao in der Meinung, die verschärfte Fron sei nicht von ihm befohlen, er wisse überhaupt nicht davon, sondern die aegyptischen Vögte hätten sie sich in ihrer Bosheit ausgedacht. Doch die Audienz wurde ihnen verweigert.

Da gingen einige von ihnen hin zum goldenen Palaste in Ramses, strichen darum herum und versuchten, durch Bestechung der Hofbeamten, mit denen sie früher stets verhandelt hatten, hineinzugelangen. Zuguterletzt wurden denn auch die höchsten jüdischen Beamten, Korah, Dathan und Abiram, beim Pharao vorgelassen. Sie fielen vor dem Throne auf ihr Angesicht, hoben die Hände, weinten und flehten:

«Großer König», riefen sie ihn an, «Glanz der Sonne, warum willst du also fahren mit deinen Knechten? Man gibt deinen Knechten kein Stroh, aber man sagt uns: ‚Macht Ziegel!' Und deine Knechte werden geschlagen, aber die Schuld tragen deine eigenen Leute.»

«Ihr seid müßig, müßig seid ihr!» schrie Pharao zornig. «Darum sprechet ihr: ‚Wir wollen hinziehen und Jehovah opfern.' Geht hin und tut eure Arbeit! Man soll euch kein Stroh geben, doch die volle Anzahl Ziegel habt ihr abzuliefern!»

Und sie wurden verjagt von Pharaos Angesicht.

Nun erkannten sie das ganze Ausmaß ihres Unglücks. Der Befehl, ihnen kein Stroh zu geben und daß doch die Anzahl der abzuliefernden Ziegel nicht vermindert werden dürfe, war vom Pharao selbst erteilt worden. Und sie wußten, wer dieses Unglück über sie gebracht hatte.

Als sie von Pharao kamen, trafen sie Moses und Aaron, die ihnen entgegengegangen waren, um zu erfahren, was sie bei Pharao ausgerichtet hatten. Voll Erbitterung sprachen sie zu Moses und Aaron:

«Gott möge herabschauen auf euch und euch richten. Denn ihr habt unsern Namen zu einem Greuel gemacht vor Pharao und seinen Knechten und habt ihnen das Schwert in die Hände gegeben, uns zu töten. Sehet, was ihr getan habt eurem unseligen Volke.»

Aaron versuchte darauf etwas zu erwidern, doch Moses blieb stumm. Er senkte den Blick zu Boden und dachte: «Ich bin meinem Volk nur zum Unglück; nichts als dies bin ich gewesen vom ersten Tag an, da ich bei ihnen erschienen bin. Warum hat Gott mich zu ihnen gesandt?»

Sein Herz war schwer; allein ging er von dannen und hielt

sich abseits. Auch er hatte das neue Ungemach erkannt, mit dem das Volk um seinetwillen heimgesucht wurde. Gott hatte nichts getan, um ihr Los zu erleichtern. Ja, er hatte es noch erschwert. Wie kam dies? Wollte Gott ihn erproben? Streute Er auf den Weg des Sieges stechende Dornen und glühende Steine? Wie sollte er die Probe bestehen? Schmach und Spott, die er über seine Brüder gebracht, das Blut, mit dem die hebräischen Frauen die Wege Aegyptens netzten, die Ohnmacht der Kinder unter ihren drückenden Lasten – wie sollte er all dies mitansehen? Woher sollte er Geduld und Ausdauer nehmen, die dies erforderte? Er beneidete die aufsässigen hebräischen Aufseher, deren von den Peitschen schmerzendes Fleisch die Mäler ihrer Verantwortung für das Volk Israels trug. Seine Gefühle gegen Korah und dessen Helfer, gegen die Brüder Dathan und Abiram hatten sich sehr verändert, obwohl diese ihn beim Volke verleumdeten und aussprengten, daß seine Erzählungen von der ihm gewordenen Offenbarung Gottes nichts als Lügen seien.

Das Verhalten Korahs und seiner Helfer hatte diese in seinen Augen gehoben. Es verlangte ihn danach, sich mit ihnen auszusöhnen, und er bat seinen Bruder Aaron, ihn zu ihnen zu bringen.

Da sie hinkamen, verneigte Moses sich vor Korah, ja auch vor Dathan und Abiram und sagte: «Glücklich seid ihr, und groß ist euer Verdienst, daß ihr das Leid der Kinder Israels auf euch genommen habt. Lasset auch mich daran teilhaben. Doch ich sage euch, daß Jehovah, der Gott Israels, all dies vorausgesehen und mir alles vorausgesagt hat: Er werde das Herz des Pharao verhärten, auf daß Er Seine Zeichen und Wunder dartun möge. Seit Hunderten von Jahren haben die Aegypter und ihre Pharaonen gegen Jehovah sich versündigt. Seit Hunderten von Jahren haben sie die Kinder Israel in Knechtschaft gehalten, und Gott wird Rechenschaft fordern für alle ihre Sünden als ein Zeichen für alle Gottlosen der Welt, daß ein Richter über ihnen ist. Wartet ab und ihr werdet sehen, wie der HErr, Gott Jehovah, mit Pharao und den Aegyptern verfahren wird.»

«Jaja, doch einstweilen sind alle Seine Pfeile gedrungen ins Fleisch Seines eigenen Volkes. Und es ist deine Hand, die sie abgeschossen hat. Wäre der HErr, der Gott Israels, dir erschienen, so würde Er ein Schwert in deine Hand gelegt haben, um den Pharao damit zu schlagen, nicht dein Volk. Nein, du bist ein Stein des Anstoßes für uns gewesen von der Stunde an, da du zu uns zurückgekommen bist. Dein Schwert ist erhoben nicht gegen den Pharao und seine Knechte, sondern gegen unser unglückseliges Volk, welches schon vor deinem Kommen aus hundert Wunden blutete. Wenn du wahrlich dein Volk liebst, so wie du sagst, so hebe dich hinweg von uns. Gehe zu deiner Mutter, die dich im Nil gefunden hat. Es heißt, sie allein ist noch übrig von deinen vormaligen Freunden und Feinden am Hofe des Pharao. Sie ist dessen Schwester. Falle ihr zu Füßen. Vielleicht wird sie dir beistehen, das Böse ungeschehen zu machen, das du über uns gebracht, und Pharao dazu bestimmen, die Verordnung über das Stroh aufzuheben.»

«Nein», rief Moses. «Jetzt, da der Gott Israels unser Schreien gehört und unser Leid gesehen, da er uns mit mächtigem Arm herausführen will aus Aegypten, jetzt sollte ich dergleichen tun und den Namen Gottes in den Augen Seines Volkes vermindern, daß es Ihn für schwach hält und bedürftig der Hilfe eines Menschen von Fleisch und Blut? Seht ihr nicht Gottes Zeichen in meiner Hand, den Stab, durch den Er Seine Wunder wirkt?»

«Gott wird andere Mittel brauchen als deinen Stab, um auf Pharao einzuwirken. Was du gesehen hast, war ein Traum, Moses. Der Gott Israels ist dir niemals erschienen.»

Nicht nur die Leviten, die Führer Israels, dachten so. Auch das gemeine Volk war dieser Meinung. Wenn er zu einer Gruppe von verängstigten Fronarbeitern herantreten wollte, weigerten sie sich, ihn anzuhören, und Stimmen wurden laut, welche ihm zuriefen: «Betrüger! Brandstifter! Urheber unserer Nöte!» Und selbst diejenigen, die Nachsicht mit ihm hatten und ihn nicht demütigen wollten, sagten von ihm: «Er hat etwas geträumt, er hat in der Wüste ein Traumgesicht gehabt. Der Gott Israels ist ihm nie erschienen.»

Wiederum zogen sich alle von Moses zurück und fast völlige Einsamkeit umgab ihn. Zwei nur glaubten noch an ihn: Aaron und Miriam. Aarons Glaube blieb uneingeschränkt und unerschütterlich, denn auch er hatte Gottes Stimme vernommen. Es war ihm geboten worden, seinem Bruder in die Wüste Sinai entgegenzugehen. Und er war hingegangen, und der Bruder hatte sich auf der angegebenen Stelle befunden. Außerdem hatte Aaron das Licht bemerkt, das Gott in des Bruders Augen entzündet hatte; und wann immer dieses Licht ihn anleuchtete, schmolz Aarons Herz in Ehrfurcht. Er wußte, daß Gott mit seinem Bruder sei auf allen dessen Wegen, und daß der Bruder in allem und jedem Macht über ihn hatte. Er wußte, daß Gott die Wunder tun werde, die Er verheißen hatte durch die Worte, welche Moses in seines Bruders Mund legen würde. Auch Miriams Glaube an den Bruder war von Anfang an fest gewesen. Wie zu der Zeit seiner Flucht aus Aegypten sorgte sie für ihn, war sie ihm Mutter und Schwester zugleich. Doch außer diesen beiden hatte Moses in Aegypten keinen Menschen. Seine Eltern waren schon lange gestorben. Seine Frau Zippora und seine beiden Söhne hatte er auf Aarons Drängen, noch da sie sich unterwegs befanden, wieder zu seinem Schwiegervater Jethro heimgeschickt.

Miriam sorgte für ihn, sie wachte über ihn und suchte sein Selbstvertrauen auf jede ihr mögliche Weise zu stärken.

«Hat dir der Gott Israels nicht Macht verliehen über Pharao, um mit ihm und seinem Volk zu verfahren, wie sie es verdienen? Warum zeigst du die Kraft deines Arms nicht vor Pharao? Liegt nicht der Stab Gottes in deiner Hand?» So fragte sie ihn.

«Die Kraft meines Arms?», sagte Moses finster. «Was bin ich? Ein Ding aus Fleisch und Blut, Ton in des Töpfers Hand, den Gott zerscherben kann mit dem Hauch Seines Mundes. Ich bin nur der Bote Seines Worts, und ich kann nichts tun, ich kann mich nicht nach rechts oder nach links wenden ohne Sein Geheiß. Mein Herz bebt vor Angst beim Gedanken an einen einzigen Schritt, den ich aus freien Stücken tue; denn ich bin nur ein Mensch, dessen Herz verschlossen und dessen Auge unsehend ist. Ich kann meinen Mitmenschen nicht sehen. Ich bin wie das stumme Vieh, wenn ich urteilen soll, was gut und was böse ist. Er allein ist der Richter der Welt und der Menschen. Er hört alles und sieht alles, und Gerechtigkeit ist nur bei Ihm. Denn Er allein kennt Seine Geschöpfe. Und auch Pharao und die Aegypter sind Seine Geschöpfe, und Er wird gerecht verfahren mit ihnen.»

«Doch du kannst zu Ihm beten und das Leid Israels und dein eigenes Leid vor Ihn bringen.»

«Das kann ich tun.»

Seit der wundersamen Offenbarung am Berge Horeb hatte Moses eine besondere Nähe zu Gott verspürt. Es war, als ob die Göttlichkeit in einem Strahl, der sein Herz durchdrang, in ihn gegossen sei, von dort aus sein ganzes Wesen erleuchte und ihm wieder aus den Augen bräche. Von diesem Licht bestrahlt waren sein Fleisch und sein Geist von Unreinheit, Eigennutz und Gelüst geläutert; er sah die Welt nur aus einem einzigen Gesichtswinkel und wägte sie nach einem einzigen Maß: dem Gesichtswinkel des Rechts, dem Maß der Gerechtigkeit. Obwohl sein Herz überströmte von Liebe und Erbarmen zu seinem Volk, vermochte er doch auch die Lage des Gegners, des Unterdrükkers, zu erkennen. Pharaos Reich war nicht die Schöpfung von Abgöttern, eines Ra oder Ammon, die des Erschaffens unfähig waren, sondern die Schöpfung des Gottes Israels, der mit Gerechtigkeit über die Welt herrschte. Wenn der Pharao zu solcher Macht aufgestiegen war, so lag darin ein Zweck beschlossen; und wenn Israel verfolgt und gedemütigt wurde, so lag auch darin ein Zweck. Nur der Gott Israels konnte hierin Wandlung schaffen. Er war der Richter des Weltalls, und Sein Wille allein hatte zu geschehen.

Hier lag der Grund für die Vorsicht und die Zurückhaltung, deren Moses sich befleißigte, um auch gegen den Pharao keine Sünde zu begehen. Er befürchtete, daß er sich damit gegen Gott versündigen könne. Er wollte darum nur tun, was Gott ihn ausdrücklich zu tun hieß, was nach dem Willen Gottes war.

Doch zum andern Mal seit der wundersamen Offenbarung ward ihm ein Tor zum Himmel aufgetan. Jederzeit konnte er vor Gott hintreten und Ihn anrufen, wie ein Kind nach seinem Vater ruft. Seine Zweifel und Klagen konnte er Gott vorbringen, und stets ward ihm Antwort. Gott sprach zu seinem Herzen. Moses vernahm die Stimme, die sanft und liebevoll sprach, so wie ein Vater spricht zu seinem Sohne.

So brachte er auch nun das, was ihm das Herz beschwerte, vor Gott.

Nächtlicherweile auf freiem Feld hinter den Hütten Israels, hob Moses die Arme zum Himmel und rief:

«Jehovah, Jehovah, wo bist Du? Siehe unsere Schmach und unsere Not. Gott, warum fügst Du diesem Volk Leid zu?

Warum hast Du mich zu ihm gesandt? Denn seit ich vor Pharao trat, um in Deinem Namen zu sprechen, hat sich seine Bosheit gegen dieses Volk verdoppelt, und Du hast uns nicht errettet aus seiner Hand.»

Und Moses hörte Gottes Stimme in seinem Herzen, die tröstend sprach:

«Ich bin Jehovah, und Ich bin erschienen Abraham, Isaak und Jakob als der HErr Schaddai, doch Meinen Namen Jehovah offenbarte ich ihnen nicht. Auch habe Ich einen Bund mit ihnen aufgerichtet. Und Ich habe gehört die Wehklage der Kinder Israels über ihre Fron bei den Aegyptern. Darum sage Ich den Kindern Israels: Ich will euch herausführen aus der Knechtschaft der Aegypter und euch befreien von der Fron und will euch erlösen mit ausgerecktem Arm und mächtigem Gericht. Und will euch annehmen zu Meinem Volk und euer Gott sein, daß ihr es erfahren sollt, daß Ich euer Gott bin, der euch hinweggenommen hat von den Fronarbeiten der Aegypter. Und will euch bringen in das Land, das Ich Abraham, Isaak und Jakob zugeschworen habe, und will es euch zu eigen geben. Ich bin der HErr.»

Und Moses ging zu den Kindern Israels und sprach ihnen von der ihm gewordenen Zusicherung Gottes; doch vor Seufzen und Angst und vor harter Arbeit hörten sie nicht auf ihn.

Wieder und wieder erfuhr Moses Gottes Zusicherung, doch wie die Verheißung erfüllt werden könne, das wies er ihm nicht. Gott gab ihm keine Macht. Und das Ansehen Moses' bei seinen Brüdern ward immer geringer. Doch er ließ nicht ab vom Glauben an das Wort Gottes. Er erduldete Demütigungen und Beleidigungen und harrte. Bis sich eines Tages die Stimme Gottes in seinem Herzen vernehmen ließ:

«Siehe, Ich habe dich heute als einen Gott gesetzet über Pharao, und Aaron, dein Bruder, soll dein Prophet sein. Du sollst reden alles, was Ich dir gebieten werde; aber Aaron, dein Bruder, soll es reden vor Pharao, daß er die Kinder Israels aus seinem Lande lasse. Und Ich werde das Herz des Pharao verhärten, auf daß Ich viele Wunder und Zeichen tue im Lande Aegypten.»

Und da wußte Moses, daß die Zeit der Erlösung gekommen sei. Denn Gott hatte ihm göttliche Macht gegeben über Pharao.

VIERZEHNTES KAPITEL

Es war aber Gottes Wille, daß der Pharao von einer jeden Plage erfahren solle, bevor Gott ihn damit heimsuchte. Nicht ohne Warnung sollte sie auf ihn niedergehen, sondern er sollte durch Moses und Aaron jedesmal benachrichtigt werden, welche Strafe er zu gewärtigen habe, falls er die Hebräer nicht ziehen lasse. Denn wiewohl Gott das Herz des Pharao verstockte, so wollte Er doch, daß Pharao seine böse Gesinnung überwinde, die Unbill, die er den Hebräern angetan, bereue und sie befreie. Moses aber führte die Weisungen, die ihm Gott durch die Sprache seines Herzens erteilte, gewissenhaft aus.

Zunächst gebot Gott Moses und Aaron, zu Pharao zu gehen und ihm zu beweisen, daß sie die Macht hatten, ihn zu zwingen, daß er Israel freilasse. Sie ließen Pharao wissen, sie wollten vor ihm ein Zeichen tun, das ihnen Gott als Beweis dafür anvertraut hatte, daß sie die Träger Seines Gebots seien. Pharao war von Neugierde beseelt, welcher Art Zeichen die Sendlinge des Hebräergotts zu tun vermöchten, und so gewährte er ihnen eine Audienz, zu welcher er eine große Anzahl seiner Räte, Weisen, Zauberer und Priester einlud.

Es muß gesagt werden, daß das Zeichen, welches Aaron auf Moses' Geheiß vorführte, den Pharao nicht wenig beeindruckte, jedoch bei den Höflingen und den übrigen Anwesenden nur Spott hervorrief. Wie recht hatte Korah gehabt! Für die Höflinge und Zauberer war das ein Kinderspiel. Damit sollten die Mächtigen Aegyptens in Schrecken versetzt werden, daß ein Stab sich in eine Schlange verwandelte? Wer konnte das nicht nachmachen? Und siehe, die Stäbe der Hofzauberer krümmten sich ebenfalls und krochen auf dem Boden herum, ja dabei schossen noch die roten, zweizinkigen Zungen aus den grünen Schlangenmäulern hervor.

Da aber geschah etwas Unverhofftes. Die aus Moses' Stab gebildete Schlange stürzte sich auf die andern und verschlang sie. Die andern Schlangen waren verschwunden, wie nie gewesen. Bewies das nicht, daß Moses ein größerer Zauberer war, denn die andern alle? Diese Tat hob zwar sein Ansehen als Zauberer bis zu einem gewissen Grade, aber doch nicht wirklich ausschlaggebend. Die aegyptischen Weisen und Zauberer erwiesen sich davon als nicht sehr beeindruckt, und Pharao entließ denn auch, zwar in gnädiger Laune, doch mit einem verächtlichen Lächeln für ihre geringfügigen Künste, Moses und Aaron nach kurzer Zeit.

* * *

Allmorgendlich begab sich der Pharao zum Nil hinaus, um die Sonne über die sieben Himmel hervorzubringen.

Hoch auf seinem goldenen Throne saß er, der auf den Schultern seiner Leibwächter ruhte, deren Köpfe die steifen, röhrenförmigen Helme bedeckten. Auf Pharaos Haupt saß die mit goldenen Ketten und Kleinodien geschmückte Doppelkrone Aegyptens, blendend anzusehen im Schein der Sonne. Hornbläser, Trommler und Sistrumspieler verkündeten das Erscheinen des Pharao. Zwei der «Freunde des Pharao», hohe Hofbeamte, trugen hochragende Fächer, die sie über das Haupt des Herrschers hielten. Zwei Löwen, rechts und links vom Thronsessel angekettet, begleiteten ihn. Vor ihm her schritt sein ältester Sohn, der Thronfolger, von dessen Stirn die Locke der Jugend herabhing. Er hielt eine Lotusblume vor die Nase des Pharao. Hinter dem Thron folgte mit kleinen Trippelschritten, einen Blumenstrauß in der einen und einen kleinen, seinen Rang versinnbildlichenden Fächer in der andern Hand, der höchste Staatsbeamte; und hinter ihm kamen die übrigen Fächerträger. Die Spitze des Zugs bildeten, Weihrauchgefäße schwingend und Blumen auf den Weg streuend, die Priester mit ihren glattgeschabten Schädeln und weißen Gesichtern. Von ihnen geleitet tappte ein Chor von blinden Sängern mit Harfen, welche sie zu ihrem Gesang schlugen:

«Wende dein Ohr mir zu, o aufgehende Sonne du,
Du, die du die Lande erleuchtest mit Schönheit.
Du Sonnenlicht aller Menschen,
Du scheuchest hinweg die Finsternis von Aegypten;
Deine Gestalt ist die deines Vaters, des Ra,
Der hoch emporsteigt am Himmel.
Deine Strahlen dringen hin zu den entlegensten Landen.»

Die Menschenmenge, die aus der Stadt geströmt war, um den Sohn des Gottes Ra, Fleisch von seinem Fleisch, hervortreten zu sehen in seinem Glanz, in seiner Himmelsglorie, fiel, die Gesichter im Staub, zu Boden; sie hoben die Hände hoch und beteten:

«Du Sohn des Ra, Ra hat seinen Thron aufgeschlagen in deinem Herzen.»

Andere sangen:

«Lobpreiset seine Väter,
Die Götter von Ober- und Unter-Aegypten.
Lobpreiset!
Sie verleihen ihm Macht und Sieg,
Langes Leben auf eine Million Jahre.»

Und die Priester mit den Sistren rasselnd und Blumen streuend:

«Komm, Gott Ra, Vater und Sohn zugleich,
Und erleuchtet mit deinen Strahlen das Land deiner Kinder.»

Da sprangen auf einmal zwei Männer mit schwarzen, graugesprenkelten Bärten vor den Zug hin. Der eine von ihnen, der größere der beiden, hob einen Stab in die Luft, um den Zug zum Stehen zu bringen; und mit lauter Stimme rief er dem Pharao zu:

«Jehovah, der Gott der Hebräer, hat mich zu dir gesandt, dir zu sagen: ‚Laß Mein Volk ziehen, daß es Mir opfere in der Wüste.' Aber du hast bisher nicht hören wollen. Darum spricht der HErr also: ‚Daran sollst du erfahren, daß Ich Jehovah bin. Siehe, Ich will mit dem Stabe, den Ich in Meiner Hand habe, das Wasser in dem Strome schlagen, vor den Augen des Pharao und seiner Knechte. Und alles Wasser, welches in dem Strome ist, soll sich in Blut verwandeln, daß die Fische im Strome sterben werden und der Strom stinken und den Aegyptern ekeln wird, das Wasser aus dem Strom zu trinken.'»

Und ohne eine Antwort des Pharao abzuwarten, ja ohne auf dessen staunendes Gesicht einen Blick zu werfen, wandte sich der Mann zu seinem Gefährten um und sagte mit lauter Stimme:

«Aaron, Jehovah hat mir befohlen: ‚Nimm deinen Stab und

recke ihn aus über die Gewässer Aegyptens, über alle Ströme und Seen, Sümpfe und Bäche, auf daß sie zu Blut werden, und Blut soll sein im ganzen Lande Aegypten in allen Gefäßen, in den hölzernen sowohl wie in den steinernen.'»

Aaron nahm den Stab aus der Hand Moses', und vor den Augen des Pharao, seiner Höflinge und Beamten, schlug er auf das Wasser des Nil.

Wie betäubt vor der Kühnheit der Beiden blieben Pharao und sein ganzer Hofstaat zuerst eine Weile lang regungslos. Dann aber blickten sie auf den Nil. Kaum war dessen Oberfläche von dem Stab in Aarons Hand berührt worden, als das Wasser sich wild zu bäumen und zu schäumen begann. Es war, als habe sich der Wellen, die bisher ruhig dem Meere entgegengeflossen waren, Entsetzen bemächtigt. Sie hoben sich himmelwärts, Fische emporschleudernd. Und augenblicklich hatte sich die Farbe des Wassers verändert. Es ward immer röter, von Rosa sich wandelnd zu Scharlach, und ward immer dicker, daß es eine Masse wurde wie Pech. Vielfarbige, verunstaltete, geschwollene Fischleiber mit geschlitzten Bäuchen und schwarz herausquellenden Eingeweiden schwammen obenauf und machten das Wasser zu einer unkenntlichen Masse.

Und unerträglicher Gestank begann vom Flusse aufzusteigen. Die Pharao zunächst stehenden Höflinge hielten ihm Blumensträuße unter die Nase; die Priester aber umringten den Thronsessel und riefen:

«Ängstige dich nicht, o Pharao, dies ist Zauberei. Dies können auch wir vollbringen.»

«Wir sind im Hochsommer», sagten die Weisen. «Viele Fische quellen auf und verpesten das Wasser in dieser Jahreszeit.»

Pharao gab keine Antwort. Durch einen Wink seiner Hand gebot er den Trägern, ihn heimzubringen. Er richtete keinen Blick und kein Wort an Moses und Aaron. Alle waren erstaunt, daß er die Beiden nicht verhaften ließ.

In seinem Palast saß er danach, umgeben von seinen Räten, seinen Weisen, seinen Hofbeamten und den Priestern. Er war zerstreut. Die Weisen suchten ihn zu beruhigen; wie ein Mann forderten sie, daß die beiden Aufrührer verhaftet und hingerichtet würden.

«Sohn des Ra», sagten sie, «Fleisch von seinem Fleisch,

zwei Sterbliche haben sich gegen deine Göttlichkeit vergangen. Da die Sonne hervortrat, haben zwei Sendlinge der hebräischen Sklaven sie zu verdunkeln versucht. Die Schmach muß abgewaschen werden im Blut der Lästerer.»

Und der «oberste Freund des Pharao», der höchste Beamte, der Haushofmeister des goldenen Palastes, der älteste Fächerträger, warf sich Pharao zu Füßen und sprach:

«Herrscher im Hause des Ra, wenn die Aegypter erfahren, daß man dich verhindert hat, den heiligen Dienst vor deinem Vater zu tun und du die Lästerer hast frei ausgehen lassen, so werden sie dies dahin auslegen, daß du, der Gott Ra, sein eigenes Fleisch, dich gefürchtet habest vor ihrem Gott.»

«Die Aegypter wissen es bereits», erwiderte der König. «Sie trinken das Blut der stinkenden Fische anstelle des Wassers.»

«Strahlende Sonne, Herr der Ewigkeit, Auge des Ammon, es ist nicht Blut, was sie trinken, sondern gefärbtes Wasser, das Werk der zwei gotteslästernden Zauberer. Auch wir können dies vollbringen», widersprachen die zu Pharaos Füßen hingestreckten Zauberer.

«So vollbringt es!»

Da sprang der älteste der Zauberer auf und tat das Wunder. Inmitten einer Wolke von Weihrauch, unter geheimnisvollem Singsang goß er Wasser aus einem Gefäß in ein anderes, und siehe, das Wasser wurde rot wie Blut.

Der König nahm das Glas mit dem verzauberten Wasser, hielt es zur Nase, roch daran und sagte:

«Es hat keinerlei Geruch. Es kann nicht Blut sein; es ist nur gefärbtes Wasser. Laßt uns jedoch abwarten und zusehen, wie dies endet. Nein, ich will nichts überstürzen, auf daß mich nicht später Reue erfasse.»

Die Höflinge und Beamten zogen sich in starker Verwirrung zurück. Keiner von ihnen vermochte zu begreifen oder sich zu erklären, weswegen der Pharao solche Langmut zeigte gegen die beiden hebräischen Zauberer.

Doch Pharao hatte seine geheimen Gründe dafür.

Als die Beiden das erste Mal in der Bildhauerwerkstatt vor ihn hingetreten waren und den Namen eines fremden Gottes zu erwähnen gewagt hatten, war er drauf und dran gewesen, ihre Verhaftung zu befehlen. Doch dann hatte er plötzlich einen

Blick aus den Augen des einen von ihnen – desjenigen, der Moses hieß – aufgefangen, und eine namenlose Angst hatte ihn ergriffen. Einen Augenblick lang schien es ihm, als stünde der Gott Horus in Fleisch und Blut vor ihm. Doch alsbald schlug er sich den tollen Gedanken aus dem Kopf, der Gott Horus könne ihm als Sendling und Beschützer eines Sklavenvolks erscheinen und im Namen eines fremden Gottes sprechen wollen, statt im Namen seines Vaters Osiris, des Ra oder des Ammon. Und doch hatte das Angesicht des Moses eine seltsame Bekanntheit für ihn; es schien ihm, als habe er ihn schon einmal wo gesehen.

Lange noch, nachdem Moses ihn verlassen hatte, dachte der Pharao über ihn nach; das Gesicht ließ ihm keine Ruhe, bis er sich auf einmal selbst zurief: «Ist es nicht der Prinz aus fremdem Blut, den meine Schwester in den Nilsümpfen fand, so wie Isis den Horus gefunden hat?» Denn die Beharrlichkeit der Prinzessin hatte diese Legende in den Köpfen verankert, und viele Höflinge hatten das Ebenbild des Horus in dem schwarzhaarigen Knaben gesehen, den die Tochter des Pharao so zärtlich in ihren Armen trug. Ja, ja, jetzt entsann er sich des Prinzen, der mit ihm auf der Militärschule gewesen war, der sich später als Krieger im Heer des Pharao einen Namen gemacht hatte, des Fremdstämmigen, den die Priester gehaßt hatten. Er erinnerte sich auch, daß dieser Prinz den Palast des Pharao verlassen und sich hinausbegeben hatte zu den Sklaven im Lande Gosen. Jawohl, dieser Moses mußte der Prinz sein, der nun zurückgekehrt war mit der Botschaft von einem fremden Gott.

Am gleichen Tag noch hatte er seine Schwester Bathiya im Osiristempel aufgesucht, wo sie jetzt als Hohepriesterin und dem Gotte angetraute Gattin, als Verkörperung der Göttin Isis lebte. Die Prinzessin, die, das älteste Kind des früheren Pharao, älter war als er, hätte dem Gesetze gemäß den Thronfolger heiraten und mit ihm die Herrschaft antreten müssen. Doch sie hatte dem Throne entsagt. Nach dem Fortgang von Moses hatte sie sich vom Hofleben zurückgezogen und sich vollständig dem Gotte Osiris geweiht, dessen Tempel sie nie mehr verließ. Vom vielen Fasten war sie eingeschrumpft wie eine Mumie; und vom ständigen Beweinen ihres toten Herrn hatten ihre Augen fast das Gesicht verloren. Doch dafür hatte sie viele Traumgesichte und prophezeite stets, daß ihr Sohn

Moses in der Gestalt eines Gottes zurückkehren und viele Wunder tun werde.

Als der Bruder ihr die Nachricht brachte, daß ihr Sohn zurückgekehrt sei, warf sie sich vor dem Gott Osiris nieder und dankte ihm:

«Ich wußte ja, daß du einst meinen Sohn senden würdest, mich zu trösten, bevor ich zu dir eingehe.»

Doch der Pharao, ihr Bruder, sagte:

«Er spricht nicht im Namen der Götter Aegyptens, noch haben diese deinen Sohn gesandt. Er kommt im Namen eines fremden Gottes, des Gottes der hebräischen Sklaven. In dessen Namen spricht er, und darauf steht Todesstrafe.»

Als Bathiya diese Worte hörte, fuhr sie wütend empor. Ihre halbblinden Augen flammten von einem inneren Feuer; sie legte ihre ausgemergelten Hände auf die Brust und begann im singenden Tonfall der Prophetin des Osiris:

«Also spricht der große Gott Osiris, mein Gatte und Herr: ‚Gehe zum Sohn des Ra und sage ihm: ‚Weh, wenn du ein Haar auf dem Haupte meines Sohnes Horus-Moses krümmest, denn ich bin mit ihm, und wer ihm ein Leid antut, an dem werde ich mich rächen in dieser wie in der künftigen Welt'.'»

Diese Weissagung, die Bathiya im Namen ihres Gottes aussprach, beeindruckte den Pharao nicht sonderlich; und ebensowenig ließ er sich beeindrucken von dem Glauben seiner Schwester an sich selbst als die Verkörperung der Isis. Auch von ihren Erzählungen über Moses hatte er sich nie täuschen lassen. Seine Nachsicht mit Moses ging nur auf die Rücksicht zurück, die er seiner Schwester zollte, ebenso wie die Nachsicht des früheren Pharao in der Rücksichtnahme auf die Tochter begründet gewesen war. Und darum hatte er die erste Tat der Lästerung und Aufsässigkeit mit Schweigen übergangen.

Bei dem zweiten Vorkommnis jedoch hatte Moses gewagt, den geheiligten Gottesdienst am Nil zu unterbrechen und ihn, den Pharao, im Beisein seines Hofes und vielen Volks zu beleidigen mit seinen Forderungen im Namen eines fremden Gottes, und da hatte der Pharao wiederum im ersten Augenblick den Drang verspürt, den Menschen zu strafen, wie er es verdiente, und ihn auf der Stelle hinrichten zu lassen. Das hätte den Lästerer aus der Welt geschafft und den Vorspiegelungen der Schwester ein Ende bereitet. Er hatte bereits die Hand erhoben und die

Lippen aufgetan gehabt, um der Leibwache den Befehl dazu zu geben, doch da war er plötzlich mit Stummheit geschlagen und seine Hand vor Schreck gelähmt worden. Er hatte den Blick aus den Augen des Moses aufgefangen. Dies war ein neuer Moses; nicht der Prinz, den er einst an seines Vaters Hofe gekannt, sondern einer, wie der, von dem seine Schwester gesprochen hatte: in der Gestalt eines Gottes, eines Vollbringers vielfacher Wunder.

Pharao hatte in diesen Augen eine Herrschgewalt gespürt, die seinen Willen bezwang, seine Muskeln lähmte. Er wagte nicht, dem Blick mit dem seinen zu begegnen; er hatte die Augen abgewandt. Sein Glaube an die eigene Göttlichkeit war stark genug, um ihn vor Unterwerfung zu bewahren; aber er war nicht stark genug, ihn den offenen Kampf aufnehmen zu lassen mit der Gottheit, die den hebräischen Sklaven gewappnet hatte. Er wich dem offenen Kampf aus Furcht vor dessen Ausgang aus. Er erkannte deutlich, daß er es hier nicht mit einem Menschen zu tun hatte, sondern mit einem Gott, einem Gott nicht geringer als er, Pharao, selbst.

Der Kampf war zwischen ihnen beiden entbrannt, doch von Pharao wurde er unsichtbar und unerklärt geführt. Er kämpfte an gegen die Macht, die von den Augen Moses' ausging, und rief alle Götter Aegyptens um Beistand an. Die Priester und Hofbeamten ergingen sich dauernd in Nachweisen, daß das Vorkommnis mit den Wellen und Fischen des Nil eine natürliche Sache sei, daß es nicht von langer Dauer sein werde. Um den Ruf des Volkes nach frischem Wasser zu beschwichtigen, ließen sie neue Brunnen graben, und siehe, das Wasser darin war frisch und klar. Pharaos Gemüt faßte wieder Zuversicht. Und als sieben Tage vergangen waren und die Wellen des Nil wieder klar und frisch zu rinnen begannen, da war er überzeugt, seine Götter seien für ihn in den Kampf eingetreten und hätten den Gott der Hebräer in die Flucht geschlagen. Doch noch immer wagte er nicht, Hand an Moses zu legen.

Doch kaum war das Nilwasser wieder klar, da trat Moses abermals vor Pharao hin. Und zwar war er ohne Aufforderung und ohne Ankündigung gekommen, als hätten die Wächter und Soldaten ihn nicht erblickt oder ihm nicht zu wehren gewagt. Er stand vor Pharao und warnte ihn ein zweites Mal:

«Also spricht Jehovah: ‚Laß Mein Volk ziehen, daß es Mir

opfere. Wo du dich weigerst, so will Ich mit Fröschen plagen dein ganzes Land. Der Strom soll wimmeln von Fröschen, die sollen hinaufkriechen in dein Haus, in deine Kammer, auf dein Lager und auf dein Bette, und auch in die Häuser deiner Knechte und in die Backöfen und in die Tröge, darin das Brot geknetet wird. Und die Frösche sollen auf dich kriechen und auf dein Volk und alle deine Knechte.'»

Und was Moses vorausgesagt, das geschah ohne Verzug. Moses gebot Aaron im Namen Gottes, seine Hand auszurecken und auf die Gewässer Aegyptens zu schlagen. Und da begann es im Wasser und am Ufer, wo die verfaulten Fische zu Haufen lagen, zu wimmeln von Fröschen, von Fröschen aller Arten, aller Größen und Farben. Nun war Aegypten schon immer um seiner Frösche willen berühmt gewesen. Ein altes Volkswort sagte: «Da wo man Frösche quaken hört, da ist aegyptisches Gebiet.» Doch Frösche wie diese nun waren noch nie gesehen worden. Sie vermehrten sich wie Mücken und sie wuchsen zu unerhörter Größe. Sie krochen herauf aus den Sümpfen und aus den stinkenden Fischhaufen. Es war, als ob die Erde aus nichts als Froschfleisch bestehe und sie aus sich ausspeie: weitmäulige Riesenfrösche mit vielen, breitgespreizten Beinen; dünne, lange Frösche mit dicken Schweineschnauzen; Frösche mit gestreifter Haut gleich Schlangen und auch mit Rachen wie Schlangen. Die einen hatten fette, weiche, weißliche Bäuche, aus denen vielverzweigte Klauen wuchsen, andere hatten vorspringende Zähne und borstige Bärte; es gab Frösche, die aussahen wie Schildkröten mit harten Schalen, aus denen faltig lederne Hälse ragten, Frösche mit Köpfen wie Fledermäuse, Ratten oder Vögel. Und ebenso vielfältig wie ihre Formen waren ihre Farben: widerliches, fettiges Weiß, ekelerregendes, giftiges Gelb, stumpfes Rot wie auf gefleckten Schlangenhäuten. Von überallher, von Flußufern und aus Sumpflöchern, aus den unmöglichsten Stellen kroch und hüpfte das Froschgezücht. Frösche schlüpften unter den geschlossenen Türen in die Häuser, Frösche hockten in allen Gefäßen, Töpfen und Trögen.

Des Nachts spürten die Aegypter das schleimige Getier in ihren Betten. Da drückte sich ein Frosch mit seinem weißen Bauch gegen den Körper eines Mannes, dort klammerte sich ein anderer mit scharfen Klauen an die Brust eines Weibes oder schnupperte eine Froschschnauze an einem schlafenden Kind. Es gab keine Zuflucht vor den Fröschen. Sie ließen keinen Menschen in Ruhe; man konnte nicht arbeiten vor Fröschen, sie ließen einen keinen Bissen zu sich nehmen. Tag und Nacht, im Wachen und Schlafen waren Frösche um die Aegypter.

Vergebens versuchten die Räte und Weisen des Pharao diesem darzulegen, daß auch die Froschplage eine ganz natürliche Sache sei; daß sie durch die faulenden Fischkadaver gekommen sei und verschwinden werde, sobald diese weggeschafft seien. Und umsonst bewiesen ihm die Priester und Zauberer, daß sie aus verpestetem Wasser ebenfalls allerhand Gewürm hervorzubringen im Stande seien.

Die Frösche wurden dem ganzen Lande immer mehr zur Qual. Sie kamen auch in des Pharao Haus; sie fielen aus den goldenen Weinkannen heraus; sie fanden sich auch in sein Brot hineingeknetet wie in das des geringsten Sklaven; sie wimmelten in seinem Bett, klammerten sich an ihn, krochen zwischen ihn und seine Lustweiber. Das Leben wurde ihm zum Verdruß und zum Ekel wie seinem niedrigsten Eseltreiber. Und das Wehgeschrei der Aegypter erhob sich im ganzen Land.

Pharao flehte seine verstorbenen Eltern um Beistand an; er betete zu sich selbst als Gott der Sonne. Nichts half.

Er rang mit sich selbst. Er durfte nicht zugestehen, daß es außer den Göttern Aegyptens möglicherweise noch eine Macht, eine Gewalt gebe, die Herrschaft über das Land erlangen könne. Es war undenkbar, daß ein fremder Horus die Zuchtrute über dem Haupte des Pharao schwingen könne.

Doch mit jedem Tag wurde die Pein schlimmer. Sie wurde unerträglich. Die Frösche lähmten das ganze Leben des Landes und machten das Leben zur Qual. Schließlich gab Pharao nach.

Er ließ Aaron und Moses holen.

«Bittet Jehovah», sagte er, «daß Er die Plage der Frösche von meinem Volke nehme, dann werde ich euer Volk ziehen lassen, daß es Jehovah opfere.»

Und Moses antwortete bescheiden:

«Dir sei die Ehre, zu entscheiden, auf wann ich für dich und dein Volk bitten soll, daß die Frösche von dir und deinen Häusern vertrieben werden.»

«Auf morgen», sagte Pharao.

«Wie du gesagt hast, auf daß du erfahren mögest, daß kein Gott ist wie Jehovah, unser HErr.»

So also sprach Moses vor des Pharao Angesicht, und Pharao schwieg.

Doch kaum hatte Gott des Gebet Moses' erhört und die Frösche vertrieben, als der Hochmut des Pharao wieder mit aller Kraft erwachte. Das Blut seiner Väter begehrte auf in ihm. Er, der Gott Ra, Fleisch von dessen Fleisch, die Sonne des Himmels, das Leben der Erde, er sollte sich in seinem eigenen Lande einem fremden Machtwillen beugen? Nein! Er wollte den Gott Jehovah nicht anerkennen und er würde Seinem Volk nicht erlauben, Ihm zu opfern. Es gab in Aegypten keine Götter neben Ra und seinem Sohne, dem Pharao.

Nun war aber das größte aller Wunder, welches Gott in Aegypten wirkte, dies: daß ein jedes Wunder anfänglich nicht aussah wie ein Wunder. Es war durchaus natürlich, daß im Hochsommer, wenn das Wasser des Nil niedrig war, die Fische aufquollen von der Hitze und ihre Leichen, giftigen Gestank verbreitend, zum Ufer geschwemmt wurden. Und daß die Verwesung der Fischleiber die Frösche, Schildkröten, die Larven und Maden sich vermehren ließ. Nun, da Gott die Frösche vertilgt hatte und sie zu Haufen an den Flußufern, an den Rändern der Sumpfniederungen und in den Wasserkanälen lagen, so war es nur natürlich, daß davon Wolken von Stechmücken aufschwärmten. Ihre dichten Wolken schwebten in die Weite und Breite, fielen Mensch und Tier an und saugten ihnen das Blut aus den Adern. Sie krochen in die winzigsten Ritzen des Fleisches und stachen wie glühende Nadeln. Manche waren so klein, daß man sie überhaupt nicht sah. Mensch und Tier waren Tag und Nacht über gequält. Auf der Haut, in den Eingeweiden saßen sie und sogen sich unablässig voll. Die Menschen kamen sich vor wie lebende Leichname. Ihr eigenes Fleisch wurde ihnen vor Kratzen zum Ekel; es war mit Geschwülsten, Schwären und Beulen bedeckt. Der Übelkeit erregende Schmutz, der die Menschen durchdrungen hatte, verdüsterte auch ihr Gemüt.

Doch oberflächlich gesehen schien diese Mückenplage eine höchst natürliche Sache, die bald wieder verschwinden mußte, sobald die Haufen von verwesenden Froschleibern verschwunden sein würden.

Doch eben in dieser Natürlichkeit der Plagen erkannten die aegyptischen Zauberer den Finger Gottes. Hier handelte es sich nicht um Vorspiegelungen und Wahnvorstellungen. Hier war das Werk eines mächtigen Gottes, der Gewalt hatte über die Natur, der dem Pharao nicht mit allerhand Zauberkunststücken zusetzte, denen man entgegenarbeiten konnte, sondern mit natürlichen Seuchen, die einander und die eine aus der andern folgten. Die Zauberer räumten schließlich ein, daß sie diese Wunder mit ihren Kunststücken nicht nachahmen und daß sie ihnen daher nicht entgegenwirken konnten. Sie sagten zu Pharao:

«Pharao, ein mächtiger Gott führt Krieg gegen dich; dies ist der Finger Gottes.»

Aber eben weil sie solches sagten, ward Pharao noch halsstarriger als seine Weisen und Zauberer: denn wenn dies nicht Zauberei war, sondern tatsächlich das Zeichen eines feindlichen Gottes, so mußte er ausharren bis zum bitteren Ende. Moses wirkte nicht mittels der Macht der aegyptischen Götter und er war keine Verkörperung von Horus. Moses wirkte durch Jehovah, einen Gott der Sklaven des Pharao. Wie durfte Pharao da nachgeben?

Er ließ Erkundigungen einziehen, ob die Hebräer im Lande Gosen ebenfalls unter den Plagen litten. Es wurde ihm berichtet, daß die natürlichen Plagen dort gleichfalls aufgetreten seien, doch nicht in ebensolcher Schärfe wie sonst überall in den Ländern am Nil. Da er dies vernahm, ward Pharao in dem Glauben bestärkt, daß er doch den Endsieg davontragen werde. Der Gott Jehovah konnte vielleicht die Vorgänge der Natur verstärken, doch ihnen gänzlich zu befehlen, das vermochte Er nicht. Wenn die natürlichen Plagen auftraten, so befielen sie alle, Aegypter sowohl wie das Volk des Jehovah ebenfalls. Dies war ihm ein genügender Beweis dafür, daß sie nicht in der Willkür Jehovahs lägen. Denn dies war es doch, was die Abgesandten der Hebräer behaupteten, wenn Pharao sich seines Königtums, das die Verkörperung des Sonnengottes Ra war, rühmte.

«Die Sonne scheint nicht nur in Aegypten», bedeutete ihm Moses. «Wenn sie untergeht, so geht sie auch in andern Ländern als Aegypten unter.»

Wie dem auch sein mochte, der Gott Jehovah hatte jedenfalls keine Macht über die Sonne, da er keine Macht über die Natur hatte. Und darum hatte er keine Macht über Aegypten und über die Götter Aegyptens.

Diesmal ließ Pharao sich nicht einmal mehr herab, Moses durch Versprechungen zu begütigen, um der Plage Einhalt zu tun.

Ja, er höhnte sogar noch: «Die Aegypter sind an die Mückenstiche gewöhnt. Mögen sie sich ein bißchen mehr kratzen.»

Und es war, als lese der Gott Moses' und Aarons seine Gedanken, denn wiederum sandte Er Seine Boten zu ihm und zwar wiederum während des Morgengottesdienstes am Nil.

«Wenn du Mein Volk nicht ziehen lässest, so werde Ich Schwärme von Mücken über dich und deine Knechte, über dein ganzes Volk und in alle Häuser kommen lassen; und die Häuser der Aegypter sollen voll sein von Fliegenschwärmen und auch der Grund, darauf sie stehen. Aber Ich werde an diesem Tage absondern das Land Gosen, in dem Mein Volk wohnet, daß keine Mückenschwärme dorthin kommen; daß du erkennen mögest, daß Ich der HErr bin allenthalben.»

Und es kam genau so, wie Gott es durch Moses hatte verkünden lassen. Auf einmal war das Land Aegypten bedeckt mit einer Plage von Mücken. Von irgendwo her kamen sie, in dichten schwarzen Wolken, in unzählbaren Scharen, und verbreiteten sich mit unglaublicher Schnelligkeit. Im nächsten Augenblick waren die Häuser erfüllt von ihnen. Sie bedeckten alle Möbelstücke und alle Geräte; sie bedeckten die Leiber der Menschen und saugten mit Millionen Rüsseln das Blut aus, fraßen die Lebensmittel auf und entkleideten Felder und Gärten ihres Grüns.

Unverzüglich sandte Pharao Boten ins Land Gosen, um zu hören, was sich dort begebe. Nein, war die Antwort, das Land Gosen, wo die Sklaven bei den Lehmgruben wohnten, war frei von der Plage. Es war, als ob Gott einen unsichtbaren Vorhang durch die Luft gezogen habe zwischen dem Lande Gosen und dem übrigen Aegypten. Bis hierher und nicht weiter! An den Grenzen des Landes Gosen machte die Pestilenz Halt.

Und die Heimsuchung durch die Mücken ward immer gräßlicher. Woher sie kamen, wo sie erzeugt waren, wußte niemand, und darum war auch jede Vermutung unmöglich, wann sie wieder verschwinden würden – genau wie es mit den andern Plagen gewesen war. Die natürlichen Ursachen der Plage waren nicht zu ergründen. Kein Mensch hatte jemals Mücken gleich diesen gesehen; niemand hatte geahnt, daß eine solche Vielfalt von Ungeziefer überhaupt auf der Welt sei. Sie verhielten sich gar nicht wie Mücken. Man konnte sie nicht wegscheuchen. Ihre Angriffswut war so frech, als wüßten sie, wer sie ausgesandt habe; und als wüßten sie auch, weshalb sie gesandt worden seien, heischten sie das Blut der Aegypter zur Nahrung und labten sich ohne Scheu und mit wilder Wut daran. Die Leiber der Aegypter waren den nadelspitzen Fliegenrüsseln wehrlos ausgeliefert; den Aegyptern begannen die winzigen, geflügelten Blutsauger vorzukommen wie geflügelte Raubtiere, Löwen, Leoparden und dergleichen.

Die Unnatur dieses Geziefers, seine erstaunliche Mannigfaltigkeit hinsichtlich Form und Farbe, seine Angriffswut und vor allem das Fernbleiben der Plage vom Lande Gosen und den Siedlungen der hebräischen Sklaven, legte sich wie ein Leichentuch der Angst über Pharaos Hofstaat und erweichte das Herz des Pharao.

FÜNFZEHNTES KAPITEL

Es war, als ob der Gott Israels sich vorgesetzt hätte, an diesem Pharao und seiner Generation Rache zu nehmen für all die Verbrechen, die die Aegypter gegen Israel begangen hatten. Er verblendete die Augen und verwirrte den Verstand des Pharao, so daß dieser nicht zu begreifen vermochte, daß es Gott selbst sei, der für Sein Volk Israel den Kampf aufgenommen hatte.

Pharao vermeinte noch immer, kein Gott sei es, der gegen ihn kämpfe; es sei nur Moses. Dessen Bestreben war es, die aegyptischen Sklaven aus Aegypten hinauszubringen und sich in der Wüste zu ihrem Herrscher aufzuwerfen. Zu diesem Zwecke bediente er sich alles dessen, was er von den aegyptischen Zauberern gelernt hatte. Der Gott Jehovah war nichts als eine Erfindung, mit der Moses ihn, den Pharao, schrecken wollte. In Tat und Wahrheit war der Stab, mit dem er seine Wunder verrichtete, der altbekannte aegyptische Schlangengott, den er –

Moses – mittels von seiner Mutter gelernten Zauberformeln beschworen und sich dienstbar gemacht hatte. Nein, das ließ er, der Pharao nicht zu, er dachte überhaupt nicht daran, das zu erlauben, daß Moses den Zauber der aegyptischen Götter gegen diese selbst anwende; immerhin dachte er an eine andere Möglichkeit: daß nämlich Moses durch die Verbindung mit einem fremden Gott in der Wüste, eben dem Gott der Sklaven, neue Zauberkräfte erworben habe. Das mußte die Quelle seiner Wunder sein, aus ihr erfloß ihm gewiß die Macht über den Schlangengott. Doch die Götter Aegyptens würden dem Pharao schon zu Hilfe kommen. Sein Vater Ra, der große Sonnengott, würde gewaltige Strahlen aussenden, um den Wüstengott zu bekämpfen und ihn zu besiegen. Er würde den Schlangengott, den Moses in der Hand hatte, erschlagen, und dann würde Moses wehrlos sein.

So suchte Pharao denn nur Zeit zu gewinnen, damit seine Götter die Gelegenheit fänden, ihm zu Hilfe zu kommen.

Als Moses wiederum vor ihn trat und um die Erlaubnis bat, daß die hebräischen Sklaven drei Tagereisen weit in die Wüste ziehen dürften, um ihrem Gott zu opfern, da war sich der Pharao von vorneherein darüber klar, daß dies ein Vorwand sei, hinter dem sich ein größerer Zweck verberge. Moses wollte die Sklaven aus Aegypten hinausführen, um deren König zu werden. Auch Moses selbst täuschte sich nicht über die Wirkung, die dieser Vorwand auf Pharao ausübte. Allein Pharao war entschlossen, den Hebräern nichts zu gewähren; denn das wäre nur ein Signal zur Auflehnung für die andern Sklaven in Aegypten und damit wäre das Ende der Sklavenwirtschaft überhaupt gekommen gewesen. Sich der Möglichkeit eines allgemeinen Sklavenaufstands in ganz Aegypten auszusetzen, das mit allen Mitteln zu verhindern, war der Pharao fest entschlossen.

Für den Augenblick jedoch, da er sich, wie er bemerkte, bedenklich im Nachteil befand, war der einzige Ausweg für ihn, Zeit zu gewinnen, und so verschanzte er sich hinter Verhandlungen über die Bedingungen des Ansuchens.

Er schlug Moses vor: «Sie mögen ihrem Gott opfern, doch nicht in der Wüste. Ich gebe euch drei Tage, damit ihr euer Fest feiern und eurem Gotte opfern könnt – doch hier im Lande.»

Moses ging auf das Spiel ein, indem er antwortete: «Weißt du nicht, was die Aegypter uns antun werden, wenn sie sehen, daß wir einem fremden Gott opfern? Wir wollen drei Tagereisen weit hinausgehen in die Wüste und dort unserm Gott opfern, so wie Er es uns geboten hat.»

Pharao antwortete verschlagen: «Ich werde euch ziehen lassen in die Wüste, zu opfern eurem Gotte Jehovah, doch ziehet nicht weiter fort. Betet für mich.»

«Siehe, wenn ich hinauskomme von dir, so will ich Jehovah bitten, daß Er von morgen an die Menge der Mücken hinwegnehme von Pharao, seinen Knechten und seinem ganzen Volk. Aber daß Pharao ja uns nicht wieder zum Besten habe und dem Volk abschlage, hinauszuziehen in die Wüste, um Jehovah zu opfern.»

«Ich, der Pharao, ich werde mein Wort nicht halten? Wie darfst du solches sprechen, Moses?»

Aber es kam doch so.

Es war, als wenn beide, sowohl Moses wie Pharao, gewußt hätten, daß der Pharao nicht Wort halten werde. Moses jedoch ging weg von Pharao und betete zu Gott, daß die Fliegenplage aufhören möge. Und Gott erhörte das Gebet Moses', und die Mücken verschwanden, wie sie gekommen waren.

Und wiederum verhärtete sich des Pharaos Herz, so wie Gott vorausgesagt hatte.

Da sandte Gott Moses zum andern Male vor Pharao, ihm zu verkünden, Er werde eine Seuche bringen über alles Vieh im Land, Rinder, Pferde und Esel, doch Er werde das Vieh, das noch im Besitze der hebräischen Sklaven sei, verschonen. Und damit der Pharao einsehe, daß die Plage für die Aegypter allein bestimmt sei, so werde er sie zu genauer Zeit kommen lassen, und zwar sogleich. Und so geschah es auch. Kaum war Moses von Pharao weggegangen, als allenthalben im Lande die Seuche das Vieh der Aegypter befiel.

Wiederum sandte der Pharao unverzüglich Boten nach dem Lande Gosen, daß sie erkundeten, wie es dort stehe. Und abermals kam die Auskunft, daß sich keinerlei Anzeichen der Seuche beim Vieh der Hebräer erkennen ließen.

Doch das Herz des Pharao blieb verstockt.

Das Ringen wurde erbitterter, verbissener. In Pharaos Augen war es nicht mehr ein Ringen zwischen ihm und Moses, sondern ein Kampf zwischen Göttern, dem Gott Israels einer- und den

Göttern Aegyptens andererseits. Je mehr sich Pharao davon überzeugte, daß Moses nicht mittels Zauberformeln wirke, sondern auf Grund der Macht eines wahrhaften Gottes, einer gewaltigen Kraft, die Gewalt über die Natur hatte, um so halsstarriger wurde er. Er kämpfte nicht mehr um seine Herrschaft über die Sklaven, sondern für seine Götter und seine eigene Gottgleichheit. Und seiner Meinung nach war es ein so ungleicher Kampf, daß er sich nur einen einzigen Ausgang des Ringens denken konnte.

Auf der einen Seite stand eine durchgebildete, festgefügte Religion mit dem Pharao als dem mächtigsten der Götter; eine Religion mit scharf ausgearbeiteten Regeln, einer geheiligten Überlieferung, jahrhundertealtem Brauch und Kult; eine festgebaute, durchgegliederte Priesterschaft mit zahllosen Tempeln, deren riesenhafte Statuen und blendende Zeremonien das Gemüt der Menschen bedrückten und benebelten, eine Unmasse von Göttern und Göttinnen, die die Herrschaft über jede menschliche Tätigkeit und jeden menschlichen Besitz mit Beschlag belegt und unter sich aufgeteilt hatten: seinen Verstand, sein Wohlergehen, seine Ernährung, seine Leistungen; Gottheiten der Fruchtbarkeit, Gottheiten der Gesundheit, Gottheiten des Lebens und Gottheiten des Lebens nach dem Tode. Über ihnen allen aber stand der Gott Ra, die Sonne am Himmel, verleiblicht im Pharao, dem Beherrscher beider Aegypten, dessen Königtum sich erstreckte über alle bekannten Teile Afrikas bis hinab nach Aethiopien und über das diesseitige Asien bis zu den Grenzen der Siedlungen gesitteter Menschen. Seine mit den gewaltigsten Waffen, mit wilden Pferden und Streitwagen ausgerüsteten Heere hatten die Völker der Welt auf die Knie gezwungen. Und Aegypten war voll von Sklaven aller Rassen, schwarzer wie weißer, die in seinen Feldern und Gärten fronten, sein Vieh hüteten, seine Städte, Tempel und Pyramiden erbauten, seine Schiffe bemannten.

Auf der andern Seite aber, wer war es, der Pharao und Aegypten den Fehdehandschuh hinzuwerfen wagte? Ein kleines, wertloses Sklavenvolk, dem nichts zu Eigen war als eine Überlieferung seiner Vorfahren, das an einen Einzigen Lebendigen Gott glaubte und eine schwache Hoffnung auf Erlösung nährte. Und in dessen Namen sprach nun ein Mensch, der selbst einmal Aegypter gewesen war, sein Wissen und Können bei den Aegyptern erworben hatte. Im Namen eines Wüstengottes sprach er, der Göttern und Menschen bisher vollkommen unbekannt gewesen war. Dieser abtrünnige Aegypter war bisher nicht imstande gewesen, sein Volk aus der Knechtschaft des Pharao zu befreien. Da bediente er sich nunmehr eines Schlangengottes, den er in einen Stab verwandelt hatte, um Pharao mit lächerlichen, gemeinen Plagen zu schrecken, von denen die Haut der Aegypter das Jucken bekam. Nun, damit würden die Aegypter schon fertig werden. Pharaos Stunde mußte bald schlagen. Bald mußte sich die Macht des Ammon, des Osiris, des Sonnengottes, des Horus, der Göttin Isis und aller andern Götter Aegyptens kundgeben und Pharaos Lenden die Kraft verleihen, den Aufrührer zu vernichten.

Pharao gab also nicht nach, mitnichten hörte er auf das Gebot des Hebräergottes und ließ dessen Volk nicht ziehen. Es war ihm gleichgültig, daß der Gott der Sklaven ihn zum Gespött gemacht und die Häupter und Leiber seiner Priester mit Beulen und Schwären bedeckt hatte, daß sie gräßlich anzusehen waren in ihren Priestergewändern. Pharao hielt Stand.

Da gab der Gott Israels dem Kampf eine finsterere Wendung. Er bereitete eine grimmigere Plage vor. Moses wandte sich nunmehr, über den Kopf des Pharao hinweg, an das aegyptische Volk selbst und warnte es vor der neuen Not, die ihm bevorstand. Er hieß es, alles, was ihm an Rindern, Pferden und Eseln geblieben, von den Feldern hereinzuholen und in die Ställe zu sperren, denn ein gewaltiger Hagel werde über Aegypten fallen, der alles, was auf freiem Feld gelassen sei, vernichten werde.

Erst als die Schleusen des Himmels sich aufgetan hatten und unter Donner, Blitz und Flammengeflacker ein Hagel niedergegangen war, wie ihn Aegypten noch nie gesehen; erst als alles auf offenem Felde, Weinberge, Gemüsebeete und Getreide im Halm vernichtet war, erst als Bäume entwurzelt und alles Lebendige, das, der Warnung nicht achtend, so Mensch wie Vieh, aufs Feld hinausgegangen war, erschlagen wurde, da erst ward der Pharao wiederum von Furcht gepackt, ließ er Moses und Aaron holen und jammerte:

«Diesmal habe ich mich versündigt. Jehovah ist gerecht, ich und mein Volk aber sind gottlos. Bittet Jehovah, daß Er es genug sein lasse des großen Donners und Hagels, so will ich euch ziehen lassen, daß ihr nicht länger bleibet.»

«Es ist gut», sagte Moses. «Sobald ich zur Stadt hinauskomme, will ich meine Hände erheben zu Jehovah, so wird der Donner aufhören und kein Hagel mehr sein, auf daß du inne werdest, daß die Erde des HErrn ist.»

Und Moses ging zur Stadt hinaus, und das Donnern hörte auf und war kein Hagel mehr. Doch wiederum hielt Pharao sein Wort nicht.

Da trat Moses ein weiteres Mal hin vor den Pharao und kündigte ihm an, daß Gott eine Plage von Heuschrecken schicken werde, welche ein jedes grüne Blättlein und Sprößlein, das der Hagel übrig gelassen, fressen würden. Diesmal aber waren es Pharaos eigene Knechte, seine Räte und Beamten, die voller Angst waren. Sie drängten sich in den Audienzsaal und baten: «Laß die Leute ziehen, daß sie dem HErrn, ihrem Gotte, dienen.» Da ließ Pharao wiederum Moses und Aaron holen.

«Gehet hin», sagte er, «zu dienen eurem Gotte Jehovah. Welche sind sie aber, die hinziehen sollen?»

«Wir wollen hinziehen mit Jung und Alt, mit Söhnen und Töchtern, mit unsern Schafen und Rindern; denn wir sollen ein Fest halten unserm HErrn.»

Da übermannte wieder Zorn den Pharao. Denn nun hatte Moses seinen wahren Vorsatz ans Licht gebracht: die Hebräer für immer aus Aegypten hinauszuführen.

«So mag euer Gott mit euch sein», schrie der Pharao wütend, «wenn ich euch ziehen lasse mitsamt euren Kindern. Böses steht geschrieben auf euren Gesichtern. Gehet denn hin, ihr, die Männer, und dienet eurem Jehovah. Denn das wollt ihr doch.» Und Moses und Aaron wurden weggewiesen vom Angesicht des Pharao.

«So wollen wir warten, bis die Heuschrecken da sind», sagte Moses zu Aaron. «Dann wird er sanfter sprechen.»

Und so kam es auch. In schwarzen Schwaden kamen die Heuschrecken daher, die Sonne verdunkelnd und das ganze Land Aegypten verfinsternd; sie fielen auf die Felder und fraßen die Frucht hinweg mit Myriaden Mäulern. Da ließ Pharao wieder Moses und Aaron rufen, und wieder gebärdete er sich voll Reue und Demut:

«Ich habe gesündigt wider euren Jehovah und wider euch. Vergebet mir meine Sünde noch dieses eine Mal und bittet euren Jehovah, daß Er diese Pestilenz von mir wegnehme.»

Moses betete zu Gott, und, wie stets, erhörte Gott sein Gebet. Doch Pharao trog wiederum.

Da sank ein Deckel nieder auf Aegypten gleich einem festen Gewölbe aus Kupfer, das das Licht der Sonne, des Mondes und der Sterne verdeckte. Kein Stückchen des Himmels ward mehr sichtbar, und innerhalb der erstickenden Umwallung erhoben sich Winde beschwert mit Staub und Sand. Zuerst meinten die Aegypter, es sei nur der Chamsin, der alljährlich um diese Zeit fällig war; und anfänglich war es tatsächlich auch wie ein Chamsin. Wohin die Aegypter sich wandten, da atmeten sie Sand und Staub ein; aber der Sand und der Staub waren feucht und dicht, als ob die ganze Luft mit fliegendem Schlamm erfüllt sei. Der Schlamm verklebte die Augen, so daß kein Mensch seinen Nächsten zu sehen vermochte. Staub und Sand atmeten und schluckten sie ein, die Aegypter. Die Körner setzten sich fest in den Zähnen, krochen und kratzten in den Gelenken; Mensch und Tier taumelten nur noch dahin. Unter dem erstickenden Gewölbe eingespannt war ihnen, als seien sie in einem Spinnennetz von Finsternis gefangen, das Tag und Nacht mit gleicher Schwere über ihnen lag. Wiederum zog der Pharao Erkundigungen ein, ob diese grauenhafte Chamsinwolke auch über Gosen hänge und die Luft verdicke. Nein, im Lande Gosen sei die Luft hell und klar, erhielt er zur Antwort. Diesmal war der Pharao bereit, die Frauen und Kinder mitziehen zu lassen zum Fest Jehovahs; er verlangte jedoch, daß die Kinder Israels ihr Vieh zurückließen als Bürgschaft dafür, daß sie nach Aegypten zurückkehren würden.

Moses aber sagte darauf:

«Du mußt uns auch Opfer und Brandopfer mitgeben, die wir unserem Gotte Jehovah darbringen können. Unser Vieh soll mit uns gehen; nicht eine Klaue soll dahinten bleiben. Denn wir müssen alles bei uns haben, um dem HErrn unserm Gott recht zu dienen, sintemalen wir erst wissen, wie wir Ihm dienen müssen, wenn wir an Ort und Stelle sind.»

Dies war nun die schlimmste Lästerung und Beleidigung, die Moses dem Pharao ins Angesicht schleudern konnte: nicht allein seine Sklaven solle er ziehen lassen, daß sie einem fremden

Gotte opferten, sondern er, der Pharao, der Gott Ra in Fleisch und Blut, er solle ihnen auch noch das Vieh stellen, daß dem fremden Gotte einer Sklavenhorde geopfert werden könne.

«Hebe dich weg!», schrie er Moses an, «und hüte dich, daß du mir nicht mehr vor Augen kommst, denn des Tages, da du mir wieder vor Augen trittst, sollst du sterben.»

«Wie du gesagt hast», erwiderte Moses. Ich werde dir nicht mehr vor Augen kommen.» Und er ging davon.

* * *

Von allen Plagen, die Gott bis dahin über die Aegypter hatte kommen lassen, hatte die letzte, die Plage der Finsternis, die tiefste und erschreckendste Wirkung ausgeübt. Die Aegypter hatten tatsächlich angefangen, in den bisherigen Plagen, bei denen eine so deutliche Unterscheidung zwischen Gosen und Aegypten zu bemerken gewesen war, den Finger des fremden Hebräergottes zu erkennen; sie begannen, Furcht vor ihm zu empfinden und die hebräischen Sklaven mit Scheu zu betrachten. Viele Aegypter hatten doch auch die von Moses ausgegebene Warnung vor dem Niedergang des Hagels beachtet, waren unter Dach und Fach geblieben und hatten dadurch sich und ihr Vieh vor Schaden bewahrt. Die letzte Plage jedoch, die Finsternis, übte darum eine so ganz besondere, so ungewöhnliche Wirkung auf die Aegypter aus, weil sie ihre Hauptgottheit sowie der Machtvollkommenheit und dem Ansehen des Pharao stracks zuwiderlief. Jetzt schien es, als ob der dreiste Gott der Hebräer die aegyptischen Götter auf ihrem eigenen Grund und Boden besiegt habe. Was man auch darüber denken mochte, was es auch für anderweitige Götter geben mochte, die Sonne war der ureigenste Besitz der Aegypter. Ammon-Ra war ihr höchster Gott, und der Pharao war sein Sohn, Fleisch von seinem Fleisch. Der Pharao war die Sonne, die allen geschaffenen Wesen Licht und Leben schenkte. Seine Strahlen erwärmten die Erde und machten sie fruchtbar. Wenn er des Morgens am Himmel erschien und seine ersten Strahlen sandte, dann jauchzten alle Bewohner des Erdkreises. In seinem Strahlenglanze war er der Herrscher des Weltalls. Wenn er niederging, deckte Dunkel und Tod die Erde. Und nun war Gott Ra von einer unbekannten Macht besiegt worden! Drei Tage lang war er verfinstert worden; drei Tage lange hatte der Gott der Hebräer ihn geknechtet und im Gewahrsam des Reichs des Osiris gehalten, des Gottes von Nacht und Tod. Und ausgerechnet in Gosen, bei den hebräischen Sklaven, dort hatte Ammon-Ra seinen Strahlenglanz verbreitet, gerade als ob der Hebräergott ihn gezwungen habe, das Land der Hebräer zu erleuchten und das der Aegypter selbst im Dunkel zu lassen. War dies nicht ein Beweis dafür, daß der Gott der Hebräer über die Grenzen der Wüste getreten und nun in Aegypten war, daß Seine Hand ausgereckt war über die Aegypter?

Nun hatte Aaron, seitdem Moses mit der wundersamen Kunde vom Erscheinen Jehovahs zurückgekehrt war, nicht aufgehört, über seine priesterliche Sendung nachzusinnen und sich Kultformen für Jehovah auszudenken. Von einem solchen Kult hatte er stets und ständig geträumt, von dessen Feierlichkeit und Festlichkeit, von seinen strengen, genauen Vorschriften, seinen Geheimnissen, vor allem aber von den Opferhandlungen und -darbietungen, die an Üppigkeit mit denen der aegyptischen Tempel wetteifern sollten. Seiner Ansicht nach konnte die große Masse der hebräischen Sklaven, die weder ein ausgearbeitetes Glaubensbekenntnis noch ein festgelegtes Zeremoniell, sondern nichts weiter hatten als eine unklare Überlieferung und eine dunkle Erinnerung an ihre Vorfahren, nicht zu einem Volk geformt und an die dazu nötige Zucht gewöhnt werden ohne einen bestimmten Ritus, der die Gemüter der Menge mittels einer von einer mächtigen Priesterkaste und Tempelsklaven getragenen und durchgeführten mystischen Symbolistik beschäftigte. Doch ein derartiger Ritus, dem Aaron all sein Nachdenken widmete und auf den er sich samt seinen Söhnen dauernd vorbereitete, setzte wiederum ein Volk voraus, das imstande war, der Priesterschaft eine deren Stellung würdige üppige Lebensführung zu sichern. Die hebräischen Sklaven jedoch, die Moses sich zu befreien vorgenommen hatte, waren arm und nackt. Wo sollten sie Gold, Silber und Purpur für das Priestertum nach Aarons Sinne auftreiben?

Nach der Plage der Finsternis waren die Aegypter von Angst erfüllt und fingen sie an, die hebräischen Sklaven zu umschmeicheln; darauf bauend, sprengten Aaron und seine Söhne das Gerücht aus, Gott wolle, daß die Hebräer von ihren aegyptischen Nachbarn aller Art Gold- und Silbergerät, kostbare Gewebe,

Pupurseide, wertvolle Gewänder und dergleichen ausborgten, um sie beim Opferfest zu benutzen. Es sei überhaupt der Wunsch Jehovahs, ließen sie durchblicken, daß die Aegypter beraubt würden.

Diese Andeutung ließen sich die hebräischen Sklaven nicht zweimal sagen und machten sich die Angst, die die Aegypter ergriffen hatte, weidlich zunutze.

Während der Plage der Finsternis war den aegyptischen Vögten auch die Aufsicht und die feste Zucht der Sklaven gegen ihren Willen entglitten. Sie trauten sich nicht, die früheren Zwangsmittel anzuwenden, obwohl ihnen durch die vorgesetzte Behörde der Befehl des Pharao gegeben worden war, das Joch der Hebräer noch drückender zu gestalten. Sie hatten glattweg Angst vor diesen Leuten, die unter dem Schutze des furchteinflößenden Wüstengottes standen; sie fingen an, einander mit kriecherischen Freundschaftsbezeigungen gegen die Hebräer zu überbieten.

«Du siehst doch, daß ich ganz und gar anders bin als die übrigen Aufseher, die sich nie mit den Verordnungen des Pharao begnügen, sondern noch darüber hinausgehen und den Hebräern die Seele aus dem Leib quetschen. Ich war euch immer freundlich gesinnt. Wenn ihr zu wenig arbeitetet, sah ich nicht hin. Sag, ist es nicht so?», fragte ein Aegypter einen der hebräischen Aufseher.

In den Augen der Aegypter hatte sich jetzt die ganze Stellung der Hebräer geändert. Solange die Sklaven ohne einen Beschützer gewesen waren und sich keine Stimme für sie erhoben hatte, waren sie nur Staub und Schmutz, der mit Füßen getreten wird. Sie kamen weniger in Betracht als die Tiere des Feldes und verdienten weniger Rücksicht. Daß die Hebräer Menschen, daß die hebräischen Mütter Menschenmütter seien, denen das Herz brach, wenn man ihnen ihre Kinder wegnahm, das war den Aegyptern überhaupt nie eingefallen. Jetzt auf einmal waren die Hebräer «ihresgleichen» geworden. Sie wurden gastfreundlich in die Häuser der Aegypter geladen; die Aegypter sprachen ehrerbietig von dem großen Fest, das die Hebräer in der Wüste zu feiern sich anschickten, und von der großen Menge von Vieh und Geflügel, die sie am Altar ihres Gottes opfern würden; auch von den wunderbaren Zeremonien, unter denen natürlich all dies vor sich gehen würde, den Tänzen der Priester, den Chören der Sänger, den Aufführungen, Schmäusen, bunten Gewändern und herrlichen Schmuckstücken.

«Was glaubt ihr denn, wo wir all das herbekommen sollen? Bis jetzt haben wir für euch gefront, obschon wir niemals wirklich Sklaven waren. Pharao hat uns nichts gelassen als die Haut auf unseren Knochen, und selbst die trägt die Spuren seiner Grausamkeit.»

Zum ersten Mal jetzt waren die Hebräer, ein wenig zu Atem kommend und ihn bei dem Anblick wieder anhaltend, im Stande, den Reichtum und die Üppigkeit zu erkennen, darin die oberen Schichten der Aegypter lebten: ihre Blumen- und Obstgärten, ihre Zisternen und künstlichen Teiche, auf dem Ziervögel einherschwammen; ihre Häuser mit Zimmerdecken aus bemaltem und eingelegtem Zedernholz; ihre mit Elfenbein besetzten Sessel und Bettstellen; ihre Bettdecken aus Purpurstoff und Brokat; ihre Gefäße, Becken, Krüge und Vasen, ihre Teller und Becher aus echtem Gold. Und ihre Frauen, die mit zahllosen Schmuckstücken behängt und bedeckt waren, mit Arm-, Finger-, Nasen- und Ohrringen aus Gold und glitzerndem Edelgestein, in golddurchwirkten Prunkgewändern, umgeben von Sklavinnen, die sie bedienten, sie salbten, sie fächelten, ihnen Wohlgerüche und Blumen unter die verwöhnten Nasen hielten.

Ein nur zu natürlicher Neid wurde bei den Hebräern erweckt. Wer hatte zudem diese Schätze für die Aegypter aufgehäuft, wenn nicht sie, die Sklaven? Hatten sie nicht vom Morgen bis zum Abend, die Rücken gekrümmt unter der sengenden Sonnenglut, auf den Feldern gestanden, während die Aegypter zurückgelehnt auf ihren elfenbeinernen Ruhebetten lagen? Waren sie nicht wie Zugtiere an die Dreschgeräte und Lastkarren der Aegypter geschirrt gewesen? Hatten die hebräischen Frauen nicht das Linnen gesponnen und gewoben, das die verzärtelten Körper der Aegypterinnen bedeckte? Wer hatte all diese Üppigkeit geschaffen, die Aegypter oder die Hebräer?

Sie wußten wohl, daß Moses ihnen vom Gott Israels gesandt worden war, um sie aus Aegypten hinauszuführen auf Nimmerwiederkehr. Die Ältesten in Israel hatten es verkündet, die Aufseher hatten es bestätigt. Und so machten sie denn Vorbereitungen für die lange, große Nacht der Befreiung, wie Moses sie ermahnt hatte. Und gerade darum meinten sie, sie dürften Aegypten nach so vielen Jahren der Knechtschaft nicht mit leeren Händen verlassen; ebendeshalb wollten sie nicht ins Unbekannte, das vor ihnen lag, hinausziehen, ohne das mitzunehmen, was ihnen zu Recht gehörte.

Doch sich des Reichtums einfach mit Gewalt zu bemächtigen, dazu waren sie nicht stark genug. Auch hatte der Pharao noch immer kein Einsehen gehabt, und das große, von Moses prophezeite Ereignis war noch nicht eingetreten. Aegyptische Ordnung und Disziplin war immer noch in Kraft; noch umgaben Soldaten die große Residenzstadt des Pharao; noch machten die aegyptischen Vögte mit kupferbeschwerten Stöcken ihre Runden. Gewalt kam also nicht in Frage. Doch es gab andere Mittel und Wege, um die wachsende Verwirrung der Aegypter auszunutzen.

«Mein Gott wird sich meiner schämen», sagte Dan ben Joseph vom Stamme Dan zu seinem adligen Eigentümer Sernapus, dem er als Färber von Linnen- und Wollgeweben diente. «Ich trete vor Ihn hin und habe nichts an als meinen Lendenschurz. Und mein Weib ist ebenso unbekleidet wie ich. Du wirst sündigen gegen meinen Gott, wenn du mich so zu Ihm entläßt, um Ihm in der Wüste zu dienen. Er wird mich fragen: Wer ist dein Herr? Und ich werde antworten: Der hochgeborene Sernapus. Und da wird Er wiederum fragen: Hat er dich entlohnt für deine Arbeit? Und ich werde antworten: Du siehst, mein Gott, ich habe ihm als Sklave gedient und außer einigem Gebäck aus schwarzem Mehl und saurem Bier habe ich nichts von ihm erhalten. Dann wird Er fragen: In diesen Lumpen sendet er dich zu Mir? Hat er dir nicht ein anständiges Gewand überlassen, daß du deine Blöße damit deckest? Und dein Weib sendet er zu Mir ohne einen Nasenring, ohne einen Armreifen, ohne ein Halsband? Und du weißt, Herr, mein Gott ist ein zorniger Gott; Er wird Ungemach über Ungemach auf dein Haupt kommen lassen. Was Er tun wird, das weiß ich nicht. Vielleicht wird Er deine Herden nicht vermehren, vielleicht wird dein Geflügel krank werden und verenden; vielleicht wird Er Rache nehmen an dir selbst und deinen Kindern. Auf irgendetwas von Seiner Seite mußt du gefaßt sein. Siehe, ich spreche als Freund zu dir und warne dich.»

«Und was möchtest du von mir haben?»

«Du hast reichgefärbte Gewänder. Leihe sie mir für die Tage, da ich meinen Gott besuche. Und vielleicht möchtest du mir auch ein Paar Ohrringe, ein Halsband leihen und selbstverständlich auch den seidenen Mantel deiner Gattin, um die Blöße meines Weibes zu bedecken. Und dann werde ich deines Namens wohlwollend gedenken bei meinem Gott, und Er wird dich segnen.»

Und wenn darauf dem Dan ben Joseph das Gewünschte von seinem Herrn Sernapus gegeben worden war, nicht ohne Brummen und Seufzen und allerhand Mahnworte, alles in gutem Zustand wieder zurückzustellen, und wenn der Schreiber dann alle Gegenstände gewissenhaft auf ein Papyrusblatt niedergeschrieben hatte, so stand der Sklave, der ehemalige Sklave, noch immer mit ausgestreckter Hand da.

«Und wie wäre es mit ein wenig Salböl? Mein Leib schwitzt noch von der harten Arbeit. Du willst doch nicht etwa, daß mein Gott beleidigt werde durch üblen Geruch, der von unsern Leibern zu Seiner Nase aufsteigt?»

Und wenn Dan ben Joseph dann das Büchschen mit der wohlriechenden Salbe erhalten hatte, das die Aegypter auf ihren Köpfen trugen, damit die geronnene Salbe schmelze und über ihre Körper tropfe, dann sprach er abermals zu seinem Herrn:

«Hast du nicht an ein Schaf, ein Kalb, einen Jungstier gedacht und an ein Pärchen Enten oder Gänse? Du willst doch wohl nicht, daß ich mit leeren Händen vor Meinem Gott erscheine, daß Er dir Skorpione ins Haus schickt? Du erinnerst dich doch noch an die Frösche, nicht wahr?»

Und so wie Dan ben Joseph mit seinem Herrn Sernapus verfuhr, so verfuhren andere Dans, Josephs und Uziels mit ihren Herren.

Doch es währte nicht lange, da waren sie mit diesen ersten Gaben nicht zufrieden. Als sie sahen, wie die Angst der Aegypter immer größer wurde, erregten sich die hebräischen Sklaven immer mehr; der Groll, den jahrhundertelang Generation um Generation hinuntergeschluckt und aufgestaut hatte, brach jetzt flammend hervor. Im Verein mit Sklaven aus andern Völkerschaften, afrikanischen Negern, kanaanitischen Asiaten, zogen sie scharenweise zur Stadt Ramses, brachen sich Bahn in die Häuser der Wohlhabenden und die Paläste der Reichen und «borgten», was sie dort fanden. Sie rissen seidene Vorhänge von den Wänden und Behänge von den Türen; sie holten Gold- und Silbergerät, Krüge, Becken, Teller und Becher heraus. Sie schmückten ihre Köpfe mit Lotosblumen; sie schmierten ihre verschwitzten Leiber voll mit Salben und Wohlgerüchen; sie rissen den Aegypterinnen Hals- und Armbänder, Ringe, Gürtel und Kleinodien weg, um sie ihren Frauen zu bringen, daß sie sich damit zum Fest des HErrn schmückten. Und schon sah man da und dort einen Sklaven mit einer Lotosblume hinterm Ohr, einen Goldring zwischen den Zähnen, einen üppigen Seidenmantel über den nackten Körper geworfen, einherstolzieren. Andere schleppten mit Elfenbein eingelegte Sessel auf dem Rücken oder mit feinem Goldzierat beschlagene Ruhebetten; andere trieben Schafe und Ochsen weg, um sie in der Wüste zu opfern.

Korah und seine Anhänger kamen zu Moses in heller Aufregung, um ihm mitzuteilen, daß sie das Volk nicht mehr in der Hand hätten: es würden jetzt bereits aegyptische Häuser überfallen und allenthalben geplündert.

Moses schwieg; nach kurzem Sinnen sagte er: «Kommt in einer Weile wieder her, dann werde ich euch sagen, was ihr tun sollt.»

In Moses' Seele war eine Waage der Gerechtigkeit eingeschlossen, und auf ihren Schalen wog er die Taten der Hebräer ab. Er bemühte sich, die Sache der Aegypter ebenso gerecht anzusehen wie die seiner Brüder. Er war verantwortlich für das Tun der Hebräer. Unbedingt war es gegen Gottes Willen, daß das von Ihm zum Beispiel für alle Völker auserwählte Volk auf der Schwelle der Erlösung Unrecht tue. Das Plündern mußte aufhören; doch das Borgen bei den Aegyptern war gerechtfertigt. Seit Hunderten von Jahren hatten die Sklaven für Aegypten gefront. Die Aegypter hatten sie ausgenutzt, ausgebeutet, als ob ihre Mühsal, ihr Schweiß, ihr Leben vollkommen wertlos wäre. Und Moses vernahm in seinem Herzen die Stimme Gottes, die Stimme der Gerechtigkeit.

Als Korah und seine Anhänger wieder vor ihn traten, sagte er zu ihnen:

«Nein, Korah, die Kinder Israels sind keine Räuber; sie erfüllen nur Gottes Gebot. Denn so hat Gott zu mir gesprochen: ‚Geh hin und sage vor dem Volke, daß ein jeglicher Mann von seinem Nachbar und ein jegliches Weib von seiner Nachbarin sich ausbitten soll silberne und goldene Kleinodien; und sollen sie entwenden den Aegyptern um der Bedrückung willen, welche sie ihnen auferlegt haben und der harten Fronarbeit, die sie für die Aegypter geleistet haben‘.»

SECHZEHNTES KAPITEL

IN dem Gemach, in das er sich vor der Welt zurückzuziehen pflegte, lag der Pharao auf dem Ruhebett ausgestreckt, und vor ihm stand der mächtige Mephesta, der den Titel «Freund des Pharao» führte und Stadthauptmann von Ramses war, in seinem Amtsgewand mit dem flügelspreitenden goldenen Adler auf der Brust und als Abzeichen der «Freundschafts»-Würde den kleinen Fächer in der Hand. Neben Mephesta stand der Hohepriester des Ammon-Ra, das kahlgeschabte Haupt mit einer Perücke bedeckt, von der die Locken, wie bei einer Mumie, bis auf die Schultern herabhingen.

Auf einem Hocker neben dem Ruhelager saß der Thronfolger, der älteste Sohn des Pharao.

Pharao war stark gealtert. Die ganze Kunst der assyrischen Kosmetiker reichte nicht aus, die tiefen Furchen zu überschminken, die Kummer und Ärger über die Plagen in das gedunsene Gesicht des Pharao gegraben hatten.

Der Thronfolger, ein bereits in den Dreißigern stehender Mann, sah mit seinem glatten runden Gesicht wie ein achtzehnjähriger Jüngling aus. Sein Schädel war vollkommen kahlgeschabt bis auf die Scheitelspitze, auf der das Haar in seiner vollen Länge wuchs und zu einem ihm über die Wange hängenden Zopf zusammengeflochten war.

Pharaos Hand ruhte zärtlich auf dem Kopf des Sohnes; dieser hielt dem Vater eine Lotosblume an die Nase. Es war dies eine Äußerung von Verehrung und Liebe. Auch der Thronfolger wurde bereits als Sohn des Ra, als ein Teil der Gottheit, betrachtet. Er begleitete seinen Vater bei jeder Amtshandlung als steifer, regloser offizieller Statist. Doch hier im Gemach des Vaters gab er sich zärtlich und vertraut.

Der Amtskleidung von Stadthauptmann und Hohepriester ungeachtet trug der Empfang keinen offiziellen Charakter. Es war mehr etwas wie eine geheime Besprechung über den Zustand des Landes. Stadthauptmann und Hohepriester erstatteten dem Pharao Bericht über die Wirkung, die die Plage der Finsternis auf die Aegypter ausübte.

Es hatte sich etwas begeben, was an Umsturz grenzte. Die Sklaven aller Rassen hatten sich gegen ihre Herren erhoben; ganze Banden von ihnen zogen plündernd herum, wobei sie laut schrien, sie «borgten» sich Kleidung und Schmuck zum großen Fest ihres Gottes.

«Wir raten dir, großer König, den Forderungen Moses' nachzugeben. Laß sie ziehen, die hebräischen Sklaven, ja, laß sie ziehen, je eher, desto besser, zu ihrem Fest in der Wüste, bevor es zu spät ist. Denn es mag dir sonst die Herrschaft über alle Sklaven aus den Händen gleiten. Unsere Vögte sind verängstigt und getrauen sich nicht mehr, die Arbeit zu erzwingen. Auch die Besatzung von Ramses ist eingeschüchtert, gar nicht zu reden von der Bevölkerung auf dem Lande draußen. Sie fangen alle an zu glauben, daß die Götter gegen uns kämpfen, nicht mit uns. Überall spricht man von Moses als der Verkörperung des Horus und daß Horus die Wundertaten für ihn tue. Gegen diesen Aberglauben kommen wir nicht auf.» So sprach der Stadthauptmann.

Pharao war bleich vor Zorn. Er zog die Hand vom Kopf des Sohnes weg, mit der andern schob er die Lotosblüte beiseite.

«So sprechen die ‚Freunde des Pharao', der Hohepriester und der Stadthauptmann von Ramses!? Das ist der Rat, den sie dem Pharao zu geben haben, daß ich meinem heftigsten Feinde, dem Gott der Hebräer, mich unterwerfe! Nein, nicht mit Unterwerfung werden wir dieses wüsten Unwesens Herr, das der fremdstämmige Verräter über unser Reich gebracht hat. Heute ist es dieser Moses, der den Aegyptern einredet, er sei Horus; morgen wird ein anderer kanaanitischer, syrischer oder libyscher Sklave Zauberei betreiben und die Aegypter überzeugen, er sei eine Verkörperung des Osiris oder eines Gottes der Wüste, des Gebirgs, der Ebene oder des Meeres. Nein! Es gibt keine andern Götter als die Aegyptens; und Ammon-Ra ist der Gott aller

Götter, und ich bin sein Sohn, Fleisch von seinem Fleisch, Blut von seinem Blut. Und mein Sohn, der Thronerbe, ist Fleisch von meinem Fleisch und Blut von meinem Blut. Und wir sind die Götter der Aegypter, nicht der Sklaven. Nein, nein, nicht durch Nachgeben werden wir diese Sklaven niederzwingen, sondern durch Schwert und Speer, durch Stock und Peitsche. Holt die Negertruppen herein nach Ramses, die draußen in der Wüste lagern. Die wissen nichts von Göttern und deren Namen. Sie sollen mit ihren Streitwagen einen Ring um Gosen ziehen. Schickt meine Negerkrieger zum Lande Gosen hin, das ist mein Befehl. Mit Hämmern sollen sie die Schädel der Männer, Weiber und Kinder zu Gosen zerschlagen und ihre Hütten und Zelte in Brand stecken. Und falls von ihnen welche übrig bleiben und aus dem Feuer flüchten wollen, so sollen die Kampfwagen sie überrennen, und es soll keine Spur mehr bleiben von den hebräischen Sklaven. Das soll den andern Sklaven zur Warnung dienen. Nur so läßt sich der Aufruhr ersticken, den Moses entfacht hat. Laßt auch Moses und Aaron festnehmen und sie dann von den hebräischen Aufsehern mit ihren Stöcken zu Tode prügeln. Der ganze Stamm Levi soll in Ketten nach den Kupfergruben des Sinai gebracht werden, wie ich es dem Moses angedroht habe, falls er sich je wieder vor mir blicken ließe.»

Noch hatte der Pharao nicht ausgesprochen, und der Schaum seiner Wut stand ihm noch auf den Lippen, als sich ein Getümmel vernehmen ließ, dessen Lärm sich durch den Palast verbreitete. Auf einmal wurden die Türflügel des Zimmers aufgerissen von den erschreckten Leibwächtern, die ihre Speere fallen gelassen hatten; sie warfen sich auf den Boden und stammelten:

«Moses ist, mit dem Stab in der Hand, im Palast erschienen!»

Pharao sprang von dem Ruhebett auf, als ob eine Schlange ihn gestochen hätte, und in einem Gemisch von Wut und Angst schrie er:

«Was fällt euch ein, ihn den Palast betreten zu lassen? Habe ich nicht befohlen, daß er von der Schwelle gewiesen werde?»

«Sein Stab speit Feuer, Sohn des Ra. Hundertköpfige Schlangen entzüngeln dem Stab und speien Flammen. Wir haben Angst!»

Da überschritt auch schon Moses, den Stab in der Hand erhoben, die Schwelle des Zimmers, trat, ihn überragend, vor Pharao hin, aus dessen Gesicht alles Blut gewichen war, und sprach:

«Wisse, daß ich heute nicht von Gott zu dir gesandt bin. Diesmal komme ich aus freien Stücken, um dich zu warnen. Bisher hat Gott dich nur an deinem Hab und Gut getroffen. Er hat deine Ernten vernichtet. Er hat dein Vieh geschlagen. Du aber hast Seinem Gebot nicht gehorcht. Nun aber, dieses letzte Mal, wird Er dich heimsuchen am menschlichen Leben. Darum habe ich deine Drohung in den Wind geschlagen, daß du mich töten lassen wollest, wenn ich dir wieder vor Augen träte, und ich habe mein eigenes Wort zurückgenommen, denn es handelt sich nunmehr um Menschenleben. So höre mich an und vernimm, was Gott spricht: ‚Zu Mitternacht will Ich umgehen bei den Aegyptern. Und im Lande Aegypten soll alle Erstgeburt sterben, vom ersten Sohne Pharaos an, der den Thron erben soll, bis zum erstgeborenen Sohn der Magd bei den Mühlsteinen. Und wird ein groß Wehklagen sein in ganz Aegypten, desgleichen nie gewesen ist, noch je wieder sein wird. Doch bei den Kindern Israels soll nicht ein Hund mucken, weder gegen Mensch noch gegen Vieh, auf daß ihr erfahret, wie Ich zwischen den Aegyptern und Israeliten unterscheide.‘ So spricht der HErr. Und all diese, alle deine Knechte», sagte Moses weiter, auf die erschrockenen Beamten und Wächter deutend, «sollen niederfallen vor Jehovah und Sein Volk anflehen und sagen: ‚Ziehe hin, du und all dein Volk, das bei dir ist.‘ Und darauf werden wir von dannen ziehen.»

Lange Zeit blieb alles stumm, bis Pharao endlich zu sich kam. Zuerst hatte er die Hand heben und die Verhaftung Moses' befehlen wollen. Doch der Befehl kam ihm nicht über die Lippen. Nicht nur war er sich nicht ganz sicher, ob die Wächter aus Angst vor dem Stab Moses' sich überhaupt von der Stelle rühren würden, sondern ihn selbst hatte eine große Schwäche überkommen. Es geschah etwas mit seinem Willen, etwas, das ihn lähmte, sobald er sich Moses gegenüber befand. Er ward machtlos, als ob Moses sein Herr und Gott sei. Im Gefühl seiner Schwäche bediente er sich des Werkzeugs der Schwachen und sprach nicht von Macht und Gewalt, sondern von Gerechtigkeit und Erbarmen:

«Ist das der Gott, gegen den du die Götter Aegyptens drangegeben hast? Wo ist die Gerechtigkeit, von der du unaufhörlich sprichst, wenn Er bereit ist, die Söhne um der Sünden der Väter willen zu töten? Und wo ist Sein Erbarmen?»

«Und ist dies Pharao, der also spricht? Der Pharao, der die

Söhne der Hebräerinnen töten ließ? Bist du dies, auf dessen Befehl die Säuglinge von der Mutterbrust weggerissen und hingemordet wurden, daß du in ihrem Blute baden könnest? Du, auf dessen Geheiß die Knochen von Jungen und Alten eingestampft wurden in den Lehm zur Härtung der Ziegel deiner Schatzhäuser? Du sprichst von Gerechtigkeit und Erbarmen?»

«Worin haben denn die Aegypter gefehlt? Wessen sind sie schuldig, daß sie dafür bestraft werden sollen? Warum will Gott alle Erstgeburt vertilgen?»

«Ganz Aegypten ist angesteckt und verseucht mit Sünde; eine faulige, eiternde Schwäre auf dem Antlitz der Erde ist das Land Aegypten. Jahr um Jahr, Geschlecht um Geschlecht haben die Aegypter zugesehen, wie die Vögte Peitsche und Stock schwangen über Alte und Schwache, die nicht mehr zu arbeiten vermochten; sie haben zugesehen, wie die Leiber derer, die von der Arbeit erschöpft, zusammengefallen waren, in den Lehm hineingeknetet wurden; sie sahen zu und schwiegen. Jeder von euch hatte das Leben eines jeden Israeliten in seiner Hand. Ihr schirrtet sie an eure Pflüge, eure Karren, bis ihnen der Atem ausging. Für euch wart nur ihr Menschen; ihr allein waret Kinder eurer Götter, die für euch die Welt geschaffen hatten. Ein jeder von euch war der Pharao für seine Sklaven. Der Boden Aegyptens ist getränkt mit dem Blut eurer Opfer, mit dem Schweiß der Fronarbeiter und dem Blut der Mütter. Der Tag der Abrechnung wird kommen, der Tag, da der Gott Israels Rache nimmt an den Aegyptern.»

«So sprichst du, Moses, du, den meine Schwester aus dem Wasser gezogen hat, um dich zu ihrem Sohn zu machen? Sie war dir eine Mutter. Auch sie ist das älteste Kind ihres Vaters. Soll auch sie sterben? Ist das dein Dank für sie?»

«Ich habe für sie zu meinem Gott gebetet, und mein Gott hat sie zu Seiner Tochter angenommen. ‚Ihr Name sei Bathiya, Meine Tochter', sprach der Gott Israels. ‚Und sie soll gehören zu Israel, nicht zu Aegypten. Nicht ein Haar auf ihrem Haupte soll gekrümmt werden, und sie soll eingehen ins Gedächtnis Meines Volkes und darin leben als der einzige Strahl der Liebe und des Mitleids im schwarzen, grausamen Lande Aegypten. Und sie soll gezählt werden unter die Stammütter Israels.'»

Und Moses verließ erzürnt den Palast des Pharao. Und da er

von dannen ging, vernahm er die Stimme Gottes in seinem Herzen, welche sprach: «Pharao wird nicht hören auf dich, so daß Meiner Wunder noch viele sein müssen im Lande Aegypten.“ Und so geschah es. Pharao blieb verstockt selbst vor dieser letzten Warnung Moses'; er ließ die Kinder Israels nicht ziehen, sondern schmiedete nur neue Pläne zu ihrer vollkommenen Ausrottung.

* * *

In der gleichen Nacht aber hatte Moses ein Traumgesicht, darin ihm die letzten Zurüstungen für die große Nacht der Befreiung offenbart wurden.

Am andern Morgen berief er die Ältesten Israels zur Versammlung ein.

Diese Versammlung war nicht mehr so, wie sie vormals gewesen war. Schon vor einiger Zeit, als Pharaos Hand noch schwer auf dem Volke lag, hatte Moses die Ältestenschaft erweitert, indem er anordnete, daß sie nicht ausschließlich aus Angehörigen des Stammes Levi bestehen solle. Alle Stämme sollten darin ihre Vertreter haben. Zuerst hatte jeder Stamm für sich seine Ältesten gewählt, dann hatten diese unter einander diejenigen erkoren, die ihre Vertreter in der Ältestenschaft Israels sein sollten.

Moses, der sich, in seiner Bescheidenheit und Demut, als den Geringsten in Israel betrachtete, war frei von allen Rachegelüsten und hütete sich sorgfältig vor jeder Handlung, die ihn zu einem Gewalthaber der Stämme gemacht haben würde. Er schlug sich bald alles aus dem Kopf, was Korah oder Dathan und Abiram ehedem gegen ihn ins Werk gesetzt hatten. Ihrer Treue zu den Hebräern eingedenk, die sie in der letzten Zeit durch ihr mutiges Eintreten für die Sklaven bewiesen hatten, erachtete er sie als die gegebenen Leute, um der großen Masse des israelitischen Volkes die Zucht des Gottes Israels einzuflößen. Er beließ sie nicht nur in ihren früheren Stellungen, sondern dehnte auch noch ihren Machtbereich aus. Er nahm sie in die neue Körperschaft der Ältesten in Israel auf und beriet sich mit ihnen über die Anordnung und Einteilung gelegentlich des großen Auszugs, der ihnen allen nahe dünkte. In die Ältestenschaft berief er auch Hur, den Ehemann seiner Schwester Miriam, sowie einen jungen Mann, der, kaum erst dem Knabenalter entwachsen, Gnade vor seinen Augen gefunden hatte; es war Josua, der Sohn des Nun, vom Stamme Benjamin.

Im Ältestenrat von Israel waren somit neue Gesichter, mit Tatkraft, Freiheitsdurst und Opfermut erfüllte junge Menschen, die einen tiefen Glauben an den Gott Israels und Seinen Sendling Moses hegten.

Diesem Ältestenrat nun vermittelte Moses das Gebot Gottes, so wie es ihm und Aaron geworden war:

«In der Nacht des vierzehnten Tages in diesem Monat wird Gott unter die Aegypter treten, sie heimzusuchen. Darum sollen die Kinder Israels Zeichen anbringen an ihren Häusern, wo immer sie sich befinden mögen. Jede Familie, die einen Hausstand bildet, soll ein Lamm schlachten, und dann sollen sie ein Büschel Ysop in das Blut des Opfertiers tauchen und damit die Schwelle und die beiden Pfosten bestreichen, und keiner von euch soll zur Haustür hinausgehen bis zum Morgen. Denn Gott wird vorübergehen und die Aegypter zermalmen, aber Er wird vorbeigehen an euren Türen und nicht zulassen, daß der Würgengel eintritt in euer Haus, um euch zu schlagen. Darum soll es das Fest der Befreiung genannt werden, Passah, das Fest des Vorübergehens oder der Verschonung. Und dieser Tag soll gehalten werden als ein Gedenktag und ihr sollt ihn feiern immerdar, ihr und eure Nachkommen. Und wenn ihr in das Land kommet, das Gott euch geben wird, so sollt ihr es ebenso halten. Und wenn eure Kinder euch fragen: was bedeutet diese Feier?, so sollt ihr antworten: ‚Es ist das Opferfest zum Danke für des HErrn Vorübergehen, daß Er vorübergegangen ist und verschont hat die Häuser der Kinder Israels, als Er die Aegypter heimsuchte.'»

Dies war das erste Gebot, das Moses den Hebräern im Namen Gottes überbrachte, das Gebot, die Erinnerung an den Übergang aus der Knechtschaft zur Freiheit festlich zu begehen. Und das Volk warf sich vor dem unsichtbaren Gott nieder und betete Ihn an, dessen Gebot es zum ersten Mal vernommen hatte aus dem Mund des Moses.

Die Sklavenordnung war nun in Stücke gefallen, und die vormaligen hebräischen Sklavenaufseher vermochten die Weisungen der Ältesten ungehindert auszuführen. Von allen Arbeitsplätzen in Ramses und Pithom kamen die Hebräer in ihre Heimatdörfer im Lande Gosen zurück. So sammelten sich die zerstreuten

Familien wieder; der Bruder traf den Bruder wieder, Eltern und Kinder waren wiederum vereinigt. Niemand fürchtete sich mehr, die Kinder aus den Häusern zu bringen, denn die Aegypter wagten sich nicht mehr an die Wohnsitze der Kinder Israels heran.

Alle wußten, daß dies die Nacht der Befreiung war, die Nacht, in der Gott sie für immer aus dem Lande Aegypten führen werde. Sie brachten also all ihr Hab und Gut zusammen; sie machten Bündel, die sie selbst auf dem Rücken zu tragen, und andere Bündel, die sie den Eseln aufzuladen gedachten. Auch die Gegenstände, die sie von den Aegyptern «geborgt» hatten, stellten sie jetzt offen zur Schau. Da waren Schafe und Ziegen, Rindvieh und Käfige mit Geflügel, Krüge voll Honig und Öl, Körbe mit Früchten und Säcke mit Mehl.

Den ganzen vierzehnten Tag des Monats hindurch war ein Umtrieb und Getümmel, ein Gesumm wie in einem Bienenstock bei den Hütten der Hebräer. Die Aegypter beobachteten aus der Ferne diese Vorbereitungen, keiner aber wagte einzugreifen.

Dem Pharao blieb nicht genügend Zeit dazu, die Negertruppen aus der Wüste in die Stadt kommen zu lassen, und die aegyptische Besatzung, die in Ramses stand, war angesteckt von der allgemeinen Angst; man hatte größere Angst vor dem Stab des Moses als vor den Drohungen des Pharao, und dieser scheute sich, seine Autorität einer äußersten Belastungsprobe auszusetzen.

Die aegyptischen Sklavenvögte hatten längst ihre Posten verlassen und sich in Verstecke zurückgezogen. Die Israeliten gingen vollkommen frei an ihre Zurüstungen und an die Ausführung der Gebote, die Moses ihnen im Namen Gottes übermittelte. Im Lauf des Tages schlachtete jede Familie ihr Schaf und bestrich mit dem Ysopbüschel die Schwelle des Zelts oder der Hütte. Vor dem Eingang wurde ein Feuer angesteckt und das Schaf darauf gebraten. Bei Anbruch des Abends schlossen sich die Israeliten in ihren Behausungen ein und aßen rasch, denn der Augenblick der Befreiung konnte jederzeit eintreten.

Sie kneteten das Mehl mit Wasser und wickelten den Teig in Tücher ein, da sie keine Zeit mehr hatten, Brot zu backen. Die Lenden gegürtet, die Bündel auf Stöcken, stellten sie sich bereit, warteten auf Moses' Befehl und harrten der Dinge, die da kommen würden.

Eine Zeitlang jedoch geschah nichts. Die Nacht war nicht anders als alle Frühlingsnächte. Sie sahen nicht, daß die Sterne mit außergewöhnlicher Leuchtkraft erstrahlten, als ob das Firmament sich in besonderer Weise zur Feier der Befreiung geschmückt habe. Sie trauten sich nicht, ihre Behausungen zu verlassen oder auch nur vor die Tür zu blicken. Sie hörten nur das Quaken der Frösche, das Summen der Käfer, das leise Leben und Weben der Schöpfung, das Atmen der Pflanzen, das Flüstern der Palmblätter, wenn sie vom Wind bewegt wurden. Dann, mit einem Male, ward es vollkommen still, als ob die ganze Schöpfung auf etwas wartend jede Regung unterdrücke und den Atem anhalte. Ein Grausen erfaßte die Herzen des Volkes. Viele Gesichter erbleichten. Die Kinder drückten sich an die Mütter; die Männer standen, ein jeder seinen Stab in der Hand, in Gruppen und warteten gespannt.

Plötzlich hörten sie über ihren Köpfen das Sausen des Windes, als ob ein gewaltiger Vogel vorüberziehe; sie spürten das Erzittern der von seinen riesenhaften Schwingen aufgerührten Luft. Lange noch hallte es nach von der gewaltigen Erschütterung, als das unsichtbar Körperhafte vorübergezogen war, dann erstarb auch dieser Widerhall. Wieder verstummte das All, als ob die Nacht in steinerner Starre liege. Dann aber hörten sie, oder besser: nahmen sie mit all ihren Sinnen ein Getöse wahr, wie sie es nie für möglich gehalten hätten. Es war, als ob Myriaden von Hirschen über die Hütten hinsprängen, und der Wind, den sie aufrührten, war wie ein erschrecklicher Sturm. Vor Entsetzen sanken Männer und Weiber zur Erde, denn sie meinten, nicht nur ihre Behausungen sondern das ganze Himmelsgewölbe werde davongeweht. Dann aber setzte wieder die furchtbare Stille ein.

In diesem unendlichen Meer des Schweigens entstand ein Laut, dessen Natur sie zuerst nicht zu erkennen vermochten, so daß sie nicht wußten, ob er der Kehle eines Menschen oder eines Tieres entsteige. Er kam aus großer Ferne, kam immer näher und näher heran, und als er ganz dicht bei ihnen war, erkannten sie, daß es der Schrei eines Menschenwesens sei. Zuerst war es nur der Schrei einer einzigen Stimme, doch bald gesellte sich eine zweite hinzu, dann eine dritte, bis er aufquoll aus hundert Richtungen. Wie angstvoll fliehende Rehe, wie erschreckte Vögel, so flohen und flatterten die Stimmen dahin und dorthin; oder gleich den züngelnden Flammen eines Waldbrandes, die wechselnder Wind nach allen möglichen Seiten trägt. So war das Land Gosen eingekreist von einer Feuersbrunst von Stimmen.

Die ganze Nacht hindurch dauerte das Schreien. Und die ganze Nacht hindurch, die Nacht vom vierzehnten auf den fünfzehnten Nisan, war die Familie von Nachschon ben Aminadab vom Stamme Juda (in deren Zelt die Seele des Schreibers dieses Berichtes damals war, denn er entstammt dieser Familie) vollzählig versammelt. Die Wanderstäbe in den Händen, die Sandalen an den Füßen, die Lenden gegürtet, warteten sie, Männer und Frauen, Jung und Alt, wie die Nacht ausgehen werde. Sie wußten nicht, was das grausige Schreien in der Nacht oder der ferne Laut von Myriaden von Füßen bedeutete, von dem es lange Zeit hindurch begleitet war. Für Augenblicke fürchteten sie, daß die Aegypter sich zusammenrotteten zu einem entsetzlichen Racheakt gegen die Kinder Israels. Es war ihnen verboten worden, ihre Unterkünfte zu verlassen; so wagten sie nicht, vor die Tür zu sehen; so blieben sie alle die ganze Nacht über bereit und auf dem Sprung, zwischen Hoffnung und Furcht hin- und hergeworfen.

Als der erste Sonnenstrahl am Himmel aufblitzte, da schlug eine Hand an die Türen der Häuser, und eine Stimme schrie:

«Kommt heraus! Der Gott Israels hat euch befreit!»

Sie hatten keine Zeit, einander um den Hals zu fallen vor Freude darüber, daß die Verheißung erfüllt war; denn sie hatten noch nicht ihre Hütten und Zelte verlassen, als eine Horde von Aegyptern auftauchte, unter denen die Familie des Nachschon ben Aminadab ihren früheren Vogt und den Schreiber erkannte, der die Ziegel nachgezählt und aufgeschrieben hatte. Ihre Gesichter waren verweint, ihre Haare zerrauft, auf ihren Leibern waren blutige Wunden, die sie sich vor Gram selbst beigebracht hatten. Sie streckten die Hände aus, jedoch nicht vor Wut oder zum Angriff, wie es bisher ihre Gewohnheit gewesen war, sondern demütig, flehentlich, mit klagenden Blicken, und schrieen:

«Ziehet davon, dienet eurem Gott, gehet unverzüglich von dannen!»

Sie halfen den Söhnen Judas von Nachschons Familie, die Bündel mit dem Hausgerät und dem goldenen und silbernen

Gerät auf die Schultern zu laden; sie erlaubten den Frauen nicht, den Teig herauszunehmen und die Fladen an der Sonne trocknen zu lassen, sondern hüllten diese ebenfalls in kostbare Kleider und häuften sie auf die Ochsen. Dabei schrieen sie immer weiter:

«Gehet doch, gehet ohne Verzug, denn wenn ihr länger bleibt, so sind wir alle des Todes!»

«Es ist kein Haus in Aegypten, darin kein Toter wäre», wimmerten die Frauen.

«Meneptahs eigener Sohn, sein Nachfolger und Thronerbe, das Kind der Sonne, wurde tot in seinem Bette gefunden.»

Die Angehörigen von Nachschons Familie fanden kaum Zeit, ihre Habseligkeiten zusammenzupacken, sich nach ihrem Vieh umzusehen und ihre Kinder an die Hand zu nehmen. Von den Klagen und Bitten der Aegypter bestürmt, verließen sie ihre Hütte.

Als sie ins Freie kamen, sahen sie, wie aus allen Behausungen der Israeliten, aus allen Ecken und Wegen des Lagers Männer, Frauen und Kinder herausströmten. Die Männer waren mit Hab und Gut beladen, und die Menge der goldenen Krüge und Becher, Teller und Becken, die in der Sonne glitzerten, die Zahl der Ebenholzsessel und -bettstellen, Brokatvorhänge und -kleider war so groß, daß es schien, als ob der ganze Reichtum Aegyptens davongeschleppt würde.

Eine ganze Zeitlang konnte man in das Land Gosen weder hinein noch daraus heraus. Die Wege waren verstopft mit bepackten Männern und Frauen, mit Herden von Schafen, Rindern und Eseln; Staubwolken stiegen auf unter den Füßen von Mensch und Tier, die dahinwanderten. Aus der Staubwolke aber erklang ein Lied, stiegen jauchzende Rufe auf.

Immer mehr schwoll die Masse der langsam Dahinwandernden an. Von allen Seiten strömten neue Auswanderer hinzu, nicht nur aus Gosen, sondern auch aus dem angrenzenden Bezirk Ramses. Viele von diesen waren nackt, schleppten Hausgerät auf den Schultern und Geflügel in den Händen. Wer diese Nachzügler waren, wußte niemand, noch zu wem sie gehörten. Es waren darunter Männer und Weiber mit asiatischen Gesichtern, auch Negersklaven in bunten Gewändern. Vieh trieben sie vor sich her.

Immer noch wuchs die Zahl dieser Zuzügler an. Es war, als ob alle Sklaven Aegyptens sich den Israeliten anschlössen, um das Land zu verlassen. Und niemand wußte, wohin die Menschenmasse sich vorwärtswälzte. Alle jedoch wußten, daß Moses und Aaron an der Spitze des Harstes schritten, und folgten ihnen.

SIEBZEHNTES KAPITEL

ALS die Israeliten aus Gosen abgezogen und am Rand der Wüste angelangt waren, verkündeten Moses und Aaron noch einmal im Namen Gottes, daß die Nacht der Befreiung für Kind und Kindeskind Israels auf alle Zeiten als Gedenktag zu gelten habe, und wiederholten, in welcher Weise das Fest zu begehen sei: die Vorschriften zum Schlachten des Lamms, was vom Opfertier zu verzehren erlaubt und verboten sei. Alljährlich für immerdar bis in die fernsten Geschlechter sollte das Fest die Vorgänge der Befreiung wiedergeben.

Nun stellte es sich indes bald heraus, daß zu den Hunderttausenden von Hebräern, die von Aegypten auszogen (die aegyptischen Geschichtsschreiber umgingen, einem Druck von oben gehorchend, die Erwähnung des Auszugs, weil er eine Niederlage des Pharao bedeutete) noch eine Menge nichthebräischer Sklaven gestoßen war. Sie machten sich die allgemeine Aufregung und Verwirrung zunutze, um sich unter die Hebräer zu mischen. Aethiopier, Kanaaniter, auch Leute aus andern asiatischen Völkerschaften waren darunter. Und es erhob sich alsbald die Frage, wie mit ihnen zu verfahren sei. Sollten sie zum hebräischen Volk gerechnet oder sollten sie als Mitläufer betrachtet werden, die keinen Anteil hatten an der Erlösung und bei der feierlichen Begehung des großen Festes nichts bei den Sippen Israels zu tun hatten? Man legte Moses die Frage vor, der darauf im Namen Gottes die folgende Entscheidung traf:

«Wer mit uns gegangen ist, der gehört zu uns. Es soll nur ein Gesetz geben für euch und für den Fremden, der in eurer Mitte ist.»

Moses standen seine Pläne und Absichten klar vor Augen. Schon während der letzten Warnungen, die er dem Pharao erteilt hatte, hatte er durchblicken lassen, daß es ihm nicht darum zu tun sei, die Hebräer lediglich auf drei Tage in die Wüste zu führen; seine Absicht war, die Israeliten aus der Knechtschaft hinauszuführen in das ihrem Erzvater Abraham verheißene Land. Sie sollten quer durch die Wüste ziehen und das Land erobern. Doch das allerletzte Ziel war ein weit höheres. Die früheren Sklaven sollten nicht bloß ein Volk werden, das sich ein eigenes Land eroberte, sie sollten ein heiliges, ein auserwähltes Volk werden, ein Volk, dessen sittliches Leben allen Völkern der Welt zum Beispiel dienen sollte, das Volk des Gesetzes, in dessen Gerechtigkeit der Wille des Einen Einzigen Lebendigen Gottes zum Ausdruck kam.

Zur Erfüllung dieses hohen Ziels aber mußte er das Volk zum Sinai geleiten, wo Gott Sich ihm offenbart und ihm Seine Sendung anvertraut hatte. Dort sollte es die Gesetze und Gebote Gottes empfangen. Dort sollte es neugeboren werden, in das Gesetz Gottes und in die neue Freiheit hineingeboren werden. So wie die Passah-Nacht die Befreiung der Leiber gewesen, so sollte am Berge Sinai die Befreiung des Geistes eintreten.

Wenn er das Volk aus Knechten zu freien Menschen umerziehen wollte, so durfte er es nicht auf dem kürzesten Weg nach Kanaan führen, der der Meeresküste entlang durch das Land der Philister lief. Die Israeliten hatten ja erst kurz das Sklaventum abgestreift; beim ersten Zusammenstoß mit den Philistern würden sie das Weite suchen, die Flucht ergreifen und wieder umkehren nach Aegypten. Erst mußten sie durch die Sümpfe des Schilfmeers, so wie er selbst getan hatte: sie mußten die Wüste Zin betreten – erst dort würden sie ganz frei sein vom aegyptischen Joch – darauf in die Halbinsel und das Gebirge Sinai, zwischen den beiden Armen des Roten Meers – Suez und Akabah – wandern.

Aus eigener Erfahrung wußte Moses, wie gefährlich der Zug durch das Schilfmeer sein würde, wo Ysopgebüsch und Bambusgesträuch unzählige trügerische Untiefen im Sumpfland verdeckte, in denen Mensch und Tier auf Nimmerwiedersehen versinken konnte. Er führte das Volk also am Sumpfland entlang zur Oasenstadt Sukkoth, die nicht weit von der ehemaligen Speicherstadt Pithom war, welche die Hebräer für Pharao erbaut hatten. Er war sich sehr wohl bewußt, daß er sich hier noch immer im Schatten der Macht des Pharao befand, dessen Heer die Hebräer mit Leichtigkeit einholen konnte. Nur ein Wunder Gottes vermochte das Volk mit seinen Herden sicher durch das Schilfmeer zu geleiten. Wie das Wunder sich begeben werde, das wußte Moses nicht; doch er war zuversichtlichen Glaubens, daß ihm Gott im gegebenen Augenblick den Weg zeigen werde.

Die Hebräer, oder Israeliten, wie Moses sie nun benannte, hatten einstweilen genügend Wegzehrung. Die Teigfladen, die ihre Frauen in Tücher eingehüllt mitgenommen hatten, wurden an der Sonne gebacken. Auch war reichlicher Vorrat an Öl, Honig und Gemüse vorhanden; ganz abgesehen von dem Vieh und Geflügel, das sie aus Aegypten mitgenommen hatten. Mit vollem Magen und noch berauscht von dem Triumph Jehovahs über die Aegypter machten sie sich keine Gedanken wegen der Gefahr, die über ihnen schwebte.

Die riesige Masse der Wanderer, die zusammen mit dem Vieh, hinter Moses und den andern Anführern herzog, wirbelte eine solche Staubwolke auf, daß sie am Tag wie hinter einem Rauchvorhang verborgen blieben; und in den hellen Frühlingsnächten der Jahreszeit ihrer Befreiung färbte das auf der Staubwolke spielende Mond- und Sternenlicht die Staubwolke rötlich, so daß es aussah, als ob eine Feuersäule den Weg erleuchtend vor dem Volke herzog.

Moses drängte zur Eile, er ließ das Volk auch in der Nacht weitermarschieren, obwohl er nicht wußte, welche Stelle des Schilfmeers Gott zu dessen Überschreitung bestimmt hatte.

Alle, die da wanderten, waren guter Dinge und strebten unermüdlich vorwärts. Die unaufhörlich aus den Kehlen der Frauen aufsteigenden Jubelschreie, das Lachen und Weinen der Kinder, das Gebrüll der Rinder und das Geblök der Schafe erschütterte die Luft. Eine Marschordnung bestand noch nicht, alle Stämme waren vermischt.

Am dritten Tag, nachdem sie Sukkoth verlassen hatten und vor dem Eintritt in die Wüste waren, wo die Vorberge das Näherkommen des Meeres erkennen ließen, empfing Moses Gottes Gebot, in der Richtung nach Aegypten einzubiegen und am Rand der sumpfigen Enge des Schilfmeers, zwischen einem Ort namens Migdal und dem Schilfmeer selbst, Halt zu machen.

Damit waren sie wiederum nicht weit von Sukkoth und gegenüber Pithom, wo das Schilfmeer in die breiten Bitterseen überging.

Diese Seen schieden das Gebiet Aegyptens von der Wüste Sur. Ihre Wasser, wenn sie auch nicht ganz schlammfrei waren, erwiesen sich jedoch als erheblich klarer denn die des Schilfmeers. Über sie konnte man nicht weiterziehen, indem man Flöße aus Bambus und Rohr darauflegte. Ihre Überquerung war nur in Booten möglich, so wie die aegyptischen Soldaten das machten.

Obschon das Gebiet am Rande der Wüste lag, war dort ein Militärlager neben dem andern. Unweit lief eine Karawanenstraße durch die Wüste Sur, die Aegypten mit Kanaan und Arabien verband. Hier zog sich auch der durch die Wüste Zin laufende Fußweg nach Ezeon-Geber, dem Hafen am Roten Meer, hin.

Diesen Weg einzuschlagen war eine offene Herausforderung an die Aegypter. Wie sich die «entlaufenen Sklaven» vorwärtsbewegten, die an den Vorbergen aufgeschlagenen Lager oder die bei Nacht angezündeten Feuer, all das konnte den Augen der Aegypter ebensowenig entgehen wie ihren Ohren das Jauchzen, das von den Scharen aufstieg.

Die Männer schlachteten allerhand Geflügel und brieten es an den offenen Feuern; da und dort taten sich auch mehrere Familien zusammen und brieten ein ganzes Schaf in einer Sandmulde. Die Frauen nahmen ihre seidenen und gestickten Gewänder aus den Bündeln, legten sie an und schmückten sich festlich mit goldenen Ohrringen, mit Diademen und Tiaren und ließen sich sehen vor den Männern.

Ein Mann kleidete sich in einen gefältelten Rock, den er in den Tagen, da Finsternis über Aegypten lag, von einem Götterbild gerissen hatte, setzte eine schwere Lockenperücke mit einem großen in der Sonne blitzenden Helm auf, steckte sich Ringe an die Finger und nahm einen Bambusstab in die Hand; so angetan spielte er den «Freund des Pharao», den Stadthauptmann von Ramses, oder einen aegyptischen Hohepriester. Ein Anderer ließ sich sein Stück Hammelbraten auf einem goldenen Teller servieren und lehnte sich dabei auf ein mit Elfenbein eingelegtes Ruhebett zurück, das er auf den Schultern mitgeschleppt hatte.

Außer den Geräten und Gewändern, die sie «geborgt» hatten, hatten viele Hebräer auch aegyptische Waffen, Bogen und Pfeile, Speere, Schwerter, Lanzen mit Kupferspitzen und Rüstungen aus Kupfer mitgenommen. Nun verkleideten sie sich als Soldaten und Offiziere.

Im Lager der Hebräer befanden sich auch viele Posaunen, Zimbeln und Widderhörner. Das Geblase der Posaunen und Hörner, das Klingeln der Zimbeln mischte sich in das kehlige Singen der Weiber, das Schreien der Männer, das Lachen der Kinder, das Knistern und Knattern der Lagerfeuer; das Getöse stieg empor in die Mondnacht, der Jubel über die Freiheit machte sich Luft im Herzen von Pharaos Land, im Schatten der Pyramiden, an den Ufern des Roten Meeres.

Moses wußte wohl, daß die Befreiung noch keineswegs vollendet war, daß ihm noch große Prüfungen bevorstanden. Gott hatte ihm zu verstehen gegeben, daß der Pharao sie verfolgen lassen, daß aber Er die Aegypter erfahren lassen werde, daß Er der HErr sei. Doch wie Er die Israeliten retten und wie Er sie durch das Meer führen werde, darüber hatte ihm Gott nichts angedeutet. Moses glaubte nur zuversichtlich daran, daß Gott, ebenso wie Er ihnen bisher beigestanden und die Aegypter die Macht Seines Arms hatte fühlen lassen, Er ihnen auch bei der bevorstehenden Prüfung beistehen werde, und er beharrte in seinem Glauben.

Doch so verhielt es sich nicht mit den andern Führern der Israeliten, mit Korah und seinem Kreis, mit Dathan und Abiram. Mit schweren Herzen und düsteren Blicken gingen sie zwischen den jauchzenden Scharen der Israeliten herum. Nach den Zeichen und Wundern, die Gott durch Moses gewirkt hatte, hatten sie sich gewiß dazu bekehrt, an die Befreiung zu glauben. Sie hatten auch geglaubt, daß Moses, nachdem der Pharao die Kinder Israels freigelassen hatte, mit Gottes Hilfe ein weiteres Wunder zu tun im Stande sein werde, um das Volk über das Schilfmeer geradenwegs in die Wüste hineinzuführen, ehe die drei Tage des beabsichtigten Festes abgelaufen wären. Doch die drei Tage vergingen, und Moses hatte die Israeliten noch immer nicht in die Wüste gebracht; Korah, Dathan und Abiram wie ihrem ganzen Kreis bangte sehr vor der Gefahr, der sie sich aussetzten.

Korah rief seine nächsten Anhänger zu einer Beratung zusammen. Es waren das Anführer aus dem Stamm Levi und ehemalige Sklavenaufseher, denen Moses einstweilen, bevor er eine neue Ordnung einführte, wichtige Posten innerhalb der Gemeinde überlassen hatte. Die vormaligen Aufseher standen unter der Führung Dathans und Abirams, die zu der geheimen Besprechung noch einige Gleichgesinnte mitbrachten. Ihnen allen nun setzte Korah seine Auffassung der Lage auseinander:

«Moses wandert blindlings in der Wildnis herum. Wenn er uns nicht über die schmale Sumpffurt bei Sukkoth führen konnte, wo das Schilfmeer am engsten und der Übergang leicht ist, wird er sicher nicht im Stande sein, diese riesige Menschenmenge mit ihrem Hab und Gut, ihren Rindern und Schafen über die weite Fläche der Bitterseen zu führen. Wo wird er die Boote für ein solches Unternehmen herbekommen? Selbst wenn der Pharao sie ihm liefern wollte, so gibt es in ganz Aegypten nicht genug Boote, um diese Menge Volks überzusetzen. Die drei Festtage in der Wüste sind vorbei, und Pharao muß nunmehr eingesehen haben, daß Moses nicht die Absicht hat, die Stämme wieder nach Aegypten zurückzuführen. Wir müssen uns jeden Augenblick darauf gefaßt machen, die von Pharao zu unserer Verfolgung ausgeschickten Kampfwagen zu sehen. Die Schuld dafür trifft allein Moses. Wir hatten nie daran gedacht, Aegypten zu verlassen. Wir wollten nur Gott in der Wüste opfern und dann zurückkehren. Moses hat uns getäuscht. Er hat uns nur in die Wüste geführt, um sich der Herrschaft über uns bemächtigen zu können. Es droht uns große Gefahr. Wenn Gott Moses bis jetzt nicht geholfen, sondern die Hand von ihm abgezogen hat, so bleibt uns nichts übrig, als nach Aegypten zurückzukehren. Denn Pharao wird uns alle ins Meer jagen, wenn wir nicht beizeiten so viele Menschen retten wie nur möglich.»

Korahs Anhänger stimmten ihm bei. Sie kannten die Aegypter, und sie glaubten nicht, daß sich der Pharao bereits geschlagen gebe; er traf Vorbereitungen, um gegen die Israeliten vorzugehen.

Es kam tatsächlich so, wie Korah vorausgesagt hatte. Allen Wundern zum Trotz, die Moses gewirkt hatte, und trotz allen Heimsuchungen, die die Aegypter erlitten hatten. Pharao blieb bei seiner Überzeugung, Moses verfüge nur über eine zeitweilige und begrenzte Macht, die ihm von einem Gott mit nur zeitweiliger und begrenzter Herrschaft anvertraut worden sei, nicht von einem Gott, dessen Herrschaft ewig war; ein Gott etwa der Art, wie Amenhotep IV. einen für eine gewisse Zeit in Aegypten eingeführt hatte. Gleich Aton vermochte auch dieser Gott die Götter Aegyptens zu überwinden, aber nur für eine kurze Zeit. Ja, es war möglich, daß der Jehovah der Hebräer niemand anders war als Aton, der unter einem neuen Namen zurückkehrte, um diesmal nicht die Götter Aegyptens zu bekämpfen, sondern die Aegypter selbst, denen Er ein Sklavenvolk vorgezogen hatte. Wenn dem so war, so hatte er nichts zu fürchten. Genau wie die Götter Aegyptens bald nach dem Tode des Amenhotep dessen Gott besiegt hatten, so würden sie ihn auch in seiner neuen Gestalt wieder besiegen.

Der schwere Schlag den er durch den Tod seines geliebten Sohnes erlitten, hatte Meneptah so erschüttert gehabt, daß er die Hebräer ziehen ließ. Als er sich davon erholt hatte, bereute er seine Schwäche, ebenso wie die plötzliche Angst, die ihn überfallen hatte, seine Götter seien von einem fremden Gott entscheidend besiegt worden und das ganze Königreich Aegypten, das auf der Macht des Ra beruhte, sei in Gefahr, auseinanderzufallen.

Er sandte also seine Späher aus, die die eigentlichen Absichten der Hebräer erkunden sollten. Würden diese tatsächlich nach ihrem Drei-Tage-Fest wiederkehren, wie sie ursprünglich gesagt hatten? Oder würde Moses sie über die Landenge in die Wüste führen? Und wenn Moses tatsächlich vorhatte, sie aus dem Aegypten umgebenden Wasserring hinauszuführen, wie wollte er das anstellen? Dies war nur auf eine Weise möglich: sein Gott mußte Seine himmlischen Heerscharen in Gestalt mächtiger Adler herniedersenden, deren Schwingen stark genug waren, um die Riesenmenge von Mensch und Vieh über das Sumpfgebiet hinwegzutragen. Andere Mittel kamen gar nicht in Frage; denn es waren dafür nicht einmal genügend Boote vorhanden.

Doch wenn dieses Wunder verhindert wurde, wenn die Adlerschwärme nicht vom Himmel herabstießen und Moses die flüchtigen Sklaven am Ufer des Schilfmeers zwischen der Landenge und den Bitterseen hin- und herführte, ohne eine Furt zu finden, dann, so sah Pharao voraus, war der Sieg Ras über Aton, wie seinerzeit in Tutanchamens Tagen, gesichert.

Er berief also in aller Eile die «Freunde des Pharao», die Fächerträger, den Hohepriester, den Stadthauptmann von Ramses, den Befehlshaber der Kampfwagen-Geschwader zu einer Beratung ein und setzte ihnen folgendes auseinander:

« Jehovah, der Gott Moses', ist kein anderer als der Gott Aton, der Widersacher der aegyptischen Götter, den Amenhotep IV. – sein Name sei getilgt aus dem Gedächtnis bis ans Ende aller Zeiten – Aegypten aufzuzwingen versuchte. Jehova-Aton duldet keine andern Götter neben sich. Zwar hat Er eine Zeitlang die Götter Aegyptens zu überwinden und die Aegypter mit Plagen heimzusuchen vermocht; zwar hat Er ihre Tempel zu veröden, die Priester zu vertreiben und zu töten und die Götterbilder zu zerstören vermocht, doch Er hat sich als machtlos erwiesen, als Ra in der Verkörperung des Pharao Tutanchamen auferstand und Ihn aus Aegypten trieb, nunmehr Seine Stadt und Seine Tempel verödete, Seine Bilder zerstörte und Seinen Namen zu nennen verbot. Jehovah ist gleich Aton ein Gott der Verwüstung, nicht ein Gott der Segnung, der Seinen Anhängern beizustehen vermag. Das hat sich jetzt klar gezeigt. Er hat unter uns Furcht verbreitet mit seinen Plagen, so daß wir uns beeilten, die hebräischen Sklaven freizulassen. Doch Er ist zu ohnmächtig, sie aus unserer Hand zu erretten. Verwirrt wandern sie hin und her. Die Wüste ist ihnen verschlossen. Jehovah kann sie nicht ans andere Ufer des Schilfmeers bringen. Die Götter Aegyptens haben sie in unsere Hand gegeben. Fasse also deine Wagen zusammen», sagte Pharao, sich dem Befehlshaber der Kampfwagen-Geschwader zuwendend, «und setze ihnen schnell und scharf nach. Am Ufer des Schilfmeers wirst du sie verängstigt, in mutloser, ungewisser Verfassung finden. Treibe sie in die Sümpfe, auf daß der Name Aton-Jehovahs ausgelöscht sei für immerdar.»

«Sohn des Ra, Fleisch von dessen Fleisch!», rief der Hohepriester aus. «Du wirst fortan an die Seite Tutanchamens gesetzt werden, des Rächers der Götter Aegyptens.»

«O Rächer der Götter Aegyptens!», rief auch der Stadthauptmann von Ramses. «Deine Siege über deine Feinde, die Hebräer, werden eingeschrieben sein zu ewigem Ruhm auf den Mauern der Pyramiden!»

Und der Befehlshaber der Kampfwagen rief: «O Pharao, der du unsere Macht und die Herrlichkeit bist, der Sieg ist dein! Wenn du in deinem goldenen Wagen einhersprengen wirst an der Spitze deiner Heerscharen, so wird Ra persönlich in seinem Sonnenglanz erscheinen, um mit seinen Strahlen, die seine Speere sind, seine Feinde unter den Göttern vernichten. Deine Wagenkämpfer verlangen nach dir; sie rufen nach dir, Sonne Aegyptens, führe du uns an!»

«Du hast wohl gesprochen. Jawohl, ich, ich selbst, Gott Ra in eigener Person, ich werde euch führen in die Schlacht gegen Aton-Jehovah. Lasset meinen Kampfwagen schirren!»

So bestieg denn der Pharao Meneptah, seines Alters ungeachtet, geschmückt mit der hohen Doppel-Helmkrone, den Kampfwagen und stand aufrecht darin, um die aegyptischen Heerscharen gegen die hebräischen Sklaven in den Kampf zu führen. Vier weiße Pferde in goldenem Geschirr zerrten schon unruhig an Zügeln und Strängen, mit den Hufen voller Ungeduld auf den Boden trommelnd. Der goldene Schild, den Pharaos Wappenträger vor ihm hertrug, gleißte in der Sonne. Mit dem rechten Arm spannte er den in der linken Hand gehaltenen Bogen, indes die Segenswünsche des Volkes und der Gruß der Krieger ihn umhallte, der Heldentaten harrend, die er gegen Aton, der der Gott der Hebräer geworden war, verrichten werde. Blinde Tempelsklaven knieten vor ihm und sangen zu Harfenbegleitung:

«Du bist gleich Ra in allem, was du tust.
Alles geschieht nach dem Wunsche deines Herzens.
Viele Wunder haben wir gesehen,
Seit du gekrönt wardst zum König der beiden Reiche.
Wenn du gebietest, so bedecken die Wasser die Berge,
Das Meer gehorcht dir,
Und in deinen Lenden ist Ra,
Der Schöpfer wohnt in dir.»

Schreiber mit Griffel und Papyrusrollen knieten reihenweise vor ihm, um für alle Zukunft festzuhalten, wie Pharao zum Kampf ausgezogen war gegen den Gott der Kinder Israels.

Aber natürlich war dieser Auszug des Pharao an der Spitze seiner Truppen nur ein gestelltes, rein formelles Spektakel.

Der Pharao war viel zu alt und zu schwach, um sein Heer in die Schlacht zu führen; außerdem war es gar nicht Brauch, daß der Pharao selbst an den Kämpfen teilnahm. Kaum hatten daher die Kampfwagen den Saum der Wüste erreicht, als der Pharao in seinen Palast zurückkehrte. An seine Stelle an der Spitze des Heeres trat einer der «Freunde des Pharao», an den nunmehr alle Preislieder und Bittgebete gerichtet wurden, die dem König galten; die Siege des Stellvertreters jedoch wurden von den Geschichtsschreibern dem Pharao zugeschrieben.

So weit das Auge reichte, war das Gelände mit Reihen von Kampfwagen bedeckt. Die Bogenschützen darauf brannten vor Verlangen, den Namen Aegyptens zu rächen; die Rosse rasten, von Kampfbegierde erfüllt, über den ebenen Sandboden der Wüste. An der Spitze fuhr der Ersatz-Pharao. Staubwolken stiegen von Hufen und Rädern auf, gleich rotem Rauch zum Himmel aufwirbelnd und die Sonne verfinsternd. Und unwiderstehlich sprengte der Harst auf Baal-Zephon zu, wo, wie die aegyptischen Späher gemeldet hatten, die hebräischen Sklaven hilflos nach einem Übergang suchten.

Gegen Abend des andern Tages bemerkten die Israeliten die gleich Rauch von einer Feuersbrunst in der Wüste aufsteigenden Staubwolken. Immer näher kamen die Wolken; die Israeliten wußten, daß es die zu ihrer Verfolgung ausgesandten Kampfwagen des Pharao waren. Binnen Minuten war das ganze Lager in hellem Aufruhr. Wie eine große Herde Schafe, die plötzlich einen Wolf wittern, drängten sich die Menschen zusammen. Und dann, ihr Hab und Gut, an dem sie so leidenschaftlich gehangen, im Stich lassend, ergriffen sie die Flucht. Mütter, ihre Kleinen an der Hand oder im Arm, liefen davon. Wo sie hinlaufen sollten, das wußte niemand; nur ballte sich alles in der Verwirrung noch dichter zusammen, so daß die Mitte des Lagers eine dicke, strudelnde Menschenmasse wurde; Männer und Frauen stießen einander an, kamen aber nicht von der Stelle. Ein wilder Schrei erhob sich, und Hände streckten sich zum Himmel empor:

«Gott Israels, hilf uns! Gott Israels!»

Moses befand sich in der Mitte des Lagers. Er war ruhig und zuversichtlich. Er hatte gewußt, daß die Aegypter die Verfolgung aufnehmen würden; und er wußte auch, daß Gott den

Aegyptern beweisen werde, daß Er der HErr sei. Unzweifelhaft war die Lage der Israeliten, eingezwängt zwischen den Aegyptern und dem Meer, bedenklich. Aber obschon Gott ihm noch nicht enthüllt hatte, wie Er sie retten werde, verharrte Moses in sicherem Vertrauen. Hatte Gott nicht genug Wunder gewirkt in Aegypten?

Und seine Zuversicht ward um so fester, als er die Kinder Israels, die kaum aus Aegypten herausgeführten Sklaven, Jehovah anrufen hörte. Jeden Augenblick mußte nun, noch bevor die Aegypter das Lager erreicht hatten, Hilfe kommen.

Indes er noch ruhig dastand und eben die Lippen auftun wollte, um der Menge beschwichtigend und beruhigend zuzureden, sah er sich von den Söhnen Levis umringt. Sie fuchtelten mit den Armen gegen ihn an, und ihre Augen flammten vor Rachbegier.

«Haben wir nicht gewußt, wohin das führen würde!», schrie Dathan, dessen Stentorstimme über das halbe Lager hinhallte. «Waren nicht Gräber genug in Aegypten, daß du uns wegführen mußtest, auf daß wir in der Wüste sterben?»

Noch weiter aber trug Korahs ruhige, tiefe Stimme:

«Immer haben wir ihm das in Aegypten gesagt: ‚Bleiben wir im Dienst der Aegypter.' Ist es nicht besser, den Aegyptern zu dienen, denn in der Wüste zu verderben?»

Die Worte «in der Wüste sterben und verderben» drangen wie Gift in die Ohren des Volkes. Angst und Entsetzen steigerten sich noch, und es erhob sich ein Wehklagen, das Wehklagen geschlagener Sklavenhorden:

«Was hast du uns angetan? Warum mußtest du uns aus Aegypten hinausführen?»

Die Gefahr, die Moses jetzt befürchtete, war nicht das Herankommen der Aegypter, viel tödlicher schien die Gefahr, die von Korah, Dathan und Abiram ausging. Sie drohten Moses' ganzes Werk zunichte zu machen. Er sah es vor sich, wie die Kinder Israels plötzlich den Rücken drehten, sich den Aegyptern entgegenstürzten und sie anflehten, daß sie sie wieder zu ihren Sklaven machten. Da tat Moses etwas, was er bis anhin nicht gewagt hatte. Er nahm die Verantwortung vor Jehovah auf sich, ehe er von diesem noch ein Gebot empfangen hatte, ehe er wußte, wie Gott mit den Kindern Israels und den Aegyptern zu verfahren gedachte.

Mit mächtigem Arm stieß er Korah und dessen Helfershelfer beiseite und schlug sich Bahn, bis er in der Mitte des wehklagenden Lagers stand. Mit Haupt und Schultern die Menge überragend, rief er mit einer Stimme, in der Zuversicht und Befehlsgewalt sich paarten:

«Fürchtet euch nicht, und sehet zu, was für ein Heil Jehovah euch heute bringen wird. Denn diese Aegypter, die ihr heute sehet, werdet ihr nimmermehr sehen ewiglich. Der HErr wird streiten für euch am heutigen Tage. Darum schweiget still und harret aus!»

Es war Moses, der zu ihnen sprach! Moses, dem der Wille Gottes offenbart war! Der im Namen Gottes sprach. Und wiewohl die Scharen der Aegypter immer näher rückten, der Donner der Hufe und der Räder schon klar vernehmlich war, kam Ruhe über die Israeliten.

Jehovah würde für sie streiten. Moses hatte in Seinem Namen gesprochen.

Erst als die Ruhe wieder ganz hergestellt war, ging Moses aus dem Lager. Er schritt zum Meeresufer, warf sich dort angesichts der bäumenden Wogen auf die Knie und schrie mit seiner mächtigen Stimme:

«HErr und Gott! HErr und Gott! Blicke herab auf unsere Not. Ich habe in Deinem Namen gesprochen. In Deinem Namen habe ich ihnen Mut gemacht. Sage mir, was ich tun soll, HErr und Gott!»

Und diesmal hörte er eine Stimme, nicht in seinem Herzen wie bisher, sondern eine Stimme, die an sein Ohr schlug; die Stimme Gottes, die er so wohl kannte:

«Was schreiest du zu Mir? Sage den Kindern Israels, daß sie weiterziehen!»

Dann, nach einer kleinen Weile, begann die Stimme wiederum:

«Du aber, hebe deinen Stab auf und recke deine Hand über das Meer, und teile die Wasser voneinander, daß die Kinder Israels hineingehen mitten hindurch auf dem Trockenen. Siehe, Ich will das Herz der Aegypter verstocken, daß sie den Kindern Israels nachfolgen. So will Ich verherrlicht werden durch Pharao und alle seine Heerscharen, seine Wagen und seine Reiter. Und die Aegypter sollen des inne werden, daß Ich der HErr bin.»

Wie unter einem erhellenden Blitz ward die unenthüllte Absicht, die in Jehovahs Worten lag, dem gespannt lauschenden Moses offenbar. Zuerst hatte Gott ihm geboten, die Kinder Israels weiterziehen zu lassen, dann aber den Stab zu erheben über die Meereswogen. Es war Gottes Wille, daß die Israeliten vorwärtsgehen sollten ins Meer hinein, ehe es sich noch geteilt hatte. Es war Gottes Wille und Wunsch, daß damit die Israeliten ihren Glauben an Ihn dartun sollten. Es war Sein Wunsch und Wille, daß die Israeliten damit ihren Teil beitragen sollten zur Erlösung und Befreiung, indem sie sich als Söhne der Freiheit erwiesen, die bereit waren, sich für Ihn in das Meer zu stürzen. Und Moses verstand den Willen Gottes und nahm ihn sich zu Herzen.

Inzwischen waren die Staubwolken immer näher herangekommen, war das Hufgetrappel und Räderrollen immer deutlicher hörbar geworden. Im nächsten Augenblick mußten die Wolken auseinanderreißen und die Aegypter hervortreten lassen. Doch die Wolken zerteilten sich nicht. Im Gegenteil, sie wurden immer dichter und schwerer; sie ballten sich zu rauchigen Schwaden und blieben, gleich einem Leichentuch immer mehr sich verstärkenden Dunkels, zwischen den Israeliten und den Aegyptern hängen. Es war, als ob ein Engel Gottes eine abschreckende Mauer von Gewölk zwischen dem Lager und dem Heer errichtet habe.

Der Pharao vermochte das Lager nicht mehr zu erkennen. Er gab Befehl, abzusitzen und den Tag zu erwarten.

Doch auf das Lager der Isrealiten fiel die Finsternis nicht herab. Hier schienen die Sterne und erfüllten Himmel und Erde mit hellem Glanz.

Nun tat Moses, wie Gott ihm geboten, und reckte den Stab aus über das Meer.

Allsogleich begann ein mächtiger Ostwind zu wehen und die Wogen zusammenzublasen. Gleich einem Rudel wilder Hunde, die auf eine Schafherde losgelassen sind, stießen und schnappten, zischten und heulten die Winde gegen den drängenden Schwarm der Wellen an und scheuchten sie, die angstvoll aufschäumend vor dem Ansturm flohen, sich allmählich zerteilten und sich in zwei aufgetürmte Mauern zur Rechten und zur Linken zurückzogen. Es war, als ob das Wasser, unter dem überheftigen Druck der anrennenden Luft, zu einer dicken, klebrigen Masse geworden sei; zwischen den beiden Mauern aber hatte sich ein flacher Streifen gebildet; doch noch war dieses Flache nicht trockener Grund, sondern war immer noch Wasser, tief genug, daß darin Menschen untergehen konnten.

So aber verharrten die Wasser fast die ganze Nacht hindurch. Mit ehrfürchtigem Staunen gewahrten die Kinder Israels dieses gewaltige Naturspiel, und für sie stand außer allem Zweifel, daß sich hier ein Wunder begeben hatte. Das bedeutete jedoch noch nicht die Rettung. Moses, der für gewöhnlich dem Heerbann voranzog gleich einer Feuersäule, schritt noch nicht in das Wasser hinein. Er schien noch auf etwas zu warten.

Moses wartete tatsächlich auf etwas. Er erwartete das zweite Wunder: darauf, daß auch in ihrem Leben eine Scheidung eintrete, so wie die Wasser sich geschieden hatten; er wartete auf die große Scheidung zwischen Knechtschaft und Freiheit. Er ging den Kindern Israels nicht voran, weil er wollte, daß sie dem Willen Gottes blindlings gehorchten und ins Wasser schritten, bevor dies sich völlig geschieden hatte. Er erteilte den Befehl, dessen Erteilung ihm Gott geboten hatte. Er hieß das Volk weiterziehen in den tiefen Sumpf hinein, der zwischen den Wasserwänden lag, und er selbst stellte sich am Uferrand auf, um zu beobachten, wie die Kinder Israels Gottes Gebot Folge leisteten.

Da und dort tat einer ein paar Schritte vorwärts; doch kaum war er bis ans Knie eingesunken, als er eilends kehrt machte. Moses aber blieb hartnäckig stehen; bitter und grausam dachte er bei sich: «Werden sie sich des Wunders würdig erweisen? Wenn sie nicht hineingehen, so sind und bleiben sie Knechtsseelen und werden keine Erlösung finden!» Das Volk aber war erregter und fragender Gedanken voll. Etwas Wundersames begab sich vor ihren Augen, aber noch stand die Rettung nicht greifbar vor ihnen. Einzelne stießen ihre Nebenmänner nach vorne, sie selbst aber blieben auf der Stelle. Das Volk begann ängstlich zu werden. Die Nacht verstrich; am Morgen aber würde der Pharao sie entdecken. Und Moses blieb stehen wie eine Marmorsäule, das mächtige Haupt gen Himmel gereckt, das Gesicht von Mondlicht übergossen. Seine Lippen bewegten sich, und seinem Herzen entrang sich das Gebet:

«O Gott, wirke Dein Wunder an Israel!»

Und das Wunder trat ein. Ein Mann sprang aus dem Haufen

heraus und zog sein Weib und Kind nach. Er kam zum Rand des Wassers und schrie laut:

«Söhne Israels! Zeigt jetzt, daß ihr Söhne der Freiheit und daß ihr der Erlösung wert seid. Kommet! Laßt uns vorwärtsgehen ins Meer hinein, wie der Gott Israels will!»

Er ging vorwärts. Das Wasser reichte ihm bis zu den Knien. Er ging weiter. Eine Welle rollte gegen ihn an, überspülte seine Schenkel; doch noch immer ging er, Weib und Kind an den Händen, weiter.

Ein zweiter folgte; dann zehn, dann Hunderte . . . Nein, es war nicht mehr blindes Vieh, das von Angst vorwärtsgetrieben wurde. Freie Menschen waren es, die aus freien Stücken und nach eigenem Willen dahinschritten. Die Bündel auf den Schultern, die Kinder auf den Armen, stürzten sie sich ins Wasser. Und auf einmal war das ganze Meerufer in Bewegung: Rinder, Schafe und Menschen. Gesang stieg auf, Jauchzen und Jubel: «Gott Israels!» Der erste Mann war nun bis zur Brust im Wasser. Doch er hielt nicht inne. Er schwang sein Kind auf die Schulter und schritt weiter. Das Bündel auf dem Rücken folgte ihm seine Frau. Sie schritten voran, und der Harst schritt ihnen nach.

Bis zu ihren Hälsen reichte das Wasser, dann bis zu ihren Lippen. Und da geschah es:

Das Meer erbebte von einem Ende bis zum andern, als ob ein Berg in der Mitte geborsten sei. Die beiden Wasserwände traten auseinander, und zwischen ihnen lag ein ebener, harter, ein trockener, fester Pfad. Das Wasser blieb Wasser, wie es gewesen, obwohl es zu Wällen gestaut war; die Kinder Israels konnten die Fische darin schwimmen sehen. Und die Erde unter ihren Füßen blieb Erde, wie sie gewesen, mit Würmern und Gräsern, wie sie auf der Erde wachsen. Die ganze noch übrige Nacht hindurch wanderten sie auf dem trockenen Fußpfad mit ihren Kindern, ihrer Habe, ihrem Vieh. Moses blieb am Uferrand stehen, den Stab erhoben, an seiner Seite der erkorene Jünger, der Jüngling Josua. Und erst als der Allerletzte der Schar ins Meer hineingeschritten war, verließen Moses und Josua den Boden Aegyptens und folgten.

Der Morgenstern war aufgegangen und begann nun zu erblassen. Die Staubwolke, die sich wie ein Leichentuch über die Aegypter gelegt hatte, zerging, und der Pharao gewahrte die Kinder Israels, doch nicht, wie er gemeint hatte, mit den Wellen kämpfend und von ihnen verschlungen, sondern trockenen Fußes inmitten des Meeres zwischen zwei Wasserwänden dahinwandernd.

Dem Ersatz-Pharao, der die Aegypter anführte, schien nur die eine Erklärung dafür möglich: dies mußte das Werk des Ra sein, der, für seine Krieger eintretend, diesen einen trockenen Pfad inmitten der sumpfigen Gewässer geschaffen hatte, damit sie dem Feind nachsetzen und ihn niedermähen könnten. War es in der Tat nicht der Gott Ra, der jetzt aus den Wolken hervortrat, um ihnen das Zeichen zu geben?

«Mir nach!», rief er seinen Mannen zu. «Seht hin, Ra hat das Meer trocken gelegt für uns! Er hat den Wogen befohlen, sich zu teilen und einen Weg für uns zu lassen, auf daß wir seine Feinde einholen und niederschlagen!»

Und es erhoben sich Rufe aus den Reihen der Krieger:

«Ra! Du hast dem Meer befohlen, sich zu teilen!»

«Ra fährt vor uns her in seinem Himmelswagen!»

Wieder schrie der Befehlshaber:

«Mir nach!» und sprengte selbst an der Spitze der Kampfwagen ins Wasser hinein, gefolgt vom ganzen Harst der Wagen.

Moses hatte vermeint, diesmal würden die Aegypter vom Wunder des geteilten Meeres so in Schrecken versetzt sein, wie es der Pharao im Augenblick gewesen war, da das Sterben der Erstgeborenen eingesetzt und er die Kinder Israels hatte ziehen lassen. Doch da er, die Nachhut der dahinwandernden Israeliten deckend, sich umblickte, sah er, wie die Aegypter, blind vor Haß und Rachgier, mitten ins Meer hineinrasten. Die von der Nachtruhe erfrischten Rosse stießen heißen Atem aus den Nüstern, und ihre Mäuler waren mit Schaum bedeckt. Die Gesichter der Reiter und Wagenlenker waren anzusehen wie Fakkeln. Schon spannten die Bogenschützen die Sehnen und zielten ihre Pfeile auf die Rücken der Israeliten.

Moses aber, gotterfüllten Herzens, vernahm wiederum die Stimme, und sie sprach:

«Recke deine Hand aus über das Meer, auf daß das Wasser wieder herfalle über die Aegypter, über ihre Wagen und Reiter.»

Und Moses reckte die Hand aus über das Meer.

Doch die Wassermauern stürzten nicht über den Aegyptern zusammen, wie Moses erwartet hatte. Sie begannen zu schmelzen. Es war, als wenn ein Eismeer auftaue. Da und dort stürzte es wie Wasserfälle auf den Weg, der noch einen Augenblick vorher trocken gewesen war, und überfluteten ihn. Dicker Schlamm breitete sich unter den Rädern der Wagen hin, in den sie einzusinken begannen. Die Rosse bäumten sich und versuchten verzweifelt die Hufe aus dem Schlick zu ziehen. Mitten im Meer waren die Aegypter nun, halb versunken in Schlamm, in der Falle zwischen Wassermauern, die sie bald verschlungen haben mußten.

«Nein, Pharao, dies ist nicht der Gott Aton, gegen den du uns in den Kampf geführt hast! Du hast uns betrogen! Das ist Jehovah, der Gott Israels, der hier gegen uns kämpft, so wie Er uns in Aegypten bekämpft hat!»

«Jehovah ist es, nicht Aton! Zurück! Wir müssen fliehen!»

Das waren die letzten Worte, die aus dem Mund der Aegypter zu hören waren, ehe die Wassermauern zusammenstürzten und sie unter sich begruben.

Als Moses, als Letzter der Israeliten, das andere Ufer betrat, fiel er auf die Knie und stimmte einen Lobgesang auf Jehovah an:

> «Der HErr ist der rechte Kriegsmann,
> Der HErr ist Sein Name!
> Die Wagen Pharaos und seine Kriegsmacht warf er ins Meer,
> Und seine auserwählten Hauptleute
> Versanken im Schilfmeer.»

Die spätere Überlieferung hat hinzugefügt, daß, als Moses den Sieges- und Lobgesang auf den HErrn anstimmte, nicht nur das ganze Volk eingefallen sei, das Zeuge des Wunders gewesen war, sondern daß auch die ungeborenen Kinder im Mutterleib mitgesungen hätten. Doch als auch die himmlischen Heerscharen in den Siegessang eingefallen seien, da habe Gott zu ihnen gesprochen:

«Meine Menschen, die Geschöpfe Meiner Hand, ertrinken im Wasser des Meeres, und ihr singet Lieder zu Meinem Preis?»

Da hätten die Engel zu singen aufgehört, und im gleichen Augenblick habe auch Moses seinen Gesang abgebrochen und nicht zu Ende gesungen.

ZWEITER TEIL

ERSTES KAPITEL

Nun waren sie endlich frei, Söhne der Freiheit, am jenseitigen Ufer des Schilfmeers, am Saum der Wüste Sur. Tamburine rasselten, Zimbeln erklangen noch, von Frauenhänden geschlagen; noch drehten sich die wilden Gestalten in fröhlichem Tanz um Miriam. Frauen bliesen die Backen auf und ließen knallend die Luft heraus; andere quietschten in schrillen hohen Fisteltönen, wieder andere stießen gurgelnde Schreie aus und sangen im Chor mit Miriam:

«Ich will dem HErrn singen,
Denn Er hat eine herrliche Tat getan;
Rosse und Reiter
Hat Er gestürzt ins Meer.»

Die Männer hatten indes Wichtigeres zu tun. Die hochgehenden Wogen des Schilfmeers warfen die Leichen der aegyptischen Krieger an den Strand, die gekleidet waren in kupferne Rüstungen, und die Hauptleute noch mit Goldketten und Edelgestein geschmückt. Kostbarer noch als Gold und Silber aber waren die Köcher voller Pfeile, die ihnen an Gurten über die Schultern und die Kurzschwerter, die an ihren Hüften hingen. Die älteren Männer machten sich über das Gold und Silber her, doch die jüngeren nahmen sich die Waffen, die Bogen, die Schwerter, die Schilde. Jedes Stück Eisen, jede Kupferspange, jeder Lederriemen oder andere Stück Rüstzeug wurde aufgesammelt; denn alles konnte in der Wüste von Nutzen sein. Bis zum Hals wateten sie in das schlammige Wasser hinein, um so viel als möglich zu bergen. Eine kleine Schar von Jünglingen spannte sich vor einen halb versunkenen Streitwagen und schleppte ihn zum Strand. Die kupferbeschlagenen Räder und der goldene Zierat bezeugte den hohen Rang und die Kriegsverdienste des gefallenen Wagenlenkers.

Grenzenlos schien der Reichtum zu sein, mit dem die Aegypter in die Schlacht gezogen waren: es war, als hätten sie all ihre goldenen und bronzenen Götterbilder, all ihre Teraphim und Statuetten aus den Tempeln mitgenommen, daß sie ihnen zur Besiegung Atons, der als Jehovah wiedergekehrt war, verhölfen; zahllos waren die Purpurmäntel und Seidentücher, die die Israeliten aus dem Wasser fischten. Vergebens befahl Moses, die Schätze der Aegypter sein zu lassen und unverzüglich aufzubrechen; er konnte die Menschen nicht vom Strand wegbringen. Vor lauter Besitzwut dachten sie nicht mehr an den Sinn der Erlösung, an das Wunder der Befreiung.

Endlich aber erschien das Zeichen, Gottes Zeichen selbst, die leuchtende Wolke, die ihnen vorangezogen, seit das Volk von Gosen aufgebrochen war. Dieses Zeichen konnte nicht übersehen werden; sobald es weiterzog, zogen die Kinder Israels ebenfalls ihm nach; wenn es innehielt, so stockten auch sie.

Die goldgeränderte Wolke, die im Schein der untergehenden Sonne die Farbe glühenden Bernsteins annahm, bewegte sich nun weiter; und zwar nicht in gerader Linie quer durch die Wüste gegen Kadesch-Barnea und das Land Kanaan, das eigentliche Ziel der Wanderung, zu, sondern hinunter zum Suez-Arm des Roten Meeres in Richtung auf die Wüste Zin. Moses wußte, was dies bedeutete. Es bedeutete, daß die Kinder Israels weiterwandern sollten zur Sinai-Halbinsel, dahin, wo Gott ihn sie zu führen geheißen hatte, auf daß sie Ihm im Gebirge dort opferten.

In den Säcken, die sie auf dem Rücken trugen, hatten sie noch die Fladen ungesäuerten Teiges, die sie hastig in der Sonne gebacken, und die Öl- und Honigkrüge, die sie im ersten Stolz ihrer Befreiung aus der Knechtschaft mitgenommen hatten. Außer dieser Last noch die Waffen der aegyptischen Krieger schleppend, folgten sie Moses in die Wüste.

Am dritten Tag kamen sie zur Bucht des Roten Meers, in die sich die Bitterwasser des Sees Marah ergossen, und dort ließ Moses zur Rast haltmachen.

In der Nacht ging er zum Lager der Kinder Israels, um sich zu überzeugen, daß sie sich ausruhten.

Der Jüngling Josua war an seiner Seite, der jetzt sein ihm vertrautester Helfer war und ihm fast näher stand als sein Bruder Aaron. Moses hatte in ihm ein vom Glauben an Jehovah, von Freiheitsdurst und grenzenloser Treue erfülltes Herz gefunden. So nahm er denn auch jetzt Josua mit, da er nächtlicherweile durch das Lager Israels schritt.

Unterm hellen Sternenlicht sah er sie mit Sack und Pack daliegen: Männer, Weiber und Kinder, müde ausgestreckt an den Ufern der breiten Bitterseen. Weiter als das Auge reichte, erstreckte sich die auf den weißen Sand hingelagerte Masse der dunklen Gestalten. Seite an Seite lagen sie, Jung und Alt, innerhalb des Familienkreises auch ihr Geflügel, ihre Schafe, ihre Ziegen, eine so große Menge von Mensch und Tier, daß Moses' Blick sie nicht auf einmal umfassen konnte.

Er staunte ob der Anzahl von Kindern und jungen Menschen. Dem Pharao war es nicht gelungen, Abrahams Samen auszurotten. Welche Mutter hatte ihnen beigestanden und sie insgeheim aufgezogen? Sicherlich war es niemand anders gewesen als der Gott Israels, der die Kinder beschirmt hatte vor den Nachstellungen der Aegypter, sie gehegt und gepflegt hatte. Und nun war Gott wieder ihr Ernährer, ihr Hüter und Hirte.

In tiefen, erregenden Gedanken versunken stand Moses eine ganze Zeitlang da.

«Wie groß ist eigentlich die Anzahl der Fremden, die mit den Kindern Israels ausgezogen sind?», fragte er Josua auf einmal.

«Anfänglich kam eine Unmasse aller möglichen fremden Sklaven mit uns aus Aegypten», antwortete Josua. «Als sie am Schilfmeer der uns nachsetzenden Aegypter gewahr wurden, liefen viele davon und auf Umwegen wieder zurück nach Aegypten. Doch ein Teil blieb bei uns und durchschritt mit uns das Schilfmeer.»

«Diejenigen, die an den Gott Israels glaubten und ihre Zuversicht in Ihn setzten, gehören zu uns», sagte Moses. «Kein Unterschied soll zwischen ihnen und den Israeliten sein, und ein einziges Gesetz soll gelten für den Israeliten wie den Fremdling.»

«Das hat Aaron bereits in deinem Namen verkündet», sagte Josua.

«Nicht in meinem, sondern im Namen Gottes», versetzte Moses streng.

Nach kurzer Pause fragte er wieder:

«Das Brot, das die Kinder Israels mitgebracht haben... wieviele Tage lang wird es ausreichen?»

«Manche von ihnen hatten ihren Vorrat, schon als wir das Schilfmeer erreichten, aufgezehrt. Doch andere verfügen noch über allerhand Gemüse, Eier, Geflügel und Honig. Bisher herrscht im Lager so gut wie kein Hunger. Doch Durst wird verspürt, und die Kinder leiden. Die Mütter haben den Durst der Kinder mit dem Wasser aus den Seen zu stillen versucht, doch es ist zu bitter; es läßt sich nicht trinken. Wenn sie es mit Honig süßen wollen, so verdirbt das Wasser nur den Honig, bleibt aber bitter. Bereits wird darüber unterm Volk gemurrt. Wir haben uns bemüht, es zu beruhigen durch den Hinweis und die Versicherung, daß Gott bald ihren Durst löschen werde, aber das Murren gegen dich steigert sich.»

Moses versank in Sinnen und sagte zu sich selbst: «Warum gegen mich? Bin ich Gott?» Und dann sagte er laut zu Josua:

«Was das ungesäuerte Brot angeht, das die Kinder Israels mitgenommen haben aus Aegypten, so soll es Gesetz und Gebot sein, daß die Kinder Israels, wenn sie von nun an am vierzehnten Tag des Monats, da sie von Aegypten auszogen, das Fest der Befreiung begehen, zum Passahlamm ungesäuertes Brot essen; das soll ein ewiges Gedenkzeichen sein der Wunder, die Gott an ihnen getan hat.»

«Dein Bruder Aaron und die Priester sind im Begriff, die Einzelheiten dieses Gebotes auszuarbeiten, sie in Ordnung und Regel zu bringen, nach denen der Passah-Gottesdienst zu halten sein wird.»

«Aaron und die Priester arbeiten Gottes Gebot um?», fragte Moses erstaunt.

«Ja. Sie schreiben vor, wer vom Passah-Opfer essen darf und wer nicht, und wie es verzehrt werden soll: das Fleisch soll nicht von außen genommen werden, und kein Knöchelchen des Opfertiers soll gebrochen werden; ferner, wie die Kinder Israels das ungesäuerte Brot essen sollen, wenn sie in ihr eigenes Land kommen, und wieviele Tage sie es essen sollen.»

Eine Weile lang blieb Moses stumm. Dann hob er das mächtige Haupt zum Himmel auf, und sein gewaltiges Antlitz war erleuchtet vom Sternenlicht. Und er sprach zu Josua:

«Eine neue Ordnung soll gemacht werden in Ansehung der Gebote Gottes, und sie soll nicht erlassen werden von den Priestern, sondern von Gott. Und sie soll nicht aufgezeichnet werden von den Priestern, sondern von den Ältesten in Israel, genau wie sie kommt aus dem Munde Gottes. Ein Gesetz und ein Gebot muß aufgerichtet werden, sobald Gott der Gemeinde, welche Er befreit, Wasser gesandt haben wird. Denn der Hirte verläßt seine Herde nicht und führt sie nicht in die Wildnis, ohne zu wissen, wo er Wasser findet für seine Schafe. Vom heutigen Tage an aber ist Jehovah der Hirt Seiner Herde. Und der HErr wird uns weisen das Brot, das wir essen, und das Wasser, das wir trinken sollen, wenn die Zeit gekommen ist.» Und nachdem er dies gesprochen, schritt Moses hinweg von Josua und begab sich in sein Zelt.

Die Nacht über schlief er nicht. Er wartete auf Gottes Wort, das ihm einen Wink geben solle, wie er die große Menge Menschen, die er aus Aegypten herausgeführt hatte, ernähren könne. Es war klar, daß dies nur durch ein Wunder geschehen konnte, zu dem Gott allein im Stande war. In Aegypten hatte Gott ihm nicht gesagt, daß er die Kinder Israels dazu anhalten solle, Proviant für die Wanderung in der Wüste mitzunehmen. Er hatte ja sogar befohlen, das Passahlamm in der Nacht des Auszugs zu verzehren und nichts davon für den Morgen übrig zu lassen, sondern alles davon übrig Gebliebene zu verbrennen. So hatten sie sich mit keinerlei Vorrat versehen; die Fladen mußten ungesäuert bleiben und rasch an der Sonne geröstet werden. Jehovah – Er, der Israels Auszug aus Aegypten veranlaßt hatte – Jehovah selbst also mußte sie in der Wüste mit Speise und Trank ausreichend versorgen. Von diesem Tag an war Er ihr Vater, der die Sorge für sie übernommen hatte.

Es wäre sicher leichter gewesen für Moses, wenn Gott ihm jeweils im Voraus mitgeteilt hätte, was zu tun sei. Doch es war Gottes Wille, daß die Kinder Israels bis ins Letzte an Ihn glaubten, Ihm blindlings folgten, so wie die Herde dem Hirten folgt. Und ebenso wie es bei der Zerteilung der Wellen des Schilfmeers sich zugetragen, da Gott gewollt hatte, daß die Kinder Israels sich in die Wogen wagten, bevor Gott sie zerteilt hatte, ebenso verfuhr Er nunmehr mit Brot und Wasser des wandernden Volks, bis ihre Not so groß wurde, daß sie Ihn anriefen, so wie die Kinder ihren Vater anrufen. Denn es war Gottes Wille, daß die Kinder Israels sich überzeugten, Er allein sei ihr Ernährer, auf Ihn allein seien sie angewiesen, da sie sich einverstanden erklärt hatten, Seinem Wort zu gehorchen, dem Brot der Knechtschaft aus des Pharao Händen zu entsagen und sich Gottes Führung durch die Wüste in ein Land, das nicht bestellt war, zu überlassen.

Moses hatte nun früher einmal ein aegyptisches Heer durch die Wüste geführt, und er wußte wohl, was es heißt, eine große Menschenmenge für einen langen Marsch durch öde Wüstenei zu verproviantieren. Er erinnerte sich der mühseligen, monatelangen Vorbereitungen vor Aufbruch zu dem Kriegszug, der Karawanen von Kamelen und Eseln, die mit Wasser und allen möglichen Lebensmitteln beladen waren. Doch diesmal war er blindlings in die Wüste darauflosgezogen mit einem Heer freigewordener Sklaven samt Weibern und Kindern, Schafen und Rindern, ohne daß er für die geringste Wegzehrung gesorgt hatte. So mußten denn, das wußte er wohl, die Kinder Israels fortan wie andere Nomadenstämme auch aus der Wüste selbst ernährt werden. Dies aber konnte nur durch ein Wunder Gottes geschehen. Denn eine solche Menschenmasse mit Nahrungsmitteln zu versorgen, das war noch von keiner Wüste beansprucht worden.

Doch war nicht alles, was ihm zugestoßen, seit Gott sich ihm offenbart hatte, wundersam gewesen? Die Plagen, mit denen Gott den Pharao heimgesucht, die Absonderung und Verschonung der Kinder Israels davon, die Vernichtung der Erstgeborenen Aegyptens und zuletzt noch jetzt die Teilung des Meeres. Gott hatte sich dieses Volks zu einem ganz bestimmten Zwecke angenommen. Nicht aus einer augenblicklichen Laune heraus hatte Er es erlöst, sondern zu einem nur Ihm bekannten Ziel. Er führte es in die Wüste auf den Berg Sinai zu. Er war sein Ernährer, und wenn die Stunde kam, so würde Er Moses schon weisen, was zu geschehen habe.

Aber wußten das auch die Kinder Israels und deren Anführer? Das Brot Aegyptens war bitter, war genetzt gewesen mit Tränen des Grams, doch man konnte sicher damit rechnen, ebenso sicher wie mit dem Hieb der Peitsche, die über ihnen geschwungen wurde. Das Brot der Freien war ein unsicheres Brot, und der Gläubige besaß nichts als seinen Glauben. Doch es war Gottes Wille, daß sie das unsichere Brot der Freien und der Gläubigen äßen. Würden sie das begreifen?

So grübelte Moses die Nacht hindurch, bis ein verworrenes Getöse, wie ferner Donner, vom Lager her an seine Ohren drang und ihn aus seinen Gedanken emporfahren ließ. Und dann stand mit einmal sein Bruder Aaron, bleichen, verstörten Gesichts, am Eingang des Zelts und hinter ihm andere der israelitischen Anführer.

«Was ist geschehen?», fragte Moses.

«Geh hin und sieh selbst», versetzte Aaron.

Moses trat aus dem Zelt.

Das Lager war leer. Die Kinder Israels hatten alles stehen und liegen gelassen und waren wie von einem gemeinsamen Trieb erfaßt zum Strand des großen Sees gezogen. Moses sah von fern, wie sie Wasser aus dem See schöpften, die Einen mit Gefäßen, die Andern mit den hohlen Händen, es tranken und ihren Kindern reichten. Und da trat Moses ein Gesicht vor Augen: wie er einst eine Herde in die Wüste getrieben, die Schafe von langem Durst gequält und geschwächt, an eine Wasserstelle kamen; er sah sie vor sich, wie sie sich darauf stürzten, die Schnauzen ungestüm ins Wasser steckten; er hörte sie schlürfen, schlucken, gurgeln vor wahnsinniger Lust. Doch die durstigen Kinder Israels hier, sie tranken nicht mit der bebend hingegebenen Freude der Herde in dem Gesicht; ihre Gesichter waren verzerrt, verbissen, angewidert. Die Kinder spien das Wasser in die Hände der Mütter zurück und schrien grell auf in Abscheu und Gejammer. Selbst die Schafe drehten die Köpfe weg und blökten kläglich. Die Männer ließen ihrer Wut freien Lauf, und als sie Moses' ansichtig wurden, ließen sie ihre Frauen und Kinder stehen und rannten auf ihn zu. Im Nu war Moses von einem Wald vorgereckter Arme und hochgestreckter Bärte umgeben; zornige Augen blitzten ihn an, und aus tausend Kehlen brach ein einziger, fragender zugleich und anklagender Schrei:

«Was sollen wir trinken?»

Auch aus Moses' Herzen erhob sich ein gewaltiger Schrei, zu Gott schrie er, die Arme erhebend:

«Hirte! Hirte! Deine Herde dürstet!»

Er wußte, Gott werde ihm zu Hilfe kommen, und Er werde dies vollbringen wie stets mittels der bereits von Ihm geschaffenen Werkzeuge, daß Er eben durch das Geschaffene selbst den Kindern Israels Wasser verschaffen werde. Moses merkte, daß die Kinder Israels nicht aus den Brunnen, die sie entdeckt hatten, Wasser tranken, sondern aus dem Bittersee, und er sagte zu ihnen:

«Das Wasser dieses Sees ist zu anderm Zweck geschaffen,

nicht um den Durst zu löschen. Warum sucht ihr nicht die Brunnen auf?»

«Das haben wir getan, doch auch dort ist das Wasser bitter. Wir können es nicht schlucken.»

«Führet mich zu den Brunnen.»

Sie führten ihn zu den aufgespürten Quellen. Moses kostete das Wasser. Es war bitter, dickflüssig, untrinkbar. Da fiel ihm ein, daß er in der Wüste Midian häufig Zeuge gewesen war, wie sein Schwiegervater Jethro das Wasser der Bitterquellen mit Blättern des Lorbeerbaums «gesund machte». Der scharfe, starke Geschmack der Lorbeerblätter ertötete den Salzgeschmack des Wassers aus den Quellen, welche in der Nähe der Bitterseen oder inmitten der Salzfelder entsprangen. Die midianitischen Priester nannten das das Wasser «gesund machen», wenn sie ihm den abstoßenden Geschmack nahmen.

Doch wo in der Wüste Sur Lorbeerblätter auftreiben? Es war eine einzige kahle, völlig pflanzenlose Einöde, und Lorbeer gedieh ja überhaupt nur in den wohlbewässerten, schattigen Oasen.

Moses blickte um sich – und siehe da, vor seinen Augen wuchs Lorbeer. Gott selbst hatte ihn da hingepflanzt. Es waren kleine struppige Sträucher, verdorrt und vom Wind zerrissen, aber es waren Lorbeerblätter daran. Es war, als winkten sie ihm zu und sprächen ihn an, um ihm zu sagen, daß Gott sie hierher gepflanzt habe zur «Gesundung» des Wassers.

Rasch lief er zu den Büschen hin, riß ein paar Zweige ab und warf sie in die Quelle. Und gleich darauf sah er, wie weißer Saft aus dem durchtränkten Blatt heraustrat und sich mit dem Wasser mischte, und das Wasser ward klar und durchsichtig.

«Nehmt und trinkt. Jehovah hat das Wasser für euch gesund gemacht.»

Und sie tranken von dem Wasser, das süß war, und stillten ihren Durst.

* * *

Als das ganze Volk sich satt getrunken hatte, kamen dann im Laufe des gleichen Tages die Vertreter des Volks zu Moses und Aaron.

Es waren das immer noch die früheren Sklavenaufseher aus den aegyptischen Tagen, an der Spitze Korah, Dathan und Abiram, ergänzt durch einige von den Ältesten und Sprechern der einzelnen Stämme. Denn die eigentliche Vertretung der Stämme war noch nicht neu geordnet worden. Damit wartete Moses bis zu der Versammlung des Volkes am Sinai, wo es die Gesetze und Gebote aus Gottes eigenem Munde empfangen sollte. So waren die Anführer dieses Ausschusses immer noch Söhne Levis, unter denen immer noch Korah und seine Helfershelfer die erste Rolle spielten.

Nun erst, so sprachen sie zu Moses, seien sie eigentlich zur Besinnung gekommen und hätten dabei eingesehen, daß sie allzu überstürzt von Aegypten fortgezogen seien. Sie hätten keine Zeit gehabt, Lebensmittel und Wasser sowie andern Proviant in genügendem Umfang zusammenzubringen und mitzunehmen, wie es für den Zug einer solchen Menschenmenge in die Wüste erforderlich gewesen wäre. Hätten denn Moses und Aaron sowie die übrigen Leiter und Führer des Auszugs dafür gesorgt, daß die Gemeinde ausreichend zu essen und zu trinken habe? Wenn nicht, was schlügen Moses und Aaron vor, um dem Mangel abzuhelfen? Die Vorbereitungen, die sie selbst getroffen hätten, – so erklärten sie – seien bloß für das ursprünglich auf drei Tage in Aussicht genommene Opferfest bestimmt gewesen. Jetzt aber habe Jehova Israel durch das Meer geleitet und Moses sei von dem Wege abgeschwenkt, der schnurgerade nach dem Land der Verheißung führe; statt dessen bringe er das Volk in die Sinai-Wüste, wo weder Nahrung noch Wasser zu finden sei. Daher begehrten sie, die Vertreter des Volkes, zu wissen, wie er das Volk zu speisen und zu tränken gedenke und wo denn der Proviant sei, den ein Pharao mitnehme, wenn er sich auf einen Zug in die Wüste begebe. Außerdem: wie lange er meine, daß sie in der Wüste bleiben müßten, bis sie das Land erreichten, wohin Gott, wie Moses berichtet, ihn beauftragt habe, die Kinder Israels zu führen. Der Auszug aus Aegypten sei nun aber so überstürzt vor sich gegangen, daß sie keine Zeit gehabt hätten, für die Bedürfnisse der Kinder Israels vorzusorgen und vorzubereiten.

Moses stand vor seinem Zelt, ihm gegenüber die Gruppe der Unzufriedenen, Korah, Dathan, Abiram und ihre Anhänger. In Moses' ihnen zugewandten Augen flackerte es wie vom Wetterleuchten Gottes; und dann kam es aus seinem Mund wie Gottes Donnerwort:

«Ihr?! Vorbereiten? Vorsorgen? Ihr?! Wer seid ihr, daß ihr für die Bedürfnisse Israels vorzusorgen und vorzubereiten habt? Wer hat für seine Bedürfnisse bisher gesorgt? Für sie sorgt der Eine, der Einzige Gott, der Gott Israels, Jehovah, der Gott Abrahams, Isaaks und Jakobs. Bildet ihr euch ein, Er sei ein Pharao, der Proviant für seine Heerscharen mitführen muß auf den Rücken der Kamele, mittels Karawanen von Eseln? Sein ist der Himmel und Sein ist die Erde. Er vermag den Wolken zu gebieten, daß sie Regen herabsenden, um die Wüsten erblühen zu lassen gleich einem Garten Eden. Wo immer Er ist, und Er ist allüberall, da hat Er Seine Knechte, Seine Geschöpfe, die Schöpfung Seiner Hände. Er kann den Felsen gebieten, sich aufzutun und Quellen lebendigen Wassers sprudeln zu lassen. Er kann Brot herabregnen lassen vom Himmel. Er ist unser Ernährer und Versorger.»

«Sicherlich, sicherlich hat Gott uns vom Joche Pharaos erlöst. Doch die Er hinausgeführt hat aus Aegypten, das sind keine Engel, es sind Menschen. Die, die du in die Wüste führest, das sind keine Himmelsgeschöpfe, sondern Erdenkinder, die ohne ihr täglich Brot nicht leben können. Wenn sie hungrig sind, dann schreien sie, und wenn sie ihre Kinder dürsten sehen, dann weinen sie. In Aegypten war ihre Fron bitter, aber sie hatten ihr sicheres täglich Brot zur rechten Zeit und gutes Wasser, wenn sie dürstete. Nun, da du sie führst in eine unbekannte Wildnis, wo die Erde nur aus Stein und Sand besteht, deren Bewohner nur Schlangen und Skorpionen sind und darüber ein Himmel hängt wie aus glühendem Kupfer, da sind wir berechtigt zu der Frage, was Gott dir hinsichtlich unserer Ernährung versprochen hat. Wir sind berechtigt, uns zu vergewissern, daß unsere Kinder nicht vor unsern Augen verhungern und verdursten in diesem grauenhaften Land ohne Speise und Trank», sagte Korah im Namen seines Kreises.

«Gott hat mir keinerlei Versprechen gegeben außer dem des Gesetzes; und Er sagte: ‚Wenn du horchest auf das Wort des HErrn, deines Gottes und wirst Mir gehorchen und tun, was recht ist in Meinen Augen, und wenn du hören wirst auf Meine Gebote und halten wirst Meine Gesetze, so sollen die Plagen, welche Ich über die Aegypter gebracht habe, dir nicht nahekommen.‘ Denn bedenkt, daß Gott der HErr, Jehovah, euch nicht um euretwillen herausgeführt hat aus Aegypten, sondern um einer höheren Bestimmung willen: daß ihr nämlich Sein auserwähltes Volk sein möget, das Sein Gesetz und Seine Gerechtigkeit aufrichten wird in der Welt, die Er erschaffen hat. Und um dieser Bestimmung willen führe ich euch nun zum Berge Sinai, auf daß ihr Seinen Willen vernehmet aus Seinem eigenen Munde. Ihr sollt Sein heiliges Volk und Gott soll euer Vater sein; und gleich Kindern sollt ihr euch anvertrauen eurem Vater im Himmel, und nur zu Ihm sollt ihr kommen mit euren Nöten und Wünschen, sollt Ihm blindlings gehorchen und euren Glauben setzen in Ihn. Tuet ihr aber nicht so, worin seid ihr besser als die Aegypter, von denen Er euch erlöst hat? Und wie Er die Aegypter gezüchtigt hat, so wird Er euch züchtigen. Denn wie Gott das Wasser gesund machen kann, ebenso kann Er es unheilsam machen, wie Er das in Aegypten getan hat. Grabet diese Worte ein in eure Hirne und schreibet sie auf eure Stirnen. Jetzt aber kehrt zurück in eure Reihen und bereitet das Volk darauf vor, weiterzuziehen. Ich sehe bereits die Feuersäule, welche uns leitet; sie bewegt sich auf Elim zu.»

Von seinen Worten betroffen gingen die Anführer auf ihre Posten zurück und führten seinen Befehl aus. Ein anderer Moses war es, der zu ihnen gesprochen hatte; es war die Stimme Jehovahs, die aus seinem Munde erklang.

Nur Korah und mit ihm Dathan und Abiram blieben vor Moses stehen. Vierschrötig, breitschultrig hingepflanzt starrte Korah Moses an. Er konnte den Blick nicht abwenden von den flammenden Augen, dennoch erhob er mahnend seine Stimme und sagte:

«Moses, Moses, möge alles so ablaufen, wie du sagtest. Doch, wenn, was Gott verhüten möge, dies nicht der Fall sein wird, dann kommt das Blut des Volkes auf dein Haupt. Denn du hast sie alle, Männer, Frauen und Kinder, Schaf und Rind ohne Speise und Trank in die Wüste geführt.»

Eine Zeitlang schien es, als werde Moses durch die Ereignisse in jeder Hinsicht gerechtfertigt, und als habe er genau Bescheid gewußt, da er im Namen Jehovahs das Versprechen abgab. Eine Zeitlang schien es, als habe Gott die Wüste erblühen lassen gleich einem Garten Eden für die Kinder Israels und Bäche lebendigen Wassers der Erde entströmen lassen. Winde wehten Sandwellen auf, Palmen wuchsen empor, schwer behängt mit Datteln, und wo die Erde bedeckt war mit festem Felsgestein, da entsprangen üppig Brunnen und Quellen. Denn zu Elim an der breiten Salzbucht des Roten Meeres, einen halben Tagesmarsch von Marah, fanden sie eine Oase mit grünen Wiesen und schattenspendenden Palmenhainen, eine Oase mit nicht weniger als zwölf Quellen frischen Wassers, gerade als ob Gott jedem der zwölf Stämme seine eigene Quelle habe vorbehalten wollen.

Dort schlugen die Kinder Israels ihre Zelte auf und rasteten eine gute Weile aus, sich erholend vom Glutsand der Wüste.

ZWEITES KAPITEL

Es kam aber so, wie Korah vorausgesagt hatte. Von der Oase Elim aus zogen die Kinder Israels hinaus in die Wüste Zin; hier jedoch taten sich vor ihnen Einöden von einer Trostlosigkeit auf, wie sie sie bisher noch in keiner Wüste erlebt hatten. In der Wüste Sur hatten Rinder und Schafe wenigstens noch allerhand Kaktuspflanzen und Dornbüsche gefunden, an denen sie knabbern konnten; da und dort ragten diese rauhen Gewächse aus dem Sand hervor. Die Wüste Zin jedoch war mit einer Steinschicht überdeckt, die wie ein rötliches Siegel über dem Mund der Erde lag. Granitfelsen in Gestalten grotesker Ungetüme türmten sich, die grausigen Häupter in den grellblauen Himmel streckend, vor ihnen auf. Terrassenförmig stieg das Gelände an, immer wieder eine andere Terrasse, sobald eine überwunden war; immer mühsamer wurde der Weg für Weiber und Kinder. Von Hunger und Durst gequält taumelte das Vieh dahin. Schafe und Rinder suchten mit den Schnauzen das Gestein ab, stöberten mit den Zungen in jeder Spalte nach einem Grashalm oder einem Tropfen Feuchtigkeit. Schließlich legten sich die Schafe nieder und wollten nicht mehr weiterwandern; mit Mühe und Not zerrten die Männer sie auf und weiter.

Hin und wieder traten die Felswände auseinander und gaben den Blick in ein kleines Tal frei, das einmal durch eine Quelle ausgehöhlt worden war. Dann stürzten sich Mensch und Tier darauf zu in der Hoffnung, die Quelle aus dem Gestein springen zu sehen; doch durch die Bachbetten rutschte nur Sand und Geröll herab, das mit trockenem Gerassel in die heißen Tröge fiel.

Gegen Abend des dritten Tages kamen sie an ein Felsental, das von einer Hochfläche inmitten der Berge abfiel. Auch dort fanden sie nichts weiter als ein wenig Schutz vor den stechenden Strahlen der Sonne, die den ganzen Tag über auf sie herabgebrannt hatte. Zerschlagen warfen sie sich, wo sie gingen und standen, zwischen Vieh und Gepäck zu Boden.

Ein Monat war jetzt vergangen, seit Moses mit ihnen von Aegypten aufgebrochen war. Einen Monat lang hatten sie sich in der Wüste aufgehalten und in diesen vier Wochen das letzte Stückchen des mitgenommenen Proviants aufgezehrt. Die Hühner, die ungesäuerten Fladen, die Krüge mit Öl, Honig und Wein, die Körbe voll Gemüsen, alles war dahin; einige hatten bereits damit den Anfang gemacht, ihre Schafe zu schlachten. Die Überzahl jedoch biß die Zähne zusammen und ließ die Hände von Schafen und Ziegen, deren Milch die einzige Nahrung für die Kinder war. Mit dem Urtrieb der Hirten hielten sie an ihren Herden fest, die in künftigen Zeiten die Grundlage ihres Lebensunterhalts bilden mußten; mit hartnäckiger Voraussicht erduldeten sie den Hunger und schlossen sie die Augen vor den Leiden der Kinder, immer in der Hoffnung auf ein Morgen oder ein Übermorgen, da Gott sie in die üppigen Weidegründe führen würde, von denen Moses nicht müde ward zu sprechen. Jetzt aber waren sie durch die Wanderung durch die ersten Wüsten und zuletzt die entsetzliche Mühsal der Wüste Zin so erschöpft, daß sie daran verzweifelten, jemals in das Land, wo Milch und Honig floß, zu gelangen.

In der Nacht vernahm Moses das Murren der Kinder Israels. Es war nicht mehr der Schrei der Auflehnung, der sich bei Marah erhoben, als sie gefragt hatten: «Was sollen wir trinken?» Da war dies noch die Frage von Männern gewesen, die darauf vertrauten, daß Moses ihnen zu helfen vermöchte; er brauchte sich ja bloß an Jehovah zu wenden, und Jehovah würde ihn zu frischem süßem Wasser lenken. In dem Aufschrei damals hatte der Glaube an Jehovah mitgeklungen; sie waren zu ihm gekommen wie Kinder zu ihrem Vater, mit der Frage: «Was sollen wir trinken?» Hier jedoch, in der Wüste Zin, inmitten furchtbaren Gebirgs, in einer von einer Felsschicht wie verriegelten Landschaft, hier jetzt schlug an Moses' Ohr das verzweifelte Weinen, das von den dunklen Gruppen der mit ihren Kindern und Tieren zusammenkauernden Männer und Weiber aufstieg. Es war eine jammervolle, düstere Wehklage, die von tiefer Hoffnungslosigkeit und Verzweiflung sprach. Das waren nicht mehr die freien Menschen der ersten Tage; es waren die Sklaven, die sich nach dem Brot der Sklaven Aegyptens sehnten.

Moses ließ seinen Bruder Aaron kommen und sagte: «Wir wollen zu ihnen gehen.»

«Sie sind in großer Erregung. Sie haben sich zum Teil zusammengerottet und beschimpfen uns.»

«Sollen wir uns vor ihnen verstecken? Auf, komm!»

Sie gingen zur Gemeinde. Moses merkte, daß dort von Nachtruhe keine Rede war. Gruppen von Männern stritten hitzig, fuchtelten wild mit den Armen. Da und dort wurde ein Wutschrei laut, der nicht war wie Laut von Menschenlippen, sondern wie ein gegen Moses' und Aarons Kopf geschleuderter Stein. Die Zurufe und Anwürfe ließen sich noch ertragen; nicht so aber das stille Weinen der Frauen, die, bei ihrem Gepäck zusammengekauert, die Kleinen zu trösten versuchten. Moses' Herz ward schwer davon.

Es dauerte nicht lang, bis es sich bei der ganzen Gemeinde herumgesprochen hatte, daß Moses und Aaron da seien; alsbald wurden die beiden umdrängt, bis sie inmitten einer sie umzingelnden festen Mauer von Menschenleibern standen: schwarze Gesichter in der schwarzen Nacht, rotflackernde Augen mit drohenden Blicken, ein Wald von wutentbrannt geschüttelten Fäusten. Jetzt handelte es sich nicht mehr um Korah oder Dathan und Abiram; hier galt es das ganze Volk.

«Wollte Gott, wir wären in Aegypten gestorben von des HErren Hand, da wir bei den Fleischtöpfen saßen und hatten Brot die Fülle zu essen, ehe daß ihr uns in die Wüste geschleppt habt, auf daß die ganze Gemeinde Hungers sterbe.»

Das waren bittere Worte; und das Schlimmste an ihnen war, daß die Menschen recht hatten. Moses' Herz blutete nicht so sehr wegen ihres Murrens gegen ihn, als weil er Mitleid mit ihrem Hunger empfand.

«Nicht wir haben euch aus Aegypten geführt», sagte er,

«sondern der HErr. Und der HErr weiß, daß ihr hungert und dürstet, und wird euch helfen. Wir sind euresgleichen: wenn ihr Hungers sterbet, so sterben wir mit euch, und wenn ihr vor Durst umkommt, so verdürsten auch wir. Nicht wider uns murret ihr, sondern wider Gott.»

«Und wer wird uns zu essen geben? Sollen wir warten, bis wir unsere Kinder tot vor unsere Füße fallen sehen? Und wie will *Er* uns speisen? Schauet an, wieviel Volkes hier lagert in der Wüste. Wird Er die Wüste Brot tragen lassen für uns?»

«Ist die Hand Jehovahs zu schwach geworden, um euch zu speisen? Er, der für euch das Meer geteilt hat, Er kann auch den Himmel sich teilen und Brot regnen lassen für euch. Doch wann Er dies tun wird, das weiß ich nicht, das hat Er mir nicht gesagt. Auch weiß ich nicht, wie Er es tun wird. Ich weiß nur, daß Er, der euch aus Aegypten geführt hat, euch nicht Hungers sterben lassen wird in der Wüste.»

«Du weißt nicht, wann und wie Er es tun wird, und hast uns doch hinausgeführt in die Felsenwüste? Warum wendest du dich nicht wieder an Ihn? Warum fragst du Ihn nicht, wie lange Er uns noch hungern lassen will?»

«Wer bin ich, daß ich Jehovah sagen sollte, Sein Volk hungere? Weiß Er das nicht selbst? Schaut Er nicht vom Himmel herab und sieht Er nicht eure Not, wie Er eure Not sah und euer Schreien hörte, da ihr in Aegypten waret? Nicht mir gehöret ihr, sondern Jehovah, und nicht ich gebe euch zu essen, sondern Jehovah selbst. Er allein wird euch antworten», sagte Moses, wandte sich ab und ging von dannen.

Kaum war Moses in sein Zelt zurückgekehrt, als er die Stimme Gottes in seinem Herzen vernahm. Und die Stimme verkündete ihm, daß Jehovah dem Volk Speise geben werde und wann Er dies tun werde. Jehovah habe bisher dem Volk die Speise versagt, um es zu prüfen und zu versuchen, ob es in Seinem Gesetz wandle oder nicht.

Und so waren Moses und Aaron in der Lage, den Kindern Israels frohe Kunde zu bringen.

Am andern Morgen traten sie wiederum hin in die Mitte der erzürnten Gemeinde. Hungrige Augen richteten sich auf sie, doch nun waren die Herzen derer, die den Murrenden gegenüberstanden, voller Hoffnung und Zuversicht. Wundersam waren die Worte, die die Kinder Israels zu hören bekamen, Worte, wie sie kein Mensch jemals gehört, von Dingen, wie kein Mensch sie jemals geträumt hatte.

Auf Adlerschwingen habe Er sie über das Meer getragen, und vom Himmel werde Er Brot regnen lassen.

Der Boden der Wüste Zin sei zwar versiegelt mit steinernem Siegel, doch der Himmel werde sie in einen Acker verwandeln; der Himmel werde sich auftun, so wie Moses ihnen gesagt, und Gott werde Brot herabregnen lassen.

«Am Abend sollet ihr inne werden, daß der HErr euch aus dem Lande Aegypten geführt hat; am Morgen aber sollt ihr erkennen die Herrlichkeit des HErrn. Gott hat euer Schreien vernommen und euer Murren gehört. Und sehet, Er kommt alsbald zu euerer Hilfe.»

Aaron wies hinaus auf die Wüste; die Gemeinde wandte sich um.

Eine feurige Wolke war herabgetropft vom Zenith und hing reglos über der Wüste. Es war keine Rauch- und Sandwolke, so wie sie sie des öfteren in der Wüste gesehen hatten, sondern ein blendender Schein goldgelber Helle, die in allen Farben des Regenbogens spielte; sie war geformt gleich einem Finger von Gottes Hand, der herabdeutete, wie um Moses' und Aarons Worte zu bestätigen.

«Gegen Abend sollt ihr Fleisch zu essen haben und am Morgen satt werden von Brot und inne werden, daß Ich der HErr euer Gott bin.»

Und da setzte sich die ganze Gemeinde nieder auf das rötliche Stufengestein der Wüste Zin; die Familienväter mit ihren Weibern und Kindern, und alle hoben das Angesicht zum Himmel auf, von dem das Brot herabregnen sollte auf sie. Ihre Augen brannten, doch nicht mehr vor Hunger und Fieber, sondern vom heiligen Feuer des Glaubens an Jehovah.

Und Moses wartete mit ihnen auf Jehovahs Brot. Vom ersten Augenblick an hatte er gewußt, daß Gott diese Sklaven von Pharao hinwegnahm, auf daß sie Seine Knechte würden. Von nun ab ward ihnen Befehl von Gott, nicht von Pharao; und als ihr Herr und Gebieter mußte Er Sorge tragen für die Ernährung Seiner Knechte und so würde denn Jehovah auch sorgen, daß Israel zu essen hatte. Daß Er ihnen Brot schickte vom Himmel, würde Zeichen und Sinnbild sein von Gottes Herrschaft über

Israel; und die Kinder Israels würden inne werden, wem sie angehörten und wem sie zu dienen hatten.

Darum harrte Moses mit Ungeduld darauf, daß sich das Wunder begebe, und er wußte voraus, daß Gott auch diesmal, wie stets bisher, sich der geschaffenen Dinge bedienen werde, um Seinen Willen zu vollführen. Alle zusammen saßen sie und warteten auf dem sengenden Felsgestein der Wüste Zin und blickten den ganzen Tag über zum Himmel empor.

Langsam, zögernd glitt die Sonne abwärts hinter die gewaltigen Kuppen, kupferroten Glanz entfachend auf den Felsgipfeln. Es war, als ob das ganze Rund des Horizonts Feuer finge, als ob der Ring der Berge zu flüssigem Metall schmelze im Glutofen des Himmels. Indes senkten sich auf das Tal darunter und die niederen Hänge der gezackten, zerrissenen Bergwände bläuliche Schattenschleier und überzogen den ebenen Boden; die weit verstreuten Gruppen der Gemeinde wurden eingetaucht in die sie umringende Dämmerung und wurden eins mit der düsteren Masse.

Da ward auf einmal Vogelgezwitscher hörbar. Die Vögel selbst waren nicht zu sehen; nur Flügelschatten flatterten gegen die glänzenden Wände darüber.

Die Gemeinde erhob sich wie ein Mann, und zehntausend Hälse reckten sich aufwärts. Das Zwitschern wurde lauter, das Schattenspiel an den Wänden darüber dichter und voller. Dann auf einmal erkannten sie die erste Reihe eines ungeheuren Vogelschwarms. Das waren nicht die mageren Möven, die die Ufer des Roten Meers überwimmeln; keine solch abgezehrten Hungerleider waren das, sondern die wohlgenährten, wohlbekannten Wachteln, die guten alten Wachteln von den Sümpfen Gosens, mit dem Federkrönchen auf dem Kopf und fetten appetitlichen Fleischpolstern unter ihrem braunen Gefieder. Wie kamen sie hierher, die Bewohner der Schilffelder Gosens, auf die die Aegypter so eifrig Jagd machten? Über Berge und Wüsten kamen sie, Reihe nach Reihe, dahergeflogen, bis die Masse ihrer rundlichen, braungefiederten Leiber schier den Himmel verdeckte. Und alsbald sanken sie herab und fielen der ausgehungerten Gemeinde vor die Füße.

Es bedurfte keiner Pfeile, keiner Speere noch Netze. Die Vögel kamen bis zu den Türen der Zelte, sie baten gleichsam, gefangen, mit bloßen Händen gegriffen zu werden, auf daß man mit ihnen verfahre nach Gottes Geheiß.

Jubelgeschrei stieg auf aus den Reihen der Gemeinde. Ein Hin- und Herrennen hub an, ein Ausstrecken von Händen, ein Fassen nach den Vögeln, unter fröhlichem Gelächter und jauchzendem Gerufe:

«Da ist das Fleisch, das Jehovah uns geschickt hat!»

«Das zum Abend verheißene Fleisch!»

Und es dauerte nicht lang, da trieben über das Lager braune Wölkchen von den eiligst gerupften Federn der Vögel hin. Wo hatten die Leute in der trockenen Einöde so rasch Zweige und Holzstücke aufgelesen? Schon durchflackerten da und dort kleine Feuer das Dunkel der Nacht. Fröhlich vereinten sich die Familien um die Feuer, der Mund wässerte allen bereits beim Anblick der am Spieß bratenden Vögel und vom Geruch des in die Flammen tropfenden Fetts.

Spät erst senkte sich in dieser Nacht der Schlaf auf das Lager. Man stopfte sich voll mit dem schmackhaften Fleisch, bis es nicht mehr ging; die Augen schlossen sich von selbst, doch alle bemühten sich, wachzubleiben in der Erwartung des Brotregens, den Jehovah für den nächsten Morgen verheißen hatte.

«Fleisch ohne Brot ist nichts. Schließlich ist es doch das Brot, das sättigt, nur Brot füllt den Magen richtig. Und ihr braucht nicht zu meinen, daß Gott euch nun jeden Abend einen Braten ins Zelt wehen wird. Wir wollen zufrieden sein, wenn Er uns alle Woche einmal oder auch nur jeden Monat einmal Fleisch schickt. Die Hauptsache ist das Brot. Ich bin neugierig, wie das aussehen, wie das schmecken wird.»

«Und ich bin neugierig, wo das herkommen soll. Wirklich vom Himmel? Dann muß es ja wohl auch himmlisch schmekken.»

Sie saßen und schwatzten und harrten des Brots. Doch zuletzt kam doch der Schlaf über sie, und sie konnten die Augen nicht offenhalten.

Als sie gegen Morgen aufwachten, war es kühl. Dicker schwerer Tau hatte sich auf ihre Leiber wie auf das Gestein um sie gesenkt. Sie fröstelten.

Bald färbte die erste Blässe des Tags die Himmelsränder, und die Gipfel begannen sich wieder zu röten. Es war, als ob die

Berge der Sonne zurückgäben, was sie in der Nacht verschluckt und verschlungen hatten. Streifen von Helle entrollten sich am Himmel, und das Licht stürzte gleich einer Flut von Feuer herab auf die Felsterrassen. Mit tausend Zungen leckte es die Feuchte auf, die auf dem Gestein zurückgeblieben war; und als die Decke des Taus aufgesogen war, da war, alle Flächen des Gesteins überziehend, ein dünner weißer Reif zu sehen. Dieser Reif bestand aus zahllosen Myriaden winziger, gleich Zuckerkristallen zusammenhängender, kristallinischer Blütenstäubchen. Die Sonnenstrahlen brachen sich darin und wurden davon zurückgeworfen, so daß das ganze Tal ein einziges blendendes Leuchten war. Männer, Frauen und Kinder wischten den Reif mit den Händen in Häufchen zusammen und betrachteten diese mit fragendem Staunen. Sie zögerten, sie zu den Lippen zu führen, denn die Kristalle sahen aus wie versteinerte Blümchen. Voller Staunen, aber auch Enttäuschung, wiesen sie einander die Häufchen in ihren Händen.

«*Man hu?* Was ist das?», wurde geflüstert.

«*Man hu?*», wurde laut gefragt.

«*Man hu?*» Es wurde zu einem allgemeinen Ruf. Man lief hin und her, hielt einander die von den Blütenkristallen klebrigen Hände hin. «*Man hu?*»

Moses hatte die ganze Zeit über am Eingang seines Zeltes gestanden und hatte leuchtenden Auges gewahrt, wie Jehovah für das tägliche Brot der Kinder Israels sorgte. Er wußte natürlich, was das war. Wie oft hatte er selbst aus den Felsspalten oder von den milchigen Kaktusblättern die Kristallblümchen, eine Mischung aus Insektenabsonderungen und dem dicken Stoff des Taus, gesammelt? In der Sonne getrocknet, dann zerrieben, gaben sie eine klebrige, mehlige Masse her, mittels der ein Mensch in der Wüste sein Leben zu fristen vermochte. Wie oft hatte er sich davon genährt, während er Jethros Schafe hütete? Gewöhnlich fanden sich nur geringe Mengen davon; der Wüstenwanderer mußte emsig danach suchen, bevor er sie auf einem Felsen oder an einem Ast klebend fand. Das Wunder Jehovahs bestand darin, daß Wind und Tau die Kristalle von allen Ecken und Enden der Wüste her in solchen Mengen zusammgegetragen hatten, daß sie ausreichten, um ein ganzes Volk zu speisen. Im festen Vertrauen darauf, daß Gott Seine Verheißung wahrmachen und Sein Volk speisen werde, war die Art, wie die Erfüllung geschehen, für Moses ein Erlebnis übermäßiger Freude: so einfach hatte Jehovah dies verrichtet; Er befriedigte die Bedürfnisse Israels durch das von Ihm Erschaffene, ohne die Ordnung Seiner Natur zu verändern.

«Wie wundersam sind die Wege Jehovahs!», sagte Moses in seinem Herzen. Zu den Kindern Israels aber, die zu ihm kamen und, ihm ihre Hände mit dem mehligen Zeug hinhaltend, einstimmig fragten: «*Man hu?*», antwortete er: «Es ist das Brot, das euch Gott zu essen gegeben hat.»

Er nahm eine Prise der spröden Kristalle mit zwei Fingern, und als er sie damit zerrieb, wurden sie zu einem feuchten Mehl. Er führte es zum Munde. Das Volk sah ihm zu und tat es ihm nach.

«Ich habe Honigkuchen im Mund», rief ein Mann glücklich aus, «so süß schmeckt es im Gaumen.»

«Dergleichen hat Pharao nie gekostet», rief ein anderer.

«Wie soll so was auf Pharaos Tafel kommen? Sind seine Bäcker so geschickt, daß sie alle Geheimnisse kennen? Jehovah hat dies Brot für uns gebacken.»

«Und ich sage, es schmeckt wie das weiße Fleisch von fettem Entenbraten», meinte ein dritter, der sich den Mund mit Manna vollstopfte.

«Kein Gedanke! Wie fleischiger, in Öl und Honig gebackener Fisch!»

«Und seht bloß, wie es haufenweise auf der Erde liegt! So viel, daß wir einen Monat lang sattwerden!»

«Jehovah hat Seine Gemeinde mit Brot überschüttet! Da ist es, soviel ihr wollt! Säcke voll!» Und ein Mann warf sich auf die Erde, als wolle er sich Hände, Augen und Mund mit Manna vollstopfen.

Moses aber mahnte alsbald:

«Gottes Gebot ist dies: Ein jeglicher sammle, so viel er für sich essen mag, und nehme einen Gomor auf ein jegliches Haupt, nach der Zahl der Seelen in seiner Familie und Hütte. Denn dies ist das Brot, das euch Jehova zu essen gegeben hat.»

Wie von den Strahlen der Morgensonne getragen verbreitete sich in Windeseile die Kunde und Erklärung der Errettung vom einen zum andern Ende des riesigen Zeltlagers: daß dieser weiße

Kristallreif, den der Nachttau zurückgelassen hatte und dessen Namen niemand kannte, das Brot sei, das Jehovah vom Himmel gesandt habe: Brot in Honig und Öl geknetet, Jehovahs Brot. Und das Volk aß sich satt, schmatzte und leckte sich die Lippen ab; dann häuften sie, so viel sie konnten, davon zusammen und füllten alle Säcke, Gefäße und Schläuche damit.

Die Aufseher liefen im ganzen Lager herum und ermahnten vergebens die Sammler:

«Einen Gomor auf den Kopf! So viele Seelen ihr seid, so viel Gomor, nicht mehr. Es ist Jehovahs Brot, nicht eures. Nicht mehr als einen Gomor auf den Kopf!»

Manche hörten wohl darauf und maßen die Anzahl der Gomor nach der Mitgliederzahl der Familie ab. Andere aber packten zu und sammelten so viel auf, wie sie konnten. Sie hatten bereits Krüge, Körbe und Säcke gefüllt, die sie aus den Zelten angeschleppt hatten, aber sie hörten noch immer nicht auf mit Sammeln. Doch als sie dann die gefüllten Säcke, Körbe und Krüge in ihre Zelte brachten und das Manna abmaßen, siehe, da hatten sie nicht mehr als genau einen Gomor auf den Kopf! Es kam so, wie Moses gesagt hatte: «Einen Gomor auf das Haupt sollt ihr sammeln: der HErr kennt das Wesen Seiner Geschöpfe und ihre Bedürfnisse. So viel hat Er für den Tag bestimmt und nicht mehr!»

Doch es gab Leute unter ihnen, die mochten sich nicht auf Wunder verlassen. Wunder wiederholten sich nicht, sagten sie. Aber was es hieße, zu hungern, das wüßten sie nur zu wohl. Hatten ihnen nicht noch gestern die Zungen zum Hals herausgehängt? Klang ihnen nicht noch das Jammern der Kinder in den Ohren? Ein Gomor, das war eine üppige Zuteilung; es tat nicht Not, das in einem Tag aufzuessen. Ein halber Gomor genügte auch. Es war doch Brot! Brot! Für das, was man nicht aufaß, konnte man etwas anders einhandeln, eine Ente, zum Beispiel, oder ein silbernes Schmuckstück. Andere aßen sich toll und voll, über einen Gomor hinaus, im Gedanken: wer weiß, ob wir morgen noch ein Stück Brot haben.

Die Aufseher mahnten wiederum:

«Lasset nichts über für morgen. Jehovah ist fortan euer Ernährer, und Er weiß, daß ihr euer täglich Brot braucht. Jeglichen Tag wird Er euch euer Maß Speise zukommen lassen. Vertraut auf Ihn. So wie Er euch euer Teil gegeben hat am heutigen Tag, so wird Er auch für den morgigen sorgen.»

«So gut wird Jehovah nicht alle Tage zu uns sein», sagten die Zweifler.

Die Zweifler und die Schlauberger, die, die des morgigen Tags gedachten, bewahrten sich einen Teil ihres Manna auf. Doch als sie am nächsten Morgen ihren Schatz betrachten wollten, da schlug ihnen aus den Gefäßen ein ranziger Geruch entgegen und statt des Mehles fanden sie krabbelnde Würmer.

Draußen jedoch in dem offenen Tal war die Erde abermals weiß von frisch vom Himmel gefallenem Manna. Diesmal ward es den Strahlen der Sonne nicht ausgesetzt. Die Kinder Israels hatten Zeit genug, um ein Gomor auf den Kopf in ihre Krüge zu schöpfen, und dann schmolz und schwand Jehovahs Brot dahin. Nun begriffen sie, daß Gott auf Seine eigene Weise für ihr täglich Brot Sorge trug, indem Er sie zwang, auf Ihn zu vertrauen, ihre Zuversicht auf Ihn mit jedem Tag zu erneuern.

Als Moses erfahren hatte, daß etliche aus dem Volk sein Geheiß, kein Manna für den kommenden Tag aufzuheben, nicht beachtet hatten, ward er zornig und sagte zu denen, die sich bei ihm befanden: «Warum tut ihr nicht nach dem Willen Jehovahs, eures Gottes? Wie lange noch wollt ihr nicht an Ihn glauben und nicht auf Seine Gnade vertrauen?»

Am sechsten Tag merkten die Kinder Israels auf einmal, daß das eingesammelte Manna doppelt so viel maß wie an den vorhergehenden Tagen, nämlich zwei Gomor auf den Kopf. Dies begriffen sie nicht, und sie fürchteten sich, den überschüssigen Gomor aufzubewahren, eingedenk dessen, was sich vorher damit zugetragen hatte.

Die Ältesten in Israel aber gingen zu Moses und erzählten ihm von dem Vorgefallenen, da leuchtete Moses' Gesicht auf vor großer Freude; er fiel auf die Knie, hob die Hände gen Himmel und rief:

«Dank Dir und Preis, Gott Abrahams, Isaaks und Jakobs, daß Du Gesetz und Ordnung aufgerichtet hast in Deiner Schöpfung. Mit dem Brot, das Du den Kindern Israels gibst, lenkest Du sie in Deinem Gesetze, auf daß sie würdig seien, Dein Volk zu werden.»

Und zu den Ältesten sagte er:

«Das Brot, das Gott euch sendet, soll nicht nur euren Leib nähren, sondern auch eure Seelen. Durch Gottes Brot sollt ihr zu einem heiligen Volk genährt werden. Merket wohl, wie Gott euch tuet. Und dies ist, was Gott nunmehr sagt: ‚Morgen soll sein ein Tag der Ruhe, der Sabbath Gottes; was ihr heute backen wollt, das backet, und was ihr heute kochen wollt, das kochet; was aber übrig ist, das lasset, daß es behalten werde bis morgen.'»

Von Ehrfurcht ergriffen gehorchten die Kinder Israels diesem Gebot. Sie ließen den Überschuß an Manna in den Gefäßen, wie ihnen geheißen war; und siehe, als sie am nächsten Morgen die Gefäße aufmachten, da war kein übler Geruch und kein krabbelnder Wurm darin, sondern frisches Manna.

Moses aber erhob sich in der Frühe, trat aus seinem Zelt und ließ durch die Ältesten im ganzen Lager verkünden:

«Esset heute das Manna, das übrig ist, denn heute ist der Sabbath des HErrn, und ihr werdet heute nichts finden auf dem Felde. Sechs Tage sollt ihr sammeln, aber der siebente Tag ist der Sabbath, da werdet ihr nichts finden.»

Aber immer noch gab es etliche Neunmalkluge unter den Kindern Israels, die Moses nicht glauben wollten. Diese dachten bei sich: «Wenn wir aber doch etwas finden? So etwas kann doch gar nicht sein! Jeden Morgen fällt der Tau mit den weißen Blütchen; morgen früh wird er sicher auch fallen; wenn nicht auf dem offenen Feld, so wenigstens in den Felsspalten, wo immer das fetteste und beste Manna sich findet.» Und diese schlichen sich denn am Sabbathmorgen hinaus und krochen auf allen Vieren herum und zwängten sich in die engen Felsspalten, um frisches Manna zu sammeln. Doch nicht ein winziges Kristallkörnchen war zu sehen. Da schlichen sie wie enttäuschte Diebe wieder heim in ihre Zelte.

Moses aber hörte Gottes Stimme stürmisch sprechen in seinem Herzen:

«Wie lange weigert ihr euch zu halten Meine Gesetze und Gebote?»

Da ward Moses von Scham überwältigt; er warf sich zur Erde nieder und sprach:

«Habe Geduld mit ihnen. Als Knechte hast Du sie hinausgeführt aus Aegypten, als Freie wirst Du sie geleiten zum Sinai.»

Daß aber nicht wiederum Entheiligung des Sabbaths geschehe, gebot Moses den Kindern Israels:

«Sehet, Gott hat euch den Sabbath gegeben; darum gibt Er euch am sechsten Tage Brot für zwei Tage. So bleibe nun ein Jeglicher bei sich zuhause, und niemand gehe heraus von seinem Ort am siebenten Tage.»

Und so ward es für alle künftigen Zeiten Gesetz bei den Kindern Israels, am siebenten Wochentage zu ruhen. Mittels des Brotes – welches die Kinder Israels fortan Manna nannten – hatte Gott ihnen den Sabbath offenbart.

Moses aber gebot Aaron im Namen Jehovahs, ein Krüglein zu nehmen, einen Gomor Manna hineinzutun und es dem HErrn darzubringen als ein Gedenkzeichen für Kind und Kindeskind. Und dies war das Brot, das die Kinder Israels in der Wüste aßen, bis sie in ihr Land gelangten.

Doch so einfach war die Ernährung des gewaltigen Menschenheers nicht, das auszog aus Aegypten. Es war an dem, daß Jehovah die Kinder Israels gewissermaßen durch einen feurigen Ofen hindurchgehen ließ. Durch Hunger und Entbehrung trieb er die Knechtsseligkeit Aegyptens aus ihren Herzen aus, um sie zu einem für Seine ihm am Sinai zu gebenden Gebote aufnahmefähigen Volk zu machen. Jeder einzelne Abschnitt der Wanderung durch die Wüste vom Schilfmeer bis zum Berge Sinai wurde unter einander folgenden Entbehrungen, Schrecken und Leiden zurückgelegt. Es war, als wolle Jehovah den Kindern Israels in Leib und Seele peitschen, daß sie vom Tage an, da sie Aegypten verlassen hatten, Seine Knechte, in unbedingter Abhängigkeit von Ihm waren. Um jeden Bissen Brot mußten sie sich an Ihn wenden, von Seiner Hand jeden Tropfen Wasser empfangen, der sie am Leben hielt. Moses hatte dies wohl erkannt, und mit fester, kraftvoller Hand brachte er sie unter Jehovahs Zucht, so wie ein Züchter einen wilden Esel der Wüste an das Joch gewöhnt.

Da er Jethros Schafe gehütet hatte, war Moses zu vielen Malen in dieser Gegend gewesen. Es war ihm daher bekannt, daß tiefer im Innern der Sinai-Wüste, und zwar jenseits Rephidim am Fuß der Kalksteinhügel des Horeb, das wasserreiche Tal Pharan, oder auch Nahal-Pharan, wie es die Wüstenbewohner nannten, lag. Nahal-Pharan war immer ein Zankapfel zwischen den Nomadenstämmen gewesen. Frischwasserquellen, die gespeist waren vom Gipfelschnee der Kupferberge, strömten durch natürliche Rinnsteine ins Tal hinab und befruchteten den Garten Gottes, eine Oase mit grünen Weiden, Akazien- und Dattelhainen. Der jeweilige Besitz dieses gesegneten Flecks erweckte stets den Neid und die Feindschaft der Andern.

Die Amalekiter, die nach einem seiner Enkel genannten Nachkommen Esaus, lebten in der ganzen Wildnis zerstreut. Häufig überfielen sie die Hirtenstämme in der Jahreszeit, da diese ihre Herden zur Weide nach dem Tal trieben; manchmal begnügten sie sich mit einer Anzahl von Schafen als Beute, manchmal aber auch nahmen sie alle Herden weg und besetzten das Tal, wo sie dann selbst die Schafe weiden ließen. Diese Amalekiter waren Moses keine Unbekannten. Am gleichen Tage noch, da er seinerzeit in Midian angekommen war, war er mit Leuten dieses Stammes zusammengestoßen, als er eine Schar von ihnen von dem Brunnen verjagte, an dem Jethros Töchter ihre Schafe tränkten.

Er wußte auch, daß Späher der Amalekiter das üppige Tal Pharan beobachteten, um das Herannahen von Hirten und Herden sofort zu melden. War es nun, weil er einen vorzeitigen Zusammenstoß mit diesen Räuberhorden vermeiden wollte, solange die Israeliten müde von der Wüstenwanderung waren, oder war es, weil Gott es ihm geboten hatte, Moses wählte jedenfalls auf dem Wege zum Horeb Pharan nicht als Rastplatz, sondern machte statt dessen Halt bei dem trostlosen, trockenen Rephidim.

Kaum hatten die Kinder Israels dieses steinige Gelände betreten, als sie auf die Suche nach Wasser gingen. In Elim hatten sie daran reichen Vorrat gefunden; sie hatten dort alle Schläuche, Krüge und sonstigen Gefäße gefüllt und den Eseln aufgeladen. So sparsam sie damit umgegangen waren, nunmehr hatten sie doch alles aufgebraucht, und dieses Rephidim bestand aus glattem, wasserlosem Felsgestein. In den Spalten, Schluchten und Schrunden, auch in hie und da vorhandenen Höhlen, kurz überall, wo sich Wasser hätte ansammeln können, suchten sie vergebens. Nicht einen Tropfen trieben sie auf. Und so begann wieder Durst Mensch und Tier zu quälen. Zuerst und vor allem litten die Kinder und die Schafe; das Weinen der Kinder, das sich in das Blöken der Schafe mischte, wurde unerträglich.

Über Hunger konnten sie sich nicht beklagen, denn zu essen erhielten sie allmorgendlich aus der Hand Gottes; der Durst aber ließ es wiederum zu einem Ausbruch von Erbitterung kommen. Ihre Klage richtete sich nicht gegen Jehovah. Hätten sie daran geglaubt, daß Gott mit Moses sei, so wie Er zu Elim und anderwärts gewesen war, so würden sie geduldig ausgeharrt haben. Doch sie vermeinten, Ausharren sei hoffnungslos, und dies ertrugen sie nicht länger. Vergebens kamen die Anführer zu Moses gelaufen und sagten: «Das Volk verdurstet!» Moses aber hatte noch kein Geheiß von Gott empfangen; und so wartete er auf Gottes Weisung. Daher lief bald ein Gerücht in der Menge um: «Jehovah hat Moses im Stich gelassen! Jehovah ist nicht mehr mit ihm!» Ob es nun von den Söhnen Korahs aufgebracht oder einfach der Empörung des Volkes entsprungen war, darunter brach die Zucht und Ordnung zusammen, die mit so viel Mühe aufgerichtet worden war. Alle Wunder und Gnadenbeweise der Vergangenheit waren vergessen. Noch immer gaben sie nicht Jehovah die Schuld, der sie so lange gespeist und getränkt, da Er unter ihnen geweilt hatte. Nun aber hatte Er sie, um irgend einer von Moses begangenen Sünde willen, verlassen. Moses allein war verantwortlich für ihre jetzige Lage.

«Wenn Jehovah mit uns wäre, dann mangelte es uns nicht an Wasser. Hat Er nicht die bitteren Wasser von Marah für uns gesüßt? Jehovah ist nicht da, Er hat Moses verlassen!»

«Dann sind wir verloren! Wir sind gefangen in den Mauern der Wüstengebirge. Was sollen wir tun?»

Moses, der vor seinem Zelt stand, sah sich plötzlich umringt, diesmal nicht von den Anführern des Volkes, sondern vom Volke selbst, von einer durch Durst und Angst tollgewordenen Menge. Fäuste wurden gegen ihn geschwungen, Zähne ihm entgegengebleckt.

«Gib uns Wasser zu trinken!»

«Was zanket ihr mit mir? Dies steht in Jehovahs Hand. Er kennt eure Not, Er wird euch helfen. Warum versuchet ihr Jehovah?»

«Ist Jehovah mit uns oder nicht? Antworte!»

Und ein Mann sprang aus dem Haufen heraus, fuchtelte mit den Händen gegen Moses und schrie:

«Warum hast du uns aus Aegypten ziehen lassen, daß du uns, mich und meine Kinder und mein Vieh, verdursten lässest?»

Die Menge war drauf und dran, Hand zu legen an Moses und ihn niederzuschlagen. Vielleicht wäre es so weit gekommen ohne Josua und die kleine ihm ergebene Schar, deren Anführer er war. Es waren das lauter Jünglinge, die in der Höhle der Ältesten vor Pharaos Schergen verborgen und aufgezogen worden waren. Josua hatte sie auserwählt um des Freiheitsgeistes willen, der in ihnen glühte. Sie waren sämtlich mit Kurzschwertern bewaffnet, die sie den gefallenen Aegyptern abgenommen hatten. Mit ihren kräftigen Armen schlugen sie eine Gasse durch den heulenden Haufen, scharten sich um Moses und brachten ihn heil in sein Zelt zurück.

Dort erleichterte Moses sein Herz, indem er zu Gott schrie:

«Wie soll ich tun mit dem Volke? Es fehlte nicht viel, und sie hätten mich gesteinigt.»

Und es ward ihm Antwort. In seinem Herzen vernahm er Gottes Wort, und da wußte er, was er zu tun hatte.

Er rief die Ältesten zusammen, ergriff den ihm von Gott verliehenen Stab und ging ins Freie mit ihnen. Er führte sie zur Felswand und begann zwischen den Vorsprüngen zu suchen. An einer Stelle blieb sein Blick hängen, und er heftete ihn übermächtig darauf. Sein Atem ging schwer, seine Nasenflügel zuckten, seine Augen weiteten sich, sein Blick ward immer heller, flammender, inbrünstiger. So stand er geraume Zeit, und auf einmal gewahrte er etwas an dem Stein: es war der Strahl, der Strahl, der Strahl!

«Jehovah!»

Er hob den Stab, die Rute Gottes, und schlug damit auf den Stein.

Ein bebender Schrei stieg auf:

«Jehovah! Jehovah! Jehovah!»

Wie Ähren unterm Sensenhieb so fiel das Volk zur Erde. Vor Schreck und Staunen vergaßen die Menschen, von dem lebendigen Wasser zu trinken, das aus dem Stein brach.

Zu ihren Füßen bildete sich eine immer größer werdende Lache, die von Bodenrinne zu Rinne lief, alle Löcher und Spalten ausfüllte. Aber noch immer wagten die Menschen nicht, die Lippen an das Wasser zu bringen. Ihr Durst war verschlungen von ihrer Ehrfurcht.

«Der Mosesstab!»

«Die Rute, mit der er die Aegypter züchtigte!»

«Jehovah ist unter uns!»

«Massa und Meriba soll dieser Ort hinfort heißen, weil ihr hier mit dem HErrn gezankt und Ihn versucht habt», sagte Moses und schritt zurück in sein Zelt.

«Jehovah ist mit uns, Jehovah ist unter uns, allerwegen und immerdar!»

So schrie das Volk.

DRITTES KAPITEL

KAUM hatten die Kinder Israels den ersten Schritt in die Freiheit getan – sogar noch ehe sie ihren Hunger mit Gottes Brot gestillt und ihren Durst mit dem wundersam aus dem Felsgestein geschlagenen Wasser gelöscht hatten –, als sich gegen sie ein Feind erhob, der nichts wußte von den Zeichen und Wundern, die Gott ihnen zuliebe getan.

Sonderbarerweise war diese Völkerschaft, die ihnen den Zutritt zum Sinai versperren wollte, eine mit den Kindern Israels durch Blutsverwandtschaft verknüpfte, von der man eigentlich brüderliche Gesinnung und Hilfsbereitschaft hätte erwarten sollen. Doch Bruderhand war es, die zuerst das Schwert gegen sie erhob.

Ehe Jehovah die Verheißung erfüllte, die Er den Erzvätern in Bezug auf Israel gegeben, hatte Er diejenige erfüllt, die Er für Ismael, Lot und Esau gegeben hatte. Dazu ließ Er den Dingen ihren natürlichen Lauf, ohne den Umweg über aegyptische Knechtschaft und Zerteilung der Meereswogen. Die Nachkommen Ismaels, Lots und Esaus konnten sich ungestört entwickeln. Sie hatten in der Wüste umfangreiche Herden von Groß- und Kleinvieh zusammengebracht; mit diesen suchten sie dann gutes Weideland auf; sie durchliefen den üblichen Zustand der nomadischen Völker, bevor sie sich an ständigen Wohnsitzen niederließen. Und zwar siedelten sie sich am Rand der Wüste an, in einem Teil des Negew jenseits Ezeon-Geber sowie im Lande Sodom bis an den Jordan heran. Die Heiligkeit ihrer Grenzen war bekräftigt durch die Verheißung Jehovahs an Abraham und Isaak. Moses wußte dies wohl, und es kam ihm gar nicht in den

Sinn, die Nachkommen Esaus, Edom, oder die Nachkommen Lots, Moab, zu vertreiben und sich ihrer Gebiete zu bemächtigen.

Jehovahs Verheißung in Hinsicht Israels bezog sich auf das Land von Jericho bis hin zur Meeresküste, das Land, darin fremde Stämme siedelten, die nicht von Abraham, Isaak oder Jakob abstammten, über das Karmel-Gebirge von Tyrus und Sidon gekommen waren und ihre Götzen samt ihren verruchten, verderblichen Kulten der Astarte und des Moloch und deren widernatürlichen, lasterhaften Gebräuchen mitgebracht hatten.

Einer der von einem Enkel Esaus abstammenden Stämme war Amalek. Dieser Stamm hatte nicht die Entwicklung von wandernden Hirten zu niedergelassenen Feldbebauern durchlaufen; er war in einem nomadischen Urzustand verblieben, zog, nirgends Wurzel schlagend, von Landstrich zu Landstrich, überfiel und beraubte andere Nomadenstämme. Einmal hausten die Amalekiter im Negew, dann wieder überschritten sie die Furt bei Ezeon-Geber, um Midian zu überfallen, wieder ein ander Mal stiegen sie in das Wüstengebirg hinauf, um eine Zeitlang am Sinai ihre Zelte aufzuschlagen.

Moses hatte nicht einmal die Absicht, den Amalekitern das Land wegzunehmen, das sie nur vorübergehend in Besitz genommen hatten. Gott hatte dieser Völkerschaft und ihres Landes nicht Erwähnung getan, als Er aus dem brennenden Busch zu ihm sprach. Die Amalekiter, direkte Nachkommen von Abraham und Isaak, hatten die Pflicht, die Übereinkunft der Familienüberlieferung, den Bund, den ihr gemeinsamer Ahnherr Abraham mit Jehovah gemacht hatte, anzuerkennen; es war ihre Pflicht, mit Ehrfurcht zu dem unbekannten mächtigen Gott Jehovah aufzublicken, dem, seinen einzigen Sohn zum Opfer zu bringen, Abraham bereit gewesen war. Gleicherweise hätten sie auch gewisse Gesetze und Vorschriften einhalten müssen, so: die Eltern zu ehren, sich des Verkehrs mit Blutsverwandten zu enthalten, kein Fleisch von noch lebenden Tieren zu essen, sowie ähnliche Gebote und Verbote, die von den übrigen Nachkommen des Ahnherrn und Erzvaters Abraham streng und getreu befolgt wurden. Sie jedoch spotteten über Jehovah und verwarfen das Kennzeichen für den Bund Abrahams mit Gott, das die übrigen Nachkommen des Erzvaters hoch und heilig hielten: die Beschneidung, die sie als ein Schandmal betrachteten.

Auch lästerten sie, sobald sie Gott erwähnten, Seinen Namen. Ihr Götzendienst bestand aus einer ganzen Reihe unflätiger Kulthandlungen. Sie beteten Katzen und Schlangen an und gaben sich den widernatürlichsten geschlechtlichen Ausschweifungen hin. Sie befleckten die Reinheit der Familie, trieben Blutschande, erschlugen ihre Väter, sobald diese zu Greisen geworden waren, und bemächtigten sich ihrer Kebsweiber. Mit der Zeit übte dieses sittenlose, verkommene Leben seine Wirkung auf die Menschen aus, sodaß das Volk auf eine Stufe sank, die nur noch halb menschlich und halb tierisch war, von Raub lebend, seinen Nachbarn ein Schrecken und ein Greuel.

Nicht der Neid auf den Segen des Erstgeborenen, den Jakob Esau entwendet hatte, trieb sie nun aus ihren Höhlen im Negew zum Überfall auf Israel heraus; Zorn und Neid darüber, daß ihr Stammvater jenen Vorzug eingebüßt hatte, beseelte sie nicht mehr, sondern reine Mord- und Raublust. Die Kunde war zu ihnen gedrungen von dem Gold und Silber, Purpur und Elfenbein, den Gefäßen und Geräten aus Bronze, die die Kinder Israels von Aegypten mitbrächten; auch von Groß- und Kleinvieh, von kostbaren Waffen, edelsteingeschmückten Stirn- und Halsbändern hatten sie vernommen. Von wilder Beutegier erfüllt schwärmten sie nun aus ihren Höhlen und Schlupfwinkeln des Negew hervor.

Zunächst versuchten die Amalekiter, ihre Nachbarstämme, die Edomiter, Kanaaniter und Moabiter, zur Teilnahme an dem Zug gegen die Israeliten zu überreden, bevor diese die Grenzen erreicht hätten. Doch die andern Stämme lehnten das ab.

«Seht ihr denn nicht, daß Jehovah sie mit mächtigem Arm durch die Wüste führt? Habt ihr nicht von den Wundern vernommen, die Er ihnen zuliebe gewirkt hat? Jehovah selbst befindet sich in ihrem Lager.»

«Wer ist Jehovah, und worin liegt Seine Macht? Unsere Götter sind stärker. Unsere Götter werden streiten gegen Jehovah.»

«Wenn die Götter Aegyptens nichts ausrichten konnten gegen Ihn, wie sollen das unsere Götter vermögen? Er hat das Meer zerteilt für sie. Er hat auf ihren Pfad durch die dürre Wüste Brot gestreut und Wasser strömen lassen. Tut, was ihr müßt, aber es wird euch ergehen wie den Aegyptern, da sie Israel verfolgten.»

Und die Amalekiter taten nach ihrem Willen.

Zuerst strichen sie um die Israeliten herum, so wie Schakale um eine Herde herumstreifen, oder, besser gesagt, wie Füchse, die sich des Tags versteckt halten und erst des Nachts die Herde anfallen, wenn der Hirte schlummert. In den ersten Wochen, als sich die Israeliten noch am Ufer des Roten Meeres befanden, hatten die Amalekiter bereits Fühlung mit ihnen genommen, doch sie nicht offen anzugreifen gewagt. Sie hatten sich als hilfreiche Freunde aufgespielt, hatten von der Blutsverwandtschaft gesprochen; ihre Kundschafter führten Esel mit, die mit Lebensmitteln beladen waren, mit gerösteten Kornähren, Zuckerrohr, in Honig gewälzten Blättern, getrockneten Käselaiben, altbackenem Brot, Krügen voll Wasser und saurem Bier.

«Sind wir nicht Brüder? Ist nicht Abraham unser aller Stammvater? Sind wir nicht Kinder der gleichen Familie und des gleichen Bundes? Was bedeutet ein silbernes Halsband zwischen dir und mir? Für einen Silberschmuck gebe ich dir fünf Käselaibe», so flüsterte schmeichlerisch ein Amalekiter mit Bocksgesicht und Kalbsaugen, dem vor Gier das Wasser aus dem Mund lief.

«Wir haben vernommen, daß der Gott unseres Vaters Abraham sich euch gnädig erwiesen hat. Wir haben gehört, daß Er euch alles Gold des Pharao zu eigen gegeben hat. Hei, wie jauchzten wir, da die frohe Zeitung an unsere Ohren drang, und wie beeilten wir uns euch zu bewillkommnen mit Brot und Wasser. Kommt mit uns, Söhne Abrahams, zu den Zelten, die wir für euch in der Wüste errichtet haben. Bei uns findet ihr Honigkuchen und frisches Quellwasser. Für einen aegyptischen Mantel könnt ihr und eure Kinder euch satt trinken. Wir haben übrigens auch Krüge mit Wasser hier bei uns.»

Doch wenn ein Israelit sich vom Lager wegwagte, wenn er mit seinem Bündel einem unheimlich dreinschauenden Amalekiter folgte, so erwartete ihn in der Einöde draußen kein Zelt und keine Erfrischung, sondern eine wilde Horde von reißenden Tieren von kaum noch menschlicher Gestalt. Sie überfielen den Israeliten, banden und knebelten ihn, schnitten ihm das Glied ab, schleuderten es zur Verhöhnung Jehovahs in die Luft zum Himmel hinauf und lästerten laut:

«Da, Jehovah! Du hast ja die Beschnittenen so gern!»

Als dann später Moses die Israeliten vom Suez-Arm des Roten Meeres weg ins Herz der Steinwüste Zin geführt hatte, da eilten die amalekitischen Späher heim mit der Kunde: «Israel ist eingesperrt in den Bergen.»

Dann kamen sie auf Eseln und Kamelen, auch zu Fuß, wie ein Heuschreckenschwarm; sie kamen vom Negew her über die Wüste Geber und machten die Berge der Wüste Zin unsicher. Doch sie wichen einem Strauß auf offenem Feld aus. Nach Sonnenuntergang schlichen sie sich auf die Anhöhen und legten sich in die Schluchten in den Hinterhalt. Sie waren mit Bogen und Holzlanzen bewaffnet; Schwerter hatten sie nur wenige. Doch sie brauchten keine Waffen. Auf den Höhen lagen genug Steine. Am Tage lauerten sie ins Tal hinunter, die Zähne vor Haß und Gier gefletscht; wenn die Nacht herabsank, begannen die Steine zu fliegen.

Moses war auf sie gefaßt gewesen. Die bösen Absichten der kriecherischen Besucher hatte er von Anfang an durchschaut. Er hatte angeordnet, sie nicht ins Lager einzulassen. Nun aber, da er merkte, daß sie sich auf den Anhöhen sammelten, als ihm von den nächtlichen Überfällen berichtet wurde, da wußte er, daß das Krieg mit den Amalekitern bedeutete.

Doch jetzt wandte er sich nicht an Jehovah um Hilfe und bat Ihn nicht, für Israel zu kämpfen. Israel selbst mußte nun kämpfen. Dies war der Prüfstein. Würden die Israeliten sich als freie Menschen bewähren und gegen den Feind Stand halten, ohne auf Rettung von außen zu warten? Moses wandte sich an Jehovah erst, wenn er keine andere Wahl hatte, nur wenn die Israeliten sich nicht selbst helfen konnten; er war sparsam mit seinen Hilferufen und bediente sich ihrer nur im äußersten Notfall.

Hier nun war die Gelegenheit gegeben, daß die Kinder Israels einen Schritt weiter taten auf dem Wege der Freiheit. Sie mußten sich allein verteidigen, gewiß mit Hilfe Jehovahs, doch aus freien Stücken.

Er nahm auch die Dienste von Korah, Dathan und Abiram nicht in Anspruch, auf die die Israeliten vom Auszug aus Aegypten an gewohnt waren zu hören. Sklavenaufseher eigneten sich nicht zu Anführern freier Menschen. Er mußte der Knechtsseligkeit ein Ende machen; die Israeliten mußten den seelischen Willen zur Freiheit erwerben. Sie mußten sich eines frechen Feindes erwehren aus freiem Willen, aus Liebe zur Freiheit, nicht weil die Peitsche der Aufseher sie dazu trieb. Er berief daher als ersten Helfer Josua an seine Seite. Dieser war zwar jung und nicht darin bewandert, mit Sklavenhorden umzuspringen, aber er war gerade darum der gegebene Anführer in der jetzigen Lage, weil er der jüngeren Generation angehörte, weil er zugleich mit der Überlieferung der Ältesten den Geist der Freiheit in sich eingesogen hatte; das Bild, das den Vätern einst vorschwebte, war bei ihm vermählt mit dem Wagemut des freien Menschen. Er war es, der den Söhnen Israels die neue Mannszucht, die neue Ordnung beibringen konnte, die Moses für sie im Sinne hatte.

Josua also sollte die Israeliten anführen im Kampf gegen die Amalekiter; auf daß die Israeliten aber wüßten, daß Gott mit ihnen sei, sollte ihnen in Moses' Hand der Stab Jehovahs vorangetragen werden. Unverwandt würden Moses' Arme zum Himmel erhoben bleiben, und sobald sie aufblickten, sollten sie sehen, daß er ununterbrochen in Verbindung mit Jehovah stand, so lange die Schlacht gegen Amalek währte. Im Glauben jedoch, daß Gott unter ihnen sei, würden sie zu Kampfeseifer und Heldenmut entflammt werden. Moses war sich wohl bewußt, daß im Kampf Geistesmacht über Körperkraft die Oberhand behält; die Macht der Seele aber würden die Kinder Israels gewinnen aus dem Anblick, wie Moses mit dem Stab auf der Anhöhe stand. Zu seiner Rechten sollte Aaron stehen, und zu seiner Linken Miriams Gatte Hur. Kein Korah, kein Sklavenvogt von einst sollte den Israeliten vor Augen stehen.

Moses gab Josua den Befehl:

«Geh hin, wähle die Männer Israels aus und führe sie in die Schlacht wider Amalek.»

Erstaunt fuhr Josua hoch:

«Wie? Ich? Ich von allen Söhnen Israels? Ich bin doch so jung.»

«Du bist alt im Geiste unserer Väter. Geh denn, suche dir die Männer aus. Versteh mich recht: Suche sie aus. Wähle sie wohl, einen jeglichen für sich, junge, freie Geister, die an Jehovah glauben, die Zuversicht haben auf Seine Verheißungen, die in ihrem Glauben leben und Abrahams Kinder sind. Ich werde mich aufstellen auf der Spitze der Anhöhe, wo alle mich sehen können. In meiner Hand wird der Stab Gottes sein. Geh hin. Die Zeit ist kurz, und der Feind lauert in den Bergen.»

Josua begab sich ins Lager, um Moses' Befehl auszuführen. Über einige junge Leute verfügte er bereits, diejenigen, die Moses' Zelt bewachten. Seit dem Zwischenfall an der Quelle von Meriba war ihre Zahl vergrößert worden. Diese Jünglinge nun hieß Josua, durch das Lager zu gehen, und zu späterer Stunde des selben Tages konnte er Moses melden:

«Ich habe nur die Jungen und Mutigen ausgewählt. In ihnen lebt der Geist Jehovahs. Der Vorrat an Schwertern ist größer, als wir annahmen. Sicherlich hat der HErr dafür vorgesorgt, als Er dem Schilfmeer gebot, uns Pharaos Krieger vor die Füße zu spülen. Aber wir besitzen wenig Bogen und Pfeile, und sie anzufertigen, dazu ist zu wenig Zeit. Die Amalekiter sind mit Bogen und Wurflanzen bewehrt. Wie sollen wir ihnen beikommen? Mit ihren Pfeilen und mit Steinen werden sie uns von sich fernhalten.»

«So wie Jehovah die Streitwagen des Pharao in die Meerestiefe stürzte, so wird Er die Bogen Amaleks zerbrechen auf den Bergeshöhen. Doch diesmal ist es an uns, aus eigenem Willen zu fechten. Wir müssen Jehovah beweisen, daß wir der Erlösung würdig sind, daß wir den Willen haben, für die Freiheit, die Er uns schenkt, zu kämpfen und zu sterben.»

Darauf gab er Josua die letzten Weisungen, wie der Feind bekämpft werden solle:

«Folgendermaßen sollst du verfahren: Teile den Harst in zwei Teile. Führe die mit Bogen Bewaffneten zum Fuß der Höhen, auf denen die Amalekiter sich sammeln. Den andern Heeresteil aber, dem du die besten Schwertkämpfer beigibst, läßt du heimlich um die Höhen herumschleichen zur andern Seite, und dann sollen leise die Schwertkämpfer hinaufkriechen. Wenn die Amalekiter dann anfangen, Lanzen und Steine zu werfen und Pfeile zu schießen, so werden sie meinen, diese, die mit Bogen bewaffneten, aber nicht mit Schwertern gerüsteten Krieger seien unsere gesamte Streitmacht. Da werden sie Mut fassen und herabsteigen, um uns mit dem Schwert niederzumachen. Dann aber sollen die, die du um die Höhe herumgeschickt hast, vorstoßen, die Amalekiter im Rücken angreifen und sie über die Klinge springen lassen. Ich aber werde auf der Kuppe des Hügels, der dem Schlachtfeld gegenüberliegt, stehen, Jehovahs Stab in der Hand. Und wenn Israels Krieger mich gewahren, den Stab zum Himmel erhoben, so wird der Kampfgeist in ihnen stark werden. Amalek aber wird zwischen die beiden Heerhaufen geraten und zusammengehauen werden.»

Von der Ausbildung an der pharaonischen Militärschule her und auf Grund seiner Kriegserfahrung gegen wilde, der Kriegskunst entbehrenden Stämme Afrikas erkannte Moses, daß die einzige Hoffnung, gegen die Amalekiter den Sieg davonzutragen, darin beruhte, daß die Amalekiter zum Kampf Mann gegen Mann gezwungen wurden, wobei das Schwert – über das eine große Anzahl von Israeliten verfügte – den Ausschlag gab.

Als am nächsten Morgen die Sonne aufging, sahen die Amalekiter nur ein Häuflein Krieger mit Bogen und Pfeilen vom Tal nach den Kuppen hinaufklimmen. In spöttisches Gelächter brachen die Amalekiter aus und riefen:

«Seht, welch eine Kriegsmannschaft Israel gegen uns sendet! Nicht ein Schwertkämpfer darunter, lauter Bogenschützen. Und was für ein geringes Häuflein! Wir werden sie unter unsern Steinen begraben!»

Ein Hagel von Steinen ging auf die vorrückenden israelitischen Krieger nieder.

Die Bogen der Israeliten erwiesen sich als nutzlos. Ihre Pfeile prallten an den Steinwänden des Berges ab; die Amalekiter dagegen konnten, hinter die Felsblöcke geduckt, die Israeliten sehen und genau auf sie zielen. Einige Male zogen sich die Israeliten zurück und nahmen Deckung. Dann ließ sich erkennen, daß die Amalekiter berieten, ob sie nicht die paar hebräischen Bogenschützen bereits gänzlich vernichtet hätten und nun nicht auf die drunten im Tal unbewaffnet und unbeschützt zurückgelassenen Frauen und Kinder losgehen könnten. Doch als sie den Versuch dazu machten, erschienen die hebräischen Krieger wieder, und die Amalekiter versteckten sich wieder hinter die Felsen. Woher kam diesen Hebräern der Heldenmut, daß sie, einer gegen hundert an Zahl, gegen einen besser bewaffneten Feind standhielten? Woher nahmen die Knechte von gestern diesen heldenhaften Willen?

Auf einmal fiel den Amalekitern etwas ins Auge.

Auf der gegenüberliegenden Kuppe sahen sie eine mächtige Gestalt. Hochgewachsen, weißbärtig erhob sie sich wie ein aus den Felsen gehauenes Standbild; die zwei Männer zu seinen beiden Seiten wirkten wie Zwerge neben ihm. Und sobald die Gestalt die Arme zum Himmel hob, traten die hebräischen Krieger ins Freie und trieben den Feind zurück.

Den ganzen Tag über wogte der Kampf hin und her. Es erwies sich, daß die Umgehungsbewegung nicht leicht auszuführen war, daß die Schwertkämpfer nur langsam emporklettern konnten. Josua, dessen schwierige Aufgabe es war, die amalekitischen Horden von dem Lager der Israeliten fernzuhalten, wußte nicht, wann die andere Hälfte seiner Streitmacht die Stellung erreicht haben würde, von der aus sie zum Angriff übergehen konnte. Doch er war überzeugt, daß der Schlachtplan Moses' zum Gelingen führen müsse, denn für ihn stand es fest, daß Gott ihm diesen Plan eingegeben hatte.

Josua hatte seine Leute so verteilt, daß der Steinhagel von oben nicht auf eine einzige Stelle zusammengefaßt werden konnte. Trotzdem wurden viele getroffen und fielen, sodaß Josua schließlich nur noch von einer kleinen Heldenschar umgeben war, darunter sich nicht wenige Schwerverwundete befanden. Doch auch diese kämpften blutüberströmt weiter. Sobald Schwäche sie ankam und sie weichen wollten, wies Josua hinüber zu der Gestalt auf dem jenseitigen Hügel.

Dort ragte Moses auf wie eine blendende Säule. Sein Bart flammte silbern im Sonnenlicht, und sein weißer Mantel lag wie ein grellblinkender Schild um ihn. Seine aus dem Mantel hervortretenden, hochgehobenen bloßen Arme, die den Stab zum Himmel streckten, waren Sinnbilder des Mannesmuts.

«Seht hin! Moses steht auf der Kuppe dort und spricht mit Jehovah! Jehovah leitet die Schlacht!»

«Der Stab Moses' wird Amalek das Genick brechen, wie er das der Aegypter gebrochen hat!»

«Mir nach, im Namen Jehovahs!», schrie Josua.

Immer wieder von neuem Mut erfüllt, machte das zusammenschrumpfende Häuflein Ausfälle aus dem Felsengewirr hervor und trieb die Amalekiter zurück.

Die Angreifer merkten schließlich, daß es nicht der wenn auch noch so standhafte und störrische Heldenmut der Verteidiger war, der ihnen den Weg zu ihrer Beute verlegte, sondern die ragende Gestalt mit ihren zum Himmel erhobenen Armen. An ihr entzündete sich, sobald sie einen Blick auf sie warfen, die

Kraft der Israeliten zum Widerstand gegen die Amalekiter, und der Mann auf dem Hügel zog seinerseits die Kraft vom Himmel herab. Die Wut der Amalekiter wandte sich darum zuletzt gegen ihn: ihre besten Bogenschützen spannten die Sehnen auf ihn zielend und ließen ihre Pfeile über das Tal hinwegschwirren; ihre stärksten Männer schleuderten gewaltige Steinblöcke nach ihm. Doch umsonst! Gleich einem Engel des HErrn ragte die Gestalt unerreichbar, unverletzlich in die Wolken. Es war, als ob die Sonne einen Panzer um ihn gösse, und als ob das Licht, das darauf blitzte, die Geschosse abprallen ließe.

Zuletzt aber fing der von Moses ausgedachte Schlachtplan an, sich zu bewähren. Die Amalekiter verloren angesichts des Widerstands dieses Häufleins hebräischer Kämpfer die Geduld; sie gaben allmählich ihre Stellungen auf dem Gipfel auf. Gegen Einbruch der Nacht beschlossen sie, den Nahkampf aufzunehmen. Nunmehr waren aber auch die hebräischen Schwertkämpfer, die die Höhe umgangen hatten, bereit, zum Angriff im Rücken des Feindes überzugehen. Im Augenblick, da die Amalekiter ihre geschützte Stellung verließen, wo sie Haufen von Steinen, die ihre vornehmlichsten Geschosse bildeten, angesammelt hatten, stürzten sich aus dem Hinterhalt die hebräischen Schwertkämpfer auf sie mit dem gellenden Kampfgeschrei: «Mir nach im Namen Jehovahs!» Die Schwerter blitzten von allen Seiten auf und mähten die Amalekiter nieder. Leichen rollten die Abhänge hinunter. Die vom Schwert Verschonten ergriffen entsetzt die Flucht.

Da die Sonne unterging, brachte Josua die mit Proviant beladenen Kamele und Esel der Amalekiter sowie Waffen, Kriegsgerät und andere Siegeszeichen ins Lager hinunter; die letzten wurden zu Moses' Füßen niedergelegt.

Erschöpft von der Stellung, in der er den ganzen Tag über verharrt war, doch mit freudestrahlendem Antlitz nahm Moses Josua beiseite und sagte zu ihm:

«Von Jehovah ward mir das Wort, daß dies in ein Buch geschrieben werde zum Gedächtnis und daß ich es wiederhole deinem Ohr: der HErr wird austilgen Amalek unter dem Himmel, daß seiner nicht mehr gedacht werde.»

In der Frühe des nächsten Tages aber sandte Moses Josua, Aaron und seinen Schwager Hur aus, die Ältesten und die Gemeinde zur Versammlung zu entbieten. Und da nahm Moses Steine und errichtete Jehovah einen Altar in der Wildnis. Darauf sprach er:

«Dein Name soll sein *Adonai-Nissi*, der HErr ist mein Feldzeichen», und, die Hand auf den Altar legend, fuhr er fort: «Ich schwöre, die Hand auf Gottes Thron, daß Gott wird streiten wider Amalek von Kind zu Kindeskind.»

Dann kehrte er sich zu den Ältesten und der Gemeinde von Israel:

«Wisset, daß Amalek in Tat und Wahrheit nicht auszog gegen euch in den Kampf, da ihr müde wart von der Wanderung, sondern gegen Jehovah. Denn Amalek ist der ewige Feind Jehovahs, der ewige Feind all dessen, was Jehovah lehrt, all dessen, was Jehovah ist, all dessen, was an Jehovah glaubt. Wie Jehovah das Erbarmen ist, die Gerechtigkeit und Ordnung, so ist Amalek die Grausamkeit, die Ungerechtigkeit und Wirrnis. Amalek hasset alles, was Jehovah liebt, und er wird streiten wider euch bis zum letzten Geschlecht, da ihr die Erfüllung von Gottes Gesetz seid. Denn auch dies sollt ihr wissen: man wird euch verachten und verspotten um Jehovahs willen. Man wird euch unterdrücken in jeglicher Weise, ihr werdet zur Schlachtbank geführt und werdet gefoltert werden auf tausenderlei Art um der Gebote und Gesetze Jehovahs willen. Und dieser Kampf wird andauern bis zum jüngsten Tag. Und in jeglichem Menschenalter wird ein neuer Amalek aufstehen, um den Krieg gegen Jehovah zu erneuern. Und die Amalekiter werden Sein Wesen verleugnen für und für, werden Seine Gesetze bespeien und die Ordnung vernichten, die Er geschaffen hat. Ihr aber werdet die Streiter Gottes sein, die Verteidiger Seiner Herrlichkeit, die Hüter Seiner Gesetze, die Stützen der Ordnung, die Er geschaffen hat. Vom heutigen Tage an ist Jehovah euer Feldzeichen. Es genügt nicht, daß ihr mit ganzem Herzen das Gute und Rechte liebt; mit all euren Sinnen müßt ihr das Böse und das Unrechte hassen, bis der Tag kommt, da sie ausgetilgt sind vom Angesicht der Erde und Jehovah der einzige Herrscher ist auf Erden, wie Er es im Himmel ist. An jenem Tag wird die Welt erkennen die starrsinnige Rolle, die ihr gespielt habt in dem langen Kampf, wird sie erkennen eure Treue zu Jehovah und eure Liebe für Ihn und wird sich zu Ihm kehren. Denn es ist nicht Gottes Wille, daß der Sünder untergehe, sondern nur, daß die Sünde ausgerottet werde.

Darum kämpfet gegen das Böse, bis das Gedächtnis Amaleks ausgetilget ist unter dem Himmel.»

Und das Volk antwortete Moses:

«Die Hand auf Gottes Thron schwören wir Fehde gegen Amalek von Kind zu Kindeskind. Der HErr ist unser Feldzeichen, und Sein ist das All.»

VIERTES KAPITEL

ENDLICH kam die Zeit, da Moses etwas Ruhe fand und gewissermaßen Atem schöpfen konnte. Seit der Stunde des Auszugs aus Aegypten hatte er keine ruhige Minute gehabt. Gefahr war auf Gefahr gefolgt; äußere Gefahren, zunächst von den Aegyptern, dann die inneren Gefahren des Aufruhrs, des Hungers und Durstes, und schließlich dann der freche Überfall eines bösartigen, feigen Feindes, der sich einen leichten, raschen Sieg über die erschöpften Hebräer versprochen hatte. Moses hatte keine Muße gehabt, eine Aufzeichnung abzufassen oder auch nur die Wunder und Zeichen, die Gott an den Kindern Israels getan, in zeitlicher Folge niederzuschreiben. Noch anderes erheischte eine Niederlegung in Wort und Schrift: die überkommenen Gesetze und Bräuche der Kinder Israels sowie die Überlieferung der Erzväter, Gesetze und Gebräuche, die sie sogar während der aegyptischen Zeit beobachtet hatten; seitdem aber waren neue, durch ihre Erlebnisse und Erfahrungen in der Wildnis bestimmte, Gesetze hinzugekommen.

All dies mußte in gehöriger Ordnung niedergelegt, durch die Schrift festgehalten, von Lesarten, Zusätzen und besonderen Ausdeutungen der Priester und Leviten gesäubert werden, die beflissen waren, ihre Sonderstellung aufrechtzuerhalten, ja zu erweitern. Es war hoch an der Zeit, alle Überlieferungen und Weistümer, die Lobgesänge und Segenssprüche der Vorfahren in einen einzigen Stil zu bringen, ein Buch der Geschlechter zu schaffen, das für alle künftigen Zeiten geheiligt sein und keiner Veränderung mehr unterworfen werden sollte.

Nun aber, da Gott ihm geboten hatte, die Geschichte von Amaleks Überfall auf Israel in einem Buche aufzuzeichnen und

Amalek den Stempel des Erbfeinds Jehovahs aufzudrücken, gehorchte Moses dem Geheiß und schritt auch an die weitschichtigere Aufgabe heran.

Mannigfaltige Mittel und Wege gab es, mit denen die Völker die Taten ihrer Könige, ihre Kriege und Siege, die Gesetze und Gebote ihrer Götter verewigten. Die Aegypter meißelten ihre Schriften vornehmlich auf Stein oder legten sie auf Papyrus nieder. Die Babylonier ritzten ihre Gesetze und Gebote, Verträge und Vereinbarungen in Keilschrift auf Tontafeln, die sie in Dörröfen oder an der Sonne brannten. Moses entschied sich dafür, seine Aufzeichnungen auf Schafhäute zu setzen und als Tinte dafür eine von gewissen Fischen ausgeschiedene dunkle Flüssigkeit zu benutzen; solche Aufzeichnungen waren ebenso haltbar wie leicht und konnten daher von den Kindern Israels mitgeführt werden, bis sie in dem ihnen von Gott verheißenen Land anlangten.

Das Buch sollte berichten von den ersten Dingen, von den sechs Schöpfungstagen und den Werken Gottes am Uranfang; dann sollte es alle Geschlechter und Überlieferungen der Väter aufzählen, ihre Taten und Tugenden, ihre Bräuche und Gesetze, ihre Gebete und Segenssprüche, die sie den Kindern Israels hinterlassen hatten. Auch sollte es eine Chronik der Israeliten selbst darstellen, den Auszug aus Aegypten, die Wanderung durch die Wüste, und die Wunder, die Gott an ihnen getan, erzählen. Vor allem aber sollte dieses Buch das Gesetzbuch Israels werden, das alle Gesetze und Gebote enthielt, die Gott den Kindern Israels gegeben hatte und noch geben würde, das Lehrbuch, nach dem sie ihr Verhalten zu richten, ihr Leben einzurichten hatten. Darum sollte das Buch genannt werden: *Sefer-Torah*, das ist: das Buch der Lehre und des Gesetzes.

Alsbald machten sich die Gerber ans Werk; vor Moses' Zelt schabten sie mittels der aegyptischen Schwerter die Schafhäute, reinigten und glätteten sie, sie also bereitend zur Aufnahme des heiligen Schriftwerks. Und ein Rat der Ältesten in Israel, aus denen gebildet, die einstmals in der verborgenen Höhle Aegyptens die Überlieferung der Väter durchforscht und in sich aufgenommen hatten, wiederholten nunmehr den Wortlaut den Schreibern. Wort für Wort sagten sie ihnen die Überlieferung vor, den genauen Wortlaut, wie sie ihn von den früheren Geschlechtern überkommen hatten. Jedes Ereignis wurde, wie es aus dem Munde vieler Leute kam, genau untersucht und verglichen; Stil und Form der Erzählung mußte dem Ereignis angeglichen werden. Jedes Wort mußte sich einfügen, mußte die Zustimmung der Ältesten erhalten. Denn nicht das Ereignis als solches allein war wichtig; ebenso bedeutsam und geheiligt war die Sprache, darin die Überlieferung wieder- und weitergegeben wurde. Es wurde nichts verheimlicht; das Schlechte wurde genau so gewissenhaft vorgebracht wie das Gute; nichts wurde umgangen, nichts beschönigt oder vergoldet; alles wurde mit sparsamsten Worten, die die Wahrheit ebenso einfach wie kühn herausbrachten, dargestellt. Der Stil der Überlieferung war seit langer Zeit festgelegt; wie auf Granit mußte er herausgehämmert werden. Kein Wort durfte mehr verändert werden, denn die Worte waren gewählt und gezählt, in Form und Zahl von den früheren Geschlechtern übermittelt, es durfte nichts hinzugefügt und nichts ausgelassen werden.

Doch dies war nicht der Fall bei den Ereignissen ihrer eigenen Zeit, die in die Aufzeichnungen eingetragen wurden.

Vom ersten Tag an, da er in Aegypten mit seinen Brüdern in Verbindung getreten war, war Moses auf gewisse Kreise in Israel gestoßen, die dem Volk ihre Vorherrschaft aufzuerlegen trachteten. Vor allen andern war das der Stamm Levi, der sich abseits hielt, eine Sonderstellung für sich beanspruchte und sich als den herrschenden Stamm verkündete. Der Stammesälteste und Sprecher Korah hatte sich natürlich als den Mann betrachtet, dessen Bestimmung es sei, die Hebräer aus der Knechtschaft zu führen. Es war auch sein Ehrgeiz, das Amt des Hohepriesters einzunehmen; und als Moses ihn in gebührendem Abstand hielt und an die erste Stelle unter seinen Helfern seinen Bruder Aaron sowie an die zweite seinen Schwager Hur berief, rächte sich Korah, indem er Moses beim Volk verleumdete und seinen guten Ruf untergrub. Insonderheit suchte Korah dadurch Mißvergnügen bei der Volksmasse zu erregen, daß er immer wieder behauptete, Moses wolle die Herrschaft über Israel ausschließlich in die Hände seiner eigenen Familie bringen.

Doch die Schwierigkeiten, die Moses aus dem Kreis seiner Familie selbst erwuchsen, waren schlimmer als die, die ihm Korah machte.

Bereits in Aegypten hatte Aaron von der Aufrichtung einer Priesterherrschaft nach dem Muster der aegyptischen auch in Israel geträumt, mit einer abgestuften Priesterkaste, wohlgefüllten Speicherstädten um die Tempel herum und großem, aus Zehnten und andern Abgaben aufgehäuftem Vermögen. Nach Aarons Plänen sollte das Priesteramt nicht dem gesamten Stamm Levi überlassen werden, wie das Korah anstrebte, sondern den Nachkommen einer einzigen Familie, nämlich der des Amram, während die andern Leviten etwas wie einen Tempelsklavenstand, eine Dienerschaft der Priester abgeben sollten.

Demzufolge hatte Aaron seine Söhne im Sinn eines erblichen Priesterstandes aufgezogen. Diese, Nadab und Abihu, erachteten sich daher als ihrem Vater folgende Gründer einer Priesterdynastie und legten von früher Jugend an ein starkes Streben nach Macht und Sonderstellung an den Tag. Voller Neid auf ihren Oheim, ja auf den eigenen Vater, warteten sie ungeduldig auf den Hintritt der älteren Generation, um dann selbst die Führung übernehmen zu können. Doch selbst noch zu Moses und Aarons Lebzeiten betrugen sich diese jungen Leute dem Volk gegenüber, als ob dieses noch aus Sklaven bestehe. Da sie allerdings die Hebräer als Knechte Jehovahs, sich selbst aber als Jehovahs Stellvertreter erachteten, so zogen sie daraus die Folgerung, die Beziehung zwischen ihnen und ihren Volksgenossen sei die von Herren zu Knechten. Sie hielten sich für durchaus berechtigt, von jedem Gemeindemitglied eine Kopfsteuer einzutreiben, selbstverständlich im Namen Jehovahs. Sie legten auch die Gesetze und Gebote Jehovahs – sowohl die durch Überlieferung festgelegten wie die neuerlich hinzugekommenen – zu ihrem eigenen Vorteil aus, als ob es der Wille Jehovahs sei, daß die Israeliten, nachdem sie eine alte Hörigkeit abgeworfen, dafür mit Freuden eine neue auf sich nähmen, die einer Dynastie von Priestern.

Moses allein unter allen Söhnen Amrams war frei von Herrschaftsgelüsten. Er hatte nur zwei Leidenschaften, für die er bereit war, alles aufzuopfern, sich selbst, seine Familie, seine Nachkommen. Die erste war Jehovah. Die zweite, nicht weniger tief und überragend, war sein Volk und der Wunsch, es so zu lenken, daß es ein besonderes Volk nach Gottes Gebot werde, das Mustervolk der Gerechtigkeit und Lauterkeit. Um dieser beider Liebesgefühle willen vernachlässigte er seine Frau und seine Kinder.

Als er das Schilfmeer durchschritt, berief er nicht seinen Sohn Gerson von Midian, um ihn, wie Aaron mit seinen Söhnen tat, zum Erben seiner Führerstellung heranzuziehen. Statt dessen nahm er einen vollkommen fremden Jüngling aus dem Stamm Ephraim zu sich, Josua ben Nun, den niemand bis dahin gekannt hatte, und machte ihn zu seinem vertrautesten Helfer. Moses war nicht von dem Ehrgeiz erfüllt, die Macht an sich zu reißen und festzuhalten, sie auf seine Söhne zu übertragen, seinem Volk eine bestimmte Kaste vorzusetzen; sein Bestreben war, das Volk zu einem Volk von Priestern, zu einem heiligen Volk zu machen.

Er verstand durchaus, daß die Kinder Israels bestimmte Riten und Kultformen benötigten, in denen die Verehrung Jehovahs vor sich zu gehen hatte, und daß Ritus und Kult eine Priesterschaft nötig machten. Doch ihm war es nie in den Sinn gekommen, daß diese Priesterschaft eine Kaste bilden solle, die vom Schweiß des Volkes lebte und der das Volk den Zehnten der Feldfrucht und den Erstling der Herde ablieferte, eine Kaste mit einem großen, kostbaren Heiligtum und mit einem goldenen Altar, auf dem ständig Brandopfer von Schafen und Rindern rauchten.

Nach dem Sieg über Amalek hatte er selbst Jehovah einen Altar aus Steinen errichtet und daran die Wunder gepriesen, die der HErr für das Volk getan. Er hatte daran kein Opfertier geschlachtet, obschon er wohl wußte, daß das Volk noch immer in der Vorstellung solcher Opfer lebte. Die Darbringung von Opfern war die einzige Form des Gottesdienstes, den die damalige Welt kannte. Die Lippen des Menschen waren versiegelt, und ein Herz, das in Liebe zu Gott und Ehrfurcht vor Gott überströmte, mußte sich, da es sich nicht im Gebet äußern konnte, durch Opfer einen Ausweg schaffen; Moses jedoch hegte in seinem Herzen die Überzeugung, daß Gottes Sinn nicht nach Opfern stand, sondern nach guten Werken und einem gerechten Leben.

Bereits bei der Erlassung des ersten Gesetzes, das Moses dem Volk im Namen Gottes verkündete, des Gesetzes, nach dem das Erstgeborene, das den Schoß der Mutter bricht, ob es nun das eines Menschenweibes oder eines Tierweibchens sei, Gott geweiht sein solle, ergab sich Streitigkeit zwischen Moses und der Priesterschaft.

Aaron und seine Söhne, die es auf sich nahmen, alle Kultvorschriften genau auszuarbeiten, legten das Gesetz dahin aus, daß jedes Erstgeborene, sei es von einer Menschen-, sei es von einer Tiermutter, dem Priester als Gottes Stellvertreter auf Erden gehöre.

«Bruder Moses, besagt das Wort Gottes in dieser Hinsicht nicht, daß der erstgeborene Sohn, der den Schoß der Mutter bricht, dem Heiligtum als Sklave angehören soll, ebenso wie das erstgeborene Tierjunge als Opfer auf den Altar gehört? Und zwar dies sofort, sobald wir die Stiftshütte errichten?»

«Gott sagte deutlich zu mir, daß ein jeder erstgeborene Sohn des Menschen losgekauft werden solle; und auch dies erst, wenn wir in das Land gekommen sein werden, das unser Erbteil ist.»

«Wem aber gehört das Loskaufsgeld für den Erstgeborenen sonst als den Priestern?»

«Darüber weiß ich nichts. Darüber habe ich keine Weisung von Gott. Lasse mir Zeit; ich werde Ihn befragen.»

Moses hatte stets große Sorgfalt geübt bei der Ausführung von Gottes Willen; gewissenhaft bis ins Kleinste hatte er der Stimme gehorcht, die er in seinem Herzen vernahm; noch weit vorsichtiger und gewissenhafter aber war er, als es an die Niederschrift der Gebote Gottes ging, sowie der Geschichte von den Wundern, die Er für Israel vollbracht, den Anteil, den er selbst daran hatte, und die Rolle, die Aaron und die Übrigen dabei spielten. Er befleißigte sich äußerster Genauigkeit und knappster Darstellung, wobei er sich auf die tatsächlichen Vorkommnisse beschränkte und niemandem schmeichelte. Er schuf einen Rat von Schreibern, deren Aufgabe es war, die Aufzeichnungen abzufassen und vor den die Teilnehmer bei allen Ereignissen als Zeugen geladen wurden. Moses selbst erschien davor und bemühte sich, die Worte genauestens wiederzugeben, die er hörbar von Gott vernommen oder von der Stimme in seinem Herzen gehört, ohne einen Buchstaben zu verändern. So vernahm der Rat der Schreiber auch die Übrigen, darunter Aaron, ja auch Korah, Dathan und Abiram, über die Sklaverei in Aegypten. Auch die Schwester Moses', Miriam, wurde berücksichtigt und in die Aufzeichnungen aufgenommen. Sie erzählte von Moses' Geburt und seiner Auffindung am Nilufer durch die Tochter des Pharao. Das Tatsachenmaterial, das durch den Rat zusammengebracht wurde, wurde nicht nur hinsichtlich des Inhalts, sondern auch der Form und des Stils verglichen und angeglichen, sodaß es sich folgerichtig anschloß an die Erzählung, die mit der Erschaffung der Welt begann und das Leben der Erzväter enthielt. Wenn die Schreiber den Text fertiggestellt hatten, brachten sie ihn zu Moses, der ihn vom Gesichtspunkt der von Gott empfangenen Gebote und Offenbarungen prüfte; erst wenn er vollkommen die Überzeugung gewonnen hatte, daß das Niedergeschriebene den Stempel der Wahrheit trug und vom Geiste Gottes durchleuchtet war, gab er die Erlaubnis dazu, es für immer und ewig dem Sefer-Torah einzuverleiben, dem Buch der Lehre und des Gesetzes.

Moses war selbstverständlich nicht der Einzige, der eine Aufzeichnung der Ereignisse hervorbrachte. Korah und seine Anhänger hatten ihre eigene Lesart, indes Aaron und seine Söhne mannigfaltige Ritualvorschriften ausarbeiteten, die auf die Errichtung einer Priesterherrschaft nach aegyptischem Vorbild abzielten. Doch so lange Moses sie nicht guthieß und sie nicht als Wort Jehovahs erklärte, wurden sie nicht in das Buch des Gesetzes aufgenommen.

Moses ernannte darauf einen zweiten Rat, der in seinem Zelt Sitzungen abhielt, den Rat der Ausleger des Gesetzes.

So frisch noch ihre Freizügigkeit und so kurz ihr Aufenthalt in der Wüste war, wiewohl sich ihr Leben schwer anließ und der Lebensunterhalt täglich neu in Frage gestellt war, so schuf doch das bloße Zusammenleben dieser großen Menschenmasse stets neue, verwickelte Fragen, die eine sofortige Lösung erheischten. Schwachheiten und Leidenschaften gab es, zu deren Unterdrükkung die Entbehrung nicht beitrug, Ausbrüche von Begierde, wildem Gelüst, tierischem Trieb, geschlechtlicher Verderbtheit. Es gab Leute, die mit einem so riesig angehäuften Vermögen aus Aegypten ausgezogen waren, daß sie selbst hier in der Wildnis sich Sklaven halten wollten. Sie dingten Knechte, trieben Wucher mit verborgten Geräten und Kleidungsstücken. Viele der Armen, die die Reicheren beneideten, verlangten, daß die aus Aegypten mitgeschleppten Reichtümer als Kriegsbeute erklärt und zu gleichen Teilen unter der Gemeinde verteilt würden. Als diese Forderung abgelehnt wurde, setzten Diebstähle ein. Auch kamen Fälle von Vergewaltigung an Frauen, ja selbst an Kindern vor. Viele der Söhne Israels, die sich auf ihre Abstammung etwas zugute taten, schauten auf die neuen Mitglieder der Gemeinde als auf Menschen minderer Herkunft herab und benahmen sich roh gegen sie. Andererseits äfften Israeliten die übelsten Gewohnheiten und Gebräuche gewisser Fremdlinge nach, sodaß das Volk an der Wurzel angefressen zu werden drohte. Freilich waren es eben doch erst kürzlich freigelassene Sklaven, die Moses in die Wüste geführt hatte. Die alte Zucht, die ihnen seit Menschenaltern mit der Peitsche eingebläut worden war, hatte sich gelockert; hier in der Wüste gab es weder Wächter noch Vögte, die mit Peitsche und Stock Ordnung und Gehorsam aufrechterhielten. Die Gesetze und Gebote waren noch nicht zur Gänze verkündet; und, was schlimmer war, ihre Einführung und Erzwingung war noch nicht in eine feste Regel gebracht.

Sie anerkannten und fürchteten nur eine einzige Autorität: Moses. Sie wußten, daß er die Macht hatte, zu strafen mittels des Stabs Jehovahs, den er in seiner Hand hielt. Und so kamen alle, denen Unrecht geschehen war, zu ihm ins Zelt, um ihre Klagen und Beschwerden vorzubringen.

Er selbst saß zu Gericht. Er konnte oder wollte keine Richter aus der Mitte der Söhne Aarons, die nur allzugierig nach solchem Amt gegriffen haben würden, noch aus dem Kreis der Stammesältesten ernennen. Er brachte es nicht über sich, sich auf Andere zu verlassen. Die Stammesältesten würden ihre Angehörigen bevorzugt haben, denn die Stämme waren wie große Familien.

Hier bereits, in der Wüste, suchte Moses die Rechtsordnung und Rechtsprechung vorwegzunehmen, von der er hoffte und glaubte, daß die Kinder Israels sie im Land der Verheißung einführen würden. Wenn er Entscheidungen und Urteile fällte, so stand ihm stets und ständig die sittliche Vollkommenheit vor Augen, die einmal im eigenen Land die Regel für Israel sein sollte. Ohne eine bereits feststehende Gesetzessammlung hielt er sich an den erhabenen Geist der neuen Ordnung, die er von Jehovah am Berge Sinai erwartete; und da er allein dieses Geistes teilhaftig war, so hielt er selbst Gericht ab, hörte alle Klagen an, fällte er

Urteilssprüche und setzte sich mit seiner ganzen Autorität für die strenge und genaue Ausführung der gefällten Sprüche ein.

In gewissem Umfang stützte er sich dabei auf seine allerdings unvollständige Kenntnis des babylonischen Rechts und der Gesetze einiger Wüstenstämme, die hie und da, so etwa bei der Regelung des Sklavenwesens, ein gewisses menschliches Verständnis aufwiesen. Doch worauf es hier ankam, das war nicht die gelegentliche Einzelentscheidung, das Rechten um und das Richten über da und dort geschehenes Unrecht, sondern die Schaffung einer neuen Ordnung, Gottes Ordnung für Sein auserwähltes Volk, das allen andern Völkern zum Vorbild dienen sollte; und was Moses anstrebte, das war der allgemeingültige Grundsatz und der ewige Leitgedanke für die Kinder Israels, den sie mitnehmen sollten in ihre neue Heimat. Mit Josuas Hilfe suchte er aus der Gemeinde diejenigen Männer aus, die Unterricht in der Rechtsprechung gehabt hatten, und machte sie zu Mitgliedern des neugegründeten Rats.

Wo immer die Ältesten eine Rechtsvorschrift in den Gebräuchen der Erzväter fanden, nahmen sie sie sich natürlich zur Richtschnur; wofür es keinen Hinweis und keinen Präzedenzfall gab, da prüften sie die Frage vom Gesichtspunkt der babylonischen und aegyptischen Verfahrensweisen oder auch nach denen der Wüstenstämme. Moses erwog und verglich die vielerlei Gesetze auf ihre Nähe oder Entferntheit von dem Geist der neuen Ordnung der Gerechtigkeit, die ihm vorschwebte. In diesem Sinne waren auch die Einzelurteile, die er fällte, gegründet und begründet. Schritt für Schritt formte er so eine Rechtsverfassung, die von den höchsten und edelsten Gedanken seines Zeitalters getragen war und sowohl die geläuterten Überlieferungen der hebräischen Stämme wie die Verfahrensweisen anderer Völkerschaften in sich schloß.

Dieses Recht schrieb er nieder, doch er verleibte es noch nicht dem Sefer-Torah, dem Buch der Lehre, ein. Er wartete auf das höchste Erlebnis, die Offenbarung der letzten Grundsätze der Gerechtigkeit am Berge Sinai, nach denen alle Vorschriften überprüft und vervollständigt werden sollten, um dann als Gottes Gesetze verkündet zu werden.

Mittlerweile aber nahmen die Einzelfälle seine ganze Zeit in Anspruch. Er sah sich außer Stande, das Volk auf den ungeheuren Augenblick vorzubereiten. Er war sich durchaus dessen bewußt, daß es, bevor er die Kinder Israels zum Berge Sinai führte, um das Gesetz zu empfangen, einer Zwangseinrichtung bedurfte, auf Grund deren das Gesetz, wenn es einmal gegeben war, gehütet und angewandt werden konnte. Zu diesem Zweck aber war es nötig, Leute aufzutreiben, die man als Behörden einsetzen und mit Macht ausstatten konnte, Menschen, die ihre Stellung nicht zum eigenen Vorteil mißbrauchten oder gar sich verschworen, um Israel die Vorherrschaft einer Gruppe mit dynastischen Ambitionen aufzuerlegen. Wie er diese Leute auswählen sollte, das wußte Moses nicht, und so wartete er auf einen Fingerzeig Gottes, bevor er das Volk zum Berge führte.

* * *

Eines Tages während dieser Zeit traf ein Kamelreiter beim Zeltlager der Israeliten ein und verlangte, zu Moses geführt zu werden. Da Moses ihn erblickte, erkannte er in ihm einen von seines Schwiegervaters Jethro Leuten.

Der Bote meldete:

«So spricht Jethro, der Priester von Midian: ‚Ich, Jethro, dein Schwiegervater, komme zu dir, und dein Weib und deine beiden Söhne sind mit mir.‘»

Da ward Moses augenblicklich von Scham gepackt. Seitdem Gott sich ihm am Berge Horeb offenbart, hatte er sich keinen Augenblick Ruhe gegönnt und seinen persönlichen Angelegenheiten kein Augenmerk zugewandt. Das Land Midian lag angrenzend an die Wüste Zin; sein Herz hatte sich gesehnt nach Zippora, seinem Weibe, um der Treue willen, die sie ihm bezeigt, daß sie mit ihm nach Aegypten hatte gehen wollen. Er wußte seinem Schwiegervater Dank für die Güte, die dieser ihm so reichlich gespendet; es verlangte ihn auch nach seinen beiden Söhnen, von denen der Erstgeborene, Gerson, in seinem Namen das Gedenken an seines Vaters Heimatlosigkeit und Einsamkeit trug, indes der Name des Zweiten, Elieser, von des Vaters Gottvertrauen kündete; doch all dessen ungeachtet hatte er die Seinen nicht von seinem Verweilen in der Nähe benachrichtigt noch sie aufgefordert, zu ihm zu kommen. Und so war es statt dessen der Schwiegervater, der ihn überraschend aufsuchte.

Moses eilte mit dem Boten alsbald hinaus vor das Lager, um

seinen Schwiegervater und die Seinen willkommen zu heißen. Dort waren sie bereits angelangt: der greise Jethro in dem aus diesem feierlichen Anlaß eigens angelegten weißen Priestergewand, mit Amuletten behängt, das Haupt zum Zeichen seiner hohen Würde bedeckt; hinter ihm sein Sohn Hobab, im Hirtenmantel, den Hirtenstab in der Hand. Hinter Hobab auf einem Eselein sitzend Zippora, das Angesicht nun verhüllt nach der Weise der hebräischen Frauen, so wie Rebekka ihr Angesicht verhüllt hatte, da sie hinging, um Isaak zu begegnen. An ihrer Seite standen die beiden Söhne, Gerson und Elieser, jener bereits ein Jüngling. Die beiden waren ebenfalls nach der Weise der Hebräer bekleidet mit Lendenschurz und mehrfarbigem langem Hemd.

Moses liebte seine Frau und liebte seine Kinder und war von Ehrerbietung erfüllt gegen seinen Schwiegervater. Von dem alten Jethro hatte er vielerlei gelernt; auch hatte er die Tage nicht vergessen, da er, ein Flüchtling aus Aegypten, bei ihm Obdach und Sicherheit gefunden hatte.

Er verneigte sich tief vor Jethro, dann umarmte er ihn, darauf Zippora und die Söhne. Freude erfüllte sein Herz, da er mit ihnen durch das Lager schritt und sie in sein Zelt führte.

Kaum waren die ersten Worte des Willkommens ausgetauscht, als Moses mit einem Bericht anhub alles dessen, was er in der langen Zwischenzeit erlebt hatte. Er erzählte seinem Schwiegervater, wie Gott den Pharao gezwungen hatte, die Kinder Israels ziehen zu lassen; wie das Meer sich zerteilt hatte; welche Mühe und Drangsal die Kinder Israels in der Wüste durchgemacht hatten; wie Gott sie von Hunger und Durst errettet hatte, und schließlich vom Überfall der Amalekiter.

Jethro war hocherfreut über die Gnade, die Gott den Israeliten hatte angedeihen lassen, wie über die Weisheit und Größe, die sein Schwiegersohn bewiesen hatte. In seiner Eigenschaft als Priester sagte er Preis und Dank dem Gotte Moses', Jehovah, den er als den größten aller Götter erklärte; allsogleich müsse er Jehovah Brandopfer darbringen, und zwar am Altar, den Moses als Gedenkzeichen des Sieges über Amalek errichtet hatte.

Danach kam Aaron mit den bedeutendsten aus der Ältestenschaft, ja auch Korah, alle um den Schwiegervater Moses' zu begrüßen und zu ehren. Josua und seine junge Schar trafen alle

Vorbereitungen und stellten die Tische auf vor dem Altar. Und dann wurde im Beisein der Häupter der Gemeinde das Opfer vollzogen, und sie brachen Brot vor Gott.

Am andern Morgen lud Moses seinen Schwiegervater ein, neben ihm zu sitzen, wenn er das Volk richte. Jethro war verwundert über die Menge Volks, die sich in der Morgenfrühe bereits vor dem Zelte sammelte, um ihre Angelegenheiten vor Moses zu bringen. Moses hörte einen nach dem andern an: leichte Fälle, wie sie in jeder Gemeinschaft vorkommen, kleine Streitigkeiten und Zänkereien, Unregelmäßigkeiten und Diebstähle; aber auch schwerere Fälle, so eine Schändung, die schwere Verletzung eines schwangeren Weibes durch den Ochsen eines Mannes und dergleichen mehr.

Die meisten Klagen standen im Zusammenhang mit den Reichtümern, die aus Aegypten weggeschleppt worden waren. Moses hatte schon längst eingesehen, daß die Art und Weise, wie die Kinder Israels sich ihre Entschädigung verschafft hatten, nicht ausschließlich eine Segnung gewesen war. Manche Leute hatten sich sehr bereichert; der Reichtum schuf Neid und Haß und führte auch zu anderm sündigem Tun, zu Hurerei und allem möglichen Unrecht.

Moses machte keinen Unterschied, ob ein Fall leicht oder schwer war. Er selbst verhörte alle Zeugen für und wider; er selbst fällte das Urteil. Die Entscheidungen, die er traf, gefielen Jethro ungemein; er fand sie gerecht und nützlich. So entschied Moses etwa, daß, wenn ein armer Mann seinen Rock gegen ein Darlehen verpfändet hatte, der Geldleiher den Rock bei Einbruch der Nacht zurückzugeben hatte: denn womit sollte der Arme sich sonst in der Nacht zudecken? Was Jethro jedoch mißfiel, das war, daß Moses die Schlichtung all dieser kleinen Fälle selbst übernahm, mit denen er wohl andere Männer hätte betrauen können. Er fand es auch nicht angebracht, daß das Volk den ganzen Tag über in der furchtbaren Hitze hier stehen und warten mußte, bis jeder Einzelne aufgerufen wurde. Manchmal wurde es Nacht, ehe der Eine oder der Andere an die Reihe kam, und dann mußte er am nächsten Morgen wieder erscheinen. Und ganz im Allgemeinen gesprochen war es doch unsinnig, daß der Führer eines Volks diese Verhandlungen selbst führte, die jeder redliche, unbestechliche Mann als sein Vertreter übernehmen konnte. Es sei auch nicht, war Jethros Meinung, im Einklang mit der hohen Stellung, die Moses einnahm, daß er mit all dem befaßt werde; er werde dadurch beim Volk an Ansehen verlieren. Ganz davon abgesehen, daß er sich damit überanstrenge. Jethro sah auf der hohen Stirn seines Schwiegersohnes die Schweißtropfen hängen; er merkte, wie der Mantel Moses' naß war von Schweiß. Es war eine ebensolche Mühsal für Moses wie für das Volk.

Am gleichen Abend noch sprach sich Jethro darüber offen zu Moses aus, indem er sagte:

«Deine Urteile erfreuen meine Seele, denn sie sind gerecht und nutzbringend. Gott selbst hat in deinem Herzen die Flamme der Gerechtigkeit entfacht. Doch wie du dein Gericht führst, das dünkt mir keineswegs richtig. Vom Morgen bis zum Abend sitzest du und mühest dich, und vom Morgen bis zum Abend muß das Volk auf dich warten.»

Moses stand nicht an, seinem Schwiegervater reinen Wein einzuschenken über die mißliche Lage, in der er sich hier befand; daß er sich scheue, seine Autorität mit Andern zu teilen. Er erzählte ihm von den Schwierigkeiten, die ihm die Söhne Levis, ja sein eigener Bruder machten. Doch er hörte gern den Rat Jethros an, wußte er doch, daß sein Schwiegervater in diesen Dingen sehr klug und erfahren war. Denn er erinnerte sich noch daran, wie Jethro in Midian nach eigenem Ermessen Recht gesprochen hatte.

So aber mahnte ihn Jethro:

«Es ist nicht gut, was du tuest. Du ermüdest dich und das Volk ebenfalls. Denn dies Geschäft ist zu schwer für dich, du kannst es nicht allein verrichten. Höre jetzt auf meine Stimme, so will ich dir raten. Du mußt an Gottes Statt stehen vor dem Volk, du mußt zwischen Gott und ihm stehen, und ihm die Gesetze und Vorschriften Gottes übermitteln. Weise ihnen den Weg, den sie wandeln müssen, und die Werke, die sie tun sollen. Doch die Verbreitung und Lehre des Gesetzes sowie seine Anwendung, das mußt du andern Händen überlassen. Zunächst also siehe dich um im Volk nach geeigneten Leuten, gottesfürchtigen und rechtschaffenen Männern, solchen, die ungerechten Gewinn verabscheuen; die setze über sie, etliche über tausend, etliche über hundert, über fünfzig und über zehn. Die

Lehre des Gesetzes muß eindringen ins Volk und es ganz durchdringen; sie muß die niedrigsten Schichten erreichen bis zu den Holzhauern und Wasserziehern. Dies kannst du vollbringen, doch nicht durch die Anführer der einzelnen Stämme. Lasse die Stämme bestehen, wie sie sind, und schaffe dir ein besonderes Werkzeug zur Ausführung des Gesetzes. Nicht die Anführer der Stämme sollen das Volk richten, sondern zu diesem Zweck bestimmte Männer; gib ihnen die Vollmacht, allezeit zu richten. Die großen Sachen sollen sie an dich bringen, aber die geringen sollen sie selbst entscheiden gemäß den Vorschriften, Gesetzen und Lehren, die du ihnen geben wirst im Namen Gottes. Durch sie hältst du deine Hand über dem Volk, nicht vermittels der Stammesanführer, die, wie du sagtest, sich der Macht bedienen würden zugunsten ihrer Stämme oder ihrer Familien.»

In diesem Ratschlag Jethros erkannte Moses die Weisheit langer Erfahrung. Er war sich auch bewußt, daß nicht wenige seiner Entscheidungen stark beeinflußt gewesen waren durch die Erinnerung daran, wie Jethro in Midian waltete; doch nun hatte er einen weiteren Blick gewonnen dafür, wie er eine Grundlage schaffen, wie er einer Verschärfung der Stammesgefühle wehren und das Volk in der Lehre des Gesetzes einigen könne. Hier sah er einen Ausweg aus der schwierigen Lage, in der die Gefahr bestanden hatte, daß die Lehren Gottes zu Werkzeugen für die Ränke und Machenschaften der Stammesanführer mißbraucht würden.

Gott hatte ihm durch den Mund des Jethro Rat zukommen lassen; und alsbald machte er sich mit Ungestüm an den Aufbau einer mit Zwangsmitteln ausgestatteten Verwaltung, wie er sie als dringend nötig erachtete, bevor er das Volk zum Berge Sinai führen konnte.

FÜNFTES KAPITEL

DIESE neue Zwangsordnung, die Moses ungesäumt ins Leben rief, zerstörte die alte Stammesordnung nicht, die bei den Israeliten viel zu tief verankert und zu geheiligt war, als daß sie einer plötzlichen Veränderung unterworfen werden konnte. Auch die Söhne Levis bildeten weiterhin etwas wie eine bevorzugte Kaste, wenn sie auch einstweilen keine besondere Amtstätigkeit hatten; immerhin wurden sie der Vormacht beraubt, die sie bisher ausgeübt hatten. Jethros Rat befolgend richtete Moses einen neuen, aus siebzig Männern bestehenden Rat ein, dem er die altehrwürdige Bezeichnung der Ältesten in Israel beilegte.

Diese siebzig Männer waren die Lehrer und Deuter des Gesetzes und wurden von Moses auch zur Beratung in allen gewichtigeren Angelegenheiten herangezogen.

Seinen Bruder Aaron beließ er natürlich in dem hohen Amt des ihm gleichgeordneten Führers; Aarons Stellung erfuhr nur dadurch eine Veränderung, daß er ihm, in der Person seines Schwagers Hur als Vertreter des Stammes Juda, einen dritten Mann beigab.

In den Rat der Siebzig nahm er dann noch weitere Angehörige des Stammes Juda auf, darunter Nachschon ben Aminadab, der seinerzeit der Erste gewesen, der sich in die geteilte Meerflut gewagt hatte, sowie Kaleb ben Jephunne. Am nächsten stand Moses jedoch noch immer der junge Mann, den er zum Erben seiner Führerschaft ausersehen und der die Schlacht gegen die Amalekiter geleitet hatte, Josua ben Nun aus dem Stamm Ephraim.

Im dritten Monat nach dem Auszug aus Aegypten trat Moses den Zug zum Sinai an.

Die Kinder Israels hatten bisher in der Wüste Zin gelagert. Nun führte Moses sie weg von Rephidim zu der fruchtbaren Oase Nahal-Pharan, die unweit des Sinai-Gebirgs lag. Wasserreiche Bäche strömten ihr von den Bergen zu; sie enthielt üppiges Wiesen- und Weideland; Palmenhaine spendeten willkommenen Schatten, kurz, sie war wie geschaffen für eine große Menschenmenge. Da somit für das Volk gesorgt war, ließ Moses es unter der Oberaufsicht von Aaron und Hur und begab sich selbst in die Berge, die etwa eine Tagereise vom Lager entfernt waren. Er ging ganz allein, nicht einmal den getreuen Josua nahm er mit sich. Allein mußte er vor Jehovah im Gebirge hintreten.

Unter den Kuppen ward er bald des Horeb ansichtig, wo er den brennenden Dornbusch erblickt und Jehovahs Stimme vernommen hatte. Der Horeb war kein hoher Berg; er konnte sich nicht messen mit den ragenden Gipfeln, die in die Wolken reichten. Der Anstieg zu der flachen Kuppe, die ihn krönte, führte über eine Folge von steilen, treppenartigen Terrassen; er war nicht von Kupfererzadern durchsetzt, sondern bestand vollkommen aus Sandstein; in seinen Schluchten wuchs nichts als Wüstengesträuch und kümmerlicher Kaktus. Von den gewaltigen Gipfeln umringt, die ihre ungefügen Massen in den Himmel bohrten, bot er einen Anblick der Ruhe, Bescheidenheit und Zurückgezogenheit.

Moses blieb am Fuß des Berges stehen und hob seine Augen in Ehrfurcht und Demut, eines Zeichens Jehovahs gewärtig. Doch es zeigte sich nichts; nichts störte die düstere, bedrückende Stille. Kein Gesicht erschien auf den Höhen, kein Blatt, kein Strauch, keine Staude rührte sich.

Moses hob die Arme empor und flehte voll Inbrunst:

«Gott Abrahams, Isaaks und Jakobs, höre meine Stimme. Alles ist geschehen nach dem Wort, welches Du unsern Vätern gabst, und Du hast das Versprechen erfüllt, das Du mir an dieser Stelle gabst. Du hast die Kinder Israels erlöst aus der Knechtschaft; Du hast ihnen Brot gespendet in ihrer Not und Wasser zum Trinken. Nun habe ich sie hierhergeführt zu Deinem Berge, auf daß sie Dein Gebot und Dein Gesetz empfangen, wie Du gesprochen hast an dieser Stelle, Du Gott der Treue und der Wahrheit.»

In der erschreckenden Stille bebte und hallte das Gebet durch die Gewölbe des Gebirgs und verhallte allmählich.

Dann, mit einmal, vernahm er eine Stimme aus der Höhe, die Stimme, die erklungen war aus dem brennenden Busch:

«So sollst du sagen zu dem Hause Jakobs und verkündigen den Kindern Israels: ‚Ihr habt gesehen, was Ich den Aegyptern getan habe, und wie Ich euch getragen habe auf Adlersflügeln und habe euch zu Mir gebracht. Werdet ihr nun Meiner Stimme gehorchen und Meinen Bund halten, so sollt ihr Mein Eigen sein vor allen Völkern, denn die ganze Erde ist Mein. Und ihr sollt Mir ein priesterliches Königreich und ein heiliges Volk sein.‘ Das sind die Worte, die du den Kindern Israels sagen sollst.»

Frohen Herzens kehrte Moses zum Lager zurück. Er versammelte die Ältesten und wiederholte ihnen Gottes Wort, so wie Er geboten hatte:

«Von allen Völkern der Welt, die alle Sein sind, will Jehovah uns auserwählen als Sein eigenes Volk, ein Volk von Priestern, ein Volk der Heiligkeit, auf daß wir ein Beispiel seien den andern Völkern. Wir, das auserwählte Volk, wir sind die Ersten, den Einen Einzigen Lebendigen Gott anzuerkennen und Sein Gesetz anzunehmen als Wegleitung unseres Lebens, auf daß die Welt sehe, was recht ist und was unrecht ist, und von uns lerne den Weg zu Gott. Wollt ihr das Joch dieser Lehre auf euch nehmen? Wollt ihr euch den Gesetzen unterwerfen, welche Gott euch geben wird, um Sein heiliges Volk zu sein nach Seinem Willen?»

Und wie ein Mann antworteten die Ältesten:

«Wir wollen in allem nach Gottes Willen tun und gehorchen allen Seinen Worten.»

Moses aber fuhr fort:

«Nicht für euch allein williget ihr ein, Gottes Geboten zu gehorchen, sondern für eure Kinder und eure Kindeskinder; denn nicht mit euch allein macht Er den Bund, sondern mit allen, welche heute bei uns sind, und allen, welche heute nicht bei uns sind.»

«Wir nehmen den Bund mit Gott an für unsere Kinder und unsere Kindeskinder, für alle, welche heute bei uns sind», antworteten die Ältesten in Israel.

Erst danach verkündete Moses im Namen Gottes die Weisungen in Bezug auf das gewaltige Ereignis, das sich begeben solle am dritten Tage von diesem am Berge Sinai, damit das Volk wisse, wie es sich zu verhalten und in Bereitschaft zu halten habe.

Während dieser Frist sollten Männer und Weiber sich einander enthalten. Sie sollten sich heiligen und ihre Kleider waschen. Denn am dritten Tage werde Jehovah selbst herabfahren auf den Berg vor den Augen des ganzen Volkes.

Und so begaben sich die Kinder Israels an die Vorbereitungen. Einzeln und in Gruppen kamen sie zu den Bachufern und wuschen ihre Gewänder in dem Wasser, das von den Bergen herabstürzte. Doch nicht allein ihre Kleider reinigten sie; es war, als ob das lebendige Wasser durch ihre Seelen ströme und sie läutere von jeglichem Makel der Knechtschaft zur Vorbereitung auf den dritten Tag. Sie wußten nun, daß der heilige Berg an diesem dritten Tag in Flammen stehen werde vom Fuß bis zum Gipfel und daß sie nicht wagen dürften, sich ihm zu nähern; Mensch oder Tier, das zu ihm hintrete, werde aufgezehrt werden vom Feuer. Und sie zitterten bereits beim Gedanken an die bevorstehende Erscheinung Jehovahs, und sie sprachen leise mit einander von dem furchteinflößenden Erlebnis, das ihnen zuteil werden sollte.

«Es heißt, Jehovah werde nicht nur eine neue Weltordnung, sondern eine neue Welt erschaffen. Er werde die ganze Schöpfung einfügen in Seine Gesetze und Gebote: die Sonne wird scheinen, die Erde wird ihre Früchte und die Quellen werden ihr Wasser hervorbringen gemäß der Ordnung Seiner Torah, nach seinem Gesetze. Allen Menschen wird der gleiche Anteil gegeben werden, ob sie einen großen Acker bestellen oder einen kleinen; die Ernte wird die gleiche sein, genau so wie es mit dem Brot ist, das Er vom Himmel regnen läßt.» So sprach demütig und zuversichtlich ein Greis unter den Ältesten, und seine Augen leuchteten in seinem runzligen, sonnverbrannten Gesicht.

«Es heißt, Er werde die Ordnung der Welt wieder herstellen, so wie sie in den sechs Schöpfungstagen gewesen ist. Der Mensch wird nicht mehr zu pflügen und zu säen brauchen; die Bäume werden ohne Pflege ihre Früchte spenden, so wie es gewesen ist im Garten Eden, als Adam und Eva dort wohnten und noch nicht gesündigt hatten», meinte ein anderer Hebräer, eine große, hagere, abgezehrte, nur aus Haut und Knochen bestehende Gestalt mit tiefliegenden Träumeraugen.

So ging die Rede bei den Gebildeten, bei denen, die vollgesogen waren mit der Überlieferung des Stammes Juda. Anderwärts aber wurden ganz andere Reden laut.

«Wer weiß, was für schwere Vorschriften Er erlassen wird! Noch bevor Er sich auf dem Berge offenbart, verlangt Er von uns, daß wir uns unserer Frauen enthalten. Was wird Er erst später fordern? Vielleicht wird Er uns überhaupt verbieten, uns fortzupflanzen, womöglich will Er uns zu Engeln machen», so murrte ein vierschrötiger, starkknochiger Sohn des Stammes Dan mit dichtem, wirrem Bartgestrüpp und breitem, behaartem Brustkasten.

«Was hast du für eine Wahl? Unsere Vorfahren haben uns Jehovah als Sklaven verkauft. Denn als Erzvater Abraham den

Bund mit Ihm schloß, da hat er uns mitsamt unsern Weibern und Kindern Ihm für immer und ewig ausgeliefert, daß wir Ihm zu Willen sind.»

«Aber sind wir nicht Seine Knechte? Speist Er uns nicht mit Seinem Himmelsbrot und schlägt Er nicht Wasser aus dem Stein für uns? Was aber begehrt Er von uns? Habt ihr nicht gehört, was Moses sagte: daß wir, wenn wir nur nach Seinem Willen tun, wir dann Seine Kinder werden?»

«Aber warum gibt Er Seine Lehre, Sein Gesetz, Seine Torah nicht den Engeln im Himmel? Die brauchen keine Weiber, die bedürfen nicht Speise und Trank. Die allein können leben von Seinem Anblick», beharrte der Mann aus dem Stamme Dan und fuchtelte aufgeregt mit seinen kräftigen Armen.

«Daß Skorpionen in deinen Mund und Schlangen in deine Augen kommen, sintemalen du deinen Gott lästerst; du wirst ein Ende nehmen so bitter wie Pharao oder Amalek. Hast du den Stab Moses' vergessen?»

«Heute kann ich noch reden; morgen werde ich vielleicht dazu nicht mehr im Stande sein. Laßt mich drum mein armes Herz ausschütten. Drei Tage ohne Weib! Und wer weiß, was noch nachkommt!»

Auch in Korahs Kreis wurde von dem großen Ereignis gesprochen.

«Das ist der Lauf der Welt», sagte der scharfsinnige Korah. «Zuerst erobert ein Volk ein Land, dann läßt es sich darin nieder. Danach erläßt es Gesetze und Gebote gemäß der Lebensweise derer, die darin hausten. Aber bei uns ist alles auf den Kopf gestellt: ehe wir noch das Land erobert haben, das Gott uns verheißen hat, ehe wir auch nur den Fuß hineingesetzt haben, erlassen wir schon Gesetze, nach denen wir dort leben sollen.»

«Moses sagt, dies sei in der Tat der ganze Zweck unserer Befreiung. Nicht zu unsrem Heil hat Gott uns erlöst, sondern daß wir die Diener Seines Gesetzes sein können. Um der Torah willen hat Er uns aus Aegypten geführt. Das heißt: nicht um unsretwillen und nicht um der Verheißung willen, die Er den Erzvätern gegeben hat, sondern um der Gesetze und Gebote willen, die Er für das Land in Aussicht genommen hat. Wir, unsere Weiber und Kinder, wir bedeuten nichts! Doch das Gesetz, die Torah bedeutet alles! Pharao hat uns in Aegypten als

Sklaven gehalten, daß wir Pithom und Ramses erbauen; und Moses führt uns nach Kanaan, daß wir dort die Sklaven des Gesetzes werden, das er uns gibt», sagte Dathan.

«Gesetz hin, Gesetz her ... ich möchte bloß sehen, daß er uns in das gelobte Land bringt, wo Milch und Honig fließt. Bisher hat er uns in kein fruchtbares Land, sondern bloß in die steinige Wüste gebracht.»

«Hat Gott nicht Josua geholfen, die Amalekiter zu besiegen?» fragte einer der Anwesenden.

«Wer ist Amalek? Ein fauler Ast. Laß ihn erst sich messen mit den gewaltigen Zedern des Libanon, dem Kanaaniter, dem Hethiter, dem Moabiter.»

«Wie er Amalek besiegt hat, so wird er alle Feinde Gottes, Israels und Moses' besiegen ...»

Die neuen Vorsteher des Volkes setzten die Trennung der Männer von den Frauen durch. Sie zerteilten die Familien. Die Frauen und die kleineren Kinder blieben im Lager, während die Männer und die älteren Knaben die Nacht im Freien auf der felsigen Hochfläche zubrachten. Am nächsten Tag aber führte Moses sie in ihren glänzenden frischgewaschenen Gewändern zum Berge Horeb und ließ sie in dessen unmittelbarer Umgebung die zweite Nacht verbringen. Die Männer und älteren Knaben hieß er auf der einen Bergseite lagern, die Frauen und die kleinen Kinder auf der andern. Es war das erste Mal, daß Männer und Frauen von einander getrennt waren.

Ein großer Wandel war in Benehmen und Aussehen des Volkes eingetreten. Die drei Monate der Freiheit hatten den scheuen, unterwürfigen Blick aus seinen Augen genommen, die nun die klaren, offenen Augen freier Menschen waren. Die aschgraue, gedunsene Haut, die ihre Gesichter zu richtigen Sklavengesichtern gemacht hatte, war straff und braun geworden. Ihre Gliedmaßen waren nicht mehr schwer und träg; sie hatten Lebhaftigkeit, Kraft und Geschmeidigkeit gewonnen. Lockige schwarze Bärte umrahmten die Gesichter der Männer, und ihre Köpfe waren von starken Haarschöpfen bedeckt; die zwei langen Schläfenlocken, das Kennzeichen der Kinder Israels, hingen ihnen an den Wangen herab. Manch haarige Männerbrust schmückte ein goldenes Brustschild, das aus Aegypten mitgebracht oder einem gefallenen aegyptischen oder amalekitischen Krieger abgenommen war. Mit ihren Ringen an Fingern und Ohren, den Abzeichen der Freien, mit den kostbaren aegyptischen Leinengewändern über den Schultern, sahen diese Sklaven von gestern aus wie eine große Versammlung eines der eingeborenen Wüstenstämme.

Nicht weniger ansehnlich war die Erscheinung der Frauen. Ihre Gestalten waren in reiche Stoffe und vielfarbige Überwürfe gehüllt; sie trugen Ohr- und Nasenringe, Hals- und Armbänder; das Haar frisch gewaschen, die Augen glänzend, hielten sie sich hochaufrecht, befreit nicht nur vom Joche des Pharao, sondern auch von der inneren Last, die ihre Seelen bedrückt hatte: Reihe um Reihe standen sie da, ein frischgepflügtes, jungfräuliches Feld, bereit, den Samen Gottes zu empfangen.

In dieser Nacht, da sie rasteten im enggeschlossenen Umkreis der Berge, spürten sie bereits, wie sich ein Gewölbe über ihnen niederließ, ein Schwibbogen aus unzähligen Schwingen von Adlern oder Engeln. Sie waren in den Bannkreis einer neuen Macht einbezogen, sie waren abgesondert von ihrer Umwelt; es war, als befänden sie sich in einem weiträumigen Heiligtum, dessen Mauern die Berge waren, und als sei es ihnen versagt, sich von der Stelle zu rühren. Als die Tiefen über ihnen zu ergrauen begannen, da sahen sie eine wuchtige Wolkenmasse über ihren Köpfen aufgehangen; die Sonne trat nicht hervor, um die brauende Dämmerung zu verscheuchen; der Gipfel des Berges war umhüllt von einer schwarzen Wolke, die Rauchwirbel entließ, als ob der Berg über einem feurigen Abgrund stände. Doch sie sahen kein Feuer; sie sahen nur den Rauch, der emporwallte und über der Wolke Schicht um Schicht bildete. Blitze zerrissen ab und zu die immer dichter werdende Düsternis, einen Augenblick lang auf dem wallenden Rauch spielend, um alsbald wieder zu verlöschen. Jedem Blitz folgte Donner nach, der gewaltig widerhallte an den Bergwänden. Dann ward der Ton eines Widderhorns hörbar, der sich immer mehr verstärkte.

Ein Schauder lief durch die Menschenscharen. Doch Moses befahl ihnen, näher heranzukommen. Hochklopfenden Herzens krochen sie zum Bergfuß heran; die Wolken schlossen sich über ihnen zusammen, da ward ihnen haltzumachen befohlen.

Immer mehr, immer dichterer Rauch entströmte den oberen

Bergschichten, und immer lauter schwoll der Ton des Widderhorns an.

Moses aber schrie zum Berggipfel hinauf:

«Jehovah! Jehovah!»

Und eine Stimme ward hörbar, die über die Hänge herab Antwort gab:

«Moses! Moses!»

Und da sah das Volk Moses den Berg hinansteigen, immer weitersteigen in das dichteste Gewölk hinein und darin verschwinden. Doch bald darauf trat er wieder hervor und sprach zu den Priestern, die in der vordersten Reihe standen; doch auch sie warnte er davor, den Fuß auf den Berg zu setzen. Wer dies tue, der werde bestimmt zu Grunde gehen, denn Jehovah selbst sei nunmehr gegenwärtig.

Blitz und Donner hörte auf; die Posaune erschallte nicht mehr. Steinerne Stille fiel vom Himmel herab und legte sich auf die ganze Erde. Kein Blatt raschelte mehr, kein Vogel erhob sich in die Luft. Nichts regte sich auf dem Grund noch im Raum darüber; es war, als sei die ganze Schöpfung erstarrt. Und das Grausen, das das versammelte Volk ergriff vor dieser Stille, war größer als der Schrecken, den ihm Blitz und Donner und Posaunenstöße eingeflößt hatten.

Dann aber erschallte eine Stimme vom Innern des verhüllten Berges her:

«Ich bin Jehovah, dein Gott, der dich aus Aegypten, aus dem Diensthause geführt hat.»

Die Stimme prallte wider die Gipfel ringsum und ward zurückgeworfen ins Tal; sie hallte weiter in die unendliche Ferne hinaus, auf Wellen getragen, und dann zurückgebracht von verebbenden Widerhällen. So schallte sie hin über die ganze Welt, allenthalben hingetragen, über Wüsten, Meere und Gebirge.

Und abermals hub sie an:

«Du sollst keine andern Götter haben neben Mir...»

Und wiederum erklang sie über die Berge und durch den Raum allmählich verzitternd gleich den Saiten einer Harfe.

«Du sollst dir kein Bildnis machen...

Du sollst den Namen Jehovahs, deines Gottes, nicht zur Unwahrheit oder vergeblich aussprechen...

Gedenke des Sabbaths, daß du ihn heiligest...

Ehre Vater und Mutter ...
Du sollst nicht töten ...
Du sollst nicht ehebrechen ...
Du sollst nicht stehlen ...
Du sollst nicht falsches Zeugnis ablegen wider deinen Nächsten ...
Du sollst nicht begehren deines Nachbarn Haus ...»

Geraume Zeit verging, ehe die Stimme Gottes die Zehn Gebote verkündet hatte aus dem rauchenden Berg. Nach jedem Gebot blieb eine lange Stille. Die Stimme wartete ab, bis ein jedes Gebot um die Welt getragen war und ein jedes Volk erreicht hatte; denn die Worte wurden nicht zu einem einzigen Volk und nicht für ein einziges Zeitalter gesprochen, sondern zu allen Völkern und für alle Zeiten und Geschlechter bis zum jüngsten Tag. Die Zehn Gebote erneuerten die Erschaffung der Welt, sie waren eine Wiederholung des Schöpfungsakts; insofern als der Mensch und alles, was sonst lebt, hervorgegangen ist aus dem ersten Schöpfungsakt, so die Fortsetzung des Lebens abhängt vom zweiten Schöpfungsakt, der Verkündung des Gesetzes. Und ebenso wie der erste Schöpfungsakt eine Scheidung schuf zwischen Wirrnis und Ordnung, so schuf der zweite Schöpfungsakt eine Scheidung zwischen Gut und Böse, zwischen Recht und Unrecht. Von diesem Tage an gab es einen Mittelpunkt der Ausrichtung, eine Richtschnur des Verhaltens, einen Maßstab, nach dem Gut und Böse gerichtet werden konnte an allen Enden der Erde, für alle Menschen und Zeiten bis zur Heraufkunft des großen Gerichtstags Gottes.

Als der Blitz das trübe Dämmerlicht durchflackerte, von Donnerrollen gefolgt, da fielen die Israeliten auf ihr Angesicht und sie wagten nicht nach dem flammenden Berg hinzublicken. Sie sahen nicht mehr, sie hörten nur. Doch das Hören war wie ein Sehen. Es war, als sähen sie, wie die Stimme hinwanderte durch den Raum; es war, als ob andere Völker, andere Scharen von Kindern Israels an andern Orten versammelt seien, als ob, um diesen Scharen die Gebote zu wiederholen, die Stimme jeweils einen Abstand ließ; es war ihnen, als sähen sie diese andern Völkerschaften, die herausgetreten waren aus ihren Zelten und Höhlen, ihren Städten und Wäldern und ebenso auf ihr Angesicht niedergefallen waren vor der Stimme Gottes. Und, noch immer ohne die Köpfe zu heben, erblickten sie den feurigen Berg, aus dem Gott sprach, in die Höhe steigen und über ihnen schweben. In blauschwarze Rauchwolken gehüllt, stieg der Berg immer höher, bis die Wolken sich von ihm lösten und sich auf den andern Bergen niederließen. Dann schien es ihnen, als ob auch sie zwischen Himmel und Erde schwebten. Und sie sahen die Welt unter sich entrollt und Völker, deren Namen sie nicht einmal kannten, hingestreckt liegen, und die Stimme Gottes wanderte über sie hin. Und die Stimme brach hernieder auf die hingestreckten Völker wie ein Lichtstrahl, der eine Wolke auseinanderreißt. Und auf einmal merkten die Kinder Israels, daß sie nicht allein seien; der ganze Raum um sie war erfüllt; sie wurden einer Bewegung inne, eines Flatterns wie von Schwingen, eines Fallens von Schatten. Es waren die Seelen aller Zeitalter, die Seelen aller Menschen, ob sie nun jetzt unter den Lebenden weilten oder noch ungeboren waren, durch alle Zeit hin bis zum Tage Gottes: alle Seelen waren hier versammelt, da Gott herniederstieg in Feuer und Rauch am Berge Horeb, um der Menschheit und der Welt Seine Ordnung zu geben, und nicht eine Seele von allen Geschlechtern der Menschen war abwesend.

Es dauerte eine Ewigkeit, es dauerte einen Augenblick. Es war ein Vorfall in der Geschichte der Menschheit, der nicht mit der begrenzten Wahrnehmungsfähigkeit des Menschen meßbar ist, sondern der dem Bereich der ewigen, unendlichen Gottheit angehört. Und darum geht es nicht an, von der Zeitdauer des erhabenen Ereignisses zu sprechen. Erst als die Stimme Gottes verstummte, fiel die Welt wieder zurück in ihr Gerüst von Zeit und Raum, und erst dann erlebten die Kinder Israels das volle Maß der Furcht. Es war das eigentümliche Grauen vor dem Unfaßbaren. Sie wußten nicht, wo sie sich befanden, ob auf der Erde oder noch schwebend im Weltenraum bei Gott, durch eine unsichtbare Kraft an den fliegenden Berg gefesselt, und da huben sie an, Moses zuzurufen:

«Sprich du zu uns, wir wollen gehorchen. Laß Gott nicht reden, denn wir sterben vor Angst!»

Moses aber, dem Berge näher als sie, rief mit lauter Stimme zurück:

«Fürchtet euch nicht! Gott ist gekommen, daß Er euch prüfe, und daß Seine Furcht euch befalle, auf daß ihr nicht sündiget.»

Danach verließ er sie und stieg empor in die Wolke, daß er sich weiter bespreche mit Gott.

Die Kinder Israels waren aufgestanden, und sie warteten nun mit gepreßtem Herzen der Dinge, die kommen sollten. Sie sahen Moses in der Wolke verschwinden, und sie sahen ihn nach einer Weile daraus wieder auftauchen und auf die siebzig Ältesten sowie Aaron und seine Söhne zukommen. Er winkte ihnen, daß sie sich der Wolke nahten, wie als ob er wolle, daß sie in sie einträten, um der Herrlichkeit Gottes inne zu werden. Doch Aaron und seine Söhne wie die siebzig Ältesten beugten die Köpfe und scheuten sich in die Wolke zu treten. Da schritt Moses abermals allein hinein und blieb längere Zeit darinnen. Atemlos vor Angst harrte das Volk, zu sehen, was sich begeben werde und zu hören, was es tun solle.

Lange Zeit verstrich; die Menge blieb reglos auf der Stelle. Schließlich trat Moses wieder aus der Wolke hervor und kam auf das Volk zu. Darauf, von den Priestern und den siebzig Ältesten umgeben, stellte er sich auf einen Felsblock und rief mit lauter Stimme:

«Dies sind die Gebote, welche euch Gott gesagt hat. Wollt ihr sie halten?»

Und das ganze Volk antwortete:

«Alle Worte, die Gott gesagt hat, wollen wir tun.»

Danach erst und nachdem er ihm geboten hatte, sich den nächsten Morgen am gleichen Platz wieder zu versammeln, entließ Moses das Volk.

SECHSTES KAPITEL

MOSES rief seine Schreiber zusammen, hieß sie die großen Pergamentrollen entrollen und ließ sie darauf die Worte Gottes aufzeichnen, genau so wie Gott ihm geboten hatte.

Er bereitete das Buch des Bundes vor, das er am nächsten Morgen dem Volke vorzulesen gedachte. Er ließ nicht nur die Zehn Gebote niederschreiben, die Gottes Stimme verkündet hatte, die Gebote, die späterhin von seiner Hand auf steinerne

Tafeln gemetzt werden sollten zum ewigen Zeugnis des Bundes zwischen Gott und dem Menschen. Er mußte auch die Gesetze und Rechtssprüche niederlegen, welche die Kinder Israels durch die Überlieferung von den Vorfahren überkommen hatten, ebenso auch die Gesetze, die die eigene Lebenserfahrung hervorgebracht, die Gesetze, die für die Kinder Israels maßgebend sein sollten in dem Land, das Gott ihnen vorbehalten hatte. Die Zehn Gebote standen über Tag und Ort, sie waren keinem bestimmten Volk eigentümlich, noch bezogen sie sich auf eine bestimmte Lebensweise; sie waren der gesamten Menschheit gegeben für alle Zeiten und alle Umstände. Doch gleichzeitig erließ Moses im Namen Jehovahs eine Reihe von Gesetzen, die das Leben der Israeliten zu regeln bestimmt und ihrem besonderen Schicksal als Einzelvolk angepaßt waren, seiner Bestimmung zu einem Königreich von Priestern, das Gott den übrigen Völkern zum Vorbild aufzurichten gedachte.

Die Zehn Gebote begannen damit, daß die Grundlehre vom Einen Einzigen Lebendigen Gott sowohl bejahend wie verneinend festgelegt wurde für immerdar. Der Eine Gott darf nicht als klein und nicht als der größte der Götter bezeichnet werden. Er ist der Einzige Gott; alle andern sind Abgötter. Und du bist Ihm gänzlich untertan, sintemalen dein Geschick in Seiner Hand liegt, ob dies nun dein Wille ist oder nicht. Er ist ein Gott der Rache und gleicherweise ein Gott der Gnade. Er wird die bestrafen bis ins zweite und dritte Geschlecht, die wider Seine Gebote verstoßen; doch Er wird Gnade üben an Tausenden von Geschlechtern, die Seine Gebote halten. Er ist darum ein befehlender Gott; denn deine Unterwerfung unter Ihn entfließt nicht deinem freien Willen, sondern dem Zwang, den Er dir auferlegt. Du bist Ihm untertan und du mußt dich führen nach Seinem Willen.

Die Zehn Gebote legen den Grundsatz des Sabbaths fest, nicht allein um Gottes willen, sondern um deinetwillen. Bist du ein Tier, daß du lebst, um dich zu nähren, und dem Nahrung der einzige Lebenszweck ist? An einem Tag von sieben gehörst du Gott, wirst du ein Teil von Ihm. Du unterbrichst dein tierisches Leben, um einzutreten in ein höheres Leben.

Die Zehn Gebote legen den Grundsatz der Familie fest. Sie richten Gesetze des Zusammenlebens auf nicht nur um deswillen, daß sie notwendig sind für den Fortbestand der Gemeinschaft, als wenn sie ausgedacht und verkündet wären durch einen König und somit vertauschbar gegen eine andere Gesellschaftsordnung und einen andern König. Sie sind aufgerichtet und verkündet im Namen Gottes als ewige, unwandelbare Gesetze. Wenn du Hand anlegst an deinen Bruder, wenn du ihn tötest, wenn du stiehlst, wenn du falsches Zeugnis ablegst wider deinen Nächsten, wenn du begehrst deines Nächsten Haus, so hast du eine Sünde begangen nicht allein gegen die Gemeinschaft, sondern gegen Mich, deinen Gott: denn der Mensch ist heilig, ist ein Teil von Mir und geschaffen nach Meinem Bilde.

Danach kamen die Gesetze, die der Rat unter der Anleitung Moses' in Worte gefaßt hatte, die Gesetze, die teilweise von andern Völkern übernommen oder Moses bekannt geworden waren in den Tagen, da er bei Jethro weilte. Doch nun wurden sie neu gefaßt und geläutert im Geiste der hohen Grundsätze, auf denen die Zehn Gebote beruhen, und wurden, solcherweise verbessert, in das Buch des Bundes aufgenommen. Diejenigen aber, die mit diesem Geiste nicht in Einklang standen, wurden von Moses verworfen. Wie stets tat er bei den Gesetzen seines Namens nicht Erwähnung, sondern verkündete sie im Namen Gottes.

Sehr früh schon hatte er die Notwendigkeit eines Rituals für Jehovah, Gott den HErrn, zugegeben, denn kein Volk konnte eines solchen entraten, war dies doch die einzige bekannte Form der Beziehung zur Gottheit. In Bausch und Bogen verwarf er die Darstellung Gottes in Gestalt oder Bild, wie es der bei allen Völkern übliche Brauch war. «Du sollst Mir einen einfachen Altar machen. Und dort magst du, wenn du willst, Mir ein Opfer von Schafen und Rindern darbringen.» Es wurde auch keine bestimmte Stelle dafür auserlesen und angegeben. «Doch an welchem Ort ich Meines Namens Gedächtnis stiften werde, da will Ich zu dir kommen und dich segnen.» Denn die ganze Erde ist des HErrn, und die ganze Erde, nicht ein einzelner Ort, ist heilig. «Und so du Mir einen steinernen Altar machen willst, so lasse ihn einfach sein, und sollst ihn nicht bauen aus gehauenen Steinen und ohne Stufen zu ihm aufzusteigen, sondern aus den Steinen des Feldes, so wie Ich sie geschaffen habe.»

Moses scheint dauernd die entsetzliche Erinnerung an die aegyptische Sklaverei, in deren Mitte er aufgewachsen war, nachgegangen zu sein. Er verwandte viel Nachdenken darauf, und schon in einem frühern von ihm abgefaßten Gesetz versuchte er, Ordnung und Menschlichkeit in das Leibeigenenwesen zu bringen. Er fand dabei Unterstützung im babylonischen Recht, worin die Sklaven ebenfalls mit einem gewissen Maß von Menschlichkeit behandelt wurden. Doch der neue Grundsatz, den Moses einführte, war der dem freien Menschen wesentliche.

Einstweilen beschränkte er den neuen Grundsatz auf das eigene Volk, die Kinder Israels. Der Hebräer durfte nicht wirklich Leibeigener sein; er durfte sich nur für eine bestimmte Zeit zur Arbeit verdingen. Nach sechs Jahren mußte er, samt dem Weibe, das er mitgebracht hatte, freigelassen werden. Nur wenn ein Hebräer aus eigenem Willen auf seine Freiheit verzichtete, durfte er auf den Sklavenstand herabgedrückt werden. Auch erschwerte Moses das Halten von Sklaven, indem er den Besitzern neue Verpflichtungen auferlegte, die die dauernde Haltung von hebräischen Sklaven fast unmöglich machte. Spätere Gesetzesausleger vermehrten diese Erschwerungen noch, sodaß in Israel das geflügelte Wort aufkam: «Wer sich einen hebräischen Knecht nimmt, nimmt sich einen Herrn ins Haus.»

Moses dehnte und legte auch den Begriff der Unverletzlichkeit und Heiligkeit des Menschenlebens aus, so wie es in den Zehn Geboten verkündet ist. «Wo aber Einer an seinem Nächsten frevelt und ihn mit List erwürget, so sollst du denselben von Meinem Altar nehmen, daß man ihn töte.» Und «Wer Vater oder Mutter erschlägt, der soll des Todes sterben.»

Wenn einer einen Ochsen oder ein Schaf stiehlt und schlachtet oder es verkauft, der soll fünf Ochsen für einen Ochsen wiedergeben und vier Schafe für ein Schaf. Hat er nichts, so soll er verkauft werden um seinen Diebstahl. Findet man aber bei ihm das gestohlene Tier lebendig, so soll er's zwiefach wiedergeben.

Wenn ein Dieb bei dir einbricht in der Nacht und du schlägst ihn, daß er stirbt, so haftet keine Blutschuld an dir. Wenn aber die Sonne aufgegangen und es Tag war, sodaß du hättest Hilfe herbeirufen können, so ist Blutschuld an dir.

Bei aller Menschlichkeit vermochte sich Moses jedoch natürlich nicht dem Einfluß der damals geltenden Anschauungen zu entziehen; so verkündete er denn: Auge um Auge, Zahn um Zahn. Spätere Ausleger des Gesetzes erklärten und milderten dies dahin, daß nicht wörtlich Zahn oder Auge gemeint sei, sondern gleichwertige Entschädigung. Andererseits erließ Moses aber auch eine Reihe von vermögensrechtlichen Gesetzen, die sich durch ihren Sinn für das Recht-und-Billige auszeichnen. Es waren das diejenigen Gesetze, die zweifellos dem frühesten Leben der hebräischen Hirten und Viehzüchter entstammten; sie behandelten den vom Vieh am Eigentum des Nachbarn angerichteten Schaden. All diese Gesetze erglänzen gleich starken Lichtstrahlen in der Finsternis jener Tage und erhellen durch ihre Gerechtigkeit noch unsere Zeiten.

Moses führte ferner strenge Zucht in den Familienbeziehungen ein, durch die der Begriff der Familie für alle Zeiten eine Stärkung erfuhr; er setzte Todesstrafe auf widernatürliche Entartungen, zumal auf den Verkehr mit Tieren, wie sie bei vielen Völkern so verbreitet, und insbesondere bei den Hirtenstämmen so eingewurzelt waren, daß sie nicht als unzüchtig und schändlich betrachtet wurden. Moses' tiefste Sorge galt der Ausrottung der Sünde bei seinem Volk.

«Wer Göttern opfert außer Jehovah allein, der soll vernichtet werden.»

«Dem Fremdling sollt ihr kein Unrecht tun noch ihn unterdrücken, denn auch ihr seid Fremdlinge gewesen in Aegypten.»

«Ihr sollt keine Witwen und Waisen kränken. Kränket ihr sie auf irgendeine Weise, so werden sie zu Mir schreien, und Ich werde ihr Schreien erhören, sodaß Mein Zorn ergrimmt und Ich euch mit dem Schwert töte und eure Weiber Witwen und eure Kinder Waisen werden.»

«Wenn du Geld leihest einem von Meinem Volk, auch dem Armen bei dir, so sollst du ihm kein Gläubiger sein und keinen Wucher treiben an ihm. Wenn du von deinem Nächsten ein Kleid zum Pfande nimmst, so sollst du es ihm wiedergeben, ehe die Sonne untergeht. Denn sein Kleid ist die einzige Decke seiner Haut, darin er schläft. Wird er aber zu Mir schreien, so werde Ich ihn erhören, denn Ich bin gnädig.»

«Ihr sollt vor Mir heilige Leute sein; darum sollt ihr kein Fleisch essen, das auf dem Felde von Tieren zerrissen ist.»

«Du sollst kein falsches Zeugnis ablegen. Mache nicht gemeinsame Sache mit den Gottlosen, um ein falscher Zeuge zu sein. Du sollst nicht folgen der Menge zum Bösen, und in einem Rechtsstreit nicht aussagen, bloß daß du mit der Menge seiest; und du sollst auch nicht einen armen Mann in einem Rechtsstreit begünstigen, bloß darum, weil er arm ist.»

«Wenn du deines Feindes Ochsen oder Esel verirrt findest, so sollst du ihn ihm wieder zuführen.»

«Und wenn du seinen Esel siehest unter seiner Last erliegen, so sollst du nicht vorbeigehen, sondern ihn erleichtern davon.»

«Und einen Fremdling sollst du nicht unterdrücken, denn du weißt um das Herz des Fremdlings, sintemalen ihr selbst Fremdlinge wart in Aegypten.»

«Sechs Jahre sollst du dein Land besäen und seine Früchte einsammeln; doch im siebenten Jahr sollst du es ruhen und liegen lassen, daß die Armen unter deinem Volk davon essen; und was überbleibet, das laß das Wild auf dem Felde essen. Also sollst du auch tun mit deinem Weinberge und deinem Ölberge.»

«Sechs Tage sollst du deine Arbeit tun, aber am siebenten Tage sollst du feiern, auf daß dein Ochse und dein Esel ruhen und daß deiner Magd Sohn wie der Fremdling sich erquicken.»

«Dreimal sollst du Mir ein Fest halten im Jahr. Das Fest der ungesäuerten Brote sollst du halten. Sieben Tage sollst du ungesäuertes Brot essen, wie Ich dir geboten habe, zur bestimmten Zeit im Monat Abib, denn in diesem bist du aus Aegypten gezogen. Erscheinet aber nicht leer vor Mir. Und das Fest der ersten Früchte deiner Arbeit, die du gesäet hast auf dem Feld. Und das Fest der Einsammlung im Ausgang des Jahres, wenn du deine Arbeit eingesammelt hast vom Felde. Dreimal im Jahr sollen alle deine Männer erscheinen vor Gott, dem HErrn.»

«Die Erstlinge aus der ersten Frucht auf deinem Felde sollst du bringen ins Haus Jehovahs, deines Gottes.»

«Und du sollst das Böcklein nicht kochen in seiner Mutter Milch, wie es üblich ist bei denen, die Abgöttern opfern.»

Am nächsten Morgen trat Moses vor das Volk, das bereits in einiger Entfernung vom Berg versammelt war. Ein feuriges Flackern war noch auf dem Gipfel, und noch wölkte Rauch herunter, der die Hänge einhüllte. Am Fuß des Berges errichtete Moses nun einen Altar, um den er der Säulen zwölf, der Zahl der Stämme entsprechend, aufstellte. Und er sandte, nicht die Priester, nein, die Jünglinge aus den Kindern Israels, daß sie Gott Brandopfer darbrächten und Dankopfer von Farren. Dann nahm Moses die Hälfte des Bluts und tat es in ein Becken, die andere Hälfte aber sprengte er auf den Altar. Und nahm das Buch des Bundes und las es vor den Ohren des Volkes; und als er alle Gesetze und Gebote verlesen hatte, sagte er im Namen Gottes:

«Siehe, Ich werde einen Engel vor dir hersenden, daß er dich behüte auf dem Wege und dich bringe an den Ort, den Ich für dich bereitet habe.»

Moses hütete sich wohl, den Hebräern den leisesten Hinweis auf ein Leben nach dem Tode oder von Lohn und Strafe in der andern Welt für gute Werke und böses Tun in dieser zu geben. Zu lebhaft standen ihm noch die Greuel der Aegypter vor Augen, ihr Todeskult und die sklavische Bindung der Lebenden an die Toten. Aus tiefster Seele haßte er den Götzendienst der Todesopfer. Im Geist der Zehn Gebote rief er auf zu einem sittlichen Leben ohne Gedanken an Belohnung in der künftigen Welt. Keinen Dank erntest du, wenn du Seine Gebote hältst, denn sie sind nur die Voraussetzung für ein erfülltes und gesundes Leben auf dieser Erde; sie werden dich bewahren vor mancherlei Schäden, vor Unfruchtbarkeit und Aussatz, vor allem Ungemach, das über die Götzendiener kommt wegen ihrer widernatürlichen Unzucht und Blutschande und anderer Greuel. «Jehovah, eurem Gott, sollt ihr dienen; so wird Er dein Brot und dein Wasser segnen und wird alle Krankheit von dir wenden. Nichts Unfruchtbares noch Unträchtiges soll sein in deinem Lande, und Ich werde die Zahl deiner Tage vollmachen.» Dies war der Lohn für ein rechtschaffenes Leben. «Ich will Meinen Schrecken vor dir hersenden», verkündete Moses im Namen Gottes, «und alles Volk verzagt machen, dahin du kommst, und machen, daß alle deine Feinde vor dir den Rücken wenden zur Flucht ... Ich will sie nicht austreiben vor dir binnen einem Jahr, auf daß das Land nicht Wüste werde und die wilden Tiere sich nicht mehren wider dich. Einzeln nacheinander will Ich sie vor dir austreiben, bis daß du wachsest und das Land erbest... Du sollst weder mit ihnen noch mit ihren Göttern einen Bund machen; sondern laß sie nicht wohnen in deinem Lande, daß sie dich nicht verführen wider Mich. Denn wo du ihren Göttern dienest, wird dir dies zum Ärgernis geraten.»

Dicht umdrängte das Volk Moses. Auf der einen Seite die Männer, auf der andern die Frauen mit ihren kleinen Kindern auf den Armen, nicht wenige von ihnen schwanger. In der Mitte eines ungeheuren zwiefachen Meeres stand er: von Bärten, in dicke Strähnen geflochten gleich Stricken, grauen, braunen, schwarzen Bärten und nackten Brüsten, nackten Armen. Alle hörten, den Atem ausstoßend und einziehend durch die bebenden Nasenflügel, gespannt zu. Hoch schlugen ihre Herzen vor Furcht und Freude zugleich; und als Moses die Verlesung des Buches des Bundes geendigt, hob er die große Pergamentrolle auf über ihre Köpfe, so hoch empor hielt er sie in seinen mächtigen Armen, daß die Schrift die Wolke zu streifen schien, die über seinem Haupte schwebte. Und wiederum schien es ihnen, als habe sich der Berg Gottes in die Luft gehoben und sei aufgehangen über ihnen.

Da erhoben sie alle die Stimmen und schrien, und ein jeder versuchte, seinen Nachbarn zu überschreien:

«Alles was der HErr gesagt hat, wollen wir tun und gehorchen!»

«Tun und Gehorchen!», rollte es durch die Berge hin, schwang sich zitternd hinaus in den Raum und weckte Widerhall von abertausend Stimmen, die in Wellen hin- und widerfluteten.

Da nahm Moses das Blut aus dem Becken, sprengte es über die Köpfe des Volkes hin und rief laut:

«Sehet, dies ist das Blut des Bundes, den der HErr mit euch macht gemäß all diesen Worten.»

Und Moses wandte den vollen Blick dem Volke zu, sie alle damit umfassend und seine Arme ausstreckend gegen sie, als ob er jeden einzelnen für sich anrühre, und sagte:

«Am heutigen Tage stehet ihr alle vor Jehovah, eurem Gott, eure Anführer, eure Stämme, eure Ältesten, eure Vorsteher, alle Männer Israels, eure Kinder und eure Weiber und auch der Fremde, der in eurer Mitte lebt, vom Holzhacker bis zum Wasserzieher. Und du sollst eintreten in den Bund Jehovahs, deines Gottes, und den Eidschwur, den Er mit dir macht; daß Er dich stifte zu Seinem Volk, und Er wird dein Gott sein, so wie Er es dir verheißen und deinen Vätern Abraham, Isaak und Jakob zugeschworen hat. Und nicht allein mit dir mache Ich diesen Bund und tue Ich diesen Eidschwur, sondern sowohl mit dem, der heute vor Jehovah steht, wie mit dem, der heute nicht bei uns ist.»

Und die Überlieferung berichtet, daß nicht nur die am Berge standen, sondern auch die ungeborenen Seelen aller künftigen Geschlechter, ebenda sich versammelt und mit den Hebräern gerufen hätten: «Wir wollen tun und gehorchen!» Und die Kinder, die noch in ihrer Mutter Schoß waren, seien aufgestanden und hätten mit ihren Müttern gerufen: «Wir wollen tun und gehorchen!»

Dann forderte Moses Aaron, dessen beide Söhne, die Priester und die siebzig Ältesten auf, mitzukommen – und diesmal begleiteten sie ihn, und er führte sie in den Rauch des Berges hinein, auf daß sie sähen, wo Gottes Fuß geruht hatte. Und es war wie gepflastert mit Saphirstein und eine Klarheit wie der Himmel selbst. Und Gott legte Seine Hand nicht an die Vornehmen in Israel, und es geschah ihnen kein Leides. Das Volk aber jauchzte, und aß und trank.

Darauf sprach Moses zu den Ältesten:

«So hat mir Gott geboten: ‚Komme herauf zu Mir auf den Berg, daß Ich dir die steinernen Tafeln gebe mit dem Gesetz und den Geboten, welche Ich darauf geschrieben habe.'»

Und Moses berief seinen Diener Josua zu sich, daß er mit ihm auf den Berg gehe, und er sprach zu den Ältesten:

«Wartet hier unten, bis wir zurückkommen. Aaron und Hur bleiben bei euch; wer eine Sache vorzubringen hat, der komme damit vor sie.»

Und er nahm Josua mit sich, und das Volk sah ihn emporsteigen in den Rauch. Danach ging das Volk heim in seine Zelte in dem fruchtbaren Tal. Und sie sahen, daß Gottes Herrlichkeit auf dem Berge Sinai weilte, denn ein verzehrendes Feuer brannte darauf und erhellte das Land ringsum.

Moses und Josua aber verschwanden in der Wolke, welche den Berg umhüllte.

Und es verging ein Tag, doch Moses erschien nicht wieder. Und es verging ein zweiter Tag, und er erschien nicht wieder. Und so verstrich eine lange Zeit, doch Moses erschien nicht wieder.

UND Moses blieb verschwunden und ward nicht mehr gesehen.

Verstört gleich Schafen, die ihren Hirten verloren haben, liefen die Israeliten im Lager herum und warfen sich stumme Blicke zu, in denen Furcht lag. Sie waren von einem einzigen Gedanken besessen, doch sie scheuten sich, ihn laut werden zu lassen.

«Hat Moses uns nicht ermahnt, dem Berge nicht zu nahe zu kommen, weder wir noch auch unser Vieh, da wir sonst vom Feuer verzehrt würden? Was soll denn aus uns werden? Wer wird uns von nun des Weges führen? Wer wird für uns das Land erobern, das Jehovah uns verheißen und um deswillen Er uns Seine Gesetze gegeben hat? Wer wird unsere Feinde niederschlagen? Josua ist mit Moses gegangen, und auch er bleibt verschwunden. Zwar hat er Aaron und Hur zurückgelassen und uns geboten, uns an sie zu wenden im Fall der Not. Aber Aaron läßt sich nicht blicken und gibt kein Wort von sich. Er sitzt in seinem Zelt mit seinen beiden Söhnen und den Priestern, und sie beratschlagen. Was die Ältesten in Israel betrifft, so sind sie neue Leute, die das Volk noch nicht kennt. Selbst Korah scheint sich zu verstecken und läßt sich im Lager nicht blicken.»

«Ist Jehovah noch unter uns? Weilt Er noch im Lager? Auch von Ihm kommt kein Zeichen, kein Wort. Mag sein, Er hat sich in Seinen Himmel zurückgezogen; mag sein, Er weilt verborgen auf dem Berge Sinai, dem wir uns nicht nähern und den wir nicht berühren dürfen, daß uns das Feuer nicht verzehre.»

Daß Gott ihnen ihren täglichen Bedarf an Himmelsbrot zukommen ließ, das bemerkten die Kinder Israels gar nicht mehr. Sie waren so daran gewöhnt, mit dem dicken Morgentau die Ablagerung der weißen Kristallblütchen zu finden, daß sie vermeinten, dies gehöre einfach zur Ordnung der Natur, sei immer so gewesen und bedürfe keines Augenmerks und keines Staunens mehr. Daß es einmal eine Zeit gegeben hatte, da es sich anders verhielt, das war ihnen gänzlich entfallen.

«Hier sind wir also eingesperrt in der Steinwüste. Wir haben Aegypten verlassen, aber ins neue Land sind wir noch nicht gelangt. Und was die Völker angeht, deren Länder uns Gott versprochen hat, die wissen wohl, daß wir hier in der Wüste sind und daß unsere Schritte sich gegen sie richten. Sie können ihre Heerscharen besammeln und über uns herfallen, und wer wird uns dann beschützen? Wer wird uns zum Siege führen? Wer wird sich unserer annehmen?»

Derlei wurde nicht offen herausgesagt; aber jedermann dachte es bei sich, und die Worte waren, wenn nicht von ihren Lippen, so aus ihren Augen zu lesen.

Daß sie so dachten, das schien ihnen wohlberechtigt. Erst gestern hatte Gott sie, mitsamt Seinem Berge, in den Himmel erhoben; heute hatte Er sie im Stich gelassen, eine in der Wüste verlaufene Herde, die umherirrt zwischen Höhlen, Einöden und reißenden Tieren.

Aaron aber saß in seinem Zelt mit seinen beiden Söhnen Nadab und Abihu, und sie berieten unter einander, doch nicht um der Kinder Israels willen, die Moses ihrer Obhut anvertraut hatte, sondern über ihre eigenen Angelegenheiten, über das Priesteramt, das Moses ihnen entziehen wollte.

Aarons Pläne und Bestrebungen hatten sich von dem Tage an, da Moses nach Gosen gekommen war, ja seit lange vor diesem Tage, nicht gewandelt. Sein Leben war nichts anderem gewidmet gewesen als der Vorbereitung zur Aufrichtung der Priesterkaste und seines Aufstiegs in ihr. Er hatte sich stets der leiblichen Reinhaltung beflissen, wie es einem Hohepriester zukam, durch Waschungen, Salbungen und dergleichen. Er selbst behielt auch den Bart bei und ließ ihn zu voller Länge wachsen, schor sein Haupthaar nicht und schnitt nicht die Schläfenlocken ab, die das überkommene Kennzeichen der Kinder Israels waren. Seine Söhne Nadab und Abihu jedoch schabten ihre Schädel, Wangen und Brauenbogen glatt, wie es die aegyptischen Priester taten. So saßen sie nun mit ihren kahlen Köpfen dem Vater gegenüber und machten ihm Vorwürfe:

«Nicht aus Gold, nicht aus Silber, hat Er gesagt, mache Mir einen Altar, sondern aus gewöhnlicher Erde; auch nicht aus behauenen Steinen und ohne Steinstufen, um hinanzusteigen. Und du benötigst auch keinen besonderen Ort zum Darbringen der Opfer. ‚An welchem Ort Ich Meines Namens Gedächtnis stiften werde, da will Ich zu dir kommen und dich segnen.‘ Also, keine Stiftshütte und kein Heiligtum ... nichts! Damit glaubt Er die Zucht unter einem Knechtsvolk aufrechterhalten zu können?! So will Er es mit Geist und Begeisterung erfüllen, daß es Ihm Treue hält und Seine schwierigen Gebote ausführt?! So hofft Er es zu Heldentaten heranbilden zu können, daß es die starken, festsitzenden Völker überwinden kann, die ihre eigenen Kulte, Riten und Zeremonien haben, die sie entflammen und ihr religiöses Feuer wachhalten!» So sprach Nadab, Aarons ältester Sohn.

Abihu aber, der jüngere, wetterte:

«Und auch noch ohne Priester! Priester sind überflüssig! Junge Burschen aus dem Volk sucht er sich aus, um Opfer darzubringen! Er hat nicht einmal dich dazu berufen, den Altar mit dem Opferblut zu besprengen! Selbst hat er das übernommen und als Priester geamtet! Alles will er haben: die Herrschaft *und* das Priestertum. Sage doch, spricht Gott nur zu ihm? Hat Gott nicht auch zu dir gesprochen? Hat Er dich nicht mit Moses gemeinsam zu Pharao geschickt? Du warst doch derjenige – nicht er –, der die Wunder vor Pharao vollbracht hat. Du hast die Plagen herbeigeführt, die den Pharao gezwungen haben, die Hebräer freizugeben. Du warst sein Mund, du sprachst für ihn! Weiß er denn nicht, daß Gott dich zur Priesterschaft bestimmt hat, daß er sie dir jetzt vor den Augen von ganz Israel wegnimmt?»

Und Nadab fing wieder mit seiner Beschwerde an:

«Kein Wort über die Priesterschaft hat er Jehovah vom Berge Sinai herab sprechen lassen! Nicht ein einziges Gebot über den Gottesdienst, nichts von Stiftshütte noch von Priestern. Und in den Zehn Geboten nicht ein Wort über Opfer. Und jetzt, da er bei Jehovah auf dem Berg ist, wird er schon dafür sorgen, daß das ganze Priesteramt überhaupt abgeschafft wird. Was wird dann aus dir? Und was sollen wir anfangen?»

«Einen Fremden, einen jungen Burschen aus dem Stamm Ephraim, nicht einmal seinen eigenen Sohn, nicht einen Sohn seines Bruders hat er sich zum engsten Vertrauten genommen. Er setzt ihn als seinen Stellvertreter ein und macht ihn zum Befehlshaber des Heers im Kampf gegen die Amalekiter!», setzte Abihu fort.

«Und du sagst kein Wort! Du nimmst alles von ihm hin, ohne ein Wort zu reden!», rief Nadab erbittert. «Nicht dich hat er auf den Berg Sinai mitgenommen, sondern einen Fremden. Und bald wird er dich überhaupt beiseite schieben, und du und wir, deine Söhne, wir werden unter den Geringsten sein, den Holzhauern und Wasserziehern.»

Aaron rührte sich nicht. Er hörte die Beschwerden und Vorwürfe seiner Söhne an und blieb stumm. Es zerriß ihm das Herz, wie sie über seinen Bruder sprachen. Der Schmerz darüber drückte sich in seinen Zügen aus, doch er hieß sie nicht schweigen, ja unterbrach ihre Reden nicht einmal. Hatte er sich doch längst die gleichen Gedanken gemacht; seine Söhne sprachen nur aus, was er selbst empfand, aber nicht hatte laut werden lassen. Denn es war doch sein Bruder, es war Moses; Aaron kämpfte gegen seine Bitterkeit an. Schließlich aber ward sie doch so heftig in ihm, daß er sagte:

«Jawohl, jawohl, alles, was ihr sagt, ist richtig; aber es ist doch Moses, der Mann Gottes, der, dem Gott erschienen ist. Gewiß, oftmals begreife ich ihn nicht. Ich stritt mit ihm: ‚Wenn Gott dir geboten hat, die Kinder Israels sollten von den Aegyptern das Gold, das Silber und die Kleidung ausborgen, so war es nicht, weil Er wollte, daß die Kinder Israels sich bereicherten. In Seiner Absicht lag es, daß die Israeliten das Gold, das Silber und die kostbaren Stoffe aufheben sollten für die große, prächtige Stiftshütte, die Er errichtet sehen will.‘ Und ich frohlockte, da ich sah, wie die Söhne Israels die Aegypter beraubten. Und als am Schilfmeer die Wogen die Leichen der gefallenen aegyptischen Reiter mit ihren goldenen Brustschilden an den Strand warfen, da sagte ich zu Moses: ‚So sendet Jehovah uns das Gold, das wir für das Heiligtum benötigen, für die Altäre, die Schaufeln, die Kannen, die Becken und alles andere Gerät des Gottesdienstes.‘ Und als ich dann mit eurer Hilfe das priesterliche Ritual ausarbeitete, auf daß den Kindern Israels dadurch die Herrlichkeit Gottes eingeprägt werde, daß sie Ihn ehrten und fürchteten, wollte ich, daß Moses dies aufnehme in das Buch des Bundes, als er es zusammenstellte, um es dem Volke vorzulesen. Doch er antwortete mir, Gott habe ihm geboten, zu Ihm auf den Berg Sinai zu kommen; dort wolle Gott ihm die Torah anvertrauen; dort werde er, Moses, Gott auch befragen um den Ritus und werde selbst alle Gebote und Vorschriften hinsichtlich des priesterlichen Dienstes herabbringen. Darum rate ich, daß wir noch nichts tun, sondern abwarten, bis Moses vom Berg herabkommt mit Gottes Wort, soweit es uns betrifft.»

«Zu spät! Dann wird es zu spät sein!», schrie Nadab. «Das Volk wird unruhig. Moses ist verschwunden. Das Volk sieht sich nach einem neuen Führer um, der es in das verheißene Land geleitet. Das Volk besitzt Gold und Silber, die Menschen wollen einen neuen Gott, einen, der sich mit ihnen freut und mit dem sie sich freuen, einen Gott, den sie sehen und betasten können, den sie umtanzen und in ihre Zelte mitnehmen, ja um den Hals hängen können. Sie wollen alles Gold und Silber zu Korah bringen, hörst du, der wird ihnen etwas zum Anbeten aufrichten und er wird ihr Priester werden, nicht du und nicht wir.»

«Wer weiß, ob Moses überhaupt Gebote und Vorschriften für Priesteramt und Gottesdienst vom Sinai mitbringen wird», sagte Abihu. «Hat dein Bruder nicht im Namen Jehovahs verkündet, das ganze Volk hier sei aus Priestern zusammengesetzt? ‚Ihr sollt Mir sein ein Königreich von Priestern und ein heiliges Volk.' Moses braucht keine Priester und kein Heiligtum. Er hat den Kindern Israels eine Feuerflamme auf einem Berge, Donner und Blitz gebracht. Das Volk aber will einen Gott, mit dem es sich freuen kann wie andere Völker auch mit ihren Göttern. Statt eines Gottes aber gibt Moses dem Volk strenge, schwierig zu haltende, nicht erfüllbare Gebote.»

«Nicht ich sage das, sondern das Volk sagt so. Geh hin ins Lager und höre dich um. ‚Moses hat uns einen unsichtbaren Gott gegeben! Wir wollen unsern Gott sehen, wie andere Völker auch. Wir wollen uns an Ihm freuen, nicht Ihn fürchten.' Bloß mit Gesetzen und Geboten können die Kinder Israels nicht leben. Sie müssen einen Gott haben, den sie sehen und hören können. Der Gott muß in ihrer Mitte leben. Er muß ein Heiligtum in ihrer Mitte haben. Jehovah mag im Himmel, im Feuer des Sinai leben; doch neben Jehovah muß es noch einen Gott geben, der ein Gott für Israel ist. Dieser Gott muß eine heilige Hütte haben, seinen Wohnort inmitten das Volkes; und das Volk muß zu ihm kommen, ihm Opfer darbringen, jauchzen mit ihm und seinen Priestern, die zu ihm im Namen des Gottes sprechen, ihn vertreten und seine Feste feiern.»

«Jehovah jedoch hat uns vom Sinai herab geboten, daß wir keine andern Götter neben Ihm haben sollen», erwiderte Aaron. «Mir ist bange, daß ich sündige wider Jehovah und wider Moses.»

«Moses weilt nicht mehr unter den Lebenden, und du wirst seinen Platz einnehmen. Du wirst Jehovah dies vortragen, und Er wird es gutheißen.»

Aaron bedachte sich, aber er konnte zu keinem Entschluß kommen.

Indessen wurde das Volk von Tag zu Tag unruhiger. Tag um Tag schaute es nach Moses aus, doch Moses erschien nicht. Es lief vor Aarons Zelt zusammen und verlangte Auskunft von ihm über Moses.

«Wo weilt Moses? Warum kommt er nicht wieder?»

Aaron wußte nicht, was er antworten sollte. Er vertröstete das Volk. Moses werde morgen wiederkommen. Aber am nächsten Tag war kein Zeichen von Moses zu erblicken. Er werde am Tage darauf kommen. Aber am Tag darauf war Moses ebensowenig da.

Da wandte sich die Menge an den zweiten Stellvertreter, den Moses zurückgelassen hatte, Moses' und Aarons Schwager Hur. Dieser war ein hochbetagter Greis. Er suchte die Menge zu beschwichtigen, indem er ihr sagte, Moses sei hinaufgegangen zu Jehovah auf den Berg, wo er Gottes Torah, Gottes Gesetz, empfange. Moses werde bestimmt zurückkommen; er werde jeden Tag erwartet, man müsse sich etwas in Geduld fassen.

«Ach was», wurde ihm zugerufen. «Wenn Moses bis zur Stunde nicht wiedergekommen ist, so wird er nie wiederkommen. Das kann nur Eines bedeuten: Gott hat Moses zu Sich genommen.»

Und das Volk entsann sich seiner früheren Führer, der Söhne Levis, und wandte sich an deren Haupt Korah, der ihr Mittelsmann zum Pharao in Aegypten gewesen war.

«Komm, sei unser Führer», sagten sie. «Sei unser Führer, wie du es in Aegypten warst, ehe Moses unter uns auftauchte, denn dieser Moses ist verschollen und nicht mehr vorhanden.»

Korah jedoch, schlau und weitsichtig, wie er war, ward sich sofort der Gefahr der Lage inne. In ihrer wachsenden Angst und Verwirrung waren die Israeliten zu den wahnwitzigsten Dingen fähig; sie waren drauf und dran, jede Spur von Zucht abzuwerfen, die Moses ihnen auferlegt hatte. Korah hielt es unter diesen Umständen für das Klügste, sich zurückzuhalten, abseits zu bleiben und Aaron und Hur zu überlassen, sich mit der aufgerührten Menge auseinanderzusetzen. Mochten sie die Verantwortung übernehmen vor Jehovah und Moses für alle Narreteien, die die Israeliten in ihrer Verzweiflung anstellten. Er, Korah, würde so der einzige Anführer bleiben, der von dem, was sich ereignete, nicht bloßgestellt war, und so würde ihm dann das Amt zufallen, auf das er als der Älteste vom Stamm Levi ein Anrecht hatte, das Amt des Hohepriesters. Wenn andererseits Moses tatsächlich nicht mehr am Leben war, wie die Volksmasse glaubte, wer sonst sollte dann dessen Platz vor Gott einnehmen als er, Korah? Dem Volke gegenüber hatte er einen ausgezeichneten Vorwand; er war ein abgesetzter Führer. Und diese Rolle spielte er denn auch weiter.

«Wer bin ich, daß ich an Moses' Stelle treten sollte? Ich bin nur ein Mann aus dem Volke. Ihr seht doch, Moses hat seine Stellvertreter zurückgelassen, die für euch Sorge tragen sollen, Angehörige seiner Familie. Geht also zu seinem Bruder Aaron und zu seinem Schwager Hur. Er hat sie eingesetzt, das sind eure Führer. Laßt euch von ihnen sagen, was euch bevorsteht.»

Und zu den Söhnen Levis sagte Korah:

«Haltet euch fern vom Volke und sagt ihm nicht, was es tun soll. Nicht ihr seid von Moses eingesetzt, um sein Werk weiterzuführen, sondern Männer aus seinem Fleisch und Blut. Laßt darum Aaron und Hur das Volk beraten.»

Und so lief denn das Volk alltäglich verstört und immer ängstlicher und aufgeregter werdend von Zelt zu Zelt, aber niemand brachte ihm Kunde von Jehovah.

Tage gingen hin und Wochen verstrichen, doch Moses blieb verschwunden und ward nicht mehr gesehen.

* * *

Da kam eines Morgens der Seher Bileam auf seiner kleinen Eselin ins Lager der Israeliten geritten. Mit unzähligen Götzenbildern war der Mann selbst und sein Reittier behängt. Diesmal befand sich noch jemand in seiner Begleitung: ein schwarzes Weib. In den Armen trug es zwei nackte Kinder, deren Lippen sich an den Warzen ihrer gewaltigen, wie Säcke herunterhängenden Brüste festgesaugt hatten. Neben dem schwarzen Weib liefen Kinder jeglichen Alters einher; Mutter und Kinder waren ebenfalls mit Götzen und Teraphim behängt.

All diese Bilder und Teraphim, ob sie nun aus Ton geknetet oder auf Täfelchen mit Hieroglyphen eingekratzt waren, stellten eine einzige Gestalt dar: ein Kalb.

Bileam und seine Gefährten machten in der Mitte des Lagers vor dem Zelte der Söhne Dans, des ungestümsten und aufsässigsten der Stämme, Halt. Und Bileam rief aus:

«Wer die Frucht seiner Lenden vermehren will, der trete herzu! Wer seine Herden vergrößern will, der komme heran!»

Und da begannen die großgewachsenen, breitschultrigen, verwegenen und trotzigen Söhne Dans sich um ihn zu sammeln. Aus ihren schwarzen Zelten kamen sie hervor und umringten den Seher, das Negerweib und die Kinder. Sie kratzten sich in ihren dichten, wilden Bärten und glotzten mit aufgerissenen Augen.

Der götzenbehangene Seher aber verneigte sich vor den im Kreis ihn umstehenden Männern und sagte:

«Friede sei mit euch, Söhne Dans. Ein Blutsverwandter von mir war euer Vater in den Tagen Jakobs. Aus einem Blut stammen wir, ihr und ich. Eure Mutter Bilha war nicht weniger als eine Tochter unseres Stammes durch meinen Bruder, den König von Zohar. Eurer Abstammung gemäß kommt euch das Erstgeburtsrecht unter den Stämmen Jakobs zu, denn Rahel war Jakobs geliebtestes Weib, und so kam Bilha in den Augen Jakobs sofort nach Rahel. Euer Bruder Levi aber hat euch das Erstgeburtsrecht weggeschnappt.»

«Wer bist du und woher kommst du, Fremdling?», fragten die Söhne Dans.

«Wer ich bin? Fraget die Sterne, die werden es euch sagen. Mein Name steht in den Sternen geschrieben als des Enthüllers der Schicksale, die sie lenken. Woher ich komme? Von den vier Enden der Erde. Meine Heimat ist so darüber wie darunter. Meine Augen saugen das Licht der Sterne ein, wiewohl meine Füße die Erde treten. Wen ich segne, der ist gesegnet, und wem ich fluche, der ist verflucht. ‚Bileam' nennen mich die Menschen. Den ‚Seher' nennen mich die Sterne.»

«Und die Teraphim, die du an dir trägst, wozu dienen die? Worin besteht ihre Macht?», fragte einer der Umstehenden.

«Wozu sie dienen? O, frage nur deine Väter, und sie werden es dir sagen; erkundige dich bei den vergangenen Geschlechtern, und sie werden dich belehren. Aus dem Land, von dem ihr kamt, aus dem Land, in das ihr geht, ist es gekommen. Kanaan ist seine Heimat und Kalb ist sein Name. Es ist der Gott der Hirten. Es hat den Samen eures Vaters Jakob vervielfacht und seine Herden gemehrt, als er Laban, dem Aramäer, diente um seine Frauen. Bilha, eure Mutter, brachte es in Jakobs Haus; und als Jakob Laban verließ, da stahl Rahel es ihrem Vater und versteckte es unterm Sattel ihres Esels, denn es ist auch der Gott, der die Schöße der Weiber auftut und den Samen des Gatten vermehrt. Es ist der Gott eurer Väter und ist auch euer Gott, denn ihr werdet Hirten sein gleich euren Vätern. Es wird den Samen eurer Lenden mehren und die Zahl eurer Schafe vergrößern.»

«Skorpione in dein Maul und Sand in deine Augen! Der Gott unserer Väter ist Jehovah, und Er ist unser Gott, der uns erst jüngst Seine Gebote gegeben hat durch Moses, Seinen Knecht», schrie ein Mann aus dem Kreise.

«Jehovah! Jehovah! Jehovah! Den kenne ich!», versetzte der Seher, bedächtig das Haupt schüttelnd. «Das ist der Gott der Sklaven, doch ihr seid jetzt Freie. Er ist der Gott der armen Leute, die keinen Ochsen und kein Schaf, kein Gold und kein Silber besitzen; ihr aber seid jetzt reich. Wir haben gehört, wie ihr den Aegyptern ihre Reichtümer wegnahmt, ihr Gold und Silber, die Ohrringe, die ihr tragt, und die goldenen Ketten und Halsbänder; freie, reiche Männer seid ihr jetzt. Ihr habt die Aegypter beraubt und ihre Schätze weggetragen. Aber was wollt ihr mit eurem Gold und Silber anfangen, mit euren Schaf- und Rinderherden, wenn ihr einem Gott dient, der eifert gegen jede Lust, die des Menschen Herz erfreut, ein Gott, der aus dem Menschen einen Knecht macht und ihn in die Kette Seiner Gesetze und Gebote schlägt? Was hat Er mit euch getan, da Er euch zu Seinem Fest am Sinai berief? Er trennte euch von euren Weibern auf drei Tage. Begeht man auf solche Weise das Fest eines Gottes? Laßt euch von mir raten: machet euch ein Fest vor dem göttlichen Kalb, es wird Segnungen auf euch regnen lassen. Dann werdet ihr erleben, was ein Freudenfest heißt, was es heißt zu tanzen und zu zechen. Von den Freuden mit den Weibern gar nicht zu reden. Denn ihr seid die Manneskraft des Gottes. Schauet nur recht hin auf seine Mannheit ...», und er wies auf den Stachel des Stierkalbs. «Das Kalb wird Kraft und Mannheit und Stärke in eure Lenden gießen und euch so machen, wie es selbst ist. Holt doch eure Weiber her! Laßt sie den Gott der Fruchtbarkeit beschauen. Wenn sie nur einen Blick darauf werfen, so werden sie euch zu Willen sein; ihre Brüste werden sich mit Milch füllen, ihr Busen wird wogen vor Sehnen; ihre Bäuche werden sich vor Gier, euren Samen zu empfangen, winden, ihre Schöße sich öffnen und werden euch Knaben tragen mit Muskeln und Mannheit wie der Gott selbst. Und wie es mit euren Weibern sein wird, so auch mit euren Schafen und Rindern, hihihihi ... Holt die Weiber her, und sie werden sich hingebend zeigen, so wie die Kuh dem springenden Stier sich hingebend darbietet. Dies, hört ihr, dies ist ein Gott für freie Männer, wie ihr seid.»

«Deborah! Miriam! Mafima! Fiha!» Voller Erregung riefen die Männer in die Zelte hinein, und einer von ihnen, mit roten Ohren und flammenden Augen, zerrte sein Weib aus dem Zelt und wies ihr das Kalb auf den Götzenbildern.

«Schaut hin, ihr Weiber, schaut genau hin! Der bloße Anblick wird euch trächtig machen!», schrie Bileam. «Diese unsere Schwester hier» – und er deutete auf das Negerweib – «war unfruchtbar, verflucht. Ihr Schoß war verschlossen, versiegelt mit sieben Siegeln. Ihr Mann wollte sie schon fortjagen. Ein einziges der Bilder um ihren Hals gehängt, und schon war sie geheilt und fruchtbar. Sehet die Quellen von Milch, die der Gott aus ihren Brüsten fließen läßt. Sehet die Frucht ihres Leibes. Nichts als Zwillinge, und alle männlichen Geschlechts, alle strotzend vor Kraft wie der Gott selbst. Kaufet die Teraphim hier, ihr Weiber, das unfehlbare Zaubermittel der Fruchtbarkeit.»

Unverweilt rissen die Männer die Ringe aus den Ohren ihrer Frauen und tauschten sie ein gegen die Bilder des Kalbs, um sie ihren Frauen um den Hals zu hängen.

«Israeliten! Israeliten! Was tut ihr da? Denket an Jehovah und an den Bund, den Er mit euch gemacht hat! Gedenket der Zehn Gebote, die Gott euch verkündigt hat! Erinnert euch, was ihr geantwortet habt: ‚Alles, was Gott gesagt hat, wollen wir tun!' Gedenket der Torah, die Moses eben jetzt auf dem Sinai von Gott empfängt!» So schrie ein alter Mann, dessen Augen aus tiefen Höhlen herausglühten, dessen weißer Bart erzitterte und dessen skelettartig abgemagerten Arme von seinem welken Körper sich aufhoben, während er sich durch das Menschengedränge Bahn brach.

Es war der alte Hur. Es war jemand zu ihm gelaufen, um ihm mitzuteilen, daß ein Götzenpriester mit Götzenbildern ins Lager gekommen sei. Und da war der alte Hur atemlos zu den Zelten der Söhne Dans geeilt. Er kam gerade dazu, wie die Männer ihren Frauen die Bilder umhängten; als er gemerkt hatte, was vorging, lief er vom einen Weib zum andern und riß ihnen die Bilder vom Hals.

Bileam brach in ein meckerndes Gelächter aus und schrie, daß ihm der Speichel aus dem zahnlosen Munde spritzte:

«Gesetze und Gebote! Die Torah Jehovahs! Haha, vielen, vielen Völkern hat Jehovah schon Seine Gesetze und Gebote angetragen! Er hat Sendboten geschickt zu den Aegyptern, den Kanaanitern, den Hethitern, zu uns allen. Aber wir wollten nichts wissen von der Torah, keiner von uns. Da hat er nun schließlich euch gefunden, ihr Gimpel, ihr Einfaltspinsel, ihr Narren!»

«Götzendiener! Abschaum! Schurke! Hinaus aus dem Lager, du Greuel! Werft ihn hinaus!» Und der Alte sprang den Bileam an wie ein Jüngling, riß ihm die Götzenbilder ab, warf sie auf den Boden und trat darauf herum. «Hinaus aus dem Lager, Lästerer!», schrie er, die Fäuste gegen Bileam hebend.

«Ich gehe schon, ich gehe schon», sagte Bileam seine Bilder aufsammelnd. «Aber ich komme wieder. Ihr tüchtigen Söhne Dans! Laßt euch nicht in die Knechtschaft Jehovahs verkaufen! Ihr seid freie Männer, Söhne der Freiheit, denen es zukommt, mit ihrem Gott Freudenfeste zu feiern!»

«Marsch, in eure Zelte! Wenn Moses kommt, wird er euch mit dem Stab züchtigen», schrie Hur den Söhnen Dans zu.

«Moses wird nicht mehr kommen. Sein Sarg ist am Himmel gesehen worden überm Berg Sinai. Jehovah hat ihn umgebracht», kreischte Bileam.

«Wer hat Moses' Sarg gesehen? Woher weißt du, daß Jehovah ihn getötet hat?», fragten die Söhne Dans.

«Die Wahrsager Aegyptens haben seinen Sarg gesehen. Ich werde sie herbringen. Dann könnt ihr es aus deren eigenem Mund hören.»

«Hinaus, Lästermaul! Hinaus aus Gottes Lager!», schrie der alte Hur und lief mit fuchtelnden Armen der Eselin nach, auf der Bileam sich davonmachte.

* * *

Wie ein Raubtier, das, am Tage sich in Höhlen und Rinnen verbergend, bei Nacht ein zurückgebliebenes Opfer anfallend, einer Herde nachschleicht, so hatte sich Bileam den Israeliten an die Fersen gehängt, seit sie aus Aegypten ausgezogen waren.

Er war nicht der Priester eines bestimmten Gottes oder Kults. Er war Seher und Zeichendeuter, ein Ratgeber für Abgötterei jeglicher Art; Anhänger von Götzendiensten suchten ihn auf, wenn sie sich in Schwierigkeit oder Verlegenheit befanden. Er war ein Mensch mit glühender Einbildungskraft und heftigen Gefühlswallungen; er konnte in Zustände der Verzückung geraten; wenn er in solche verfiel, glaubte er selbst, daß er von einem Geiste besessen sei. Dann hatte er Gesichte und erging sich in Weissagungen. Vor allem war er wohlgeübt im Verfluchen und Beschwören; er machte sich den Völkerschaften und Götzenanbetern besonders nützlich durch seine Verwünschungen und Besprechungen. Auf Grund seiner Zaubersprüche überzogen Völker einander mit Krieg. Wenn der Anführer eines Heerhaufens einen Angriff im Schilde führte, dann ließ er Bileam holen und sicherte sich gegen Entgelt seine Dienste, daß er den Feind mit seinem Bannfluch belege, der dessen Arme verstümmeln und dessen Kraft lähmen solle.

Bileam glaubte an alle Naturgeister und betete alle Götzen an. Doch gleich Jethro glaubte auch er, daß es einen alle andern Götter überragenden Gott gebe, eben Ihn, der Jehovah hieß. Doch im Gegensatz zu Jethro unterwarf er sich Jehovah nicht, sondern lehnte sich im Namen und zu Gunsten der andern Götter gegen Ihn auf. Er wußte wohl, daß der Ewige Gott den übrigen Göttern den Kampf angesagt hatte und daher für deren Fortbestand eine tödliche Bedrohung bedeutete; darum tat er alles, was in seiner Macht lag, um die Anerkennung Jehovahs zu untergraben und dessen Einfluß zu schwächen.

Die größte Niederlage hatte er durch Moses erlitten, als es diesem gelang, die Israeliten zu Jehovah zu bekehren; so setzte er alles daran, eine Kluft aufzureißen zwischen dem Volk und seinem Führer. Gerissener Menschenkenner, der er war, hatte er vorausgesehen, daß Moses mit riesigen Schwierigkeiten zu kämpfen haben werde bei der Einführung der Gesetze und Gebote und ihrer Durchführung im Alltagsleben. So wartete er den geeigneten Augenblick ab, um sich wie ein Fuchs in den Garten einzuschleichen, den Moses für Jehovah gepflanzt hatte. Er hatte den Tag vorausgesehen, an dem die Kinder Israels ungeduldig und aufsässig werden und bereit sein würden, das Joch abzuschütteln, das Jehovah ihnen auf den Nacken gelegt hatte. Dann mußte für ihn die gute Gelegenheit eintreten.

Und dieser Tag kam, als Moses in der Wolke am Berge Sinai verschwand, als die Kinder Israels, verwirrt, verstört und unruhig wurden, als die Ränke und Zänke über das Priesteramt im Lager zu Spaltungen führten und Aaron und seine Söhne mit Korah und seinen Anhängern entzweiten, was alles den angstvollen Zustand noch steigerte, den das unerklärliche, sich immer länger hinziehende Ausbleiben Moses' hervorrief. Die Verkündung der Zehn Gebote auf dem Berge Sinai, deren Einleitung den Abgöttern das Zügenglöcklein läutete, hatte Bileam bereits Gelegenheit gegeben, sämtliche Priesterschaften in Unruhe zu versetzen; ein Hauch der Angst und des Entsetzens ging durch alle Priesterkasten und nicht weniger auch über die Gebieter der Völker hin, deren Vertreibung aus ihrem Land, um Platz zu schaffen für die Kinder Israels, Jehovah im Sinne hatte.

Bileam hatte auch seine Späher im Lager, die er in dem großen Gemengsel derer gefunden hatte, die sich den Israeliten beim Auszug aus Aegypten angeschlossen hatten. So erfuhr er jeden kleinsten Zwischenfall und die geringste Wendung der Dinge; als er daher die ersten Meldungen von der Verzweiflung erhielt, die die Israeliten über das Verschwinden von Moses ergriffen hatte, rief er die ihm befreundeten Götzenpriester zusammen und hielt Rat mit ihnen. Dabei wurde beschlossen, eine Anzahl von Götzenpriestern mit Hilfe der Späher ins Lager zu schmuggeln, um dort die Verwirrung so zu steigern, daß die Israeliten in die Arme der Abgötter getrieben werden konnten.

Bileam selbst hielt Wort. Wie er dem alten Hur gedroht hatte, kam er wieder ins Lager. Warf man ihn beim einen Tor hinaus, so kam er durch ein Dutzend anderer wieder. Und bei jedem

Wiederkommen brachte er eine neue Zeugenschaft für die Macht seiner Götter und die Ohnmacht von Jehovahs Herrschaft mit, die ihrem Sturz entgegenwanke.

So brachte er nun Jannes und Jambres mit, zwei berühmte aegyptische Zauberer, die übrigens, wie es hieß, seine Söhne sein sollten. In ihren mit Sternen bestickten Phantasiegewändern und ihrem hochgetürmten Kopfschmuck führten sie den Israeliten hundert verschiedene Zauberkünste vor. Sie wiesen auf die Gestirne und deuteten alle möglichen Prophezeiungen hinein; sie zeigten den Israeliten die Himmelskuh, die über die Nacht herrsche wie die Sonne am Tag; sie umrissen Skorpione, Eidechsen und anderes Getier, das sich in den Gestirnen enthülle, und sie redeten den Israeliten ein, sie vermöchten den Sarg des Moses am Himmel über dem Berg Sinai schweben zu sehen.

«Seht hin, seht hin! Dort schwebt sie, die Lade, darin Jehovah Moses verborgen hält. Seht ihr nicht? Genau wie der Sarg, in dem ihr das Gebein Josephs aus Aegypten mitgebracht habt. Dort oben hängt sie, überm Sinai. Ganz ohne Zweifel hat Jehovah Moses getötet, wie Er es mit allen tut, die sich Ihm nahen, denn Er leidet es nicht, daß ein Mensch oder gar ein Gott Ihm von Angesicht zu Angesicht gegenübertritt.»

«Jawohl, in der Tat, so ist es! Moses hat uns gewarnt, dem heiligen Berge nicht zu nahe zu kommen, sonst töte Er uns.»

«Euer aller Leben hängt somit an einem Haar. Denn wie kann ein Mensch von Fleisch und Blut auf die eine oder andere Weise vermeiden, Jehovahs Zorn zu erregen und damit sein Leben zu verwirken?»

«Wer vermag Seinem Anblick standzuhalten?»

Die von Bileam unter das Menschengemengsel verteilten Späher machten sich eifrig daran, im Lager das Gerücht zu verbreiten:

«Moses ist getötet worden! Jehovah hat ihn verzehrt wie ein Löwe ein Schaf verzehrt. Wir haben seinen Sarg am Himmel überm Berg Sinai schweben sehen.»

Und ein Wehklagen erhob sich im Lager: «Moses ist tot! Jehovah hat ihn getötet!»

Und Israel ward zu einer Hure: noch gestern hatte es unterm Brautbaldachin mit Jehovah gestanden und heute war es bereit, einen jeden, der da kam, bei sich aufzunehmen, allen Anerbietungen von Götzen und Abgötterei ein Ohr zu leihen.

Der Nächste, den Bileam ins Lager mitbrachte, war sein Freund Naaram, ein Priester der Göttin Astarte. Naaram war ein schöner, wohlgenährter und wohlgepflegter Jüngling mit einem feingekräuselten Bart, geschminktem Gesicht, blaugefärbten Lippen und mit Antimontusche gezogenen Ringen um die Augen; doch er war gekleidet und geschmückt wie eine Frau, hatte Weiberbrüste und sprach mit hoher, schriller Weiberstimme. Er kam daher in einem Wagen, der mit holzgeschnitzten Bildern der Astarte angefüllt war und von vier nackten Mädchen, über deren Scham nur dünne Goldketten liefen, gezogen wurde. Er wies und pries den Kindern Israels die Göttin mit den breitausladenden Hüften und den strotzenden Brüsten, an die sie eine Taube preßte:

«Dies ist die Göttin der Liebe. Dem, der an sie glaubt, enthüllt sie alle verborgenen Geheimnisse der Lust, alle Freuden der Sinne, ob Mann oder Frau, der Liebe zum Fleisch Anderer, der Liebe zum eigenen Fleisch. Ihren Anhängern und Eingeweihten läßt sie die Segnung des doppelten Geschlechts zuteil werden, so daß sie als Männer wie als Weiber dem Genusse frönen können.»

Bileam ging sogar so weit, daß er ins Lager Israels seinen Freund Bors einführte, einen Priester des Gottes Moloch, einen Mann mit nacktem, aufgequollenem Bauch, behaarten Riesenhänden, wulstigen, blutbeschmierten Lippen, der ein großes, widerwärtiges Blutmal auf der Stirn trug. Dieser Priester führte den Israeliten ebenfalls ein Abbild seines Gottes vor, eine Gestalt mit einem Tierhaupt und zwei Ochsenhörnern, die von einem Menschengesicht vorsprangen, und einem offenen Rachen mit Raubtiergebiß. Der gleich dem des Priesters vorquellende Bauch wies einen Schlitz auf, der ein ständig im Innern flakkerndes Feuer erkennen ließ.

«Mein Gott ist der Gott des Sturms und Donners. Aber er ist auch ein Gott des Regens und des Taus. Wenn er in seinem Munde zartes, schmackhaftes Kinderfleisch spürt, wenn seine Zunge sich an der Süßigkeit frischen Bluts erlabt und sein Gebiß sich zum Zermalmen eines markhaltigen Knochens schließt, dann wird er sanft und mild und er schickt sprühenden Regen, der nicht nur eure Felder fruchtbar macht, daß das Korn wächst, sondern auch das Vieh im Stall und das Weib in euren Armen.»

So lange sie auch in Aegypten Frondienst hatten leisten müssen, niemals waren den Hebräern die Spuren des hellen Erbes ihrer Vorfahren abhanden gekommen. Ihre im Wesen gesunde Veranlagung wies im Grunde keinerlei Neigung auf für die verfeinerten und verderbten Lüste des doppelten Geschlechts, wie sie die Göttin Astarte ihren Anhängern schenkte. Noch weniger wurden ihre Sinne gereizt durch die unflätige Lust am Geräusch der vom Gott Moloch zermalmten Knochen eines geopferten Kindes. Doch der Trieb der Fortpflanzung, des Zeugens und Sichmehrens, der gerade während der aegyptischen Zeit in ihnen mächtig geblieben war, das war es, was sie zu dem Kult des Kalbes hinzog. Das Bild des Kalbes reizte sie, während der bösartige Moloch und die unfruchtbaren Lüste der Astarte sie kalt ließen. Kinder! Jawohl! Vermehrung der Herden, auch das! Weiter wollten sie nichts wissen, von nichts anderm hören als von dem Kalb.

Und auf einmal hingen von allen Männer- und Weiberhälsen im Lager kleine Bilder des Kalbs. Vergebens mahnten Hur und andere Angehörige des Stammes Juda das Volk, des rächenden Stabes Moses' zu gedenken. Es war als ob die Kalbsvergötzung ihnen durch einen Zaubertrichter ins Blut getreten sei und alle Besinnung und Hemmung hinwegschwemmte. Selbst die Besonneneren fielen der Ansteckung anheim. Männer und Frauen vorgerückten Alters, die noch vor kurzem am Sinai den Ruf ausgestoßen hatten: «Alles, was Gott gesagt hat, wollen wir tun», stolzierten jetzt geschmückt mit dem Kalbsbild herum.

Wie Affen, die, vom Entsetzen vor der Dunkelheit der Nacht gepackt, sich in das Vergessen wahnwitziger Paarung flüchten, so suchten die Kinder Israels, von dem Kalbskult erfaßt, in den Lüsten des Fleisches Rettung vor ihrer Wirrnis und ihrem Elend. Doch der Götze in Kalbsgestalt ward bald mehr als nur ein Verführer zur Sinnenlust; er nahm den Charakter eines Retters und Erlösers an: er war es, der sie aus der Wüste erlöste; der Gott, der sie aus Aegypten geführt, würde sie in das Land ihrer Väter führen.

In einer blinden Verworrenheit von Lust und Angst – einer

Angst, über die die Lust nicht völlig obzusiegen vermochte – stürmten sie vor Aarons Zelt. Junge und ältere Männer, Männer mit dichten, gekräuselten Bärten und Männer mit weißen Bärten und schwarzglänzenden Augen, Männer mit kraftvoll gewölbtem Brustkasten und Männer mit eingefallenem schwächlichem Körper, die sich noch nicht von der aegyptischen Fron erholt hatten; Hebräer und Nicht-Hebräer, sonngebräunte und schwarzgeborene Gesichter; Weiber mit zerrauftem Haar und unverhüllten Brüsten, jungen Brüsten gleich Äpfeln und alten Brüsten gleich leeren Wasserschläuchen – alle waren vor Aarons Zelt zusammengerottet, schrieen und tobten, heischten und forderten mit ausgestreckten Armen und zornigen Augen:

«Auf, mache uns Götter, die vor uns hergehen! Denn wir wissen nicht, was diesem Manne Moses widerfahren ist, der uns aus dem Lande Aegypten geführt hat.»

Darauf hatten Nadab und Abihu nur gewartet. Sie sprachen zu ihrem Vater:

«Jetzt ist für dich die Gelegenheit gegeben, Moses zu zeigen, daß trockene Gesetze und Gebote nicht genügen, um ein Volk zu ernähren. Ein Volk muß ein Heiligtum haben, eine Stiftshütte, einen Altar, einen Priesterstand; es braucht Feste und Tänze, Gesang und Freiheit, sonst macht es sich das Bild eines Kalbes. Mache du ihm also das Bild eines Kalbes.»

Und Aaron gab nach.

Er sprach zu den Männern vor seinem Zelt:

«Reißet die Ohrringe aus den Ohren eurer Weiber, eurer Söhne und Töchter und bringet sie mir.»

Sie ließen sich das nicht zweimal sagen; unverzüglich rissen sie die Ohrringe aus den Ohren ihrer Weiber, Söhne und Töchter, fügten ihre eignen hinzu und warfen sie vor Aarons Füßen zu einem Haufen.

Dann wurden im Lager alle Männer zusammengesucht, die des Erzgießens und Holzschnitzens kundig waren; und unter ihren Händen begann das Götzenbild zu entstehen. Aus einem verkrümmten Baumstumpf wurde ein Kalb mit übertriebenen Geschlechtsmerkmalen gebildet. Ein großes Feuer wurde angezündet, ein Schmelztiegel darauf gestellt und darein wurde der Goldschmuck geworfen. Die Schmiede hämmerten und hieben, das gewalzte Gold wurde über die Holzfigur des Kalbes gegossen; ein grobes, plumpes Machwerk wurde es, mit dem Kopf eines Kalbs und dem Rumpf eines Stiers.

Aaron, der Hohepriester, legte selbst bei der Arbeit mit Hand an.

Noch bevor das Standbild fertig war, hatte sich eine, meist aus den von Bileam eingeschmuggelten Fremden bestehende Menschenmenge darum versammelt und sang:

«Das ist dein Gott, Israel, der dich aus dem Lande Aegypten geführt hat!» Und mit dem Blick auf das große im Entstehen begriffene Standbild küßten und herzten sie die ihnen um den Hals hängenden kleinen Götzenbilder.

Nun aber merkte Aaron, daß die Dinge zu weit gediehen waren und das Volk vom Rausch seiner Hingabe an das Götzenkalb außer Rand und Band geriet. Er hatte es anders beabsichtigt gehabt. Er hatte nur Zeit gewinnen wollen. Vielleicht kam Moses morgen doch zurück. Ehe er aufgebrochen war, hatte er etwas erwähnt von einer vierzigtägigen Frist auf dem Berge; diese Frist nun näherte sich ihrem Ende. So hieß er denn das Volk, einstweilen einen Altar zu errichten, und legte mit seinen Söhnen wiederum selbst Hand ans Werk. Der Tag neigte sich, ein weiterer Tag war gewonnen. Es war jetzt zu spät, mit dem Fest zu beginnen.

«Kommt morgen beizeiten wieder», sagte er zum Volk. «Morgen wird das Fest Jehovahs begangen werden.»

Das Fest Jehovahs! Er wollte Jehovah ein Fest richten! Er wollte, wenn nötig, den Kalbsgötzen mit dem Dienst vor Jehovah vereinigen. Das war sein Trost und seine Selbstrechtfertigung für den anscheinenden Verrat an seinem Glauben.

«Fort in eure Zelte!», schrie er wiederum. «Das Fest wird morgen abgehalten!»

Doch das Volk rührte sich nicht von der Stelle. Es wollte sein Fest gleich haben. Viele hatten sich um das nun vollendete Bildwerk herumgelegt, wie um es zu beschützen. Das Fest mußte seinen Anfang nehmen und sich bis in die Nacht ausdehnen.

Unter dem bestirnten Himmel wurden Feuer angezündet, und Gruppen verzückter Männer und Weiber drehten sich schrill kreischend in wildem Tanz darum. Hochauf prasselten die Flammen, ihr Schein erleuchtete gespenstisch die Unterseite der Wolke, die über dem Sinai hing. Von der gewaltigen Masse dieser Wolke ging eine furchteinflößende, bedrückende Stimmung aus; es war, als wenn sich unsichtbare, zu zornigen Fäusten geballte Hände aus ihr hervorstreckten und die Wüste in eine Betäubung versetzten. Doch die Kinder Israels wurden dessen nicht inne. Sie hüteten sich, ihre Augen auf den Berg zu richten, während sie hüpften und schrieen im Rausch ihres neuen Götzendienstes, und die über der weiten Einöde lastende Majestät Jehovahs gewahrten sie nicht.

Eine Schamlosigkeit ohne Maßen überflutete die Nacht. Es war, als ob alle schwarzen Höllengeister, alle Götzengreuel losgelassen und versammelt seien im Lager der Israeliten, um Jehovah die letzte Entscheidungsschlacht zu liefern. Von den Zelten der Kinder Israels stieg trunkenes Geschrei zum Himmel empor. Unter freiem Himmel vergewaltigten die Männer die Frauen und trieben alle möglichen Laster untereinander. Im Wahnsinn der Gelüste, die der Kalbsgott in ihnen entfesselt, durchbrachen sie alle Schranken der Sitte; aus ihren Herzen tilgten sie alle Gesetze aus, die Blut, Vererbung, Überlieferung und Stolz auf ihre Väter darin während der Jahre der Knechtschaft aufrechterhalten hatten. Es war, als ob die Kinder Israels ein wahnwitziger Drang beseele, sich für all die Demütigungen und Leiden zu rächen, zu denen Gott sie während der langen Zeit der aegyptischen Fron verurteilt hatte.

Keine Hand rührte sich, ihnen Einhalt zu tun. Die Angst vor dem Massenwahnsinn lähmte die neuen Führer, die Mitglieder des Rats, den Moses als den neuen Ältestenrat eingesetzt hatte. Sie versteckten sich, wo es immer ging, um den Taumel der Volksmenge nicht mitansehen zu müssen. Korah und seine Anhänger, die das Volk kannten und die vielleicht noch etwas Einfluß über es hätten gewinnen können, hielten sich bewußt zurück, um sich jeder Verantwortlichkeit zu entziehen. «Aaron und Hur sind die bestellten Führer», sagten sie. Doch bei diesem Entschluß war ihnen nicht recht wohl; denn sie sahen, wie Aaron, der Bruder Moses' selbst, dessen erster Stellvertreter vor der Gottheit, vor aller Augen die Leitung des ganzen Treibens übernahm, ja bei der Verfertigung und Aufstellung des vergoldeten Kalbs auf dem Altar selbst mithalf, und sie sagten unter einander: «Wer weiß, was für ein Zweck dahinter steckt?»

Und so wurde Gottes Gemeinde von ihren eigenen Führern den Händen des Bösen ausgeliefert.

Der Einzige, der Widerstand leistete, der sich zwischen die Kinder Israels und den Bösen warf, in der Hoffnung mit seinem schwachen Körper und seinem inbrünstigen Glauben eine Schranke bilden zu können, war Hur, der zweite der von Moses bestimmten Stellvertreter.

Als Aaron zustimmte, beim Schmelzen und Gießen des Goldes für den Kalbsgötzen mitzuhelfen, ließ er den Enkel Hurs, Bezalel, rufen, der sich in Aegypten einen großen Ruf als Goldschmied und Baumeister erworben hatte. Doch Bezalel war nicht zu finden; Miriam hatte ihn in einer Höhle verborgen, und sie kam mit ihrem Gatten Hur zu Aaron; die beiden warfen sich Aaron zu Füßen und flehten ihn an:

«Aaron, Aaron, du bist der Älteste aus dem Hause des Amram! Wie kommst du dazu, solches zu tun?»

«Das Volk will es», erwiderte Aaron ihnen. «Ich kann mich ihm nicht widersetzen, sonst reißt es mich in Stücke.»

«Ist es nicht besser, erschlagen zu werden als zu sündigen gegen Gott?», fragte Hur.

«Gott ist gütig», sagte Aaron. «Er wird uns vergeben. Moses wird für uns bitten.»

Doch Nadab und Abihu, die ebenfalls bei Aaron waren, wurden ärgerlich gegen die Eindringlinge: «Macht euch fort, ihr Alten, macht euch fort!», schrien sie sie an.

Da gingen Miriam und Hur Korah suchen. Nach einiger Zeit fanden sie ihn auch und sagten zu ihm:

«Korah, Korah, du bist der Älteste des Stammes Levi. Auf, rette du Israel aus dem Rachen des Bösen. Du und die Söhne Levis.»

«So mag doch der, der die Israeliten an den Bösen verraten hat, sie retten. Du, Hur, und Aaron, ihr beiden seid die Anführer. Wir sind die Beiseitegeschobenen ...» und damit zog er den Vorhang seines Zeltes zu.

Da lief Hur zu seinem eigenen Stamm, den Söhnen Judas. Er weckte Nachschon ben Aminadab und Kaleb ben Jephunne, dessen Anführer, aus dem Schlaf und sagte:

«Kommt mit mir hinaus, ihr Söhne Judas, denen die Herrschaft über die Kinder Israels gegeben werden wird, und verhindert sie, das goldene Kalb anzubeten, auf daß sie nicht ihr Erstgeburtsrecht unter den Völkern Gottes einbüßen.»

Die Söhne Juda aber antworteten: «Unsere Zeit ist noch nicht gekommen. Mögen die den Dorn aus dem Fleisch des Löwen ziehen, die ihn hineingebracht haben. Wir können nicht ganz machen, was Aaron zerbrochen hat.»

Und da er nun merkte, daß niemand da war, Israel vom Versinken in den Abgrund zurückzuhalten, sagte Hur: «Ich werde meinen eigenen Leib als Schranke werfen vor Israel, um es am Sturz zu hindern.»

Und er ging zum Eingangstor des Lagers und stellte sich dort auf, um das Volk daran zu hindern, zu dem goldenen Kalb zu kommen.

Mittlerweile war der Morgenstern aufgegangen, und der Himmel ward wie von Feuer und Blut überströmt, daß selbst die blauweißen Wolken von pupurroten Rändern umflossen waren.

Dann traten die Kinder Israels aus ihren Zelten, um die Felsterrassen hinaufzusteigen und dort ihre tägliche Nahrung einzusammeln.

Und auch an diesem Tage verringerte Gott ihr Brot nicht; sie sammelten je einen Gomor auf den Kopf. Sie fanden es ebenda bereit, wo sie es gestern und vorgestern gefunden hatten. Sie häuften es in ihre Körbe und trugen es in ihre Zelte.

Bald traten sie wieder heraus, um das Fest zu feiern. In ganzen Familien kamen sie, mit ihren Frauen und Töchtern. Sie hatten all den Putz und Schmuck angelegt, den ihnen Gott von den Aegyptern überantwortet hatte: sie prunkten mit goldenen Ketten, mit Rubinen, Saphiren und Amethysten besetzten Gehängen, edelsteingezierten Brustschildern, Ringen in Ohren und Fingern, Reifen um die Arme. Die Weiber hatten ihre Blöße mit blaugefärbter Seide, feinem Woll- und zartem Linnengewebe bedeckt; ihre Stirnen waren bekränzt mit Bergblumen, von ihren Hälsen herunter, zwischen ihren Brüsten hüpfend, hingen die kleinen Bilder des Kalbsgötzen. In ihren Händen aber trugen sie Körbe mit Manna, dem Gottesbrot, das sie ihrem neuen Götzen zum Opfer darbrachten. In festlicher Hochstimmung schritten sie dahin. Vor ihnen schrillten die Flöten, klingelten die Zimbeln; tanzend und dem neuen Gott lobsingend, zogen sie dahin.

Am Lagertor versperrten ihnen zwei alte schwache Arme den Weg, und eine schwache Greisenbrust stellte sich ihnen wie ein Schild entgegen. Zwei flammende Augen schossen feurige Pfeile auf sie, und eine Stimme, die wie aus einer tiefen Höhle hervorschallte, eine Stimme, die mit der Sünde und dem Tod rang, drohte und flehte:

«Brüder vom Hause Israel! Gedenket des Eids, den ihr Jehovah geschworen habt! Gedenket des heiligen Bundes, den ihr mit Ihm geschlossen habt! Geht nicht zu dem Götzen! Gehet nicht! Jehovah ist euer Gott!»

«Aus dem Weg, Alter, oder du wirst zertreten», rief man ihm entgegen.

Doch der Alte wich und wankte nicht. Er hielt Stand, er packte sie bei den Armen und Beinen und klammerte sich an ihre Kleider, um sie aufzuhalten.

«Gedenket des Bundes, den eure Väter Abraham, Isaak und Jakob um euretwillen mit Jehovah geschlossen haben!»

«Wenn unsere Väter uns als Knechte an Jehovah verkauft haben, müssen wir das für immer bleiben? Jetzt sind wir freie Menschen.»

Doch der Alte klammerte sich noch immer mit schier unglaublicher Kraft und wie rasend an ihre Glieder und Kleider und schrie dabei gegen sie an:

«Gott hat euch zum auserwählten Volk gemacht, ein Licht zu sein den Völkern der Welt, auf daß die Erlösung und das Heil komme ...»

Sie ließen ihn nicht weiterreden; sie stießen ihn nieder, zertrampelten ihn, ja gaben sich nicht einmal die Mühe, seine Leiche beiseitezuschieben, sondern gingen einfach über den Körper weg.

So kamen sie vor Aaron, der bereits am Altar wartete. Und er brachte Brandopfer und Dankopfer dar dem goldenen Kalb, das im Sonnenlicht gleißte.

Dann schlugen sie sich die Bäuche voll mit Fressen und Saufen und machten sich eine Lustbarkeit; Gejauchze und Gelächter schallte zum Himmel empor.

Doch vom Himmel ward eine Stimme vernehmlich, eine Frauenstimme, die das All mit Weinen und Wehklagen erfüllte. Es war die Stimme der Erzmutter Rahel, die aus den Höhen tönte in Trauer über ihre Kinder.

Denn dies war ein Tag des Satans, und alle bösen Ratschlüsse, alle Verfolgungen und Erniedrigungen, die die Kinder Israels in den künftigen Jahrhunderten zu erleben und zu erleiden haben sollten, wurden geschrieben und besiegelt an diesem Tag.

VIERZIG Tage und vierzig Nächte waren vergangen, da stieg Moses herab vom Berge. An dessen Fuß traf er Josua, seinen Diener, der dort auf ihn gewartet hatte.

Als Josua gewahrte, wie Moses aus der Wolke hervortrat, die den Berg verhüllte, schloß er die Augen. Er fürchtete sich, Moses ins Antlitz zu blicken. Denn es war ihm, als erkenne er seinen Führer und Lehrer nicht wieder. Langes, dichtes, weißes Haar an Haupt und Brauen, ein weißer breiter Bart umwuchs ihn, doch aus der Mitte dieses weißen Gewuchers hervor strahlte Licht von seinem Antlitz aus wie von einer Sonne. Seine Riesengestalt war umflossen von einem weißen Mantel, der flammte gleich Silber im Sonnenschein. Hoch in seinen Armen aber trug er die göttlichen Tafeln, darauf in feurigen Lettern die Schrift der Zehn Gebote flackerte.

Schweigend kam er an seinen Vertrauten heran, schweigend, ohne Blick für die Umwelt, schritt er mit ihm weiter. Er war umhüllt von der Wolke eines nur ihm zugänglichen Geheimnisses, als bewege er sich noch in der unaussprechlichen Welt, in der er mit Engeln und Teufeln gerungen um Gottes Wort. Doch über ihm lag kein Rest der erhabenen Freude, die Josua bei ihm anzutreffen erwartet hatte, sondern eine sinnende Traurigkeit. Das aus dem weißen Haargestrüpp leuchtende Antlitz war schwermütig und unbewegt, eine Dunkelheit inmitten des Lichts.

Josua ahnte, Moses wisse etwas von dem, was bei der Gemeinde sich abgespielt hatte, und daß daher die tiefe Besorgnis komme, die auf ihm lastete. Doch Josua traute sich nicht, eine Frage zu stellen; ja, er scheute sich, Moses gerade ins Antlitz zu blicken. Er blieb sich nur bewußt, daß neben ihm ein Mann herschritt, der vierzig Tage und vierzig Nächte lang im Himmel geweilt hatte bei Gott und den himmlischen Heerscharen und der nun die Tafeln in seinen Armen trug, auf denen die feurige Schrift eingegraben war von Gottes eigener Hand. Und in Josuas Augen verwandelte sich dieser Mann in einen Engel Gottes, vor dem ihm bangte.

Moses aber blieb stumm und behielt bei sich, was Gott ihm gesagt hatte.

Denn Gott hatte gesagt:

«Geh, steig hinab, denn das Volk, das du hinausgeführt hast aus Aegypten, ist verderbet.»

Danach aber hatte Gott verheißen, aus Moses' eigenem Samen ein neues Volk zu schaffen, indem er ihm sagte:

«Ich will dich zum großen Volke machen.»

Doch da hatte Moses alsbald im Himmel geantwortet, daß er nicht der Stammvater eines andern Volkes werden wolle, daß sein Wünschen gerichtet sei auf dieses Volk, die Kinder Abrahams, Isaaks und Jakobs, welche Gott mit mächtiger Hand aus dem Lande Aegypten geführt hatte. «Warum sollen die Aegypter sprechen, Du habest sie zu ihrem Unglück aus dem Lande Aegypten geführt, um sie zu erwürgen im Gebirge? Nicht um ihretwillen, nicht um meinetwillen, sondern um Deinetwillen, um Deines Namens und Deines Ruhmes willen und des Eides, welchen Du Deinen Dienern Abraham, Isaak und Jakob geschworen hast.»

Und so hatte Moses im Himmel das aufglühende Feuer von Gottes Zorn gedämpft; und es hatte Gott gereuet, daß Er dieses Volk austilge, daß Er das Unglück über es bringe, das Er in der ersten Hitze Seines Jähzorns ihm bestimmt hatte.

Allein trotzdem wußte Moses nicht Bescheid über die Absicht Gottes: ob Er die Kinder Israels in das von Ihm verheißene Land führen wolle oder nicht. Und diese Ungewißheit beschwerte Moses' Herz; doch er verbarg seine Gedanken und ließ kein Wort davon laut werden zu Josua. Stumm schritten die beiden Seite an Seite dahin.

Als sie die letzten Vorberge hinter sich und die steinige Hochfläche erreicht hatten, hörten sie das Geschrei und Getöse, das aus dem Tal, wo das Lager war, widerhallte.

Erregt angesichts des Drohenden, das heraufzog, sagte Josua:

«Es ist ein Geschrei im Lager, als wenn dort gekämpft würde.»

«Nein», sagte Moses, «es sind nicht Stimmen derer, die Sieg schreien, was ich höre, noch Stimmen derer, die ihr Unterliegen beklagen. Es ist Lärm von Singen und Tanzen, was ich höre.»

Und, die steinernen Tafeln, darauf mit Gottes Feuergriffel zu beiden Seiten eingegraben die Schrift der Zehn Gebote stand, fest an die Brust gedrückt, schritt Moses weiter. Es war, als suche er Schutz und Rat für die Stunde der Not bei den an die Brust gepreßten Tafeln, und sein Schweigen verhieß Unheil.

So kamen sie schließlich zum Rand der Felsenfläche, von wo der steile Hang abfiel zum Lager. Und da erblickte Moses sie: in ihren bunten, leicht übergeworfenen Gewändern, das goldene Kalb, das auf dem hohen Altar gleißte, wüst umtanzend. Deutlich vernahm er nun ihr wildes Gekreisch, ihr Gesing und Geheul, ihr Frohlocken und Jauchzen. Das Angesicht auf die Ränder der steinernen Tafeln gedrückt, blieb er, selbst einem Steinbild gleichend, lange Zeit reglos stehen. Mit einmal jedoch zuckte sein Rumpf krampfhaft empor, als wenn er vom Blitz getroffen sei. Er hob die Tafeln hoch und schleuderte sie himmelwärts mit aller Kraft, als wolle er sagen: «Kehret dorthin zurück, von wannen ihr gekommen seid!»

Die Tafeln aber fielen zur Erde und zerschellten; ihre Bruchstücke begannen den Abhang hinunter ins Tal zu rollen. Das Echo ihres Zersplitterns hallte aus dem Tal herauf und schlug wider die Gipfel, von dort sich ausbreitend in den Weltenraum. Es war, als ob die Buchstaben auf den Tafeln einen Schmerzensschrei ausgestoßen hätten, da sie wieder zum Himmel aufstiegen.

Moses aber stieg mit gewaltigen Schritten zu Tal, von Felsblock zu Felsblock springend gleich einem Jüngling, so ungestüm war sein Grimm. Josua vermochte nicht mit ihm Schritt zu halten und blieb weit zurück.

Wie eine Feuerpeitsche hieb sich Moses Bahn ins Lager, die erschrockenen Schwelger und Schwärmer mit mächtigen Armen zur Seite schleudernd. Sie erkannten ihn auf der Stelle; angstvolles Entsetzen breitete sich unter ihnen aus. Der Tanz stockte, die Stimmen verstummten, die Köpfe senkten sich, und die Leiber sanken zur Erde.

Moses sagte kein Wort. Von seinem Mantel weiß umflammt schritt er hin zum Altar. Mit seinen eigenen Händen packte er das Greuelbild, schleuderte es mit gewaltiger Kraft über die Köpfe seiner Anbeter, daß es zu Boden und in Stücke fiel, die er dann in das Feuer warf, das auf dem Altar loderte. Das Holz wurde verzehrt, das Gold geschmolzen. Dann sprach Moses: er hieß die Menge, das geschmolzene Gold wegzunehmen, es mit der Asche des verbrannten Holzes zu mischen, das Gemengsel zwischen Mühlsteinen zu zerreiben und den Staub dann in den

Teich zu schütten, der von einem der aus den Bergen herabstürzenden Wasserfälle sich gebildet hatte.

Dann befahl er Josua: «Treibe sie zum Teich und laß sie das Wasser trinken wie die Huren.»

Entsetzt wich das Volk zurück. Das Wasser war vergiftet von Staub und Asche des Götzenbildes. Ihre Bäuche würden aufquellen, wenn sie es tränken. Sie kehrten sich weg und weigerten sich und versuchten zu den Zelten zu flüchten. Doch Josua und seine Jungschar umzingelten sie, trieben sie zurück und zwangen sie, sich niederzuknieen und von dem Wasser zu trinken.

Beim Altar sah Moses Aaron stehen. Auch ihn hätte er eigentlich zwingen sollen, das vergiftete Wasser zu trinken, wie die andern Götzenanbeter. Doch er beherrschte sich, trat nur an Aaron heran und fragte voll Grimm:

«Was hat dir das Volk getan, daß du so große Sünde über es gebracht hast?»

Bleich vor Angst und vom Scheitel bis zur Sohle zitternd, senkte Aaron schamvoll den Kopf und stammelte:

«Mein Herr lasse seinen Zorn nicht ergrimmen über mich. Du weißt, daß das Volk dem Bösen geneigt ist. Sie sind zu mir gekommen und sagten: ‚Mache uns Götter, die vor uns hergehen, denn wir wissen nicht, was dem Manne Moses, der uns aus Aegypten geführt, widerfahren ist.‘ Und ich sagte ihnen: ‚Wer Gold hat, der reiße es ab.‘ Und sie gaben mir das Gold, und ich warf es ins Feuer, und daraus ist das Kalb geworden.»

Ein bitteres Lächeln kam auf Moses' Lippen, als habe er von einer giftigen Wurzel gekostet; er vermochte nur zu lächeln über die kindische Ausrede des Bruders. Verächtlich blickte er Aaron an und fragte:

«Wo ist Hur?»

«Hur ist tot. Sie haben ihn totgetrampelt, als er sich ihnen entgegenwarf, um sie von der Anbetung des Götzen abzuhalten.»

Da wurde Moses' Gesicht noch dunkler, seine Augen umwölkten sich, und sein Atem ging schwer, als er barsch weiter fragte:

«Wo sind die Aeltesten, die Aeltesten in Israel?»

Es dauerte einige Zeit, bis Josua und seine Jungmannen ein paar von den Ältesten in ihren Verstecken auftreiben und daraus hervorzerren konnten.

«Warum ließet ihr diese schwere Sünde auf das Volk fallen? Warum habt ihr dies nicht verhindert?»

«Wir hatten Angst, man würde mit uns tun, wie man mit Hur getan hat», antworteten die Ältesten zitternd.

Moses schaute sie, Ekel im Blick, an. «Ihr hattet Angst! O, Jehovah, Jehovah, die Schuld ist mein! Siehe, wem ich die Kinder Israels anvertraut habe!» Doch sein Gram schlug wieder in Grimm um und er befahl: «Treibt sie hinein mitten unters Volk! Ihr Vergehen ist ebenso groß!»

Darauf wandte sich Moses wieder dem über die ganze Hochfläche zerstreut auf dem Boden liegenden Volk zu, und da bemerkte er auf einmal die Kalbsfigürchen, die um die Hälse der Männer hingen und zwischen den Brüsten der Weiber baumelten. Nicht wenige unter denen, die da hingestreckt lagen, waren vollständig nackt, da sie sich in dem wilden Taumeltanz um den Götzen auch den letzten Fetzen vom Leib gerissen hatten, nur ihre Götzenbilder hatten sie noch um, und selbst in diesem Augenblick noch kosten und küßten sie sie, als wollten sie von ihnen Schutz vor Moses' Hand und Gottes Zorn erflehen. Da aber erwachte in Moses ein Zorn, wie er ihn noch nie erlebt hatte.

Dies war nicht das Volk, um dessentwillen Jehovah selbst vom Himmel herabgestiegen war! Dies war nicht das Volk, mit dem Er einen Bund geschlossen hatte! Nicht die Kinder Abrahams, Isaaks und Jakobs, sondern ein zucht- und gesetzloses Sklavengehudel. «Aaron hat sie in diesen wüsten Zustand gebracht, Aaron und die Ältesten, denen ich sie anvertraute.» Und noch heißer flammte der Zorn in ihm auf, so sehr, daß er vom Altar hinweg zum Lagertor hinsprang und mit Donnerstimme ausrief:

«Her zu mir, wer Jehovah angehöret!»

Da liefen herzu die Söhne des Stammes Levi und scharten sich um ihn.

Und Moses sprach zu ihnen:

«So spricht der HErr, der Gott Israels: ‚Nehme jeglicher Mann sein Schwert und gehe durch das Lager von Tor zu Tor und packe die Schuldigen und erschlage sie, ein Jeglicher seinen Bruder, Freund und Nächsten.»

Dies aber war das Stichwort, auf das die Söhne Levis nur

gewartet hatten. Sie kannten das Volk, sie kannten die Anführer und die Schuldigen, sie kannten jedermann, der Teil gehabt an der lästerlichen Veranstaltung. Und sie gingen durch das Lager und zerrten Männer und Weiber, Jung und Alt aus den Zelten und schlachteten sie hin. Bald war die Hochfläche voll von Leibern, die sich im Todeskampf wälzten und deren Blut über das Gestein sickerte. Die Luft war erfüllt von Todesröcheln und Wehgeschrei. Doch als das Strafgericht vollendet war, sprach Moses zu den Söhnen Levis:

«Am heutigen Tag habt ihr eure Hände dem HErrn geweiht, indem ihr den eigenen Sohn und Bruder nicht verschontet. So mag durch euch der Segen kommen.»

Dann ging er in sein Zelt, um über das nachzudenken, was er getan hatte.

Dort traf er Miriam an, die Bezalel zu ihm gebracht hatte. Ihr schneeweißes Haupt war bedeckt, und ihr ausgemergelter Leib war in den schwarzen Mantel der Witwe gehüllt. Sie verneigte sich vor Moses, doch er trat zu ihr, umarmte sie und sprach:

«Meine Schwester Miriam! Dein Bruder Aaron hat Hur gemordet. Deines Gatten Blut komme über sein Haupt.»

«Sohn des Amram», versetzte Miriam, «ich bin gekommen, um Gnade zu erflehen für meinen Bruder Aaron.»

«Was mit ihm zu geschehen hat, das weiß ich noch nicht. Ich werde Gott befragen.»

«Dein Bruder Aaron weiß jedoch wohl, was du mit ihm tun sollst. Er ist zu deiner Tür gekommen, das Kleid zerrissen, mit Asche auf dem Haupt und den Strick um den Hals. Und du sollst mit ihm tun, wie du jenen befohlen hast, zu tun mit ihren Brüdern und Söhnen. Auf, Sohn des Amram, erschlage deinen Bruder, so wie die Andern getan haben.»

Da erbleichte Moses. Miriam hatte nur in Worte gefaßt, was ihm selbst im Sinne lag. Denn, wahrlich, er hatte im Sinn gehabt, mit Aaron zu verfahren wie mit den andern Götzenanbetern verfahren worden war. Doch da er nun die Worte ausgesprochen hörte aus dem Munde der Schwester, da erschrak er vor seinem Vorhaben. Vor ihm stieg allsogleich das Bild seines Bruders auf, wie er mit ihm vor Pharao gestanden, den ihm von Gott verliehenen Stab in der Hand, mit dem er die Wunder wirkte: sein Bruder Aaron, sein Gefährte bei Gottes Sendung.

Er fuhr auf aus schmerzlichem Sinnen und sagte: «Wo ist er?»

«Er steht vor deiner Tür und erwartet deinen Urteilsspruch.»

«Bringe ihn herein, Bezalel», gebot Moses.

Als Aaron das Zelt betreten hatte, warf er sich Moses zu Füßen und schrie:

«Mein Herr und Meister, tue mit deinem Knecht, wie dir gut dünkt vor den Augen Gottes, denn dein Knecht hat große Sünde begangen gegen Gott und an dem Volk.»

Und Aaron blieb auf sein Angesicht hingestreckt am Boden liegen.

Moses blickte hinab auf das zerrissene Kleid, auf die Asche, auf den Strick um des Bruders Hals, und sein Herz zog sich zusammen vor Mitleid. Alsbald mußte er denken, daß, so wie er mit Aaron, Gott verfahren werde mit dem Volk. Wie konnte er Gottes Barmherzigkeit und Vergebung für Israel erflehen, wenn er kein Erbarmen und keine Vergebung seinem Bruder erzeigte? Aber was war mit den Andern? Mit jenen Brüdern, die auf sein Geheiß durch die eigenen Brüder erschlagen worden waren? Die Frage drückte und brannte ihn; es war, als ob ein weißglühender Speer in sein Fleisch gestoßen sei. Nein, er vermochte die Frage nicht zu lösen. Er mußte sie Gott vorlegen, und nach Gottes Entscheidung wollte er handeln. Aber nun lag doch sein Bruder Aaron vor ihm im Gewand eines zum Tode Verurteilten. Es war doch Aaron! Aaron war dies, den Gott im Himmel ihn in einem Gesicht hatte erblicken lassen, angetan mit dem Gewand des Hohepriesters! Er beugte sich zu dem Bruder hinab, hob ihn auf und sagte:

«Es schickt sich nicht, daß du, der du ausersehen warst zur Ausübung des Gottesdienstes vor dem Allerhöchsten, die Kleider eines zum Tode Verurteilten trägst.» Und er hieß den Bruder sich neben ihn setzen und sagte von Herzensqual erfüllt, doch ohne Zorn:

«Aaron, Aaron, was hast du da getan?» Und er wiederholte: «Was hat dir das Volk getan, daß du es in eine so große Sünde gebracht hast?»

«Ich tat es um Jehovahs und um deinetwillen», sagte Aaron.

«Um Jehovahs willen hast du dem Götzen einen Altar errichtet?», und sein Zorn begann wieder aufzuflammen.

«Du hast recht gehört», erwiderte Aaron und sprach nun zuversichtlicher. «Ja, um Jehovahs und um deinetwillen, auf daß Jehovah erkenne, daß das Volk nach Ihm dürstet. Das Volk verlangt, daß Gott in seiner Mitte sei; es will Gott sehen, Ihn hören und wissen, daß Er vor ihm hergeht. Das Volk lebt in dauernder Angst. Es waren Sklaven, die du in die Steinwüste geführt hast. Vom Himmel sengt die Sonne herab, und die Erde unter den Füßen ist aus Kupfer; um ihr Brot müssen sie zum Himmel blicken, um ihr Wasser auf die Felsen. Ständig von Feinden umringt, die nur auf die Gelegenheit warten, sie zu vernichten, sind die Kinder Israels stets von Angst erfüllt. Sie leben in der ständigen Angst, eine Sünde zu begehen und daß der Himmel kein Brot mehr regnen läßt, die Felsen kein Wasser mehr hergeben, der Feind sie überfällt. Darum müssen sie kennen, sie müssen sehen und hören die Gegenwart Gottes in ihrer Mitte, müssen sie spüren, daß Er sie stets mit eigener Hand führt, und nicht allein durch Zeichen und Wunder, mit Donner und Blitz vom Berggipfel. Und als du, Bruder Moses, dich einschlossest mit deinem Gott in der Wolke und viele Tage ausbliebst, da fühlte sich das Volk verlassen, kraftlos, führerlos. Sie kamen zu mir, daß ich ihnen einen Gott mache. Hätte ich es nicht getan, so würden sie mich erschlagen haben, so wie sie Hur erschlugen. Und sie würden sich Korah zugewandt haben. Korah würde ihnen den Willen getan haben. Und wenn er einmal Macht erlangt haben würde über das Volk, so wäre es für dich weit schwerer gewesen, sie Jehovah zurückzugewinnen. Denn Korah würde ihnen kein goldenes Kalb gemacht und dabei ein Fest für Jehovah verkündet haben, so wie ich tat. Er würde das Kalb um des Kalbes willen gemacht haben, damit er Macht erlange über das Volk.»

Moses hörte alles an, was der Bruder vorzubringen hatte und erwog es wohl. Nur zu gut kannte er Korahs Ehrgeiz, sein Gelüsten nach der Priesterschaft, die ihn zum Beherrscher des Volks gemacht haben würde. Und zweifellos lag darin eine gewisse Berechtigung, indem die Leviten sich nicht an der Sünde beteiligt, seinem Ruf gefolgt waren und seinen Befehl ausgeführt hatten. Es war vom Übel, daß er gezwungen gewesen war, dreitausend Menschen hinmorden zu lassen, wiewohl die Söhne Levis ihr vollgerüttelt Maß an Lob dafür empfangen hatten; und noch unerwünschter war es, daß er sich auf die Söhne Levis hatte stützen müssen, um seine Führerstellung zu behaupten.

Aber das Allerschlimmste wäre es jedenfalls, wenn er die Priesterwürde auf Korah und sein Geschlecht übertragen mußte. Doch es schien ihm keine andere Wahl zu bleiben.

Er verriet von all dem Aaron nichts, sondern sagte: «Du sagst, die Kinder Israels hätten niemand gehabt, der sie führte, als ich auf den Berg zu Gott ging. Ließ ich euch nicht die Gebote zurück, die Gott vom Sinai herab gegeben hatte? Und hat nicht das ganze Volk wie ein Mann geantwortet: ‚Alles, was der HErr gesagt hat, wollen wir tun und gehorchen'?»

«Sohn des Amram, habe ich dich nicht ein ums andere Mal gewarnt, daß ein Volk nicht mit Geboten und Gesetzen allein leben kann? Ein Volk muß noch etwas andres haben. Es muß spüren, daß Gott bei ihm, unter ihm, in seiner Mitte ist. Und wenn es sich mit seinem Gott nicht vereinigen kann, indem es Ihm gegenübertritt von Angesicht zu Angesicht – denn keiner soll leben, der Gott anblickt –, dann muß es wenigstens mit Ihm in Verbindung treten durch den Dienst an Ihm. Es wird vor Gott hintreten und Ihm anhangen mittels der Opfer, die es Ihm bringt. Und nicht an jedem beliebigen Ort darf Ihm dieses Opfer dargebracht werden, sondern an einem besondern, Ihm geweihten Ort, damit das Volk weiß, daß Gott dort weilt. Wir sind nicht im Stande, das Unendliche zu erfassen. Wir können uns das Unsichtbare nicht vorstellen. Und ebenso wie unsere Füße auf dem Boden stehen und unsere Leiber sich in einer räumlichen Begrenzung befinden müssen, so müssen auch unsere Vorstellungen sich auf eine bestimmte Stelle richten, damit unsere Augen sehen können. Darum muß das Volk ein Heiligtum haben, ein Zelt des Stiftes, wo es weiß, daß Gott weilt, einen Altar, worauf allein das Opfer gebracht werden darf, und einen Priester, der, von Gott in sein Amt eingesetzt, allein auserwählt und geweiht ist zu diesem heiligen Dienst. Das Volk ist reich, das Volk hat Gold; das Volk verlangt danach, seinem Gott eine Stätte zu errichten, auf daß Gott allezeit in seiner Mitte weile. Bei uns lebt unser Verwandter Bezalel, den Gott mit dem Geist der Kunstfertigkeit begabt hat. Er hat bei den Aegyptern allerlei Kunst und Handwerk erlernt und geübt. Er versteht sich auf die Anfertigung vieler Dinge, von Gegenständen in Gold, Silber und Kupfer, Steine zu metzen und Holz zu schneiden und was der andern Künste mehr sind. Gebiete dem

Volk, daß es sich loskaufe von dem sündigen Dienst an dem Götzenkalb mittels seines Goldes und Silbers, den Seiden- und Wollstoffen seiner Weiber, mit dem Schmuck und dem Edelgestein, was alles es aus Aegypten mitgenommen hat. Und schaffe eine Stiftshütte für Jehovah, welche weit schöner, weit erhabener, weit kostbarer sein soll als alle Heiligtümer der Aegypter. Und laß diese Stiftshütte beim Volke bleiben und überallhin mit ihm gehen. Und wenn die Kinder Israels die Stiftshütte in ihrer Mitte sehen werden, dann werden sie wissen, daß Gott bei ihnen ist und werden sich fürchten zu sündigen wider Ihn und werden jauchzen über Seine Gegenwart unter ihnen und voller Zufriedenheit sein um Seiner Herrlichkeit und Seiner Pracht willen.»

Moses hörte aufmerksam zu, dann blieb er geraume Zeit stumm. Schließlich sagte er:

«Aaron, Aaron, du hast große Sünde gebracht über das Volk und hast es besudelt in den Augen Jehovahs. Jehovah muß das Volk erst läutern von seiner Unreinheit, es befreien von seiner Sünde und auch dich erst davon lösen. Ich kenne Gottes Absichten nicht, weder die im Hinblick auf Sein Volk noch auf mich, und ich kann allein nichts tun; ich kann nicht sprechen: Ja oder Nein, ich kann mich nicht wenden nach rechts oder links, weder zum Guten noch zum Bösen, eh daß Er seinen Willen offenbart hat. Darum gehe heim, wasche dich und iß Brot. Morgen werden wir wissen, was zu geschehen hat.»

Moses tat in dieser Nacht kein Auge zu. Wach lag er auf seinem Ruhebett, und sein Diener Josua saß vor dem Eingang seines Zeltes. Und Moses betete in seinem Herzen und erwog die Worte Aarons in seinem Geist. Ganz anderer Art waren Moses' Absichten für sein Volk gewesen; auf ganz andere Grundlagen hatte er es stellen wollen; nur einen ganz einfachen, reinen Ritus hatte er einführen wollen, der die Verbindung mit Gott ausdrückte; das Bindeglied zwischen den Menschen und Gott hätte das Herz in seiner Reinheit sein sollen. Das war ihm mißlungen. Er begann zu begreifen, daß Aaron recht hatte. Das Volk war zu jung, zu ungeschult, aus eigenem Willen und nur durch den Willen die hohe Stufe einer reinen Vereinigung mit Gott zu erreichen. Vielleicht war es darum wirklich am besten, wenn das Volk, das sich vergangen und sich bis zur Herstellung eines Götzenbildes vergessen hatte, dies wieder gut machte durch Schaffung eines Heiligtums und daß Aaron, der der Verunreinigung des Volkes Vorschub geleistet hatte durch seinen Dienst vor dem Goldenen Kalb, es nun reinige durch seine Andacht vor Jehovah.

Am andern Morgen versammelte er das Volk um sich und, aus seiner Mitte aufragend, sprach er zu ihm:

«Ihr habt große Sünde begangen. Nun aber will ich Gott anflehen, vielleicht, daß Er euch euer Vergehen vergibt.»

Dann ging er wieder in sein Zelt und zog den inneren Vorhang zu. Und sein Diener Josua stand vor dem Eingang des Zeltes und ließ niemanden in die Nähe, auf daß Moses nicht im Gebet gestört werde. Und Moses warf sich zur Erde nieder, hob die Hände empor und schrie:

«Jehovah! Jehovah! Höre mich!»

Furchterfüllten Herzens harrte er und hub nicht wieder zu sprechen an, bis er spürte, daß Jehovah über ihm schwebe und seine Stimme höre. Darauf sagte er:

«Ich bin kein beredter Mann, noch war ich mit Beredtheit begabt am gestrigen und am vorgestrigen Tage, und ich weiß, nicht, wie ich zu Dir beten soll. Ich flehe Dich an, lehre mich, wie ich zu Dir sprechen soll, und erhöre mein Flehen und mein Schreien zu Dir.»

Nach einer Weile fuhr er fort:

«Das Volk hat große Sünde getan. Es hat sich einen Gott gemacht aus Gold. Und nun, neige Du Dein Ohr herab meinem Gebet. Wenn es Dein Wille ist, so vergib diesem Volk; wenn aber nicht, dann tilge mich aus, so bitte ich Dich, aus dem Buche, das Du geschrieben hast.»

Und Jehovah antwortete ihm:

«Den, der an Mir gesündigt hat, den will Ich austilgen aus Meinem Buche. So gehe nun hin und führe das Volk dorthin, wo Ich dir gesagt habe. Siehe, Mein Engel soll vor dir hergehen. Ich werde ihre Sünde wohl heimsuchen, wenn der Tag Meiner Heimsuchung gekommen ist.»

Diese Botschaft Jehovahs an Moses ward dem Volke mitgeteilt, und es trauerte.

Und Gott erschien Moses wiederum und sprach:

«Sage zu den Kindern Israels: ‚Ihr seid ein halsstarriges Volk.

Ich werde einmal plötzlich über euch kommen und euch vertilgen. Nun aber leget euren Schmuck von euch und Ich werde erwägen, wie Ich an euch tun soll.'»

Also taten die Kinder Israels ihren Schmuck von sich vor dem Berge Horeb.

Doch Moses tat nicht, wie Gott ihm geboten. Er führte die Kinder Israels nicht von hinnen. Er ließ nur sein Zelt abbrechen und es in einiger Entfernung vom Lager, fern den Seinen, wieder aufschlagen. Denn er wollte allein sein mit Gott. Und er nannte sein Zelt *Ohel Moad* d. i. Zelt der Offenbarung, damit das Volk wisse, das Gott sich ihm dort offenbare. Und dorthin kam ein Jeglicher, welcher Gott suchte.

Und es begab sich darauf, daß, sobald Moses aus dem Lager hinaus zum Zelt der Offenbarung ging, alles Volk aufstand und ein Jeglicher vor seine Tür trat und alle Moses nachblickten und angstvoll einander zuraunten:

«Er geht jetzt hin, um mit Jehovah zu sprechen.»

Und sobald Moses das Zelt betrat, senkte sich eine Wolkensäule herab und blieb vor der Tür stehen, und es ward eine Stimme darin vernommen. Und das Volk sah die Wolkensäule vor dem Zelt und verneigte sich tief in Ehrfurcht, ein jeder Mann am Eingang zu seinem Zelt, und sie sagten:

«Gewiß redet Jehovah jetzt von Angesicht zu Angesicht mit Moses, wie ein Mann mit seinem Freunde redet.»

Und wenn Moses wiederkehrte zum Lager, so wich sein Diener Josua, der Sohn des Nun, nicht aus dem Zelt.

Und das Volk wußte, daß Moses sich mit Gott über sie alle besprach, und es bangte ihnen vor Seinem Grimm. Doch sie faßten Mut, da sie wußten, sie seien nicht verlassen und daß Moses für sie eintrete.

Und noch immer ließ Moses die Scharen nicht weiterwandern.

Er stand in seinem Zelt, und die Wolkensäule war aufgerichtet vor dem Eingang. Und er sprach zu der Wolkensäule wie ein Mann spricht zu einem Mann, und eine Stimme antwortete ihm aus der Wolke.

«Du hast mir geboten von hinnen zu gehen», sprach Moses, «und das Volk zu führen in das Land, das Du seinen Vätern verheißen hast; doch Du lässest mich nicht wissen, wen Du mit mir senden willst. Indes hast Du einst zu mir gesagt: ‚Ich habe dich auserwählt, um Mich zu kennen bei Meinem Namen' und ,du hast Gnade gefunden vor Meinen Augen.' Darum bitte ich Dich nun, wenn ich Gnade gefunden habe vor Deinen Augen, so laß mich Deinen Weg wissen, daß ich Dich kenne. Und siehe, dies Volk, für welches ich zu Dir flehe, es ist auch Dein Volk.»

Und Gott antwortete ihm aus der Wolke:

«Mein Angesicht soll mit dir gehen, und damit will Ich dich leiten.»

Doch Moses begnügte sich nicht mit diesen Worten. Störrisch hielt er sogar Jehovah Stand; er wollte die Gemeinde nicht wegziehen lassen, von da, wo sie war. Es war, als ob er Jehovah prüfen wolle, auf daß er wisse, wie weit seine Macht und seine Herrschgewalt gingen. Und er sagte:

«Wenn Dein Angesicht nicht mit uns geht vor aller Augen, so führe uns nicht von dannen hinauf. Denn woran soll doch erkannt werden, daß ich Gnade gefunden habe vor Deinen Augen, ich und mein Volk, wenn nicht durch Deine Gegenwart unter uns? Wie soll die Welt sehen, daß wir ausgesondert sind zu Dir, ich und mein Volk, vor allem Volk, das auf dem Erdboden ist?»

Und Gott willfahrte Moses, und Seine Stimme ward gehört aus der Wolke:

«Auch dies, was du nun verlangtest, will Ich tun. Denn Du hast Gnade gefunden vor Meinen Augen, und Ich habe dich erkannt und ausgezeichnet durch Meinen Namen.»

Und in diesem Augenblick tiefster, innigster Vereinigung mit Gott ward Moses ergriffen von leidenschaftlichem Verlangen, die Herrlichkeit Gottes mit Augen zu schauen, dieses Gottes, auf den all sein Leben, Streben und Tun gegründet war. Und er bat:

«So laß mich Deine Herrlichkeit sehen!»

Und Gott antwortete ihm:

«Ich will vor dir her alle Meine Güte gehen lassen und will lassen aussprechen vor dir den Namen Jehovah; und will gnädig sein, wem Ich Meine Gnade spende. Doch Mein Angesicht kannst du nicht sehen, denn kein Mensch wird leben, der Mich siehet. Nun aber haue dir zwei steinerne Tafeln, wie die ersten waren, daß Ich die Worte darauf schreibe, die auf den ersten Tafeln waren, welche du zerbrochen hast. Und sei morgen bereit, daß du früh auf den Berg Sinai steigest und daselbst zu Mir tretest auf des Berges Spitze. Und laß niemand mit dir hinaufsteigen, daß niemand gesehen werde um den ganzen Berg her.»

NEUNTES KAPITEL

DIESMAL beschloß Moses, Josua bei der Gemeinde zurückzulassen, denn unter seiner Aufsicht wußte er sie in Sicherheit.

So erhob er sich beim ersten Erschimmern das Tageslichts, nahm die beiden am Abend vorher behauenen Tafeln und trat den einsamen Aufstieg zum Gebirge an.

Als er die Hochfläche des Horeb hinter sich gelassen hatte und an die Hänge des Sinai kam, staunte er über das, was er ringsum sah. Hatte Gott für ihn die Landschaft verwandelt, hier inmitten der Kupfererzberge, und für ihn einen lieblichen Pfad weichen Grases und Krautes angelegt? Zu beiden Seiten seines Wegs sprudelten Bächlein hervor aus den Bergen. Die Teiche waren umsäumt von grünem Pflanzenwuchs, darin manches Gewächs ihm vertraut, anderes unbekannt war. Und allenthalben sah er Myrten stehen. Die spiralförmigen Knospen fügten sich zu einem vielfarbigen Gewebe, und den Knospen entströmte süßer Wohlgeruch wie von Düften aller möglichen seltenen Kräuter.

Es war nicht nur so, daß sich hier der Pflanzenwuchs von dem der Wüste unterschied; es war geradezu, als ob die Ordnung der Natur einer Wandlung unterworfen worden sei. Er gewahrte Bäume, die gleich gewaltigen Armen aus den nebelgefüllten Bergschluchten herausragten, die Wurzeln von Moos und die Rinde von Schlingpflanzen überwuchert, deren Blüten und Blätter nach Weihrauch dufteten. Der beißende Geruch von Ingwer und der pfefferscharfe der Gewürznelke, die dicken, schweren Duftschwaden des Jasmins, die aus den Tiefen des wirren Gewuchers aufstiegen, mischten sich mit dem zarten Hauch der Maiglöckchen und dem jungfräulichen Duft der Veilchen, die in Büscheln an den grünen Ufern der fröhlich strudelnden Bäche und der stillen Weiher standen. Je höher

Moses kam, um so märchenhafter wurden die Düfte, die der Wind seinen Nasenflügeln zutrug. Und auch die Bäume wurden immer mannigfaltiger, Bäume die ihm vertraut und Bäume, die ihm ganz unbekannt waren: die rindenverkrustete Zeder, die düstere, ernste, steinharte Akazie, die heißatmende Palme und die kühle, nadelbesetzte Föhre; die kalte, strenge Eiche sah er mit roten und weißen Oleanderblüten geschmückt wie eine Braut; ihre knorrigen Wurzeln woben sich ineinander wie die Adern eines Körpers im Gestein, aus dem sie aufsprang, und ihre schwer mit spröden Blättern bedeckten Zweige, ausgespreitet wie eine Menschenhand, verschlangen und verschränkten sich in der Höhe; ihre wohltuenden natürlichen Düfte vermischten sich miteinander, als entflössen sie einer einzigen Laubquelle. Es war, als ob sich hier am Berge Sinai die Vielfalt der Schöpfung zum Stelldichein versammelt habe.

Immer steigend gelangte Moses in einen Hain, wo die geraden und lotrecht emporragenden Bäume mit dem weiten Baldachin ihrer verschränkten Zweige, von denen Schlingpflanzen wie Luftwurzeln der Rebe herabhingen, Schatten gaben. Die Bäume glichen Akazien, doch staunte Moses ob der Dicke und Stärke ihrer Stämme. Weder in Aegypten noch in sonst einem Land, in dem er gewesen war, hatte er je Akazienstämme von diesem Umfang gesehen. Ihre Rinde war gefurcht, hier mit feinen Strichen, dort mit tiefen Kerben: ihr Laub glich dem des Lorbeers, und wo das Holz zutage trat, schien es fest und mit Saft gefüllt. Unter ihnen herrschte Schatten und Stille. Moses staunte darüber, hier Stämme von solcher Dicke und Stärke zu finden; er war gewöhnt an den weichen, borkigen Körper der Palme und das durchbrochene siebartige Gewirr des Röhrichts. Es mußte, so ging es ihm durch den Kopf, hier sein, auf Seinem Berg, wo Norden und Süden von Gottes Natur sich die Hände reichten.

Sanft und wohltuend war der Friede des Orts; er setzte sich, die steinernen Tafeln neben sich gelegt, zur Rast unter einen Baum. Mit einem Mal war es ihm, als ginge eine Welle tiefster Läuterung durch seinen Leib hin; er wurde geweiht, als ob die Stille eine zu seiner Reinwaschung bestimmte Wasserflut sei. Jedes Bedürfnis nach Speise und Trank wich von ihm, und er verspürte eine Leichtigkeit, als ob ihm Schwingen gewachsen seien und er zu fliegen vermöge.

Mit der Empfindung zunehmender Reinheit kam auch die zunehmende Ehrfurcht, und er dachte: «An diesem Ort muß Gott sein.»

Er hörte Schritte – ein Hüpfen war es, nicht ein Gehen; und ehe er sich noch rundum schauen konnte, kam ein junger Widder aus einer Höhle gesprungen. Als er Moses' ansichtig wurde, blieb er reglos stehen. Eine Weile lang stand er so da, als überlege er, dann kam er mit zierlichen, tänzelnden Schritten näher, streckte das gehörnte Haupt vor und leckte Moses' Füße mit seiner feuchten Zunge.

Moses blickte auf das Tierchen hinab. Es war ein Bild der Reinheit. Wassertropfen glänzten auf seinem Fell, als sei es gerade aus einem Weiher gestiegen. Seinen Kopf krönten die beiden gewundenen Hörner; es hob die stummen Augen auf zu Moses. Eine so rührende Reinheit, Unschuld und Schlichtheit war in diesem Blick, daß Moses unwillkürlich die Hand auf den Tierkopf legte und ihn streichelte. Das Fell fühlte sich weich und warm an, und Moses sagte zu sich:

«Solch ein Fell ist die würdige Decke für das Heiligtum Gottes.»

Und es war, als habe das Tierchen seine Worte gehört und verstanden, denn es blickte mit einem Ausdruck von Liebe und Dankbarkeit zu ihm auf.

In den Tagen, da er Jethro diente, hatte Moses von einem sagenhaften Akazienbaum gehört, dem so zarte Weihrauchdüfte entströmten, daß wer immer sie einatmete, von allen sündigen Gedanken geläutert war; und zwischen diesen Bäumen, so erzählte die Sage weiter, lebte ein junger Widder.

«Aus Akazienholz wird Jehovah sein Heiligtum erbaut, und es wird bedeckt sein mit dem Fell eines Widders.»

Er stand auf, stieg weiter bergan und kam auf Schneefelder. Er hatte gewußt, daß auf den Firnen der Sinaikette und in Schluchten, in die die Sonne nicht eindrang, der Schnee nicht schmolz; doch in dieser Jahreszeit, Hochsommer, die ganze Bergregion von Schnee bedeckt zu finden, das war ein neues Erlebnis für ihn. Der Schnee wirkte auch, als sei er frisch gefallen; er war vollkommen fleckenlos, eine einzige blendende Weiße, als ob sich strahlende Wolken auf den Erdboden gesenkt hätten, um ihn weich einzuhüllen. Kühle Reinheit hauchte ihn an, als ob er noch einmal geläutert werden solle, diesmal von allem Leid. Und es war ihm, als ob Gott ihn läutere und losspreche von der Sünde der Abgötterei vor dem Kalb, die er als Führer der Kinder Israels mit dem Volke teilte; es schien ihm, als solle er von Sünde und Sorge befreit werden, bevor er den Bergesgipfel, den Ort der Zusammenkunft mit Jehovah, erreiche.

Doch immer noch stieg er bergan, Stufe um Stufe. Der Weihrauch hatte ihn überhaucht, der tauige Schnee ihn bespült. Nun war es der Wind, der ihn anwehte, durch sein Fleisch hindurchblies. Und je höher er kam, desto vollständiger ward er seines Menschentums und seiner Erdenschwere entkleidet. Es war ihm, als falle sein leibliches Ich, sein körperliches Wesen von ihm wie ein Gewand, als werde er zu reiner Seele, erlöst von jedweder irdischen Notdurft.

Ein herrlicher Rundblick tat sich vor ihm auf. Nicht mehr war der Horizont verriegelt durch Gebirgswälle. Er stand auf dem Gipfel der Welt. Unter ihm flimmerten die kupferfarbenen Bergspitzen aus ihrer Schneehülle hervor; goldene Säulen auf silbernen Sockeln. Über ihnen aber hing das blaublendende Himmelsgewölbe. Es schien Moses, als wolle Gott ihm das Vorbild zeigen, nach dem das Heiligtum erbaut werden solle: goldene Säulen auf silbernen Sockeln, die kupfernen Gipfel, die aus den Schneefeldern emporragten.

Die Welt lag zu seinen Füßen. In der bläulichen Ferne vermochte er die zwei Riesenarme zu unterscheiden, die das gewaltige Massiv des Sinai umgriffen, die zwei Wasserstreifen, die die sandige Weite spalteten gleich Pfeilen weisend in zwei Richtungen: der eine nach dem Roten Meer, nach Aegypten und Gosen zu, der andere nach der Wüste Zin, dem Toten Meer und dem gelobten Land hin; der eine zur Knechtschaft, der andere zur Freiheit.

Noch tiefer wurde nun die Stille. Moses erblickte eine sich vom Himmel herabsenkende Wolke; sie drehte sich und kreiste abwärts gleich einem Wirbelsturm, sie umhüllte, sie hob ihn hoch und trug ihn davon; und mit einmal befand er sich in einer Höhle auf einem Berggipfel, der golden emporstieg aus den Schneefeldern, dem Gipfel gegenüber, auf dem er noch eben gestanden.

Er blickte sich um. Die steinerne Wölbung über ihm erglänzte von einem inwendigen Licht. Von seinem Standort aus konnte er Berggipfel sehen, den Himmel und die fernen Meeresarme darunter. Auf der einen Seite stand ein Tisch mit dem Schaubrot darauf, daneben strahlten hell die Flammen eines siebenarmigen Leuchters aus reinem Gold; und ein Vorhang war zu sehen, der blau, purpurn und scharlachfarben in der Luft hing gleich einer Flamme und etwas vor seinen Blicken verbarg.

Da teilte sich der Vorhang, und Moses sah zwei mächtige Schwingen, keinem Körper, keiner Gestalt anhaftend: die Schwingen aber überschatteten eine Lade, und zwischen den Flügeln stieg Rauch auf, der immer dichter wurde und über den Flügeln zusammenschlug, bis diese unsichtbar wurden.

Und Moses rief:

«Jehovah! Jehovah!»

Da legte sich eine Hand über seine Augen, und er vermochte nichts mehr zu erschauen. Doch eine Stimme hörte er erschallen aus der Wolke:

«Jehovah, Gott der HErr, ist barmherzig und gnädig, langmütig und voll der Güte und Treue; Er bewahret Gnade in tausend Gliedern und vergibt Missetat, Übertretung und Sünde; doch auf keine Weise wird Er die Schuldigen verschonen, sondern die Missetat der Väter heimsuchen an Kind und Kindeskind bis ins dritte und vierte Glied.»

Und Moses neigte das Haupt zur Erde, betete an und sprach:

«Habe ich Gnade gefunden vor Deinen Augen, so gehe Gott der HErr mit uns; denn es ist ein halsstarrig Volk; und vergib uns unsere Missetat und unsere Sünde und lasse uns Dein Erbe sein.»

Und die Stimme antwortete:

«Siehe, Ich will einen Bund machen und vor all deinem Volk Wunder tun, dergleichen nicht gewesen sind auf Erden, noch bei einem Volk; und alles Volk, darunter du bist, soll sehen des HErrn Werk; denn es ist ein erschrecklich Ding, das Ich bei dir tun werde.»

Danach wurde die Hand, welche sich über seine Augen gelegt, hinweggezogen, und er sah ein flammendes Antlitz in Gewölk gehüllt vorübergleiten und verschwinden. Und Moses fiel zur Erde und schrie:

«O Jehovah, Jehovah, barmherziger und gnädiger Gott, Langmütiger, Spätzürnender, voll der Güte und Treue, vergib Deinem Volk, denn es hat gesündigt gegen Dich ohne Vorsatz.»

Da ließ Gott Moses einen Blick in die Zukunft tun und all Seine Güte an ihm vorüberziehen, und Moses erschaute alle Dinge, so da sein werden bis zum jüngsten Tag.

Es zogen an ihm vorüber die Gerechten aller Zeitalter: diejenigen, die Gott dienen mit ihrer Weisheit und diejenigen, die Ihm dienen mit Lenkung und Leistung; und auch diejenigen, auf denen Gott Seinen Geist ruhen läßt, diejenigen, denen gegeben ist zu leiden und zu sterben um Seines Namens willen und diejenigen, denen gegeben ist, Seinen Namen zu verkünden in aller Welt.

Darauf ward Moses von Gott der Preis enthüllt, den die zu entrichten haben würden, die an Ihn glaubten, die, welche die von den Lippen der Propheten kommenden Worte bewahrten und heilig hielten. Und Gott entrollte vor ihm die jahrhundertelange Straße der Märtyrer, den blutigen Pfad, den die zurückzulegen haben würden, die Seine Gebote halten, die Aufzeichnung des langen Kriegs zwischen den Anhängern Gottes und den Anhängern der Abgötter.

Und Moses erblickte den gefolterten Leib eines heiligen Mannes auf einem hölzernen Brett ausgestreckt; an seiner Seite aber die heilige Torahrolle, eine Rolle gleich der, wie Moses selbst eine geschrieben hatte. Und Soldaten standen vor dem Mann und zerfleischten seinen Leib mit stählernen Ruten; sie zogen die Haut ab vom lebenden Fleisch, davon Blut troff; der heilige Mann aber, die Augen unverwandt zum Himmel gerichtet, rief freudig und beseligt die Worte aus, welche geschrieben stehen im Buch des Bundes: «Du sollst den HErrn, deinen Gott, lieben mit ganzem Herzen und von ganzer Seele und nach deinem ganzen Vermögen.»

Danach zog eine Hand den Vorhang hinweg vom Himmel, und Moses erschaute ein Geschlecht von Märtyrern nach dem andern, und er vernahm den Ruf: «Höre, Israel!» aufsteigen von allen Enden der Erde. Er sah Verließe voller Marterwerkzeuge; Wippen und Daumschrauben, Fußblöcke, Brandeisen und mit Nägeln besetzte Geißeln. Er sah Männer und Weiber, die den Flammen riesiger Scheiterhaufen überantwortet wurden; und aus den Flammen stieg der Ruf auf: «Höre, Israel!» Und nicht nur die Märtyrer aus dem eigenen Volk erblickte er, sondern auch die aus andern Völkern, alle welche litten um ihres Glaubens willen an den Einen Einzigen Gott und um der Befolgung Seiner Gebote willen. Und er sah und hörte die falschen Propheten, die falsche Götter verkündeten, und die Götzenpriester, die Greuel begingen im Namen Gottes.

Und Moses nahm den feurigen Griffel zur Hand und grub die Gebote in die steinernen Tafeln:

«Du sollst keine andern Götter haben neben Mir . . . Du sollst den Namen Jehovahs, deines Gottes, nicht zur Unwahrheit oder vergeblich aussprechen . . .»

Doch Gott entließ Moses noch nicht. Wiederum rissen Nebelstreifen auseinander, teilten sich wiederum Vorhänge und weiterhin zog die Zukunft vorbei.

Moses erschaute, wie die Herrschaft des Bösen obsiegte auf Erden. Er sah Zahllose, die erschlagen wurden. Die Erde war bedeckt von Blut, als sei sie eine einzige riesenhafte triefende Wunde. Die Knechtschaft in Aegypten war nichts im Vergleich zur Knechtschaft unter der Herrschaft des Bösen. Scharen von Männern und Frauen erblickte er, die, nur noch Trümmer menschlicher Gestalten, Lastkarren zogen, Felsen sprengten, Bäume fällten, krampfhaft fronend unter der Peitsche; und er sah ihr Widerspiel: die aufgeblähten Bäuche derer, die sich von Menschenblut nährten; er sah die wahnwitzigen Schwelgereien und Ausschweifungen, das Fressen und Saufen der Fronvögte. Er sah Menschenhaufen, die mit Schwertern und Knüppeln in brennende Öfen getrieben wurden, doch immerdar stieg von ihren Lippen der Ruf auf: «Höre, Israel!» Und mit diesem Ruf auf den Lippen überließen sie ihren Leib den Flammen.

Und Moses schrie zu Gott:

«Genug! Genug! Ich kann nichts mehr sehen! Ich bin nur ein Mensch von Fleisch und Blut!»

Doch Gott antwortete ihm und sprach:

«Schau hin, sieh und höre, auf daß du begreifest und empfindest und wissest, wie du Meine Gesetze zu schreiben hast.»

Und Moses nahm den flammenden Griffel und grub es ein auf die steinerne Tafel:

«Du sollst nicht töten.»

Und sein Herz war erfüllt von tiefer gramvoller Empörung,

und er schwor sich von neuem zu, daß ewiger Kampf sein solle zwischen Gott und Amalek von Geschlecht zu Geschlecht, bis jegliche Spur von Amalek vernichtet sei unter dem Himmel und das Böse ausgetilgt vom Angesicht der Erde.

Doch Gott ließ Moses noch andere Ausblicke tun, und dieser sah Völker um Völker zerstreut über die Erde hin, die Gottes Preis sangen und Seinen Namen verherrlichten. Und der Gesang erscholl von den Schneefirnen und den grünen Tälern, von den Ufern der Meere und vom Binnenland, von Wäldern, Gebirgen und Ebenen. Allerwärts wurde der Name Gottes verherrlicht und gepriesen, und allerwärts, in sämtlichen Sprachen, erscholl der Sang der Anbetung. Es war, als ob die Worte, die Gott zu Moses gesprochen, hingetragen worden seien nach den vier Richtungen der Windrose, in jeden Winkel des Erdballs und seien einem jeden Volk in seiner eigenen Sprache ans Ohr gedrungen.

Und in den Zungen aller Völker metzte Moses auf die Steintafel die Worte: «Ich bin der HErr dein Gott, der dich aus Aegypten geführt hat, dem Diensthause.»

Und von der ganzen Erde hallte es wider:

«Ich bin der HErr, dein Gott, der dich aus Aegypten geführt hat, dem Diensthause.»

Nun aber schwebte vom Zenith herab eine begrünte Insel. Von Lichtgeflimmer umsäumt, senkte sie sich sanft hernieder, bis sie über der Erde stillstand; und auf diesem nebligen Eiland sah Moses eine kleine Lichtung weichen, stillen Grüns an einem friedlichen Weiher und an dessen Ufer eine Herde Schafe. Und er erblickte einen Wolf und ein Lamm nebeneinander gelagert und ein Kind, das sie hütete.

Und Moses erhob sich und rief in die Zukunftsferne, die Gott ihm offenbart hatte, indem Er ihm den Himmel auftat:

«Mit all denen, die jetzt hier sind, und all denen, die jetzt nicht hier sind, macht Gott heute einen Bund.»

Und schwor Treue und schrieb die Worte nieder auf die Tafeln; denn die ganze Erde ist Jehovahs und Seine Herrlichkeit über allen Landen.

Und so saß Moses vierzig Tage und vierzig Nächte am Eingang der Höhle. Weder Brot noch Wasser kam über seine Lippen. Und Gott ließ an ihm vorbeiziehen all Seine Güte. Und Er zeigte ihm die Märtyrer und die Heiligen, sowohl aus seinem eigenen Volk wie aus andern Völkern, die Gottes Wort verbreiten sollten unter allen Völkern in allen Zungen; und die, die sterben sollten um Seines Namens willen, seien es Hebräer, seien es Heiden; und die, die in stiller Einsiedelei den Namen Gottes verherrlichen sollten durch ihr Wissen, ihr Sinnen und das Werk ihrer Hände. Und Gott ließ Moses alle Propheten sehen, welche aufstehen sollten vor Jehovah, ob unter den Hebräern oder aus den andern Völkern, die den Menschen die Liebe zu Gott und die Freude, Ihm zu dienen, brachten, ob sie dies nun mit gesprochenem oder geschriebenem Wort taten oder mit der Musik, die des Menschen Herz erhebt und befreit und sie zu Gott hinzieht. Und Moses hörte die Gesänge der Anbetung und die Gesänge des Flehens zu Ihm; er sah und hörte alle, welche Gottes Gesetze erforschten und auslegten, auf daß die Gottesfurcht gemehrt werde; und auch die, die über Gottes Werke nachsannen und sie zur Vollendung führten. Er sah und hörte all die, die teilhaben an Gott, die Seine Teilhaber sind an der Schöpfung, die vereinigt sind mit Ihm in Seinen Werken, vereinigt zu einer großen Einheit.

Und Moses erhob sich und ließ seine Stimme erschallen durch Raum und Zeit, über die ganze Schöpfung hin, von einem Ende des Alls zum andern, für alle Jahrhunderte bis zum jüngsten Tag, für alle Seelen, ob sie mit ihm auf Erden weilten oder noch kommen würden, für die Menschen aller Zeiten und Zonen, aller Rassen und Farben, die zurzeit lebten oder noch leben sollten auf dem Antlitz der Erde, und er rief aus:

«Höre, Israel! Der HErr unser Gott ist einzig!»

* * *

Und da die vierzig Tage um waren, kam Moses herab vom Berge Sinai mit den neuen Tafeln, auf die er die Zehn Gebote Gottes geschrieben hatte.

Er wußte aber nicht, da er hinabstieg mit den Tafeln, daß die Haut seines Angesichts glänzte davon, daß er mit Gott geredet hatte. Und da Aaron und die Kinder Israels dies Glänzen von ferne sahen, so fürchteten sie sich, sich ihm zu nahen. Da rief Moses Aaron und den Vorstehern der Gemeinde zu, daß sie heranträten, und er redete mit ihnen; und er gebot ihnen alles, was Gott mit ihm gesprochen auf dem Berge Sinai.

Und da er ausgesprochen hatte, deckte er einen Schleier über sein Angesicht. Den Schleier aber nahm er fürderhin nur ab, wenn er vor Gott trat, um mit Ihm zu reden; doch wenn er heraustrat unter die Kinder Israels, so verhüllte er sein Antlitz wiederum.

ZEHNTES KAPITEL

DREIERLEI brachte Moses vom Berge Sinai mit: die auf neue Tafeln geschriebenen Zehn Gebote; Jehovahs Befehl zu einem Vernichtungskrieg gegen die falschen Götter der Länder, die die Kinder Israels in Besitz nehmen würden; und das Musterbild eines Heiligtums, des Versammlungsorts des Volkes vor Gott, das «Zelt der Zusammenkunft», die Stiftshütte, die die Kinder Israels auf ihrer Wanderung durch Wüste und Wildnis, bis sie zu ihrem Lande kamen, mit sich führen sollten.

Die Weisungen für dieses tragbare Heiligtum waren ihm genauestens bis in die letzte Einzelheit nach dem Vorbild, das er gesehen hatte, gegeben worden. Es sollte nicht auf festen, unverrückbaren Unterlagen ruhen, sondern auf einer Reihe von Brettern, seine verschiedenen Teile so hergerichtet, daß sie aneinander paßten und ineinandergefugt werden und dann zusammengehalten werden konnten mittels Ringen, Haken und Zapfen. Und nicht nur Umriß und Gestalt sollten getreu nach dem Vorbild ausgeführt werden, sondern auch alles Zubehör aus Holz und Metall, die Gewebe und Gefäße, deren Zierat, die dazu verwandten Edelsteine, die Vorhänge und Decken, Brustschild und Gewand des Priesters, dessen Schnitt und Schmuck.

Und ein Ruf erging an die Gemeinde im Namen Gottes:

«Bringet dem HErrn ein Hebopfer, von Jedermann, der es williglich gibt und von ganzem Herzen: Gold, Silber und Erz, blaues, purpurnes und scharlachenes Wollgewebe, feines Linnen und Ziegenhaar, rotgefärbte Widderfelle, Seeotterfelle und Akazienholz, Öl zur Lampe, Spezerei für Salbe und Räucherwerk, Onyxsteine und Steine zum Besetzen des Gewands und Brustschilds.»

Und das Volk brachte all dies zum Opfer. Männer und Frauen entledigten sich ihrer Ohr- und Fingerringe sowie ihrer Halsbänder jeglicher Art; groß und reich war das Opfer; der zahllose von den aegyptischen Frauen erbeutete Schmuck, der erpreßte Lohn für jahrhundertelangen Frondienst. Ganze Reihen von Körben wurden zu Moses' und Aarons Füßen aufgestellt, angefüllt mit blauen, purpurnen und scharlachenen Stoffen aus Wolle, Linnen und Ziegenhaar, freiwillige Opfergaben zur Errichtung des Heiligtums.

Und Moses sandte Männer aus, um die gewaltigen Akazienbäume zu fällen, die er an den oberen Hängen des Gebirges gesehen hatte. Und er schickte Jäger aus in die Wälder des Sinai, um die Widder zu fangen, und Fischer an den Strand des Roten Meeres, um der sagenhaften Ottern habhaft zu werden, deren Felle nach Gottes Geheiß das Heiligtum von außen bekleiden sollten.

Das Sinai-Gebirge selbst mit seinem Reichtum an Kupfer- und Silbererz lieferte das Material zum Beschlagen der Bretter und für die Gefäße. Unter den Kindern Israels hatte es Kupfer- und Silberschmiede und Goldschläger, welche schon für die Aegypter gearbeitet hatten. Auch kunstfertige Frauen gab es, die geübt waren im Spinnen feinsten Linnens und im Weben der kostbarsten Stoffe sowie auch darin, diese mit sinnreichen Darstellungen von Vögeln und Tieren zu besticken.

Der begabteste und kunstverständigste der Handwerker in der Gemeinde aber, der wunderbare Gefäße aus Gold, Silber und Kupfer feinster Art herzustellen wußte, war der junge Bezalel, der Sohn des Uri, des Sohnes Hurs, vom Stamme Juda, Miriams Enkel. Er hatte bei den hervorragendsten Goldschmieden Aegyptens gelernt und war schon als Knabe von Pharaos Schatzmeister der Kleinodien unterrichtet worden. Dieser schon im Kindesalter bei ihm zu Tage getretenen Begabung verdankte er es, daß er nicht in die Lehmgruben geschickt worden war.

Ihn betraute Moses auf Gottes Geheiß mit der Leitung der Errichtung des Heiligtums.

Zum Hauptmitarbeiter wählte sich Bezalel einen Gefährten, mit dem er schon in Aegypten gearbeitet hatte, Ahaliab aus dem Stamme Dan, der besonders geschickt im Wirken von Figuren in Purpurstoffe war. Diese beiden suchten sich die Handwerker für das Heiligtum aus, und Moses überließ ihnen alles Gold, Silber und feine Gewebe.

Bald war Überfluß an Werkstoff aller Art zur Errichtung

der Stiftshütte nach den gegebenen Plänen, für die Ausschmükkung und Ausstattung wie auch für das Zubehör vorhanden. Allmorgendlich brachten die Kinder Israels aus jeder Ecke des Lagers Lasten von Geweben, Körbe voll Metall, Kästchen mit edlen Steinen, seltenen Kräutern und Salben. Allmorgendlich kamen neue Handwerker daher und baten, an dem Bau mithelfen zu dürfen; denn alle waren begierig, mit Hand anzulegen an das heilige Werk der Errichtung der ersten Wohnstatt Gottes auf Erden. Schließlich berichteten Bezalel und Ahaliab Moses von dem Überangebot und Moses ließ im Lager verkündigen: «Es ist genug; Werkleute und Werkstoffe reichen aus zur Errichtung des Heiligtums!» Nun erst stand das Volk davon ab, seine Schätze und seine Dienste anzubieten.

Unter einem Schirmdach aus Palmzweigen standen Reihen von Spindeln und Webstühlen. Junge und alte Frauen spannen den Faden aus Ziegenhaar und woben den Vorhang des Heiligtums, wobei die alten die jungen unterwiesen. Der Vorhang bestand nicht aus einem Stück; denn da die Stiftshütte auseinandergenommen und wieder zusammengesetzt werden sollte, damit sie von Ort und zu Ort ziehen konnte, so wäre ein einziger Vorhang aus elf zusammengewobenen Teilen, ein jeder Teil dreißig Ellen lang und vier Ellen breit, zu schwer gewesen. Die Teilvorhänge wurden darum mittels fünfzig Schlingen und fünfzig Kupferhaken aneinandergesetzt, sodaß sie einen einzigen großen Behang bildeten.

Und die Weiber redeten untereinander bei der Arbeit:

«Wie anders ist dies nun als in den früheren Tagen der Knechtschaft, da wir im Dunkeln saßen und Netze für die Fischer des Pharao knüpfen mußten.»

Sie entsannen sich wohl der Zeit der Knechtschaft, der Fronarbeit, da die Aufseher hinter ihnen gestanden hatten mit der Peitsche; sie erinnerten sich daran, wie ein Weib, das vor Hitze oder Überarbeitung schwach geworden war, unverzüglich den Biß der Peitsche auf dem Fleisch spürte. Diese Arbeit aber war ein freiwillig gebrachtes Opfer und ging unter Scherz und Lachen vor sich. Sie webten die Hülle für Gottes Heiligtum, darin Jehovah wohnen, in ihrer Mitte weilen sollte, verhüllt hinter diesem Gewebe. Groß war die Zahl der Frauen, die darum baten, sich an der Arbeit beteiligen zu dürfen; Bezalel und Ahaliab mußten Wechselschichten einrichten, damit so viele Frauen als möglich des Vorzugs teilhaftig werden konnten.

Unweit von den Spinnerinnen und Weberinnen standen die Gerber und Kürschner, Männer mit nackten Oberkörpern, wild zerrauften Schöpfen, Bärten und Schläfenlocken, von deren Gesichtern in der heißen Sonne der Schweiß triefte; doch auch ihre Arbeit ging behend und fröhlich von Statten. Sie schabten und bürsteten die Widderfelle, die die Jäger ihnen von den Hängen des Sinai brachten; sie tauchten die zubereiteten Häute in rote Farben. Auch diese Widderhäute sollten zusammengefügt werden zu einer großen Decke, die der andern Decke obenauf lag, welche aus Ziegenhaar gesponnen war. Denn das Heiligtum sollte vier Decken haben: eine aus feinstgesponnenem Linnen, blau, purpur und scharlach zu unterst; über dieser eine aus Ziegenhaar, darauf die aus Widderfell und darüber die aus Otternpelz. Eine jede wurde in verschiedenen Teilen hergestellt, welche mit Kupferhaken Saum an Saum zusammengesetzt wurden. Die äußere Hülle aus Otternfell, welches das Sonnenlicht widerspiegelte gleich blankgeriebenem Kupfer, begeisterte alle, die sie sahen, ob ihrer seltsamen, geheimnisvollen Schönheit.

Diese Decken bildeten den äußeren Schutz der Stiftshütte gegen die Winde und Sandstürme der Wüste. Die unterste Decke aber bildete zugleich die dem Blick ausgesetzte Unterseite des Dachs und ward daher mit ganz besonderer Sorgfalt an geschütztem Ort gewebt. Hier fertigten auch die geschicktesten Kunstweberinnen die Türbehänge und die Gewänder an, die für Aaron und seine Söhne bei Ausübung des Gottesdienstes bestimmt waren. Für das Innere wurden zehn Vorhänge aus feinstem Schleierlinnen gewebt, und in das hauchdünne Gespinst mehr verwoben denn gewirkt blaugewandete Cherubim. Doch der von den Behängen blaue Hintergrund war wie ein Zug Wolken mit roten Säumen umrandet und wie von Sternen durchblinkt. Die zehn Abschnitte des Vorhangs, ein jeder Teil mit dem andern mittels blauer durch Goldringe gezogener Schleifen zusammengefügt, schuf ein Dämmerlicht im Heiligtum, eine Stille und Ruhe, wie sie mit dem ersten Erschimmern des Sternenscheins auf die Erde sinkt, und über dieser Stille schwebten die gespreiteten Schwingen der Cherubim an dem Vorhang, der das Dach verkleidete.

Die Oberleitung über die Erzschmiede, die Hersteller der Gefäße, Geräte und des sonstigen mit dem Gottesdienst verbundenen Zubehörs, hatte Bezalel inne; die der Spinnerinnen und Weberinnen, der Knüpferinnen und Näherinnen von Teppichen, Vorhängen und Decken der Handwerksmeister Ahaliab. Der erste gehörte dem edlen Stamme Juda an, der andere aber dem verachteten Stamme Dan, dem schuldvollsten unter den Stämmen an der Verehrung des Goldenen Kalbes. Es war, als ob sich in diesen beiden Vertretern die Stämme miteinander aussöhnten und auf gleiche Stufe gestellt würden, als ob es vor Gott kein Hoch und kein Niedrig unter den Stämmen Israels gebe.

Im Charakter des heiligen Ritus war seit dem Zwischenfall mit dem Goldenen Kalb eine große Veränderung eingetreten, so weit es sowohl den Willen Gottes wie die Vorstellungen Moses' betraf. In der Übereinstimmung dieses Wandels war es, als ob Gott jetzt den Wünschen Moses' mehr entgegenkomme als vor dem Abfall in den Götzendienst; wenn etwas dergleichen überhaupt ausgesprochen werden darf, so könnte man sagen, daß die Vorstellungen Moses' die Gebote des Ewigen lenkten.

Vor dem Zwischenfall mit dem Goldenen Kalb hatte Moses erklärt, Gott wünsche kein Gold und kein Silber. «Einen Altar aus Erde sollst du Mir machen ... Und wenn du Mir einen Altar aus Steinen errichten willst, so nicht aus behauenen Steinen ... Und an jeglichem Ort, wo ich Meines Namens Gedächtnis stiften werde, da werde Ich zu dir kommen und dich segnen.» Nach dem Vorkommnis mit dem Goldenen Kalb aber hatte Moses vom Sinai den vollständigen Plan für ein Heiligtum, eine Stiftshütte in Form eines goldenen Hauses mitgebracht. Zwar sollte es kein großes Haus sein, und es sollte auseinandergenommen und wieder zusammengesetzt werden können nach Belieben. Dreißig Ellen lang, zehn Ellen breit und zehn Ellen hoch sollte es sein. Doch die aus den starken, vom Sinai herabgeholten Akazienstämmen viereckig gehauenen Balken, ein jeder zehn Ellen hoch und anderthalb Ellen dick, sollten an Vorder- und Rückseite mit Gold überzogen werden. Und die Balken sollten eingelassen werden in silberne Gestelle, zwei unter jedem Balken. Zwanzig solcher mit Goldblech beschlagener Balken oder Pfosten, dicht nebeneinander gestellt, sollten die eine lange Wand des Heiligtums bilden; zwanzig weitere solcher Balken gegenüber die andere Wand. Die Westwand sollte aus acht goldbeschlagenen Balken, ein jeder auf zwei Gestellen ruhend, bestehen.

Die Wände sollten mit durch die Mitte der Pfosten getriebenen goldenen Bolzen aneinander befestigt und die Balken darüber mit goldenen Ringen zusammengehalten werden.

Auf der Ostseite über dem Eingang zum Heiligtum sollte ein besonders kostbar gewebter Vorhang hängen. Gleich den andern Vorhängen im Heiligtum sollte dieser geknüpft und gewoben werden aus Linnen sowie blauen, purpurnen und scharlachfarbenen Wollfäden und von goldenen Ringen über fünf goldbeschlagene Balken auf ehernen Gestellen hängen.

Dieses goldene Heiligtum, Israels Schmuck und Zierde, sollte mit seinen vier Decken in der Mitte eines Hofes von hundert Ellen Länge und fünfzig Ellen Breite stehen. Die beiden Langseiten des Hofs und die Schmalseite im Westen sollte mit silberbeschlagenen Balken auf ehernen Unterlagen umstellt werden, zwanzig Balken auf jeder Lang- und zehn Balken auf der Schmalseite mit je einem Gestell für den Balken. Durch Ringe gezogene Vorhänge aus feinem Linnen sollten an den drei Seiten entlanglaufen. Auf der Ostseite, am Eingang, sollten drei silberbeschlagene Balken auf ehernen Gestellen stehen mit einem Vorhang von zwanzig Ellen Breite aus feingesponnenem Linnen und blauen, purpurnen und scharlachenen Wollfäden. Die Haken an den Balken um den Hof sollten, wie ihre Zapfen, aus Silber und die Gestelle überall aus Erz sein. Auf diese Weise bot das Heiligtum mit seinen flammenden goldenen Wänden einen Anblick, als steige es empor aus einem Meer von geschmolzenem Silber.

Von unendlicher Mannigfaltigkeit und aus zahllosen Einzelheiten bestehend schien das Werk zuerst. Für das Schmelzen und Bearbeiten der Metalle wurde abseits vom Lager mittels einer Hecke aus Dornsträuchern und Palmzweigen ein großer Platz abgegrenzt, der mit Matten überdeckt war, um die Arbeiter vor der sengenden Wüstensonne zu schützen. Hier loderten die Feuer und zischte das Erz in den weißglühenden Schmelztiegeln.

Da aber zeigte sich bald, daß die große Menge der zusammengehäuften freiwilligen Opfergaben doch nicht ausreichte zur Herstellung all der goldenen Beschläge der Balken, des Geräts für den Gottesdienst und des übrigen Zubehörs der Stiftshütte. Darum mußte Moses eine neue Umlage von jedem männlichen Gemeindemitglied über zwanzig Jahren machen, eine Abgabe im Gewicht und Wert von einem halben Schekel als Buß- und Lösegeld vom Vergehen der Abgötterei vor dem Goldenen Kalb. «Der Reiche soll nicht mehr und der Arme nicht weniger entrichten als einen halben Schekel.» Nebenbei ergab sich aus der Anzahl der abgelieferten Halbschekel für das Heiligtum die Ziffer der Männer über zwanzig Jahren in der Gemeinde. So diente die Umlage einem dreifachen Zweck: Mittelbeschaffung für das Heiligtum, Loskauf von der Sünde und Zählung des Volkes. Die Zahlung konnte in Gold oder Silber sowie in Stoffen und Spezereien geleistet werden. So wurde das noch benötigte Material beschafft an Edelmetall und kostbaren Stoffen; denn das Heiligtum verschlang in unersättlicher Gier den Reichtum der Kinder Israels. Und das war gut so, denn die den Aegyptern abgenommenen Schätze gehörten Jehovah. Die goldenen Becher, Kannen, Ketten, Panzer, Kronen und Helme, die silberbeschlagenen Schemel, Tische, Becken und Geschirre, kurz, alles was den Aegyptern entwendet worden war, wurde in die Schmelztiegel geworfen und, so wurde – Gold und Silber in getrennten Tiegeln – manches Schmuckstück von hohem Kunstwert eingeschmolzen zu Rohmaterial für das Heiligtum.

Kupfererz wurde aus den Gruben am Sinai gewonnen und ergab mit andern Metallen legiert verschiedene Arten von Messing. Nur das Roherz konnte geschmolzen werden. Die Gefäße und Geräte für den Gottesdienst mußten mit Steinwerkzeugen gehämmert werden. Auf gewaltigen Ambossen oder auf Felsblöcken wurde das Blattgold für die Balken, wurden die Ringe, die Riegel, die Haken, die Zapfen von geschickten Gesellen unter der Aufsicht und strengen Überwachung der Meister gehämmert.

Die Zimmerleute auf ihrem eigenen Arbeitsplatz schnitten Akazienstämmen das Kernholz aus, nahmen mit Bandmaßen Maß, hieben mit haarscharf geschliffenen Beilen die Balken zu und schnitzten die genauen Formen der hölzernen Innenteile der goldbeschlagenen Riegel, Ringe und Haken.

Auf der einen Seite des Platzes die Zimmerleute, auf der andern die Kupfergießer, auf einer dritten die Goldschläger. Von jedem Werkplatz erklang es von hellem oder dumpfem Gehämmer, von Zischen und Fauchen des vielfältigen Arbeitslärms. Töpfe und Becken, Feuer- und Aschenschaufeln, Räuchergefäße und Kupferkannen, Siebe und Waschschüsseln, Träger, Haken, Zapfen, Reifen aus Gold, Silber und Kupfer, Hörner und Kronen wurden getrieben und gehämmert in den zahllosen für das Heiligtum arbeitenden Werkstätten.

Der große Erbauer des Ganzen aber, der Meister aller Künste saß in seinem Zelt und beriet sich mit seinen vornehmlichsten Mitarbeitern, jeder ein Meister in seinem Fach selbst; und mit eigenen Händen schuf er die dem höchsten Dienst vorbehaltenen Gefäße, die heiligsten Geräte des Gotteshauses. Nicht umsonst hieß er Bezalel, was bedeutet: im Schatten Gottes. Denn Gottes Schatten ruhte auf ihm und verlieh ihm die Himmelsgnade der Kunst.

Alle Künste verschmolzen und vereinigten sich in seinen Meisterwerken. In seiner Schaffenskraft sang er das Lied der Schöpfung vor Gott, und ein jedes Stück, das er schuf, war ein Zeugnis seiner Verbundenheit mit dem Überirdischen.

Bezalel arbeitete unter dauernder Verständigung und Beratung mit Moses. Moses beschrieb ihm das Bild eines jeden heiligen Gefäßes und Geräts, so wie es ihm am Berge Sinai erschienen war; und Bezalel arbeitete nach seinen Angaben. Und Moses erkannte in diesen jungen Augen den Widerschein des Lichts von Gottes Thron, mit dem sie erfüllt waren. Wahrlich, es war, als ob diese Augen über den Weltenraum hinweg sich hefteten auf einen Ort im Himmel und als ob Bezalel dort, vom göttlichen Licht bestrahlt, ein jedes Gerät und Gefäß genau so sähe, wie Moses es erblickt hatte.

Zuletzt kam er an das edelste und erhabenste Stück der Ausstattung des Heiligtums – wenn man das zur Ausstattung rechnen darf, um dessentwillen das ganze Heiligtum errichtet wurde –, die Lade, die die Tafeln mit den Zehn Geboten aufnehmen sollte, welche Moses vom Himmel gebracht, das Zeugnis des Bundes, die Satzung des Vertrags zwischen Jehovah und Israel.

Aus einem einzigen Holzblock höhlte Bezalel das Gehäuse für die Lade aus und beschlug es innen und außen mit feinstem

Goldblech. Das höchste Maß seiner Bildnerkunst wandte er an die Schaffung des Deckels der Lade; denn diese sollte als Thron und Gnadenstuhl dienen, darauf Jehovah sich niederließ, wenn Er mit Moses redete. Lade und Deckel sollten im Allerheiligsten aufgestellt werden, das sonst nichts enthalten durfte: die Lade mit den Gesetzestafeln allein. Hierher sollte Aaron alle Jahre einmal kommen am Tag der Buße, dem Versöhnungstag, um Gottes Vergebung zu erflehen für Israels Sünden.

Dazu goß Bezalel noch eine schwere Platte aus gediegenem Gold, die über die Lade gelegt wurde. Auf dieser aber erhoben sich zwei Cherubim, riesige Flügelwesen, die den Schatten ihrer Fittiche über die Lade warfen. Zwischen ihren Schwingen, zwischen den Antlitzen der Cherubim jedoch – denn sie waren einander Angesicht zu Angesicht gegenübergestellt –, hier war der Ort, wo Jehovahs göttliche Wesenheit sich niederlassen sollte, die Stätte der Einwohnung, die *Schechina*.

Es war dies ein Umstand außergewöhnlicher Art; hatte Gott doch erst allerjüngst das strenge Verbot des Bildermachens erlassen, und Moses hatte Bezalel eingeschärft: «Nicht nach der Weise der Aegypter oder anderer Götzendiener sollst du das Haus Gottes machen.» Kein Bild, weder von Mensch noch von Tier, keinerlei Nachbildung irgendeines Lebewesens war gestattet. Und nun ordnete Moses auf einmal an, daß Bilder von Cherubim gemacht und hinter dem Vorhang aufgestellt werden sollten, der den Zugang zum Allerheiligsten bedeckte.

In Aufbau und Haltung der Cherubim, in die Linienführung der Flügel legte Bezalel die ganze Zärtlichkeit, Sanftheit, Barmherzigkeit und Mutterliebe eines Vogels, der seine Jungen schützt und wärmt. Zugleich aber drückte er durch die strenge Bogenform der Schwingen die Mischung von Angst und Kampfbereitschaft aus, die in der Vogelmutter aufgerührt wird, wenn die Nestlinge unter ihr mit ihrem Zwitschern sagen zu wollen scheinen: «Nimm uns in den Schutz deiner Flügel.» Die Federn, die sich den Jungen weich und kosend darboten, waren wie Messerschneiden, wie scharfe Klauen gegen einen sich nahenden Eindringling oder Feind gerichtet, so nach außen die Wutentbranntheit des Beschützers, nach innen die Frommheit und Milde der Liebe verkörpernd. Doch welche Züge sollte er den Cherubim verleihen? Denn sie mußten doch Köpfe haben.

Selbstverständlich nicht die Köpfe von Adlern mit krummen, kriegerischen Schnäbeln noch die bärtigen Köpfe von Männern. Spätere Überlieferungen behaupten, Bezalel habe den Cherubim die Köpfe junger, unschuldiger Knaben aufgesetzt, in deren taufrischen Blicken die Reinheit einer makellosen jugendlichen Liebe geleuchtet habe, denn ihre Gesichter sollten für immerdar die Versöhnung Gottes mit Israel nach dessen Sündenfall in die Anbetung des Goldenen Kalbes versinnbildlichen.

Doch die schwierigste Aufgabe, die Bezalel oblag, ergab sich, als er zu der Herstellung des Leuchters kam, der, nach Gottes Geheiß an Moses, im Heiligtum das ewige Licht tragen sollte.

Merkwürdigerweise hatte Moses völlig das genaue Aussehen des vielarmigen Leuchters vergessen, der ihm in seinem Gesicht auf dem Berge als ein einziges goldenes Gleißen erschienen war. Er entsann sich weder seiner Größenverhältnisse noch der Einzelheiten seiner Ausschmückung. Er wußte nur noch, daß er sieben Arme gehabt und daß ein jeder Arm ein Licht getragen hatte. Mehrfach versuchte er, sich das doch so lebhaft gewesene Bild vor Augen zu rufen. Er erklomm sogar noch einmal den Hang des Sinai in der Hoffnung, daß das Gesicht wieder vor ihm aufblitzen werde; für Augenblicke glaubte er auch, es wieder erhascht zu haben. Aber es war nur eine Selbsttäuschung; ein Bild zuckte blitzschnell auf und war ebenso schnell wieder verschwunden.

Schließlich überließ er das Werk Bezalel allein und hieß ihn, sich von seiner eigenen Einbildungskraft leiten zu lassen.

So hämmerte denn Bezalel einen Leuchter aus einem einzigen Goldbarren im Gewicht eines Talentes. Untersatz und Mittelschaft ähnelten einem Baumstamm auf fest ausgreifenden Wurzeln, und die sechs Arme, drei auf jeder Seite, glichen den Ästen eines Baumes. Zwischen die Äste setzte er kleine mandelförmige Schalen, die sich öffneten wie zarte Blütenkelche, an denen ein Tautropfen hing, gleich der Träne am Lid eines Kindes, und außer jedem Kelch entfaltete sich eine Blume. Und wenn die sieben Zweige des Leuchters entzündet waren, so leuchteten auch die Blumen und Tränen auf. Und nicht nur Licht strömte von dem Leuchter ins Auge des Beschauers, sondern es ging ein Geist der Reinheit davon aus, der sich in die Herzen stahl und sie zum Gebete läuterte; denn der Schaft und die Röhren waren nicht nur anzusehen wie ein Baumstamm mit seinen Ästen, sondern auch wie ein Mensch, der die Arme betend erhob zu Gott.

Als Moses den Leuchter erblickte, den Bezalel aus dem Goldbarren geschaffen hatte, rief er aus:

«Dies ist der Leuchter, den mich Gott hat schauen lassen in den Flammen auf dem Berge Sinai.»

Von dem heiligen Gerät des ersten Heiligtums ist es die *Menora* gewesen, der siebenarmige Leuchter, der die Kinder Israels auf ihrer tausendjährigen Wanderschaft begleitet hat. Der siebenarmige Leuchter und die Gesetzestafeln sind bis auf den heutigen Tag die heiligen Sinnbilder der Kinder Israels geblieben. Denn wenn die Tafeln das Gesetz Gottes bedeuten, so stellt der Leuchter das Gebet zu Gott dar.

Die *Menora* bringt den Sabbath und Festfreudigkeit in das jüdische Heim; sie wischt die Spuren des Wochen- und Werktages aus dem gefurchten Gesicht der jüdischen Mutter und setzt ihr die Krone des Sabbaths auf das Haupt. Über ein unermeßliches Meer von Tränen hinweg wirft sie ihren Schein bis auf unsere Tage von dem Tage an, da Aaron sie zum ersten Mal in der Stiftshütte entzündete.

Und dann kam endlich der große Augenblick der Einweihung des Heiligtums. Es war der erste Monat des zweiten Jahres nach der Befreiung. Acht Tage lang hatte die Stiftshütte offengestanden, und die Wolke, darin Gott gegenwärtig war, hatte sich herabgelassen und das Allerheiligste eingehüllt, wo die Gesetzestafeln in der goldenen Lade lagen; Gottes Herrlichkeit erfüllte das ganze Heiligtum.

Eine volle Woche lang verbrachte Moses damit, Aaron und seine Söhne im Ritual der Darbietung der Opfer auf dem ehernen Altar zu unterweisen, der am Eingang zum Heiligtum stand; auch im Verbrennen des Räucherwerks auf dem goldenen Altar in der Mitte des Heiligtums mit den Schaubroten und der Menora. Sieben Tage lang saßen Aaron und seine Söhne im Heiligtum, erlernten die Darbringung der Opfer und heiligten sich für den Gottesdienst. Am achten Tag des ersten Monats im zweiten Jahr nach dem Auszug aus Aegypten aber rief Moses die sämtlichen Ältesten und die ganze Gemeinde auf, sich im Vorhof des Heiligtums zu versammeln.

Und dann ließ er Aaron und seine Söhne vortreten und goß Wasser aus der ehernen Kanne, die am Eingangstor des Vorhofs zum Heiligtum stand, über ihre Hände und Füße. Danach kleidete er Aaron und dessen Söhne in die vorgeschriebene Gewandung, die Bezalel nach den Weisungen Moses' hergerichtet hatte. Er legte dem Bruder den Leibrock und den Gürtel an, darauf den Mantel und das Ephod mit dem Gurt des Ephod, von dessen Säumen zwei Granatäpfel aus purpurn gefärbter Wolle sowie goldene Schellen herunterhingen, die zu dem Zwecke angebracht waren, daß das Volk vernehme, wenn der Hohepriester das Allerheiligste betrat, denn niemand außer ihm durfte dort eintreten. Auf Aarons Brust befestigte er das Brustschild, das gleich dem Ephod mit Gold durchwirkt war, aus blauer, purpurner und scharlachfarbener Wolle und gesponnenem Linnen, mit vier Reihen darin eingelassener Edelsteine: die erste Reihe Rubine, Topase und Karfunkel; die zweite Smaragde, Saphire und Diamanten; die dritte Opale, Achate und Amethyste; und die vierte Berylle, Onyx und Jaspis. Auf einem jeden Stein aber war der Name eines der Stämme Israels eingegraben. Zuletzt setzte er Aaron den Stirnreif auf und danach die heilige Krone aus lauterem Gold, darauf gleichwie ein Siegelspruch die Worte eingegraben waren «HEILIG DEM HERRN.»

Auch die Söhne Aarons bekleidete er mit den Leibröcken aus Linnen und den Gürteln, so wie es Vorschrift war.

Darauf sagte Moses zu Aaron:

«Tritt nun heran zum Altar und bringe Sühnopfer und Brandopfer dar und tue Buße für dich selbst und das Volk.»

Und Aaron trat zu dem ehernen Altar und schlachtete als Sühnopfer den Ochsen, welcher für ihn bereitstand. Und Aarons Söhne, die hinter ihrem Vater standen, fingen das Blut des Ochsen in Becken auf und reichten diese dem Hohepriester. Darauf tauchte Aaron seinen Finger in das Blut und berührte damit die Hörner des Altars.

Alsdann brachten Aarons Söhne die andern Opfer des Tages dar, und Aaron vollzog den Gottesdienst den Unterweisungen entsprechend, die er von Moses erhalten hatte. Teile der Opfer legte er auf den Altar, andere Teile aber brachten die Söhne hinaus aus dem Lager, so wie Moses es ihnen angegeben hatte.

Dann traten Moses und Aaron wieder aus dem Heiligtum

hinaus zu dem draußen stehenden Volk; Aaron hob die Hände über dem Volk und segnete es mit dem Segensspruch, den Gott durch Moses gegeben hatte. Zum ersten Mal segnete er die Kinder Israels mit dem Segensspruch, der der Segen aller Völker geworden und es geblieben ist bis auf den heutigen Tag:

«Der HErr segne und behüte dich!

Der HErr lasse dir Sein Angesicht leuchten und sei dir gnädig;

Der HErr hebe Sein Angesicht über dich und gebe dir Friede.»

Und da Aaron die Segensworte aussprach, fiel ein Lichtstrahl vom Himmel auf das Volk, das die Stiftshütte umstand.

In dem Heiligtum loderte auf dem Altar eine Flamme auf und verzehrte die Teile des Opfers, die darauf lagen. Und das Volk draußen sah die Flamme vom Himmel herniederfahren und auf dem Altar brennen, und alle stießen einen Jubelruf aus und fielen auf ihr Angesicht.

Als Moses und Aaron wieder in die Stiftshütte zurückkamen, sahen sie das ganze Innere von einem heiligen, schwelenden Rauch erfüllt, und die geweihten Geräte schienen in der Wolke zu schwimmen; der Leuchter mit seinen vielen Lichtern auf den gespreiteten Armen funkelte, das Manna des Schaubrots glitzerte gleich Edelgestein, und die Zapfen der Lade ließen den Vorhang davor in zwei Wölbungen vorspringen wie die Brüste eines jungen Weibes. Die Cherubim auf der Platte warfen mit ihren Fittichen Schatten darüber, und Sterne erglänzten auf dem Golde.

Doch Nadab und Abihu, den beiden ältesten Söhnen Aarons, genügte all dies nicht. Sie wollten eine noch dichtere Wolke hervorbringen, wie um Jehovah nachzuhelfen; und sie taten etwas, was Moses ihnen nicht vorgeschrieben hatte. Jeder von ihnen ergriff eine Räucherpfanne, tat Weihrauch hinein, und sie brachten fremdes Feuer vor Gott. Sie schwenkten die Räucherpfannen, um das Heiligtum mit Weihrauchgewölk zu erfüllen. Da aber brach Feuer aus auf dem Altar und verzehrte die beiden auf der Stelle, so daß sie im Heiligtum vor dem HErrn starben.

Da sprach Moses zu Aaron:

«Dies ist es, was Gott meinte, als Er sprach: ‚Ich werde geheiligt werden an denen, die Mir nahen, und vor allem Volk will Ich verherrlicht werden.‘»

Aaron aber verschlug es die Rede.

Darauf rief Moses Mischael und Elizaphan, die Söhne Uziels, Aarons Oheim, herbei und befahl ihnen:

«Kommet herzu und traget eure Brüder von dem Heiligtum hinweg vor das Lager hinaus.»

Und sie trugen die Verbrannten in ihren Kitteln hinaus, wie Moses befohlen hatte.

Zu Aaron aber und seinen beiden jüngeren Söhnen Eleasar und Ithamar, die beim Vater im Heiligtum geblieben waren, sagte Moses:

«Ihr sollt eure Haare nicht lang wachsen lassen, noch sollt ihr eure Kleider zerreißen und trauern um eure Brüder; doch das ganze Haus Israel soll den Feuertod beweinen, den Gott über sie geschickt. Auch sollt ihr nicht hinausgehen aus dem Tor der Stiftshütte, ihr stürbet denn. Denn Gottes Salböl ist auf euch.»

Und sie taten, wie Moses ihnen geheißen.

Und so endete die Einweihung des Heiligtums.

ELFTES KAPITEL

BALD nach der Einweihung des Heiligtums machte Moses eine genaue und vollständige Bestandsaufnahme des Goldes, Silbers, Kupfers, der edlen Steine und kostbaren Stoffe, die die Kinder Israels zum Opfer gebracht hatten, und über die vielfältigen Zwecke, zu denen sie verwandt worden waren. Selbst ihm gegenüber vermochte sich die große Masse der Kinder Israels nicht zurückzuhalten, ihren Verdächten in volkstümlichen Sticheleien und Witzeleien Ausdruck zu geben.

Als diese Bestandsaufnahme beendet war, wandte er sich von neuem der Frage der inneren Verwaltung der Stämme zu.

Daß weder die Söhne Levis noch die Ältesten im Stande gewesen waren, weder durch Ermahnung und Überredung noch durch Anwendung von Gewalt das Volk an der Herstellung und Aufrichtung des goldenen Kalbs zu verhindern, ließ ihn ein für alle Mal zu der Überzeugung kommen, daß es nötig sei, eine neue Zucht, ja etwas wie militärische Mannszucht einzuführen, deren Machtvollkommenheit sich von Jehovah ableitete. Er ward sich nun darüber klar, daß die Kinder Israels am besten durch die Ältesten der einzelnen Stämme getrennt beaufsichtigt werden konnten, und darum entschloß er sich, auf die alte Einteilung zurückzugreifen.

Gottes Gebot befolgend hatte er eine Zählung aller Männer über zwanzig Jahren in allen Stämmen durchgeführt, und, ebenfalls göttlichem Geheiß entsprechend, einen Ältesten für jeden Stamm bestimmt. Und zwar für den Stamm Ruben Elizur, den Sohn des Schedeur; für den Stamm Simon Schelumiel, den Sohn des Zurschadai; für den Stamm Juda Nachschon, den Sohn des Aminadab, und so fort für alle Stämme. Und jedem Stamm bestimmte er ein Feldzeichen oder Banner mit besonderer Inschrift; und einem jeden Stamm wies er seinen Platz im Lager bei dem Heiligtum an.

Die Männer über zwanzig in jeglichem Stamm bildeten die «Heerscharen», alle die zum Kriegsdienst fähig waren; dem Anführer des Stammes wurde der Titel «Fürst» verliehen. Der gesamte Heerbann der Kinder Israels war eingeteilt in vier Lager, drei Stämme auf jedes Lager. Ein jedes Lager führte sein eigenes Feldzeichen, unter dem es blieb; dazu richtete ein jeder Stamm noch sein eigenes Banner mit seinem eigenen Wappen auf. Diese Wappen waren die bildlichen Darstellungen der einzelnen Segenssprüche, welche Jakob auf seinem Sterbebett an die Stammväter verteilt hatte. Sie waren in den Farben der zwölf Edelsteine gewirkt, mit denen das Brustschild und das Ephod besetzt waren, je ein Edelstein auf den Stamm.

Die Stammesfürsten zeigten die Übernahme ihres Amtes durch Darbringung von Opfern vor Jehovah an.

Zunächst stellten sie sechs gedeckte Wagen sowie zwölf Rinder, je zwei Stämme einen Wagen und jeder Stamm ein Rind, zur Beförderung der Stiftshütte, sobald diese auseinandergenommen wurde.

Die Wagen und die Zugtiere gab Moses in die Obhut der Leviten: zwei der Wagen und vier Rinder den Kindern Gersons, die vier andern Wagen und acht Rinder den Kindern Meraris.

Diese beiden Levitenfamilien waren jeweils verpflichtet, die Stiftshütte zu befördern, sobald das Lager Israels abgebrochen wurde, um weiterzuwandern. Befehl über sie führte Ithamar, der Sohn Aarons. Die Geräte des Heiligtums jedoch sollten gesondert getragen werden, und zwar wurde dazu die levitische Familie Kohaths und seiner Nachkommen bestimmt.

Die Amtsübernahme der Fürsten ward noch ein zweites Mal feierlich unter Darbringung weiterer Opfer begangen. An zwölf aufeinanderfolgenden Tagen vollzogen die Stammesfürsten umschichtig einen Weihedienst des Heiligtums, und jeder Tag wurde nach dem betreffenden Stamm benannt. Die Ehre des ersten Tagesdienstes ließ Moses jedoch nicht dem Stamme Ruben zufallen, der darauf eigentlich das Anrecht des Erstgeborenen unter den Stammvätern gehabt hätte, auch nicht dem Stamme Levi, der nun ein erbliches Anrecht auf die gottesdienstlichen Handreichungen hatte, sondern dem adligen Stamme Juda und seinem Fürsten, Nachschon, dem Sohn des Aminadab, der sich zuerst in die Fluten des sich teilenden Meeres gewagt hatte.

Dessen Opfergabe war eine silberne Schüssel im Gewicht von hundertunddreißig Schekel sowie eine silberne Schale im Gewicht von siebzig Schekel, beide gefüllt mit feinem Mehl mit Öl gemengt zum Speiseopfer; dazu ein goldenes Schälchen im Wert von zehn Schekel, angefüllt mit Räucherwerk. Zum Brandopfer brachte er einen Farren, einen Widder und ein einjähriges Lamm dar, zum Sühnopfer ein Zicklein und zum Dankopfer zwei Rinder, fünf Widder, fünf Böcke und fünf einjährige Lämmer.

Nach dem Beispiel Nachschon ben Aminadabs verfuhren alle übrigen Stammesfürsten und brachten die gleichen Opfer dar. Zwölf Tage lang, der Zahl der Stämme entsprechend, schloß sich eine Feier an die andere, und an jedem Tag ward ein Stammesältester zum Fürsten in Israel gesalbt.

Die Leviten, die während der aegyptischen Zeit die Aufseher der Kinder Israels gewesen waren, wurden nun ausschließlich dem Dienste am Heiligtum geweiht. Vom fünfundzwanzigsten bis zum fünfzigsten Lebensjahr hatte ein jeder Levit Dienst im und am Heiligtum zu verrichten. Mit fünfzig Jahren ward er von den regelmäßigen Obliegenheiten enthoben, doch verblieb er beim Heiligtum, «um seinen Brüdern bei der Aufrechterhaltung der Ordnung zu helfen.»

Die Obliegenheiten der Leviten aber bestanden darin, Dienst zu tun im Heiligtum, es zu bewachen, die heiligen Geräte reinzuhalten, diese und die Stiftshütte von Ort zu Ort zu tragen; in allem, was die Beziehungen zwischen den Kindern Israels und dem Heiligtum anging, wurden die Leviten vollkommen der Befehlsgewalt Aarons und seiner Söhne unterstellt. Sie waren die Diener und Helfer der Priester bei deren mannigfaltigen Verrichtungen; sie hatten die Asche vom Altar wegzuräumen und das Blut wegzuspülen; sie hatten dafür zu sorgen, daß die von den Kindern Israels dargebrachten Opfer dem Gesetz entsprachen und ohne Makel waren.

Die Leviten wurden gewissermaßen als die Erstgeborenen Israels betrachtet. Und da jeder männliche Sprößling, der seiner Mutter Schoß brach, Gott gehörte («Denn Mir gehört jegliche Erstgeburt unter den Kindern Israels, sei es von Mensch oder Tier ... von dem Tage an, da Ich alle Erstgeburt im Lande Aegypten schlug»), so erklärte Moses im Namen Gottes die Leviten zu Dienern des Heiligtums, das Gottes Wohnung war. Er gab ihnen weiße Leibröcke und hieß sie, alle Haare sowohl des Hauptes wie des Bartes entfernen, damit sie als Tempelsklaven erkannt würden; und Aaron vollzog an ihnen feierliche Entsühnung und weihte sie dem Dienst des Heiligtums.

Doch der Dienst der Priester beschränkte sich keineswegs auf ihre Amtshandlungen im Heiligtum. Der Priester war auch der Arzt für die Kinder Israels. Welch ein Gebresten auch auftrat im Lager, sie kamen damit zu ihm; besonders aber befaßte sich der Priester mit allen ansteckenden Krankheiten, mit Entzündungen der Haut, Geschwüren und Geschwülsten, Beulen und Schwären, vor allem aber mit Erkrankungen an Aussatz. Der Priester bestimmte die jeweilige Krankheit nach den wohlumschriebenen Anzeichen, entschied, ob sie heilbar oder unheilbar, ansteckend oder nicht sei, und verordnete entsprechende Mittel. Die von ansteckenden Krankheiten Befallenen, die eine Gefahr für die Gesundheit des Lagers bildeten, wurden ausgesondert und abseits gehalten, bis ihr Zustand die Allgemeinheit nicht mehr gefährdete. Sobald sie vom Priester als geheilt erklärt waren, brachten sie im Heiligtum ein Reinigungsopfer dar und kehrten ins Lager zurück. Auch bei diesem Gesundheitsdienst amteten die Leviten als Helfer der Priester.

Zur Aufbringung der Mittel für den Unterhalt der Priester und außerdem eines ganzen dem Heiligtum geweihten Stammes, richteten Aaron und seine Söhne eine umfangreiche, ausführliche Opferordnung ein. Für jeden Verstoß gegen die allgemeinen Gesetze oder die Reinheitsvorschriften war der Israelit gezwungen, ein Opfer darzubringen; und da dies sowohl der Entsühnung wie dem Geständnis einer Sünde galt, sei sie nun offen oder insgeheim, mit oder ohne Vorsatz begangen worden, so waren die Formen und Umstände des Opfers mannigfaltig. Es gab das Sühnopfer, das Reinigungsopfer, das Dank- (oder Friedens-)opfer, das Brandopfer, das Speisopfer; ein jedes erforderte ein eigenes größeres oder kleineres Tier, Geflügel, Mehl, Öl, Ochsen, Rinder, Schafe, Zicklein, Tauben. Ein Teil davon ward auf dem Altar verbrannt; doch zumeist war dies nur ein kleiner Teil. Es konnte sich beschränken auf Sprengen des Bluts oder aus Fett oder Nieren. Der Rest, das Fleisch der Rinder, Schafe und Ziegen, das Öl, das feine Mehl fiel den Priestern und Leviten zu. Später führte Moses dann auch noch eine regelmäßige Steuer oder Abgabe zum Unterhalt der Priester und Leviten ein, den Zehnten von der Ernte, das Kauf- oder Lösegeld für jedes erstgeborene Kind in Israel sowie das Opfer des jeweils ersten Wurfs der Tiere.

Um die Darbringung der Opfer mit einer religiösen Feierlichkeit zu umgeben, arbeiteten die Priester ein verwickeltes Ritual für jedes einzelne Opfer aus, das mit peinlicher Genauigkeit eingehalten werden mußte. Sie schrieben vor, was von jedem Rind, Schaf oder Zicklein abzuliefern war; welche Teile als Opfer für Gott verbrannt und welche gekocht und den Priestern überlassen werden mußten. Es wurden strenge Regeln aufgestellt darüber, wer von dem Fleisch der Opfertiere essen durfte und wer nicht, wer die Asche und das Blut vom Altar forträumen durfte und wer nicht. Alle diese Vorschriften wurden als vom allmächtigen Gott, vom Schöpfer Himmels und der Erden, erlassen, bekannt gegeben.

Widerspruch gegen dieses Opferwesen der Priester wurde späterhin aus dem Munde der Propheten laut. Sie erhoben ihre Stimmen dagegen und riefen: «Was soll Mir die Menge eurer Opfer, spricht der HErr. Ich bin satt der Brandopfer von Widdern und des Fetten von den Gemästeten und habe keine Lust zum Blut der Farren, Lämmer und Böcke.» Das schönste Opfer sei Ihm das demütige und zerknirschte Herz, sang Israels süßester Sänger. In späterer Zeit wurden die Opfer dann durch Gebete ersetzt. Doch wenn Gott die Opfer nicht brauchte, die Priester und Leviten konnten ihrer nicht entraten; die Opfer wurden für sie gebracht, nicht für Ihn. Denn ohne Opfer konnte nicht ein ganzer Sklavenstamm im Dienst des Heiligtums gehalten werden.

* * *

Während Aaron und seine Söhne damit beschäftigt waren, die Vorschriften des Opferrituals und der übrigen religiösen Zeremonien auszuarbeiten, schuf Moses den Kindern Israels im Namen Gottes das große Gesetzbuch, das die Grundlagen der jüdischen Sittlichkeit legte, den Charakter des jüdischen Volkes für alle Zukunft formte und ihm die Kraft und Ausdauer verlieh, dem zahllosen Ungemach die Stirn zu bieten, mit dem die Geschichte es heimsuchen sollte.

Moses setzte sich zwei Ziele. Das eine war die Schaffung einer Gesittung für ein in Bildung begriffenes Volk und ein Land, in dem es leben sollte. Als er daran ging, war das Land noch im Besitz seiner Urbevölkerung. Diese war in Sünde und Abgötterei befangen und der Ruchlosigkeit Sodoms verfallen. Darum wollte Gott sie hinaustreiben, um Raum zu schaffen für ein der Gottesfurcht ergebenes Volk, ein Volk, das mit dem Aufbau einer Gesittung beauftragt war, welche dem ganzen Menschengeschlecht zum Vorbild werden sollte. Zu diesem Zweck teilte Gott Moses die Gesetze und Gebote, Satzungen und Ordnungen mit, die eingeführt werden sollten, wenn die Kinder Israels sich in ihrem Land niedergelassen hätten, und die sie zu der Lebensordnung anleiten sollten, die Gott durch sie schaffen wollte.

Doch einstweilen waren diejenigen, die den Stoff zu dieser nach göttlichem Plan gewollten Schöpfung abgeben sollten, erst jüngst freigewordene Sklaven, denen noch immer gewisse Züge anhafteten, die die ewigen Merkmale des Sklaventums sind. Von dem Haufen der kunterbunten Mitläufer, der sich Israel beim Auszug aus Aegypten angeschlossen hatte, ganz abgesehen – einem Völkergemisch, das noch tief im Heidentum steckte und stets dazu neigte, in seinen Urzustand zurückzufallen –, gab es auch unter den Kindern Israels nicht wenige, die sich der niedrigsten und rohesten Schicht der Aegypter angeglichen hatten. Der Stamm Dan, zum Beispiel, zeigte eine starke Neigung zur Abgötterei. Den Söhnen Dans war der Götzendienst des Goldenen Kalbs mit all seinen Greueln bequemer und naturgemäßer als die hohe sittliche Stufe, auf die Gott sie stellen wollte. Selbst nach der furchtbaren Verdammung des Götzenkalbs hörten sie nicht auf, sich nach ihm zu sehnen, ja es im Geheimen anzubeten. Viele Weiber des Stammes hatten aegyptische Ehemänner, die mit ausgezogen waren. In diesen Ehen drohte das Familienleben immer wieder auf die Stufe des aegyptischen abzusinken; Unzucht und Schmutz war unter ihnen gang und gäbe und machte sie zu leichten Opfern für alle mögliche Abgötterei.

Die Umwandlung dieses noch von Sklavengesinnung erfüllten Menschenmischmaschs zu einem Volk, das die hohen Sittengebote Jehovahs auf sich zu nehmen im Stande war, konnte nur allmählich vor sich gehen. Moses erkannte die Notwendigkeit, vor allem einmal eine Reihe von Vorschriften zur persönlichen und allgemeinen Körperpflege zu erlassen, um den Gesundheitszustand des Lagers zu schützen; er mußte sie natürlich in die Form von Jehovah gegebener Gebote kleiden, da sich sonst niemand daran gekehrt haben würde. Selbst eine so selbstverständliche Maßregel wie die Wegschaffung des Menschenkots mußte als göttliches Gebot bezeichnet werden. Und all diese Maßnahmen mußten mit eiserner Zucht durchgesetzt, die Zuwiderhandlung als den Zorn des HErrn heraufbeschwörend dargestellt werden. Zur Durchführung dieser Maßnahmen, zur Aufrechterhaltung von Zucht und Ordnung im Lager aber bedurfte es einer religiösen Körperschaft; als solche amtete der Stamm Levi.

Fehltritte und Vergehen wie Lästerung und Mißbrauch des Namens Gottes konnten die Leviten von sich aus bestrafen. Es gab aber auch Verbrechen, auf denen Todesstrafe durch den Strang stand.

Das Vorkommnis mit dem Goldenen Kalb hatte bei Moses eine starke Wandlung herbeigeführt. Er hatte eingesehen, daß nur eiserne Zucht und strenge Züchtigung dieses Volk zu der Sendung erziehen konnte, die Gott ihm bestimmt hatte.

So begann er im Namen Jehovahs Gesetze zu erlassen, die

nicht nur die Beziehungen von Mensch zu Mensch und von Mensch zu Gott regelten, sondern auch vorschrieben, wie der Mensch mit sich selbst umzugehen hatte, auch in leiblicher Hinsicht, körperliche Säuberung und Reinhaltung, ja selbst in Bezug auf das, was gegessen und was nicht gegessen werden durfte, all dies, auf daß die Kinder Israels «ein heiliges Volk» würden.

Warum Moses den Kindern Israels zur Speise gewisse Tiere, bestimmte Fische und alles kriechende Getier verbot, ist nicht klar. Mag sein, daß er sich dabei von gewissen gesundheitfördernden Grundsätzen leiten ließ. Mag sein, daß das heiße Klima eine besondere Ernährungsweise als ratsam erscheinen ließ. Es mag aber auch sein, daß die heftige Gier gesunder Männer nach Fleischnahrung, die das wäßrige Manna nicht sättigte, Moses beunruhigte und er befürchtete, daß sie sich auf Frösche und Schlangen stürzen würden, die als giftig galten. Auch alle diese Verbote wurden in der Form göttlicher Gebote erlassen, hinter denen Jehovah mit seiner ganzen Machtfülle stand.

Immerhin wurden die Verbote unter Beihilfe des Rats festgesetzt; dieser stellte alle verbotenen Dinge auf: «alles, was auf der Erde kriecht» und «alles, was auf dem Bauche geht», alles Seegetier ohne Flossen und Schuppen sowie noch verschiedene andere Tiere. Es kann kaum bezweifelt werden, daß Moses und der Rat über bedeutende Kenntnisse hinsichtlich gewisser Vergiftungserscheinungen, Hautkrankheiten und anderer Seuchen verfügten, die gewisse Nahrungsmittel beim dortigen Klima im Gefolge haben konnten. Moses hatte aus Aegypten ein Volk von Schwerarbeitern herausgeführt, die gewohnt waren, Frösche und alle möglichen Amphibien und Reptilien zu essen, die im Nil wimmelten, nicht weniger als das Fleisch der Tiere, die auf den üppigen Wiesen im Delta weideten; sie entsannen sich wohl des trefflichen, saftigen Fleischgeschmacks, sie sehnten sich danach, wieder einmal einen Markknochen zwischen den Zähnen krachen zu fühlen oder das zarte, wohlschmeckende Fleisch eines Fisches zu kosten oder eines Schalentiers zu schlürfen. Nach der mageren Mannakost, mit der sie sich so lange hatten begnügen müssen, waren sie dafür anfällig, kunterbunt alles Mögliche in sich hineinzuschlingen: Schlangen, Würmer, Heuschrecken, Skorpione, Spinnen, was sie nur an Lebendigem fangen und packen konnten. Für Moses war die körperliche

Reinheit des Volkes aufs Engste verknüpft mit seiner sittlichen Sendung, und er war entschlossen, die Gesundheit der Kinder Israels um jeden Preis zu erhalten.

Doch alle diese Gesetze und Vorschriften hinsichtlich Ernährung, persönlicher Reinlichkeit und allgemeiner Gesundheit hatten noch einen überzeitlichen Zweck zur Beeinflussung des Volkscharakters, des Verhaltens und des Seelenzustands der Kinder Israels. Die Verkündung des Grundsatzes, daß jedes lebende Geschöpf Gottes Eigentum, es daher verboten sei, es lediglich zum Zwecke der eigenen Ernährung zu schlachten, daß es nur als Opfer für Gott geschlachtet und sein Fleisch nur unter gewissen Umständen genossen werden dürfe, all dies flößte dem jüdischen Volke eine menschliche Einstellung gegen Gottes Geschöpfe ein. Das Tier gehört Gott; sein Blut darf nicht verzehrt werden, denn das Blut ist das Leben, und das Leben ist Eigentum Gottes. Dieser Anschauung entsprang später eine Reihe von Gesetzen in Bezug auf das Verhältnis zwischen Mensch und Tier. Es ward verboten, dem Ochsen, der da drosch, das Maul zu verbinden; das Lasttier hatte am Sabbath zu ruhen gleich dem Menschen, und der Mensch durfte am Morgen nicht essen und trinken, bevor er sein Vieh gefüttert und getränkt hatte. Und bis auf den heutigen Tag ist, die Schechita, das Schächten, die Schlachtweise der Hebräer, die menschlichste Art der Tötung eines Tiers zur menschlichen Ernährung; denn durch die Schächtung wird es nicht dem Menschen, sondern Gott gewidmet.

Gewaltigen Einfluß auf den Charakter des Einzelmenschen wie des Volks übten auch die Speisegesetze aus. Daß seinem Eßgelüst gewisse Schranken gesetzt wurden, brachte Zucht in das Leben des Menschen.

Alle diese Gesetze der Reinigung und Reinhaltung aber legten etwas wie einen Festungswall um die Kinder Israels, der von ihnen die Fluten der Abgötterei, des Schmutzes und der Ausschweifung fernhielten. Ihr letzter Zweck war, den jüdischen Menschen in ununterbrochener Verbindung mit Gott zu halten. «Für wen reinigen wir uns?», fragte der Große Rabbi Akiba. Und seine Antwort lautete: «Für Gott.»

* * *

Es ist unsere Überzeugung, daß all die Speise- und Reinigungsgesetze, die Moses erließ, zur Bewahrung der Kinder Israels vor Vergiftung, wie sie unzukömmliche Nahrung, und vor Ansteckungskrankheiten, wie Unreinlichkeit sie hervorrufen, bestimmt waren. Aus diesen Gründen schrieb er nicht nur vor, daß das Essen unreiner Kriechtiere verboten sein solle, verboten wurde auch ebenso, mit einem Aas oder sonstigen unreinen Ding in Berührung zu kommen. Auf daß die Kinder Israels ein heiliges Volk im Geiste würden, mußten sie auch zur Pflege des körperlichen Wohlergehens erzogen werden. Ein gesundes, wohlbehaltenes Volk sollte es sein, das seine Sendung in das verheißene Land trüge.

Während nun diese Vorschriften immerhin den Stempel eines zeitbestimmten Zwecks zu tragen schienen, da sie sich auf die Übergangszeit in der Wüste bezogen, erließ Moses auch eine Reihe von Gesetzen, die dauernde Gültigkeit haben sollten, wenn Israel einmal in seinem eigenen Land sein werde, Gesetze, die der Entwicklung und Gestaltung zum «heiligen Volk» dienen sollten. Aus diesen Gesetzen strahlt das Licht unvergänglicher Bedeutung; ihr Geist wohlgeordneten Rechts, ihre aus tiefster Sittlichkeit geborene Fassung ließen sie bis auf den heutigen Tag in allen Kulturen Wurzel schlagen. Sie haben für uns heute Geltung, wie sie Geltung hatten für jede Menschenkultur, die durch die Worte aller Seiner Propheten vom Geist Gottes angerührt wurden.

Moses führte bei den Kindern Israels den siebenjährigen Zyklus des Sabbathjahres und den fünfzigjährigen des Jubel- (oder Hall-)jahres ein. Jedes siebente Jahr hatte die Erde zu ruhen, wie Mensch und Tier an jedem siebenten Tag ruhten. Es war eine schwerwiegende Neuerung im Landbau, deren Nutzen erst später begriffen wurde. Das Jubeljahr bedeutet, daß die Erde Gottes Eigentum und daß der Mensch nur berechtigt ist, sie in bestimmtem und beschränktem Zeitraum zu nutzen.

Moses warnte die Kinder Israels davor, die Gesetze und Gebräuche, die ganze Lebensweise der Aegypter und Kanaaniter nachzuahmen. Worum handelte es sich bei dieser strengen Ermahnung an die Kinder Israels?

Diese Völker trieben Blutschande, sie pflegten geschlechtlichen Verkehr zwischen nächsten Blutsverwandten. In Aegypten bestand kein Gesetz gegen die Ehe von Bruder und Schwester, in Kanaan keines gegen die Verbindung von Mutter und Sohn. Bei diesen Völkern war es nichts Ungewöhnliches, daß der Vater seine Tochter schändete oder daß ein Mann sich mit einem Tier verging. Vielerlei Entartungserscheinungen waren die Folge: Krüppel, Geisteskranke, Mißgeburten aller Art kamen zur Welt.

Dies wurde nun ein für alle Mal untersagt. Eine strenge Grenzlinie wurde gezogen hinsichtlich der Verbindung zwischen Mitgliedern der gleichen Familie; aus dieser Abgrenzung sollte sich ein neuer Familienzusammenhalt entwickeln, ein durch die Reinhaltung der geschlechtlichen Beziehungen geheiligtes Band. Diese neue Familienverbindung sollte in der Folge so sehr den Maßstab abgeben für die ganze Menschheit, daß sich die Menschen wunderten, daß es jemals anders gewesen sein könne, und fragten, wer denn das Verbot der Verbindung zwischen nahen Familienangehörigen aufgebracht und eingeführt habe.

«Du sollst deines Vaters und deiner Mutter Scham nicht blößen; es ist deine Mutter, darum sollst du ihre Scham nicht blößen.»

«Du sollst deines Vaters Weibes Scham nicht blößen. Du sollst deiner Schwester Scham, die deines Vaters oder deiner Mutter Tochter ist, ob daheim oder draußen geboren, nicht blößen.»

«Du sollst deine Kinder nicht dem Moloch geben.»

«Du sollst nicht bei Knaben liegen wie beim Weibe, denn es ist ein Greuel.»

«Du sollst auch bei keinem Tier liegen, daß du mit ihm verunreinigt werdest. Und kein Weib soll mit einem Tier zu schaffen haben, denn es ist ein Greuel.»

«Verunreiniget euch nicht mit all diesem, denn mit all diesem haben sich die Völker verunreiniget, die Ich austreiben will vor euch her. Und das Land ward dadurch verunreiniget. Und Ich will ihre Missetat an ihnen heimsuchen, daß das Land seine Einwohner ausspeie.»

«Welche diese Greuel tun, deren Seelen sollen ausgerottet werden von ihrem Volk ...»

«Ihr sollt heilig sein; denn Ich, der HErr, euer Gott, bin heilig.»

«Wenn du dein Land einerntest, sollst du es nicht an allen Enden umher abschneiden, auch nicht alles genau aufsammeln...

sondern dem Armen und Fremdling sollst du etwas lassen; denn Ich bin der HErr, dein Gott.»

«Ihr sollt nicht stehlen noch lügen noch fälschlich handeln miteinander.»

«Du sollst deinen Nächsten nicht betrügen noch berauben. Es soll des Tagelöhners Lohn nicht bei dir bleiben bis an den Morgen.»

«Du sollst dem Tauben nicht fluchen, noch dem Blinden einen Anstoß setzen, sondern sollst deinen Gott fürchten.»

«Du sollst deinen Bruder nicht hassen in deinem Herzen, sondern du sollst deinen Nächsten strafen, auf daß du nicht seinetwegen Schuld tragen müssest. Du sollst nicht rachgierig sein noch Groll hegen gegen die Kinder deines Volkes.»

Und schließlich jenes Wort, das der Grundstein aller zwischenmenschlichen Beziehungen bis auf den heutigen Tag geworden ist:

«*Du sollst deinen Nächsten lieben wie dich selbst. Ich bin Jehovah!*»

Und um genau zu verdeutlichen, daß mit dem «Nächsten» nicht bloß der Bruder in Israel gemeint sei, wird noch ausdrücklich hinzugefügt, daß das Gesetz anzuwenden sei auf den Fremdling wie den Einheimischen. Denn sofort hinter der Ermahnung: «Vor einem grauen Haupt sollst du aufstehen und das Angesicht eines Greises ehren und deinen Gott fürchten», kamen die Worte:

«Der Fremde, der bei euch wohnet, soll sein wie ein Einheimischer, und *du sollst ihn lieben wie dich selbst.* Denn ihr selbst waret Fremdlinge im Lande Aegypten. Ich bin der HErr, euer Gott.»

Unter den grundlegenden Gesetzen Moses' war eines, das als aus gesundheitlichen Rücksichten erlassen aufgefaßt werden könnte; es ist jedoch ein Gesetz, das auf die Entwicklung der jüdischen Familie von tiefster Wirkung gewesen ist; nämlich das Verbot an den Gatten, während der Zeit der Monatsblutung bei seinem Weibe zu liegen.

Während der Zeit ihrer Reinigung, einige Tage vor und einige Tage nach der Regel, verbietet das Gesetz – das später in genaue Einzelbestimmungen gefaßt wurde – dem Ehemann jedwede Vertraulichkeit mit der Ehefrau, wollte er sich nicht der Sünde schwerster Verunreinigung schuldig machen. Es war ihm strengstens eingeschärft, den Zustand ihres Leibes und ihres Geistes zu achten und ihr in den Tagen ihrer seelischen Schwächung nicht Gewalt anzutun. Die zur Reinigung vorgeschriebene Unterbrechungszeit beschränkte das Recht des Mannes auf nicht mehr als zwei Wochen im Monat; wenn dann die Frau aus der Trübung hervorging, gereinigt und geläutert durch die Rücksichtnahme ihres Mannes auf ihr Weibtum, so erglänzte sie in Liebe und Dank für ihn und sie war gleich der reifen von süßem Wein gefüllten Traube. Und da sie ihm sich gab, war sie erneuert in ihrer Jungfräulichkeit.

Dieses alte, zarte, liebevolle Gesetz der Enthaltung während der Monatstage der Frau brachte eine seltsame Frische und Schönheit in das jüdische Leben, dem Wind vergleichbar, der, mit dem Duft der aufbrechenden Blüten gesättigt, in den Pfingsttagen weht. Aus dieser unablässigen Reinhaltung der jüdischen Familie entwickelte sich die Kraft, all dem Ungemach standzuhalten, das das Leben überhaupt mit sich bringt, aber auch dem, das mit besonderer Schwere das Los des Hebräervolkes werden sollte.

ZWÖLFTES KAPITEL

DIE silberblaue Wolke, die die ganzen Tage hindurch über der Stiftshütte geschwebt hatte, stieg endlich hoch. Das war das Zeichen zum Aufbruch.

Zwei Herolde nahmen vor dem Heiligtum Aufstellung und begannen, die silbernen Drommeten zu blasen, die Moses auf Gottes Geheiß hatte anfertigen lassen. Zuerst bliesen sie lange, einzelne Stöße, mit denen sie die Anführer und Ältesten der Stämme zusammenriefen. Diesen erteilte Moses die Weisungen für die Marschordnung. Dann gingen die Drommeten dazu über, ein langgezogenes, gewaltiges Blasen erschallen zu lassen, das durch das ganze Zeltlager hinhallte. Als dann die Scharen aufgestellt und geordnet waren, verkündete ein letzter starker Drommetenstoß das Zeichen zum Abmarsch.

Als die Kinder Israels aus Aegypten ausgezogen waren, hatten sie einem ungestümen, hochgeschwollenen Strom geglichen, der über seine Ufer trat und die umliegenden Felder überschwemmte. Der Marsch von Gosen nach dem Sinai dem Roten Meer entlang hatte sich völlig regel- und zuchtlos abgespielt. Die Stämme hatten sich vermischt; nichts weiter hatten sie im Augenblick des Auszugs mit sich geführt als den Schrein, der Josephs Gebeine enthielt, und die Massen von Gold, Silber und kostbaren Stoffen, die sie von den Aegyptern «geborgt» hatten; später waren die den im Schilfmeer ertrunkenen aegyptischen Reitern abgenommenen Beutestücke hinzugekommen.

Wie anders ließ sich jetzt der Aufmarsch der Stämme an, als sie sich vom Sinai aus in Richtung des gelobten Landes in Bewegung setzten!

Der Berg Sinai erhebt sich vorspringend gleich einer gewaltigen Mutterbrust zwischen den beiden Armen des Roten Meeres, dessen einer sich nach Aegpyten und dessen anderer sich bis zum Jordan hinstreckt. Der erste Marsch, dem Arm von Suez entlang, war der Zug aus der Knechtschaft in die Freiheit gewesen; der zweite nun, dem Arm von Ezeon-Geber entlang, war der Zug aus der Freiheit ins gelobte Land.

Doch im Sinai läßt sich auch noch etwas anderes erkennen als eine Frauenbrust zwischen zwei Armen. Er war ein Schoß, der ein Volk zur Welt gebracht hatte. Zum Berge hin waren aus Aegypten Sklaven geströmt, vom Berge hinweg zog nun ein Volk, das Volk Israel, ein mit Gesetzen ausgerüstetes Volk, die den Grundstein einer neuen Weltordnung legten, ein von Gott mit der höchsten Weihe der Auserwähltheit und Absonderung begnadetes, mit der Krone der Zehn Gebote und des Bundesbuchs geschmücktesVolk.

Und sein Marsch vollzog sich in fester militärischer Ordnung: an der Spitze der dreiteilige Heerbann der Stämme Juda, Isaschar und Sebulon unter der Leitung des Ältesten und Anführers Judas, Nachschon ben Aminadab. Hinter diesem schritten die Ältesten der angeschlossenen Stämme, Nathanael ben Zoar und Eliab ben Helon. Über jedem der Stämme flatterte dessen ihm eignes Feldzeichen.

Als dieser erste dreiteilige Heerbann vom Lager abgerückt war, erschallten wiederum die Drommeten. Darauf setzten sich die Söhne Gersons vom Stamme Levi, die das Heiligtum beförderten, in Marsch.

Das ganze Heiligtum war auf die sechs Karren verteilt, welche die Ältesten der Stämme gestiftet hatten: die goldbeschlagenen Balken, die Widerlager und das vielfältige Zubehör der Decken. Auf einem Karren wurden auch die kleinen Enkel Aarons, des

Hohepriesters, gefahren: die Blüten der Priesterschaft, wie sie genannt wurden. Es waren ihrer keine große Anzahl, dieser Nachkommen Aarons, und sie wurden wohl gehütet und viel Sorgfalt wurde auf sie verwandt, damit sie ohne jeden Leibesschaden aufwuchsen, der sie für die Ausübung des Dienstes am Heiligtum unbrauchbar gemacht haben würde. Sie waren von Geburt an Jehovah geweiht, wurden darum als zum Heiligtum selbst gehörig betrachtet und demgemäß auf einem der Karren gefahren, die von einer Gruppe Leviten aus den Söhnen Gersons gezogen wurden, und zwar, um der Heiligkeit ihres Tuns willen, mit unbeschuhten Füßen.

Der Stiftshütte folgte ein weiterer Heerbann in drei Teilen, bestehend aus den Stämmen Ruben, Simeon und Gad, unter der Anführung Simeons, auf dessen Fahne zu lesen war: «Höre, Israel, der HErr unser Gott ist Einzig.»

Danach kam das höchste Heiligtum der Kinder Israels: die Lade, die die Gesetzestafeln und das Bundesbuch enthielt, die Lade, die im Allerheiligsten stand und auf der zwischen den Cherubim der Geist Jehovahs sich niederließ.

Unter hohem, von Aaron und seinen Söhnen zelebriertem feierlichem Zeremoniell wurde die Lade aus dem Allerheiligsten herausgebracht. Die Priester betraten die noch aufgebaut gebliebene Stiftshütte, gingen in das Allerheiligste und breiteten eine glänzende, makellos reine, blaue Decke über die Lade. Dann ergriffen sie die goldenen, durch die Ringe gesteckten Tragestäbe und trugen die Lade ins Freie; hier wurde sie den Mitgliedern einer auserlesenen Levitenfamilie übergeben, deren Obliegenheit es war, das Zubehör des Heiligtums auf den Schultern zu tragen.

Diese Ehre wurde jedoch nicht der vornehmsten Levitenfamilie nach den Söhnen Amrams, den Söhnen Korahs, zuteil, sondern der Familie der Söhne Kohaths.

Diese Familie nahm unter den Leviten eine besondere Stellung ein. Auf Gottes Geheiß hatte Moses ihnen die geheiligteste Aufgabe übertragen. Ihr Anführer Eleasar, Aarons Sohn, ein Mann von riesenhaftem Wuchs mit einem herrlichen Kopf, dichtem schwarzem, geflochtenem Bart und großen leuchtenden Augen, schritt an der Spitze. In seinen Armen trug er die goldenen Krüge mit dem feinen, nach besonderem Verfahren hergestellten Öl, das Aaron zur Speisung des ewigen Lichts der

Menora brauchte. Mit großer Mühe und Sorgfalt aus seltenen Weihrauchpflanzen, die nur hier und da in der Wüste wuchsen, gepreßt, wurde diese kostbare Flüssigkeit mit aller Vorsicht gehütet und bewacht. Der Dienst am Heiligtum sollte sofort jedesmal wieder aufgenommen werden, sobald die Hebräer auf ihrer Wanderschaft Rast machten; das ewige Licht hatte stets vor Gott zu brennen, und dem Anführer der Söhne Kohaths war das Öl während des Marsches anvertraut.

Auf die älteren Angehörigen des Stammes Levi folgten dessen jüngere Mitglieder, kraftvolle Jünglinge in weißen, frischgewaschenen Mänteln, die Tragstäbe der Lade unter der blauen Decke auf den Schultern. Die vorderen Träger gingen, das Gesicht zur Lade gewandt, rückwärts.

Unmittelbar hinter der Lade wurden, ein jedes für sich auf der Schulter eines weißgekleideten Leviten, die Geräte des Heiligtums getragen, alle mit blauem Stoff bedeckt: der siebenarmige Leuchter, der Tisch der Schaubrote, die Becken, Krüge, Feuerschaufeln. Die lange Reihe der Träger beschlossen Moses und Aaron mit ihren Söhnen, die, als Angehörige des Stammes Levi, mit diesem gingen. Moses führte eine Gruppe an, welche aus den von ihm ausgewählten siebzig Ältesten Israels, seinem Helfer Josua, den Herolden, Drommetenbläsern und Zeichengebern bestand, welch letzte seine Weisungen an den Heerzug übermittelten, zum Haltmachen oder Weitermarschieren oder zur Versammlung der Stammesältesten zwecks Entgegennahme der Befehle Jehovahs bliesen.

So wanderten die Stämme dahin unter ihren Bannern und Feldzeichen, den Wappen und Sprüchen darauf, die die Segnungen darstellten, welche Erzvater Jakob seinen Söhnen, den Stammvätern, auf dem Sterbebett erteilt hatte; es schien, als ob die Stämme unterm Schutz dieser Segnungen dahinzogen. Juda an der Spitze trug den Spruch: «Juda ist ein junger Löwe.» Jakob hatte gesagt: «Das Szepter soll nicht genommen werden von Juda noch des Herrschers Stab zwischen seinen Füßen.» Und im Auftreten von Judas Anführer, Nachschon ben Aminadab, lag bereits die Haltung der Könige, die seinem Stamm entsprießen sollten. Es waren Männer eigensten Gepräges, diese Söhne aus dem Stamme Juda, ungebrochen von der Knechtschaft. Wer hätte geglaubt, daß die Peitsche des Vogtes je auf diese Leiber niedergegangen sei? Treu und tapfer waren sie, die Ersten, die ins Meer sprangen, die Ersten, die zum Kampf auszogen. Ein Löwe ist Juda und ein Löwe flatterte auf seinem himmelblauen Feldzeichen. «Er wird sein Kleid in Wein waschen und seinen Mantel in Traubenblut.»

Hinter Juda in der gleichen Abteilung des Heerbanns schritten Sebulon und Isaschar. In den Blicken der Söhne Sebulons leuchtete Meeresschicksal, Zukunft von Fischern und Seeleuten, wie schon Jakob prophezeit hatte. Ein Schiff schmückte ihr Banner. An Sebulons Seite dessen Bruder Isaschar: «Isaschar wird sein ein starkknochiger Esel; er sah einen Lagerplatz, daß er gut sei, und neigte sein Haupt zum Tragen.» Die Weisen späterer Jahrhunderte deuteten dies, daß er sein Haupt über das Buch beuge, denn die Söhne Isaschars waren Männer der Gelehrsamkeit; sie sollten das Land der Torah und die Ruhestatt der Weisheit finden. Isaschar sollte in Teilhaberschaft treten mit seinem Bruder Sebulon, Sebulon sollte für ihn arbeiten und für seinen Unterhalt sorgen, indes Isaschar sich über das Buch beugte und in Gottes Lehre forschte. Darum war Isaschars Banner von dunkler Farbe und zeigte Sonne und Mond darin. Aus dem Stamm Isaschar sollten die Gelehrten kommen, die die Bahnen der Sterne im Himmel und die Gesetze der Zeitmessung erforschten.

So folgte ein Stamm dem andern. Dans Feldzeichen war saphirfarben und sein Wappen eine Schlange. «Dan wird eine Schlange werden auf dem Wege, eine hürnene Schlange auf dem Steige und das Pferd in die Ferse beißen, auf daß der Reiter rückwärts falle.» Dunkelhäutige Männer mit weißen Zähnen und lockigem Haar, ein Hirtenvolk, waren die Söhne Dans, den sengenden Strahlen der Sonne ausgesetzt. Alle Laster der Hirten Aegyptens hatten ihren Einzug gehalten bei den Söhnen Dans: eine hürnene Schlange auf dem Wege Israels war Dan. Nur zu leicht fielen sie wieder in den Götzendienst zurück, den sie in Aegypten gelernt hatten; sie waren die Ersten gewesen, die das Goldene Kalb angebetet hatten; ihre Gaumen lechzten nach dem Fleisch des in seiner Mutter Milch gesottenen Zickleins, worin sich die Erinnerung an die Göttin Isis geltend machte, die sie in Aegypten heimlich verehrt hatten; Mutter und Kind waren eines, die Mutter ist das Kind, und das Kind ist die Mutter, die ununterbrochene Stetigkeit der Fruchtbarkeit. Der Zorn Jehovahs und die Hand Moses' fiel schwer auf die Söhne Dans, um die Abgötterei aus ihren Herzen zu schlagen. Sie waren die Ersten, die auf ihrem Feldzeichen, gleich einem allgemeinen Sinnbild, den Segensspruch trugen, der uns alle, einen jeden Menschen bis zum letzten, in der Stunde der Not die Stütze der Hoffnung leiht: «Ich harre Deines Heils, o HErr.»

Die dritte dreigeteilte Heerschar ward angeführt von Ephraim, und es gehörten ihr noch die Stämme Manasse und Benjamin an. Mit Dan zogen Ascher und Naphtali.

«HErr, stehe auf, laß Deine Feinde zerstreuet
Und, die Dich hassen, flüchtig werden vor Dir!»

Unter diesem Marschlied und Feldgeschrei, das die Leviten zu singen anhuben und in das alle einstimmten, die da wanderten, zogen die Kinder Israels ab vom Berge Sinai.

Der Befehl der Einhaltung militärischer Marschordnung erstreckte sich nur auf die Jungmannschaft der Stämme. Die Alten, die Weiber und Kinder zogen – ihr Packzeug und die zusammengelegten Zelte in der Mitte – mit den Rindern, Schafen und Eseln hinter der Jugend drein; unterm Schutz von Schwertträgern und Bogenschützen unter dem Befehl von Hauptleuten über hundert und Zugführern über zehn Mann. Neben den Hauptleuten und Zugführern gingen die Leviten, um die Kinder Israels in den Gesetzen zu unterweisen und die Gebote durchzuführen, auf daß die von Moses im Namen Jehovahs eingeführte neue Zucht und Ordnung bei der Volksmasse aufrechterhalten werde.

Der wandernde Heereszug wirbelte eine riesenhafte, in der Wüste weithin sichtbare Staubwolke auf. Wie von den Flügeln unsichtbarer Engel getragen schwebte die Wolke über ihnen gleich einer Decke und einem Schild über den Köpfen der Kinder Israels. Am Tage war sie wie eine Rauchsäule, die sie des Weges leitete, in der Nacht aber erstrahlte sie gleich einer Feuersäule.

* * *

In eine Wüstenei ganz anderer Art führte Moses nun die Kinder Israels; anders auch waren Ziel und Zweck dieser Wanderung. Auf dem Weg zum Sinai hatte er auf Gottes Geheiß seine Schritte beschleunigt, er hatte auch gewußt, wohin er die

Stämme führe. Zwischen dem Schilfmeer und dem Berge Sinai hatte er nicht mit der Möglichkeit feindlicher Angriffe gerechnet. Der Weg führte nicht durch stark bevölkerte Gebiete: der Angriff der Amalekiter war ein unvorhergesehener Zwischenfall gewesen. Doch die zweite Hälfte des Wegs zum verheißenen Land, die Strecke zwischen Sinai und Jordan, bot viele Hindernisse. Hier mußten sich die Scharen Israels auf häufige Überfälle gefaßt machen.

Moses wollte einen Zusammenstoß mit denjenigen Völkerschaften vermeiden, von denen Gott ihm verkündet hatte, daß Er ihr Land den Hebräern zum ewigen Erbe geben werde. Er wußte aber auch, daß, wiewohl einige der angrenzenden Völkerschaften mit den Kindern Israels blutsverwandt waren – so beispielsweise die Nachkommen Esaus und Lots – und sich wohl freundlich und verständnisvoll verhalten haben würden, doch das Gerücht von den Wundern, die Gott für Sein Volk gewirkt und die Verheißung, die Er ihm gemacht, weithin Beunruhigung verbreitet hatte. Moses machte sich deshalb sowohl auf offene wie versteckte Feindschaft gefaßt. Andererseits war ihm dieser Teil der Wüste nicht bekannt. Er wußte nicht, wo die Oasen lagen oder wo die Bachbetten verliefen, die einen gewissen Pflanzenwuchs hervorbrachten. Er bat deshalb seinen Schwager Hobab, der sich in der Gegend gut auskannte, ihm als Führer zu dienen, und versprach ihm dafür seinen Anteil an den Gaben, welche Gott für die Kinder Israels in Bereitschaft hielt. Hobab jedoch wollte davon nichts wissen; er zog es vor, bei den Seinen und in der Heimat zu bleiben.

Es könnte scheinen, als ob das Verhalten Moses' gegen die Familie seiner Frau, seine Weigerung, selbst die eigenen Söhne in die Priesterschaft aufzunehmen oder in andere hohe Stellungen einzusetzen, eine gewisse Verbitterung erzeugt habe. Nun, von Hobab im Stich gelassen, sah er sich auf sein Können und die ihm zu Gebote stehenden Mittel angewiesen. Drei Tage vor dem Aufbruch vom Sinai, sandte er die Träger der Bundeslade und der Stiftshütte unter der Bedeckung von Kriegsmannen voraus, um den nächsten Rastplatz für den Harst zu suchen. Er gab ihnen als Anweisung ein Zeichen mit auf den Weg: da wo sie sehen würden, daß die Wolke sich auf die Bundeslade herab- und niederlasse, daran würden sie erkennen, daß es der Ort sei, den Gott für den nächsten Halt ausgewählt hatte. Dort sollten sie die Stiftshütte aufschlagen und alles für die Kinder Israels vorbereiten, die in einem Abstand von drei Tagen nachkommen würden.

Doch diese Maßnahmen erwiesen sich als unzulänglich; allem bisher Erlebten zum Trotz schlug beim Volk die menschliche Natur wieder durch. Als der neuerliche Zug durch den tiefen Wüstensand einsetzte, ergab es sich bei der zweiten oder dritten Gelegenheit bereits, daß das Gemurr von früher sich wieder im Lager erhob und Moses die aufsässige Stimmung spürte. Aufsässigkeit nicht nur gegen die Mühsal und Beschwerlichkeit der Wanderung, sondern gegen die ganze Gesetzesordnung, die auf Gottes Geheiß eingeführt worden war: die Gesetze der Familienreinheit, der geschlechtlichen Enthaltsamkeit und die Gesetze hinsichtlich Art und Zubereitung der Nahrungsmittel. Wieder waren es die Söhne Dans und die Mitläufer, die zuerst in die aus Aegypten mitgebrachten Unsitten zurückfielen.

«Was will er uns alles noch verbieten? Womöglich wird er als nächstes Gebot erlassen, daß es sündig sei, wenn man mit seinem Weib schläft! Vielleicht soll es überhaupt keine Fortpflanzung mehr geben!», so flüsterten sie miteinander.

Während einer der Rastpausen erhob ein bärtiger Abessinier, der im Sand herumschlich, um nach einer Eidechse zum Essen zu suchen, laut die Stimme zu offener Auflehnung. «Und wozu das alles?», schrie er. «Wegen des dünnen, schmierigen Zeugs, das wir jeden Morgen als Tagesration bekommen? Ich kann euch sagen, es hängt mir schon zum Hals heraus!»

Ein Zweiter, der bei diesen Worten Mut bekommen hatte, hieb in die selbe Kerbe. «Zwanzig Jahre lang habe ich in Aegypten mit meiner Schwester wie Mann und Frau gelebt. Viele Kinder, lauter Söhne, hat sie mir geboren. Wir hatten eine kleine Hütte draußen am Nilufer, und kein Mensch hat ein Wort verloren gegen uns. Und jetzt kommt da ein Mann, ein Abgesandter Moses', und heißt mich im Namen Jehovahs, meine Frau aus meinem Zelt fortzujagen. Ich dürfe nicht mit ihr zusammenleben, ich dürfe sie nicht berühren. Für mich sei sie unrein. ‚Wer ist Jehovah, daß ich Ihm gehorchen soll?', fragte ich. ‚Was hat Er für mich getan?' Pharao hat mir Befehle gegeben, jawohl. Aber er hat mir auch Brot gegeben. Was tut Jehovah für mich?»

Und ein Dritter stimmte ein:

«Und so ist dir nun verboten, mit deiner Schwester zu schlafen. Aber darfst du denn mit eines Andern Schwester schlafen? Hat nicht eben dieser Jehovah auch durch Moses befohlen und Moses durch seine Sendlinge es weitergegeben, sich der Berührung unserer Weiber zu enthalten, wenn sie ihre Regel haben? Hat man schon so etwas gehört? Das eigene Weib nicht anzurühren, wenn man ihrer begehrt?!»

«Das sage ich ja! Es soll uns verboten werden zu zeugen und uns zu vermehren!»

«Er weiß ja weiter nichts wie Gesetze und Gebote erlassen: das darfst du nicht, das sollst du nicht, das ist dir zu essen und das ist dir anzurühren verboten. Keine Krebse, keine Schildkröten, nichts, was im Wasser lebt, wenn es keine Flossen und Schuppen hat. Und die Erstgeburt deines Hauses, vom Sohn bis zum Lamm, sollst du Mir geben, denn es gehört Mir. Bald wird Er uns auch noch das Leben nehmen. Macht mit mir, was ihr wollt, Leute, aber ich sage euch: unter Pharao war's besser. Dort wußten wir wenigstens, was wir hatten. Hier haben wir nichts. Und morgen kann er uns noch dieses Nichts wegnehmen oder verbieten, es zu genießen.»

«Die ganze Zeit sitzt er mit seinen Leuten im Zelt und erfindet neue Verbote»; dabei deutete der Sprecher nach Moses' Zelt.

Die Wüste, in der sich die Kinder Israels jetzt befanden, war tatsächlich rauh und widerwärtig bis zum äußersten. Die Oberfläche der Hochebene am Sinai hatte aus einer harten Schicht rötlichen Gesteins bestanden; doch die Bergbäche und die Schmelzwasser der Firne hatten in den unteren Lagen tiefe Rinnen ausgehöhlt. Selbst wenn diese ausgetrocknet oder von Geröll verstopft waren, so bot doch allein ihr Anblick dem Auge des Wüstenwanderers eine Erquickung, und es schien ihm, als vernehme sein Ohr das Geräusch murmelnden Wassers. So kurz und karg sie in den Wintermonaten Wasser führten, die Bächlein ließen immerhin für das ganze weitere Jahr befruchtende Spuren zurück: das Wasser sickerte in den Grund, weichte die Sandsteinbetten zu Lehm auf und hinterließ dicke Feuchtigkeit; da und dort blieben in verborgenen Löchern auch Lachen stehen; da und dort fraß sich eine angeschwemmte Ablagerung durch die Steinrisse und schlug zu moosigem Grün aus; ja stellenweise sprang plötzlich mitten aus dem Granit eine Akazie, eine Kaktusstaude heraus oder zeigten sich bekannte und unbekannte Pflanzen, manche von ihnen auch eßbar und Ersatz bietend für den heimischen Rettich, die kräftige Zwiebel und den scharfen Knoblauch.

Doch seit die Stämme Israels von den Hängen des Sinai herabgestiegen waren, waren sie in Sandstürme geraten. Der ganze Landstrich um sie war ein einziges Meer von feinem rötlichem Sand, über das sich Sandwellen hinbewegten wie die Riesenflossen des Leviathan. Die Sonne war halb verfinstert durch eine Sandwolke, die vom Boden aufstieg; ihre Strahlen mußten sich wie durch ein Staubnetz durchkämpfen. Im Manna waren Sandkörner. Was man in den Mund nahm, schmeckte bloß nach Sand, dessen Körner einem zwischen den Zähnen krachten. Man schluckte Sand, man atmete Sand ein. Sandstaub verklebte Augen und Lippen.

* * *

Vom Eingang seines Zeltes am Fuß der Anhöhe aus, wo die Stiftshütte aufgebaut war, ließ Moses den Blick über die Zelte der Kinder Israels schweifen, deren Schatten auf die blendend flimmernden Sandwellen fielen. Es war, als ob die Heerscharen des HErrn herabgestiegen seien und die Flächen der Wüste überdeckt hätten. Zahllos waren sie, und alle mußten sie sich für Speise und Trank, ja um des nackten Lebens willen auf den Einen Lebendigen Gott verlassen.

Da sie nun in der Wüste Pharan waren, mangelte es ihnen zumindest nicht an Wasser. In dieser Jahreszeit flossen die kleinen Bäche, die auf den sandigen Höhen entsprangen, in die tiefeingeschnittenen Rinnen und stürzten in das Tal hinab, darin die Kinder Israels lagerten.

Mit seinem Falkenauge konnte Moses in der Ferne erkennen, wie die Kinder Israels gleich Ameisen sich um die Wasserrinnen und Wasserlöcher drängten. Einzeln und in Gruppen krochen sie auf allen Vieren, beschnüffelten, beleckten den feuchten Sand, steckten ihre Finger in alle Öffnungen und schoben den Sand beiseite. Moses wußte nur zu gut, wonach sie suchten und sich sehnten: ein Blatt, ein Grashalm, ein Kaktusstachel, ein Dorn, irgendwas anderes, alles lieber als das eintönige Manna mit seiner dünnen Süßlichkeit, die im Gaumen zerging; alles lieber, denn die nicht endenwollende Langeweile des klebrig-flüssigen Zeugs, vor dessen Anblick ihnen bereits ekelte. Eine Heuschrecke oder ein Grashüpfer wären ihnen gewesen wie die Vorstellung frischen Wassers, und beim bloßen Gedanken an einen Frosch oder eine Eidechse leuchteten ihre Augen auf.

Das Große, was am Sinai sich abgespielt hatte, war umsonst gewesen. Donner und Blitz waren vergessen. Die Augen der Kinder Israels entzückten sich nicht mehr am Anblick des Heiligtums, dessen vergoldete Pfeiler oben auf der Anhöhe flimmerten. Selbst die dichte blaue Wolke, um deren Säume zuweilen weiße Flammen flackerten, sahen sie mit Gleichgültigkeit an. Der Hunger hatte jedes Gefühl der Ehrfurcht und des Stolzes, jede menschliche Wallung zur Gottheit ertötet und nur, wie eine eiternde Schwäre, ein einziges Verlangen übriggelassen: ihren Hunger mit etwas Eßbarem zu stillen, in das sie mit wölfischer Lust die Zähne zu schlagen vermochten.

Auf dem Weg von Aegypten zum Sinai waren sie nicht dermaßen vom Hunger gequält gewesen. Eine Zeitlang hatte das Manna mit seiner Neuartigkeit und Frische eine gewisse Lokkung geboten; auch hatte sein geheimnisvolles Erscheinen und Verschwinden Neugier und Staunen erregt. Außerdem waren ja in der ersten Zeit nach dem Auszug Kriech- und Wassertiere noch nicht verboten gewesen, und so hatte das Volk dergleichen, so weit es sich am Schilfmeer fand, verzehrt. Die Kinder Israels hatte auch die Hoffnung erfüllt, daß am Berge Sinai alles eine andere Wendung nehmen werde; das Manna war nichts als ein zeitweiliges Aushilfsmittel zur Ernährung, das Jehovah ihnen gewährte, bis Er sie zu Seinem Berge geführt hätte. Von dort würde Gott sie, nachdem Er ihnen die Torah gegeben, auf Adlerflügeln ins gelobte Land tragen. Nun aber, da sie mit schweren Schritten diesem gelobten Land entgegentappten, wurden ihre geistlichen Fortschritte wie ihre irdischen Hoffnungen vollkommen verdrängt von dem Verlangen nach richtiger Menschennahrung. Die Wüste, die sie jetzt durchzogen, war jeglichen tierischen und pflanzlichen Lebens bar. Eine einzige Decke von sich überlagernden Schuppen überzog die Oberfläche der Erde: Sandwellen eines versteinerten Meeres. Vergebens suchten, schnüffelten, forschten sie im Boden, umsonst träumten sie davon, wenigstens einen Regenwurm zu finden oder eine in den Spalten kriechende Blindschleiche oder Eidechse zu erhaschen – jedenfalls etwas, was man dem Gebot zum Trotz verschlingen konnte. Doch nichts, nichts als das fade, klebrige Manna, das mit dem Morgentau fiel, Zeug, das auf der Zunge zerging, bevor noch der ausgehungerte Gaumen etwas schmecken konnte; die Zähne hatten nichts zu beißen, und die Mägen blieben leer; Kälte und Leere breitete sich in ihren Eingeweiden aus, und ein Teil ihrer Organe wurde durch Untätigkeit geschwächt. Wie das Manna kam, so ging es wieder, ohne einen Nachgeschmack menschenwürdiger Speise zu hinterlassen.

Moses begriff durchaus, daß er die Kinder Israels nicht werde in der Hand behalten können, wenn sie nichts als Manna zu essen bekamen, mit dem sich gerade noch das Leben fristen ließ. Er hatte aus Aegypten keine Engel hinausgeführt, sondern Menschen, arbeitende Menschen, Menschen, die wie alle Erdengeschöpfe auf irdische Nahrung angewiesen waren. Moses, der ehemalige Feldhauptmann in Pharaos Heer, und Moses, der nunmehrige Anführer der Kinder Israels in der Wüste, er kannte die Menschen; er wußte, wie sehr sie von ihren tierischen Bedürfnissen abhängig sind. Doch er hatte seinen Glauben in Jehovah gesetzt; er hatte geglaubt, Jehovah werde die Natur dieses Volkes wandeln, das Er vermittels so vieler und großer Wunder aus Aegypten befreit hatte. Waren die Kinder Israels nicht eben darum befreit worden, weil sie ausgesondert waren von der übrigen Ordnung der Menschen, waren sie nicht die Träger einer besonderen Erwählung, daher ein auserwähltes Volk? Waren sie nicht eben durch die Wunder, die um ihretwillen gewirkt worden waren, auf eine besondere Stufe versetzt worden? War Jehovah nicht ihr Vater auf Erden, wie Er ihr Gott im Himmel war? Er war es doch, der Israels Geschick vorbestimmt hatte. Er hatte die Kinder Israels nicht auf die Weise wie andere freigewordene Völker aus der Knechtschaft befreit, sondern durch Seinen starken Arm, durch Zeichen und Wunder; und Er hatte sie viele Monate lang – fast zwei Jahre nun – in der unwirtlichen Wildnis erhalten.

Gott hatte ihnen die Torah gegeben, Gesetze nicht für Engel, sondern für Menschen aus Fleisch und Blut. Er hatte ihnen Satzungen und Gebote erlassen, die sie einführen sollten, wenn sie in ihr Land gekommen sein würden. All diese Gesetze über

Aussaat und Ernte, Hebopfer und Zehnten, die Zehn Gebote, welche Jehovah am Sinai unter Blitz und Donner verkündet hatte, sie alle waren weder für Engel, die im Himmel wohnen, noch für schweifende Räuberstämme, die die Wildnis unsicher machen und von dem leben, was sie mit Schwert und Bogen erbeuten: es waren Gesetze für ein ruhiges Alltagsleben in einem gesicherten Land, dem Land, das Jehovah ihren Vorfahren verheißen hatte. Bald würden sie an die Grenzen dieses Landes gelangen und für alle Zeit die Wüste im Rücken lassen. Sie würden sich im Lande ansiedeln, das ihnen bestimmt war, und das Er den Erzvätern von altersher zugesagt hatte. Er würde die heidnischen Einwohner austreiben und die Kinder Israels zum Erbe ihrer Väter geleiten, und dort würden sie nach der Torah und Seinen Geboten leben. Sie würden das auserwählte Volk werden, das Volk der Erlesenheit, Lichtschein und Strahlenglanz für die übrige Welt. Hier waren sie nun, sie führten das Heiligtum mit; hier war die Wolke schwebend über dem Heiligtum, darin Gott unter ihnen weilte. Welches andere Volk hatte eine so unvorstellbare Erhöhung erlebt? Um welchen andern Volkes willen hatte Er solche Zeichen und Wunder getan? Was bedeutete all dies somit? Waren die Israeliten angesichts all dessen, wirklich nicht im Stande, ihr Gelüst nach irdischer Nahrung zu bezähmen, vermochten sie nicht ihr Verlangen nach Fleisch und Gemüse noch ein, zwei Monate zu unterdrücken, bis der Saum der Wüste erreicht war und die bewohnten Landstriche begannen? Da waren sie also, nahe den Grenzen Edoms. Seit Jehovah gekommen war, um unter ihnen zu wohnen, war es wahrlich stets so gewesen, als ob Er sie auf Himmelswolken dahinführe und sie mit Windeseile an die Grenzen des verheißenen Landes bringe. Worüber also beklagten sie sich? Warum heulten sie wie die Wölfe? Nur noch eine kleine Weile, und sie würden in ihrem Land und alles würde gut sein.

DREIZEHNTES KAPITEL

DOCH es wurde nur schlimmer statt besser. Das Murren des Volks verstärkte sich, bis sein Lärm zu Moses' Zelt drang. Er ließ Josua ben Nun einen Rundgang durch das Lager machen; nach kurzer Zeit kehrte Josua in Begleitung von Nachschon ben Aminadab, dem Anführer des Heerbanns, zurück.

«Es sind wieder die Mitläufer», berichtete Josua atemlos. «Sie hetzen das Volk auf, indem sie es bei seinen Hungergefühlen packen. Sie erzählen ihm von all dem Grünzeug, das es so lange nicht mehr gesehen hätte; reden dauernd von frisch geschlachtetem Fleisch und schimpfen auf das Manna, das dem Volk immer mehr zum Ekel wird.»

«Sie haben das Volk mit Gelüst nach Fleisch wie mit einem Aussatz angesteckt, indem sie ständig die Fleischtöpfe Aegyptens preisen», bestätigte Nachschon ben Aminadab. «Und der Aussatz dieses Gelüsts greift immer mehr um sich. Er hat schon die Krieger der Stämme erfaßt; auch unter ihnen wird bereits gemurrt. Sie wollen Ochsenfleisch, wie sich's für Männer gehört, nicht Kindermilch. Ich kann sie nicht mehr bändigen.»

«Und dies – nach Sinai! Dies im Angesicht des Heiligtums und dicht an den Grenzen des verheißenen Landes», sagte Moses bekümmerten Herzens.

«Aber gerade das Heiligtum reizt ja ihr Gelüst nach Fleisch. Die Opfertiere, die sie auf dem Altar sehen, der Anblick des Bluts, der Geruch des schmorenden Fetts, das in ihre Nasen dringt – dauernd reden sie von den Opfern, die Gott von ihnen fordert. Sie wollen Schafe, Rinder, Ochsen auch für sich, wie die Priester.»

«Wo sollen denn so viel Schafe und Rinder herkommen, um so viel Volks zu sättigen? Erkennen sie denn nicht, daß das Manna nur für einstweilen ist, solange sie noch in der Wüste sind? Bald werden wir bewohntes Land erreicht haben, dort können wir das Feld bestellen und die Schafe weiden lassen.»

«Aber ich sage dir noch einmal: nicht die Kinder Israels lehnen sich auf gegen dich und Jehovah. Es ist nur der Haufe der Mitläufer, Krethi und Plethi: abessinische Sklaven, Leute aus Kusch und Liberia, Nachkommen asiatischer Völkerschaften, sogar Aegypter, die aus ihrem Land mitgezogen sind, Fremde, die nicht dem Samen Abrahams entstammen. Die wiegeln das Volk auf; ich habe schon immer vor ihnen gewarnt», sagte Aaron, der mit seinem Sohn Eleasar, beide in Priesterkleidung, ebenfalls herzugetreten war. «Die Kinder Abrahams sind erfüllt vom Glauben Abrahams, von der Ehrfurcht Isaaks, der Demut Jakobs im Angesicht ihres Gottes. Die Abkömmlinge der Erzväter haben auch deren Tugenden. Doch diese fremdstämmigen Mitläufer müssen aus dem Lager verjagt werden. Sie müssen von den Kindern Israels getrennt und zu Holzhauern und Wasserziehern gemacht werden.»

«Jehovah hat uns nicht einmal, sondern viele Male geboten, daß nur ein einziges Gesetz zu gelten habe für uns wie für den Fremden, und daß wir den Fremden lieben sollen, dieweil wir selbst Fremdlinge waren in Aegypten. Die, die mit uns zogen, sind im gleichen Fall wie wir; sie sind nicht uns gefolgt, sondern Jehovah; sie haben nicht an uns geglaubt, sondern an Jehovah. Gleich uns stehen sie somit unterm Schutz und Gesetz Jehovahs», entgegnete Moses fest.

«Aber wie halten sie denn die Gesetze Jehovahs ein? Haben sie nicht beinahe die Ältesten gesteinigt, als diese zu ihnen kamen und sie im Namen Jehovahs aufforderten, von ihren Schwestern zu lassen, mit denen sie in Ehegemeinschaft leben? Mit Stöcken haben sie die Sendlinge davongejagt, die ihnen das Verbot des Verkehrs mit Schwestern und Müttern überbrachten», widersprach Aaron halsstarrig.

«Wer sind denn die Ältesten in Israel, daß die Kinder Israels ihnen gehorchen sollten? Haben sie die Kinder Israels daran gehindert, das Goldene Kalb anzubeten? Mit nichten. In Unterschlüpfe sind sie gekrochen und haben sich versteckt aus Angst, daß das Volk sie steinigen würde, falls sie sich einmischten. Die, die ihr Leben nicht aufs Spiel setzen wollen im Dienste Jehovahs, können nicht die Sendboten Jehovahs sein.»

Aaron war verstummt. Als Moses das Goldene Kalb erwähnte, ließ er das Haupt sinken, und ebenso taten die Andern.

«Nein! Die Kinder Israels haben Recht, nicht auf die Stimme der Ältesten zu hören. Es muß ein neuer Rat der Ältesten in Israel gebildet werden, ein Rat, dem das Volk trauen, auf dessen Stimme es hören wird. Komm, gehen wir hin», sagte Moses zu Josua gewandt.

«Moses, mein Lehrer, gehe nicht ins Lager.»

«Warum nicht?»

«Das Volk ist in hitziger Stimmung. Es ist im Stande, eine Gewalttat zu begehen.»

«Besser, es vergeht sich gegen mich als gegen Jehovah. Folge mir!» Damit ging Moses aus dem Zelt.

«Bruder Moses, soll ich mit dir gehen?», fragte Aaron.

«Deine Ehre steht höher denn die meine», sagte Moses. «Bleibe du im Zelt. Dein Priesterkleid, darin du vor Jehovah Dienst tust, darf nicht befleckt werden.»

Als Moses ins Lager kam, schenkte man ihm keine Beachtung. Umsonst riefen Josua und die Andern laut: «Moses ist unter euch!»

Sie blickten sich nicht einmal um; es war, als wäre er niemals ihr Führer gewesen. Sie waren mit anderem beschäftigt.

Vor ihren Zeltvorhängen saßen die Kinder Israels, die Köpfe gesenkt, und schwatzten mit Sehnsucht von all den Speisen, die sie in Aegypten zu verzehren gewohnt gewesen waren. Moses erblickte eine Mutter, umgeben von ihren Kindern, die auf allen Vieren am Boden herumkroch und wie eine verzweifelte Henne mit ihren Küchlein im Abfall wühlte, der auf dem Sand lag.

«Du suchst umsonst», rief ihr ihr Mann zu. «Was meinst du denn? Glaubst du, du bist noch in Aegypten? Der Kehrricht vor den Zelten dort würde noch königliche Schmäuse für uns hergeben. Hier findest du nichts als Sand und noch einmal Sand. Das Manna läßt in deinen Eingeweiden keine Spuren. Es kommt unsichtbar und ebenso geht es.»

«Aegypten, sagst du? Ach ja, ich wollte, ich hätte bloß die Zwiebelschalen, die ich dort alle Tage den Hühnern vorwarf, nur die Knochen, die ich den Hunden hinwarf, wenn ich bloß die Rinde vom Knoblauch . . .»

Ihr Mann, ein großgewachsener, aber zaunsteckendürrer Mensch, schüttelte seinen Bocksbart hin und her: «Ach, erinnere mich nicht daran, das Wasser läuft mir im Mund zusammen!» Und er wischte sich den Geifer von den Lippen. «Ach, das waren Zeiten! Wenn man's da unterm Herzen vor Gelüst stechen fühlte und man konnte etwas ergreifen und hineinbeißen, tief, tief . . .»

«Weh uns, daß wir uns haben beschwatzen lassen, ein so schönes, gutes Land zu verlassen, wie Aegypten war, mit seinen Fischen im Fluß und seinem Brot in den Körben», wimmerte ein anderes Weib, «und Moses in die Wüste gefolgt sind.»

«Wie, möchtest du vielleicht wieder nach Aegypten zurück, um Lehm zu kneten und Ziegel ohne Stroh zu streichen?»

«Ist Arbeit etwas so Schlimmes? Wahrlich, arbeiten mußten wir, aber der Bissen Brot war uns wenigstens sicher. Wenn man von der Arbeit heimkam, wußte man, daß etwas auf einen wartete: Fleisch, Fisch, Brot, Knoblauch, Zwiebel ... Was erwartet uns hier? So ein Tropfen süßen Schnees, der auf der Zunge zergeht, bevor man weiß, wie er schmeckt.»

«Aber, Brüder in Israel, Kinder Abrahams, Isaaks und Jakobs, all dies ist doch nur etwas Vorübergehendes, bis wir in unser eigenes Land gekommen sind. Seid eingedenk der Gesetze und Gebote, die Gott uns gegeben hat. Sie sind für ein reiches Land, ein fettes Land gegeben», rief ein Mann, der inmitten der Menge stand.

«Jaja, richtig, Gesetze und Gebote hat Moses uns wahrlich genug gegeben. Aber was tun wir mit Gesetzen und Geboten? Sollen wir uns davon ernähren? Hätte er uns lieber Brot gegeben, gewöhnliches, trockenes Brot aus gutem Korn, aus Weizen; hätte er uns Fleisch gegeben; Ochsenfleisch, Hammelfleisch, schöne, große, kräftige Fetzen Fleisch ...»

«Das Fleisch, das sie für sich selbst benutzen», ließ sich eine andere Stimme vernehmen. «Opfer für Jehovah; Zicklein, Ochsen, Rinder, alles für Jehovah!»

«Nur das Fett bekommt Jehovah; das Fleisch ist für Aaron, den Priester Aaron und seine Söhne, für Moses und seinen Anhang. Hast du gesehen, was für einen starken Hals, was für einen massigen Körper er hat? So was kommt nicht von Gesetzen und Geboten; das kommt nur von gutem Essen, von Fleisch, Markknochen, Lauch, Zwiebeln ... Uns mästet er mit Gesetzen und Geboten, er aber und sein großmächtiger Bruder nebst seinen Söhnen, die stopfen sich mit guten Sachen voll. Uns hungert er mit dem dünnflüssigen Manna aus; aber für ihn und seine Leute ist Fleisch in Hülle und Fülle da.»

«Und weißt du, was ich sage? Ich wollte, wir hätten wieder die Führer aus den alten Zeiten, aus den aegyptischen Tagen, Korah, Dathan und Abiram. Die würden uns nicht verhungern lassen. Erinnerst du dich daran, wie Korah und an seiner Seite Dathan und Abiram für uns eintraten, wenn die Vögte des Pharao uns Böses antun wollten? Sie nahmen die Schuld auf sich und beschützten uns. Würde Moses das tun? Würde er sich für uns haben auspeitschen lassen? Weiß er denn überhaupt von unserm Elend? Er verzehrt sein Opferfleisch und läßt uns Hungers sterben.»

«Ich habe es ja immer gesagt: von Anfang an hat Moses uns nur Not und Leiden gebracht, schon in Aegypten.»

Josuas Hand brannte auf dem Griff seines Schwerts.

«Moses, unser Lehrer, soll ich mich mit dem Schwert auf ihn stürzen?», flüsterte er seinem Herrn und Meister zu.

«Warum? Weil ich meine Schande hören muß? Ich spüre ihre Not nicht und weiß nichts von ihrem Elend! Es ist ja so! Sie sprechen die Wahrheit. Korah, Dathan und Abiram waren getreuere Führer. Sie nahmen die Peitschenhiebe der Vögte Pharaos auf sich. Habe ich mich je mit dem eigenen Leib zwischen sie und die aegyptischen Folterknechte geworfen? Nein! Moses, heute hast du die Wahrheit vernommen. Komm!»

Und Moses ging von Zelt zu Zelt. Niemand kümmerte sich um sein Kommen und Gehen; wenn ihn einer erkannte, schenkte er ihm keine Beachtung. Wohin er kam, fand er Männer und Frauen in einer Art Betäubungszustand, jedes andern Wollens und Fühlens bar außer dem einen übermächtigen Verlangen – dem Begehren nach Fleisch.

Diese Sucht hatte solche Gewalt über ihre Gemüter erlangt, ihre Geister so verwirrt, daß sie sich Wahnbilder der heißersehnten Gerichte, ganze Reihen von Schüsseln voller Fleisch, vorgaukelten und daß ihre Nasen den aufreizend quälenden Duft von gebratenem Fleisch einzuziehen meinten.

Schließlich kam Moses auch zu den Zelten des mitgelaufenen Fremdvolks. Hier bot sich seinen Augen ein anderes Bild. Bei den Kindern Israels war diese Sehnsucht nach den Fleischtöpfen Aegyptens nichts als eben eine Sucht, die sich nur in Jammern und Klagen Luft machte. Bei der Menge hier tobte sie sich in einer hemmungslosen Orgie von Gebärden und Äfferei aus.

«Erinnerst du dich an die Enten, die damals in den Schlammlachen bei unsern Lehmhütten hausten und heckten? Wenn ich am Abend heimging, hörte ich ihr Geschnatter schon von weitem: Quak-Quak! Ach, wie süß klang einem ihr Geplätscher und Gepaddel ins Ohr! Erinnerst du dich? Da war die Hütte und da war der Entenpfuhl. Man brauchte bloß die Hand auszustrecken, und da hatte man's schon in der Hand: das dicke, üppige, weiße Fleisch mit dem Fettpolster drauf gleich unterm Gefieder. Bloß den Hals brauchte man einer umzudrehen, die Federn auszurupfen, einen Spieß durchzustecken, und schon konnte man sie übers Feuer halten. Platsch-platsch ... tropfte das Fett heraus und fiel ins Feuer. Bratenduft zog einem in die Nase. Man nimmt sie weg, man packt zu, die Zähne schlagen hinein, die Knochen krachen zwischen den Zähnen, die Zunge trieft von Fett, der Gaumen, der ganze Mund ist voll Fett, läuft über, über die Lippen rinnt es, übers Kinn ... Und warm sikkert's hinunter in die Gurgel, und man spürt, wie es hinunterläuft und sich inwendig verbreitet. Wärme zieht einem durch den ganzen Leib, die Eingeweide werden kräftig, die Adern schwellen an von Blut und Fett, und man kaut, man haut tief ein ins weiche, widerstandslose Fleisch ... so ... ah ... soo ... ah ... so ...»

Der Mann, der sich so ausließ, war ein Abessinier, ein großer, dunkler Kerl, und sein ganzer bronzebrauner Körper schüttelte sich von oben bis unten, da er dieses Gebärdenspiel vor der Menge von Asiaten und Afrikanern vollführte. Er war wie von einem Krampf befallen. Der Rumpf zuckte und wand sich; die Bauchfalten hoben und senkten sich im Takt mit den Kau- und Schluckbewegungen der Kiefer und der Gurgel. Er streckte seine schwarzen, knochigen Finger in den Mund, schmatzte und saugte daran, keuchte und grunzte, als ob er nach Luft schnappe, indes ihm der Speichel von den Lippen troff.

Dieser verzückte Wahnwitz steckte auch die Umstehenden an. Sie begannen, ihn nachzuahmen. Ihre Kiefer gerieten in Bewegung; sie machten Kaubewegungen; ihre Rümpfe gerieten in immer wildere krampfartige Zuckungen. Da und dort fiel einer zu Boden, schnüffelte mit der Nase im Sand und kreischte jauchzend auf:

«Und Zwiebeln eß' ich, scharfe, beißende, würzige Zwiebelschalen voller Saft. Ha-ah ... der Saft läuft mir im Mund zusammen, er rinnt die Gurgel hinunter, er beißt wie Feuer. Er bringt Kraft in meine Eingeweide, in meinen Bauch, mein

Gedärm . . . sie leben wieder auf . . . ich hatte gemeint, ich hab' überhaupt keine Därme mehr . . . Därme . . Därme . . .»

«Und ich kaue Knoblauch und Zwiebel, Rüben und Rettich, Kohl und Kraut . . . Ich esse, meine Manneskraft wächst, meine Glieder recken sich zur Lust nach dem Weib . . .»

«Und ich schlürfe Milch, süße, weiße Milch. Aus der fetten Zitze rinnt sie mir stracks ins Maul. Ich spüre, wie das Kleine in meinem Leib mit mir die Milch schlürft», schrie ein Weib mit nackten, schlauchförmigen Brüsten, den Mund hochhebend, aus dem Sand sickerte.

Das Wort «Milch» gab dem Wahnwitz eine andere Richtung; es war, als ob ihre ausgetrockneten Zungen durch einen Rauschtrank gelöst worden seien.

«Ich sauge an den Knochen eines zarten Zickleins, das gekocht ist in seiner Mutter Milch, wie es die Aegypter bei ihren Festschmäusen zubereiten. Erinnerst du dich, wie die Kessel in den Tempeln brutzelten: Zicklein in ihrer Mütter Milch gekocht? Köstliche Knöchlein, gekocht und geweicht in der Milch der Mutter! Der doppelte Genuß von Mutter und Jungem, als wenn man mit der Mutter und der Tochter zugleich schliefe, was Moses uns verboten hat!», schrie ein bäumiger Mannskerl, dessen Augen aus den Höhlen traten, der Gesicht und Gliedmaßen verrenkte zu unzüchtigen Fratzen und Gebärden. Sein Gehaben blieb nicht ohne ansteckende Wirkung auf seine Zuhörer und Zuschauer. Sie fingen an, die hageren Leiber aneinanderzureiben, ihr Fleisch aneinanderzudrücken; sie stießen wilde Schreie aus, als ob der Wahnwitz der Lust die Schmerzen des Hungers übertäubte.

Moses und Josua standen inmitten dieses Gehäufes aller möglichen Rassen und Völker: zwischen aethiopischen Negern, Sprößlingen von Araberstämmen, Edomitern, Moabitern, weißhäutiger Kanaaniter, Assyrern, Libyern, ja Leuten von den griechischen Inseln – Männern und Weibern aus jedem Land, das die Heere des Pharao überfallen hatten, um Sklaven zu erbeuten.

Moses hatte gemeint gehabt, all diese Völkervielfalt habe sich durch die Zeichen und Wunder, an denen sie teilgehabt, durch die Gesetze und Gebote, die er ihnen in Jehovahs Namen gegeben, mit den Kindern Israels verschmolzen. Doch es war keine

Veränderung eingetreten. Das Joch des Gesetzes hatte ihnen keine neue Seele gegeben, hatte ihre Heidengemüter nicht geläutert, ihr Wesen nicht umgeschaffen. Das erste Erlebnis von Hunger hatte jede Spur von Gottes Handschrift aus ihren Herzen gewischt. Das Gelüst nach Fleisch hatte in ihnen wieder die Lust nach Abgötterei, Unzucht und Lasterhaftigkeit entfacht. In ihnen waren die Gesetzestafeln von neuem zerbrochen und wurden deren Bruchstücke von den eisernen Zähnen ihrer angeborenen und ererbten Tiernatur zu Staub zermahlen. Alles ward aufgezehrt von ihren Lüsten und Süchten; es war, als bestehe keine Hoffnung mehr, daß der Same Gottes, den Moses in sie gepflanzt, jemals zu Frucht und Ernte aufgehen solle.

«Moses, unser Lehrer, soll ich sie mit der Schärfe des Schwerts vertilgen?», schrie der rasende Josua.

«Sie?», fragte Moses. «Warum sie? Wir sind es, die den Tod verdient haben, wir, die Ältesten in Israel, ihre Führer, nicht sie. Wer sind sie? Wer war ihr Vater? Der Urwald, der nur das Gesetz der wilden Tiere kennt. Wer war ihre Mutter? Die stumme schwarze Nacht, die das Angesicht der Erde mit dichtem Schleier bedeckt und das Licht aus Gottes Himmel fernhält. Sie zu vertilgen, das würde eingestehen heißen, das Herz des Menschen sei nicht aufnahmefähig für den Samen Gottes. Doch wenn dem so ist, welchen Zweck hat dann die Schöpfung? Und wenn der Samen Abrahams, Isaaks und Jakobs in den Abschaum der Begierden sinkt, warum sollen die da besser sein? Hör doch das Klagen an, das von den Zelten Jakobs aufsteigt; hör ihr Geschrei nach Fleisch, nach Zwiebeln, nach Knoblauch, darin die Worte ‚wir werden alles tun und gehorchen' untergehen. Nicht sie sind schuldig, wir haben schlechte Aussaat getan, wir haben uns unserer Aufgabe nicht gewachsen gezeigt. Wir haben kein gutes Beispiel gegeben. Bedenke doch, wie sich die Anführer vor dem Goldenen Kalb verhalten haben. Mein Bruder, die Ältesten, sie flohen wie die Mäuse in Löcher und überließen das Volk seiner Not. Es ist die Schuld des Schäfers, wenn die Schafe sich verlaufen und von reißenden Tieren gefressen werden, wie die Kinder Israels aufgefressen werden von ihren bösen Gelüsten. Auf, geben wir Ihm die Herde zurück, die Er uns anvertraut hat. Wir sind schlechte Hirten gewesen.»

Und Moses kehrte um und in sein Zelt zurück. Er ließ den Vorhang davor herunter, warf sich lang auf die Erde, schlug die Hände vors Gesicht und weinte.

«Barmherziger Gott, Gott Abrahams, Isaaks und Jakobs, sieh meine Schande und meine Niedrigkeit. Meine Schwachheit und mein Versagen liegen unverhüllt vor Dir wie eine schwärende Wunde. Wen hast Du Dir auserwählt, wessen Händen hast Du die Kinder Deiner Freunde Abraham, Isaak und Jakob anvertraut? Da Du mir zum ersten Male erschienest und mich von meinen Schafen weggenommen hast, daß ich der Hirte Deines auserwählten Volkes sei, da sprach ich zu Dir: ‚Wer bin ich, daß ich vor Pharao treten und die Kinder Israels aus Aegypten hinausführen solle?' Nicht ihre Schuld ist es, sondern meine. Du hast Dein Volk unwürdigen Händen anvertraut. Siehe, Du hast nur Schlimmes getan Deinem Knecht. Womit habe ich mich versündigt, daß Du auf meine schwachen Schultern die Last dieses ganzen großen Volkes legtest? Habe ich dieses Volk ausgetragen, das Du mir zu tragen gebotest, daß Du mir sagen magst: Trage es in deinen Armen, so wie ein Nährvater seinen Säugling trägt, in das Land, das Du ihren Vätern verheißen hast? Wer bin ich, daß ich ihnen Fleisch schaffe? Woher soll ich Fleisch nehmen? Nein, mächtiger Jehovah, ich kann das Volk nicht länger allein tragen. Ich kann sein Weinen nicht mehr hören und die Qual seines Hungerns und Dürstens nicht mehr ansehen. Und willst Du also mit mir tun, so töte mich, ich flehe Dich an, mit Deiner Hand. Laß mich nicht sehen meine Erbärmlichkeit und bringe dieses Unglück nicht über mich.»

Da schien es Moses, als ob Gott auf ihn niederfahre in Sturm und Gewitter und ihn auf der Erde zerschmettere, auf der er lag, weil er die Sendung zurückgewiesen, die Gott ihm anvertraut hatte. Darauf war er gefaßt gewesen, daß er vernichtet werde; denn er vermochte die Last nicht länger zu tragen, das Leiden der Kinder Israels nicht mehr anzusehen, ohne ihnen Hilfe bringen zu können. Doch statt Donner und Vernichtung ließ sich auf ihn eine lichte Wolke herab, die sich weich und warm um ihn schmiegte; und es war, als sei er eingehüllt von den Schwingen der Cherubim auf der Bundeslade. Und er vernahm Jehovahs Stimme, mild, lind und zart gleich einer Mutter Wiegenlied. Und einem Vater gleich tröstete und stärkte Jehovah ihn, indem Er zu seinem Herzen sprach mit dem Erbarmen und dem Verständnis eines Vaters:

«Geh hin und sammle Mir siebzig Männer unter den Ältesten in Israel, von denen du weißt, daß sie des Volkes Älteste und Amtleute sind; und bringe sie zum Zelt der Zusammenkunft, daß sie sich dort aufstellen mit dir. So will Ich herniederkommen und mit dir daselbst reden. Und des Geistes, der auf dir ist, will Ich nehmen und auf sie legen, daß sie mit dir die Last des Volkes tragen, damit du sie nicht allein tragest. Und zum Volke sollst du sagen: ‚Heiliget euch auf morgen, daß ihr Fleisch esset; denn euer Weinen ist vor die Ohren des HErrn gekommen, die ihr sprechet: ‚Wer gibt uns Fleisch zu essen? Denn es ging uns wohl in Aegypten.‘ Nicht einen Tag sollt ihr essen, nicht zwei Tage, sondern einen ganzen Monat lang, bis daß es euch zur Nase ausgehe, dieweil ihr den HErrn verworfen habt. Wer ist unter euch, der geweint hat und gesagt: ‚Warum sind wir fortgegangen von Aegypten?‘ »

Vor dem beseligenden Trost, den Gott ihm zugesprochen, außer sich vor Dankbarkeit, vergaß Moses seiner selbst, vergaß, wer zu ihm sprach. Es war, als ob ein irdischer Vater seinem Sohn zuspreche, als ob ein irdischer Vater ihm Rat erteile in Hinsicht der Kinder Israels; und es war wie wenn ein Sohn auf die Worte seines irdischen Vaters erwidere, da Moses sich zu antworten unterfing:

«Woher willst Du Fleisch nehmen für sechshunderttausend Menschen? Willst Du die Rinder- und Schafherden für sie schlachten? Willst Du sämtliche Fische des Meeres besammeln?»

Doch Gottes Grimm ward nicht entfacht. Sanft gemahnte er Moses daran, wem er diese Frage gestellt habe:

«Ist denn die Hand des HErrn verkürzet? Aber jetzt sollst du sehen, ob Mein Wort etwas gilt oder nicht.»

Stets wenn Moses aus dem Zustand der Verzückung erwachte, in den ihn die Heimsuchung Gottes geworfen hatte, grübelte er über die Botschaft nach, die er empfangen hatte und wägte ein jedes Wort und jede Silbe, die sie enthielt. Denn jedes einzelne Wort war schwer von Bedeutung, und seinen Sinn zu verfehlen, wäre gleichbedeutend gewesen mit Versündigung. Auch diesmal erwog er genau, was er vernommen, und erachtete Gottes Ratschlag als Gebot. Die Worte hatten gelautet-

«Sammle Mir siebzig Männer unter den Ältesten in Israel, von denen du weißt, daß sie des Volkes Älteste und Amtleute sind.» «Amtleute», so hatte Gott sich ausgedrückt. Darin lag der Unterschied zwischen den früheren Siebenzig und den jetzigen Siebenzig.

Seit Gott die Kinder Israels aus Aegypten geführt, hatten diese keine Amtleute und Aufseher mehr gehabt. Lehrer, Leiter, Deuter, Ausleger von Jehovahs Gesetz hatten sie gehabt, doch keine Aufseher. Aufseher waren ihnen in Aegypten vorgesetzt gewesen, da sie Pharaos Sklaven waren. Bedeutete dies, Gott wolle ihn nun anweisen, die Kinder Israels wieder unter Knechtszucht zu stellen? Sollten sie durch Vögte zum Dienste Jehovahs angetrieben werden, wie sie einst zum Frondienst in Aegypten getrieben worden waren? Da sei Gott vor! Diese Kinder Israels waren Söhne der Freiheit. Sie hatten aus freien Stücken die Zehn Gebote, die Gesetze und Satzungen auf sich genommen, als freie Männer hatten sie ausgerufen: «Alles, was der HErr gesagt hat, wollen wir tun!» Wie konnte er also Amtleute über sie setzen, beamtete Aufseher mit Peitschen in den Händen? Nein, das war nicht Gottes Meinung gewesen.

Aber was hatte Er dann mit «Amtleute» gemeint? Konnte es bedeuten, daß Er ihnen die Freiheit wegnehmen und sie zu Seinen Knechten machen wollte?

Auf keinen Fall! Moses vermochte keinen Augenblick lang den Gedanken zu hegen, daß Jehovah die Kinder Israels in Knechte verwandeln wollte.

Lange Zeit grübelte Moses vergeblich über dieses Rätsel nach, bis Gott ihn durch ein Gesicht ferner Zukunft erleuchtete.

Und Moses erschaute die Kinder Israels zerstreut unter den Völkern der Welt. Er sah sie ein Sonderleben führen zwischen den Andersgläubigen, Inseln inmitten fremder Meere. Er sah die langen, blutigen Wege, die die Kinder Israels, gefoltert und erniedrigt, zu gehen haben würden. Er sah die jahrhundertlange Hingabe des hebräischen Volkes; er hörte seine Söhne mit ihrem letzten Atemzug, aus den Flammen der Scheiterhaufen rufen: «Höre, Israel!» Er sah rohe Hände angelegt an die Hebräer, Hände, die ihnen die Kiefer aufrissen, um ihnen das verbotene Schweinefleisch in den Mund zu zwängen. Er sah Hebräer Peitsche und Prügel ausgesetzt, die verzerrten Gesichter mit zusammengebissenen Zähnen wegwendend und sich weigernd, das Verabscheute zu schlucken. Er sah Leiber, an denen die Flammen emporzüngelten, doch von ihren Lippen kam fröhliches Singen, nicht Jammern und Wehklagen. Auf ihren Gesichtern erkannte er die Seligkeit, die ihr Lohn war. O nein, so dienten nicht geschlagene und gezwungene Sklaven ihrem Herrn. So dienten nur Söhne von Freien, Gleiche unter Gleichen, Freunde unter Freunden. Das Joch der Gesetze und Gebote vermochte nur freiwillig übernommen zu werden. Und nun begriff Moses, daß Gottesknechtschaft befreite: der Knecht vor Jehovahs Geboten ist ein freier Mann, der aus freiem Willen Gott dient von ganzem Herzen, aus ganzer Seele und dem Haß und der Grausamkeit einer ganzen Welt Trotz bietet.

«Ich danke Dir, Gott, daß Du mir gezeigt hast, wie Dein Wille Deine Geschöpfe frei macht.»

Moses verließ sein Zelt und machte sich auf die Suche nach Dathan und Abiram, den früheren Aufsehern der Kinder Israels in Aegypten. Korah suchte er nicht auf; denn Korah war als Levit aller Obliegenheiten außer denen, die mit dem Dienst am Heiligtum zusammenhingen, enthoben. Dathan und Abiram waren Pharaos Aufseher gewesen; nun also sollten sie Aufseher im Dienste Gottes sein.

«Brüder Dathan und Abiram», sagte Moses, sich vor ihnen verneigend, «ich komme mit einer Bitte zu euch: daß ihr mir helfet bei der Führung der Kinder Israels. Ihr sollt die Ersten sein unter den Ältesten, die Jehovah mir geboten hat, aus den Kindern Israels auszuwählen. Der Geist Jehovahs wird auf euch ruhen, so wie er auf mir ruht, und ihr sollt euch vereinigen mit mir, um dem Volke Gottes Sendung zu vermitteln.»

«Wir?», riefen Dathan und Abiram voller Staunen aus. «Wir sollen mit dir zusammen Gottes Sendung den Kindern Israels vermitteln?»

«Es wird euch von meinem Geiste gegeben werden.»

«Wir, die wir die von Pharao bestellten Aufseher waren?» staunten sie noch immer.

«Habe ich nicht gesehen», versetzte Moses, «wie ihr eure nackten Leiber den Hieben der Vögte Pharaos dargeboten habt, wenn ihr euch weigertet, die Kinder Israels über deren Leistungsvermögen hinaus anzutreiben? Mein eigenes Fleisch wurde nicht des Vorrechts teilhaftig, zum Heile Israels die Peitsche zu spüren. Gott gewähret nun, daß mein Teil auf euch mitruhe, so wie euer Teil am heiligen Geist mit mir sein wird. Und wie Gott mit euch war, da ihr Aufseher des Pharao wart, so wird Er nun mit euch sein, wenn ihr Seine Aufseher seid.»

So wurden Dathan und Abiram Mitglieder der Körperschaft von beamteten Ältesten der Kinder Israels, und wie sie einst Pharao gedient, so dienten sie nun Jehovah.

* * *

Und Gott spendete ihnen auch Fleisch, wie er Moses versprochen hatte. Am Morgen erblickten die Kinder Israels Flügelschatten, die auf den Wüstensand fielen. Bald war die Sonne verfinstert von der Menge der Vögel. Wiederum waren es Wachteln, die dahergeflogen waren, als sie dem Roten Meer entlang zum Berge Sinai zogen, die einmal dahergeflogen, dann aber verschwunden waren. Nun kamen sie abermals über die weite Einöde vom Meerufer daher und flatterten herab vor die Füße der Kinder Israels. Jubel und Frohlocken erhob sich tosend im Zeltlager. Männer, Weiber und Kinder kamen aus den Zelten gelaufen; mit gierigen Händen und Mündern stürzten sie sich, vor Erregung zitternd, auf die Vögel. Viele von den Menschen warteten gar nicht erst, bis die Vögel richtig getötet, sauber ausgenommen und gekocht waren. Sie drehten den Tierchen die Köpfe ab, rissen ihnen eine Handvoll Federn aus und schlugen ihre gierigen Zähne in das rohe Fleisch. Ihre von der langen schwächlichen Mannakost verweichlichten Mägen waren nicht mehr im Stande, die harte, zähe Nahrung zu verdauen, die sie nun in sich hineinschlangen. Sie frönten ihrem Gelüst nach Fleisch, sie zerbissen die zarten Knochen, sie schluckten alles hinunter, doch den Hunger ihrer Mägen vermochten sie nicht zu stillen. Ehe die nährenden Säfte noch in ihre Eingeweide gelangen konnten, fielen die Menschen mit Krämpfen in den Sand. Sie erstickten an dem unverdauten rohen Fleisch, und ihrer viele starben. Darum wurde der Ort, wo dies geschah, hinfort Kibroth-Hattawah genannt, d. i. Gräber der Lust.

Moses aber, der sich nun auf die neue Zwangsgewalt stützen konnte, die er auf Gottes Rat geschaffen hatte, machte es sich zur Aufgabe, Seine Gesetze und Gebote beim Volk mit Strenge durchzuführen. Die bestellten Aufseher, die sie zur Fronarbeit für den Pharao getrieben hatten, trieben sie nun im Dienste Jehovahs an. Dathan und Abiram, ebenso wie Eldad und Medad, die Jehovah selbst dazu bestimmt hatte, sollten nun die Macht ausüben über die Kinder Israels, nicht vermittels der Peitsche, sondern kraft ihrer gehobenen Stellung und kraft des heiligen Geistes, der auf ihnen ruhte. Moses erhob sie in den Stand von Propheten, so daß sie in den Augen der Kinder Israels nicht Aufseher, vielmehr Seher waren gleich ihm selbst. Und er erlaubte ihnen Weissagungen zu machen.

Josua aber, sein Jünger und Vertrauter, ward eifersüchtig auf diese Ehrung durch seinen Meister und ertrug es nicht, zu sehen, wie Eldad und Medad oder gar Dathan und Abiram, die früheren Werkzeuge von Pharaos Willkür, mit Moses die Machtvollkommenheit teilten und gleich ihm in der Gemeinde weissagten. Von wütendem Groll erfüllt, hätte er am liebsten diese Männer mit dem Schwert niedergehauen, doch Moses verwies ihn in seine Schranken, indem er zu ihm sagte:

«Eiferst du um meinetwillen? Wollte Gott, daß das ganze Volk des HErrn aus Propheten bestünde und der HErr Seinen Geist über sie gäbe!»

Von Gott gewappnet und ermächtigt gaben sich die neuen Amtsleute ihrer Aufgabe mit der Strenge hin, die sie in Pharaos Dienst gezeigt hatten.

Es währte nicht lang, da wurde ein Mann vor Moses gebracht, welcher am Sabbath Holz gesammelt hatte, um damit ein Feuer zu machen und sein Essen zu kochen. Fälle von Verstoß gegen das Gesetz oder von dessen Nichtbeachtung waren schon früher häufig vorgekommen, doch niemand war zum Eingreifen ermächtigt gewesen. So wußten die Ältesten nicht, wie sie sich verhalten sollten. Sollten sie den strengen Spruch ausführen, den Moses gegen Entheiliger des Sabbaths verkündet hatte, oder sollten diese Gesetze erst gelten, wenn das Volk sich in seinem eigenen Land niedergelassen haben würde? Der Mann wurde also unter Bewachung gehalten und die Sache Moses vorgelegt. Moses, der sich nun seiner neuen Beamtenschaft sicher fühlte, die er auf Gottes Ratschlag erkoren hatte, gab den Befehl, den Mann aus dem Lager zu führen und dort durch die ganze Gemeinde steinigen zu lassen. Und es geschah demgemäß. Der

Mann wurde außerhalb des Lagers zu Tode gesteinigt unter Teilnahme der gesamten Gemeinde, auf daß alle es sehen, sich merken und in Angst versetzt werden mochten.

Jehovahs neue Zucht hatte ihren Anfang genommen.

VIERZEHNTES KAPITEL

BEI alledem war Moses ein einsamer Mann. Seine Familie hatte er erst kennen gelernt, als er bereits ein Mann mit eigenem Leben, eigenem Streben und eigener Umwelt war. Am nächsten stand ihm seine Schwester Miriam, zu der er sich wie zu einer Mutter hingezogen fühlte; sie hatte auch bis zu einem gewissen Grade den Platz der Mutter bei ihm eingenommen, die in seinem Leben ja nur eine so kurze und flüchtige Rolle gespielt hatte. Miriam war in seinen jungen Jahren ja auch, ohne daß er es gewußt hatte, so etwas wie sein Schutzengel gewesen.

Moses hatte für seine Person keinen Ehrgeiz und kein Streben; seine Träume und Wünsche waren auf sein Volk, auf dessen Befreiung, dessen Umwandlung zum Gottesvolke eingestellt. Im tiefsten Herzen brachte er es nicht über sich, seinem Bruder Aaron das Vorkommnis mit dem Goldenen Kalb zu verzeihen; und trotz seinen Gebeten zum Allmächtigen, mit denen er für die Kinder Israels Vergebung erlangt hatte, konnte er das ehrgeizige Trachten seines Bruders nicht vergessen, das ihn zum Verrat an Jehovah und dazu getrieben hatte, das Volk an den Rand des Abgrunds zu bringen.

Es bestand auch keine wirklich enge Beziehung zwischen ihm und seiner midianitischen Familie. Diese war ihm in den Tagen seines Elends, als seine Brüder in Aegypten ihn verworfen und von sich gewiesen hatten, eine Zuflucht gewesen. In seinem Herzen war ein warmes Gefühl für Zippora wie auch für Jethro; aber es war doch mehr ein Gefühl der Dankbarkeit als der Liebe: zu Jethro um deswillen, weil er ihm Obdach und Schutz geboten und ihm von seiner Weisheit mitgeteilt hatte; zu Zippora um ihrer Treue und Hingebung willen, daß sie sogar bereit gewesen war, ihn selbst auf die Gefahr hin, daß sie und ihre Kinder versklavt würden, nach Aegypten zu begleiten. Daß er sich selbst als einen Fremden im Hause seines Schwiegervaters betrachtete, verriet Moses dadurch, daß er seinen erstgeborenen Sohn Gerson nannte, was bedeutet: Ich war ein Fremder. Dieses Gefühl der Fremdheit gegen die Seinen erfuhr auch späterhin, als Zippora und die Kinder ihn beim Auszug in die Wüste begleiteten, keine eigentliche Wandlung.

Er vernachlässigte seine Familie nicht nur; er hatte keinerlei Bedürfnis nach einem persönlichen Leben. Seine Familie war Israel, ganz Israel; Vater und Mutter war ihm der Gott Israels, Jehovah. In Jethros Haus war das wohl bemerkt worden; es hatte Verstimmung, ja Haß hervorgerufen; diese Gefühle hatten sich von Jethros Haus aus bei den Midianitern verbreitet und waren auf die Kinder Israels als Volk übertragen worden. Die Folge davon war, daß sich die Midianiter mit den Feinden der Israeliten verbündeten. Daß Moses sich nicht dazu verstehen wollte, eine Dynastie zu gründen, so wie sein Bruder Aaron das tat, erboste sowohl seinen Schwiegervater Jethro wie seinen Schwager Hobab. Hobab hatte es kurzerhand abgelehnt, die Kinder Israels durch die Wüste zu führen, und war in seine Heimat zurückgekehrt; sowohl Jethro wie Hobab hatten Zippora dringend aufgefordert, ihrem Mann nicht in die Gefahr der Wildnis zu folgen. Sie war gegen diese Vorstellungen taub gewesen, war Moses wiederum gefolgt, und dieser hatte ihr auch ein Zelt im Lager der Kinder Israels errichtet, aber er wohnte für sich in einem eigenen Zelt beim Eingang zum Vorhof des Heiligtums; nur Josua teilte das Zelt mit ihm, sein vertrauter Diener, den er nicht aus den Augen ließ.

Moses, dem Gott erschien, um mit ihm von Angesicht zu Angesicht zu sprechen – manchmal ganz unverhofft und ohne ankündigendes Zeichen –, war stets in einem Zustand erwartungsvoller Spannung; in jedem Augenblick konnte sich die Erscheinung ergeben, konnte in seinem Herzen die Stimme durch den heiligen Geist sprechen. Er bewahrte sich darum selbst heilig und rein und nahte sich keinem Weibe. Er war jedes menschlichen Verlangens bar, und sein Herz sehnte sich nur nach der Herrlichkeit der göttlichen Gegenwart. Hin und wieder besuchte er Zippora in ihrem Zelt und verbrachte kurze Zeit bei seiner Familie; doch seit dem Vorfall mit dem Goldenen Kalb, seit Gott ihm verheißen, ihn zum Vater eines großen Volks zu machen an Abrahams Stelle, hatte Moses auch das Wenige an Auszeichnung, was er seiner Familie hatte zuteil werden lassen, zurückgezogen und war er noch gewissenhafter darin geworden, seinen Kindern jede Ehrung vorzuenthalten. Er sonderte sich von ihnen ab, und allmählich gingen sie in der Masse der Kinder Israels unter.

All dies ertrug Zippora mit Liebe; sie äußerte kein Wort der Klage, sondern verhielt sich in ihrem Leid und ihrer Vereinsamung gleich einer sanften Taube. Manchmal sprachen die Frauen von Nachbarn vorwurfsvoll zu ihr:

«Es gehört sich, daß ein jeder Gatte zu seiner Frau hält und jeder Vater für seine Kinder sorgt; dein Mann hat dich im Stich gelassen und einen Fremden als Sohn angenommen.»

Dann antwortete sie:

«Ist denn Moses ein Mann wie andere Männer und ein Vater wie andere Väter? Moses ist der Lehrer Israels; was immer er tut, das tut er nach dem Wort, das ihm gegeben wird. Wer bin ich, daß ich mich gegen Moses erheben dürfte? Ist es nicht genug, daß ich nach seinem Namen genannt werde und sein Schatten auf mich fällt?»

Selbst Miriam – die älter als er, überhaupt die Familienälteste war – nahm es auf sich, Moses Vorhaltungen zu machen, daß er seine Frau und seine Kinder vernachlässige. Moses hörte sie demütigen Herzens an und – gab keine Antwort.

* * *

Von seinen irdischen Bindungen war die stärkste immer noch die an seine fremdstämmige Mutter, die Mutter, die ihn nicht geboren, sondern ihn gefunden und angenommen hatte, die Tochter des Pharao, der er den Namen Bathiya gegeben hatte. Mit einer tiefen, fernen Sehnsucht gedachte er ihrer, die ihn beschützt hatte vor dem Neid der Priester; er dachte daran, wie sie mit eigener Gefahr für ihn eingetreten war, als der Zorn des Pharao ihn bedroht hatte.

Mehr als einmal schon hatte er sich gefragt, was aus ihr geworden sein mochte. Betete sie noch immer die Abgötter Aegyptens an? Glaubte sie noch immer daran, daß sie eine Verkörperung der Isis und er ihr fleischgewordener Sohn Horus sei? Er entsann sich, wie sie ihn in jenen Glauben eingeführt hatte, als er noch ein Kind war, und wie er sie in den Tempel begleitet hatte: widmete sie sich noch immer diesem Greueldienst? Oft hatte er Gott angefleht, ihre Augen zu öffnen, damit sie begreifen möge, daß nicht die Sonne Gott sei, nicht Aton und nicht Ra, sondern Er, der Sonne, Mond und Sterne geschaffen – Er allein! Doch wenn seine Gebete erhört worden waren, dann mußte sie an Pharaos Hof in großer Gefahr schweben. Allein er war sich bewußt, daß Gott sie unter Seine Fittiche genommen habe, und daß selbst, wenn sie noch immer in ihrem Wahn befangen war, Gott ihr, um ihrer Herzensgüte willen, Seinen Schutz leihen werde. Was die Augen nicht erkannt hatten, das hatte das Herz erfühlt: den Einen, den barmherzigen Gott Israels.

Seit seinem Weggang vom Pharaonenhofe hatte er sie nicht mehr gesehen. Er hatte sein Versprechen nicht gehalten, daß er zu ihr kommen werde, sobald Gott ihn zur Befreiung Israels beriefe; er hatte den boshaften, lästerlichen Zungen, sowohl seiner eigenen wie aller künftigen Zeiten, keinen Anlaß bieten wollen, Andeutungen zu machen, als sei es nicht Gottes starke Hand gewesen, die die Israeliten befreit habe, sondern Moses habe dies mit Hilfe seiner Mutter vollbracht. Vor allem andern auf den Ruhm Gottes bedacht, war er ihr ausgewichen, wie er allen Menschen am Hof ausgewichen war, die sich vielleicht hätten freundlich zu ihm stellen können. Er hatte sie nicht gesehen, hatte keine Nachricht von ihr gehabt seit der nun schon so fernen Zeit seines ersten Weggangs aus Aegypten.

Da geschah es, daß er im Zeltlager der Kinder Israels auf ein ihm von seiner Zeit an Pharaos Hof bekanntes Gesicht stieß.

Wenn Moses mit verhülltem Gesicht durch das Lager ging, standen stets die Kinder Israels an ihren Zelteingängen, verneigten sich vor ihm und blickten ihm nach, bis er in der dichten Wolke verschwand, die den Bezirk des Heiligtums einhüllte. Als er nun einmal am Gebiet der fremden Mitläufer vorbeiging, das außerhalb des Lagers der Gemeinde war, kam gerade eine Frau aus einem Zelt; statt daß sie sich nun vor ihm verneigte, wie die Andern taten, fiel sie zu seinen Füßen nieder wie vor einem König, grub ihren Kopf in den Sand und rief laut:

«Mein Herr! Mein Gebieter!»

Moses blieb stehen.

«Vor dem HErrn, dem Gott Israels, wenn du ins Heiligtum

kommst, um Ihn anzubeten, und nur vor Ihm allein, gehört es sich, zu knien und im Staube zu liegen; doch nicht vor einem Menschen aus Fleisch und Blut. Steh auf und sage mir, was du zu sagen hast.»

Als das Weib ihm gehorcht hatte, blickte Moses sie an und erkannte sie.

«Bist du nicht Fiha, die Magd meiner Mutter, der Prinzessin?»

«Das bin ich», sagte die Frau und senkte das stolze Haupt.

«Was tust du hier unter den Scharen Israels?»

«Ich bin gekommen, um dem Gott Israels anzuhangen. Hast du mir nicht gesagt, daß der, der dies begehrt, von welchem Stamm oder Volk er sei, eins werden könne mit dem Gotte Israels, weil Er der Vater alles Erschaffenen ist?

«Dies waren meine Worte. Weiß meine Mutter, daß du hier in der Wüste bist bei den Stämmen Israels?»

«Es geschah auf ihr Geheiß, daß ich den Israeliten in die Wüste gefolgt bin.»

«Meine Mutter, die Tochter des Pharao, lebt also?»

«Sie lebt nicht mehr. Diesen Befehl gab sie mir, bevor sie zur Ruhe einging im Schatten des Gottes des Friedens, der der Gott Israels ist.»

«In den Schatten des Gottes des Friedens, der der Gott Israels ist, sagst du? Nicht in den Schatten des Gottes des Todes, des Osiris, ihres Gemahls, in die Pyramide ihres Vaters, Ramses des Zweiten?», fragte Moses erstaunt.

«Nein! Dies waren ihre eigenen Worte, die sie zu ihrem Bruder, dem Pharao Meneptah, sprach und zu den Priestern des Gottes Ra, die sie an ihrem Sterbebett umstanden.»

«Sage mir alles, was du über meine Mutter weißt; verbirg mir nichts, denn meine Seele dürstet danach, zu hören, was ihr widerfahren ist.»

«Eben zu diesem Zweck sandte sie mich zu dir. Sie hieß mich, dir zu sagen, daß sie dir folge, um bei deinem Gott zu sein.»

«Warum hast du bis jetzt gewartet, mir die Nachricht von deiner Herrin zu bringen?»

«Wer bin ich, daß ich mich dem heiligen Zelte nahen dürfte, wo mein Herr seine Wohnung hat im Schatten Gottes? Ich bin eine unreine Fremde.»

«Die, die dem Gott Israels anhangen, sind keine Fremden mehr, und vor Ihm sind alle, die an Ihn glauben, rein ...» Moses wandte sich an Josua. «Bring dieses Weib in mein Zelt, daß sie mir alles erzähle, was meiner Mutter widerfahren ist.»

Und dann stand Fiha vor Moses in dessen Zelt. Ihre Blöße war verhüllt mit dunklen Tüchern, auch ihr Gesicht und Haar war verdeckt; bar waren nur ihre Füße; sie war wie eine nackte, schwarz umwundene Säule. Und sie berichtete Moses von den letzten Tagen seiner Mutter Bathiya.

«Es geschah bald nachdem der Pharao ausgezogen war an der Spitze seiner Reiter und Wagen, um euch zum Schilfmeer hin nachzusetzen. Denn es waren Boten mit Meldungen eingetroffen, daß ihr in der Wüste dahinwandertet. Dies wurde dahin gedeutet, daß euch Gott Ra den Rückweg abschneiden wolle. Und die Priester erklärten, dies sei die letzte Schlacht, die ausgetragen werde wider Aton, dies sei sein letzter Widerstand gegen Ra. Denn sie vermeinten, der Gott Israels sei Aton, du selbst aber eine neue Verkörperung Amenhoteps des Vierten, und du habest den Namen Moses angenommen, so wie Amenhotep sich den Namen Tutanchamen beigelegt hatte. Darum wurde deine Verfolgung aufgenommen.

Auf Anraten der Priester nahm das Heer einen großen Kriegsschatz mit. Denn man hatte die Absicht, Aton nicht allein mit dem Schwert, sondern auch mittels Reichtums zu überwinden, indem man den Beweis führte, daß der Pharao Meneptah weit reicher sei als Tutanchamen und er Ra viel gewaltigere und prunkvollere Tempel erbaut habe als Tutanchamen seinem Aton.

Doch der Pharao Meneptah führte seine Geschwader nur bis zum Saum der Wüste und kehrte von dort aus allein zurück. Die Priester geboten, daß alle Gläubigen sich in den Tempeln versammelten und Ra durch Gebete und Opfer in seinem Kampf wider Jehovah-Aton unterstützten. Auch deine Mutter, welche du Bathiya nennst, erhielt vom Pharao Meneptah und den Priestern den Befehl, den Dienst vor ihrer Göttin zu versehen. Denn die Aegypter waren von der Angst vor dem Gotte Israels befallen. Nach dem Hinsterben ihrer Erstgeborenen glaubten sie noch fester als vorher, daß Aton zurückgekehrt sei nicht nur, um Rache zu nehmen für die Zerstörung seiner Tempel und der Austilgung seines Namens unter den Lebenden, sondern auch um die Aegypter zu züchtigen für die Missetat, daß sie die Hebräer in Gosen zu Sklaven gemacht hatten. Darum zitterten sie um den Ausgang der Schlacht am Meeresstrand. Am vollsten von allen Tempeln waren die des Ra. Pharao und sein Hofstaat sowie ein großer Zulauf von gemeinem Volk knieten am Nilufer und sangen Preislieder zum Gott Ra, räucherten und opferten. Ein Gleiches geschah im Tempel der Schriftweisheit und des Wissens – dem Tempel des Gottes Thoth – sowie in allen andern Tempeln. Im ganzen Land fanden feierliche Gottesdienste statt. Ein einziger Tempel nur, der der großen Göttin Isis, blieb geschlossen. Dessen Priesterin, deine Mutter, weigerte sich, ihn aufzuschließen und den Dienst vor der Göttin zu versehen; weder die Drohungen ihres Bruders noch die der Priester vermochten sie umzustimmen. Schließlich ging man mit Zwang gegen sie vor. Ich war dabei, wie Pharao und der «erste Freund des Pharao», sein Wesir, in ihr Gemach eindrangen. Sie fühlte sich schwach und leidend; ich stand neben ihr, hielt ihr ein Lotusblatt zur Nase und salbte sie mit Öl. Man bemächtigte sich ihrer, brachte sie vor die Göttin Nephthys; dort wurde sie zum Gottesdienst geläutert, gewaschen und gesalbt, darauf in das Priesterinnengewand gekleidet und mit dem doppelgehörnten Helm der Isis bekrönt und danach durch ihre Dienerinnen zum verschlossenen Tor des Tempels geführt.

Zuerst tat sie, was man sie hieß. Sie nahm den Kranz herab, der am Tempeltor hing und sprach die Worte der sich zum Gottesdienst bereitenden Priesterin: ‚Ich trete vor dich mit brennendem Weihrauch. Rein sind meine Hände. Ich bin Priesterin und Tochter einer Priesterin. Ich war bei der Göttin Nephthys. Nephthys hat mich geläutert. Ich trete vor dich, um zu tun, was getan werden muß, und nicht zu tun, was nicht getan werden darf.‘

Man war allseitig beruhigt. Man vermeinte, die Priesterin werde nun den Gottesdienst aufnehmen und um die Besiegung ihres Sohnes beten. Alle blieben wartend stehen, und sie öffnete das Tempeltor mit den Worten:

‚Es ist mein Recht, diese Schwelle zu übertreten. Ich habe alles Böse von mir getan, was in mir war.‘

Sie überschritt die Schwelle. Priester und Volk gingen hinterdrein. Sie nahm die Räucherpfanne aus den Händen einer Priesterin und näherte sich der Göttin Isis, die eingehüllt war in eine Wolke von Weihrauch. Danach stellte sie sich auf die Stufen vor der Göttin und streckte ihre Hände aus, nicht nach der Göttin hin, sondern nach den Betern, die, das Gesicht auf die Erde gedrückt, am Boden lagen. Ihre tief in die Höhlen gesunkenen Augen erbrannten mit einmal von einem gewaltigen Feuer, ihr Angesicht ward voller Leben und sie sprach mit klarer, heller Stimme.

Anfangs glaubten alle, sie stimme einen Preisgesang auf Isis an, der die Taten der Göttin aufzählen solle. Dann aber merkten alle, daß sie weissage:

‚Gott Ra wurde ein Greis, und das Wasser triefte aus seinem Munde. Gleich meiner Mutter Isis will ich diesen Speichel auffangen, daraus ein Gift brauen und es ihm zu trinken geben. Ich will ein Feuer in ihm entfachen, ich will ihn mit vielfältiger Folter foltern, auf daß ich ihm sein Geheimnis entwinde, das Geheimnis seines Namens, mit dem ich ihn fesseln werde.‘

Und die Priester warteten, denn sie meinten, sie werde nun einen Gesang anstimmen, mit dem sie den Sieg für Gott Ra erflehte. Doch plötzlich ward ihre Stimme noch höher, und noch heller erklang es:

‚Denn Ra ist kein Gott, noch ist Aton ein Gott mit all seinen Strahlen. Ra und Aton sind nur Schöpfungen des Einen Gottes Israels, der alle Dinge erschaffen hat. Die Sonne tut nach Seinem Willen und gehorcht Seinen Befehlen; und ebenso tut jeder Vogel unterm Himmel und jeder Wurm in der Erde. Die Sonne geht allmorgendlich auf und geht allabendlich unter auf Geheiß Jehovahs. Knechte haben dies erkannt, doch Herren blieben blind.‘ Und dann erhob sich ihre Stimme noch höher: ‚Auf, laßt uns auf die Knie fallen vor dem großen Gotte Israels, dem Schöpfer Himmels und der Erden, dem Vater der Armen und der Reichen, der Knechte wie der Herren, dem mächtigen Gott, der uns Seine starke Hand und Seinen ausgestreckten Arm gewiesen hat.‘ Damit fiel sie auf die Knie nieder, hob die Hände zum Himmel empor und rief: ‚Gott Israels, habe Erbarmen mit Deinen Geschöpfen und führe sie zu Dir . . .‘

Sie vermochte nicht weiterzusprechen, denn die Priester stürzten auf sie zu, warfen ihr eine schwarze Decke über und schleppten sie in ihr Gemach, wo sie sie auf das Ruhebett legten.

Eine Weile darauf kam ihr Bruder mit dem Hohepriester Meneko zu ihr, und dieser letzte hielt ein Gefäß mit einem Trank in der Hand. Danach kamen die Balsamierer, die Mumienbereiter mit einem Sarg und Körben voller Leinenbinden.

Pharao Meneptah aber nahm den Becher aus des Priesters Hand und sagte:

‚Nimm dies, Schwester, und trink es. Die Zeit ist gekommen, da du ruhen wirst im Schatten deines Gemahles Osiris, des Herrn des Todes.'

‚Nicht beim Herrn des Todes werde ich ruhen, sondern beim HErrn des ewigen Lebens, unterm Schatten der Flügel des Gottes Israels, wo der ewige Friede ist', antwortete sie darauf.

Danach ergriff sie den Becher und blickte um sich, bis sie meiner ansichtig wurde. Und sie winkte mir, näherzutreten, und ich beugte mich zu ihr hinab; sie aber flüsterte mir ins Ohr:

‚Geh hinaus in die Wüste, wo mein Sohn die Gemeinde Israels zum Berge Sinai führt. Wende deine Seele dem Gotte Israels zu und berichte meinem Sohn alles, was du gesehen und gehört hast.'

Ich schlich durch die Balsamierer und Mumienbereiter hinaus, die sich in deiner Mutter Gemach drängten, und vernahm dabei den Totengesang, den die blinden Klageweiber anstimmten:

‚Tod stehet heute vor mir,
Ich bin wie ein Kranker, der geheilt wurde.
Tod steht vor mir,
Ich bin wie einer, der heimkehret
Nach vielen Jahren der Gefangenschaft.' »

Moses warf sich auf die Knie, erhob die Hände zum Himmel und schrie:

«Dank Dir und Preis, Gott der Barmherzigkeit, für die Gnade, die Du erzeigt der einen unter Deinen Geschöpfen, welche Dich immerdar suchte in ihrem Herzen. Du hast ihr die Augen aufgetan, Dich zu erkennen als den Einen Lebendigen Gott Israels, ehe Du sie zu Dir nahmst, auf daß sie ruhe in Deinem ewigen Frieden. Gott der Gerechtigkeit und der Gnade, möge Deine Herrlichkeit ruhen auf der ganzen Erde, auf daß alle Deine Geschöpfe Deine Macht erschauen, daß alle Dich als ihren Vater erkennen, der die Fülle Seiner Güte über sie ergießet, ob sie Deinen Namen anrufen oder Deinen Namen nicht anrufen. Denn selbst ehe sie Deinen Namen kennen, suchen sie Dich.»

Dann sagte er zu der Negerin:

«Möge Gott dir lohnen die Guttat, die du an mir und meiner Mutter getan, indem du mir ihre letzte Botschaft brachtest. Und nun bist du frei, du magst frei zurückkehren in dein Heimatland, von wo du in die Sklaverei verschleppt wurdest.»

Das große, dunkle, schwarzgewandete Weib aber machte eine tiefe Verbeugung vor Moses und sagte weinend:

«Was ist meine Sünde gegen Gott, daß du mein Herr, mich von deinem Angesicht wegschickst und aus Israels Lager verjagst?»

«Kamst du zum Gotte Israels und bist du in Seiner Gemeinde, auf das Geheiß deiner Herrin oder kamst du aus eigenem freiem Willen?»

«Habe ich nicht Gottes Gerechtigkeit gesehen? War ich nicht Zeugin, da Seine Hand die Mächtigen züchtigte und die Schwachen und Beleidigten beschützte? Ich habe keine andere Heimat als die, die mir der Gott Israels in Seiner Gemeinde gegeben, und keine andere Heimstatt als mein Anteil am Gotte Israels, so wie du gesagt hast. Wenn ich aber nicht wert bin, eine Tochter Israels zu sein auf Grund meiner Herkunft – wie Andere mir schon gesagt haben –, so laß mich meines Herrn Magd sein, auf daß ich ihm diene, wie ich seiner Mutter gedient habe. Nur jage mich nicht von dir, Moses, mein Herr und Gebieter.» Und sie streckte die Hand aus und ergriff den Zipfel seines Gewandes.

«Wer hat es gewagt, dir derlei zu sagen, wer hat es gewagt, in Gottes Lager zu scheiden und zu unterscheiden?», fragte Moses mit Löwenstimme.

«Viele der Kinder Israels sagen solches von uns Fremdlingen. Sie sagen es im Namen der Aufsichtsbeamten, deines Bruders Aaron und deiner Schwester Miriam. Wir seien Fremde und würden niemals Teil haben an Israel.»

«Der HErr aber hat gesagt, daß nur ein Gesetz sein soll für den Fremden wie den Einheimischen. Dein Glaube an den Gott Israels hat dich zu einer Tochter Israels gemacht, und dein Glaube an Ihn hat dich frei gemacht. Du bist nun gleichwie eine der Töchter vom Stamme Juda. Geh, meine Tochter, ins

Lager und erfreue dich deines Anteils am Erbe Gottes. Und wenn jemand dich kränkt oder deinen Anteil am Erbe schmälern will, um deiner Abkunft willen, so komme zu mir. Die Tür meines Zeltes steht dir immer offen, wie mein Ohr immer offen sein wird deinem Wort. Geh, meine Schwester, geh in Frieden.»

FÜNFZEHNTES KAPITEL

FIHAS Klage über das schwere Los des Mitläuferhaufens kam auch von andern Seiten her Moses zu Ohren.

Der Beschluß, die vielen Fremdstämmigen, die sich dem Auszug der Kinder Israels aus Aegypten angeschlossen hatten, als Untertanen Jehovahs zur Gleichberechtigung zu erheben, war eine so grundstürzende Neuerung, daß sie sowohl das Volk wie dessen Anführer aufbrachte. Die Kinder Israels waren ein Volk wie jedes andere, das die Färbung seiner Umwelt annahm; in Aegypten hatten sie sich allerhand von den Anschauungen und Einstellungen der Aegypter zu eigen gemacht. In Aegypten war es den Sklaven verboten, einen Gott zu haben oder sich zu einem Glauben zu bekennen. Die Aegypter allein hatten das Recht, Ra anzubeten oder seine Tempel zu betreten. Sklaven und Fremdstämmige mußten sich in bestimmter Entfernung von den Tempeln halten. Der Anhauch eines Sklaven besudelte. Es war unter der Würde eines Aegypters, einen Sklaven mit eigener Hand zu berühren, sei's auch zur Züchtigung.

Zwischen den Stämmen Israels hatte schon vor dem Auszug Eifersucht hinsichtlich ihrer Stellung und Rangfolge untereinander bestanden. Von altersher wurde ein Unterschied gemacht zwischen den «echten» Frauen Jakobs und den «Kebsweibern», damit auch zwischen deren Nachkommen, den Stämmen; und auch zwischen den «echten» Stämmen gab es Rangstreit. Der Stamm Ruben war an sich der erstgeborene, doch er büßte seine Stellung in geistlicher Hinsicht ein und mußte sie an die Leviten abtreten, denen die Söhne Rubens dies niemals verziehen. Doch über beide wuchs schließlich Juda empor, während die Kinder Dans unter den von Kebsweibern hergeleiteten Stämmen fast auf den Stand des fremden Völkergemischs herabgedrückt wurden. Immerhin bestand das gemeinsame Band der Abstammung von Abraham, Isaak und Jakob, das die Kinder Israels zusammenhielt und ihnen ein Gefühl von Bedeutung und Überlegenheit über die Neuhinzugekommenen verlieh.

Moses' Verkündung im Namen Jehovahs des «einen Gesetzes für Einheimische wie Fremde» und sein strenges Beharren auf dessen Einhaltung erwies sich als machtlos zur Überwindung der Anschauung von einem Vorrecht der Kinder Israels. Sie erachteten das Gesetz als eine Benachteiligung in ihren angestammten Rechten. Unverständlich und unannehmbar war es ihnen, daß Fremdstämmige genau so Anteil am Gotte Israels haben sollten wie die Kinder Abrahams, Isaaks und Jakobs; alle Ermahnungen und nachdrücklichen Einschärfungen Moses' fruchteten nichts. In dieser Hinsicht betrachteten sie Jehovah, so wie die Aegypter Ra betrachtet hatten; Jehovah war der Gott der Nachkommen Abrahams, Isaaks und Jakobs, mit denen Er Seinen Bund gemacht hatte: alle Übrigen, Kinder anderer Vorfahren, auch wenn sie sich zum Gotte Israels bekehrt, wenn sie sich den Kindern Israels auf dem Zug in die Wüste angeschlossen und das Joch der Gebote auf sich genommen hatten, waren Außenseiter und konnten keinen Anspruch auf Gleichberechtigung erheben. Sie konnten nicht die Erwartung hegen, am Erbe des verheißenen Landes Anteil zu haben; sie sollten Holzhacker und Wasserzieher sein und bleiben, was besagte, daß sie sich auf ein Sklavenverhältnis gefaßt machen mußten; und viele unter den Kindern Israels suchten die Fremden bereits in der Wüste auf diesen Stand herabzudrücken. Dies galt nicht nur für die höheren Schichten der Israeliten; darin war sich die große Masse einig mit den Anführern der vornehmen Stämme Levi und Juda. Den gleichen Standpunkt nahmen auch Moses' eigene Familienangehörige, besonders Aaron und Miriam, ein.

Es war durchaus richtig, daß die Masse der Neuhinzugekommenen, die die Gesetze und Bräuche, welche Israel von seinen Vorfahren ererbt hatte, nicht kannten, anfälliger als die Übrigen waren für den Rückfall in Abgötterei und aegyptische Sittenlosigkeit. Widernatürliche Laster und Vergötzung von Schlangen waren bei ihnen nicht auszurotten; die Amtleute begegneten bei ihrem Kampf gegen den Geschlechtsverkehr zwischen nahen

Familienmitgliedern großen Schwierigkeiten. Denn für das fremde Völkergemisch galt das Verbot des Zusammenlebens zwischen Mutter und Sohn als ein Angriff gegen die Familie. Auch der Verkehr von Männern mit Männern oder von Menschen mit Tieren betrachteten sie nicht als Unzucht. Ebensowenig vermochten sie sich davon zu enthalten, das Zicklein in der Milch seiner Mutter zu kochen, was Sinnbild und Ausdruck von Götzendienst war, wiewohl Moses sich alle Mühe gab, die Sitte aus menschlichen und religiösen Gründen auszurotten, und das Verbot immer wieder im Namen Jehovahs einschärfte.

Trotz alledem blieben Anzeichen einer allmählichen Anpassung nicht aus. Die Gesetze und Gebote rührten an die höheren Strebungen, die in jeder Menschenseele liegen. Bei den Neuhinzugekommenen stellte sich zumindest teilweise das Bewußtsein für die Unwürdigkeit ihrer Sitten und Bräuche ein, ein Unterscheidungsvermögen zwischen Recht und Unrecht und damit eine Teilhaberschaft mit Gott an dessen Weltordnung.

Moses machte sich weniger Sorge um die Einzelfälle von Nichtbeachtung und Ungehorsam, wie sie unter den Kindern Israels und den Neulingen – unter diesen häufiger als unter jenen – vorkamen, denn durch die Einrichtung des Aufsichtsbeamtentums fühlte er sich gestärkt. Er richtete sein Augenmerk vor allem auf den großen, allgemeinen Leitgedanken der allumfassenden Bedeutung des Gottes Israels, Sein Innewohnen in jeder Menschenseele; dies gegen alle Hindernisse zu verankern, war er fest entschlossen. So kam es, daß er zum Beschützer des fremdstämmigen Volkshaufens gegen sein eigenes Volk und gegen seine eigene Familie wurde.

Der Widerstand gegen die Neulinge nahm an Stärke zu; sie wurden, zu Recht oder zu Unrecht, zu Sündenböcken für die Vergehen und Verfehlungen von ganz Israel. Denn ihnen wurde vor allem der Vorfall mit dem Goldenen Kalb zur Last gelegt, wiewohl es sonnenklar war, daß ein weit größerer Teil der Schuld auf Aaron ruhte. So war es auch mit den Fällen von Auflehnung gegen Moses in den Zeiten des Hungers und Durstes; und nach Kibroth-Hattawah – den «Gräbern der Lust» – und der wahnsinnigen Gier nach den Fleischtöpfen Aegyptens wuchs der Groll gegen die Mitläufermenge zu neuer Heftigkeit an. Tatsächlich hatten ja viele der Neulinge bei dem Fleischaufstand eine führende Rolle gespielt; sie waren besonders schamvergessen und großmäulig gewesen; es war jedoch falsch, ihnen die ganze Schuld zuzuschieben, wie die Kinder Israels nach der Seuche taten, die darauf folgte.

«Die Neger, die Afrikaner, die Abessinier, die Kinder Kuschs, die haben nach den Fleischtöpfen Aegyptens gegiert, nicht wir!»

«Das Manna ist gut genug für uns. Es hat jeden Geschmack, den es auf der Welt gibt, welchen Geschmack man darin finden will», prahlte ein Mann.

«Wir leiden um der Sünden des Pöbelhaufens willen», hieß es allgemein im Zeltlager.

«Der Pöbelhaufe gierte nach Fleisch, und wir werden dafür bestraft; über uns ergießt sich Gottes Zorn.»

«Weg mit ihnen; sie sind der Stein des Anstoßes für Israel.»

«Sie dürfen nicht zu uns gezählt werden! Sie sollen Holzhacker und Wasserzieher werden!»

«Niemals, niemals dürfen sie an Israels Erbe teilhaben. Sie gehören nicht zu den Kindern Abrahams, Isaaks und Jakobs.»

«Fremdstämmige sind sie, Ausländer, eine eiternde Schwäre am Leibe Israels. Sie gehören ausgemerzt, wie ein böses Geschwür aus dem Leib geschnitten wird.»

«Aussatz sind sie in Israel und gehören fortgejagt gleich Aussätzigen.»

An Moses' Ohren drang dieses Geschrei der Kinder Israels, und er erwog, was zu tun sei.

Das Gebet entdeckten zuerst die Frauen. Von der Teilnahme am Gottesdienst im Heiligtum ausgeschlossen, ja sogar mit dem Verbot belegt, der Stiftshütte auch nur nahe zu kommen, fanden sie einen kürzeren und unmittelbareren Weg zu dem, was sie suchten. Wenn sie bei Tagesanbruch hinauszogen, um das mit dem Tau gefallene Manna zu sammeln, und sie der in den ersten Strahlen der Sonne glitzernden vergoldeten Pfeiler ansichtig wurden – denn Moses ließ das Heiligtum stets auf einer Erderhebung errichten, von der aus es das ganze Lager beherrschte und verherrlichte –, fielen sie vor dem davon ausgehenden Glanz auf die Knie, erhoben die Hände und schickten ihre Gebete und Bitten ohne Vermittlung eines Priesters hinauf zu Gott. Moses verwehrte es ihnen nicht. Im Gegenteil, er ließ den Frauen durch Miriam – die gewissermaßen die Führerin der Weiber, wie er der Führer der Männer war – bekannt geben, daß dieses Tun Gott erfreue und daß ihren Herzensergießungen, Ihm nicht minder wohlgefällig als die Opfer der Priester im Heiligtum, Erhörung nicht versagt werde.

Die Weiber des fremdstämmigen Haufens folgten dem Beispiel der israelitischen Frauen. Gewohnt, sich vor der aufgehenden Sonne in Aegypten zur Erde zu werfen, gingen sie in der Morgenfrühe in die Richtung der Anhöhe, worauf das Heiligtum stand, fielen auf ihre Gesichter nieder und stießen krampfige Schreie aus, wie sie das schon immer geübt hatten. Diese wilden, verzückten Kundgebungen indes ließ Moses durch Miriam verbieten, weil sie einen Nachklang des vormaligen Götzendienstes bildeten; er gab Weisungen aus, diesen Weibern die stille Form des Gebets beizubringen, bei der sie den Körper reglos zu halten und nur die Lippen zu bewegen hatten. Und so wurde es von da an gehalten.

All dies aber lief den Neigungen sowohl Miriams wie der Priester zuwider, die nicht dulden wollten, daß die Weiber des fremdstämmigen Haufens auch nur in der Nachbarschaft des Heiligtums ihr Gebet verrichteten, weil sie sie als unrein erachteten. Nach Kibroth-Hattawa ging Miriam mit Hilfe Aarons in diesem Sinne vor. Ohne darüber mit Moses ein Wort zu sprechen, ließen sie eines Morgens einige Amtleute hingehen, und als die Weiber der Fremdstämmigen sich der Anhöhe des Heiligtums näherten, wurden sie weggejagt:

«Weg mit euch!», wurde ihnen zugeschrien. «Eure Leiber sind unrein und dürfen dem Heiligtum nicht nahen; eure Lippen sind unrein und dürfen den Gott Israels nicht anreden.»

Im Laufe dieses Tages trat dann Josua zu Moses ins Zelt und meldete ihm, das kuschitische Weib, das ihm die letzten Worte seiner Mutter überbracht, stehe vor dem Zelt, doch in einigem Abstand, und weil es nicht wage, näher heranzukommen, habe es einen Boten gesandt, um Moses um Gehör zu bitten.

Moses ließ Josua unverweilt zu ihr gehen, um festzustellen, ob sie im Zustand der Reinheit und, wenn dies der Fall sei, sie zu ihm ins Zelt zu führen.

Als Fiha, das Gesicht und den Körper verschleiert, vor Moses erschien, fiel sie auf die Knie und rief aus:

«Moses, mein Herr und Gebieter! Warum werden unsere

Lippen versiegelt, wenn unsere Herzen von Gottes Herrlichkeit erfüllt sind? Auch wir sehnen uns danach, uns in Gebet und Lobpreisung zu äußern. Hast du mir nicht gesagt, Moses, mein Herr und Gebieter, daß der Gott Israels der Gott aller Geschöpfe ist? Warum wird es uns also verboten, Gottes Preis zu singen, wie es jedem Vogel und jedem Blatt am Baume erlaubt ist?»

«Wer hat dich daran gehindert, dein Herz auszuschütten, um zum Gott Israels zu beten?»

«Deine Schwester Miriam hat in Jehovahs Namen verkündigt, daß unsere Leiber unrein seien und sich nicht der Höhe der Stiftshütte nahen dürften, daß unsere Augen unlauter seien und nicht die Herrlichkeit Gottes erschauen dürften, die darauf ruht, und unsere Lippen unwürdig, zu Ihm zu beten.»

«Das sind nicht die Worte Jehovahs, noch hat Er mir dergleichen geboten. Nur Eines habe ich gesagt: wenn ihr vor Gott tretet, so sollt ihr dies nicht tun, wie ihr ehemals vor eure Götzen getreten seid, mit unziemlichem Geschrei. Jehovah ist nicht taub, wie eure Abgötter sind. Jehovah schaut in eure Herzen; Er kennt alle euere Nöte, noch bevor ihr sie ausgesprochen habt, und Er hört, was eure Lippen flüstern, noch ehe ihr sie aufgetan habt. Geh, meine Tochter, ich werde dieser Sache nachgehen, die du mir vorgetragen hast.»

«Moses, mein Herr, hast du mir nicht gesagt, mein Glaube an Jehovah und mein Gehorsam gegen Seine Gebote machten mich rein?»

«So rein wie meine eigene Schwester, so rein wie eine jede Tochter in Israel.»

«Warum werden wir dann verjagt von Gottes Angesicht, wenn Er unsere Augen aufgetan hat für Seine Herrlichkeit und Größe?» Sie weinte still vor sich hin. «Man sieht auf uns wie auf Aussätzige.»

Moses schwieg. Wie stets, wenn ihm eine Ungerechtigkeit zu Ohren gebracht wurde, spürte er die Scham darüber auf der eigenen Haut brennen. Er blieb in lange Grübelei versunken stumm; er rief Jehovah an, ihm einen Strahl der Erleuchtung zu senden, daß er einen Ausweg finde aus der unseligen Klemme, in die ihn sein eigen Fleisch und Blut gebracht hatte. Er fühlte sich schuldig vor diesem Weibe, das in aller Einfalt seines Herzens zu Jehovah gekommen war, und durch sie fühlte er sich schuldig vor allen fremdstämmigen Geschlechtern, die da kommen würden, um Gott zu suchen. Was sollte er tun? Wie sollte er das Unrecht ungeschehen machen, das gegen die fremdgeborenen Gottsucher begangen worden war? Bis in die Tiefe seines Wesens hinein ward er gepackt vom Verlangen, eine Tat zu begehen, eine ganz persönliche Tat, die das diesem Weibe widerfahrene Unrecht aufhöbe, eine ihm allein eigene Tat; denn es war seine Schuld, wenn sein eigen Fleisch und Blut eine Missetat begangen hatte.

Und da mit einmal war es ihm, als ob Gott eine Spalte aufgetan habe, durch die Licht fiel. Er sah! Er begriff!

«Bist du einem Mann angelobt oder bist du ledig?», fragte er die Frau plötzlich, die in ihrer Verwirrung und Bekümmernis nicht daran gedacht hatte, sich von den Knien zu erheben.

Vor Schreck und Staunen blieb sie stumm. Sie verstand nicht, was Moses sie gefragt hatte, der es darum wiederholte. Da ging ein Zittern durch ihren ganzen Körper. Durch den dunklen Schleier hindurch schien das Erröten ihres Gesichts, das Entsetzen in ihren Augen, und sie sprach mit bebender Stimme:

«Mein Herr und Gebieter, ich bin als Kind an Pharaos Hof gebracht worden. Mein Leben in der Gefangenschaft war deiner Mutter gewidmet. Ich habe nie einen Mann erkannt. Mein Leben in der Freiheit habe ich dem Gott Israels geweiht.»

«Steh auf!», sagte Moses. «Bist du gewillt, mir, Moses, angetraut und mein Weib zu werden?»

Die Frau sank fast wieder zu Boden. Schwer und heiß kamen ihre Atemstöße durch den dichten Schleier.

«Ich ... Moses' Weib?», wiederholte sie entsetzt.

«Ich kann dir nicht mehr geben als meinen Namen, der auf dich gelegt werden wird. Mein Platz ist hier, beim Zelt des Volkes, am Tore Gottes. Ich muß stets und ständig bereit sein, denn in jedem Augenblick kann mir die Stimme Gottes erschallen. Darum muß ich vom Weibe getrennt bleiben. Aber mein Name kann auf dich gelegt werden, daß du dem Moses angelobt bist in Heiligkeit und Reinheit nach dem Gesetze Israels. Bist du gewillt, es so zu halten?»

«O, mein Herr und Gebieter, laß mich die Magd meines Gebieters sein, daß ich sein Kleid wasche und sein Lager bereite.»

«Nicht die Magd Moses', sondern sein Weib! Du sollst teilhaben an Moses nicht anders denn Zippora. Unter dieser Bedingung, die ich von dir verlange, daß nur mein Name auf dich gelegt werde. Antworte mir in klaren Worten.»

«Moses, mein Herr, ich bin gewillt, dein Weib zu werden unter der Bedingung, die du von mir verlangst, daß nur dein Name auf mich gelegt werde.»

«So wie wir vor Gott stehen, so sei Gott unser Zeuge am heutigen Tage», sagte Moses.

Dann trat Moses zu Fiha heran, hob den Schleier hoch und blickte ihr ins Gesicht. Nach einigen Sekunden ließ er den Schleier wieder herab, wandte sich an Josua, der die ganze Zeit über am Zelteingang gestanden und alles mitangehört und mitangesehen hatte, was sein Lehrer tat.

«Du bist Zeuge am heutigen Tage, daß ich, Moses ben Amram, dieses Weib mir angelobt habe durch das Zeichen dieses Ringes, in Reinheit und Heiligkeit, im Angesichte Gottes, nach dem Gesetze Israels.» Und Moses zog seinen Ring vom Finger und steckte ihn an die Hand Fihas.

Josua aber antwortete:

«Ich bin Zeuge dieses Geschehens am heutigen Tage.»

Darauf sprach Moses weiter zu Josua:

«Stelle ein Zelt auf zur Seite für dieses Weib, führe es dorthin und sorge, daß es ihr nicht an Speise und Kleidung fehle. Und lasse es im ganzen Lager verkünden, daß dieses Weib mir angelobt ist nach dem Brauche Israels durch Enthüllung und Wiederverhüllung ihres Gesichts; mache dies in ganz Israel bekannt, damit kein Mann sich an ihr versündige.»

Und als das Weib aus dem Zelt gegangen war, dünkte es Moses, als habe er in diesem Weibe alle Völker aller Geschlechter, die Ihn künftig suchen würden, Gott angelobt; denn Jehovah hatte Moses kundgegeben, daß das, was er getan, Gnade gefunden hatte vor Seinen Augen.

* * *

Moses' und Aarons Schwester Miriam ward als die Mutter der Stämme angesehen. Gleich ihren Brüdern war ihr Prophetenrang zugeschrieben; wiewohl sie keine Stelle und Würde in der Priesterschaft bekleidete, ward von ihr geglaubt, daß Gott Sich ihr ebenfalls offenbart habe. Das Volk selbst hatte sie zu dieser hohen Stellung erhoben. Man gedachte es ihr, wie sie sich in Aegypten um das Volk gemüht, wie sie um dessen Nöte gewußt und alles getan hatte, sein Los zu erleichtern. Man wußte auch, daß sie bei Moses und Aaron in hoher Achtung stand. Man sah, daß Moses sich stets erhob, sobald sie mit ihm zusammenkam, wie man sich vor einer Mutter erhebt; die Ehrerbietung, die Moses ihr entgegenbrachte, ward vertieft und verstärkt, als ihr Ehemann bei seinem Widerstand gegen die Anbetung des Goldenen Kalbs den Tod gefunden hatte.

Mancherlei Gerüchte liefen im Volk über sie um. Man war des Glaubens, sie stehe in unmittelbarer Verbindung mit Jehovah gleich Moses; mehrere der Wunder, die für die Kinder Israels getan worden waren, seien um ihretwillen geschehen und durch ihr Gebet veranlaßt worden. So seien die Quellen, die für die Israeliten in der Wüste entsprungen waren, als Gottes Antwort an sie, um ihret- nicht um Moses' willen, gegeben worden. Eine Quelle war tatsächlich «Miriams Brunnen» genannt worden, und es hieß, eben diese Quelle folge den Kindern Israels auf allen ihren Wanderungen, solange sich Miriam bei ihnen befinde.

Ihre Stellung und ihr Ansehen unter den Frauen war denn auch überragend. Sie war für die Weiber das, was Moses für die Männer war, deren Leiterin und Lehrerin. Die Frauen fühlten sich durch sie vor sich selbst gehoben und sahen in ihr die eigene Teilhabe und Bedeutung in den Augen des Gottes Israels.

Wie schon in Aegypten, so wußte Miriam auch in der Wüste stets Bescheid über die Nöte der Frauen. Ihre Tatkraft hatte mit den Jahren nicht nachgelassen, und das Alter erlangte keine Gewalt über ihre Stärke. Ja, es schien, als ob die Zeit sie nur kräftige und ihr neue Stärke verleihe. Ihre hochgewachsene Gestalt war nicht zusammengeschrumpft. Sie war schlank, fast mager; runzlige, sonnverbrannte, lederähnliche Haut überzog straff das Knochengerüst; aus ihrem Antlitz glühten die Augen gleich Zauberflammen, und wie ein Sturmwind schritt sie durch die Zelte Israels. Wie in Aegypten so wußte sie auch hier um alles, was in jedem Zelt vorging. In das eine brachte sie ein paar Tropfen kostbaren Öls, das sie für ein krankes Kind von den Priestern bekommen hatte; in das andere brachte sie einer Witwe oder einer Waise tröstende Worte. Sie richtete die Seelen auf, sie stützte die Schwachen, sprach den erschöpften und ermatteten Müttern Hoffnung zu, daß das Gelobte Land bald erreicht sein werde.

Auch vertrauten ihr die Frauen alle ihre Herzensgeheimnisse an. Sie erfuhr davon, wenn ein kuschitisches Weib einen Mann in Israel verführt und ihm alle möglichen Hurenlaster beigebracht hatte, zu denen der Mann dann sein Eheweib zwang. Sie erfuhr davon, wenn eine Moabiterin ihrer Nachbarin als Heilmittel gegen Unfruchtbarkeit ein Tonfigürchen der Astarte gebracht hatte. Es gab Hebräer, die sich in den Zelten der Fremdstämmigen versammelten, um insgeheim Götzendienst zu treiben, an orgiastischen Kulten oder an Schmäusen teilzunehmen, bei denen in der Muttermilch gekochte Zicklein verzehrt wurden. All dies ward ihr ebenfalls zu Ohren gebracht. Sie bekam auch Wind davon, wenn kleine Abbilder des Goldenen Kalbs zur Begehung von Fruchtbarkeitsriten ins Lager eingeschmuggelt worden waren.

Diese einzelnen Rückfälle in Abgötterei legte Miriam dem Fremdenhaufen als ganzem zur Last; die Ansicht Moses' teilte sie weder noch verstand sie sie, daß es um der allgemeinen Geltung des Gottes Israels willen nötig und angebracht sei, den Fremdstämmigen solche Mängel nachzusehen. Für Moses war dieses im Lager Israels vorhandene Völkergemisch sinnbildlich für alle Heiden, für alle Völker, die sich zuguterletzt sämtlich zu dem Einzigen Lebenden Gott Israels bekennen würden.

Wie ein Sandsturm, der sich in der Wüste erhebt und den Himmel verfinstert, so war das Murren, die Wolke von Spott und Hohn, die sich wider Moses erhob, als es bekannt wurde, daß er ein kuschitisches Weib zur Ehefrau genommen hatte.

«Für uns gilt das Gesetz ja ganz anders! Uns wird vorgeschrieben, daß, wenn einer von uns bei einem besiegten Volk ein wohlgestaltetes Weib sieht, er ihm die Haare abschneiden, die Nägel lang wachsen lassen und daß er sie ohne Seide und Schmuck wie eine Ehebrecherin in einem Winkel des Zelts sitzen lassen muß, auf daß ihr Anblick uns zuwider werde. Kann mir einer sagen, ob Moses mit dem kuschitischen Weib, das er zur Frau genommen hat, ebenso verfährt?», ließ sich ein Spötter in einem Kreis von Zuhörern vernehmen.

Und ein anderer sagte: «Nach dem zu urteilen, wie er sich auf ihre Seite stellt, wird er uns bald mit den Pöbelhaufen vertauschen. Höchstwahrscheinlich hat er vor, Esau das Erstgeburtsrecht zurückzuerstatten, das Erzmutter Rebekka Isaak für Jakob abgeluchst hat.»

«Jawohl, Tag für Tag predigt er uns, wir sollen den Fremdling lieben, nur den Fremdling, sollen dazu schauen, daß er mit Kleidung und Nahrung versorgt wird, weil Jehovah den Fremdling liebe. Aber wenn Er die Fremden so liebt, warum nimmt Er sie nicht als Sein Volk an, warum bürdet Er uns all diese Gebote und Verbote auf?»

«Daß Gewürm aus deinem Maul krieche statt der Lästerungen! Wider wen läßt du deine Zunge sich erfrechen? Wider den Einen Heiligen Gott Israels? Was? Willst du wieder die Pestilenz über uns bringen?»

«Gott behüte, daß ich lästern will wider Gott! Doch wenn Moses etwas darf, so darf ich es auch; er hat sich ein kuschitisches Weib genommen. Warum soll ich nicht ebenso tun?»

«Wer verbietet es dir? Moses hat nie verboten, ein Weib aus den Fremdstämmigen zu nehmen, wenn sie sich zum Gott Israels bekennt. Er hat uns nur verwehrt, fremde Weiber zu nehmen, die Götzendienerinnen sind, damit wir nicht in Versuchung kommen, fremden Göttern anzuhangen.»

«Aber seine Schwester Miriam hat es verboten, und Aaron auch.»

«Wir werden ja sehen, ob sie es auch ihrem Bruder verbieten, ob sie ihn darum schelten und zu ihm reden wird, wie sie mit uns redet.»

Und ganz Israel sah zu, wie Miriam und Aaron mit eiligen, festen Schritten in Richtung der Stiftshütte und Moses' Zelt gingen. Alles machte der Prophetin Platz und neigte das Haupt vor ihr, als sie vorüberkam.

«Er wird harte Worte zu hören bekommen», ward geflüstert.

Harte Worte wurden wahrlich in Moses' Zelt gesprochen.

«Moses ben Amram, ist dies das Beispiel, das du deinem Volke gibst? War es nicht genug, daß du ein midianitisches Weib zur Frau nahmst, mußt du nun ein kuschitisches nehmen und es in das Zelt der Zusammenkunft bringen?»

«Jehovah hat den Kindern Israels niemals verboten, ein Weib

aus den Töchtern Kuschs zu nehmen. Er hat keinen Unterschied gemacht zwischen schwarzer und weißer Haut. Alle sind Seine Geschöpfe. Er kennt nur die, so an Ihn glauben», sagte Moses, in Demut vor Bruder und Schwester stehend.

«Weißt du nicht, daß sie zu dem Mitläuferhaufen gehört?»

«Viele Male hat Jehovah mir gesagt, daß nur ein Gesetz sein soll für den Fremden wie den Einheimischen, und daß wir den Fremdling lieben sollen, dieweil wir selbst Fremdlinge waren in Aegypten», erwiderte Moses.

«Weißt du nicht, daß dieses Pöbelvolk ein Aussatz ist am Leibe Israels? Eine Versuchung ist es und ein Stein des Anstoßes. Es hangt seiner Abgötterei an und verführt Israel dazu. Ich komme von den Zelten Israels, und ich weiß, wie sich das Übel ausbreitet von den Fremden her. Ihre Weiber verderben die Männer der Töchter Israels und lehren sie Greuel. Sie sind an der Sünde des Goldenen Kalbes schuld und der Sünde der Gier nach Fleisch. Alles Übel kommt von ihnen.»

Und Aaron unterstützte sie, indem er sagte:

«Ich habe es immer gesagt: das Pöbelvolk ist schuld an dem Goldenen Kalb, nicht die Kinder Israels. Die Fremden opfern bis auf den heutigen Tag den Toten statt Gott. Sie wenden den Sinn der Kinder Israels zum Bösen. Ein Stein des Anstoßes, eine Versuchung . . . Sie müssen verjagt werden wie Aussätzige.»

«Was du von ihnen sagst, daß sie ein Stein des Anstoßes seien für Israel, so weiß ich, daß ihrer viele rückfällige Götzendiener sind; doch es muß ihnen viel verziehen werden. Sie waren Fremdlinge, als sie zu uns kamen. Sie sind nicht aus dem Samen Abrahams und sie haben nicht die Tugenden unserer Vorväter geerbt. Darum müssen wir Geduld und Verständnis üben und sie langsam leiten auf die Wege Gottes. Gott wird die Ernte hervorbringen, wenn es an der Zeit ist, aus dem Samen des Gesetzes, welchen Er in ihre Herzen gelegt hat; und Er wird dafür sorgen, daß das Unkraut unter ihnen ausgereutet wird. Sie sind keine Aussätzigen! Und wenn Gott uns verwehrt hat, die Vogelmutter wegzunehmen ihren Jungen, so wir ein Nest auf den Feldern finden, wenn Er uns verboten hat, dem Ochsen, der da drischt, das Maul zu verbinden, wird Er nicht barmherzig sein gegen den Menschen, vor allem aber gegen den Menschen, der Ihm, auf Seine Gnade bauend, in die Wüste gefolgt ist?

Nein, Bruder und Schwester, auch diese Fremdstämmigen gehören zu Israel. Wenn Missetäter unter ihnen sind, so sollen sie gezüchtigt werden, so wie Missetäter in Israel gezüchtigt werden. Doch ‚ein Vater soll nicht getötet werden für die Sünde seiner Kinder, und die Kinder nicht für die Sünden ihrer Väter', so hat Jehovah zu mir gesprochen.»

«Dies sind deine eigenen Worte, nicht die Jehovahs. Höre mich an, mein Bruder Moses ben Amram», sagte Miriam herben Tones. «Eine große Sünde ist es, die du auf dich nimmst. Deinetwegen wird Israel zum Straucheln gebracht werden. Alle Männer Israels werden deinem Beispiel folgen und fremde Weiber in ihre Zelte führen; und sie werden die Zelte Israels besudeln mit Greueln. Moses ben Amram, mache das Unrecht vor den Augen ganz Israels gut; sende das Weib hinweg, das du aus der Mitte der Fremden genommen hast und erhebe zum Gesetz in Israel, daß kein Mann sich ein Weib nehme aus der Mitte der Fremden. Erkläre vor aller Ohren, daß du gefehlt hast durch ein Tun, das von Gott verboten ist.»

«Ja, tue dies!», warf Aaron ein. «Denke nicht an deine Ehre um der Ehre Gottes und um des Heiles Israels willen. Sende sie von dir.»

Zu dieser Kränkung blieb Moses zunächst stumm. Seinen Zorn bemeisternd schwieg er. Da er schließlich seiner Erregung ganz Herr geworden war, erwiderte er mit ruhiger Stimme:

«Nein, mein Bruder und meine Schwester. Bei aller Achtung, die ich euch entgegenbringe, ich kann nicht tun, was ihr verlangt. Das wäre eine Sünde wider Gott. Gott hieß mich nicht, den Kindern Israels zu verbieten, daß sie Frauen nähmen aus dem Fremdvolk; noch gebot Er mir, den Fremden, der sich zu Ihm bekennt, auszuschließen aus der Gemeinde und ihn zum Knecht zu machen. Dies zu tun, wäre eine Handlung, für die ich die Verantwortung trüge und die nicht Gottes Willen entspräche. Und ich darf nicht abweichen, weder nach rechts noch nach links, vom Willen Gottes.»

«Spricht jetzt Jehovah oder sprichst du, Moses?», fragte Miriam erzürnt. «Auch wir kennen den Willen Gottes! Wie kommst du zu dieser Vermessenheit?»

«Auch wir kennen den Willen Jehovahs», rief Aaron aus. «Auch zu uns spricht Er, und wir wissen, was Ihm wohlgefällig ist.»

«Auch wir haben das Recht, Gottes Wort zu verkünden, nicht du allein. Wir werden dies dem Volk bekannt geben», rief Miriam aus und ging wütend, von Aaron gefolgt, aus dem Zelt.

Moses blieb stumm und wie versteinert sitzen. Noch klangen die schrecklichen Worte in seinen Ohren. Seine Machtvollkommenheit war von seiner eigenen Familie in Frage gestellt worden. Nicht aus Eifersucht verweigerte er es Bruder und Schwester, daran teilzuhaben, denn auch zu ihnen sprach Gott. Wollte Gott doch, daß das ganze Volk Ihn sähe und Seine Stimme höre! Doch die Macht über das Volk jetzt zu zersplittern, dünkte ihm gefährlich für die Einheit des Volkes und die Durchsetzung der göttlichen Gebote. Wenn Aaron und Miriam vor das Volk hintraten und seine, Moses', Machtvollkommenheit in Frage stellten, wem würde das Volk gehorchen? Wem würde es glauben?

Gott die schwierige Lage, in der er sich befand, vorzutragen, sich um Hilfe an Ihn zu wenden, wie er in andern Fällen getan, das wollte er nicht. Denn diesmal handelte es sich um ihn persönlich; *er* war gekränkt, *seine* Machtvollkommenheit war angezweifelt worden; und um seiner selbst willen hatte Moses noch nie zu Gott gebetet. Seine Gebete hatten ausschließlich dem Volk gegolten.

«Wenn es Jehovahs Wille ist», dachte er, «daß ich meine Sendung mit meinem Bruder und meiner Schwester teilen soll, so wird Er mir das sagen. Und dann mag Sein Wille geschehen.»

Doch mit seinem persönlichen Ungemach wollte er sich nicht an Gott wenden; Jehovah wußte davon und erwog es. Jehovah war nun einmal gewissermaßen Moses' persönlicher Freund, so wie Er Abrahams Freund gewesen war. Für Moses war Er nicht nur der Gott des Weltalls und nicht nur der Gott Israels, der nur Blick hatte für das Ganze und dem Einzelmenschen keine Beachtung schenkte, sondern diesen dem Zufall und Schicksal überließ. Er war der Gott jeder einzelnen Person, Er wachte über jeden Einzelnen und lenkte seine Schritte. Er war nicht der Sonnengott Aegyptens, der an den Himmel gebannt blieb, sondern der Gott, der in jedes Menschenherz Sein Licht sandte. Moses empfand die Einzigkeit nicht nur Gottes, sondern eines jeden Menschen.

Moses hatte kaum Zeit, über das Geschehene nachzudenken;

kaum hatten Aaron und Miriam ihn verlassen, um ins Lager zu eilen und dort ihre Gleichberechtigung mit Moses zu verkünden, als sie alle drei bereits die Stimme Gottes in ihren Herzen vernahmen, die ihnen gebot, sich vor Ihm im Zelt der Zusammenkunft einzufinden, wo Moses die Heimsuchungen Gottes zu empfangen pflegte.

Gott war Moses unverzüglich zu Hilfe gekommen.

Die blauflimmernde Wolke senkte sich herab und hüllte das Heiligtum ein. Die Kinder Israels sahen sie und wußten, daß Gott nun Moses, Aaron und Miriam erscheinen werde, die sie die Anhöhe hatten ersteigen sehen. Klopfenden Herzens warf sich alles auf die Knie aus Furcht vor Ihm, der in der Wolke herabstieg.

Und Gottes Stimme ward vernehmlich aus der Wolke. Er hieß Aaron und Miriam zur Seite zu treten und sich abseits zu halten von Moses. Und dann ergrimmte die Stimme, die klang wie das Brausen des Sturmwindes und das Brüllen des Donners:

«Höret Meine Worte: Ist jemand unter euch ein Prophet, dem will Ich Mich kundmachen in einem Gesicht oder will mit ihm reden in einem Traum. Nicht also aber Mein Knecht Moses, der Vertrauen hat in Meinem ganzen Hause. Von Angesicht zu Angesicht rede Ich mit ihm und nicht durch dunkle Worte oder Gleichnisse, und er siehet Gott in dessen eigener Gestalt. Warum habt ihr euch denn nicht gefürchtet, wider Meinen Knecht Moses zu reden?»

Und unter einem rasenden Donnerschlag hob sich die Wolke empor. Doch als die Wolke von dem Zelt geschwunden war, siehe, da war Miriam mit Aussatz bedeckt.

Und da er die Aussätzige sah, fiel Aaron von Angst gepackt auf die Knie. Ihm war, als brenne sein eigner Leib von der Seuche, und er sah sich schon, des Priesteramts unwürdig erklärt, ausgestoßen aus der Gemeinde Israels. Er warf sich Moses zu Füßen und rief:

«Ach, beschwere uns nicht mit der Sünde, die wir gegen dich begangen haben! Ach, laß sie nicht sein wie ein Totgeborenes, dessen Fleisch schon verwelkt ist in seiner Mutter Schoß.»

Moses aber, die Schwester erblickend, ward auch von Furcht ergriffen. Sie, die das Fremdvolk aussätzig geheißen, sie war nun selbst aussätzig; sie, seine Schwester, war bedeckt mit eitrigen Schwären auf Hals, Mund und Wangen, ja bis zu den Augen. Er vergaß alles Geschehene, alle Worte, die sie gesprochen: dies war ja seine geliebte Schwester Miriam, eine Mutter in Israel, und nun eine Ausgestoßene, Verworfene, der Gemeinschaft Unwürdige. Er stürzte auf die Knie und schrie zu Gott:

«Heile sie, ich flehe Dich an, heile sie!»

Doch er hörte Gottes Stimme in seinem Herzen:

«Wenn ihr Vater ihr ins Angesicht gespien hätte, würde sie sich nicht sieben Tage schämen?» Und alsbald sah das ganze in den Sand hingestreckte Volk, das Jehovahs Geheiß erwartete, einen Zug aus dem Zelt herauskommen; sie sahen einen Wächter, der sich im Abstand hielt von einer Gestalt, die sie, wiewohl sie verhüllt war von Kopf bis Fuß, als die Miriams erkannten; und sie hörten Stimmen rufen:

«Tretet nicht herzu! Unrein! Unrein! Tretet nicht herzu!»

Und allen stand das Herz still ob dem, was sie sahen. Miriam, die Mutter Israels, die Schwester Moses', ward aus dem Lager geführt als unrein – mit Aussatz behaftet!

«Es ist darum, daß sie Gottes Geschöpfe geschmäht hat», murmelte einer der Schriftgelehrten. «Die Strafe für Schmähung ist Aussatz.»

«So ist es! Sie hat das Fremdvolk Aussätzige geheißen, und nun ist sie selbst eine Aussätzige.»

Und das Volk zog nicht weiter, bis Miriam wieder für rein erklärt wurde.

SECHZEHNTES KAPITEL

Es war, als ob Jehovah sie auf Adlersflügeln in ihr Land trüge. Kaum ein Vierteljahr war es her, daß sie das Gebirge Sinai verlassen hatten, und nun waren sie, ungeachtet aller Verzögerungen und Hindernisse – das Abbrechen und Wiederaufbauen der Stiftshütte bei jeder Verlegung des Lagers, die Anfälle von Hunger und Durst, die Lasten und Bürden, die Greise, die Neugeborenen, die schwangeren Frauen –, doch schon am Saum der Wüste Pharan angelangt, jenseits der die Wüste Zin begann; und diese wurde bereits als ein Teil des verheißenen Landes betrachtet. Zwischen diesen beiden Wüsten lag die uralte, heiliggehaltene Oase Kadesch-Barnea mit ihren Brunnen und Weiden. Hier ließen sich die Kinder Israels nun nieder.

Rechter Hand lag Edom. Dieses war von altersher bewohntes Gebiet. Die Edomiter hausten allerdings zu großem Teil in Höhlen. In ihrem Land herrschte Felsgestein vor, in das sie Tempel, ja ganze Städte gruben; aber sie saßen hier bereits seit Menschengedenken; sie waren fest mit ihrem Land verbunden und hüteten seine Grenzen eifersüchtig. Es war eine öde Felsenlandschaft, die sich nur zu Festungen eignete; doch nach der Regenzeit boten die Täler dazwischen üppige Weide, und es wimmelte darin von ihren Herden. Von den Bergkuppen bis zu den Niederungen hatten sich die Wildbäche tiefe Betten gegraben, darin Baum und Strauch, Gras und Kraut sproßte. Die nach dem Anblick von Grün ausgehungerten Kinder Israels rochen schon von weiter Ferne den Schollenduft der Felder Edoms; es war ihnen, als witterten sie Brotfrucht und Kuheuter; die Augen quollen ihnen aus den Köpfen. Für gute Silberlinge mußte man dort Wasser, geröstete Weizenähren, Töpfe voll Honig und Bier, Gerstenkuchen und was sonst alles bekommen können. Edom hatte auch gute Straßen, und über diese, durch die Ebenen und fruchtbaren Täler Moabs, vermochten die Kinder Israels geradenwegs in ihr gelobtes Land zu ziehen. Doch Edom zu überfallen, das war ihnen von Jehovah untersagt worden. Ganz davon abgesehen, daß die Felsenfesten der Edomiter schwer einnehmbar waren.

Das Volk und seine Führer befanden sich in hoch erwartungsvoller Stimmung. Hier war man nun endlich an den Grenzen des eigenen Landes; die Verheißung Jehovahs an die Vorfahren näherte sich ihrer Erfüllung. Doch wie würde sie sich vollziehen? Würde sie sich durch ein Wunder einstellen, so wie der Auszug aus Aegypten eingetreten war? Oder mußten auch sie, wie die andern Völker, ihr Land mit Schwert und Pfeil erobern?

Sie wußten es nicht. Moses wußte nur dies Eine: daß es nicht Gottes Wille sei, die Kinder Israels zu einem Volk von Engeln zu machen, das ein weltabgewandtes, von der Ordnung Seiner Schöpfung sich gänzlich unterscheidendes Leben führen solle. Es war Gottes Wille, die Kinder Israels zu einem auserwählten Volke zu machen, das sich durch Sitte und Verhalten auszeichnete, durch eine neue Ordnung, die jedoch von dieser Welt war;

als ein Vorbild für alle Völker, doch nicht außerhalb der Naturgesetze stehend. Ebenso wie die Torah, deren Gesetze und Gebote eine neue Ordnung beinhaltete, nicht für Engel bestimmt und nicht im Himmel aufbewahrt, sondern für Menschen bestimmt und ihnen zur Hütung übergeben war, so sollten auch die Kinder Israels, eine Gemeinschaft aus Fleisch und Blut, sich nach der natürlichen Weise aller Völker erhalten und erfüllen. Gottes Wille war es, daß das jüdische Volk selbst mithelfe am Werdegang seiner Befreiung; durch seine Taten sollte es sich seine Rechte erwerben. Die natürliche Ordnung der Dinge durfte nur durchbrochen werden, wenn es gar nicht anders ging, wie beim Auszug aus Aegypten, bei der Zerteilung des Meeres, der Beschaffung von Wasser in der Wüste; doch wenn es auf andere Weise sich ermöglichen ließ, wenn das Volk sich selbst helfen konnte, dann sollte es anders gehalten werden.

Moses hatte also die Kinder Israels auf die Aufgabe, das Land aus eigenen Kräften zu erobern, durchaus vorbereitet. Zu diesem Zweck hatte er eine feste Organisation aller religiösen, zivilen und militärischen Tätigkeiten durchgeführt. Der ganze Stamm Levi mit der Priesterschaft an der Spitze hatte die Leitung aller Kulthandlungen, vor allem des Dienstes im Heiligtum, inne und hatte das Volk in den Geboten der Torah zu unterweisen; die siebzig Ältesten, die neuernannten Aufseher, waren für das sittliche Verhalten des Volkes verantwortlich; sie waren die Richter und Hüter aller Gesetze und Vorschriften, die die Beziehungen von Mensch zu Mensch betrafen; die Fürsten Israels, die Hauptleute über Tausend, die Stammesältesten, hatten die kriegerische Erziehung der Jugend zu leiten, um sie für die Eroberung des verheißenen Landes auszubilden, die zwar unter Jehovahs Beistand, aber doch mit der Kraft der eigenen Hände vor sich gehen sollte.

Moses vertraute darauf, daß die Zeichen und Wunder, deren Zeugen die Kinder Israels in den letzten beiden Jahren gewesen waren, ihnen für immer die Überzeugung gegeben hatten, daß Jehovah in ihrer Mitte weile und daß keine Macht oder Gewalt Ihm widerstehen könne. Moses hatte die Empfindung, ausgestattet mit den Vorrechten der göttlichen Auserwähltheit, eingefügt in die neue Sittlichkeit, sei das Volk nun bereit für das große Unternehmen. Die Zurüstungen waren gewaltig gewesen. War der Berg Sinai nicht der Altar gewesen, auf dem Israel sein Leben gleich einem Reinigungsopfer dargebracht hatte? War der Berg Sinai nicht der Tiegel gewesen, in dem Gott die Seele des Volkes umgeschmolzen, auf daß es aus Knechtschaft in Freiheit, aus Unreinheit in Reinheit hervorgehe? Knechte waren sie gewesen, da sie Aegypten verließen; als Fürsten würden sie in ihr Land einziehen.

An den Grenzen der Wüste Zin nun, dem Eingang in das Land, begann Moses mit den Vorbereitungen für die letzten Abschnitte des Kampfes.

Zunächst sandte er auf Gottes Geheiß Kundschafter aus, die Land und Leute erforschen, auch die festen Plätze erkunden sollten, sowie von wem und in welcher Stärke sie besetzt seien. Das Gebiet war Moses vollkommen unbekannt. Seine Kriegserfahrung hatte er in Afrika, vornehmlich in der Gegend der Nilquellen in Abessinien gewonnen. Gelände und Klima waren dort ganz anders gewesen, auch die Bewohner, halbwilde Stämme mit primitiven Waffen. Hier jedoch, das wußte er, würde man auf gutgerüstete, kriegerische Völkerschaften treffen, die sich in der letzten Zeit sogar bei den Pharaonen in Respekt zu setzen gewußt hatten. Einige von ihnen, so die Philister, hatten sich sogar erkühnt, Aegypten anzugreifen. Die Zunahme der asiatischen Völker an kriegerischer Macht war es, wenigstens zum Teil, gewesen, was Ramses II. dazu veranlaßt hatte, die neue, nach ihm benannte Hauptstadt zu gründen. Moses wußte auch, daß die Bewohner des verheißenen Landes, die Kanaaniter, Philister, Hethiter, Menschen von bedeutender Körperkraft waren. Sie waren nicht, gleich den Aegyptern, durch die Fruchtbarkeit ihres Landes verwöhnt und verweichlicht worden. Denn ihr Land war dürr und arm; zur Bewässerung ihrer Felder waren sie auf Regenfälle und den Jordan angewiesen; der unerschöpfliche Wasserreichtum stand ihnen nicht zu Gebote, dessen sich die Aegypter erfreuten. Mit mühseliger Arbeit, die ihre Leiber abhärtete, mußten sie ihr täglich Brot dem Boden abringen. Es kam hinzu, daß das Gebiet, in dem der Kampf vor sich gehen mußte, ein ganz anderes Gelände aufwies als die Gegenden, in denen Moses früher Krieg geführt hatte: hier gab es keine freien, weiten Sandflächen wie in der Wüste noch dunkle afrikanische Sumpfländereien, die spärlich von halbnomadisierenden Stämmen bewohnt wurden. Hier waren feste, nicht selten von Wall und Graben umgebene Städte, bewohnt von seit langem dort niedergelassenen Völkerschaften, die mit Zähnen und Klauen ihre bestellten Felder, ihre Gärten, ihr gesamtes Hab und Gut verteidigen würden. Einige dieser Völkerschaften siedelten auf Bergkuppen; man würde gegen die an ewigen Schnee und große Höhen gewöhnte Gebirgsbevölkerung des Libanon und Hermon zu kämpfen haben; und weder Moses selbst noch gar die Kinder Israels hatten je den Biß des Frostes auf ihrem Leib gespürt. Diese von schneidenden Winden abgehärteten, felsenfest wie ihr heimischer Steinboden gewordenen Gebirgler würden sich wohl verzweifelt zur Wehr setzen. Es galt nun aber, eben dieses Land zu erobern, das Land der Verheißung; ein anderes kam für die Kinder Israels nicht in Frage. Es war ihr ihnen von altersher vorbehaltenes Erbteil, das ewige Erbe von Abrahams Samen. Zur Zeit war es im Besitz von Fremdlingen, die von jenseits der Berge gekommen, doch nicht von Abrahams Samen waren. Sie gehörten dort nicht hin; sie mußten besiegt und vertrieben werden, bevor die Kinder Israels sich in dem ihnen verheißenen Land niederlassen konnten.

Schon daran heranzukommen, war keineswegs leicht. Das Land war umgeben von Siedlungen anderer Völkerschaften, von denen einige selbst von Abraham abstammten und ihr Land von Jehovah selbst erhalten hatten. Und diese Völker anzugreifen, das war Moses streng verboten worden.

Zu seiner Rechten saß Edom, Esaus Nachkommenschaft. Edom war längst aus einem schweifenden zu einem seßhaften Volk von tief mit ihrem Boden verwachsenen Ackerbauern geworden. Dessen Grenzen zu überschreiten, dazu mußte Moses ihre Erlaubnis einholen. Er nahm als selbstverständlich an, daß die Edomiter, die doch ebenfalls Nachkommen Abrahams waren, mit Freude vernehmen würden, daß die Söhne Jakobs nun auch endlich freigeworden und die Knechtschaft Aegyptens hinter sich gelassen hatten. Edom mußte doch wohl geneigt sein, ihnen beim Antritt ihres Erbes Beistand zu leisten.

Weiter hinauf an den Ufern des Toten Meeres saß Moab, ebenfalls Abrahams Samen entsprossen, als Nachkommenschaft von dessen Neffen Lot. Moabs Erbteil waren die Städte Sodom und Gomorrha gewesen, die Gott mit Vernichtung geschlagen hatte. Jenseits Moabs hausten die Amoriter festverschanzt in den Bergen, die «Türhüter» Kanaans, die, wie die Sage ging, von Riesen abstammten. Sie waren ein kriegerisches Volk, das erst besiegt werden mußte, bevor man sich dem Jordan nähern konnte. Auf dem gleichen Jordanufer saßen auch noch die Ammoniter, die, wie die Moabiter, Nachkömmlinge Lots waren. Auch in ihr Land durfte Moses nicht einfallen, sondern durfte nur mit ihrer Erlaubnis durchziehen. In der Einfalt seines Herzens bildete Moses sich ein, die Blutsverwandten der Kinder Israels würden ihnen hilfreich die Hand hinstrecken.

Zum gelobten Land führte ein gerader Weg durch das Bergland der Wüste Zin, das sich von Kadesch-Barnea bis nach Beerseba und Hebron erstreckte. Die Wüste Zin war ein Glutofen, in dem alle möglichen Nomadenstämme herumwanderten, Rohstoff ungestalteter Völkerschaften, Absprengsel der Amalekiter, Horden von Hethitern, Jebusitern und Amoritern. Die Kanaaniter und Philister, die am Meeresstrand siedelten, würden Ausfälle aus Gaza und andern Städten machen, denn sie erhoben Anspruch auf das Gebiet der Wüste Zin und lagen ständig mit den umherziehenden wilden Stämmen im Kampf.

Moses hoffte, er werde die Kinder Israels nicht durch die Wüste Zin führen müssen. Er hatte zwar keine Angst vor den jeder Kriegskunst entbehrenden Nomadenhorden, die den Israeliten nicht gewachsen waren; doch er wußte, daß die Kinder Israels übermüdet waren von der Wüstenwanderung, auch geschwächt durch Hunger und Durst, und so hatte er keine Lust, sie auf eine neue Probe zu stellen; um so weniger als sie, während der Rast in Kadesch-Barnea, den Geschmack an den wohlbestellten Äckern und Gärten Edoms bekommen, die sie mit einem neuen Geist erfüllt hatten. Ihre Herzen strömten über von der Hoffnung auf Gottes Verheißung. Ihre Klagen hatten aufgehört; stumm unterzogen sie sich den Mühen und Entbehrungen, die sie sonst beim geringsten Anlaß Moses vorzuwerfen pflegten. Die nahe Aussicht auf Heimstatt und Niederlassung erzeugte in ihnen nur eine freudige Ungeduld und einen Drang nach vorwärts. In der Morgenfrühe versammelten sie sich oft vorm Zelte Moses' und forderten: «Sende Leute aus, das Land zu erkunden, daß wir wissen, was wir zu erobern haben und wo wir durchziehen müssen.»

Der Eifer der Kinder Israels erfüllte Moses mit Befriedigung. Er wählte zwölf bedeutende Männer aus, aus jedem Stamm einen, die ihm am vertrautesten waren und die er für die zuverlässigsten hielt; darunter vor allem seinen treuen Helfer, den jungen Josua ben Nun, ferner Kaleb ben Jephunne, einen Ältesten des Stammes Juda, der kühnen, tatkräftigen Geistes war. Da er nicht vorhatte, ins Land der Söhne Esaus und der Söhne Lots einzufallen, so hieß er die Kundschafter, nicht über Edom oder Ammon zu gehen, sondern quer durch die Wüste Zin.

Vierzig Tage billigte er ihnen für die Erkundung zu, denn er wollte genauen Bericht über das ganze Land. Sie sollten bis zu den Grenzen des Libanon- und Hermon-Berglands sowie ostwärts bis zum Gestade des Meeres gehen. Von den am Meer wohnenden Kanaanitern und Philistern wußte er, daß es tapfere, kraftvolle Völkerschaften seien. Sie fuhren mit ihren Schiffen weit in die Welt hinaus, gründeten Städte und Kolonien. Sie hatten von den Aegyptern auch die Kunst des Kupferschmelzens gelernt, wozu sie das Erz aus Zypern holten. Ihre Äcker waren wohlbestellt; für ihren Schiffbau hieben sie ganze Wälder nieder. Auch sie hielten, in ähnlicher Weise wie die Aegypter, Sklaven, hauptsächlich für den Bergbau in den Kupfergruben; auch sie versorgten sich mit Sklaven aus fernen Ländern, in die sie Raubzüge unternahmen. Bau- und Webekunst beherrschten sie ebenfalls vortrefflich; prächtige Tempel hatten sie ihrem Gott Moloch errichtet, den sie darin mittels eines scheußlichen Kults, bei dem sie Kinder opferten, verehrten. Auch war widernatürliche Unzucht aller Art bei ihnen gang und gäbe. Moses wußte über all dies wohl Bescheid. Nun aber brauchte er einen genauen Bericht über die Widerstandskraft ihrer festen Plätze und Stärke ihrer Heere. Er wollte auch greifbare Beweise haben für die Fruchtbarkeit des Landes, weshalb er den Kundschaftern anbefahl, außergewöhnliche Probestücke von Granatäpfeln, Feigen, Datteln, Getreideähren, Gemüsen und anderen Bodenerzeugnissen mitzubringen.

Mit Spannung erwartete das Volk die Rückkehr der Kundschafter. Neidisch blickte es auf die wohlbestellten Felder der Edomiter und sehnte die Zeit herbei, da es auf seinen eigenen Äckern arbeiten, sein Vieh auf die eigenen Weiden treiben, in den eigenen Städten wohnen würde. Dabei war das, was sie im Land der Edomiter sahen, nicht einmal sehr geeignet, Neid zu erwecken; denn das ließ sich nicht vergleichen mit dem fetten, dunklen, saftigen Schlammboden, den der Nil in ihrer früheren Heimat, dem Lande Gosen, anschwemmte. Hier, im Lande Edom, mußte jedes Fleckchen bestellbaren Bodens mit unermüdlicher Arbeit dem Sand der Wüste abgerungen werden. Recht mager war denn auch der Ertrag der windzerzausten Getreidefelder, die sie erblickten, wenn sie die Grenze überschritten, um in den Siedlungen der Edomiter einen Scheffel Korn oder einen Krug Wasser zu erstehen. Denn Moses hatte ihnen eingeschärft, alles, was sie von den Edomitern brauchten, mit Silber zu bezahlen. Sie hofften indes, ihr Land, das ihnen verheißene Land, werde anders sein als das der Edomiter. Sie hielten sich an Moses' Worte: hatte er ihnen doch gesagt, es sei ein Land, darin Milch und Honig fließe.

Eines Tages endlich dann verkündete Hörnerschall die Rückkehr der Kundschafter. Sie hatten Boten vorausgeschickt, um ihre Ankunft zu melden; Moses stand bei seinem Zelt vor dem Eingang zum Heiligtum, von Aaron und den Ältesten umgeben. Der stets für Versammlungen freigehaltene Platz vor der Stiftshütte war bald vollgepropft mit Männern, Weibern und Kindern, und immer mehr Menschen kamen aus den Zelten herbeigeströmt. Väter setzten ihre Kleinen auf die Schulter, damit sie sich dereinst der herrlichen Stunde erinnern könnten; Mütter trugen ihre Säuglinge in den Armen. Ein Gedränge von Leibern, Köpfen, Bärten wogte auf dem Platz; mitteninne standen Moses und Aaron.

Die Volksmasse trat auseinander, als die Kundschafter, einer hinter dem andern, in guter Marschordnung näherkamen. Jeder von ihnen trug ein Musterstück der Bodenfrüchte des Landes: Getreide, Obst, Gemüse. Zwei Männer trugen an einer Stange über den Schultern eine riesenhafte Weintraube. Ein jeder legte seine Last zu Füßen Moses' und Aarons nieder, und die Volksmenge machte große, verwunderte Augen. Väter hießen ihre Kinder, gut hinzuschauen: «Seht, solcherlei Früchte bringt unser Land hervor . . .», sagten sie. Und dann fingen die Kundschafter zu berichten an.

Als erster sprach der Älteste des Trupps, der Vertreter des Stammes Ruben, ein massiger, schwerfälliger Mann mit flachem

Gesicht, das aussah wie ein Teigklumpen. Langsam und gleichgültig kamen ihm die Worte von den Lippen, als ginge ihn die ganze Sache nichts an:

«Wir kamen in das Land, in das du uns geschickt hast. Jawohl, es ist ein Land voll Milch und Honig, und hier sind seine Früchte. Doch die Völker, die darin wohnen, sind mächtig, und ihre Städte sind stark befestigt. Wir haben auch die Söhne der Riesen gesehen. Im südlichen Lande, dem Negew, wohnt Amalek; im Bergland haust der Hethiter, der Jebusiter, der Amoriter, und der Kanaaniter bewohnt die Ufer des Meeres und des Jordan.»

Das Volk war verstummt und lauschte. Schweres, angstvolles Schweigen legte sich über die Versammelten. Aller Augen wandten sich Moses zu. Dann ward ein leises Murmeln hörbar gleich dem Wehen, wenn ein Sturm heraufzieht.

Da griff Kaleb ben Jephunne ein und versuchte, das Volk zu beruhigen, den Zorn, der sich gegen Moses erhob,zu beschwichtigen.

«Und doch werden wir hinaufgehen nach dem Lande», rief er, «wir werden hinaufgehen und unser Erbe antreten, denn wir werden es sicher erobern.»

«Wie?», fragte der Vertreter des Stammes Dan, ein Mann mit einem mächtigen Schädel und großem Munde, von massiger Gestalt und hitzigem Gemüt. «Vermagst du dem Löwen die Beute aus den Pranken zu reißen? Oder kannst du den Adler verfolgen, wenn er sich in die Lüfte erhebt mit der Beute in den Fängen? Wer sind wir, daß wir hinaufziehen gegen dieses Volk? Es ist mächtiger als wir!»

Diese Sätze des Sendlings aus dem Stamme Dan waren die Stichworte für die übrigen Kundschafter; sie wandten sich nicht an Moses, sondern an das Volk, indem sie sagten:

«Und was es für ein Land ist! Ein jeder Fußbreit Bodens muß dem Felsgestein abgerungen werden. Das Wasser müßt ihr vom Himmel erwarten, von Jehovah, nicht vom Nil. Es ist gar keineswegs ein Land wie das, aus dem ihr kommet. Dort sank euer Fuß in fetten Schlammboden ein; dort brauchte man bloß anzusäen, und was man säte, das wuchs von selbst. Hier mußt du im Schweiß deines Angesichts schaffen, hier mußt du pflügen und ackern und graben. Mit schwieligen, blutenden Händen mußt du dem Boden dein täglich Brot abringen. Es ist ein Land, das seine Bewohner vor der Zeit altern macht, das seine Bewohner aufzehrt. Um an es heranzukommen, muß man Gebirge übersteigen, wo Riesen hausen, wahrhafte Riesen, Kinder der Nephilim, die vom Himmel gefallen sind. Das sind die Torhüter des Landes Kanaan. Sie wohnen in festen Bergstädten und lassen niemanden an den Jordan heran.»

«Wie Heuhüpfer kamen wir uns selbst vor gegen sie und so erschienen wir ihnen auch», sagte ein anderer Kundschafter. «So gewaltig sind sie.»

Die ganze Nacht über befand sich das Lager in Aufruhr. Keiner tat ein Auge zu. Man umstand im Kreise die Kundschafter, die fabelhafte Geschichten erzählten von den Riesen, die sie im Bergland gesehen hatten. Die Furcht steigerte ihre Vorstellungen, und vor Grauen ergingen sie sich in den übertriebensten Schilderungen. «Das sind keine Menschen; das sind Berge. Und ihre Waffen, ihre Festen, ihre Mauern – die sind wie die Bewohner selbst, die mit den Zähnen Felsen ausreißen und sie in die Tiefe schleudern.»

Diese übertriebenen Berichte allein würden genügt haben, den Glauben der Kinder Israels an den Gott, der sie aus Aegypten geführt und in der Wüste Wunder für sie gewirkt hatte, zu entwurzeln. Nicht genug an dem jedoch, begannen die Kundschafter selbst noch den Glauben an die Verheißung zu unterwühlen, indem sie schlecht und verleumderisch von dem Land sprachen; und dadurch wurde Gottes Zorn schlimmer gegen sie entfacht, als wenn sie schlecht von Ihm gesprochen hätten.

«Begreift ihr jetzt?», sagten sie. «Jehovahs Absicht ist es, uns an Ihn zu fesseln, uns von Ihm abhängig zu machen, so wie Er es in der Wüste mit uns getan hat. Ohne Ihn sind wir verloren im Wüstensand gleich einem Schiff ohne Steuermann auf hoher See. Für jeden Bissen Brot und jeden Schluck Wasser müssen wir uns an Ihn wenden; und so wird es auch in dem Land sein, in das Er uns führen will. Nur wenn es Ihm gefällt, uns Regen zu spenden, so werden wir was zu essen haben. Wegen der winzigsten Sünde kann Er den Himmel zusperren und uns Regen verweigern; dann werden wir und unsere Kinder im eigenen Lande hinwelken.»

«Ohne Ihn können wir keinen Atemzug tun. Damit wir

immer Seiner gedenken, wird Er uns in dauernder Angst vor dem Verhungern halten, so wie wir in Aegypten in ständiger Angst vor der Peitsche lebten.»

«Nein; Er bringt uns erst gar nicht in das Land, um dort Hungers und Durstes zu sterben; Er führt uns in die Wildnis, wo wir durch das Schwert umkommen. Er hat uns mit Feinden umringt. Du hast doch gehört: im Tale lauert der Amalekiter; an den Bergen wetzt der Amoriter das Schwert, und zwischen den Felsen liegen die Riesen im Hinterhalt. Ehe wir noch den Fuß in das Land gesetzt haben, werden wir und unsere Kinder den Hyänen und Geiern zum Fraß dienen. Unsere Leichen werden im Sand liegen wie das Aas der gefallenen Kamele.»

Weinen und Wehklagen ging durch die Gemeinde. Von allen Seiten des Lagers, aus allen Zelten hörte man das Gejammer:

«Weh uns, weh über unser elendes Los! Was hat Er aus unsern Frauen und Kindern gemacht? Fraß für die Geier und Hyänen!»

In seinem Zelt hörte Moses das Gejammer des Volks. Es ging ihm durch Mark und Bein, senkte Grausen und Furcht in ihn, erfüllte ihn mit der Bitterkeit der vernichteten Hoffnung; dies war nicht die Auflehnung von Menschen, die nach Fleisch gierten. Damals war es ein törichtes Geschrei, ein Gekreisch launenhafter, ungezogener, verwöhnter Kinder gewesen; auch hatte nicht das ganze Volk mitgemacht dabei; damals hatte Moses die Möglichkeit gehabt, zwischen den Rand- und Bandlosen und den Beherrschteren zu unterscheiden. Jetzt aber handelte es sich um das gesamte Volk, von den höchsten bis zu den niedrigsten Schichten, das seine Stimme erhob; die Ältesten wurden als Erste von dem Ausbruch panischer Angst mitgerissen. Es war das Aufheulen einer Menschenmasse, die sich hoffnungslos in eine Falle gelockt, hinters Licht geführt und der Vernichtung ausgeliefert sah.

Moses war kein Träumer, sondern ein Mann, der mit der Wirklichkeit zu rechnen verstand. Vom ersten Augenblick an, da er mit seinen Brüdern in Aegypten die Verbindung aufgenommen hatte, hatte er begriffen, daß er es hier mit schwierigem Menschenmaterial, mit Männern und Weibern zu tun hatte, die durch die Sklaverei heruntergekommen waren. Er war jedoch des Glaubens gewesen, daß sich in ihrem Innern doch noch ein Rest von Freiheitsbewußtsein erhalten habe, daß die Glaubensüberlieferung vom Bund mit den Vorfahren nicht gänzlich aus ihnen geschwunden sei. Auf dem langen Zug von Aegypten bis Kadesch-Barnea hatten sich genügend Beweise ergeben, daß Jehovah keine Täuschung oder Enttäuschung sei, sondern eine Wirklichkeit, die fester stand denn ihr Leben, ja als ihre Leiblichkeit selbst; die Anwesenheit des Heiligtums in ihrer Mitte hätte sie erheben und befeuern müssen, Jehovah blindlings Folge und Gehorsam zu leisten bis in den Tod, so wie ihr Erzvater Abraham Ihm die Treue hielt bis in den Tod. Waren sie denn nicht die Kinder Abrahams? Floß nicht das Blut der Erzväter in ihren Adern? Wenn nicht, worin unterschieden sie sich zum Guten vor den andern Völkern? Wenn Gott für die Kinder Esaus das getan haben würde, was Er für die Kinder Israels getan hatte, so würden jene bestimmt fester geblieben sein in ihrem Glauben an Ihn.

Wenn dem aber so war, was hatte er, Moses, mit den Kindern Israels zu schaffen? Es war ein Irrtum gewesen, ein furchtbarer Mißgriff, sich mit ihnen einzulassen. Es gab kein Israel, es gab keine Kinder Abrahams, Isaaks und Jakobs. Dieses Pack war so wertlos wie alle andern Menschenkinder auch. Das war kein auserwähltes Volk. Weder der Sinai noch Gesetze und Gebote noch auch die Torah hatten sie dazu machen können. Knechte waren sie, und Knechte blieben sie. Ein Traum Jehovahs oder seiner, Moses', selbst war es gewesen, ein auserwähltes Volk könne aus Sklaven gebildet werden.

Ja, er wollte sie verlassen und sie in der Wildnis den wilden Tieren zum Raub überlassen. Mochten sie untergehen, mochten sie den Hyänen und Geiern zur Beute werden.

Allein diese Stimmung ging so rasch vorüber, wie sie gekommen war; Grimm hatte seinen Geist einen Augenblick lang verfinstert; dann aber leuchtete wieder das inwendige Licht hell in ihm auf und warf seine Strahlen auf die ferne Zukunft. Wieder erschaute er, was er am Sinai erschaut, als Gott ihm ein Fenster aufgetan hatte zum Ende aller Tage. Israel, wie es jetzt war, wie es in seinen Zelten saß und wehklagte, mochte klein und jämmerlich, mit Blindheit geschlagen sein; das ewige Israel aber war sehend, es war das Auge, mit dem die Menschheit das Licht Gottes erblicken würde.

Und mit einmal erhob er die Stimme und schrie das Bekenntnis:

«Wenn Gott die Wahrheit und die Dauer ist, so ist auch Israel die Wahrheit und die Dauer.»

Was auch kommen mochte: der Same Abrahams würde nicht untergehen, sondern fortleben, nicht um Israels willen, sondern um Jehovahs und um der Menschheit und aller Zukunft willen. Er wollte vor das Volk hintreten, mit ihm zu rechten und alles zu tun, was in seiner Macht lag, um in ihm den Geist Abrahams zu erwecken.

Doch in der Morgenfrühe kamen sie zu ihm. Alles Volk versammelte sich vor seinem Zelt, die Fürsten und Ältesten vornedran, und hinter ihnen die Menge des Volks. Sie machten kein Getöse, sie waren nicht in Wut. Aus gepreßten Kehlen weinten sie und streckten die Arme aus nach Moses und Aaron.

«Was habt ihr mit uns getan? Warum habt ihr uns aus Aegypten geführt, wo wir ein Dach über dem Kopf und Brot zu essen hatten? Warum führt Jehovah uns in ein Land, wo wir durch das Schwert fallen und unsere Frauen und Kinder ein Raub der Feinde werden? Ist es nicht besser, nach Aegypten zurückzukehren?»

«Zurück nach Aegypten! Nach Aegypten!», wurden Stimmen hinter den Ältesten laut.

«Laßt uns einen Hauptmann über den Heerbann setzen und umkehren nach Aegypten!», wurde geschrien und der Ruf wurde von der Volksmenge wiederholt.

Moses und Aaron aber warfen sich vor der ganzen Gemeinde auf das Angesicht, und Moses sprach flehend zu ihr:

«Gedenket dessen, was Jehovah für euch getan hat. Warum seid ihr von Angst gepackt? Jehovah wird vor euch hergehen und für euch streiten, wie Er für euch wider Pharao stritt. Habt ihr nicht gesehen, wie Jehovah euch durch die Wüste trug, so wie ein Vater sein Kind trägt, bis hierher an diese Stelle? Warum habt ihr jetzt Angst?»

Und da Josua ben Nun und Kaleb ben Jephunne Moses vor dem Volk im Staub liegen sahen und es anflehen hörten, Glauben in Jehovah zu setzen, da zerrissen sie zum Zeichen der Trauer ihre Kleider.

«Brüder in Israel!», schrie Josua. «Wir haben das Land gesehen. Es ist ein gutes Land. Wenn Gott uns gnädig ist, so wird Er uns in dieses Land bringen, darin Milch und Honig fließt. Fürchtet euch nicht vor seinen Bewohnern. Sie sind Brot für uns. Ihr Mut hat sie verlassen. Sie sind uns ausgeliefert! Gott ist mit uns!»

Und Kaleb ben Jephunne erhob ihm beipflichtend die Stimme:

«Was fürchtet ihr? Wenn Moses euch bäte, aufzusteigen zum Himmel, würdet ihr nicht gehen? Wir würden Leitern aufstellen und zum Himmel emporklimmen, da Jehovah mit uns ist.»

«Seht doch die Verräter an! Verräter! Betrüger! Fort mit ihnen!», wurde aus der Volksmenge geschrien.

«Steinigt sie!»

Hände erhoben sich, in denen Steine waren. Doch kaum hatten sie sich ausgestreckt, als die Arme in der Luft erstarrten.

«Schaut!»

«Jehovah!»

«Jehovah!»

Tausende zackiger Feuerstrahlen, blitzend, sturmgeschwellt, gewaltig erblickte das Volk die Wolke, die sich herabsenkte. Immer dichter bauschte und ballte sie sich, ward von Sekunde zu Sekunde schwerer und dunkler. Es war, als wenn ein Gebirge sich herabließe auf die Gemeinde, ein wirbelndes Gebirge, das alles vor sich herzufegen drohte. Wie unter einer übermächtigen Last fiel das Volk zu Boden und schrie entsetzt:

«Jehovah! Jehovah!»

Die Gesichter in den Sand vergraben spürten sie über sich das Zerren und Zausen eines Sturmwindes. Gottes Hauch versengte ihre Leiber und drohte sie zu vernichten. Jeden Augenblick erwarteten sie, daß eine Feuerzunge über sie hinfahre und sie zu Asche brenne, wie Aarons Söhne zu Asche gebrannt worden waren. Unerträglich ward der Druck der Luft, doch die Wut des Sturmes steigerte sich nur noch. Aber sie waren nicht ausgetilgt. Langsam, furchtsam hoben sie die Augen und gewahrten Moses, der die Arme im Gebet emporgestreckt hatte: zwei mächtige Arme gleich Pfeilern, die die entsetzliche Wolke von Gottes Zorn aufhielten und sie hinderte, niederzustürzen, um sie alle zu vernichten. Zwischen Gott und Israel stand, erleuchtet vom Gebet, das Antlitz Moses', eine Schranke des Glaubens und Gebets. Und sie gewahrten, wie die Wolke sich von ihnen hinweg nach dem Heiligtum verzog. Darauf sahen sie Moses sich vom Boden erheben und der Wolke folgen; und durch die Wolke hindurch betrat er das Zelt der Versammlung.

Vor dem Heiligtum blieben sie in den Sand hingestreckt liegen; pochenden Herzens warteten sie auf das Urteil, das Jehovah ihnen durch Moses verkünden lassen würde.

Im Zelt fiel Moses vom Rauch umgeben, der es erfüllte, auf sein Angesicht vor der grausenvollen Majestät Jehovahs und rief:

«Meine Schuld ist es! Ich war zu vorschnell, zu ungeduldig; ich konnte es nicht erwarten, daß sie die Knechtsseligkeit in sich besiegten, daß sie bereitet wären zu der Freiheit, die Du ihnen bringst. Meine Schuld ist es, weil ich nicht ihr Wesen verstand und sie nicht leitete hin zu Deinem Geist. Züchtige mich und erbarme Dich der Kinder Abrahams, Isaaks und Jakobs.»

Und wiederum, wie seinerzeit nach dem Tag des Goldenen Kalbes, bot Gott ihm an, ein neues, ein auserwähltes Volk zu erheben aus der Nachkommenschaft Moses', und Er sagte:

«Wie lange will dieses Volk Mich noch lästern? Und wie lange noch will es nicht an Mich glauben? So will Ich sie mit Pestilenz schlagen und vertilgen und dich zum größeren und mächtigeren Volk machen, denn dieses ist.»

Moses aber antwortete:

«HErr, Du kannst die Kinder Israels nicht austilgen, Du kannst sie nicht auswechseln für ein anderes Volk. Dein Name ist genannt über ihnen, und sie sind Dein Ruhm. Was werden die Aegypter sagen, wenn sie hören, was Du diesem Volk getan hast, nachdem Du es mitten aus ihnen herausgeführt mit Deinem starken Arm? Was werden die Einwohner dieses Landes sagen, wenn sie hören, daß Du die Kinder Israels erschlagen hast wie einen einzigen Mann? Sie werden sagen: Jehovah, der in ihrer Mitte ist, konnte mit nichten das Volk in das Land bringen, das Er ihnen zugeschworen hat, und darum hat Er es geschlachtet in der Wüste. Du hast Dich verbunden mit Israel für alle Ewigkeit; so laß denn Deine Kraft groß werden, wie Du gesagt hast und gesprochen: ‚Der HErr ist langmütig und von großer Barmherzigkeit und vergibt Missetat und Übertretung; aber Er lässet niemand ungestraft, sondern suchet heim die Missetat der Väter über die Kinder bis ins dritte und vierte Glied.' Darum, so flehe ich Dich an, züchtige dieses Geschlecht, doch lasse Israel am Leben. Denn Israel ist Dein Erbe für immerdar. Gedenke der nachfolgenden Geschlechter, bitte ich Dich, und vergib diesem Volk seine Sünden nach Deiner großen Barmherzigkeit, wie Du ihm vergeben hast von Aegypten an bis zu diesem Tag.»

Und Jehovah erhörte Moses' Gebet und sprach:

«Ich habe vergeben, wie du gesagt hast.»

Er wollte nicht Rache nehmen am zweiten Glied, noch am dritten und vierten. Nur die, die gesündigt hatten, sollten sterben, der Sohn aber sollte nicht gebüßt werden um der Sünden des Vaters willen.

SIEBZEHNTES KAPITEL

Es war eine lange Zusammenkunft, die Moses diesmal mit Jehovah hatte; doch die ganze Zeit über wagten die Kinder Israels nicht, sich von dem in die Wolke eingehüllten Heiligtum wegzurühren. In den Sand hingestreckt warteten sie auf die Kunde, die ihnen Moses von Jehovah bringen werde.

Schließlich trat denn Moses auch aus dem Zelt, und alle bemerkten die Veränderung, die mit ihm vorgegangen war. Etwas vom Dunkel der Sturmwolke Gottes lag noch auf seinem Antlitz. Es war kein Gebet für sie mehr, das von seinen Lippen kam, sondern ein mit furchteinflößender Stimme gesprochenes Urteil:

«Nicht um euretwillen, sondern um eurer Kinder willen, die ihr schon als Raub des Feindes gesehen hattet, wird der HErr verfahren. So aber hat Er gesprochen: ‚Diese will Ich führen in das Land, das ihr verworfen habt. Eure Leiber aber sollen in dieser Wüste zerfallen. Und eure Kinder sollen Wanderer sein in der Wüste vierzig Jahre, bis daß eure Leiber alle werden in der Wüste. Nach der Zahl der Tage, da ihr das Land erkundet habt, je ein Tag soll ein Jahr gelten, auf daß ihr vierzig Jahre eure Missetat traget.' So hat der HErr gesprochen.»

Dann berief Moses Josua ben Nun und Kaleb ben Jephunne zu sich und verkündete:

«So hat der HErr geboten: ‚Morgen brechet ihr auf und führet die Gemeinde zurück in die Wüste vorbei am Schilfmeer!»

«Zurück in die Wüste!»

Als das Volk aufstand von der Stelle, wo es gelegen hatte, blieben zehn von den Kundschaftern tot im Sande liegen, und zwar die, die schlecht berichtet hatten. Auf der Stelle waren sie von Gott mit Pestilenz geschlagen worden. Und der Schrecken Gottes fiel über das Volk.

Am andern Morgen aber erhob sich ein Teil der Stämme zu früher Stunde und trat, Scham und Trauer im Gesicht, vor Moses und Aaron und sprach also:

«Wir sind bereit, weiterzuziehen und den Feind zu bekämpfen. Wir wollen hinaufziehen ins Gebirge und dort wider die Kanaaniter und die Amalekiter streiten. Wir wollen unsere Sünde mit Blut abwaschen.»

«Ziehet nicht hinauf und vergeht euch nicht wider das Gebot Gottes. Ihr werdet geschlagen werden, denn der HErr ist nicht unter euch. Ihr werdet fallen durch das Schwert.»

Aber sie hörten nicht auf Moses' Wort und zogen ins Gebirge hinauf. Doch weder Moses noch die Lade Gottes entfernten sich vom Lager. Und es kam, wie Moses vorausgesagt hatte. Die Amalekiter und Kanaaniter griffen an und schlugen das Heer der Israeliten aufs Haupt, zerstreuten sie und verfolgten sie bis gen Horma.

So blieb also den Kindern Israels nichts anderes übrig, als Gottes Befehl auszuführen und umzukehren in die furchtbare Wüste, aus der sie gerade gekommen waren, und neuen Prüfungen und Entbehrungen entgegenzugehen. Die Gemeinde trauerte; weinende Gruppen saßen vor den Zelten.

«Was wird uns nun zustoßen? Haben wir darum Aegypten verlassen, daß unser Gebein im Wüstensand bleichen soll? Sollen wir wirklich nie mehr richtiges Erdreich sehen? Sollen wir uns nie mehr erfreuen am Geschmack von Grünzeug und Salz? Sollen unsere Zungen nie wieder die Süßigkeit der Feigen zu kosten bekommen? Sollen wir nie wieder eine Weintraube in unsern Händen wiegen? Sollen wir immerdar von schleimigem, klebrigem Manna leben, während unsere Gaumen sich nach einem langen Trunk kühlen Quellwassers sehnen? Soll es immer so bleiben, bis wir in der Wüste niederfallen gleich einem Esel oder Kamel, daß unsere Knochen in den Sand rollen und in der Sonne bleichen?»

Moses vernahm das Stöhnen des Volkes. Er sah die bitteren, verzerrten Gesichter, die gelbe Haut, die eingesunkenen Augen. Das Entsetzen über Gottes Richterspruch stand auf ihren Stirnen: jedem Erwachsenen war das Todesurteil verkündet worden. Was vermochte er anders zu tun, als sich abermals im Gebet an Jehovah zu wenden?

In einer Ecke seines Zelts lag er am Boden hingestreckt, und Josua konnte hören, wie er mit gebrochener Stimme betete:

«Ich habe zu Dir gerufen und Dich angefleht, daß Du mir sagest, womit Du die Welt lenkest, und Du hast mir geantwortet: durch Barmherzigkeit und Liebe. An diese ergeht mein Gebet, gnädiger und mitleidiger Gott! Blicke herab auf die Kinder Deiner Freunde; sieh, wie sie ihre Sünden bereuen. Gedenke des Bundes mit Abraham und habe Erbarmen mit ihnen. Sie sind verwirrt durch Deine schreckliche Macht und zerbrochen durch Deine Züchtigung. Sie sind wie gedroschene Ähren, zerschmettert von Deinem Grimm. Richte sie auf, Gott der Gnade, und bringe wieder Licht in meine Augen. Laß mich inne werden Deiner Gerechtigkeit, denn Deine Gerechtigkeit ist der Leitstern meines Lebens. Sage mir, was ich tun muß und wie ich sie führen soll. Denn wir sind verängstigt von Deinem Zorn und wie verirrte Schafe.»

Und Gott gewährte Moses das Licht Seiner Gerechtigkeit. Und Moses sagte sich in seinem Herzen, er werde die Kinder Israels nicht zwingen, von Kadesch-Barnea abzuziehen, er wolle sie nicht zwingen, die Zelte abzubrechen. Tatsächlich erhob sich auch die Wolke nicht vom Heiligtum zum Zeichen des Aufbruchs. Gott hatte Moses zwar geheißen, morgen in die Wüste zurückzukehren, doch Moses legte das Wort «morgen» als «nach einiger Zeit» aus. Auch brauchte Moses selbst Zeit zur Überlegung, um einen neuen Wanderplan auszudenken. Er hatte jetzt nur allzu klar erkannt, daß das Geschlecht des Auszugs aus Aegypten verloren war. Es würde in der Wüste umkommen, das hatte Gott geschworen. Schließlich sah er auch den großen Irrtum ein, in dem er befangen gewesen war. Er hatte sich eingebildet, die Kinder Israels vermöchten ohne eine dazwischenliegende Zeit des Nomadentums unmittelbar aus dem Zustand der Knechtschaft in den der Freiheit überzugehen, sie könnten von einem Tag auf den andern zu Kriegsmannen und Landeroberern umgeschaffen werden. Doch das traf nicht zu. Wie jedes andere Volk, so mußten sich auch die Kinder Israels allmählich, stufenweise, zu einem freien Volk entwickeln.

Der Duft der Fleischtöpfe Aegyptens mußte aus ihren Nasen verschwinden, ihre Gaumen mußten den Geschmack von Zwiebeln und Knoblauch vergessen und ihre Augen die Erinnerung an den dicken, fetten Nilschlamm, der den Boden mit Fruchtbarkeit überzog. Ihre Leiber mußten gestählt werden durch die sengende Wüstensonne, sie mußten hart werden gleich gehämmertem Kupfererz. Ihre Augen mußten scharf, feurig, zielbewußt werden, ihre Nasen verfeinert und geübt, daß sie ihnen anzeigten, wo Wasser und Weide für ihre Herden zu finden war, so wie die Nüstern der Schakale von ferne die Beute wittern. Denn nun bestand ihr Hab und Gut nicht aus ihren Leibern und Stunden – was der Knecht allein besitzt –, sondern aus Schaf- und Rinderherden. Gleich ihren Vorfahren mußten sie Schäfer und Rinderhirten werden, mußten sie hinter ihrem Vieh dreinziehen und Brunnen graben in der Wüste. Und sie mußten bereit sein, den Kampf um die Wasserstellen und Weidegründe aufzunehmen.

Darüber würden viele Jahre vergehen; ihrer vierzig, so wie Gott gesagt hatte. Das jetzige Geschlecht, das, das aus Aegypten ausgezogen war, würde hinsterben; das ihm nachfolgende würde fähig sein, das Land zu erobern, das der HErr ihnen verheißen hatte. Was aber würde sein eigenes Schicksal sein? Gehörte er nicht auch zu den Erwachsenen, die aus Aegypten ausgezogen waren? War er nicht selbst einer vom jetzigen Geschlecht?

Dieser Gedanke ließ ihn erschauern. Er konnte die Kinder Israels nicht andern Händen anvertrauen. Er mußte sie in ihr Land geleiten. Gott mußte Gnade an ihm üben und ihn lang genug leben lassen, daß er Gottes Werk zu vollenden vermochte. Und vielleicht würde Gott Seinen Spruch mildern und die vierzig Jahre abkürzen, Israels Wachstum beschleunigen und es früher zur Eroberung befähigen. Er, Moses, wollte nicht ablassen, darum zu beten. Er hatte bereits bei den jüngeren Menschen einen neuen Geist bemerkt, eine stärkere Neigung, sich mit den Herden zu befassen. Vornehmlich die Stämme Ruben und Dan ließen eine solche Wandlung erkennen. Sie verrieten ein gewisses Widerstreben, ein Schaf oder ein Zicklein zu schlachten, selbst wenn es sie nach dem Genuß von Fleisch gelüstete. Sie lernten, ihre Pflegebefohlenen sorgsamer zu behüten als sich selbst, und es schmerzte sie mehr, das Vieh dursten zu sehen, als selbst Durst zu empfinden. Jehovah erschloß in ihnen die Tugenden ihrer Vorfahren; er senkte in ihre Seelen die Gesinnung von Hirten.

Moses selbst wollte sich bemühen, die Kinder Israels in der Nähe der Grenzen des verheißenen Landes zu halten. Er wollte sie nicht mehr in die grausige Einöde der Wüste führen. Mochte der Wind ihnen den Duft von den bestellten Aeckern Moabs zutragen. Schrittweise wollte er in der Richtung auf Ezeon-Geber nach Süden vordringen, damit die Kinder Israels lernten, für sich Weidegründe zu erobern und es den Nomadenstämmen gleichzutun, die in der Umgegend Edoms herumwanderten. Er wollte versuchen, Freundschaftsbande zu knüpfen mit den blutsverwandten Völkerschaften, den Söhnen Esaus und Lots, mit Moab und Ammon, welche an den Grenzen des Landes wohnten, und dann mit Gottes Hilfe die fremden Eindringlinge, die Amalekiter und Kanaaniter, verjagen. So wollte er mit den Stämmen zwischen Ezeon-Geber und Kadesch-Barnea einherziehen und sich den Weg bahnen zu den Grenzen des verheißenen Landes. Vielleicht würde Gott sich doch Seines Volkes erbarmen und es zur Eroberung kommen lassen, ehe die vierzig Jahre der Züchtigung um waren.

ACHTZEHNTES KAPITEL

DOCH die Verwirrung und Verzweiflung der Kinder Israels wurde nicht von Moses allein empfunden, sondern auch von Andern bemerkt; und diese glaubten, es sei nun die geeignete Stunde gekommen für den schon seit längerer Zeit geplanten Aufstand gegen die Führerschaft Moses' und Aarons.

Korah hatte keinen Augenblick lang von seinem Trachten nach der Hohepriesterwürde, dem angeborenen Vorrecht des Stammes Levi, dessen Aeltester und Anführer er war, abgelassen. In der früheren Zeit hatte er erwartet, Moses werde ihm, trotz der zwischen ihnen entstandenen Feindschaft, das hohe Amt übertragen. Seine Familie teilte sich doch mit der des Amram in den höchsten Rang unter den Söhnen Levis! Allein in diesen Berechnungen sah Korah sich getäuscht, bis der Vorfall mit dem Goldenen Kalb ihm wieder die Zuversicht gab, daß seine

Stunde nun gekommen sei. Doch als er auch nun wieder eine Enttäuschung erlitt, geriet er vor Groll außer Rand und Band. Immer wieder fragte er sich: Ist der Hohepriester nicht der Vertreter des Volkes vor der Gottheit? Ist es nicht die Pflicht des Hohepriesters, die Sünden des Volkes auf sich zu nehmen und in Zeiten der Not vor Gott für das Volk einzutreten? Was hatte Aaron denn getan? Er hatte das Volk nicht nur nicht vor Gott in Schutz genommen, sondern trug selbst die größte Schuld an Gottes Unwillen gegen Israel.

«Wie kann Aaron für Israel sprechen», stellte Korah den Israeliten vor, «wo er selbst das Goldene Kalb gemacht und Israel veranlaßt hat, es anzubeten?»

Auch Dathan und Abiram vom Stamme Ruben sowie On, der Sohn Peleths, der dem gleichen Stamme angehörte, hatten mit Moses ein Hühnchen zu rupfen. Ihre Gründe waren zum Teil persönlicher Natur, da sie sich selbst zurückgesetzt fühlten: desto tiefer empfanden sie die vermeintliche Benachteiligung ihres Stammes.

Korah war viel zu schlau, um einen Aufstand gegen Jehovah anzuzetteln. Sein Angriff sollte sich ausgesprochen gegen Moses richten, und zwar gerade im Namen Jehovahs. Er spielte sich darum, ebenso wie die Andern, lange Zeit als getreuer Anhänger auf und wartete mit den Andern den geeigneten Augenblick ab. Dieser schien ihm nun, nach der Niederlage im Gefolge der Rückkehr der Kundschafter, gekommen. Die Führung Moses' und Aarons hatte kläglich Schiffbruch erlitten; die Schuld für die Verzögerung der Erfüllung der göttlichen Verheißung kam auf ihr Haupt. Gottes Geist hatte sich von Moses abgewandt, und was Aaron betraf, so war er mit der Sünde des Goldenen Kalbes bemakelt.

«Es gab einmal eine Zeit», sagte Korah zu den Leviten, «da wir Israel beschützen mußten gegen einen fremden Herrscher und gegen fremdstämmige Vögte. Heute müssen wir Israel beschützen gegen einen Machthaber aus seiner Mitte, gegen Vögte aus seinem eigenen Blut.»

«Wen meinst du damit, Korah?»

«Wen anders kann ich meinen als den Machthaber Moses? Seht doch, wie er mit uns verfährt. Wem müßten wir Opfer und Zehnten abliefern? Wer sind die Erstgeborenen Israels? Gehören sie einer einzigen Familie oder einem ganzen Stamm? Uns hat Jehovah erkoren als die Erstgeborenen, die Söhne Levis, uns gehören die Zehnten und die Lösegelder für die Erstgeborenen, denn uns hat Jehovah kein anderes Erbteil gegeben in Israel. Jetzt kommt dieser Moses daher, nimmt uns weg, was uns gehört und überträgt es seiner eigenen Familie – wahrscheinlich als Belohnung für die Anbetung des Kalbes.»

Einer der Leviten wandte ein:

«Moses hat Aaron geheißen, die Zehnten mit den Leviten zu teilen. Die Priester sollen die Zehnten nur sammeln und nachrechnen.»

«Das Vieh, das an der Krippe steht, hat sein Fressen. Aber die andern müssen vom Wiederkäuen satt werden. Knechte und Diener sind wir den Priestern, und unsere Kinder werden die Knechte und Diener der Kinder Aarons sein.»

Korah begab sich unter das Volk. Er kroch zu ihnen ins Zelt. Er suchte sie bei ihren kleinen Herden auf. Wenn er eine Mutter mit ihrem neugeborenen Knaben auf dem Arm sah, so fragte er:

«Hast du schon mit deinem letzten Gewand oder deinem letzten Silberstück, das du für die Tage der Not beiseite gelegt hattest, dem Aaron das Lösegeld gezahlt? In Aegypten hat uns der Pharao unsere Kinder weggenommen; hier nehmen uns Moses und Aaron unser letztes Besitzstück weg als Lösegeld für den Erstgeborenen.»

«Hat Jehovah das nicht Moses geboten? Hat Jehovah nicht gesagt, dies sei der Lebensunterhalt der Leviten und Priester?»

«Der Priester und Leviten? Du meinst wohl von Moses und Aaron? Denn es gibt nur eine Priesterfamilie. Glaubst du wirklich, Gott habe geboten, dir dein einziges Zicklein wegzunehmen, das Er dir als Grundstock für eine Herde gegeben hat, und es hinzugeben als Bezahlung für dein Kind? O nein, Jehovah ist gütig und weiß um deine Notdurft. Er will, daß du dein Zicklein behältst und eine Herde daraus züchtest. Er verlangt nicht dein letztes Lamm von dir als Opfer für Sich. Und schon gar nicht verlangt Er, daß der zehnte Teil des Ertrags deiner Arbeit dem Priester abgeliefert werde. Das ist eine Erfindung von Moses, um seine Familie zu bereichern. Es ist ja, als wären wir noch in Aegypten. Dort sagten die Vögte: das und das ist der Wille des Pharao. Doch es war nicht der Wille des Pharao, daß wir mit unmöglicher Fronarbeit gequält würden, und es ist nicht der Wille Gottes, daß unser letztes Hab und Gut geraubt wird. Hier wie dort ist es nur der Wille der Vögte an der Spitze. Du kennst mich doch wohl noch von Aegypten her und weißt, wer ich bin. Dort nahm ich dich in Schutz vor den Vögten des Pharao; hier beschütze ich dich vor den Bedrückern, die im Namen Jehovahs sprechen.»

* * *

Moses rang noch immer mit der Gemütsverdunkelung, die sich nach dem Urteilsspruch Gottes gegen Israel auf ihn herabgesenkt hatte; noch immer mühte er sich ab, in der Nacht von Qual und Verzweiflung den Hoffnungsfunken glimmend zu erhalten, da trat unversehens mit finsterem, erbostem Gesicht Josua ins Zelt und meldete ihm, daß sich draußen die Fürsten der Gemeinde, die Vornehmsten, mit Korah, Dathan und Abiram an der Spitze, versammelt hätten und ihn zu sprechen begehrten.

Moses trat vor das Zelt und gewahrte dort nicht nur Korah, Dathan, Abiram sowie On, den Sohn Peleths, nebst den Fürsten der Gemeinde, sondern eine Ansammlung seiner eigenen Räte und eine große Menge Volks. Die Söhne Levis standen hinter ihren Anführern in einem geballten Haufen.

Wie stets so war Korah auch diesmal der Sprecher. Sein kahler Schädel erglänzte bleich, auch sein Gesicht war rein geschabt und ohne Brauen; tief in den Höhlen lagen seine grauen Augen. Als Zeichen seines Amts trug er den Stab und sah damit wie ein aegyptischer Hohepriester aus. Er begann also:

«Wir sind zu dir gekommen, Sohn des Amram, um von dir zu erfahren, welche Pläne und Absichten du hast. Wohin gedenkst du dies verängstigte und verwirrte Volk zu führen? Wir sind seine Führer und Sprecher, und wir begehren zu wissen, was du vorhast nun, da Gott den Weg zum verheißenen Land versperrt hat.»

Mit düsterm Blick sah Moses ihn lange an, ehe er Antwort gab. Das neue Ungemach, das dieser Besuch vorausahnen ließ, machte ihn betroffen, aber seine Antwort war ruhig und scharf:

«Nicht ich führe das Volk, Sohn des Jizchar, sondern Jehovah; wohin die Wolkensäule geht, dahin folge ich nach. Und wer sind wir, daß wir sagen könnten, wohin Er uns führt?»

«Wahrlich, Jehovah werden wir nachfolgen, doch nicht dir und deinem Bruder Aaron. Jehovah ist nicht mit den Söhnen Amrams. Ihr habt euch schwer an Ihm versündigt.»

«Das Urteil darüber wird Jehovah fällen, nicht aber ein Mensch aus Fleisch und Blut. Was euch betrifft, ihr Söhne Levis: ist es nicht genug, daß das Volk wider Jehovah aufgestanden ist und seine Strafe empfangen hat? Wollt ihr abermals Seinen Zorn entfachen durch neue Auflehnung, ihr, die Führer der Gemeinde, und ihr, die Söhne Levis, die Gott auserwählt hat aus dem Hause Israels?»

«Nicht wir lehnen uns auf gegen Jehovah, und nicht um der Sünden des Volkes willen werden wir bestraft. Jehovahs Züchtigung ist über uns gekommen um der Sünden Aarons willen. Den Priester des Götzenkalbs hast du zum Priester Jehovahs gemacht. Wie kann er denn vor Jehovah unsere Sünden auf sich nehmen? Seine Opfer sind Jehovah nicht wohlgefällig. Dies hat Gottes Zorn entfacht, und darum leidet das ganze Volk. Um der Sünde des Goldenen Kalbes willen, nicht wegen der Sünden der unschuldigen Kundschafter hat Gott uns den Weg zu dem verheißenen Land versperrt. Entsetze deinen Bruder der Priesterschaft, dann wird Gott uns wieder Sein Antlitz zuwenden.»

«He!», rief eine Stimme, «warum hat er nicht seinen Bruder erschlagen? Dreitausend Unschuldige hat er erschlagen, aber war es nicht Aaron, der das Kalb gemacht hat?»

«Jawohl, Aaron hat er noch belohnt! Und den Söhnen Aarons hat er die Zehnten an Korn und Frucht, die Erstgeburt der Herden und das Lösegeld für die Erstgeborenen unter den Kindern Israels zugeschanzt. Hat Gott dir, Moses, auch geboten, deinen Bruder für seine Sünde zu belohnen?»

Korah aber erhob seinen Amtsstab und gebot der erregten Menge mit herrischer Gebärde Schweigen, worauf er sich in seinem üblichen kalten Ton an Moses wandte und sagte:

«Ganz Israel ist überall heilig, und Jehovah ist unter dem Volk. Warum erhebet ihr euch über die Gemeinde? Du selbst hast dich zum König über uns gemacht und nimmst von niemandem Rat an; deinen Bruder hast du zum Hohepriester gemacht. Du hast das Erbe unter die Deinen verteilt. Hast du nicht einmal gesagt, das Volk sei ein Königreich von Priestern und ein Jeglicher könne sein Opfer Jehovah darbringen? Warum hast du dann Aaron zum Hohepriester und seine Söhne zu Priestern gemacht und dem Volk geboten, ihnen schwere Abgaben zu leisten?»

Da Moses dies hörte, fiel er auf sein Angesicht und sprach:

«Kinder Levis, ihr Erwählten unter der Gemeinde, was tut ihr da? Bedenket, wie ihr euch versündigt durch solchen Aufstand. Nichts habe ich aus freien Stücken getan, sondern habe nur gehandelt, wie Gott mich geleitet hat. Er hat mir geboten, Aaron und seine Söhne zu heiligen und als Priester einzusetzen, nur Aaron und seine Nachkommen. Dies wird sich klar erweisen. Geht nun wieder in eure Zelte. Am Morgen wird Gott selbst euch kundtun, wen Er eingesetzt und wen Er geheiligt hat. Wen immer Er erwählt hat, der soll Ihm nahen. Nun aber tuet also: morgen mögen Korah und seine Anhänger Pfannen nehmen, Räucherwerk darauf tun und es anzünden, um es Gott zu opfern; der aber, den Gott erwählet, der soll heilig sein. Damit laßt es nun bewenden, Kinder Levis.»

Dann wandte er sich an Korah und dessen Rotte:

«Ist es euch zu wenig, daß euch Gott ausgesondert hat von der Gemeinde Israels, daß ihr Ihm in Seinem Heiligtum dienet und vor die Gemeinde tretet, ihr zu dienen, daß du, Korah, auch noch das Priestertum verlangst? Ich sage euch: ihr, du und die hier mit dir sind, habt euch zusammengerottet wider Jehovah. Denn was ist Aaron, daß ihr gegen ihn murret? Wiegelt nicht die Gemeinde auf und entfachet nicht Gottes Zorn. Wir sind bestraft genug, und morgen sollt ihr sehen, ob das, was ich getan habe, von Jehovah ist oder nicht.»

Moses zog sich in sein Zelt zurück und ließ Korah und seine Rotte draußen stehen. Doch diese gingen nicht auseinander. Im Gegenteil, sie standen auf und richteten bittere Reden gegen Moses und Aaron an das versammelte Volk.

Moses war sehr bedacht, die Flammen zu ersticken, ehe sie weiter um sich fressen konnten. Dieser Aufruhr, der sich so bald nach dem Vorfall mit den Kundschaftern einstellte, erschreckte ihn tief, denn es fehlte jetzt wahrlich nicht viel, daß Gott die Kinder Israels völlig im Stich ließ. Er ließ es sich daher angelegen sein, den drohenden Aufruhr in einen Streit innerhalb der Reihen der Söhne Levis zu verwandeln, indem er sie von den andern Stämmen trennte. Er hatte unter der Rotte Korahs auch

Dathan und Abiram bemerkt; er hielt sie für ehrenwertere Männer als Korah, für Leute, die sich echtere Sorgen machten wegen der Leiden des Volkes. Sie gehörten überdies zu den angesehensten Ältesten, und er brauchte sie jetzt, um die Oberhand über das Volk zu gewinnen. Wie stets ließ er sich nicht von Einflüsterungen des Stolzes ablenken; er sandte Josua ben Nun, Kaleb ben Jephunne sowie andere seiner treuesten Anhänger als Boten zu Dathan und Abiram und ließ sie auffordern, zu ihm ins Zelt zu kommen, um Rats mit ihnen zu pflegen. Denn zu ihnen hegte er Vertrauen; sie handelten nicht wie Korah aus Böswilligkeit und Neid, sondern weil sie keine Kenntnis von der wahren Sachlage hatten. Was sich ereignet hatte, geschah auf Vorschrift Jehovahs selbst; vielleicht war es möglich, durch Bitten und Gebete die harte Vorschrift zu mildern. Doch durch Gemurr und Aufruhr wurde Jehovahs Zorn wahrlich nicht besänftigt.

Als die Boten Moses' zu Dathan und Abiram kamen und ihnen Moses' Aufforderung überbrachten, ließ sich Abiram, so laut, daß alle Anwesenden es hören konnten, vernehmen:

«Wir werden nicht zu Moses ins Zelt kommen. Ist es zu wenig, daß er uns aus dem Lande geführt hat, wo Milch und Honig fließt, um uns zu töten in der Wüste und uns nicht Äcker und Weinberge zum Erbteil zu geben? Will er den Leuten auch die Augen ausreißen? Wir werden nicht zu ihm gehen.»

Und sie nahmen Sand und warfen ihn in die Luft und riefen dabei dem Volke zu:

«Sehet, sehet, so hat Moses uns betrogen!»

Die Worte Dathans und Abirams erregten Moses tiefer als all das Murren und Verleumden Korahs und seiner Rotte. Denn dies war die Rede des Volkes, und sie enthielt viel Wahres. Korahs Vorwürfe ließen sich leicht beantworten: was Moses getan, hatte er auf Gottes Geheiß getan. Doch Dathans und Abirams Worte bedeuteten eine Anklage gegen seine Führerschaft. Er war nicht fähig gewesen, Gottes Geheiß nachzukommen und Gottes Sendung auszuführen. Der Führer, der Gottes Weisungen nicht angesichts noch so großer Hindernisse zu befolgen im Stande war, war kein Führer, sondern ein Verführer und Betrüger. So mußte er dem Volke erscheinen. Das Volk wollte keine Gründe wissen; es urteilte nur nach dem Ausgang und erkannte nur einen Führer an, der Erfolg hatte.

Er hatte die Kinder Israels an die Tore ihres Landes gebracht, so wie eine Hebamme ein Weib zum Gebärstuhl bringt. Doch eine Geburt war nicht erfolgt. Donner und Blitz war gekommen, doch kein Regen.

Und wenn er die Kinder Israels nicht in das verheißene Land führen konnte, dann war nicht nur die Verheißung falsch, sondern in den Augen des Volkes auch alles Übrige, was er im Namen Jehovahs verkündet hatte. Die Torah, die er gelehrt, war dann falsch, war nur eine Erfindung von ihm. Der Zweifel überschattete dann nicht ihn allein, sondern auch Jehovah und den Sinai. Die Aufrührer untergruben alles, was er bisher geleistet, um die Kinder Israels zu dem besonderen Volk umzuschaffen, das Gott aus ihnen zu machen suchte; und wenn Israel verloren war, so war die ganze Menschheit und ihr Aufstieg zu Gott verloren.

Nein! Das durfte nicht geschehen.

«Ein Zeichen muß gegeben werden, Israel muß ein Zeichen erscheinen, welches beweist, daß alles, was ich gelehrt habe, nach Gottes Wort gewesen ist. Jetzt muß Jehovah eingreifen und vor den Augen Israels erweisen, daß Er mir geboten hat, meinen Bruder Aaron zum Priesteramt zu bestimmen und zu weihen. Denn nichts habe ich ungeheißen getan.»

Und Moses schrie zu Jehovah:

«Erweise vor den Augen Israels, daß Du der wahre Gott bist und Deine Torah wahr ist. Denn Dein Volk ist in arger Not. Du hast auf es das Zeichen des Todes gelegt, und es will Korah und seiner Rotte Glauben schenken. Wende Dein Angesicht nicht seinem Opfer zu. Nicht ein Schaf habe ich von ihnen genommen und ihrer keinem ein Leid getan. Ich habe nur getan, was Du mir geboten hast.»

Am nächsten Morgen nun kam Korah mit seiner Rotte zum Heiligtum, und sie brachten hundert und fünfzig Pfannen mit. Sie zündeten Feuer darauf an und legten Räucherwerk dazu; damit blieben sie vor dem Heiligtum stehen. Das Volk aber scharte sich dazu, um zu sehen, mit wem Jehovah es halten werde. Auch Moses und Aaron stellten sich vor dem Heiligtum auf.

Moses wußte nicht, welcher Art der Tod sein würde, mit dem Jehovah Korah und seine Rotte heimsuchen werde. Er nahm an, es werde Feuer vom Altar fahren und sie vernichten, so wie es mit Aarons Söhnen Nadab und Abihu geschehen war. Doch keine Flamme fuhr aus vom Heiligtum, keine Flamme fuhr herab vom Himmel, und das Volk sah zu, wie die Rotte Korah den Weihrauch auf ihren Feuerpfannen verbrannte, genau wie Aaron es sonst zu tun pflegte, und es geschah nichts.

Und indes Moses und Aaron noch von Staunen und Furcht erfüllt vor dem Volke standen, erschien die Herrlichkeit Jehovahs und Seine Stimme ward hörbar, die zu Moses und Aaron also sprach:

«Scheidet euch von dieser Gemeinde, denn Ich will sie auf der Stelle vertilgen.»

Moses vermeinte, die ganze Gemeinde, die sich versammelt hatte, um des Zeichens Jehovahs inne zu werden, sei in Gefahr, vernichtet zu werden samt Korah und seiner Rotte; darum fiel er vor Jehovah auf die Knie und schrie:

«Ach, Gott, der Du bist der Gott der Geister alles Fleisches, darum daß ein einziger Mann gesündigt hat, willst Du darum über die ganze Gemeinde wüten?»

Und Gott sprach zu Moses und belehrte ihn. Doch weder Korah noch seine Rotte hörten Warnung und Weisung, die Gott nun den Ohren Moses' zusprach; und sie gingen siegesgewiß in ihre Zelte zurück; hatten sie doch Jehovah Räucheropfer gebracht, und es war ihnen nichts geschehen. Das Zeichen, das Moses erwartet hatte vor der Gemeinde, war ihm nicht gewährt worden.

Obgleich Korah Levite war, befand sich sein Zelt bei den Zelten Dathans und Abirams. Und nun standen die drei an ihren Zelten, und ihre Anhänger umringten sie und ließen sich von ihnen den Sinn des Vorgefallenen erklären: Jehovah habe das Opfer Korahs und seiner Rotte angenommen, woraus deutlich hervorgehe, daß Er das Volk nur um Moses' willen gestraft habe, weil dieser sich erkühnt habe, von sich aus seinen Bruder Aaron zum Hohepriester zu erheben. Während Korah, Dathan und Abiram sich solchermaßen ausließen, kamen Moses und Aaron mit vielen Ältesten Israels heran. Korah warf gerade eine Handvoll Sand in die Luft, um dem Volk zu zeigen, wie Moses es hintergangen habe, da trat Moses ihm und Dathan und Abiram gegenüber und rief laut:

«Weichet von den Zelten dieser gottlosen Menschen und rühret nichts an, was ihrer ist, daß ihr nicht umkommet in ihrer Sünden einer!»

Da ward das Volk, das Korah, Dathan und Abiram umdrängte, von Furcht gepackt und wich von ihren Zelten. Dathan und Abiram aber nahmen ihre Frauen und Kinder mit und scharten sich zusammen mit der Rotte Korahs vor dessen Zelt, um zu zeigen, daß sie zu ihm hielten und sich nicht ängsteten wegen der Worte Moses'.

Und Moses rief weiter:

«Dabei sollt ihr merken, daß mich der HErr gesandt hat, daß ich alle diese Werke täte, und nicht aus meinem Herzen. Werden diese hier sterben, so wie alle Menschen sterben, so hat mich der HErr nicht gesandt. Wird aber der HErr etwas Neues schaffen, daß die Erde ihren Mund auftut und verschlinget sie mit allem, was ihnen ist, daß sie lebendig in die Hölle fahren, so werdet ihr erkennen, daß diese Leute den HErrn gelästert haben.»

Und da geschah es, daß, kaum Moses ausgesprochen hatte, die Erde sich auftat und sie alle verschlang, die zu Korah gehörten samt all ihrem Hab und Gut; und sie fuhren lebendig in die Hölle hinab, und die Erde deckte sie zu.

Und ganz Israel, das um sie her war, floh vor ihrem Geschrei und rief: «Daß uns die Erde nicht auch verschlinge!»

NEUNZEHNTES KAPITEL

MIT dem Tod der führenden Frevler jedoch war der Aufruhr des Korah noch nicht beendet. Das Gift, das Korah, Dathan und Abiram verbreitet hatten, fraß weiter um sich, nachdem die Erde sie verschlungen hatte. Es fruchtete nichts, daß alle Anhänger Korahs, die sich erfrecht hatten, mit brennenden Räucherpfannen das Heiligtum zu betreten oder sich ihm angeschlossen hatten, von der Erde verschlungen worden waren, und die Andern, die das Heiligtum nicht betreten hatten, noch bei Korah gewesen waren, als die Erde sich aufgetan hatte, ein jeder einzeln vom Feuer verzehrt und so dem Schicksal anheimgefallen war, das alle die zu gewärtigen haben, die die Heiligkeit des Allerhöchsten lästern. Zu Korahs Anhängern hatten einige der vornehmsten Stammesführer gehört. Unter den Leviten, die mit ihm gemeinsame Sache gemacht hatten, waren Träger der heiligen Gefäße gewesen, welche im gleichen Rang standen wie Aaron und die Priester. Und unter den Parteigängern Dathans und Abirams waren Vertreter der Aufseherschaft gewesen, an die sich die Kinder Israels noch von Aegypten her erinnerten. Nun fing das Volk zu murren an gegen Moses und Aaron und sagte, nicht Jehovah habe die «Männer Gottes» vertilgt, sondern Moses und Aaron hätten sich gegen sie der Zauberkünste bedient, weil sie die Freunde und Beschützer des Volks gewesen seien.

In dem Anfall blinder Verzweiflung, die die Kinder Israels gepackt hatte, da sie erfuhren, welche Züchtigung ihnen widerfahren solle, als sie begriffen, daß sie bis zu ihrem Tode im Sandsturm der Wüste umherwandern müßten und daß erst ihre Kinder das gelobte Land betreten würden, in dieser Verzweiflung und Verbitterung waren sie zu allen möglichen Missetaten fähig. Vor nichts schreckten sie mehr zurück, selbst das furchtbare Schicksal, das Korah und seine Rotte erlitten, jagte ihnen keine Angst mehr ein, ja dies entsetzliche Vorkommnis machte sie nur noch aufsässiger gegen Moses und Aaron.

«Was haben denn Korah, Dathan und Abiram getan», so fragten sie, «daß sie und unsere anderen Führer aus der aegyptischen Zeit solch ein Ende nehmen mußten? Weil sie sich unserer angenommen und von Moses und Aaron Rechenschaft verlangt haben für unser vergeudetes Leben? Ein Land voll Milch und Honig war uns verheißen, und nun sollen wir in der Wüste verrecken wie die wilden Tiere?»

«Jawohl, Dathan und Abiram hatten Recht: Aaron und Moses haben uns betrogen, haben uns Sand in die Augen gestreut.»

«Vor nichts und niemand habe ich Angst. Mag er mich lebendig in die Hölle fahren lassen gleich Korah», schrie ein Mann aus dem Stamme Dan, ein langes dürres Knochengerippe mit glühenden Augen. «Besser ein rascher Tod, sage ich, als ein langsames Verhungern und Verdursten in der Wüste.»

«Ach, nicht umsonst hat Korah immer wieder gesagt, daß dieser Moses unser Unglück ist vom ersten Tag an, da er zu uns kam. Wie friedlich haben wir in Aegypten gelebt! Wir mußten dort arbeiten, gewiß. Aber wer muß nicht arbeiten? Werden wir im gelobten Land nicht arbeiten müssen? Wenn nicht für den Pharao, so für einen andern Herrscher, für die Priester, damit sie sich am Fleisch unserer Schafe und Rinder mästen können, während wir hungern. Was ist uns in Aegypten abgegangen? Und was hat Moses von uns gewollt? Bloß, uns hierher in die Wüste bringen, damit wir elend zu Grunde gehen?»

«Aber unsere Kinder! Zumindest unsere Kinder werden in das Land kommen. Wir werden aussterben, doch in unsern Kindern werden wir weiterleben.»

«Ich, ich selbst, ich will weiterleben!» beharrte der Danit, den Schaum der Wut vor dem Munde. «Ich bin ich, und ich will meinen Anteil am Erbe, wie es verheißen ist. Ich will grünes Gras sehen, ich will menschenwürdiges Brot essen, Gemüse und Fleisch; ich will den Saft von Trauben und Granatäpfeln schlürfen; ich will mich im Schatten einer Palme ausruhen, wie ich es in Aegypten gewohnt war; ich will mein eigenes Korn dreschen, wie ich es in Aegypten getan habe, und die Früchte meiner Bäume und das Fleisch meiner Herde verzehren, will ein Gewand aus der Wolle meiner Schafe tragen. Die Verheißung ist mir gegeben worden, nicht meinen Kindern!»

«Unsern Kindern!? Wer weiß, ob *dieses* Versprechen eingehalten wird? Was für eine Sicherheit haben wir, daß *sie* das gelobte Land betreten werden? Wegen irgend eines kleinen Vergehens gegen Jehovah – daß sie Wasser verlangen, wenn sie Durst oder ein Stück Brot, wenn sie Hunger haben – wird Gott gegen sie in Wut geraten, und sie werden in der Wüste umkommen», sagte ein verschmitzter kleiner Mann aus dem Stamme Juda, der ein rundes Gesicht und darin zwei Äuglein hatte, die aussahen wie getrocknete Weinbeeren.

«Der Mann spricht die Wahrheit!»

«Dann wehe uns und unsern Kindern! Und die, die uns beschützten, sind dahin. Wer wird nun für uns eintreten?»

«Von Moses werden wir bloß das bekommen, was wir bisher bekommen haben, Gesetze und Gebote: ‚Das darfst du und das darfst du nicht.‘ Und: ‚Das sollst du im Land, das dir zum Erbe gegeben ist, tun, und das sollst du nicht tun‘ –, als ob er uns tatsächlich hinführte, als wenn wir an der Schwelle dazu stünden.

Er soll uns erst hinbringen, und dann soll er uns sagen, was wir zu tun haben.»

«Und sein Bruder Aaron! Was hat denn der für uns getan? Wenn er wirklich der Hohepriester ist, warum erlangt er nicht Vergebung für uns? Warum hat er Gottes Zorn nicht abgewandt?»

«Wie soll denn der das können, er, der das Goldene Kalb gemacht hat?»

«Das waren genau Korahs Worte: ‚Wie kann Aaron uns entsühnen, wo er der größte Sünder ist?' »

«Und wegen dieser Worte hat Moses die Erde sich auftun und Korah verschlingen lassen!»

«Was stehen wir denn hier herum? Warum bleiben wir stumm? Sollen wir uns wie Schafe zur Schlachtbank führen lassen? Wir wollen einen Hauptmann wählen und nach Aegypten zurückkehren und dort Pharao bitten, uns wieder als Sklaven anzunehmen!»

Über dieses im Volk umgehende Murren und Klagen wußte Moses genau Bescheid. Er sah die eingesunkenen Wangen, die glanz- und hoffnungslosen Augen, die vorgebeugten Schultern, er erkannte auch den unterdrückten Groll nicht nur gegen ihn, sondern auch gegen das Heiligtum. Die Vorhöfe der Stiftshütte waren leer; das Volk kam nicht mehr hin. Die ganze neue Ordnung, die Moses geschaffen hatte, war in Gefahr, zu zerfallen. Die Zucht war untergraben. Viele der Aufsichtsbeamten waren für Korah gewesen, und sie waren mit ihm zu Grunde gegangen. Die übrigen waren entmutigt; das gegen die Söhne Levis ergangene Urteil machte sie verstört und lässig. Die Söhne Levis selbst, die Hüter und Diener des Heiligtums, verhielten sich ebenso. Es war, als ob sich alle Zucht aufgelockert hätte und die Stämme eine Herde ohne Hirt geworden wären.

Moses war von einer unsäglichen Angst besessen: daß Gott das, was er, Moses, nach der Aufrichtung des Goldenen Kalbs und nach der Rückkehr der Kundschafter hatte abwenden können, nunmehr den Kindern Israels antun werde. Nun mochte vielleicht ein Ausbruch des göttlichen Zorns erfolgen, den er nicht mehr aufzuhalten oder zu mildern im Stande war; und vor diesem Zorn würde nicht nur dieses eine Geschlecht verdammt werden, sondern auch alle künftigen Geschlechter; Gott würde die Kinder Israels verwerfen und ein anderes Volk zu Seinem auserwählten Volk machen.

Er stand wie zwischen zwei Feuern, deren Flammen er abwechselnd niederzuhalten suchte. Auf der einen Seite die erbitterten Stämme Israels, die drauf und dran schienen, jede Hemmung fahren zu lassen, sich dem Bund der Gesetzestafeln zu entwinden; auf der andern Seite Jehovahs Zorn. Und mitteninne stand er von allen Seiten bedrängt.

Die dumpfe Aufsässigkeit der Kinder Israels steigerte sich dauernd. Erregte Grüppchen wanderten durch das Lager, schlossen sich mit andern zusammen, wurden zu wütenden Haufen, die sich gleich Wolken an stürmischem Himmel zusammenballten; bis eines Tages das ganze Lager in hellem Aufruhr stand und die Volksmenge sich zum Eingang des Heiligtums hinwälzte: finstere Gesichter, geballte Fäuste, gespannte Leiber, zu allem und jedem bereit. Jetzt erhob sich nicht nur Murren und Klagen, sondern wildes Schreien und drohendes Toben gegen Moses und Aaron:

«Ihr, ihr habt die Männer Gottes erschlagen!»

Moses und Aaron traten vor die rasende Menge hin, doch bevor diese zum Tor des Heiligtums gelangte, senkte sich die dichte, feuerumsäumte Wolke herab. Da kehrten sich Moses und Aaron von der Volksmenge ab, die nicht einmal Jehovahs Wolke mehr zu schrecken schien. Sie eilten hastig in den Vorhof des Heiligtums und warfen sich inmitten der Wolke aufs Angesicht nieder. Und darauf erschallte aus der Wolke heraus die Stimme Jehovahs:

«Scheidet euch von dieser Gemeinde, daß Ich sie auf der Stelle vertilge.»

In diesem Augenblick hörten sie vom Vorhof des Heiligtums her ein nicht wie aus Menschenkehlen kommendes Aufschreien Tausender von Stimmen, ein ersticktes, röchelndes Schreien, als ob Heerscharen unsichtbarer Engel, Cherubim und Seraphim, mit unsichtbaren Schwertern vom Himmel herabgefahren wären und die aufrührerischen Stämme niedermähten. Und Moses begriff sogleich: dies war die letzte Androhung von Gottes Zorn.

In diesem verzweifelten Augenblick, als sich die Kinder Israels zwischen Leben und Tod befanden, brach in der Seele Moses' eine Erleuchtung auf, als habe Jehovah eben auf dem

Höhepunkt Seines Zorns doch noch das Tor der Gnade offen gelassen. Doch es war kein Augenblick für flehentliches Gebet. Mit Worten war jetzt nichts mehr auszurichten. Es bedurfte einer Tat der opfervollen Hingebung, des Opfers eines Einzelnen für die Vielen; und diese Tat mußte nicht von Moses vollbracht werden, sondern von Aaron. Auf Aaron lastete die Sünde des Goldenen Kalbes, und Aaron mußte durch eine Tat selbst Buße tun. So befahl er Aaron:

«Nimm die Pfanne und tue Feuer darein vom Altar und lege Räucherwerk darauf und gehe eilends zu der Gemeinde und tue Buße für sie; denn das Wüten Gottes ist unter ihnen ausgegangen.»

Aaron erbleichte. Entsetzen irrte in seinen Augen, und er taumelte, während er stammelte:

«Meine beiden Söhne sind vom Feuer verzehrt, die Rotte Korah ist vernichtet worden, weil sie die Flamme des Altars mißbraucht haben. Willst du, daß ich ihr Schicksal teile? Wenn ich mich in dieser Absicht dem Altar nähere, so werde auch ich sicher umkommen, denn eifersüchtig hütet Jehovah Sein Feuer.»

«Zeige, daß du zum Hohepriesteramt geweiht, indem du bereit bist, die Sünde des Volkes auf dich zu nehmen und um seinetwillen vor Gott zu sterben.»

Mit zitternden Knien trat Aaron zum Altar heran, tat Feuer auf die Pfanne und ging hinaus zur Gemeinde.

Mittlerweile hatte der Tod unter der Gemeinde gewütet. Reihe um Reihe fielen schreiend die Menschen zu Boden und wälzten sich im Todeskrampf. Die unsichtbaren Rächer mähten sie nieder, so wie der Schnitter das Korn mäht, und die Leichen lagen übereinander gleich reifen Ähren.

Mit zitternder Hand schüttete Aaron Räucherwerk auf die Pfanne, und dünner, blauer Rauch stieg auf. Er ging damit zum Volke hinaus, stellte sich zwischen den Toten und Lebenden auf und schwenkte das Räuchergefäß über die Köpfe der Lebenden. Der Rauch breitete sich wie ein dünner Schleier über ihnen aus.

Da zogen sich die unsichtbaren Engel, die Cherubim und die Seraphim, mit den unsichtbaren Schwertern zurück, und das Sterben hörte auf.

Daraus ersah alles Volk, daß Aaron von Jehovah dazu bestimmt war, es vor Jehovah zu entsühnen.

Um nun das Murren der Kinder Israels ein für alle Mal zum Schweigen zu bringen und endgültig zu beweisen, daß nur Aaron, kein anderer, unter den Söhnen Levis auserwählt sei, das Priesteramt wahrzunehmen, befahl Gott Moses an, die Stäbe der Stämme ins Heiligtum bringen zu lassen. Jeder Stamm hatte nämlich einen solchen Stab zum Zeichen seiner Amtshoheit, und die Stäbe wurden stets vom Fürsten des Stammes in Verwahrung gehalten. Der Stab der Söhne Levis befand sich nicht in Moses' Gewahrsam, sondern bei Aaron, als dem Fürsten des Stammes. Und Gott befahl Moses, den Stab Aarons mit den elf andern Stäben – von denen ein jeder mit dem Namen des betreffenden Fürsten beschrieben war – in der Stiftshütte niederzulegen. Und Gott sagte zu Moses:

«Und welchen Ich erwählen werde, dessen Stab soll grünen.»

Moses führte den Befehl aus und legte die zwölf Stäbe in die Stiftshütte. Am andern Morgen aber, da er wieder in die Stiftshütte ging, fand er den Stab Aarons, aus dem Hause Levis, grünen, knospen und reife Mandeln tragend. Und Moses brachte die Stäbe hinaus vor das Volk, auf daß alle sie sähen, und ein Jeglicher nahm seinen Stab wieder.

Auf Gottes Geheiß dann trug Moses den Stab Aarons wieder in die Stiftshütte, damit er dort verwahrt werde als ewiges Zeichen der Mahnung und Warnung, daß das Gemurr der aufsässigen Kinder Israels ein Ende nähme und sie nicht des Todes stürben.

Und ein großer Schrecken bemächtigte sich der Kinder Israels, und sie kamen zu Moses und jammerten:

«Siehe, wir verderben und kommen alle um. Wer sich dem Heiligtum des HErrn nahet, der stirbt des Todes. Sollen wir denn alle zu Grunde gehen?»

Moses aber beruhigte und beschwichtigte sie; und dann verkündete er im Namen Jehovahs die Gesetze des Dienstes an Gott und an Seinem Heiligtum. Aaron und seine Söhne sollten die Sünde Israels vor dem Heiligtum tragen, und nur sie sollten Sühnopfer und andere Opfer darbringen und den Dienst im Heiligtum versehen. Die Söhne Levis aber sollten den Priestern zur Hand gehen als Träger und Wächter des Heiligtums und bei der Reinigung der Gefäße.

So also setzte Moses die Beziehungen zwischen den Priestern aus dem Hause Aarons und den übrigen Söhnen Levis fest. Auch hinsichtlich Höhe und Herkunft ihres Unterhalts verkündete er das Nötige im Namen Jehovahs. Denn sowohl die Priester wie die Leviten waren Jehovah geweiht, den Dienst am Heiligtum zu versehen, und würden kein Erb- oder Anteil am Lande haben. «Denn Ich bin dein Anteil und dein Erbgut unter den Kindern Israels.» Den Priestern hatte er als Ergänzung zu ihrem Teil von den Opfern, die sie in Reinheit verzehren sollten, sowie zu den Hebopfern zugeschrieben «alles beste Öl und allen besten Most und alles beste Korn ihrer Erstlinge, die sie dem HErrn geben, habe Ich dir gegeben. Alles, das seine Mutter bricht unter allem Fleisch, es sei Mensch oder Tier, soll dein sein; doch die erste Menschenfrucht sollst du loskaufen.» «Und den Kindern Levis habe Ich alle Zehnten gegeben in Israel zum Erbgut für ihren Dienst, den sie Mir tun in der Hütte des Stifts.»

ZWANZIGSTES KAPITEL

DOCH noch immer hatte Moses die schwerwiegende Frage der Weiterwanderung nicht beantwortet. Wohin sollte er die Kinder Israels führen? An eine Rückkehr in die gefürchtete Wüste war nicht zu denken. Es war dort schon bisher schrecklich genug gewesen; nun kam noch zu allen andern Schrecken die Gewißheit hinzu, daß sie dort untergehen würden. Moses begann zu hoffen, mit der Annahme von Aarons Buße für Israels letzten Aufruhr möge die Zeit gekommen sein, mittels Betens und Flehens den entsetzlichen Ratschluß Gottes der Austilgung des älteren Geschlechts abwenden oder doch mildern zu können. Es schmerzte ihn in tiefstem Herzen, wenn er die Kinder Israels ansah, wie sie mit gesenkten Köpfen und von Kummer bedrückt einhergingen. Bei all dem Ungemach, das ihnen bisher widerfahren war, hatten sie doch noch immer einen Zweck und ein Ziel vor Augen gehabt: sie waren auf dem Wege zu ihrem Land. Hunger nach frischer, gediegener Nahrung, Durst und sonstige Entbehrungen, Schlangen, Skorpione, Krankheiten, all das war halbwegs erträglich gewesen, weil sie ein Ende ihrer Leiden absahen. Und war nicht Jehovah mit ihnen, war Er nicht unter ihnen? Was aber lag nun vor ihnen? Für sie selbst nur Tod; für ihre Kinder Freiheit. Nicht zahlreich waren diejenigen, deren Gemüter sich zur ganzen Höhe dieser Anforderung aufzuschwingen vermochten, die ihnen noch vergönnten Jahre in Entbehrung und Leiden hinzubringen um des Heils ihrer Kinder willen. Sie waren ja nur einfache Fronarbeiter im Dienste des Pharao gewesen, gewohnt, ihr täglich Brot als Lohn für ihre Fron zu empfangen; das tägliche Brot, nichts anders, war zum Sinn ihres Lebens, zum alleinigen Grund ihres Daseins geworden.

Moses verweilte, so lange es irgend ging, in Kadesch-Barnea. Das war ein ausgezeichneter Rastort für die gewaltige Menschenmenge. Geboten aber war ihm, die Kinder Israels am Roten Meer vorbei in die Wüste zurückzuführen. Der nächstliegende Teil des Roten Meeres war der Arm, der sich, an den Grenzen Midians und der Wüste Pharan bis Ezeon-Geber erstreckte. Hier mußten außer dem üblichen Wassermangel noch weitere Schwierigkeiten auftreten. Die Amoriter hielten die Wüste Pharan besetzt. Auch war möglicherweise ein Angriff der Kanaaniter zu gewärtigen, denen klar werden mußte, daß die Kinder Israels ziellos in der Wüste herumwanderten und nicht an das verheißene Land heranzukommen vermochten. Ein solcher Angriff aber würde bestimmt auch andere Völker zur Nachahmung reizen, zum Beispiel die Amelekiter. In der nächsten Zeit mußte jedoch ein Zusammenstoß um jeden Preis vermieden werden; denn in ihrer jetzigen verzweifelten und mutlosen Stimmung vermochten die Kinder Israels keinem Feind Widerstand zu leisten. Nein, er wollte die Kinder Israels nicht in die Wüste zurückführen. Nur keinen Rückschritt! Er wollte versuchen, ob er nicht mit dem Volk über die Gebiete Edoms und Moabs durchschlüpfen konnte. Er wollte diese ja verwandten Völkerschaften einfach um das Durchmarschrecht ersuchen. Alles, was die Kinder Israels benötigten, jeder Bissen Brot und jeder Schluck Wasser, sollte bezahlt werden; und sie sollten sich auf der großen Heerstraße halten, bis sie an die Grenzen ihres Landes kamen.

Doch wie sollte er sich zu Jehovahs Befehl stellen, welcher lautete, die Kinder Israels «morgen» nach dem Roten Meer zu in die Wüste zu führen? Durfte er sich unterfangen, Gottes Zorn herauszufordern, indem er sich gegen ein solches ausdrückliches Gebot verging?

Er faßte den Entschluß, dies auf sich zu nehmen, auf sich allein die ganze Schuld dieses Vergehens zu nehmen. Die Kinder Israels würde keine Schuld treffen, wenn er sie durch das Gebiet Edoms ziehen ließ. Gottes Züchtigung würde über ihn kommen, nicht über die Kinder Israels. Warum sollte denn er, Moses, verschont bleiben? Wenn er nicht die Sünde des ganzen Volkes auf sich zu nehmen, sie mit seinem Leben zu bezahlen vermochte, so taugte er nicht zum Führer Israels. Um Israels willen war er bereit, zur Hölle zu fahren; um Israels willen war er bereit – furchtbarer Gedanke! –, sich gegen Gott aufzulehnen.

«Mögen hundert gleich mir untergehen, ehe daß ein Haar gekrümmt werde auf dem Haupt eines der Kinder Israels», sagte er zu sich selbst.

Und Moses tat, was er bisher nie getan hatte und nie wieder tun sollte. Auf seine eigene Verantwortung, ohne Gott zu befragen, sandte er Boten zum König von Edom, die sprechen sollten:

«Also läßt dir dein Bruder Israel sagen: Du weißt alle die Mühsal, die uns betreten hat; daß unsere Väter nach Aegypten hinabgezogen sind und wir lange Zeit in Aegypten gewohnet haben und die Aegypter übel handelten an uns und unsern Vätern. Und wir schrien zu dem HErrn, der hat unsere Stimme erhöret und einen Engel gesandt, uns zu führen aus Aegypten. Und siehe, nun sind wir zu Kadesch, in der Stadt an den Grenzen deines Landes. Laß uns, so bitte ich dich, durch dein Land ziehen. Wir wollen nicht durch Äcker noch Weinberge gehen, auch nicht Wasser aus den Brunnen trinken; wir wollen auf der Heerstraße ziehen, weder zur Rechten noch zur Linken weichen, bis wir durch deine Grenzen gezogen sind.»

Edom aber ließ durch die Boten antworten:

«Du sollst nicht durch mich ziehen, oder ich will dir mit dem Schwert entgegentreten.»

Die Kinder Israels aber sprachen noch einmal:

«Wir wollen auf der gebahnten Straße ziehen. Und so wir von deinem Wasser trinken, wir und unser Vieh, so wollen wir's bezahlen. Wir wollen nichts, denn nur zu Fuß hindurchziehen.»

Er aber sprach:

«Du sollst nicht herdurch ziehen.»

Und Edom zog aus mit großem Heer und starker Hand wider Israel. Und die Kinder Israels wichen zurück.

Jehovah äußerte nichts zu Moses wegen dessen Ungehorsam und tat ihm nichts. Es war, als ob Gott Mitleid habe mit der Einfältigkeit Moses', daß er geglaubt hatte, «Bruder Edom» werde ihm helfend die Hand reichen.

Moses aber sah ein, daß ihm nichts anderes übrig blieb, als Gottes Gebot zu gehorchen und nach der Wüste am Roten Meer vorbei und um das Land Edom herumzuziehen. Und das Herz wurde ihm schwer.

Während Moses noch trauervollen Gemüts sich bereitmachte, Gottes Befehl nachzukommen, erhielt er die Kunde, daß seine Schwester Miriam erkrankt und dem Tode nahe sei. Da entschlug sich Moses aller andern Gedanken und begab sich ins Zelt der Schwester, um sie noch einmal zu sehen, bevor sie zu ihren Vätern versammelt wurde.

* * *

Der Tod hatte schon seinen Schatten auf Miriam gesenkt, da Moses zu ihr trat; doch ihre dunkelblitzenden, wachsamen Augen hielten den Feind noch im Schach. An ihrem Bett stand ihr Enkel Bezalel, und hinter diesem hielten sich die übrigen Familienangehörigen. Als man ihr gesagt hatte, daß Moses kommen werde, hatte sie alle ihre noch vorhandene Kraft zusammengenommen und sich im Bett aufrecht gesetzt; als er eintrat, streckte sie Moses ihre zu Haut und Knochen abgemagerten Hände entgegen, um damit die seinen zu ergreifen und sie zu liebkosen, indes der noch immer feurige Blick ihrer Augen sich durchdringend auf ihn richtete. Dann begann sie zu sprechen, nicht über sich, nicht über ihren Hingang und daß sie zu den Vätern versammelt werde, bevor sie das gelobte Land gesehen, sondern sie sprach um Moses besorgt:

«Warum zittern deine Hände so, mein Bruder? Sind das die Hände, die den Himmel hochhalten über dem Haupte Israels? Warum ist dein Angesicht so verdüstert? Ist das Licht Gottes aus deinen Augen gewichen? Waren sie nicht getaucht in den Glanz, der unter dem Thron der Herrlichkeit ist? Wenn dein Herz wankt, so wanken die Grundfesten Israels. Wenn deine Hand schwach wird, so fallen die Mauern über Israels Haupt zusammen. Bist du traurig um des Ratschlusses willen, den Gott gegen uns erlassen hat?»

«Ist es nicht genug, Schwester, daß ich eine Gemeinde führen muß, auf daß sie untergehe in der Wüste, ohne das verheißene Land gesehen zu haben? Ist es nicht genug, daß sich meine Augen zu ewiger Nacht verschließen? Es ist mehr, als ich tragen kann, Gottes Gebot zu gehorchen und mein Volk von den Grenzen des Landes wegzuführen ins Schattental des Todes.»

«Wo ist die Kraft deines Gesichts hingekommen, die so weit reicht wie der Pfeil, der von der Sehne des Starken geschnellt wird? Siehst du nicht den Andrang der jungen Leiber, den Ausbruch gleich den Wassern, die über ihre Ufer treten, alle Pegel wegreißen und die Felder überschwemmen? Hörst du nicht das Jauchzen fröhlicher Stimmen zu uns herklingen von den noch ungeborenen Geschlechtern, daß es widerhalle über unsern Gräbern? Glaubst du nicht, Bruder, an Jehovahs Verheißung? Israel kann stürzen gleich einem Zicklein und wieder aufstehen gleich einem Löwen. Laß dein Gesicht durch den Schatten des Todes dringen, der über dem Geschlecht des Auszugs liegt, und werde inne des ewigen Lebens Israels, das gleich einer Sonne die Nacht des Todes durchstrahlt.»

«Ich glaube an Jehovah. Sein Spruch ist wahr und gerecht, und Seine Verheißung wird nicht zu Schanden werden. Ich glaube daran, daß Abrahams Samen unvergänglich ist. Nur an mich selbst glaube ich nicht, Schwester. Ich bin ein Hirte, der seine Herde verlaufen und in die Felsklüfte stürzen läßt.»

«Bruder! Sohn des Amram, Sohn zweier Mütter, die Sterne wachen über dir, und Gott selbst hat dir vom Tag deiner Geburt an dein Schicksal bestimmt. Deine Wiege war dein Grab, an beiden habe ich gestanden und sah die Hand Gottes ausgestreckt über dir. Höre mich an, Sohn der Jochebed und Sohn der Bathiay. Deine Mutter Jochebed hat dich im Körbchen ausgesetzt auf die Wasser des Nil. Ich half ihr, als sie es zum Ufer trug. Dein Gesicht leuchtete gleich der Sonne aus dem Binsensarg, darin deine Mutter Jochebed dich zur Bestattung bereitet hatte. Mit bebenden Händen hüllte sie deinen Leib in Leinenbinden, doch du warst dem Tode geweiht. Die Hände, die dich kosten, da du zur Welt kamst, die selben Hände weihten dich den Wellen des Nil. Und deine Mutter Jochebed zog den schwarzen Schleier über deine Augen, auf daß du den Tod nicht sähest, und dann floh sie eilenden Schritts hinweg, um nicht dein Weinen und deinen letzten Schrei zu hören. Ich aber blieb am Ufer des Nil stehen und sah zu, wie seine Wogen mit deinem Binsensarg spielten, dich hoben und trugen. Aus dem Todeskörbchen leuchtete dein Gesicht, und strahlend von Gottes Licht sang es zu Gottes Himmel. Deine Augen glänzten vor Freude, wiewohl die Wellen dich hintrugen zu dem Ort, da die Wasser standen und die Krokodile lauerten. Flugs wie der Pfeil von der Sehne geschnellt wird, trugen die Wasser dich hin zu den Schlupfwinkeln der Krokodile. Woge drängte an Woge und eine jede stieß dich weiter zum Tode hin. Schon witterten sie den zarten Duft deines Fleischs; Kopf hinter Kopf tauchten sie auf und warteten darauf, deinen Leib zu schmecken. Mein Herz stand still, meine Hände waren schwer wie Blei, und meine Augen hingen gebannt an deinem kleinen Leib, der auf dem Wasser dahinschoß dem offenen Rachen der Vernichtung zu. Und da kam plötzlich eine Woge, die dich zur Seite schob, dich auf ihrem Busen hochhob und dich mit liebevoller Sorgfalt aus dem Bereich der Vernichtung trug, von den gierigen Zähnen hinweg, die auf dich lauerten, dem jenseitigen Ufer zu, wo die Töchter des Pharao im klaren, ruhigen Wasser badeten. Und siehe, die Hand des Erbarmens und der Liebe, die Hand unvergänglicher Muttertreue wurde nach dir ausgestreckt. Ich vermochte nur die Hand zu sehen, die Hand der Hilfe und des Lichts, die sich ausstreckte über dir, die Hand Jehovahs ausgestreckt über Israel. Wen fürchtest du, mein Bruder? Vor wem erbebst du, mein Bruder, wenn Jehovah mit dir ist? Dein Körblein schaukelt auf sicheren Wassern, Jehovahs Hand weist ihm den Weg.» Und Miriam senkte das Haupt auf Moses' Hände.

«Du hast mir Trost gegeben, Mutter in Israel.»

Es waren die letzten Worte, die Miriam von ihrem Bruder vernahm.

DRITTER TEIL

ACHTUNDDREISSIG Jahre verflossen, achtunddreißig Jahre der Züchtigung Gottes. Ein ganzes Geschlecht, das Geschlecht, das aus Aegypten ausgezogen war, starb dahin. Sein Gebein bleichte in der sengenden Sonne, bis daß es im Wüstensand zu Staub zerfiel. Das ganze Gebiet des Negew war übersät mit menschlichen Überbleibseln. Von Ezeon-Geber am Roten Meer bis zu den Vorbergen Edoms wirbelten die Winde die zerstäubten Reste dahin. Wer hätte vorauszusehen vermocht, daß diese Verdammten und Verworfenen, die von Gott Verstoßenen, die den Schakalen Preisgegebenen, diese verachteten Sklaven Aegyptens, daß sie sich ausbreiten würden und anschwellen gleich einer Flut, daß sie die Oberfläche der Wüste mit Herden von Ziegen und Schafen, von Kamelen und Eseln bedecken, die gleich dem Ochsen alles Gras der Felder kahlfressen würden? Wo waren sie alle hergekommen?

Jahr um Jahr verlängerte Moses den Aufenthalt in Kadesch-Barnea. Nach dem Vorfall mit den Kundschaftern beeilte er sich nicht, die verzweifelte Volksmasse, die gerade ihr Todesurteil vernommen hatte, weiterzuführen, eine durch Aufruhr sittlich erschütterte Gemeinde noch einmal dem Grauen der Wildnis zu überantworten. Weder führte er das Volk zurück in der Richtung nach Aegypten noch vorwärts in die Wüste jenseits Kadesch-Barnea, wo es wohl nichts als ein weiteres der heimatlos im Negew umherschweifenden Völker geworden wäre. Er blieb im Tiefland, wo immerhin zwischen den Jahreszeiten die steinigen Bachbetten noch einiges Wasser aufwiesen. Er machte es sich inzwischen zur Aufgabe, die beamteten Ältesten, die Hauptleute und Vorsteher der Stämme neuzuordnen, neue Anführer auszulesen, die an die Stelle der beim Aufstand Korahs umgekommenen treten konnten. Er wartete auch ab, daß ein neues Geschlecht heranwuchs, die Kinder, die mit aus Aegypten gekommen und die, die in den ersten Jahren der Wanderschaft geboren waren, ein Geschlecht, das keine Erinnerung mehr hatte an die Fleischtöpfe Aegyptens.

Neunzehn Jahre lang blieb das Volk in Kadesch-Barnea. Dann führte Moses es zum Roten Meer nach Ezeon-Geber, beobachtend, wie Jahr um Jahr das ältere Geschlecht sich aufbrauchte und dahinschwand. Woher kam ihm die Kraft und Geduld, in all diesen Jahren auszuharren? Stütze und Tröstung in dieser langen Zeit boten ihm zwei Gewißheiten.

Die eine war die Verheißung, die Gott Abraham gegeben hatte, daß Er seine Nachkommenschaft sich mehren lassen werde wie der Sand am Meer und gleich den Sternen am Himmel. Moses verstand, daß diese Verheißung nicht so aufgefaßt werden dürfe, als beziehe sie sich auf einzelne Geschlechter; sondern daß es die allgemeine Verheißung für Abrahams Samen für alle Zeiten war. Und darum legte er sich die Verheißung auf diese Weise aus: es werde Zeiten geben, in denen die Kinder Israels auf einen niedrigen Stand sinken, so bedeutungslos, so gleichgültig und gewöhnlich werden würden wie der Sand am Meer; und daß es andere Zeiten geben würde, in denen die Kinder Israels so gehoben und geachtet sein würden wie die Sterne am Himmel. Doch in jedem Sandkorn war der Stern beschlossen; Sandkorn und Gestirn waren eines. Das Geschlecht des Sandes mußte rascher verschwinden, um dem Geschlecht der Sterne Platz zu machen.

Die zweite Gewißheit, auf die Moses baute, war der Bund; denn durch diesen Bund mit Abraham hatte Gott die Kinder Israels zu Seinem auserwählten Volk bestimmt. Und darum, blieb der Bund bestehen, konnte er weder aufgehoben noch umgangen werden, mochten die Sünden Israels noch so groß, mochte Jehovahs Zorn noch so oft entfacht, mochte Er noch so oft versucht sein, dieses Volk zu vernichten, jede Spur und Erinnerung von ihm vom Angesicht der Erde zu tilgen. Das Joch der Erwählung mußten die Kinder Israels für immer und ewig schleppen. Sie mußten mit Peitschenhieben in die Knechtschaft Gottes gezwungen werden, so wie der Ochs ins Joch. Israel stand keine freie Wahl zu wie andern Völkern. Durch Abrahams Bund war es ein für alle Mal dem Dienste Jehovahs verdingt und ausgeliefert, in alle Ewigkeit mußte es das auserwählte Volk sein und bleiben.

Immer deutlicher erkannte Moses, wie richtig und gerecht das Urteil war, das Gott dem Geschlecht des Auszugs gesprochen hatte. Es gab keinen andern Ausweg: das Geschlecht der Sandkörner mußte umgewandelt werden in das Geschlecht der Sterne; das Geschlecht der Knechtschaft mußte hinsterben, damit das

Geschlecht der Freiheit lebe und nach Gottes Ratschluß zum auserwählten Volk werde. Wie in allem, was Jehovah tat oder zu tun gebot, lag ewige Wahrheit; hier wie allerwegen verfolgte Er als letztes Ziel jene Vollendung, die immerdar das Ende der Schöpfung gewesen war. Diesem Ziele zu, das von aller Anfang an vorausbestimmt gewesen war, trieb Er die Kinder Israels. Zu diesem Ziel, zur Erfüllung dieser Vollendung, deren Zeugen die jüngsten Tage sein sollten, war jeder Abschnitt der Schöpfung, so unzulänglich er sein mochte, Beitrag und Anteil. Auch das Geschlecht des Auszugs hatte seinen Anteil am auserwählten Volk; das Geschlecht der Knechtschaft hatte seine Rolle in der langen Entwicklung gespielt, sein Beitrag blieb für immer denkwürdig: in ihm hatte sich die Entwicklung verwirklicht. Denn das Geschlecht der Knechtschaft war das Geschlecht der Befreiung geworden; dieses Geschlecht – das letzte der Knechtschaft – war der Erlösung würdig befunden worden. Es war das Geschlecht, vor dem das Meer sich zerteilt hatte, das Geschlecht vom Sinai. Sein gewaltiger Ruf «Wir wollen tun und gehorchen» war emporgestiegen in die Ewigkeit und sollte erschallen durch alle Geschlechter hin. Blindlings, dem stumpfsinnigen Vieh gleich, war dieses Geschlecht dem Hirten in die Wüste gefolgt. Eine lange Leidenszeit hatte es ausgestanden in der Wildnis; mit all seinen Vergehen und Mängeln war es allein, kein anderes Geschlecht, auserkoren gewesen, den großen Weg der Erwähltheit anzutreten. Mochten seine Knochen in den Sandeinöden der Wüste bleichen gleich den Gerippen von Eseln und Kamelen, so würden doch seine Taten leben und den künftigen Geschlechtern die Taufrische des Glaubens und der Zuversicht bringen.

In ihnen – diesen Toten in der Wüste – erblickte Moses das Gesicht, das seine Schwester Miriam vor ihm hatte erstehen lassen: das Körblein, das seine Mutter den Wellen des Nil anvertraut hatte. Er sah sich selbst als Säugling in dem schwimmenden Bettchen liegen. Die Wogen trugen ihn, gaben ihn eine der andern weiter wie von Hand zu Hand und leiteten das Körblein dorthin, wo die grausige Vernichtung drohte, zum Teich, wo die Krokodile schon ihren scheußlichen Rachen aufsperrten. Doch plötzlich rauschte eine neue, unverhoffte, eine einzelne, bestimmte, von geheimer Absicht aufgerührte und gelenkte Woge daher, riß das Körblein aus der gesetzmäßigen Folge der

Wellen heraus und trug es seitwärts zu der Bucht, wo Pharaos Tochter die Hand nach ihm ausstreckte.

Das Geschlecht der Toten in der Wüste war die große Woge, der die Aufgabe der Rettung des Körbleins anvertraut gewesen war: diesem Geschlecht hatte Gott den Auftrag gegeben, den Zug des auserwählten Volkes umzuleiten, weg vom Verderben, dem Heil und der Erfüllung zu.

* * *

Langsam und schwer schleppten sich die Scharen durch den dicken Sand. Es war, als ob wuchtige Ketten an ihren müden Füßen hingen, die den vom Roten Meer und Ezeon-Geber nach Kadesch-Barnea ansteigenden Pfad hinaufstapften. Um das verbotene Gebiet Edoms zu vermeiden, hatten sie einen ungeheueren Umweg gemacht. In endloser Reihe hintereinander zogen die Karawanen mühsam dahin. Den Beschluß des Zuges bildeten in der Hauptsache die von den Hirten geleiteten, von Bewaffneten geschützten Herden. Der unter den Füßen von Mensch und Tier aufsteigende Staub hing über ihnen wie eine dicke Wolke und hüllte den Nachtrab gänzlich ein. Hier wußte kein Mensch, was sich bei der Vorhut begab; nur ein dumpfes, verworrenes Geräusch von Bewegung wälzte sich rückwärts, ein Vorstoßen auf Hindernisse, ein eintöniger Widerhall wie von ausbrechenden Wassern, der durch den Staubvorhang drang. Unter diesem Vorhang herrschte dauerndes Zwielicht, das noch viele Stunden lang hängen blieb, nachdem der Zug vorüber war, die an den Hängen verstreuten nackten Gerippe hinter sich lassend. Einzeln und in Gruppen lagen sie da, Absprengsel und Auswurf des Heerbanns, Gerippe, doch nicht alle tot: manche waren alsbald von dem selbst immer in Bewegung befindlichen Sandmeer zugeweht, andere versuchten noch, die Köpfe oder auch die ganzen Rümpfe aus den sie einschlingenden Sandwogen gehoben, sich weiterzuschleppen. Wie Ertrinkende sich krampfhaft an die Meeresoberfläche kämpfen, um noch einen Zug Luft zu schnappen, ehe sie für immer versinken, so erhoben sie sich im Todeskampf mit einem letzten Versuch, ihren Gliedmassen Bewegung abzuringen, um Halt zu gewinnen. Doch die Sandwogen peitschten unbarmherzig ihre schwachen Leiber, sodaß sie zurückfielen und untergingen. Es gab unter ihnen auch solche, die sich willig dem Tod überließen, indem sie sich geschlossenen Auges mit kindlichem Vertrauen an den Wüstenboden schmiegten wie an eine Mutterbrust; andere stießen aus dem von Sand verstopften Mund Stöhnen und Röcheln aus, eine kehlige Wehklage und Auflehnung gegen ihr Schicksal, ehe sie sich von dem grausigen Tod im Wüstensturm übermannen ließen. Nicht alle starben allein, im Stich gelassen. Bei manch einem dieser Sterbenden saß ein Bruder oder eine Schwester und harrte aus, bis die letzten Anzeichen von Leben aus dem Körper geschwunden waren. Hier hielt ein Sohn den Kopf seines sterbenden Vaters hoch, sprach ihm Trost zu und setzte ihm den Wasserkrug an die ausgedörrten Lippen.

«Wozu, mein Sohn? Spare das Wasser auf für deine Kinder. Warum willst du es vergeuden, um den Durst eines Sterbenden zu löschen?»

«Laß mich liegen, geh, folge dem Heerbann, daß du nicht den Anschluß verlierst», flehte ein Anderer seinen Sohn an, der ihn nicht in der Wüste allein lassen wollte.

Wieder Andere empörten sich voll Wut gegen ihr Schicksal.

«Das ist nun mein Erbteil, das mir Moses verheißen hat, mein Acker und mein Weinberg: ein Grab in der Wüste», schrie ein Mann mit Aufbietung seiner letzten Kräfte; mit Müh und Not richtete er seine ausgemergelten Schultern vom Sand hoch, schüttelte seinen weißen Haarschopf und warf wilde Blicke umher mit seinen blutunterlaufenen Augen, die wie Wunden in seinem erstorbenen Gesicht aussahen.

«Moses hat dir kein ewiges Leben versprochen! Selbst wenn du ein Erbteil empfangen hättest, müßtest du sterben, denn du bist alt», sagte ein Schicksalsgenosse neben ihm, den seine Kinder mit einem Krug Wasser hatten liegen lassen. «Ich meinerseits habe meinen ältesten Sohn gebeten, mich liegen zu lassen. Ich will ihm nicht zur Last fallen. Denn, wie es auch sei, wir vom alten Geschlecht, wir müssen früher oder später in der Wildnis sterben. Wozu sollen wir uns noch abquälen auf dem langen Weg?» Und ein gütiges Lächeln zog über das runzlige Gesicht.

«Wozu habe ich gelebt, frage ich. Was war unser Leben?», stöhnte ein Anderer.

«Was? Denkst du noch immer an die Fleischtöpfe? Bedenke doch, Mensch, daß du doch nichts mehr von ihnen gehabt hättest. Denn in Aegypten wärst du schon längst unter der schweren Mühsal zusammengebrochen. Wozu du gelebt hast? Damit dein Sohn frei werde! Sündige nicht in deiner letzten Stunde; geh dahin im Glauben an Gott. Dir ist es nicht mehr zu Teil geworden, aber deinen Kindern wird es gegeben sein, das Land zu betreten und den dir zugemessenen Anteil zu erben».

Indes die sterbenden Greise noch so sprachen, hörten sie auf einmal in ihrer Nähe einen singenden Schrei:

«Ich sehe ihn ... ich sehe ihn ...»

Die Greise wandten die Köpfe der Stimme zu.

Nicht weit von ihnen lag ein Mann vollkommen bedeckt vom Sand. Schon eine ganze Zeit lang hatte er sich nicht mehr geregt, und sie hatten ihn für tot gehalten. Nun aber hob er den Kopf hoch; der Sand rieselte ihm von den Augen, aus dem Mund und aus seinem langen Bart; zitternd streckte er einen langen Arm aus und, während seine verdorrten Lippen zu schreien fortfuhren: «Ich sehe ihn ... ich sehe ihn», deutete er ins Leere.

«Wen siehst du?»

«Ihn ... Moses ...», schrie der Sterbende, noch immer deutend.

Alle, die da herumlagen und noch etwas Kraft aufbringen konnten, wandten die Köpfe und rissen die Augen auf. Und sie sahen eine mächtige Gestalt in weißem Gewand, eine Säule von Weiße, daherkommen: Moses. An seiner Seite schritt Josua ben Nun.

«Moses ... Moses ... Moses ...», flüsterten die Sterbenden.

Von allen Seiten begannen die lebenden Gerippe auf die Lichtsäule zuzukriechen. Sie schleuderten den Sand beiseite, mit ihren dürren Armen ruderten, schleppten sie sich mit letzter Kraft auf ihn zu; sie wandten ihm ihre abgezehrten weißen Gesichter zu und riefen mit einem letzten flehenden Röcheln:

«Moses, unser Lehrer ...»

«Moses ist gekommen, um die Toten in der Wüste zu sehen ...»

«Moses, bist du gekommen, die Toten in der Wüste zu sehen?»

So schrie der Chor der Verdammten.

«Nein, ihr sollt nicht das Geschlecht der Toten in der Wüste heißen! Ich bin gekommen zum Geschlecht des Auszugs, zum Geschlecht, das die Freiheit der Knechtschaft vorzog. Wo ist ein Volk zu finden gleich Israel? Einzig in seiner Art ist dieses Volk auf der Welt. Bis zum Ende aller Geschlechter soll von euren Taten erzählt werden. Ihr seid das Geschlecht, das Jehovah liebte und das Er sich zu Seinem Volke auserwählte. Es steht gut um dich Israel, und möge ich Teil haben an dir. Gehet in Frieden ein zu euren Vätern. Eure Kinder treten an eure Stelle. Ihr werdet in euren Kindern sein, und eure Kinder werden in euch sein bis zum letzten Geschlecht und bis zum Ende der Welt».

«Moses, unser Lehrer, ist gekommen, uns zu trösten. Moses . . .», flüsterten sie. Da und dort sank friedlich ein Haupt in den Sand.

«Ich sehe . . . ich sehe . . .», rief eine Stimme.

«Was siehst du?»

«Ich sehe unser Land, ich sehe das Haus meines Erbes. Es steht zwischen den Zelten Israels; der Baum blüht, und das Lied der Kinder erhebt sich von den Ufern des Baches, daran sie die Schafe weiden.»

«Die Ufer des Baches, daran sie die Schafe weiden», sprachen andere Stimmen leise nach, indes sich die Augen schlossen zum letzten Schlaf.

ZWEITES KAPITEL

SCHLIESSLICH kamen sie zum andern Mal nach Kadesch-Barnea, das sie vor so vielen Jahren verlassen hatten, ehe sie in die Verbannung der Wüste zogen. Denn nun war das Ende der Verbannung nahe. Das ältere Geschlecht, das zum Aussterben verurteilt gewesen war, gab es nicht mehr; mit den Flammen der Hoffnung in den Augen war es hingeschieden, von glänzendem Licht umstrahlt war es hinabgesunken in die Sandgräber. Und nun führte Moses ein neues Geschlecht aus der erbarmungslosen Wüste heraus, ein Geschlecht, das in diesem glühenden Schmelztiegel gehärtet war. Dies waren andere Männer; ihre Gliedmaßen waren wie aus Stahl gegossen, ihre Leiber vom Sturm gestaltet, ihre Gesichter gleich glänzender

Bronze; ihr dichtes Haupt- und Barthaar war durchgekämmt von den ehernen Zähnen des Wüstenwinds. Dieses neue Geschlecht nun geleitete Moses in die alte, vertraute, freundliche Stätte am Wege zum gelobten Land, Kadesch-Barnea.

Groß war die Gnade, die Jehovah diesem jungen Geschlecht gewährt hatte. Den Feinden Israels, den umgebenden Völkern, den Amalekitern, Kanaanitern, Edomitern, die aus ihren Felsklüften Israel belauerten gleich hungrigen Hyänen, ihnen hatte Er nur die in den Sand gesunkenen Gerippe der Toten in der Wildnis gezeigt. Doch Er hatte sie nicht sehen lassen, was den Toten nachgefolgt war: die zehn lebendigen Seelen, die einem jeden Grab entsprangen, die Herden von Schafen und Rindern, die für jedes verendete Schaf oder Rind geboren worden waren.

Doch es war auch ein anderes Kadesch-Barnea, zu dem Israel wiederkam. Die Älteren erinnerten sich noch und die Jungen hatten davon erzählen hören, daß Kadesch-Barnea von altersher mit vielen Brunnen gesegnet war. Auf dem Weg von Ezeon-Geber her hatten sie ihren Durst gestillt mit der Vorfreude auf die sprudelnden Quellen, die sie in Kadesch-Barnea finden würden. Denn Kadesch-Barnea, das zeitweise auch genannt wurde Ein-Mischpat, Quelle des Gerichts, war bei den schweifenden Stämmen als ein gesegneter Ort inmitten der Wüste berühmt. Die Kinder Israels hatten auf Grund der langen Zeit, da sie dort gewohnt hatten, etwas wie einen Anspruch darauf, und selbst in der langen Zwischenzeit, während der sie nicht dort gewesen waren, hatte Moses Wert darauf gelegt, die Verbindung damit nie ganz abzubrechen. Er hatte dort jahrelang eine kleine Besatzungstruppe stehen lassen zum Schutz gegen Edom und Moab und zur Abschreckung anderer schweifender Stämme. Doch als nun Moses mit den Kindern Israels in das ersehnte Kadesch-Barnea zurückkam, fand er es vollkommen verändert. Es war eine trostlose Oertlichkeit geworden; Kadesch-Barnea war das Schicksal vieler Oasen in der Wüste zugestoßen: seine Quellen hatten unter der Erde andere Wege eingeschlagen, um an weit davon entfernten Orten wieder zu entspringen. Flugsand hatte sich über die Oase gelegt, so wie die Wogen der See über kleine Inseln rollen und sie verschlingen. Von Sand bedeckt waren die grünen Wiesen, verdorrt die Wurzeln der Palmen, die Brunnen versiegt: versiegelt war alles mit dem Siegel des Todes.

Umsonst mühten sich die Kinder Israels gleich durstigen Rehen ab, eine Rinne, eine Runse zu finden, darin ein Wässerlein floß. Es war ihnen, als hörten sie immer wieder Bäche plätschern und sprudeln, allein die Erde gab nichts her; sie war überdeckt von einem Mantel aus sprödem Gestein, auf dem noch das Leichentuch des Sandes lag. Die ehemaligen Bachbetten waren nur noch Striche im trockenen Fels, leblose Brunnenleichen in Gräbern von Wüstensand.

Man hat die Quelle mit dem Weibe verglichen; von großer Tiefe ist die Begnadung des Weibes, seinem Schoß entspringt das Leben; ebenso tief ist die Begnadung der Quelle, ihrem Schoß entspringt das lebendige Wasser. Die Kinder Israels gedachten der Zeit, da sie sich an den Quellen gelabt, die nun Wassergräber waren. Sie erinnerten sich Miriams, der Schwester Moses' und Aarons, und sie brachten das Versiegen der Quellen mit ihrem Tod in Zusammenhang; denn so lange sie am Leben und in ihrer Mitte gewesen, waren die Brunnen übergeströmt von Wasser um ihretwillen; nun, da sie gestorben war, waren auch die Brunnen erstorben. Die Kinder Israels gaben sich auch nicht der Hoffnung hin, die Brunnen würden wieder lebendig werden, und darum brachen sie alle in großes Wehklagen aus. Denn die Kehlen von Mensch und Tier waren gedrosselt vom Durst, der den Kindern und Säuglingen das Leben aus den Adern sog.

Da taten sie wie ihre Eltern getan hatten: sie machten Moses und Aaron verantwortlich für ihre Mühsal und Entbehrung in der Wüste. Und wieder erhob sich im großen Haufen ein Murren wider Moses. Sie kamen zum Versammlungsplatz vor dem Heiligtum geströmt, das Moses in Kadesch-Barnea hatte errichten lassen, und stürmten in das Zelt Moses'. Die Fäuste geballt schrien sie ihm zu:

«Ach, daß wir umgekommen wären, da unsere Brüder umkamen vor dem HErrn! Warum habt ihr die Gemeinde Gottes in diese Wüste gebracht, daß wir hier sterben mit unserm Vieh?»

Und wiederum ward das schreckliche Wort vom Sterben in der Wüste laut:

«Warum habt ihr uns aus Aegypten geführt an diesen bösen Ort, da man nicht säen kann, da weder Feigen noch Weinstöcke noch Granatäpfel wachsen und überdies kein Wasser ist zu trinken?»

Moses hörte sie an und erschauerte. Sein riesenhafter Körper bebte wie ein Schilfrohr, sein langer, weißer Bart hob und senkte sich mit den Atemzügen der Brust, seine Arme versteiften, seine Fäuste ballten, seine Augen verfinsterten sich. Was hörte er da? Was sah er da? Stiegen die Toten der Wüste aus ihren Gräbern und standen mit erhobenen Fäusten, Steine in den Händen, mit erbitterten Gesichtern und zornflammenden Augen vor seinem Zelt und schrien: «Betrüger! Verführer! Was hast du von uns gewollt? Auf, wählen wir uns einen andern Führer, der uns nach Aegypten zurückbringt»?

Also auch sie, die kein Aegypten im Gedächtnis, nicht das schmachvolle Brot der Knechtschaft gegessen hatten, auch sie, die größtenteils in der Wüste geboren, die gestählt waren vom Sengen der Sonne und vom Wehen der Winde, auch sie, die Kinder der Freiheit, die geboren wurden in Freiheit, sie verlangten nach dem Brot der Knechtschaft? Wenn dem so war, welchen Sinn hatte dann der lange Leidensweg durch die Wüste gehabt? Wozu hatten sie alle Hindernisse überwunden? Wozu diente das alles, wenn ihnen zum Schluß die Sonne der Freiheit doch nicht schien und sie noch immer in die dunkle Nacht der Knechtschaft versunken blieben? Ach, in Knechtschaft waren sie gezeugt, Knechtsblut rann in ihren Adern, der Väter Fluch lag um der Söhne Nacken wie ein Strick, der sie in die Höllengrube zurückzerrte, daraus Gott sie befreit hatte. Würde er im Stande sein, mit diesem Volk, dessen Blicke immer noch rückwärts gewandt waren nach Aegypten, die Wundertaten zu vollbringen, die Gott mit ihm vorhatte, stärkere und mächtigere Völker zu überwinden?

Schweren Herzens, die Blicke von Zweifeln getrübt, zwiespältigen Gemüts trat Moses vor Jehovah, um zu beten für ein Volk, dessen Glauben brüchig war. Zu seiner Unterstützung nahm er den Bruder Aaron mit, und die beiden fielen vor der Stiftshütte auf ihr Angesicht nieder.

Doch Moses fand keine Worte, mit denen er Jehovah anrufen konnte. Zum ersten Mal überkam ihn der entsetzliche Gedanke, daß wenn Jehovah herabfahren werde in Sturm und Wut, um die Kinder Israels zu vertilgen, er nicht die Kraft haben werde, sich Seinem Grimm entgegenzustellen, Ihm Vergebung abzuringen, wie er es in früherer Zeit getan. Denn die Kraft Moses' beruhte nicht nur auf dem Glauben an Gott, sondern ebenso sehr auch auf dem Glauben an Israel. Wenn sein Glaube an die Kinder Israels schwach und trübe wurde, so war es auch um seine Vorzugstellung bei Jehovah geschehen. Bebenden Herzens lag Moses am Boden, das Gesicht auf der Schwelle der Stiftshütte; aber seine Lippen blieben versiegelt. Doch unverzüglich fuhr Jehovah herab und erschien ihm, nicht umwölkt von der Düsternis des Zorns, wie er erwartet hatte, sondern im Strahlenglanz der Gnade. Und nicht in der Raserei der Rache sondern in der Güte des Erbarmens sprach Er zu Moses:

«Nimm den Stab und versammle die Gemeinde, du und dein Bruder Aaron, und redet mit dem Felsen vor ihren Augen, daß er sein Wasser spende. Also sollst du ihnen Wasser aus dem Felsen bringen, die Gemeinde zu tränken samt ihrem Vieh.»

Und dann standen Moses und Aaron vor dem gewaltigen Felsblock. Um sie versammelt waren die Kinder Israels, Männer, Weiber und Kinder, das Wunder zu sehen und zu hören, das Gott für sie tun wollte. Mit klopfenden Herzen und gespannten Gesichtern standen sie und harrten des Wunders. Und Moses erhob mit seiner mächtigen Hand den Stab, der das Meer zerteilt hatte, den wunderwirkenden Stab, den Stab, der aufbewahrt war im Heiligtum als ein Gedenkzeichen der Liebe und Gnade, die Jehovah Israel erzeigt hatte.

Moses, der immer sorgfältig darauf bedacht gewesen war, Gottes Gebote genau nach der an ihn ergangenen Weisung auszuführen, Moses, dessen feinfühlige Seele jeden kleinsten Wink von Gottes Willen erspürte, Moses, der stets bemüht gewesen war, nicht nur das Gebot an sich, sondern die Absicht, die dahinterstand, zu begreifen, als ob Gottes Sinn eins sei mit dem seinen, in diesem Augenblick des Zweifels an den Kindern Israels, war Moses im Innersten verwirrt und mit sich uneins. Zwischen seiner Seele und Gottes Auftrag hatte Zorn einen Vorhang gezogen; zum ersten Mal führte er ein göttliches Gebot getrübten und ungewissen Geistes aus.

Vorerst sprach er zu den Kindern Israels Worte, die auszusprechen Gott ihm nicht aufgetragen noch beabsichtigt hatte:

«Höret, ihr Ungehorsamen, werden wir euch auch Wasser bringen aus dem Felsen, daß ihr trinket?»

Darauf hob er den Stab, doch, statt zum Felsen zu sprechen, schlug er ihn.

Der Felsblock war nur einer von den vielen Vorsprüngen im Gestein der Hochfläche bei Kadesch-Barnea: seine Vorderseite war von Stürmen verwittert und von vielen Winden geschliffen; auf seiner Kuppe saß, wie eingesunken in die Schultern, ein kegelförmiges Haupt. Und nun war es, als ob dieses Haupt das Aussehen eines Menschenkopfs annehme, ein Gesicht bekomme, das Antlitz eines Greises, der hier in der Wüste stehen geblieben war seit der Erschaffung der Welt, geblieben war und gewartet hatte, geharrt des Augenblicks, da er aufgerufen würde, das Geheiß zu erfüllen, für das Jehovah ihn aufgespart hatte seit Erschaffung der Welt, das Geheiß, das Wesen des Gesteins zu wandeln, auf daß seinem felsichten Herzen Wasserstrahlen entsprängen. Vom Anbeginn aller Zeiten her hatte er hier gehockt, der Hüter der Verheißung, hier am Saum der Wüste, am Endpunkt der langen Mühsal der Kinder Israels, angstvollen, gebannten Herzens, um der ihm von Gott gewiesenen Bestimmung nachzukommen. Und Moses stand vor ihm, den Stab der Bürgschaft in der Hand, den Gott ihm anvertraut hatte, und Moses gehorchte dem Gebot Gottes nicht nach der Weise, wie ihm geheißen war: er schlug den Felsen mit dem Stab.

Im Antlitz des steinernen Greises aber höhlten sich Augen, tiefe, dunkle, gewaltige Augenhöhlen, die Moses anstarrten: ein Moses aus Stein starren Blicks vor einem Moses aus Fleisch und Blut. Und aus den Augen des Felsens traten Tränen und rannen über die Runzeln des steinernen Antlitzes hinab.

Mit hochklopfendem Herzen und furchtsamen Augen stand die Menge da und glotzte. Sie sahen Wassertropfen fließen, und wußten nicht, daß es Tränen waren, Tränen der Demütigung und des Schmerzes; für sie waren die Tränen nur Wassertropfen, die sie danach beurteilten, ob sie genügen würden, ihren Durst zu löschen.

Und ein Schatten flog über das Volk hin, und in den Gesichtern spiegelte sich Verzweiflung.

«Was? Sollen wir unsere Tröge füllen und unsere Tiere tränken mit diesen Tröpflein? Werden die auch nur genügen, um den Durst unserer Kinder zu stillen?» So wurde in der Menge gehadert.

Und auch Moses sah nicht, daß es Tränen waren. Er sah

Wassertropfen und maß sie mit dem selben Maß wie die Volksmenge. Er verlor den letzten Rest von Geduld und schlug noch einmal auf den Stein.

Da barst das Steinherz des Alten und Wasserstrahlen entsprangen ihm voller Gewalt – die Wasser, die Gott während der sechs Schöpfungstage gesammelt und bereitet hatte, um den Durst der Kinder Israels zu löschen.

Noch schallte die Luft von jubelnden Stimmen, die sich mit der Musik des strömenden Wassers mischten. Preislieder schwangen sich hoch in die stille Luft empor, deren Widerhall über die Wüstenweite hintönte, da sich in Moses' Herz eine unheilvolle Stimme hören ließ, Jehovahs Stimme. Sie war nicht, wie vorher, von Gnade und Güte erfüllt, sondern schwer von Grimm.

«Warum hast du Mein Geschöpf geschändet?»

Und Moses fiel in wortlosem Krampf, das Antlitz in den Grund vergraben, zur Erde nieder.

«Wähnest du, Meine andern Geschöpfe seien so ungehorsam gegen Mich wie Meine Geschöpfe aus Fleisch und Blut, daß du Gewalt gebrauchen zu müssen meintest? Mein Wille war gegossen in dieses Mein Geschöpf. Mein Wille wächst im Herzen Meines Geschöpfs, wie die Frucht wächst am Baum; und wenn die Stunde der Reife kommt, so spendet sie ihren Segen mit Jubel und Jauchzen, nicht mit Auflehnung und Hader. Ich hatte dir befohlen, zum Felsen zu sprechen, nicht ihn zu schlagen.»

Der Krampf der Stummheit löste sich von Moses, und im tiefen Bewußtsein seiner Schuld flüsterte er:

«Ich habe Sünde begangen gegen Dich, Vater des Erbarmens.»

«Und warum schmähest du Mein Volk? Ungehorsame nennst du sie. Was haben sie getan? Sie waren durstig und schrien nach Wasser. Ich habe dich zum Hirten Meiner Herde gemacht; an dir war es, den Schmerz derer, die Ich dir anvertraut habe, zu fühlen, und du hättest nach Wasser schreien müssen zu Mir. Du aber schlugst sie mit der Peitsche der Schmähung und Demütigung. Nicht dein Gebet war es, nicht dein Weinen, sondern ihres, das Ich erhört habe und dem Ich zur Hilfe geeilt bin.»

«Ich habe Sünde begangen gegen Dich, Vater des Erbarmens.»

«Und Ich habe in die Abgründe deines Herzens geschaut und die Gedanken erforscht, die du um Mein Volk hegst. Ein Geschlecht der Wüste hast du sie geheißen und hast sie zum Sterben in der Wüste verurteilt. Doch nicht sie, sondern du und dein Bruder Aaron, ihr gehört dem Geschlecht der Toten in der Wüste an; denn ihr habt keinen Glauben an Mich noch Mich geheiligt vor den Kindern Israels. Und darum sollst du diese Gemeinde nicht in das Land bringen, das Ich ihnen bereitet habe.»

«Du bist gerecht und Dein Urteil ist gerecht, Vater des Erbarmens.»

Und Moses vergrub sein Gesicht noch tiefer in den Sand vor der Majestät Jehovahs.

DRITTES KAPITEL

WENN sich die gewaltige dahinziehende Wolke näherte, so war sie für das Auge undurchdringlich, und nur die daraus vernehmlich werdenden Geräusche ließen vermuten, was darin verborgen war: es hörte sich an wie das vieltönige Getöse großer Wassermassen. Das Getöse ließ den Umfang und die Gedrängtheit der dahinziehenden Menschenmenge ahnen; Getrommel zahlloser Tritte, Gebrause endlos wirrer Bewegung. Wenn sie dann näher herankam, riß die Wolke auseinander, und die staubbedeckten Wanderer wurden erkennbar. Ein verworrenes Schallen von Posaunen- und Hornstößen hing dauernd darüber; doch der Zug selbst zeigte keinerlei Wirrwarr: in fester Marschordnung wälzte er sich wuchtig über die staubbedeckten Höhen Moabs.

An der Spitze der Anführer der Kriegerschar, eine große, stolze Männergestalt in der Blüte der Jahre, schaukelnd auf dem Rücken eines Kamels. Ein Wust graudurchsträhnten schwarzen Haars fiel schwer über die breiten Schultern des Mannes; die dicht mit Sandkörnern beklebten schwarzen Augenbrauen sprangen drohend von der Stirn vor; sein Bart war dicht und breit. Wer hätte geglaubt, daß diese mächtige, sonnverbrannte, auf dem Kamelrücken thronende Gestalt mit den drohenden Brauen, dem über den kräftigen Hals fallenden Haarwust der einst so schmächtige Jüngling war, der wie ein Schatten im Winkel von Moses' Zelt zu sitzen pflegte, Josua ben Nun?

Hinter ihm, ebenso beritten wie er, kam der Anführer der ersten Kriegerabteilung, Kaleb ben Jephunne; auch er bereits ergraut, doch auch er strotzend von Manneskraft. Über ihm flatterte das Feldzeichen Judas.

Die beiden Heerführer standen in der Reife der Jahre, doch die, die sie anführten und hinter ihnen herfluteten gleich dem Boden entsprudelndem Quellwasser, zeigten den rosigen Flaum der Jugend, von der blühende Kraft ausstrahlt wie ein Glanz. Es war kein altes Gesicht darunter, kein Hauch von Grau war an ihnen zu sehen. Ihr dichtes Locken- und Bartgewirr erglänzte dunkel noch unter dem Staub, der es bedeckte. Ihre breiten nackten Brustkästen waren gebräunt von der sengenden Wüstensonne, gestählt durch glühende Sandstürme; ihre Zähne blitzten weiß, und ihre nackten Füße, deren Haut und Sehnen wie aus Erz waren, zerstampften das Lavageröll, auf das sie traten, zu Staub. So zogen sie vorwärts, Glied nach Glied halbnackter Leiber, das Schwert an der Hüfte baumelnd, jedes Glied unterm Feldzeichen seines Stammes. Ebenso wohlgeordnet wie die Geschwader der Krieger schritten die Leviten, die das Heiligtum zu befördern hatten, dahin: jugendliche Männer lenkten die Ochsen, die die mit den Brettern und Decken des Heiligtums beladenen Karren zogen; junge, ihrer Kraft bewußte Arme trugen die Gefäße, junge Schultern schleppten die Geräte des Gottesdienstes.

Den Karren und Trägern des auseinandergenommenen Heiligtums folgten andere Wagen mit den Priesterkindern – der Blüte des Priestertums –, die alle in der Wüste geboren waren. Diesen wiederum die letzten Geschwader der Bewaffneten zum Schutz der Bundeslade und des heiligen Geräts.

Hinter diesen Kriegern zog die gewaltige Masse der Gemeinde selbst, ein Heerwurm von anderthalb Meilen Länge, der gleich einem Schwarm von Wanderheuschrecken die Höhen der moabitischen Landschaft Sodom bedeckte. So weit das Auge reichte, ein Riesenwald von bewegten Leibern, dunklen Haarschöpfen, schwerbeladenen Säcken, zusammengelegten Zelten auf den Rücken zahlloser Esel und Kamele: eine Flut, die sich über die Grenzen Moabs ergoß. Auch unter ihnen waren keine alten Leute. Die Männer waren nicht weniger beladen als die Lasttiere, die sie trieben oder führten: sie schleppten Bündel mit

Hausgerät oder die kostbarere Last der Kinder. Auch die vollbusigen Weiber trugen ihre Kleinen in den Armen oder auf den Schultern, die schwangeren die Ungeborenen im Schoß; es war ein überquellender Kindersegen, dichte Dolden menschlicher Trauben. Zahllos auch waren die von Hirtenjungen getriebenen Herden, die der einzelnen Stämme durch Abstände von einander getrennt.

Mit Staunen und Angst blickten umherschweifende Angehörige der moabitischen Sippen auf diesen sich vorwärtswälzenden Volkshaufen und verkrochen sich an ihren abgelegenen Wasserlöchern in den Bergen. Woher kamen sie, diese unzählbaren Horden, die da aus der Wüste Edom auftauchten? Wer waren sie? Und wieso hatten ihre Stammesführer ihnen gestattet, die Grenzen ihres Landes zu übertreten? Wo sie vorbeizogen, war der Boden um die Wasserlöcher kahlgefressen, und gleich einem riesenhaften Ochsen soffen sie alles Wasser weg, so daß die Quellen auf ihrem Weg leer und trocken zurückblieben.

Boten ritten auf flinkfüßigen Kamelen von Dorf zu Dorf, von Stadt zu Stadt, über Reitwege und Feldpfade, um die erschreckende Kunde auszusprengen: «Sie kommen! Sie versperren die Brunnen, sie verstopfen sie mit Steinen, sie verdecken sie mit Sand, daß wir sie nicht mehr finden; sie saufen den letzten Tropfen und lassen uns kein Wasser mehr. Stellt Wachen aus, ruft die Jungmannschaft zusammen, rüstet euch und beobachtet die Räuberhorde, sorgt dafür, daß sie nicht von der Landstraße weicht und sich in die fruchtbaren Täler ergießt, um ihre zahllosen Herden jeden Halm abgrasen zu lassen, bis alles kahl und öde ist.»

* * *

Nach dem Vorfall am Brunnen Meriba – dem Haderwasser, wie der Ort genannt wurde, wo Moses den Fels geschlagen hatte – hatten die Kinder Israels Kadesch-Barnea verlassen. Moses wollte dort nicht mehr bleiben, obschon er sich der Schwierigkeiten und Hindernisse wohl bewußt war, die ihn in den auf dem Wege zum Jordan liegenden und nicht zu umgehenden Landstrichen von Edom und Moab erwarteten. Mit Edom hatte er die Verhandlungen endgültig abgebrochen: er war nur an dessen Grenzen vorbeigezogen. Aber mit Moab war er zu einem Einvernehmen gelangt.

Der Durchzug durch Arabien war schwer und mit Hindernissen übersät. Zu den Heimsuchungen durch Hunger und Durst kamen die Zusammenstöße mit kleinen im Negew umherstreifenden Stämmen kanaanitischer Abkunft, die sich den Kindern Israels in den Weg zu stellen versuchten. Doch wie eine unwiderstehliche Flut wälzten sie sich vorwärts, alles vor sich herfegend, was sie aufhalten wollte. Von Hunger und Durst geplagt, von Schlangen und Skorpionen angefallen, die in den Sandmulden wimmelten und in die Zelte krochen und die Kinder bissen oder sich an die Gurgeln des Viehs hingen; von blutsaugenden Stechmücken gequält, wanderten sie halsstarrig weiter, überwanden alle Hindernisse und erreichten zuletzt den Bach Sered in der Talsenke, die Edom von Moab schied.

Die Sered-Senke bildete die Grenze zwischen den beiden Völkerschaften; sie wurde als ein Niemandsland betrachtet, auf das keine von ihnen einen Rechtsanspruch hatte. Um die Quellen darin tobte ständiger Kampf zwischen Edom und Moab. Moses machte sich dies zunutze und besetzte das Tal, um den Kindern Israels Rast und Erholung von den Strapazen der langen Wüstenwanderung durch Arabien zu gönnen. Denn, so war seine Überlegung, da die Sered-Quellen weder Edom noch Moab gehörten, könne er sich in ihren Besitz setzen, ohne gegen Gottes Gebot zu verstoßen, die Grenzen der beiden Völker zu achten und sie nicht ohne Erlaubnis zu überschreiten.

Von hier aus leitete er nun Verhandlungen mit Moab wegen der Durchzugserlaubnis ein, die sich lange hinzogen. Balak ben Zipor, der König von Moab, drohte, das Schwert zu ziehen gegen die Kinder Israels und sie aus dem Sered-Tal zu verjagen. Moses gelang es aber, durch Verhandlungen mit gewissen Grenzstämmen Moabs und Edoms die Erlaubnis zum Durchzug durch deren Land zu erhalten, das am Saum der Landschaft Sodom lag, unter der Bedingung jedoch, daß seine Scharen weder rechts noch links von der Straße abwichen und in die furchtbaren Seitentäler eindrangen. Außerdem mußten sie für jeden Halt an einer Quelle fünfzig Schafe und zehn Jungstiere bezahlen.

So zogen denn die Kinder Israels nun über die Höhenstraße Moabs weiter, samt Schaf und Rind, samt Hausgerät und Heiligtum. Ihre Kehlen waren ausgedörrt von Durst, ihre Augen sehnten sich nach einem begrünten Ruheplatz. Sie ließen die

Blicke schweifen in die Täler mit den blühenden, verlockenden Feldern. Wie leicht wäre es, sich seitwärts zu wenden, sich hinein zu ergießen gleich einer Flut, die den Damm durchbricht! Doch jeder Schritt vom Wege, sei es nach rechts, sei es nach links, war ihnen streng untersagt; denn Moses hatte ihnen im Namen Jehovahs geboten: «Ihr sollt nicht Feindschaft tragen gegen Moab, noch es angreifen, denn sein Land will Ich euch nicht zum Erbteil geben; es ist das Erbe der Kinder Lots.»

Doch sie trugen gar kein Verlangen nach dem Besitz dieses Landes; der steinige Boden Sodoms lockte sie nicht. Sie waren der Wüste überdrüssig. Wiewohl sie größtenteils in der Wüste geboren, samt und sonders in der Einöde aufgewachsen waren, hatten sie sich nicht an das Sandmeer gewöhnen können, widerstrebte ihren Gaumen der Geschmack des Sandstaubs. Tausende von Malen hatte der Wüstenwind ihre Leiber durchblasen, doch sie ersehnten Wohnsitz und Weidegrund anderer Art. Ihre Augen verzehrten sich nach den grünen Wiesen des gelobten Landes, von dem sie so viel gehört. Der Mund wässerte ihnen nach dem Saft von Trauben, dem Fleisch von Granatäpfeln, der Süße von Honig, der erfrischenden Kühle von Milch, von dem allem das verheißene Land angeblich überfließen sollte. Ach, wenn sie wenigstens Wasser gehabt hätten, um ihren brennenden Durst zu löschen, die leidenden Kinder zu beruhigen, die fast umfallenden Schafe und Rinder zu laben! War denn kein Ende abzusehen dieser Wüstenstraße?

In der Mitte der Kriegerscharen, die, wie mit einer starken Kette, die Träger des Heiligtums umgaben, recht inmitten der Volksmenge, zogen die Häupter der Gemeinde dahin, in ihrer Mitte wiederum Moses. An seiner Seite ritt auf einem reichgeschmückten und kostbar geschirrten Kamel mit purpurnem Sattel und purprunen Behängen, Eleasar, der neue Hohepriester. Er war in einen langen Mantel und einen langen weißen Schleier gehüllt, der ihm vom Kopfschmuck über die Schultern hing. Nur sein langer schwarzgrauer Bart trat aus der Umhüllung hervor. Sein Gesicht war gleich seinem Körper mit weißem Zeug bedeckt. Er war von seinen Söhnen und Enkeln umgeben. Sein jüngerer Bruder Ithamar waltete als Aufseher der Träger des Heiligtums. Alle Angehörigen von Aarons Familie waren in Weiß gewandet, sowohl die, die auf Kamelen hinter dem Hohepriester herritten, wie auch die, die zu Fuß wanderten. Die Stammesfürsten bildeten Moses' und Eleasars Gefolge; ein jeder Stamm hatte seinen Vertreter in der zu Moses gehörenden Gruppe. Auch seine vertrautesten Ratgeber aus dem Kreis der siebzig Ältesten waren bei ihm; dazu noch eine Anzahl von Botenläufern und Sendlingen – Kundschafter oder Späher, wie sie genannt wurden –, die die ständige Verbindung zwischen Moses und allen Teilen des wandernden Volks aufrechterhielten.

Alle die höhergestellten Männer, die zu Moses' Umgebung gehörten, ritten auf Kamelen; er selbst allein schritt zu Fuß dahin. Er, die überragende Persönlichkeit, er wollte sich nicht unterscheiden vom einfachen Sohn des Volkes. Doch es schien, als ob sein gleich dem des Hohepriesters weiß verhülltes Haupt über die Reiter um ihn emporrage. Es schien, als ob er, je älter er wurde, um so mächtiger und gebietender anzusehen sei, als ob seine Hände immer kraftvoller, seine Sehnen immer zäher würden. Es war kein Mensch, der da einherschritt, sondern ein vom Himmel gefallener Riese. Sein Haupthaar fiel unter dem Kopfschmuck und dem Schleier in dichten weißen Locken herab, den Schleier durchbrechend; sein massiger Bart von ungewöhnlicher Länge und Breite lag, dessen Weiß überblendend, auf seinem Mantel. Alles an ihm war gewaltig: Gestalt, Gliedmaßen, die ganze Erscheinung; alles an ihm war schärfer ausgeprägt, zeigte klarere, geradere Konturen. Nicht Rumpf und Gliedmaßen allein, auch seine Gesichtszüge, schienen aus einem andern Stoff zu sein denn aus Fleisch und Blut, schienen von einer Meisterhand aus einem einzigen Granitblock gehauen. Seine scharfe Adlernase, die großen Kreise der Augen, die ein gebietendes, überirdisches Licht ausstrahlten, seine gemeißelten Züge wirkten herrscherhaft; doch eine tiefe, ergreifende Schwermut lag wie ein feiner Schatten über der Herrlichkeit dieses Antlitzes; die Furchen der mächtigen Stirn, die tiefen Falten um die Augen, die Linien um den Mund verrieten ein Zittern von menschlicher Schwäche. In ihnen war Menschenschmerz und Menschenleid, die die granitenen Linien milderten und eine über Menschliches hinausgehende Weltabgewandtheit in eine ganz menschliche Demut verwandelten, denn «der Mann Moses war sehr demütig, mehr denn alle Menschen auf dem Erdboden».

Dieser erhabenen, wie aus dem Felsgestein gehauenen Gestalt eignete ein Herz, das vollgesogen war – so wie der Schwamm sich vollsaugt mit Wasser – mit den Leiden und Sorgen seines Volkes. Er wußte, daß seine Tage gezählt waren, daß er mit dem Geschlecht des Auszugs das Schicksal zu teilen haben würde. Ja, er gehörte auch dazu: Jehovah selbst hatte es gesagt. Und als er seinen Bruder Aaron ins Gebirge hinaufgeführt, ihm die Priestergewänder ausgezogen und sie Eleasar angelegt hatte, als er dann seinen Bruder nackt und allein in der Höhle gelassen hatte, wo ein Engel ihn erwartete, als er all dies getan, hatte er gesagt: «Geh ein, mein Bruder Aaron ins Königreich des Friedens, wohin dieser Engel des HErrn dich führen wird. Ich werde dir alsbald nachfolgen, denn ich habe nur noch das Tagewerk zu vollenden, das Jehovah mir anvertraut hat.» Denn Moses erachtete sich als einen Tagelöhner in Gottes Dienst; und das Tagewerk, das er zu vollenden hatte, war, die Kinder Israels nach dem Land der Verheißung, der Stätte der Rast, zu bringen. Und sein Herz zitterte und bebte noch ob der Prüfungen, die Israel bevorstanden. Er wußte um seine Not. Diese letzte Strecke durch die Wüste war die schwerste; er wußte, daß die Kinder abgezehrt waren vom Durst, daß das Vieh sich, alle Viere von sich streckend, auf den Boden legte und vor Schwäche und Durst nicht weiterkonnte. Es war eine höchst bittere Mühsal, dieser Zug an der Wüstengrenze Edoms her, bitterer aber noch war der durch Moab. Die Stämme gaben den letzten Rest ihrer Kraft her; jeden Augenblick konnte ihre Geduld reißen, konnte Auflehnung wieder ausbrechen, konnte sich wieder der knechtische Ruf erheben: «Warum hast du uns von Aegypten weggeführt?» Und Jehovahs Zorn konnte wiederum entfacht werden und wiederum das Strafgericht auf sie niedergehen, das sie zum Verbleiben in der Wüste verdammte. Wer würde dann für sie bitten, wenn er nicht mehr war? Wer würde Jehovahs Zorn von ihnen fernhalten?

Es bemächtigte sich seiner ein wahnsinniger Drang zur Eile. Wenn Gott ihm sein Schicksal offenbart hatte, so mußte es nahe sein. Schneller! Das war der Gedanke, der ihn beherrschte. Kein Aufenthalt in der Wüste Moab! Ohne Verzug mußte der Bach Arnon erreicht werden. Er bildete die Grenze Moabs gegen die Amoriter und ebenfalls einen ständigen Zankapfel zwischen den beiden Völkerschaften. Vor einiger Zeit hatten sich die Amoriter in den Besitz des Arnontales gesetzt. Es lag somit außerhalb der Grenzen Moabs, sodaß es die Israeliten den Amoritern, die kein Anrecht darauf hatten, abnehmen durften. Wasser im Überfluß war dort vorhanden: welch ein Labsal würde es den erschöpften, ausgedörrten Wanderern bieten, die seit ihrem Abzug vom Sered kein frisches Wasser mehr gekostet hatten! Aber würden die Kinder Israels im Stande sein, sich der Gegend zu bemächtigen? Oder lauerte Sihon, der König der Amoriter, mit seinem Heer den Kindern Israels auf, sobald sie Moab hinter sich gelassen, so wie Moab sie bedroht hatte, als sie aus der Wüste Edom kamen? War es nicht möglich, daß die Israeliten am Arnon statt Wasser das Schwert finden würden? Würde Jehovah sie die Arnonquellen einnehmen lassen? Würde Moses nicht gut daran tun, Abgesandte zu Sihon zu schicken und Bezahlung für das Durchzugsrecht anzubieten? Oder sollte er warten, bis sie zum Arnon gelangten, ob sich etwa doch die Möglichkeit biete, das Tal in die Hand zu bekommen?

In diese Erwägungen versunken schritt Moses dahin, als ein Bote vom Stamme Gad herangeritten kam. Wegen seiner großen Viehherden bildete Gad die Nachhut des Heerzugs; bis zu dessen Mitte war eine Entfernung von mehreren Reitstunden. Der Bote hatte folgendes zu melden: Die Männer Gads seien außer Stande gewesen, die Qualen ihrer Tiere länger mitanzusehen, und seien daher mit ihren Schafen auf das verbotene Gebiet von Moab eingeschwenkt; sie seien in ein Tal hinabgestiegen und hätten sich der darin befindlichen Brunnen bemächtigt. Die Einwohner seien mit Waffengewalt ausgerückt; denn sie hätten für das Wasser ein Entgelt in Schafen verlangt gemäß der zwischen Moses und Balak getroffenen Vereinbarung, die jedoch die Kinder Gads anzuerkennen verweigert hätten.

«Fürst des Stammes Gad!», rief Moses. «Begib dich zu deinem Stamm und befiehl ihm im Namen Jehovahs, den Söhnen Moabs für jede Wasserquelle an Schafen und Rindern so viel zu zahlen, wie nach der Vereinbarung, die ich mit ihnen getroffen habe, fällig ist.»

Der Fürst des Stammes Gad erwiderte darauf: «Sie haben bereits einen großen Teil Schafe und Rinder weggenommen. Hör mich an, Moses, unser Lehrer! Wenn wir so für jeden Trunk im Lande Moab zu zahlen fortfahren, werden uns keine Schafe und Rinder bleiben, um sie mitzunehmen in unser Land.»

«Also lautete Gottes Gebot an mich: ‚Was ihr esset, sollt ihr von ihnen kaufen, und auch das Wasser, das ihr trinket, sollt ihr mit Geldeswert von ihnen kaufen.' Geh hin und tue nach Gottes Gebot.»

«Moses, unser Lehrer! Wir vermögen sie leicht aus dem Felde zu schlagen, denn wir sind stärker als sie. Wir können sie von dannen jagen, so wie wir die Kanaaniter von dannen gejagt haben, die uns angriffen.»

«Wir wollen niemanden angreifen und niemanden aus dem Felde schlagen. Wir verteidigen uns nur gegen die, so uns angreifen und uns zu überwinden trachten. Wir setzen uns auch nicht fest in einem Lande, welches Gott andern Völkern zum Erbe gegeben hat. Wir wollen nur den Anteil in Besitz nehmen, den Gott uns vorbehalten hat.»

«Wo ist er denn, unser Anteil?», fragte eine Stimme. «Warum weicht er immer von uns? Jede Handbreit Erde, über die wir ziehen, ist bereits einem Andern vorbehalten. Soll denn die schreckliche Wildnis nie ein Ende haben? Sollen wir immerfort jeden Schluck Wasser von Fremden erkaufen müssen? Sollen auch wir in der Wüste umkommen und es unsern Kindern überlassen, den eitlen Traum zu träumen, den wir und unsere Väter geträumt haben? Nicht den kleinsten Blick haben wir anher getan auf Ländereien, da Milch und Honig fließt, von denen die Verheißung sprach. Nichts erblicken wir um uns als Wildnis und Öde, nichts als eine nicht endende Kette von Feinden.»

«Geh, Fürst, und tue nach Gottes Gebot. Warum sollt ihr in Todsünde wider Jehovah fallen gleich euren Vätern, da ihr alle dem Ende eurer Wanderschaft nahe seid? Nur noch eine kleine Weile haltet aus; die Zeit ist nahe, und Jehovah hält Seine Verheißung ein.»

Während des langen Zugs durch Moab hatte Moses nicht ein einziges Mal gestattet, das Heiligtum aufzuschlagen. Der nächste Rastort sollte das Arnontal sein; mit aller Macht drängte Moses dorthin. Er hatte sogar den Befehl ausgegeben, die Zelte nicht für die Nacht aufzuschlagen; die Stämme sollten beim ersten Strahl des Morgensterns aufbrechen und weiterziehen. Von den Kriegern umringt nächtigte das Volk – Männer, Weiber und

Kinder – unter freiem Himmel inmitten seiner Herden und zusammengerollten Zelte. Nur drei Zelte wurden aufgeschlagen. Das erste, umgeben von einer starken Wache aus Leviten sowie einem Trupp von Boten und Zeichengebern, deren Feuer und Hornstöße den Befehl zum Aufbruch zu geben hatten, beschützte die Bundeslade, die Geräte und das ganze übrige Zubehör des Heiligtums. Das zweite Zelt war für den Hohepriester errichtet; sein hohes Amt erforderte, daß er die Nacht unter einem Dach verbrachte. Er mußte vor kriechendem Getier und Unreinlichkeit jeglicher Art bewahrt bleiben, ansonsten er unfähig zum Gottesdienst wurde. Das dritte ward für Moses errichtet wegen dessen ständiger Verbindung mit der Gottheit. Jeden Augenblick konnte Jehovah ihm erscheinen oder ihn anrufen, und so bedurfte er einer Stätte, wo er, von keinem sterblichen Auge erblickt, mit dem Geist Gottes Umgang pflegen konnte. Als sich bei Einbruch der Nacht die Scharen auf dem offenen Feld gelagert hatten, saß Moses am Eingang seines Zeltes umgeben von den Fürsten und Ältesten. Hier empfing er alle von reitenden Boten der weit in der Runde gelagerten Stämme gebrachten Meldungen; durch die gleichen Boten sandte er den Stämmen seine im Namen Jehovahs erlassenen Befehle und Weisungen.

Die einlaufenden Meldungen machten ihm das Herz schwer. «Seit die Kinder Israels den Fuß auf die Höhen Moabs gesetzt haben, richten sich ihre Blicke gen Westen, erfüllt ihre Augen die Sehnsucht, das verheißene Land zu erschauen.» So lautete ein Bericht. «Doch was bietet sich ihren Blicken dar? Nichts als öde Berge, eine Felsenwüstenei über die andere gehäuft und im Tal das Salzmeer wie ein tief in seine Höhle eingesunkenes Auge; doch kein Baum, kein grüner Halm. Kahle Gipfel ziehen sich hin bis in die Unendlichkeit. Ihnen ist gesagt worden, das Wasser des großen Sees sei salzig und bitter und könne weder von Mensch noch von Tier genossen werden. Und der Grund, den wir treten? Wissen wir nicht, daß es der Boden Sodoms ist, das Gott durch Feuer und Schwefel vernichtet hat um der Sünden seiner Bewohner willen? Die Kinder Israels bangen, daß das ihnen verheißene Land aus nichts als Wüste und Felsgestein bestehe und daß arger Trug an ihnen begangen sei. So sende du, Moses, eine Abordnung von Leviten zu ihnen, um sie aufzuklären darüber, daß das Land um der Sünden Sodoms willen durch Feuer und Schwefel zerstört wurde, auf daß der Mut der Kinder Israels aufgerichtet werde.»

Moses beauftragte also einen der Priester, einen Vorsteher der Leviten, eine solche Abordnung zu der Gemeinde zu senden. Und alsbald begaben sich die Leviten zum Volk, erklärten und erläuterten ihm, wer die Söhne Lots waren und warum Gott ihnen das Land zum Erbe gegeben habe. Des Weiteren erzählten sie dem Volk von Abraham und wiesen ihm in der Ferne einen Ort, Beer-Seba geheißen, an dem Abraham gewohnt hatte. Abraham hatte dortselbst einen Brunnen gegraben, und die Knechte des Philisterkönigs hatten ihn mit Gewalt eingenommen, worauf Abraham einen Bund mit Abimelech, dem Philisterkönig, machte und den Brunnen von ihm um sieben Schafe kaufte. Diese und manche andere Geschichte erzählten die Leviten den Kindern Israels, um ihre Stimmung zu heben und ihren Mut zu stärken. Auch erklärten sie ihnen, daß die Marken ihres Landes eben dort in Beer-Seba anfingen und daß der Jordan, den sie bald erreichen würden, sich in das Salzmeer, das sie von hier aus sahen, ergieße. Bald, sehr bald würden sie den Jordan überschreiten und das Land am andern Ufer zum ewigen Erbteil in Besitz nehmen.

Doch dies alles bot den Israeliten keinen Trost. Der Gemeinde hatte sich eine kummervolle Stimmung bemächtigt; verbitterte Gegenrede war zu hören, wie etwa, daß sie lieber auf das Land verzichten würden, wenn das ihnen bestimmte Erbteil ebenso öde sei wie die Landstriche, die Gott den andern Nachkommen Abrahams – den Söhnen Esaus und Lots – als Erbe zugewiesen hatte. Sie hätten die Wüste satt und seien der Wildnis überdrüssig. Ihre Vorväter seien keine Wüstennomaden gewesen, und sie selbst früher auch nicht. Die Vorfahren hätten auf den fetten Feldern am Nil gesessen, wo man nicht abhängig gewesen sei davon, ob der Himmel Regen spende, wo die Erde selbst genügend Wasser hergegeben habe und fruchtbarer Tau gefallen sei.

Und es ging ein Wehklagen durch die Gemeinde:

«Unsere Seelen sind verdorrt und verwelkt in der Wildnis, ebenso verdorrt und verwelkt wie unsere Kehlen durch den Durst. Moses hat uns aus einem Land, darin Milch und Honig floß, weggeführt in ein Land, das nur Dornen und Disteln hervorbringt.» Aus allen Teilen des Lagers brachten die Boten Berichte von solchen und ähnlichen Äußerungen zurück.

Als Moses dies durch die levitischen Vorsteher gemeldet worden war, versank er in Grübelei. Wahrlich, er war sich dessen bewußt, daß das Volk, von der Wüstenwanderung erschöpft, den Glauben an das verheißene Land verloren hatte: doch Gott hatte es verheißen, und Gott blieb seinen Verheißungen treu. Und wiewohl er selbst noch keinen Blick getan hatte auf das Land, zu dem er die Kinder Israels führte, hieß er die Leviten, wiederum unter das Volk zu gehen und also zu sprechen:

«Saget dies den Kindern Israels: Fürchtet euch nicht und laßt eure Herzen nicht weich werden beim Anblick des Landes. Denn so spricht Jehovah: ‚Aus den Dornen und Disteln will Ich euch Milch und Honig fließen lassen. Und wenn ihr Meinen Geboten gehorcht, so soll der Grund, darauf ihr tretet, das Land Sodom, zu einem Garten Eden verwandelt werden.' Saget ihnen weiterhin», fuhr Moses fort, «daß kein Sohn Esaus dem HErrn ist wie Israel, noch ein Sohn Lots. Israel ist Sein Sohn, den Er zu Sich genommen hat, Sein Volk, das Er auserwählt hat unter allen Völkern. Und bald, sehr bald, nach einem Tag oder zweien, werdet ihr, gleichwie auf dem Teller eurer Hand, das Land sehen, das euer sein wird.»

Nicht alle Berichte, die er erhielt, lauteten so kleinmütig. Die ihm durch Josua gesandten Meldungen von den Kriegern erfüllten sein Herz mit Freude und Hoffnung, so wie Honig den reifen Granatapfel füllt.

«Israel ist wie ein hungriger Löwe, der grimmig ausspäht nach seiner Beute; sein Auge ist scharf und seine Pranke gewaltig. Gleich einem jungen Hirsch wetzt er sein Geweih für den kommenden Kampf und trägt seine Last gleich einem Esel, der nicht störrisch ist.»

Und in der Nacht fiel Moses im Zelt auf die Knie und schrie zu Jehovah:

«Jehovah, Gott der Gnade und des Erbarmens, siehe, Dein Volk ist müde und Dein Knecht ist müde. Unsere Seelen sind verdorrt, und wir sind voll des vergeblichen Sehnens nach dem Land, welches Du unsern Vätern verheißen hast. Wir können die Last nicht länger tragen. Siehe, Dein Volk hat den vollen Preis bezahlt, nun erfülle Du Deine Verheißung. Tue uns auf die Brunnen Deiner Gnade, gib uns Dein Wasser zu trinken, denn wir dürsten, dürsten, dürsten.»

Und Moses streckte sich aus auf dem Boden des Zeltes, das Angesicht auf die Erde gedrückt, und sank in tiefen Schlaf. Und im Traum sah er sich selbst als Hirten von Jethros Schafen. Mit seinen Schafen durchwanderte er die Wüste Sinai, die kupfrigen Höhen und die lehmigen Niederungen. Die Erde war steinig und unfruchtbar, und die Schafe waren von Durst gequält und ermüdet vom ständigen Klettern. Und mit einmal sah er einen gewaltigen Wasserstrahl aus einer Felsspalte brechen und mit großem Getöse herabstürzen. Im Nu waren die ausgetrockneten Rinnen mit frischem lebendigem Wasser gefüllt, das sich ergoß vor die Füße seiner Herde.

Und er vernahm die Stimme Jehovahs:

«Sammle das Volk; Ich will ihm Wasser geben.»

* * *

Noch im ersten trüben Morgengrauen, als der Morgenstern gerade begonnen hatte, seine Flammenstrahlen vom Firmament herabzusenden, waren die Scharen Israels bereits in Reih und Glied aufgestellt und erwarteten das Zeichen des Aufbruchs zum Tagesmarsch. Da ward auf einmal bei der vom Stamme Juda gebildeten Vorhut ein Getöse hörbar. Erstaunten, ungläubigen Auges standen die ersten Glieder Judas da und spähten vorwärts. Als sie gestern in die nämliche Richtung ausgeschaut hatten, hatten sie nichts gesehen als versengten Lavaboden und zackige Felsenhöhen; grenzenlos hatte sich die Wüste vor ihnen hingedehnt. Nun hatte sich die Erde vor ihnen aufgetan. Es war, als ob eine Luftspiegelung sich plötzlich entfaltet habe, ein Naturspiel, das ihnen nicht unbekannt war: doch, was sie hier sahen, war zu lebensvoll, als daß es nur ein Wahnbild sein konnte. Zu ihren Füßen stürzte jäh ein Abhang nieder, als ob der halbe Berg abgespalten worden sei, und darunter, an seinem Fuß, lag eine andere Welt, eine neue Welt, die sich ihren Blicken zum ersten Mal enthüllte. Üppige grüne Wiesen dehnten sich weit und breit hin. Unter dem leuchtend blauen Himmel, darin spielerisch silberngesäumte Wölklein schwammen, wiegten sich, Städtchen und Dörfer beschattend, Zypressenhaine im Wind, durch ihr Gezweig lugten kleine weiße Hütten. Und allerwärts waren Gemüsebeete, Kornfelder, Weiden zu sehen, auf denen Schafe grasten. Dicht am Bergfuß aber entsprang eine Quelle, aus der Wasser sprudelte, Wasser überströmte, sich sammelte, mit singendem Laut weiterfloß, die Rinnen und Ritzen erfüllte, dahinrauschte, Wasser, fortwährend sich erneuerndes Wasser. Es war ihnen, als sähen sie die Quellen des Lebens in ewigem Spiel vor Augen.

Die Kinder Israels, von denen der größte Teil in der Wüste geboren war, hatten noch nie dergleichen gesehen; selbst die, die in Aegypten geboren waren, erinnerten sich nicht mehr der Fülle des Nilwassers, von denen ihre Väter ihnen voll sehnsüchtiger Klage erzählt hatten. In der glutheißen Wüste hatten ihre Augen so wenig wie ihre Kehlen den Segen freiströmenden Wassers erlebt. Die Leiber von Sonne und Sand versengt, die Knochen von der Hitze gedörrt, hatten sie bisher nie dem Sang des Wassers gelauscht, nie den erdigen Duft eingesogen, der von springendem Wasser aufweht, nie die tiefe Tröstung erlebt, die es der Seele des Menschen bringt, die Hoffnung, mit der es das Herz des Menschen erfüllt. Denn dies war kein durch ein Wunder erzeugtes, von Moses aus dem Felsen geschlagenes Wasser. Jenes Wasser hatte sie nicht mit Tröstung und Hoffnung erfüllt, sondern weit mehr mit der Angst, es werde bald, allzubald zu fließen aufhören; dies Wasser hier jedoch, das stetig und ständig der Erde entsprudelte, war Wasser, das Gott der Erde anheimgegeben hatte, war Wasser, wie es ihnen bisher versagt gewesen war.

Sein Segenslaut ward den ersten Gliedern vernehmlich und die Segenskunde wurde durchgegeben durch alle Glieder des langen Menschenzugs: Wasser aus der Erde, einer Quelle entsprudelndes Wasser; fließendes, die Rinnen erfüllendes Wasser, das ohne Ende weiterfließt, singendes, ewig frisches Wasser.

Die durch alle Glieder weitergesagte Kunde erfüllte das Volk mit Himmelsseligkeit. Es war ihnen allen, als ob sie emporgehoben würden, als seien ihnen Flügel gewachsen.

Aller Augen richteten sich auf Moses.

«Wasser! Steht es uns offen oder ist es uns versperrt? Wasser! Wessen Wasser? Edoms? Moabs? Dürfen wir auch dies nur gegen Geld kaufen? Das heißt: wenn Bruder Esau gewillt ist, es zu verkaufen.»

«Wasser! Hat Jehovah es uns gegeben oder dem Fremden?»

Und die erschöpften Anführer der Stämme Israels harrten der Antwort Moses'. In ihre Mäntel gehüllt, ihre Stäbe in den Händen, umstanden sie ihn. Auch die Ältesten waren da, ebenso wie, bleich vor Angst, der Hohepriester Eleasar mit den Häuptern der Leviten. Alle starrten, Hoffnung und Furcht in ihren bebenden Herzen, auf Moses.

Und Moses sprach:

«Das ist der Brunnen, von dem Gott mir gesagt hat: ‚Sammle das Volk; Ich will ihm Wasser geben.' Es ist der Brunnen, den unser Vater Abraham grub, der Brunnen, welchen unsere Vorfahren, die Fürsten, gruben.»

Da aber brachen, alle Bande der Ordnung sprengend, die Kinder Israels mit Getöse aus den Gliedern. Mütter trugen ihre Kinder, Männer leiteten die dürstenden Herden vorwärts ... Im Nu fluteten Menschen und Tiere, selbst gleich einem Sturzbach, bergab und drängten sich um die Wasserrinnen und Teiche.

Und dann bildeten mit einmal Mädchen und junge Frauen einen Reigen und tanzten, einander bei den Armen fassend und die Körper wiegend, um den Brunnen. Schrill und laut ertönte ihr Jubellied:

«Unser Brunnen, unser Brunnen!
Das ist der Brunnen, den unsere Vorfahren gruben!
Könige waren sie, große Herren,
Fürsten des Volks.
Mit ihren Szeptern gruben sie ihn,
Mit ihren Stäben höhlten sie ihn.
Springe, o Brunnen, sprudle, o Wasser,
Labe uns mit deiner Frische.
Unsre Väter, die Fürsten,
Sie haben dich gegraben für ihre Kinder.»

Es war, als ob der Brunnen wisse, daß die, die nun zu ihm gekommen waren, die Kinder der Fürsten seien, so reichlich ließ er sein Wasser fließen; es war, als ob er neue, geheime Quellen in sich entdecke, die von Urzeiten her aufgespart worden waren für diesen Tag. Es war, als ob der Gesang der Mädchen und jungen Frauen die Wasser heraufbeschwöre und die Tiefe freudige Antwort gäbe, indem sie ihr Wasser in die Rinnen ergoß, bis daß sie überflossen. Mensch und Vieh drängten sich an das strömende Wasser wie ein hungriger Säugling sich drängt an die Mutterbrust.

Angefeuert und berauscht von der neuen Hoffnung, die das lebendige Wasser in ihnen erweckt hatte, huben nun auch die Männer zum Zwiegesang mit den Frauen an:

«Trinkt den Segen unserer Väter!
Trinkt die Verheißung Jehovahs!
Trinket Glauben, trinket Zuversicht,
Trinket Kraft und trinket Mut
Für unser Land und unser Volk
Für Jehovah und Sein Gesetz!
Unsre Väter gruben diesen Brunnen,
Mit ihren Szeptern gruben sie ihn.»

Mit den Wassern des Brunnens sogen die Männer Israels einen neuen Geist ein, einen Geist, aus dem ihnen erneute Kräfte der Ausdauer und des Hoffens zuströmten, und sie sprachen untereinander:

«Wahrlich, der Geist unserer Vorfahren ist in uns eingeflossen mit dem Wasser des Brunnens, den sie für uns gegraben haben!»

VIERTES KAPITEL

TROTZDEM aber gab Moses noch nicht den Befehl, im Arnontal das Heiligtum aufzubauen, und selbstverständlich blieben auch die Zelte der Kinder Israels weiter zusammengerollt. Dagegen ließ er den Befehl ergehen, ungesäumt ins Land der Amoriter weiterzuziehen.

Als die Fürsten des Volks ihn darob erstaunt anblickten, sagte er:

«Wir müssen ohne Aufenthalt weitereilen; denn ehe wir gegenüber Jericho zum Jordan gelangen, müssen wir die Länder vieler Völker durchschreiten.»

Und als der Fürst des Stammes Ruben sich den Einwand erlaubte, die Quellen des Arnontals lieferten reichlich Wasser für die Herden, erwiderte ihm Moses:

«Jehovah hat viele Länder mit tiefen Quellen mit Überfluß

an Wasser, und die Erde gehört Jehovah, nicht dem sterblichen Menschen. Und Jehovah hat einem jeden Volk sein Erbe zugeteilt, und wir dürfen uns nicht aneignen, was uns nicht zugeteilt ist.»

«Aber so verhält es sich doch nicht mit den Amoritern», beharrte der Fürst des Stammes Ruben. «Die Amoriter entstammen nicht dem Samen Abrahams; das Land, das sie bewohnen, haben sie Moab mit Gewalt fortgenommen, es ist Schwertes Beute. Warum dürfen wir es uns nicht ebenfalls mit dem Schwerte erkämpfen? Das Land bietet Weide für unsere Schafe und die Brunnen, die unsere Vorfahren gruben.»

«Es sind fremde Eindringlinge», ließen sich andere Fürsten vernehmen. «Sie entstammen nicht dem Samen Abrahams. Sihon hat Moab die Stadt Hesbon weggenommen; er führte Krieg gegen Moab und hat alles Land bis zum Arnon an sich gerissen.»

«Es ist richtig», sagte Moses, «daß auch die Söhne Esaus und die Söhne Lots ihre Länder mit der Schneide des Schwerts den Völkern, die sie bewohnten, entrissen haben. Aber dann hat Jehovah ihnen den Besitz bestätigt, und so dürfen wir uns nicht daran vergreifen. Mir ist der Befehl geworden, die Ammoniter, welche Kinder Lots sind, nicht anzugreifen.»

«Aber der Amoriter», wandten sie wieder ein, «ist kein Sohn Lots. Er ist kein Ammoniter. Er ist ein Eindringling und Landräuber, Gott hat ihm hier keinen Anteil zugewiesen; er ist ein Fremder.»

«Das werden wir sehen», entgegnete Moses. «Einstweilen müssen wir Jehovahs Gebot gehorchen und nur das für uns nehmen, was Er unsern Vorfahren verheißen hat, das Land zwischen dem Jordan und dem Meeresufer. Wir dürfen niemand angreifen; wir dürfen uns nur verteidigen, wenn wir angegriffen werden.»

Darauf berief Moses Boten von den Stämmen zu sich und sandte sie zu Sihon, dem König von Hesbon, um ihm im Namen Israels sagen zu lassen:

«Laß uns durch dein Land ziehen. Wir wollen nur auf der Landstraße gehen und weder rechts noch links abweichen. Das Brot, das wir essen, und das Wasser, das wir trinken, wollen wir von dir mit Silber kaufen. Laß uns nur zu Fuße durchziehen, so wie wir gezogen sind durch das Land der Söhne Esaus, die in Seir wohnen, und durch das Land der Moabiter, die die Stadt Ar bewohnen; laß uns durchziehen bis zum Übergang über den Jordan nach dem Land, das uns Jehovah gegeben hat.»

Einer der Priester, der den Gold- und Silbervorrat des Heiligtums zu verwalten und der die Botschaft mitangehört hatte, die Moses den Sendlingen erteilt, fragte ihn: «Woher sollen wir das Silber zur Bezahlung nehmen? Wir haben unsern Vorrat schon hingegeben zum Ankauf von Brot und Wasser von den Edomitern und Moabitern.»

«Wir werden mit Schafen und Rindern im Wert des Silbers bezahlen und einen Preis mit ihm vereinbaren für jede Quelle, die wir aufbrauchen», sagte Moses zu den Sendboten.

Die ganze Bitterkeit, die durch die Aussicht auf die Quellen des Arnontals gelindert worden war, die ganze Trostlosigkeit der Wüste, die durch die sprudelnde Quelle verscheucht worden war, stellte sich wieder ein. Das Volk hatte sich eingebildet, wenn es an der Grenze des Landes sei, würde ihm auch schon alles gehören. Und nun wurden sie wieder zu Fremden und Wanderern. Der Fluch der Wüste verfolgte Israel bis dicht an die Schwelle des Landes, ja, womöglich darüber hinaus!

«Aber unsere Herden schrumpfen zusammen!», wurde geschrien. «Zuerst hat die Wüste durch den Durst ihren Zoll gefordert, und dann mußten wir vom Rest ein Großteil hingeben für Brot und Wasser. Wir meinten, zumindest die Arnonquellen würden für uns sein und vom Arnon an würden wir nicht mehr zu darben haben.»

Doch all ihr Schreien nutzte ihnen nichts. Moses wiederholte den Befehl zum Aufbruch. Wieder erschallten die Drommeten und Widderhörner, die vordersten Glieder setzten sich in Marsch, und bald befand sich die ganze Gemeinde wieder auf dem Wege zu neuen, unbekannten Gefilden.

Mutlos zogen sie dahin, von dauernder Sehnsucht nach den Quellen erfüllt, die sie hinter sich gelassen hatten. Eine ganze Anzahl, vornehmlich Leute aus den Stämmen Ruben und Gad, die wegen ihrer großen Herden die Nachhut bildeten, blieben in der Nähe der Arnonquellen zurück. Die Dämmerung hatte sich herabgesenkt, ehe der gesamte riesige Heerwurm sich völlig in Bewegung gesetzt hatte, und inzwischen hatte sich dessen Nachhut-Abteilung entschlossen, am Arnon zu bleiben. Nur die Älteren wanderten langsamen Schrittes weiter, um mit dem Hauptharst Fühlung zu behalten, die jüngeren Männer und Weiber aber blieben mit ihren Herden zurück. Sie waren der Meinung, Gott habe ihnen dies Land gegeben, und sie weigerten sich, es zu verlassen.

Die Vorhut befand sich noch auf moabitischem Boden; noch hatte kein Fuß ein amoritisches Feld oder Dorf betreten, als die Sendboten eilends zu Josua zurückkamen und ihm berichteten: «Sihon, der König der Amoriter, hat sein Volk versammelt und ist ausgezogen, um gegen die Kinder Israels zu streiten. Er ist schon in nächster Nähe.»

Josua ritt selbst mit den Boten zurück, um Moses Bericht zu geben. Als Moses ihn gehört hatte, leuchtete sein Gesicht auf und er sagte:

«Wahrlich, Gott hat das Herz Sihons verhärtet, auf daß er und sein Volk in unsere Hände gegeben sei.» Und blitzenden Auges fuhr er fort: «Noch heute sollen sie daran glauben. Sihon und sein Volk müssen sofort vernichtet werden, ehe die andern Stämme, Jaeser und Og, der König von Basan, Zeit finden, ihre Mannen zu sammeln und Sihon zu Hilfe zu kommen. Wir wollen sie gewaltig zerschlagen, auf daß die Furcht vor Jehovah die Andern befalle und sie nicht wagen, uns anzugreifen.»

Er hielt kurz inne und fragte dann die Boten, die bei Josua waren: «Wie stark ist sein Heerbann und wie ist er bewaffnet?»

«Heerbann? Es ist nur ein Haufen von Männern und Weibern jeglichen Alters. Er rief sein Volk auf, wider uns zu ziehen. Er vermeint gewiß, der bloße Name Sihons werde uns schrecken und uns in die Flucht schlagen. Sie meinen auch, wir seien bloß ein kleines Häuflein, die Überbleibsel des Sterbens in der Wüste; denn sie haben vernommen, daß Gott die Kinder Israels preisgegeben habe, daß sie umkämen in der Wüste.»

«Es ist gut», sagte Moses. «Die besten unserer Krieger, dreitausend von jedem Stamm, sollen ausgesucht und mit Schwertern bewaffnet werden. Josua, du führst einen Heerbann von tausend aus jedem Stamm gegen Sihon. Du, Kaleb ben Jephunne, führst ein anderes Heer von je tausend aus jedem Stamm an, umgehst Sihon und belagerst Hesbon. Ein drittes Heer wird verwendet, Moab im Schach zu halten, denn es kann wohl sein, daß Moab, wenn es von Sihons Angriff auf uns vernimmt, uns in den Rücken fällt.»

«Balak ben Zippor, der Moabiter, und Sihon, der Amoriter, sind Todfeinde, seit Sihon Moab das beste Land und die Arnonquellen geraubt hat.»

«Auf die Feindschaften der Feinde Israels dürfen wir nicht bauen. Die Hoffnung, Israel Übles antun zu können, wird sie zu Freunden machen.»

Ein Ältester vom Stamme Ruben erkühnte sich zu sagen: «Moses, unser Lehrer! Gegen Moab werden die Jünglinge unseres Stammes Stand halten. Wir haben unsere Söhne bei den Arnonquellen zurückgelassen; sie haben einen eisernen Ring darum gezogen, den keiner durchbrechen wird.»

«So laßt das dritte Heer vorstoßen und die Amoriter in der linken Flanke packen. Doch denket daran: zerstört Städte und Dörfer nicht, so wie ihr bei den kanaanitischen Stämmen getan, die euch angriffen. Verschont die Städte und Dörfer, denn wir wollen sie in Besitz nehmen. Jehovah hat unser Wehklagen erhört, Er kennt die Gerechtigkeit unserer Sache. Er weiß auch von dem Bösen, das der Feind uns anzutun gedenkt. Und also spricht Jehovah: ‚Sehet, Ich habe Sihon in eure Hand gegeben. Zieht denn aus zur Schlacht und beginnt die Eroberung.' Nehmet also, was Jehovah euch gegeben hat: schlagt scharf und voll Kraft zu, ehe die übrigen Feinde Zeit haben, sich wider uns zu sammeln.»

Widderhörner und silberne Drommeten erklangen. Phineas, der Sohn des Eleasar, der junge Priester, ging mit Josua ben Nun und Kaleb ben Jephunne in den Kampf. Wie ein aufgestauter Bergsee in die Täler hinunterbricht, so spaltete sich die Sturzflut der Krieger in drei Ströme und ergoß sich gegen den ungeordneten, frechen Haufen, den Sihon wider Israel aufgerufen hatte. Lange hatten die Krieger Israels die Hörner gewetzt; gleich einem vor Hunger und Übermut wilden Jungstier stieß Israel von allen Seiten zu gegen die Amoriter, und die Furcht vor Jehovah, die diese befallen hatte, tat ein Übriges.

Wenige Tage darauf kehrten die siegreichen Kriegsmannen zum Lager zurück. Eine riesige Staubwolke umgab sie, die aufstieg von den zahllosen Schaf- und Rinderherden, welche sie vor sich hertrieben. Und sie zogen ins Lager ein mit dem Siegesgesang auf den Lippen:

«Wehe dir, Moab!
Es ist um dich geschehen, Volk des Camos!
Deine Söhne sind in die Flucht geschlagen
Und deine Töchter gefangen weggeführet,
Sihon, den König der Amoriter.
Ihre Herrlichkeit ist zunichte geworden
Von Hesbon bis gen Dibon.
Und wir haben sie zerstöret bis gen Nopha,
Welches sich erstrecket bis gen Medba.»

Und Moses sagte: «Hesbon ist nicht zerstört, sondern nur Sihon und die Amoriter sind zu Grunde gegangen. Gehet hin und nehmet das Land der Amoriter in Besitz. Jehovah hat es euch gegeben zum ewigen Erbteil.»

Für die Kinder Israels war es ein Leichtes, die Städte und Dörfer der Amoriter in Besitz zu nehmen, denn Hesbon und die umliegenden Ansiedlungen waren von ihren Bewohnern verlassen.

Moses bestätigte einem Teil des Stammes Ruben und einem Teil des Stammes Dan den Besitz von Arnon und Hesbon nebst den umliegenden Dörfern. Mit dem Rest des Volkes aber zog er weiter zum Jordan. Er sah sich gezwungen, einen Umweg zu machen und folgte der Außenlinie des Kieselgebirges, das gleich einem Riesenwall vom Ufer des Toten Meeres aufragte. Er durfte auch nicht in das von den Söhnen Ammons bewohnte Tal hinabsteigen. Und so zogen die Kinder Israels vorsichtig auf schmalem Saumpfad dahin; und es kam ihnen wiederum vor, als würden sie sich, nach kurzem Blick auf ein Leben in festem Wohnsitz, wieder der Wildnis zuwenden müssen, ehe sie gegenüber Jericho an den Jordan gelangten.

Und selbst dieser schwierige, gewundene Höhenweg war noch mit Hindernissen gespickt. Zwischen den Klüften und Schroffen der Berge verborgen hauste ein in der ganzen Gegend wegen seines kriegerischen Wesens berüchtigter Stamm. Seine Festen waren in den Fels gehauen und waren nahezu unzugänglich. Das waren die «Torhüter» des Landes Kanaan, die den Weg von der Wüste zum Jordan versperrten. Gewaltige, bärenstarke Männer waren es: alle möglichen Sagen gingen über ihren

König oder Häuptling Og von Basan um. Es hieß, zum Beispiel, er sei der letzte der vom Himmel gefallenen Riesen, und sein Bett sei neun Ellen lang und vier Ellen breit. Und dieser Riesenkönig und sein Kriegervolk, sie warteten nicht ab, bis die Kinder Israels an ihre Städte herangekommen waren, sondern zogen unverweilt gegen sie zu Felde.

Als Moses die Kunde erhielt, daß König Og von Basan von seinen Bergfesten ausgezogen sei gegen die Kinder Israels und anrücke bei Edrei, da fiel er auf die Knie, hob die Arme und sprach:

«Dies ist Dein Werk, Jehovah! Du hast ihn hinausgelockt aus seinen Festen samt seinem Volke, auf daß Du sie in unsere Hand gebest.» Und dann betete er: «O Gott, brich den eisernen Ring entzwei, den Du um das Land unserer Väter gezogen hast. Öffne die Pforten Deiner Verheißung, denn ein mächtiges Volk ist aufgestanden wider uns und stellt sich zwischen uns und unser Erbe.»

Und Moses vernahm die Stimme Jehovahs, die ihm zurief:

«Fürchte dich nicht vor ihm! Denn, wahrlich, Ich habe ihn in deine Hand gegeben mit Land und Leuten, und sollst mit ihm tun, wie du mit Sihon, dem König der Amoriter, getan hast, der da wohnte zu Hesbon.»

Und Moses wandte sich um zu Josua und sagte:

«An diesem Tage ziehst du aus gegen einen mächtigen Feind, der die Tore bewacht zum Lande Kanaan wider alles, was aus der Wüste kommt. Dies sind die Leute, die den von mir ausgesandten Kundschaftern den Mut genommen haben, sodaß sie falsche und furchtsame Kunde zurückbrachten. Ihre Herzen sind ihnen in der Brust geschmolzen, als sie die Bewohner dieses Landes erblickten, die ihnen als Riesen vorkamen. Du aber wirst keine Furcht vor ihnen haben, und dein Herz wird nicht erschüttert werden, denn Jehovah hat sie in unsere Hand gegeben. Und nun höre mir gut zu und tue nach meinem Wort: Jehovah hat sie herausgelockt aus ihren Bergfesten. Er hat sie verblendet, sodaß sie nicht erkennen, wie mächtig an Zahl und Kraft wir sind. Sie meinen, es seien unserer wenige und halten uns für schwach. Darum warten sie nicht, bis wir vor ihre Festen gekommen sind, und legen sich nicht in den Hinterhalt zwischen ihren Klüften, sondern sie rücken gegen uns an, um uns auf der Landstraße zu vernichten. Darum sollst du so vorgehen: suche eine erlesene Jungmannschaft aus und teile sie in zwei

Heerhaufen. Der eine davon soll unter dem Befehl Kalebs ben Jephunne einen Kreis um sie schlagen, um dem Feind den Rückweg in seine Bergfesten abzuschneiden. Du mit dem andern Haufen aber stößt vor und greifst den Feind im offenen Felde an; schlage zu mit aller Kraft und sieh zu, daß der Kampf im offenen Felde bleibt. Phineas ben Eleasar, der Priester, soll dich begleiten, um dich zu stärken. Gürte nun deine Lenden und verfahre mit dem König Og von Basan, so wie du verfahren bist mit dem Amoriterkönig Sihon. Zertritt die Natter, die in unserm Wege liegt, und öffne die Pforte zum Land, das Gott uns gegeben hat. Seid starken und frohen Muts, denn Jehovah ist mit uns.»

Es schien, als sei es den Kindern Israels bestimmt, jede Art Kriegführung zu erlernen: den Krieg in den Bergen und den Krieg in den Tälern. Noch an den Pforten zu ihrem Lande erprobte Jehovah sie. Er stellte ihnen Hindernisse in den Weg, Feinde im Hochland und Feinde im Flachland, um Israel eine jegliche Probe im Feuer der Schlacht bestehen zu lassen.

Nun also klommen die jungen Kämpfer Israels, die Schwerter zwischen den Zähnen, das zackige Kieselgestein empor. Mit starken Händen klammerten sie sich an die Gesimse und schwangen sich von Kuppe zu Kuppe. Gleich Gemsen sprangen sie von Felsplatte zu Felsplatte über die Spalten hinweg. An den Steilhängen schimmerten und flimmerten, das Sonnenlicht widerspiegelnd, ihre geölten Leiber. Hier einzeln, dort einander, Leitern bildend, auf die Schulter steigend, erkletterten sie den Gipfel und – sich nicht scherend darum, ob es gegen Riesen ging oder nicht – stürzten sich mit dem, von den Felswänden widerhallenden, Feldgeschrei «Jehovah kämpft mit uns!» wider die Schlachtreihen Basans. Gleich Schafen, die vom Sturm gepackt in den Abgrund gestürzt werden, taumelten und sausten Menschenleiber die Steilhänge hinunter.

Binnen weniger Tage waren die Städte und festen Plätze Basans eingenommen und gesäubert, daß die Kinder Israels sie in Besitz nehmen konnten; und die Krieger kehrten, auf Kamelen oder Eseln reitend und große Rinder- und Schafherden vor sich hertreibend, zurück.

* * *

Der Sieg der Kinder Israels über das Heer König Ogs von Basan verbreitete Schrecken in den kleinen Reichen und Stämmen, die noch an den Zugängen zum Jordan saßen, und ihre Herzen erfaßte Furcht. Sie begannen zu erkennen, daß ein mächtiger Gott mit den Israeliten stritt, der Gott ihrer Väter. Und es kam ihnen in den Sinn, was ihre Priester gelehrt hatten: daß sie und die Israeliten die gleichen Stammväter hätten. Und da sie dessen gedachten, erzitterten sie. Und so ward den Kindern Israels der Weg zum Jordan gen Jericho freigegeben, und ebenso alles Land östlich vom Jordan sowie nördlich bis zu den Bergen Gileads und darüber hinaus; denn kein Volk wagte sich denen zu widersetzen, die die Riesen besiegt hatten.

Basan hatte von altersher die Schranke gegen die schweifenden Wüstenstämme gebildet, die mit begehrlichen Blicken auf die Weidegründe am Jordan gesehen hatten. Selbst Pharao, der Besieger der asiatischen Völkerschaften, hatte nicht gewagt, die Bergfesten von Og anzugreifen. Und nun war ein unbekanntes Volk aus der Wüste aufgetaucht, ein Volk, über das nur ungewisse Kunde ging, daß sein Gott Jehovah es in der Wüste seinem Schicksal überlassen habe, dieses Volk war nun aufgetreten und hatte das von den Riesen bewachte und versperrte Tor aufgesprengt. Wer vermochte ihm zu widerstehen?

* * *

Nichtsdestoweniger jedoch ergriff Moses Vorsichtsmaßregeln gegen einen Angriff von Seiten Moabs oder Ammons. Er verstärkte die Stellung der Stämme Ruben und Gad im Lande der Amoriter von den Arnonquellen bis nach Basan und hinauf bis zu den Bergen Gileads. Und da nun die Straße offen vor ihm lag, hieß Moses die Leviten, das Heiligtum aufzubauen. Um sie war nicht mehr öde Wildnis, sondern bebautes Land und überdies ihr eigenes Land. Und ein großes Gesumm hub an, ein Summen wie in einem riesenhaften Bienenkorb, im Tale Sittim, darin die Kinder Israels wohnten. Die Leviten fanden für die Stiftshütte eine grüne Anhöhe; sie säuberten sie von Dornen und Unkraut; unter Leitung Ithamars, des jüngeren Bruders des Hohepriesters, maßen sie den Vorhof ab und bestimmten den Platz vor dem Eingang, wo Moses das Volk versammeln konnte.

Die silbernen Schwellen des Heiligtums und die goldbeschlagenen Balken waren durch die Jahre in der Wüste bereits ziemlich mitgenommen; sie ließen sich nicht mehr so genau fugen wie am Tage, da sie aus der Meisterhand Bezalels hervorgegangen waren. Die purpurnen Vorhänge und Wandteppiche waren vom langen Gebrauch unter den Sandstürmen etwas verschossen. Aber das Gold und Silber funkelte und schimmerte um so stärker, und die Hingebung eines ganzen Stammes war nicht umsonst der Erhaltung des Heiligtums gewidmet gewesen. Nach so vielen Jahren bot es sich wieder einmal in all seiner Herrlichkeit auf einem erhöhten Platz dar, gleich einem uralten Feldzeichen, das an viele Schlachten Erinnerung weckte.

Um das Heiligtum herum, so weit das Auge reichte und noch darüber hinaus, sprangen, gleich Kürbissen in der Nacht, die Zelte Israels auf. Männer, Weiber und Kinder plätscherten in den Gewässern herum, die ins Tal herabstürzten: Leiber und Kleider wurden eifrig gewaschen, denn Moses hatte ein großes Fest angesagt, ein Preis- und Dankfest für Jehovah.

Als die Vorbereitungen zu Ende waren, versammelten sich die Kinder Israels vor dem Heiligtum. Sie glänzten vor Sauberkeit; die schwarzen Haare fielen ihnen schimmernd über die Schultern; die Schläfenlocken – der Kinder Israels Unterscheidungsmerkmal – hingen herab bis zu den Spitzen ihrer langen, lockigen Bärte. Schwarze Schöpfe waren allerwärts zu sehen; kaum ein Anflug von Grau darunter. Ihre Blöße war bedeckt mit Mänteln und Schleiern aus glitzernden Stoffen, die mit Goldflitter und Halbedelsteinen besetzt waren; ihre Ohren und Finger schmückten Ringe. Die Einen hatten Goldketten um die Hälse, die Andern stählerne oder kupferne Helme auf dem Kopf; die Fürsten trugen – Siegeszeichen aus den jüngsten Kämpfen – Brustschilder aus Kupfer und Silber und waren gegürtet mit den Waffen der erschlagenen Feinde. Auch die Frauen hatten all ihren Putz angelegt. Nasenringe, Ohrgehänge, Armreifen, Ketten, den Amoriterweibern abgenommene Beutestücke, funkelten überall auf aus der Volksmenge. Späterhin sollte Moses all dieses Gold und Silber, Kupfer und Stahl an sich nehmen, um es unter der Obhut der Priester, als Tempelschatz aufzubewahren; doch nun ließ er sie alle Schmuckstücke noch tragen, da sie sich um das Heiligtum sammelten. Aus dessen Innern, von der Opferstätte her, wo eine große Anzahl Priester sich am Altar zu schaffen machte, stieg eine Rauchsäule auf. Unter den Priestern waren Söhne, Enkel, ja Urenkel Aarons, Blüte und

Nachwuchs der Priesterschaft, bis zum Kindesalter hinunter. Auf ein bestimmtes Zeichen, das Aufsteigen einer neuen großen Rauchwolke vom Altar, fiel das Volk, mit dem Angesicht auf der Erde und die Hände emporgestreckt, nieder.

Auch Moses lag, das Angesicht auf der Erde, am Eingang zum Vorhof. Von Kopf bis Fuß bedeckte ihn der weiße Mantel, aus dem nur die Arme herausragten, hingestreckt zum Heiligtum. Und alle vernahmen seine mächtige Stimme, da er betete:

« Jehovah, Du wahrer Gott, Jehovah, unser Gott, Gott unserer Väter Abraham, Isaak und Jakob! Du hast Deine Verheißung erfüllet, Du hast eine Feuersäule vor uns hergehen lassen, Du hast mit Flammen verbrannt alle Schlangen und Skorpione, welche sich auf unserm Wege sammelten. Der Hauch deiner Nüstern hat sie vernichtet. Wahrer Gott Israels, wir glauben an Dich und an Dein Wort. »

FÜNFTES KAPITEL

ÜBER die grünen Weiden des Tales, in dem das Flußstädtchen Pethor nistete, zog eine kleine Karawane ihres Wegs, ein sonderbarer Zug, wie er selten in diesen Gefilden gesehen wurde. Die Bauern auf den Äckern hielten mit dem Bewässern ihrer Gemüsebeete inne, richteten sich auf, starrten dem ungewöhnlichen Zug nach und sagten:

«Das ist der Seher Bileam mit den Großen von Moab und Midian. Er geht hinauf zum König Balak.»

Ein farbenprächtiges Bild war es, das sich da im herrlichen Sonnenschein langsam durch die Felder und Weingärten des fruchtbaren Tales Moab hinbewegte. Zuerst kam ein Vorreiter (oder Herold), dessen lange nackte Beine vom Rücken seines Esels fast bis auf den Erdboden hingen. Er war mit kunterbunten Fetzen bekleidet, schwenkte einen langen dicken Stab in der Luft und rief in fistelstimmigem Singsang dauernd:

«Aus dem Weg, macht Platz für Bileam, den großen Seher! Er zieht hinauf von Pethor mit des Königs Mannen, er zieht hinauf zu Balak, dem mächtigen König von Moab.»

Gleich dahinter ritten die Sendboten Moabs und Midians

auf Kamelen mit seidenen Zügeln und silbernem Zaumzeug, gestickten Behängen und vielfarbigen Sätteln und Satteltaschen. In des Königs Gewandung mit schweren goldenen Halsketten behangen, trugen die Sendboten, für alle Augen sichtbar, die Geschenke, welche die Herrscher von Moab und Midian dem berühmten Seher gesandt hatten: Krüge mit Wasser aus geheimen Brunnen, welche noch auf die längstverschollenen Zeiten der Stadt Sodom zurückgingen, eines Wassers, das die Eigenschaft hatte, Greisen die Manneskraft wiederzugeben und von Weibern den Fluch der Unfruchtbarkeit zu nehmen; Wurzeln geheimnisvoller Pflanzen mit unersetzlichen Zauberkräften; Stein- und Tontafeln, welche die Zukunft enthüllten gleich den Urim und Thummim; mit zauberkräftigen Zeichen bestickte Mäntel und Überwürfe; Locken und Strähnen von den Häuptern uralter Hexen.

Den Königsboten folgten Scharen von männlichen und weiblichen Krüppeln, Mißgeburten mit verwachsenen Gliedern und eingeschrumpften Köpfen, menschliche Ungeheuer mit Gesichtern von Affen oder Haustieren, die an Stricken ebenso ungeheuerliche Tiergeschöpfe führten. Hinter diesen wiederum in würdiger Haltung die beiden Söhne Bileams, die noch aus den Tagen des Pharao bekannten Zauberer Janes und Jambres, zwei Riesengestalten mit langen, spitzzulaufenden grauen Bärten, überragt von hohen, kegelförmigen Helmen, die Rümpfe in blau-und-weißgestreifte Mäntel gewickelt, daran Glasperlen und Flitterkram im Sonnenschein glitzerten. In den Händen hielten sie die Zauberattribute ihres großen Vaters, des Sehers Bileam: Bileams Zauberstab, eine riesige Ölbaumwurzel, deren eines Ende ein verschlungener Haufen von Wurzelsträngen, die zusammengeknoteten Schlangenleibern glichen, bildete; sowie Bileams Tiara, auslaufend in einen hohen Helm mit zwei Hörnern, zwischen denen – wie beim Helm der Isis – die Mondscheibe, durch eine mystische Inschrift in unbekannter Sprache zusammengehalten, saß.

In einigem Abstand schließlich, als ob er sich in sinnender Einsamkeit halten müsse, ritt Bileam selbst auf einem Esel mit menschenähnlichem Gesicht.

Seit den Tagen, da er Israel am Berge Sinai ins Verderben führen wollte, war Bileam nicht gealtert. Er stand außerhalb der

Zeit; er war unvergänglich. Er war schon als Greis mit einem lahmen Fuß und einem blinden Auge zur Welt gekommen. Er stammte aus dem Hause Labans, des Aramäers; er war ein Sohn von Labans Bruder, so wie Jakob ein Sohn von Labans Schwester war. Er hatte Jakob schon gekannt, als der Sohn Isaaks, von seiner Mutter Rebekka zu Laban geschickt, am Brunnen Rast gemacht und Rahel getroffen hatte, die des Vater Schafe zu tränken gekommen war. Auf Bileams Anraten hatte Laban damals in der Hochzeitsnacht Lea statt Rahels sich Jakob beilagern lassen, wodurch dieser ihm noch einmal sieben Jahre dienen mußte. Denn Bileam hatte erhofft und erträumt, Rahel für sich selbst zu gewinnen. Schon in jungen Jahren begabt, die Nebel der Zukunft zu durchschauen, hatte Bileam gewußt, daß Rahel unter dem Zeichen der Gnade und Lea unter dem Zeichen des Gerichts stand. Er hatte gewollt, daß Jakobs Kinder dem Stab des Gerichts unterworfen, die seinen aber erleuchtet seien vom Licht der Gnade. Rahel jedoch hatte Bileam verabscheut und Jakob geliebt; und dadurch, daß er Laban dazu überredete, Lea in der Hochzeitsnacht an Rahels Stelle treten zu lassen, hatte Bileam auch Lea verloren, die für ihn bestimmt gewesen war: so ging er sowohl Gottes Gnade wie Gottes Gerechtigkeit verlustig. Und darum lieferte er sich dem bösen Geist der Unreinheit aus, kehrte sich von Gott ab und widmete sich jeglicher Abgötterei. Er ward der Prophet der Heiden und ewiger Widersacher und Ankläger Jakobs und seiner Kinder. Jakob hatte versucht, sich mit ihm auszusöhnen, indem er ihm, halb als Geschenk, halb zur Bestechung, eine Eselin gab. Dies war die Eselin, auf der Bileam noch immer ritt. Sie war die einzige gottesfürchtige Seele im ganzen Hausstand Bileams; sie sah Zukünftiges noch vor Bileam, und aus diesem Grund verfolgte Bileam sie mit seinem Haß und hörte nicht auf, sie zu quälen. In Jakobs Hause aufgezogen, gehorsam und gottesfürchtig, ertrug die Eselin ihr Eselsgeschick mit Geduld und Demut, vergalt die Schläge, die Bileam auf sie niederprasseln ließ, mit Liebe und verwand stumm alle Schmerzen und Leiden.

So also, in abgesonderter Einsamkeit hinter dem Zuge herreitend, angetan mit seinem Zaubermantel voller Zeichen und Beschwörungsformeln, behangen mit allen möglichen Figürchen – Würmern, Kälbern, Schlangen, Schildkröten –, sprach

Bileam mit der Eselin, wie man mit einem alten Freund spricht und einem alten Feind, fluchend und scheltend, denn Bileam machte die Eselin verantwortlich für die Taten der Kinder Israels und ließ die ganze Bitterkeit seines Herzens an ihr aus:

«Nun, was hast du jetzt zu sagen, du fromme Eselin? Meinst du wirklich, Gott sei mit ihnen und helfe ihnen? Niemals, sage ich dir. Und ich sage dir weiter, daß sie alles, was sie bisher vollbracht haben, den Teraphim verdanken, die Rahel ihrem Vater entwendet und unter dem Sattel des Esels versteckt hat damals, als Jakob seinen Wohltäter Laban bestahl und von dannen ritt mit dessen beiden Töchtern. Durch die Kraft dieser Teraphim, die Rahels Kinder nach Aegypten mitnahmen, hat Moses all seine Wunder gewirkt. Ein Dieb, ein Lügner, ein Betrüger ist dein Meister Jakob stets gewesen; Diebstahl und Betrug, davon leben seine Nachkommen noch heutigen Tages. Erst hat er seinem Bruder Esau die Erstgeburt um ein Linsengericht gestohlen und dann mit seiner Mutter Hilfe den Segen seines Vaters Isaak, den Segen, der Esau zukam. Und kaum war er aufgetaucht, dein Meister Jakob, im Hause Labans, nackt, barfuß und mit leeren Händen, da stahl er das Herz Rahels mit seinen kleinen Geschenken und bescheidenen Blicken, gar nicht zu reden von den heimlichen Küssen und Liebkosungen, mit denen er sie kirre machte. Und genau so stahl er dann Laban seine besten Schafe mit seinen geschälten und gefleckten Stecken. Und nun treten seine Kinder in die Fußstapfen dieses Diebs; mit List und Gewalt rauben sie die Ländereien, die Gott den Söhnen Esaus und Lots zu eigen gab; all das mittels der Teraphim, die Rahel zuerst von ihrem Vater entwendete. Wie die Väter, so die Söhne: Raub und Verrat allerwegen. Und das alles im Namen Jehovahs natürlich, alles aus Gottesfurcht. Ich sage dir, Jehovah hat nichts damit zu schaffen. Jehovah ist ein gerechter Gott. Das habe ich immer verkündet. Jehovah ist kein Mensch, daß Er Seine Worte bereue. Nicht durch die Kraft Gottes hat Moses Wunder getan, sondern durch die Kraft der Bilder. Hörst du, du Fromme? Mittels der Kraft der gestohlenen Bilder, durch Raub und Betrug, im wahren Geiste seines Stammvaters Jakob.»

Seine weißen Locken fielen ihm übers Gesicht und bedeckten es wie eine Schneewehe. Der weiß-und-blaugestreifte Mantel mit seinen Zeichen, Glasperlen und Flittern hing lose um ihn herum. Über dem Mund trug er das von der Wüste her gewohnte weiße Tuch, obschon er dessen jetzt gar nicht bedurfte. Sein sehendes Auge funkelte aus dem aschgrauen Gesicht, dessen Fleisch zerknittert und verrunzelt war wie das einer Schildkröte. Unaufhörlich sprudelten die Worte, die er halb zu sich, halb zu der Eselin sprach, aus dem zahnlosen Munde:

«Aber wer hätte das gedacht? Wer hätte solches ahnen können von den Söhnen Jakobs? Ja, ich hätte schwören mögen, damals nach dem Goldenen Kalb sei es mit ihnen aus; ich war überzeugt, Jehovah würde sie mit Blitz und Donner vertilgen, ihre Knochen zu Staub zermalmen und ihn über die Wüste blasen. Als sie dann umkehrten und wieder durch die Wüste wanderten, vierzig Jahre lang, ein Jahr nach dem andern, und man nichts mehr von ihnen hörte –, wer hätte gedacht, daß sie noch einmal zum Vorschein kommen würden? Und, sieh da, da sind sie jetzt wieder, ganz plötzlich, stark wie ein junger Ochse, der das grüne Gras vom Boden frißt, wie Balak mir durch die Boten sagen ließ. Feine Boten, edle Boten, vornehme Boten. ‚Komm und verfluche mir dieses Volk.' Balak kann nichts ausrichten gegen sie mit dem Schwert, deshalb will er sich meines Mundes bedienen. Er weiß, sagt er, wen ich segne, der ist gesegnet, und wem ich fluche, der ist verflucht. ‚Komm und verfluche mir dieses Volk, vielleicht daß ich dann wider es streiten und es vertreiben kann.' Ja, Balak weiß wohl, wer Bileam ist. Balak versteht selbst etwas von Zauberei, drum kennt er den Umfang meiner Kräfte. Aber was nützt das alles, wenn Jehovah mir gebietet, nicht zu fluchen, und ich weiß weder aus noch ein? So habe ich Balak denn mitteilen lassen, und wenn er mein Haus mit Gold und Silber fülle, so könne ich mich doch nicht vergehen wider Jehovahs Gebot weder im Kleinen noch im Großen. Und habe ihm also sagen lassen: ‚Nicht um all deine Schätze ... Bileam läßt sich nicht kaufen.' Und was hat nach all dem der mächtige Balak mir durch seine vornehmen Sendlinge schicken lassen? Einen Schluck Zauberwasser, den er herausgeschöpft hat aus den verborgenen Brunnen des alten Sodom, ein Stück schimmliger alter Zauberwurzel, eine Haarsträhne von irgend einer alten Zaubervettel. Tränklein und Bildchen habe ich die schwere Menge; auf Balaks Vorräte bin ich nicht angewiesen.

Der Balak hat einen Schlaukopf auf seinen Schultern sitzen; umsonst stammt er nicht von Lot ab, der mit den eigenen Töchtern schlief. Ich habe ihm klar und deutlich sagen lassen, daß ich mich nicht gegen Jehovahs Gebot vergehen würde. Weiß ich nicht, wer Jehovah ist? Ich war immer ein Anhänger von Jehovah. Ich war einer der Ersten, der Seinen Namen unter den Völkern bekannt machte; unter Völkern, sage ich, nicht unter Sklaven. Und ich habe immer mit Ihm gerechtet: ,Wozu bedarfst Du einer Sklavenrasse, um daraus Dein auserwähltes Volk zu machen? Du wirst bloß endlose Scherereien haben mit ihnen, wirst um ihretwillen nur in endlose Kriege mit zahllosen Völkern verwickelt werden, angefangen bei den mächtigen Aegyptern. Nimm mich zu Deinem Propheten an Stelle des Moses, und ich bringe Dir alle Völker der Welt und lege sie Dir zu Füßen: Völker mit größeren Rinder- und Schafherden als die Kinder Israels, Völker, die Dir Altäre in Hülle und Fülle errichten werden. Bedenke doch auch, wer denn eigentlich dieser Moses ist, den Du auf einmal mit Deiner Liebe überschüttest. Ein fortgelaufener aegyptischer Sklave und ein Stotterer obendrein. Wenn Du mir die Kräfte verliehest, die Du Moses verliehen hast, wenn ich seinen Wunderstab in den Händen hätte, würde ich die ganze Menschheit zu Füßen Deines Berges legen, und in jedem Winkel der Erde würde Dir ein Altar rauchen. Alle, alle würden Dir dienen. Und wir würden Dir herrlichere Preisgesänge anstimmen als die Kinder Israels. Wir würden lauter singen als selbst die Aegypter bei der Verehrung ihrer Götter; denn wer ist gleich Dir, Jehovah, großmächtiger Vater der Götter und Menschen, und wer verdient Preis gleich Dir? HErr, HErr, was für Lieder würden wir Dir singen, welche Lobpreisungen würden sich erheben zu Dir!'»

Und Bileam stimmte für sich einen stummen Preisgesang an nach der Art, wie die Aegypter ihre Liebe zu Ra singen:

«Das ganze Land tuet Dein Werk.
Das Vieh jauchzt auf den Weiden;
Alles Grüne blüht;
Die Vögel erbeben in ihren Nestern,
Ihre Schwingen preisen Dich.
Die Lämmer hüpfen auf ihren Beinen,

Die Vögel – es fliegt und flattert
Alles, was lebt;
Weil Du aufgestiegen bist am Himmel.
Die Schiffe fahren hin und wider auf dem Strom,
Alle Straßen tun sich auf,
Weil Du den Tag erleuchtest.
Die Fische im Flusse springen hoch vor Dir,
Weil Deine Strahlen die Fluten durchdringen,
Du lässest die Herrlichkeit sich entfalten im Leib der Weiber,
Du erschaffst den Sohn im Schoß der Mutter,
Die Nahrung im Mutterleibe.»

Aus der Versunkenheit teils in den Genuß der schönen Landschaft und teils der Melodie des Lobgesangs fiel Bileam plötzlich in einen Krampf der Wut und begann, die Eselin mit seinem Stab zu bearbeiten.

«Du fromme, scheinheilige Eselin!», schrie er. «Das hat dich wohl dein diebischer Meister gelehrt, durch Zäune in anderer Leute Felder einzubrechen? Von mir hast du das nicht gelernt... Wahrscheinlich hat Jakobs hübscher Sohn Joseph dich geritten und von dem hast du die Gewohnheit angenommen, in den Tag hineinzuträumen, wenn dein Herr auf dir sitzt.»

Das Tier drehte den Kopf um und schaute seinen Reiter aus so sanft flehenden Augen an, daß Bileam schier vermeinte, die Eselin habe ihn mit Menschensprache angeredet, und in der Tat lag in ihrem Blick so viel Ausdruck, als spreche sie.

«Was glotzest du denn so? Paßt dir mein Auftrag nicht? Hast du Angst davor, daß ich Jakobs Brut verfluche? Weichst du deshalb vom Wege ab? Seit so vielen Jahren bist du jetzt bei mir und noch immer hängst du an Jakob und seiner Brut? Was hast du denn bei ihm gehabt, das dir bei mir mangelt? Mit welchem Zauber hat er dich behext? Marsch, auf den Weg zurück, wohin dein Herr dich lenkt.» Und Bileam schlug auf die Eselin ein, die denn auch wieder auf die Straße zurücktrottete.

«So oder so vermag ich nichts gegen Jehovah, gar nichts», murmelte Bileam vor sich hin. «Jehovah ist ein großer Gott, ein El-Elion, ein Gott der Götter, der Allerhöchste. Ach, wenn Er doch bloß nicht so eifersüchtig wäre auf die andern Götter!

Was kann Dir das ausmachen und Dich reizen, Jehovah, daß es noch Götter neben Dir gibt? Dauernd stelle ich Ihm das vor. Im Himmel ist Platz genug für alle. Laß sie doch gewähren und ihrem Bereich vorstehen, den Ra und den Baal und wie sie alle heißen, und bleibe Du ihrer aller König. Sie werden Deine Herolde und Boten sein und alle Deinem Willen untertan. So bitte ich Ihn jahraus jahrein. Jehovah, Jehovah, warum mußt Du Dich mit der ganzen Götterwelt überwerfen und dem Menschen das Leben erschweren mit so vielen Gesetzen und Geboten? Laß sie doch in Ruhe, sag ich Dir, und Du wirst sehen, wie alle Völker Dich anerkennen und Dir dienen. Nicht bloß das Sklavenvolk, das Du aus Ägypten hinausgeführt hast. Viel Freude hast Du an dem erlebt! Ich sage Dir, Jehovah, hättest Du an den Söhnen Esaus die Wunder getan, die Du an den Söhnen Jakobs getan hast, so wären Dir jene treuer gewesen. Und schließlich und endlich stammen wir doch alle von ein und dem selben Vater ab, Deinem Freund Abraham. O Jehovah, mache mich zu Deinem Sendling anstelle dieses Moses, der nicht reden kann. Ich kann besser fluchen und kann besser segnen als der. Alle Zauberer Ägyptens kommen zu mir in die Lehre, und mein Name ist weit und breit bekannt unter den Völkern und Stämmen. Und wenn Du mich nicht annimmst und immer noch den Moses vorziehst, so wisse: der große Balak, selbst kein Neuling in der Zauberei, da er sowohl von Abraham wie von den Göttern begünstigt ist, sogar von der Aschtoreth auf Grund seiner Abkunft von Lots jüngster Tochter, der große Balak selbst hat sich gezwungen gesehen, mich um Hilfe anzugehen. Er weiß, welche Kraft meinen Beschwörungen, welche Macht meiner Zunge innewohnt. Ach, Jehovah, wenn Du mich doch bloß an Stelle des Moses annehmen würdest, dann solltest Du sehen, was ich für Dich leisten würde.»

Mitten aus dieser süßen Träumerei von seiner eigenen Größe schrie er plötzlich vor Schmerzen auf:

«Mein Bein! Mein jämmerliches lahmes Bein! Ach, mein Bein! Sie hat mich ganz an die Mauer gequetscht!»

Seine vor ihm herreitenden Söhne drehten rasch um und kamen zu ihm:

«Was ist denn, Vater?», fragten sie.

«Dieses elende Vieh, Jakobs Eselin. Zum zweiten Mal jetzt

ist sie vom Wege abgewichen. Beinahe wäre ich in der Weinberghecke hängen geblieben. Es paßt ihr scheinbar nicht, daß ich zu Balak gehe, um die Kinder ihres früheren Herrn zu verfluchen. Sie dient mir treu, aber sie hängt noch immer an Jakob!» Und wieder hieb Bileam wütend mit dem Stab auf die Eselin.

Wieder wandte das Tier den Kopf und blickte ihn mit seinen traurigen Menschenaugen an, indes sich seine Ohren zurücklegten und seine Lefzen zitterten, als versuche es zu sprechen, könne aber die Worte nicht bilden.

«Was glotzest du mich so an? Was willst du denn sagen? Erblickst du vielleicht etwas, was ich nicht sehe? In Jakobs Hause lebte sogar im stummen Vieh der Geist Gottes, gelt? Sie sieht Dinge, die Bileam nicht zu sehen vermag. Willst du vielleicht sagen, du seist größer als Bileam? Erachtest du vielleicht mich, den mächtigen Bileam, geringer, als eines von Jakobs Tieren?»

Und wieder ließ Bileam seinen Zorn durch einen Hagel von Stockhieben aus.

Die Eselin nahm die Schläge mit der Unterwürfigkeit ihrer Gattung hin. Bileams Söhne halfen ihrem Vater aus der engen Falle heraus, in die sein Reittier ihn geklemmt hatte, setzten ihn wieder richtig in den Sattel und führten die Eselin auf die gebahnte Straße zurück.

Doch kaum hatten ihn die Söhne wieder allein gelassen, kaum hatte er wieder mit seinem Selbstgespräch begonnen und angefangen vor sich hinzureden, wie er pflegte, als ihn die Eselin wieder in eine enge Stelle klemmte, und zwar diesmal zwischen zwei Steinmäuerchen, sodaß sie nicht mehr vorwärts und nicht mehr rückwärts konnte. Und plötzlich ließ sie sich auf die Kruppe nieder, als sei sie fest entschlossen, sich nicht mehr von der Stelle zu bewegen.

«Was ist denn jetzt wieder?» schrie Bileam. «Warum legst du dich denn hin? Willst du mich wirklich nicht zu Balak bringen, daß ich Jakobs Kinder verfluche? Dann werd' ich dir zeigen, wer hier der Herr ist, du oder ich.»

Damit riß Bileam einen festen Zweig von einem überhängenden Ast und hieb, Schaum der Wut vorm Munde, unbarmherzig auf das Tier ein.

Zum dritten Mal wandte die Eselin den Kopf und schaute Bileam mit ihren Menschenaugen an. Wieder zitterten ihre dicken, grauen, lederartigen Lefzen, und diesmal kamen tatsächlich Worte heraus, Menschenlaute, nicht Eselsgeschrei, sondern Menschensprache:

«Was habe ich dir getan, daß du mich nun schon drei Mal schlägst?», fragte das Tier seinen Herrn.

Bileam war keineswegs erstaunt, von den Eselslefzen menschliche Sprache zu vernehmen. Er selbst hatte schon mehr als einmal Menschen in Tiere, Tiere in Menschen verwandelt. Außerdem war diese Eselin ja kein gewöhnliches Stück Vieh, sondern stammte aus Jakobs Haus. Daß sie alles begriff, was man zu ihr sagte, das wußte Bileam längst; nun wunderte er sich daher gar nicht darüber, daß sie auch zu sprechen vermochte.

«Was du getan hast?», erwiderte er ihr zornig. «Dreimal hast du meiner gespottet. Du hast angedeutet, daß ein Tier aus Jakobs Hause mehr vom heiligen Geist in sich hat, denn ich, daß es Dinge sehen kann, die ich nicht sehe. Wenn ich ein Schwert zur Hand hätte, schlüge ich dich tot.»

«Bin ich denn nicht deine Eselin?», versetzte das Tier demütigen und frommen Blicks, darin all die Demut und Frömmigkeit lag, die es in Jakobs Hause gelernt hatte. «Bin ich nicht deine Eselin, auf der du stets bis zum heutigen Tage geritten hast? Pflegte ich dir jemals dergleichen anzutun, mein Herr und Meister?»

Und Bileam antwortete:

«Ich muß wohl sagen: nein. Du hast dich bisher betragen, wie es sich gehört. Aber was ist denn heute mit dir?»

Da nahm Bileam plötzlich etwas wahr, und zwar zuerst mit seinem blinden Auge. Hier in dem engen Hohlweg zwischen den Steinmauern, die fast aneinanderstießen, stand ein Engel mit riesenhaften Fittichen und bloßem Schwert, der den Weg versperrte.

«Ach, du bist es! Vergib mir, vergib mir, ich wußte das ja nicht», stammelte Bileam in tief erschrockenem, abbittendem Ton und verneigte sich zur Erde.

«Warum hast du deine Eselin dreimal geschlagen?», sagte der Engel streng. «Ich bin ausgegangen, dir zu widerstehen, denn dein Weg geht mir zuwider. Deine Eselin hat mich gesehen und ist mir dreimal ausgewichen. Wäre sie mir nicht gewichen, so würde ich dich erschlagen, aber sie am Leben gelassen haben.»

«Ich habe gesündigt, ich habe gesündigt, mein lieber Herr; ich wußte ja nicht, daß du im Wege stehest. Und so dir mein Weg nicht gefällt, will ich unverweilt umkehren», sagte Bileam flehentlich und neigte sich wieder tief zur Erde.

«Mit nichten», sagte der Engel. «Ziehe weiter mit diesen Männern; aber nichts anders, denn ich zu dir sagen werde, sollst du sprechen.»

«Gewiß, mein hoher Herr, gewiß. Wie sollte ich anders?»

Der Engel verschwand. Doch Bileam kroch wieder in den Sattel und streichelte, wenn auch widerstrebend, die Eselin. Diese schnaubte befriedigt durch ihre weiten Nüstern und kam nicht mehr auf den Streit zurück, friedlichen Gemüts, wie sie war, nach der Lehre im Hause ihres vormaligen Herrn. Mit Eselsgeduld zog sie sich langsam aus dem engen Hohlweg heraus, kehrte mit ihrem Reiter auf die gerade Heerstraße zurück und trug ihn ohne weiteren Zwischenfall dahin.

Der Empfang, den Balak dem Bileam bereitete, war keineswegs so prächtig und großartig, wie Bileam erwarten zu können gemeint hatte. Denn Balak war wütend auf Bileam, weil er sich mehrere Male hatte bitten lassen. Balak ging ihm ganz allein ohne seinen Hofstaat entgegen: eine einsame Gestalt am Fuß des Hügels außerhalb der Stadt. Balak, der selbst über allerhand, wenn auch geringere, ihm von den untergegangenen Sodomitern überkommene Zauberkünste verfügte, hatte seine Königsgewänder durch den hohen kegelförmigen Helm ergänzt, der das Abzeichen der mit Zauberkünsten Begabten war, sodaß er so groß wirkte wie einer von den riesenhaften Söhnen Enaks.

Zwischen den beiden Zauberern bestand ein nicht bloß oberflächlicher Berufsneid. Es wurde gemunkelt, Balak stünden die Geheimnisse der alten Zauberer Sodoms zur Verfügung, und er vermöge durch verhexte Wasser den Menschen die Ansteckung mit gewissen Sünden beizubringen. Bileam neidete dem Balak die sodomitischen Quellen, wie Balak den Bileam um sein blindes Auge beneidete, mit dem er in die Zukunft zu schauen vermochte. Nun jedoch machten sie gemeinsame Sache aus Haß auf Moses und die Kinder Israels; und sie bemühten sich nach Kräften – wenn auch nicht mit vollem Erfolg –, ihren Haß aufeinander zu verbergen.

Nach ziemlicher Begrüßung in aller Form, wobei ein jeder

von ihnen die lange Reihe seiner Ahnen aufzählte, die Bedeutung seines Namens und die Beweise für seine Zauberkräfte hervorhob, sowie nach den pflichtschuldigen Verbeugungen und Kratzfüßen, begleitet von Ausrufen der Freude und Hochschätzung, nahmen sie die Unterhaltung auf, die sofort die Tiefe der gegenseitigen Haß- und Verachtungsgefühle aufdeckte.

«Habe ich nicht nach dir gesandt? Warum bist du nicht zu mir gekommen? Vermag ich dich nicht gebührend zu empfangen und dich zu ehren?», fragte Balak.

«Aber bin ich denn nicht zu dir gekommen, wie du siehst? Doch wisse: ich kann nur zu dir sprechen, was Gott mir in den Mund legt», sagte Bileam, Balak sein blindes Auge zuwendend.

«Gewiß doch», sagte Balak. «Wer wäre denn gegen Gott? Jehovah ist ja auch der Gott unserer Ahnen, nicht wahr? Hat nicht unser Stammvater Lot Ihn ebenfalls angebetet, wie Abraham tat? Und war er nicht ebenso gastfreundlich zu allen Wanderern, wie Abraham war? Erinnerst du dich, was die Söhne Sodoms ihm hatten antun wollen, da er vom Marktplatz die Engel mit heimnahm, die er für gewöhnliche Reisende hielt? Seine eigenen Töchter hätte er lieber den Söhnen Sodoms ausgeliefert, denn daß denen ein Leids geschehe, die unter seinem Dache weilten.»

«Oh, sicher gedenkt Jehovah dessen und Er rechnet es dir als Tugend an, denn Jehovah liebt die Gastfreundlichen. Doch denke du auch an deine Ahnen, Balak; es gibt Dinge, die Jehovah gar nicht gern hat, und dazu gehört es, wenn die Töchter ihren Vater trunken machen, damit er sich zu ihnen lege.»

«Meine Rechte und Vorrechte sind zwiefach an Zahl, darum ist meine Kraft ohne Grenzen. Ich stehe im Schutze Jehovahs und im Schutze Astartes und Baals. In mir sind vereinigt Vater und Tochter. Ich bin das in seiner Mutter Milch gekochte Zicklein, Mischung aus Vater und Tochter.»

«Und trotzdem fürchtest du die Kinder Israels und hast nach Bileam gesandt, ihm zu sagen: ‚Komm und verfluche mir Israel.' Nicht dein Land haben sie genommen, sondern das, auf dem dein Feind saß. Du hast ihnen den Durchzug durch dein Land verweigert und sie bedroht mit deinem starken Schwert. Für den Durchzug durch deine öden Berge haben deine Stämme ihres Lebens Blut verlangt. Sie haben deine Grenzen geachtet und sie nicht übertreten, selbst als Jehovah es ihnen gebot. Was hast du gegen sie?»

«Bist du gekommen, Israel zu fluchen oder zu segnen?»

«Ist es dein Begehren, daß ich sie verfluche und sie ersticke unter der Last meiner Worte? So weise mir ihre Schwäche. Weise mir die Stelle, daran ich meine Verwünschungen heften könne. Entfache meinen Zorn, stachle meine Feindschaft auf, daß ich mich in meiner Seele ihrer Rechte entschlage. Welche Missetat haben sie dir angetan, Sohn des Lot, für die du von ihnen Entschädigung forderst?»

«Komm, ich will dir zeigen, wo sie ihre Zelte aufgeschlagen haben. Sie sind aus der Wüste gekommen wie die Heuschrecken und haben sich im ganzen Tal niedergelassen von den Arnonquellen bis zum Jordanufer. Sie sind gekommen wie der junge Ochs, der das Grün abfrißt vom Grund. Zahllos sind ihre Rinder und Schafe; sie haben alle Brunnen für sich genommen, indem sie sagten: ‚Unsere Väter gruben diese Brunnen, mit ihren Szeptern gruben sie sie.' Morgen werden sie andere Täler überschwemmen, unsere Berge erklimmen, gleich einer vom Sturmwind weitergetragenen Feuersbrunst. Sie werden unsere Jünglinge hinschlachten gleich Schafen, und unsere Töchter werden, ebenfalls gleich Vieh, ihre Beute werden. Und du fragst mich, was sie mir getan haben. Ich bin schwach vor ihnen. Ist das nicht Grund genug, sie zu fürchten? Von ihren Leibern prallen die Pfeile ab, die man auf sie schießt, als sei ihr Fleisch aus Bronze; die Schneide des Schwerts prallt ab, wenn sie sie trifft. Jehovah hat sie in eine Wolke gehüllt. Wie kann der Mensch wider sie streiten? Die Götter zittern in ihren Tempeln, unsere Priester fliehen und verstecken sich in den Schluchten des Gebirges aus Angst vor dem Gotte Israels. Eisen und Bronze vermögen nichts gegen sie, doch dies ist nicht der Fall mit der Kraft deines Hasses und der Flamme deines Fluchs. Entsinne dich darum an ihre Sünden aus vergangener Zeit; laß dein Auge die Zukunft durchdringen und beschwöre daraus herauf ihre Fehltritte und ihre Vergehen. Rufe die Schatten herauf, die auf ihrem Wege schlafen und hülle sie in Finsternis. Entkleide sie ihrer Vorrechte und stelle sie nackt hin vor das Auge ihres Gottes. Rufe die Götter zu deiner Hilfe; übe den Zauber deines Wortes, denn die Kraft steht dir zu Gebote, Seher.»

«Von den Söhnen Sodoms hast du die Witterung für die Sünde geerbt. Finde mir also die Stelle heraus, wo ich ihre Schattenseite anzupacken vermag, Balak.»

Balak schaute aus gen Norden, Süden, Westen und Osten, nach jeder Himmelsrichtung. Seine Nasenflügel bebten, sein Atem ging schwer, und sein Leib zitterte. Mit einmal aber ward er ganz reglos und stand stockstill, die Augen geschlossen und den Geist in Verzückung. Aber aus diesem Zustand fuhr er so plötzlich wieder auf, wie er in ihn verfallen war, deutete auf eine der Höhen und sagte:

«Geh hinauf auf diesen Berg, worauf ein Altar des Baal steht; von dort wirst du sie sehen, wie du sie sehen sollst. Du wirst nicht das ganze Volk sehen, sondern nur einen Teil davon. Ihre Vorrechte wirst du nicht sehen; Baal wird sie umwölken mit Sünde.»

«Errichte mir sieben Altäre und schaffe mir her sieben Farren und sieben Widder. Und führe mich dorthin morgen bei Tagesgrauen. Vielleicht wird Gott mir erscheinen und meinen Mund auftun, welchen Er verschlossen hat, so wie Er den meiner Eselin auftat; und vielleicht wird Er mir wiedergeben die Macht meines Worts».

SECHSTES KAPITEL

SIE standen auf dem Berg, von dem aus man die Quellen des Arnontals überblickte, bei dem uralten, nun verwahrlosten Altar des Gottes Baal. Dort war auch ein Standbild des Baal; die Gestalt eines Kriegers, der in der geschlossenen Faust ein Bündel Blitze hielt, bereit, sie gegen einen Feind zu schleudern. Baal, der Gott der irdischen Güter, der Regen schickte, wenn man ihm gehorchte, und Gewitter, wenn man ihm nicht gehorchte, der den Leib von Tier und Mensch fruchtbar machte oder den Schoß verschloß nach seiner Willkür; da stand er, Baal, verloren, vergessen, geschändet. Doch nun waren Bileam und Balak da samt den Häuptlingen Moabs und Midians, die letzten in ihren kegelförmigen Kupferhelmen und bunten Gewändern, goldene Ketten um den Hals, Bronzeplatten auf den Schultern und den Stab ihrer Würde in der Hand: sie alle waren versammelt um die sieben neuen Altäre, die Balak auf Geheiß Bileams eilends hatte errichten lassen. Vom Fleisch der Farren und Widder stieg Rauch auf und Weihrauch aus den Pfannen.

Bileam, mit der Tiara des Hohepriesters geschmückt und vom gestickten Mantel umwallt, hob die Hände über den Kopf und ließ seine Stimme hinaufschallen zum Himmel:

«Sieben Altäre haben wir Dir errichtet, Jehovah, und auf jeglichem Brandopfer dargebracht. So gib uns denn ein Zeichen.»

Doch am Himmel ließ sich kein Zeichen erblicken.

«Bleibe hier bei deinem Brandopfer, Balak, ich werde noch höher hinaufsteigen. Vielleicht daß Jehovah mir dort entgegentritt; ist dem so, so kehre ich zu dir zurück und künde dir, was er mir offenbart hat.»

Und Bileam schritt in seinem Priestergewand dem Gipfel zu. Als er in gehörigem Abstand von den Andern war, warf er sich zur Erde nieder, streckte die Arme zitternd zum Himmel empor und schrie:

«Jehovah, Jehovah! Du, der Du den Menschen nicht ansiehest und vor dem alle gleich sind, ich, der Prophet der Heiden, wie Moses der Prophet Israels ist, ich liege im Staub vor Dir. Du darfst nicht ein einzelnes Volk erhöhen und es zu Deinem auserwählten Volk machen. Du bist ein Gott der Gerechtigkeit. Alle Völker sind Deine Kinder. Siehe, sieben Altäre habe ich Dir gebauet: den einen um Adams willen, den andern um Kains willen, den dritten um Noahs willen, den vierten um Abrahams willen, den fünften um Isaaks willen, den sechsten um Jakobs willen, den siebenten um Moses' willen. Aber alle Heiden sind doch gleichberechtigt geschaffen mit Israel. Sie haben ihre Verdienste und Anrechte ebenso wie Israel. Auf, offenbare Dich mir und gib mir Dein Wort an die Völker der Welt.»

Und ein Geist kam über Bileam und eine Verwandlung über seinen Leib. Es war, als wüchse er, als würde er größer; als krieche er aus seinem Alter heraus, wie eine Schildkröte unter ihrer Schale hervorkriecht; von seinem aschgrauen Ledergesicht fiel die verstaubte, verbitterte Maske der Jahrhunderte ab, und es gewann Jugend. Die Falten verschwanden, und das Fleisch glänzte. Selbst der Schimmel, der sein totes Auge überzog, schmolz hinweg, und es war, als ob das Auge sehend, lebendig, ja sehkräftiger und lebensvoller geworden sei als das andere. Von seinen abfallenden, ungleichen Schultern war der Fluch genommen; sie hoben, strafften sich und waren ausgeglichen. Und so, ein vom HErrn erwählter Seher, stand Bileam in der Sonne.

Und die Stimme in seinem Herzen sprach:

«Kehre zu Balak zurück und sprich zu ihm, was Ich dir in den Mund lege!»

Da Bileam sich dem Balak und den Häuptlingen Midians und Moabs wieder näherte, die ihn zitternd bei den sieben Altären erwarteten, da erkannten sie ihn nicht wieder; von ihnen gegangen war ein blinder Greis; der zurückkam zu ihnen, war ein mächtiger Seher, und Furcht erfüllte sie beim Anblick der Herrlichkeit, die auf ihm ruhte. Denn Bileam war in einer Verzükkung des Geistes und er kam auf sie zu wie ein Besessener, das Antlitz gen Himmel gereckt, dessen blendendem Lichtschein die weit aufgerissenen Augen zugewandt, und da er sprach, war es, als ob er von Flammentafeln ablese, die über seinem Haupte hingen. Bleich war sein Gesicht, und der Geist sprach aus seinem Munde:

«Von Aram hat Balak mich hergebracht,
Von den Grenzen im Osten der König von Moab.
Komm und verfluche mir Jakob
Und verwünsche mir Israel.
Wie soll ich verfluchen,
Dem Gott nicht fluchet?
Wie soll ich verwünschen,
Den Gott nicht verwünschet hat?
Denn von der Höhe der Felsen sehe ich Ihn wohl
Und von den Hügeln gewahre ich Ihn.
Siehe, ein Volk wird besonders wohnen
Und nicht gerechnet werden unter die andern Völker.
Wer kann zählen den Staub Jakobs
Und rechnen den Samen Israels?
Möge meine Seele sterben den Tod der Gerechten
Und sei mein Ende wie das Ende dieser.»

Da erbleichten Balak und die Häuptlinge der Moabiter und Midianiter vor Furcht und Zorn. Deutlich erkannten sie, daß sie einen Mann vor sich hatten, der von einem Geist besessen war, einem Geist, welcher ihn zwang, zu sprechen, was er nicht sprechen wollte. Sie bemerkten die krampfigen Zuckungen, die seine Rede begleiteten, und mühten sich ab, ihn aus seiner Entrückung zu erwecken. Sie packten ihn an und schüttelten ihn, ihm dabei zurufend:

«Bileam, Bileam, was tust du? Wir haben dich holen lassen, zu fluchen unsern Feinden, und nun segnest du sie!»

Langsam kam Bileam zu sich. Die Verzückung hatte der Beschämung Platz gemacht, und er sagte:

«Was kann ich machen? Was der Geist Gottes mir in den Mund legt, das muß ich reden.»

Balak blickte hinaus über die Landschaft. Unter ihm befand sich, sich erstreckend vom Arnontal bis zum Jordanufer, das Zeltlager der Kinder Israels. Von der Höhe, auf der er stand, konnte er nur einen Teil der Herden sehen, die die Söhne Rubens an den Quellen tränkten, der größere Teil der Herden und des Volkes, wie auch das Heiligtum in dessen Mitte, waren ihm verborgen. Aus allen Windrichtungen sog er schnüffelnd die Luft ein, streckte er ein Fühlhorn nach Sünde aus: er vermochte das Dunkle in Völkern wie Menschen zu wittern, das Teil an ihnen, das zu Missetat und Verderbnis neigte; diese Gabe hatte er geerbt von den Söhnen Sodoms, den Hang zum Bösen herauszuspüren. Er suchte nach einer Stelle, einem geeigneten Ort, von wo aus Bileam die Kinder Israels in einem Licht – oder Schatten – sehen konnte, das Haß und Neid in ihm hervorrief. Nach Norden zu, näher beim Hauptharst der Kinder Israels, stiegen die Steilhänge des Pisgagebirges an. Inmitten des Glanzes, den die Morgensonne über die Bergkette warf, gewahrte Balak einen einzelnen tiefen Schatten. Seine prophetische Eingebung sagte ihm, daß dort, auf dem Pisga, ein Ungemach Israel erwartete. Er vermochte nicht zu durchschauen, was für ein Ungemach es sein werde, doch er erkannte, daß er vom Gipfel des Pisga den Hauptharst Israels, die goldbeschlagenen Pfeiler des Heiligtums, ja, Moses in seinem weißen Gewand werde erschauen können. Und der Anblick Moses', das ahnte er, würde Bileam mit einem solchen Pfeil des Hasses durchbohren, daß er des ihm gegensätzlichen Geistes Meister zu werden vermöge und die Kraft zurückerlange, Israel zu verfluchen.

«Komm doch mit mir zu einem andern Platz», sagte er zu

ihm, «von wo aus du mehr von dem Volk siehst statt nur einen Teil, und verfluche es von dort.»

Und Balak und die Häuptlinge Midians und Moabs führten Bileam den Hang des Pisga hinauf zur Hochebene Zophim. Dort errichteten sie eilends sieben neue steinerne Altäre und brachten die gehörigen Opfer dar.

Darauf sagte Balak zu Bileam:

«Ich sehe einen Schatten, welcher auf die Zelte Israels gefallen ist. Durchdringe mit der Kraft deines Zaubers die verhüllten Orte der Zukunft Israels, decke auf sein Geschick, rufe herauf seine Sünden der Vorzeit und die Sünden seiner Zukunft und wirf sie gleich Schlangen in die Mitte der Kinder Israels und ihrer Erbrechte. Die Schlangen sollen die Wurzeln hinwegfressen, die die Kinder Israels mit ihren Vorfahren verknüpfen. Und stürze du dich selbst mit all deinen Kräften auf Moses. Du bist stärker als Moses. Du bist der Prophet vieler Völker. Und Jehovah wird bereuen, was Er getan, und wird die Kinder Israels gänzlich verwerfen, wie es so oft schon Seine Absicht war.»

Die Erwähnung von Moses' Namen stachelte Bileam wieder zum Haß auf. Er stieg den Hang des Pisga empor und wandte sein blindes Auge dem Tal zu. Doch ein Nebel stieg auf und legte sich zwischen sein blindes Auge und das Zeltlager, und Bileam vermochte nicht zu reden.

Vergebens mühte er sich ab, den Nebel zu durchdringen, um die Schwächen der Feinde zu erspähen. Und da es ihm zuletzt gelang, den Geist Jehovahs aufzurufen, ward er sofort dessen Gefangener, und alles, was er vor Balak und den Häuptlingen von seinen Lippen bringen konnte, war das, was Jehovah darauf gelegt hatte:

«Stehe auf, Balak, und höre,
Nimm zu Ohren, was ich sage, du Sohn Zippors.
Gott ist nicht ein Mensch, daß Er lüge,
Noch ein Menschenkind, daß Ihn etwas gereue.
Was Er gesagt hat, das wird Er tun.
Siehe, ich bin voller Segen;
Ich segne und kann es nicht wenden.
Es ist kein Unrecht zu sehen an Jakob
Und kein Vergehen an Israel.

Der HErr ist mit ihm.
Die Gnadensonne des Königs leuchtet über ihm.
Gott hat sie aus Aegypten geführt.
Er ist zu ihm wie das Horn des Einhorns.
Es gibt keine Zauberei gegen Jakob
Und kein Wahrsagen wider Israel.
Von Jakob und Israel ist gesagt:
Welche Wunder hat Gott getan!
Das Volk soll aufstehen wie eine Löwin
Und sich erheben gleich einem jungen Leuen.
Er wird sich nicht niederlegen, bis daß er seine Beute gefressen
Und das Blut der Erschlagenen getrunken hat.»

Da schrie Balak wütend:

«Warum segnest du sie? Du sollst sie weder segnen noch verfluchen!»

«Was soll ich tun, wenn die Hand Gottes auf meinem Munde liegt? Habe ich dir nicht gesagt, daß ich nur sprechen kann, was mir Gott befiehlt?»

Und Balak sagte:

«Komm, ich werde dich wieder an einen andern Platz führen, auf den Gipfel des Peor. Mein Geist sagt mir, daß Israel in Versuchung geführt und zu Fall kommen wird am Baal-Peor. Dort wirst du vielleicht den Spalt der Schwachheit ausfindig machen, und Jehovah wird es nicht mißfallen, und du wirst mir von dort das Volk verfluchen.»

Balak führte Bileam also auf den Gipfel des Berges Peor. Von dort konnte man nicht nur den Platz des Heiligtums und den Jordanfluß erkennen, sondern auch die Landstraße, welche vom Tal zurück in die Wüste lief. Das ganze Zeltlager Israels lag unter ihnen hingestreckt, und hier wiederum tat Gott Bileams blindes Auge auf.

Denn er erschaute die Stämme Israels, wie sie da gelagert waren um das Heiligtum, streng geordnet und das Land bedeckend, so weit das Auge reichte. Zahllos waren die Kinder Israels, und in ihrer Mitte funkelten die goldbeschlagenen Pfeiler des Heiligtums und flammten dessen rote äußere Wandbehänge und die blauen Vorhänge am Eingang. Gleich den vier Strömen, die im

Garten Eden entspringen, so ergossen sich die vier Teile der Völkerschar Israels um das sonnüberströmte Heiligtum.

Bileam empfand und erschaute den vielfach bewegten Umtrieb, das Kommen und Gehen auf dem Versammlungsplatz, wo das Zelt Moses' sich erhob. Und er erblickte Moses in seinem weißen Gewand, eine Riesengestalt umgeben von den Fürsten der Stämme. Doch noch mehr erschaute er; denn Gott hatte ihm gegeben, das Geheimnis der Bevorrechtung Israels zu durchdringen. Er blickte zurück auf die Wüste und er erschaute den langen Weg, den Israel vom Sinai her zurückgelegt hatte. Auch den Berg Sinai sah er in der Ferne erschimmern. Und es war ihm, als erblicke er Moses auf dem Berge, wie er die Tafeln mit den Zehn Geboten hochhielt, schwarze Flammen geschrieben auf weißem Flammenschein. Und nicht das trunkene Getöse um das Goldene Kalb stieg auf vom Tal, sondern nur den Ruf vernahm er: «Wir wollen tun und gehorchen», der emporschallte und dahingetragen ward vom Wind. Und er sah die Toten in der Wüste, er sah ihre von den Sandwellen überwehten Gerippe; und selbst von diesen kam noch der Ruf: «Wir wollen tun und gehorchen». Und alsbald erschien vor seinem Geist die Gestalt Erzvater Abrahams. Größeren Wuchses denn Söhne der Menschen, ein ragender Riese, schritt der Ahnherr gewaltig dahin, einen Knaben an der Hand führend. Neben ihm trottete, mit dem Reisig beladen, der Esel. Er ging an der Spitze der Toten der Wüste, denn die Gerippe waren wieder zum Leben erstanden, da er an ihnen vorbeiging, Knochen hatte sich an Knochen gefügt, und die Toten standen auf aus ihren windüberwehten Gräbern, um dem Riesen zu folgen, der den Knaben an der Hand hielt; Abraham zu folgen, der seinen Sohn zur Opferstätte führte. Dies waren die Toten der Wüste, die, zusammen mit den lebenden Stämmen, um das Heiligtum geschart, Isaaks Nachkommenschaft bildeten. Die Toten der Wüste waren zugegen gewesen bei der Opferung Isaaks, nach Isaak wurden sie selbst geopfert; eine einzige lange Opferung war es, die sich ausdrückte in den Worten: «Wir wollen tun und gehorchen.»

Nein, er beneidete Moses nicht mehr. Ein anderer Drang verzehrte ihn nun: einer von denen zu sein, einer von den Toten der Wüste, einer von den Auferstandenen, die unsichtbar mitten durch das Lager der Lebenden gingen.

Und auf einmal offenbarte sich Bileam der Geist Gottes, und für eine kurze Zeitspanne ward er geläutert von jeglicher Unreinheit; die Abgötterei seiner zahllosen Jahre war von ihm abgewaschen, sein blindes Auge ward geklärt, sodaß er die innersten, die verborgensten Geheimnisse Israels zu erschauen vermochte. In dieser Sekunde erkannte Bileam den Preis, den Menschen für die Erlösung bezahlten und warum sie ihn bezahlten. Er erkannte die Verdienste, die Israel in der Vergangenheit aufgehäuft hatte, und das Geschick, das Israel bevorstand. Vergangenheit, Gegenwart und Zukunft waren Eines, zusammengefaßt lag vor ihm die gesamte Schau der Tage Israels vom Anbeginn bis zum Ende.

Und Bileam trat Balak und den Moabiterhäuptlingen gegenüber und kündete ihnen mit der gebietenden Stimme des Propheten von den künftigen Geschlechtern. Ja, in diesem Augenblick war Bileam ein Prophet, der Prophet von Israels Sendung an die Völker:

«Also saget Bileam, der Sohn Beors,
Es saget der Mann, dem die Augen geöffnet sind;
So spricht der, der Gottes Rede gehört hat,
Der des Allmächtigen Offenbarung siehet,
Da er in Verzückung fiel, doch mit geöffneten Augen:
Wie schön sind deine Zelte, Jakob,
Und deine Hütten, Israel.
Gleich den Dattelpalmen sind sie gebreitet,
Gleich den Gärten am Flusse,
Gleich den Ölbäumen, die Gott gepflanzet,
Gleich den Zedern bei den Wassern.»

Da ergrimmte Balak, schlug die Hände zusammen vor Wut und schrie:

«Ich habe dich kommen lassen, daß du meinen Feinden fluchest, und du hast sie zu dreien Malen gesegnet. Ich hatte gedacht, dir Ehre anzutun ohn' Ende, aber Gott selbst hat dir die Ehre verwehret.»

Doch die Verwandlung und Begnadung Bileams dauerte nur eine Sekunde. Die Flut der Unreinheit, der Geist der Abgötterei und Zauberei kehrte, ihn überströmend, zurück, und einen Augenblick lang stritten in ihm zwei Mächte widereinander.

Schaum trat auf seine Lippen, und sein Körper ward von Krämpfen geschüttelt. Er trachtete mit allen Kräften des Zwanges Gottes ledig zu werden, der ihn Worte hatte sprechen lassen, die er zu äußern nicht willens gewesen war; da er schließlich davon loskam, sagte er mit weinerlicher Stimme zu Balak:

«Habe ich nicht schon zu deinen Boten gesagt: ‚Und wenn mir Balak sein Haus voll Silber und Gold gäbe, so könnte ich doch nicht anders sprechen, als Gott mich heißt'? Ich muß sehen, was Er mich zu sehen zwingt, die Stimmen hören, die Er zu sprechen heißt, und die Worte sagen, die Er mir in den Mund legt.»

Da hielt er auf einmal inne mit Reden und ward versteinert gleich einem uralten verdorrten Baum in der Wildnis. Sein Antlitz erstarrte und ward zu einer Totenmaske. Nur seine Augen begannen aus den tiefen Höhlen zu treten, daß es aussah, als wollten sie ihm herausfallen. Das schlimme Auge und das gute Auge blickten gleicher Weise starr ins Weite, gleich den Augen eines Wanderers, der eine Luftspiegelung erblickt.

Und er erhob wiederum die Stimme, doch es war mehr ein Zwitschern als ein Sprechen:

«Ich sehe! Ich sehe!»

«Was siehst du?», schrien Balak und die Häuptlinge erschrocken.

«Ich sehe, ich sehe ...», und das Zwitschern ward zum Singen.

«Sag doch, was du siehst!»

«Ich sehe ihn, aber nicht jetzt,
Ich schaue ihn, aber nicht von nahe.
Ein Stern geht auf aus Jakob
Und ein Szepter erhebt sich aus Israel.»

«Verstopft ihm den Mund! Ich will nichts hören! Verstopft ihm den Mund und bringt ihn heim!», schrie Balak den beiden Söhnen Bileams zu.

ALS Bileam der Verzückung ledig geworden war, darin Gott ihn gefangen gehalten hatte, verfiel er wiederum dem Bann der Unreinheit und Zauberei. Er befand sich auf dem Heimweg; die Eselin trottete fröhlich fürbaß, als sei sie gewillt, jeden Augenblick wieder die Kinnbacken zu Menschenrede aufzutun und Gottes Preis in ihres Herrn Namen zu singen dafür, daß Er diesen der Versuchung des Balak nicht hatte unterliegen lassen. Bileam selbst jedoch war in ganz anderer Stimmung. Er murmelte noch vor sich hin: «Und wenn mir Balak sein Haus voll Silber und Gold gäbe ...», doch er war nicht mit dem Herzen bei den Worten. Er blickte sich um. Ja, er saß auf seiner Eselin, war auf dem Heimweg begriffen – und war mutterseelenallein. Balak hatte ihn ohne jeden Begleiter fortgeschickt; von Ehrengeleit war keine Rede mehr, die Horde der Mißgeburten war ebenso verschwunden wie der ganze übrige Prunk, mit dem Balak den Heidenpropheten hatte einholen lassen. Verschwunden war auch die Hohepriestertiara und sein Mantel mit den Zauberstickereien: er war aller Zeichen seiner Würde entkleidet. Ebenso verschwunden waren auch seine beiden Söhne, die Träger der hohen Gefäße seiner Kunst. Was war denn das? Schämten sie sich seiner? Wie dem auch sein mochte, sie waren bei Balak zurückgeblieben. Zweifellos würden sie diesen nun zum obersten Wahrsager der Heiden krönen, ihm alle Zeichen und Geheimnisse, Kunststücke und Taschenspielereien verraten, die sie von ihrem Vater gelernt, die dieser vorher von den Zauberern Aegyptens gelernt hatte. Er, Bileam, aber blieb nackt und bloß, ein Knecht Jakobs, ein unterwürfiger Gefolgsmann, ein Holzhacker und Wasserzieher.

Bittere Reue bemächtigte sich seiner. In neuem Licht sah er, was er im verzückten Zustand getan hatte. Der uralte, langgehegte Fluch, den er ein Menschenalter lang in seinem verbitterten Herzen bewahrt hatte, hatte sich in brünstigen Segen verwandelt; ins Gegenteil verkehrt war er aus seinem Munde gekommen, und nun war ihm jämmerlich zu Mute wie einer Schlange, die ihr Gift verspritzt hat. Die sekundenlange Besessenheit vom Heiligen Geist war vorbei; aber ihr Abfallen hatte nicht einmal die Rückkehr seiner dunklen Kräfte im Gefolge gehabt. Er hatte nicht mehr die Macht, unsichtbare Ketten zu schmieden, Flüche zu verkünden, Teufel aufzubieten, Schicksale zu beherrschen. Sein blindes Auge sah nicht mehr: Finsternis breitete sich vor ihm aus, ewiger Schatten. Er war aus der niederen Welt, darin seine Stärke gewurzelt hatte, losgerissen; er war emporgehoben worden zum höchsten Himmel der Schau. Aus dieser wieder hinausgeschleudert, gehörte er weder den Höhen noch den Tiefen mehr an, schwebte er zwischen beiden in der Luft, jedem Wind auf Gnade und Ungnade ausgeliefert.

Einem wunden Tier gleich begann er aufzuheulen:

«Wieder bist du meiner Herr geworden, Jakob! Wiederum hast du mich betrogen! Du hast an mir getan wie an deinem Bruder, du hast mir die Erstgeburt gestohlen für ein Linsengericht. Du hast meiner Zunge einen Zaum angelegt, hast mich gezwungen, auf dich die Segnungen herabzurufen, die ich deinen Feinden vorbehalten hatte, Moab, Midian und Amalek, und hast gemacht, daß ich meinen Freunden fluchte. Ich habe dir Edom zum Erbe gegeben, und du bist eingebrochen in die Grenzen Moabs, und du bist ein Herrscher der Völker geworden. Du hast mit mir gerungen, wie du einst mit dem Engel Gottes rangest, und hast obgesiegt. Sowohl gegen Gott wie gegen den Bösen hast du obgesiegt. Du hast mich um die Lämmer meines Geistes beschwindelt, wie du Laban um seine besten Lämmer beschwindelt hast. Und nun bin ich wie eine Feige, aus der alle Süße gesogen ist. An Israel habe ich keinen Teil, und du hast mir meinen Teil an der niederen Welt geraubt.»

Während er noch jammerte und klagte, spürte er ein scharfes Stechen in seinem blinden Auge, und ein Schauer lief durch seinen Leib. Es war ihm etwas in die Gedanken geschossen. Er entsann sich, daß er beim Hinunterblicken vom Berge auf das Zeltlager mit einmal einen Schatten gewahrt hatte, der über Israel hing, einen dichten, schweren Schatten, einen wie mit Feuer und Schwefel gesättigten Schatten. Und er schrie auf:

«Jetzt sehe ich, jetzt verstehe ich!» Es schüttelte ihn wieder. «Jetzt begreife ich. Ich konnte an Israel keine Sünde erkennen. Darum waren mir meine Kräfte genommen. Jakob muß sündigen! Jakob muß sündigen!»

Er zerrte an den Zügeln, um die Eselin umkehren zu lassen und den Rückweg nach Moab einzuschlagen. Doch die Eselin wollte sich nicht von der Stelle rühren. Sie wandte wieder den Kopf und heftete einen großen Blick auf ihn.

«Lauf, wohin ich dich heiße», schrie er. «Jetzt steht kein Engel Gottes im Weg. Ich bin des Geistes Jakobs ledig. Kraft des Geistes Esaus, der Macht des unreinen Geistes, gebiete ich dir, mir ohne Widerstand und Widerstreben zu gehorchen.»

Er schlug ein Zauberzeichen über der Eselin, und voller Unterwürfigkeit kehrte das Tier nach seinem Befehl um.

In der Stadt Moab, im großen Hause des Königs fand Bileam Balak mit den Häuptlingen Moabs und Midians zum Kriegsrat gegen Israel versammelt. Eine ganze Schar von Zauberern, an der Spitze die beiden Söhne Bileams, war ebenfalls zugegen. Im vollen Ornat vollzogen sie ihre Künste, beschworen Geister herauf und stießen Verwünschungen aus zur Überwindung Israels.

Als die Versammelten gewahrten, wie Bileam, im Besitz seiner früheren Kräfte, wenn auch allen Zaubergeräts bar, vor sie hintrat, standen sie auf und machten ihm Platz. Und Bileam kam nach vorne zwischen die Häuptlinge Midians und Moabs, richtete, die eitrigen Lider aufschlagend, daß die roten Schwären der Pupillen sichtbar wurden, sein blindes Auge auf Balak und sprach:

«Also spricht Bileam, der Sohn Beors,
Also spricht der, dessen Auge aufgetan ist.
Mein Auge hat sich aufgetan, und ich habe gesehen:
Israels Ende ist Vertilgung.
Die Donnerwolke von Sturm und Wut
Hängt über seinem Haupte.
Jehovah, geladen mit Feuer und Schwefel,
Fährt daher jetzt, um dieses Volk zu vertilgen,
Das Volk, welches Er aus Aegypten geführt hat.»

Und die Häuptlinge von Moab und Midian waren beseligt; mit wildem Händegefuchtel des Beifalls und des Staunens riefen sie Bileam zu:

«Wie geschieht das?»

Und er gab zur Antwort:

«Ich erkannte kein Vergehen an Israel,
Darum verließen mich meine Kräfte,

Denn Esau wird stark wider Jakob
Nur wenn Jakob schwach ist vor Gott.
Darum suchte und lugte ich vergebens,
Bis ich den Schatten gewahrte,
Der über den Zelten Israels lag.
Vom Gipfel des Peor
Sah ich den Schatten fallen,
Der den Himmel verfinsterte über Israel.
Ich habe die Lücke gefunden, ich habe den Finger gesehen,
Ich habe die Stelle entdeckt,
Meinen Fluch daran zu hängen.
Israel muß Sünde tun, Israel wird Sünde tun.»

«Wie denn? Wer soll es zur Gottlosigkeit bringen?», fragte Balak.

Und Bileam antwortete:

«Du, Sohn des Zippor!
Denn Sünde stand an deiner Wiege,
Du hast sie eingesogen mit deiner Mutter Milch,
Von Vater und Tochter bist du gezeuget.
Das Zicklein gekocht in seiner Mutter Milch,
Du wirst das Gift sein für Israel.»

«Was soll ich tun? Was soll ich sagen?», fragte Balak.

«Du bist der Hüter der Sünden. Die Brunnen Sodoms sind in deiner Obhut. Auf, führe mich zu ihnen», sagte Bileam.

«Da wo der erste Brunnen sich auftut, liegt die uralte Schlange, die Mutter der Sünde. Niemand darf sich ihr nahen, ohne sie anzubeten oder sich vor ihr in den Staub zu bücken.»

«Führe mich zu ihr.»

Und Balak führte Bileam, begleitet von seinen Häuptlingen, zu den Brunnen Sodoms.

Die Brunnen und Quellen, aus denen die Sünden Sodoms strömten, lagen in einer Höhle, zu der der Weg durch finsteres, zwischen den Lavahalden verstreutes Trümmerwerk führte. Die moabitischen und midianitischen Häuptlinge trugen Fackeln, um den Weg zu erhellen, und Bileam, nun wieder in Tiara und Mantel, ging hinter dem König drein. In der einen Hand hielt

Bileam seinen Stab, in der andern das Aas eines Vogels, der sich von Aas genährt hatte. Beim Näherkommen an die Höhle schlug ihnen ein übler Gestank entgegen, und ein Rauch von verborgen schwälenden Schwefelflammen hüllte sie ein. Als die Fackelträger zum Eingang der Höhle hintraten, sah Bileam mit seinem blinden Auge eine riesenhafte Schlange, die wie eine Mumie in Binden eingewickelt war, daß nur das Haupt herausragte, und die über der Schwelle lag. Vor der Schlange befand sich ein steinerner Altar, und darauf schwälte der Schwefel, von dem Rauchgekräusel aufstieg und der widerwärtige Gestank ausging.

«Dies ist die Urschlange, die Mutter der Sünde, vor der jeder lebende Mensch sich in den Staub bücken muß, ehe er zu den Quellen der Sünde gelangt», sagte Balak.

Bileam kniete vor dem Altar nieder, vergrub sein Angesicht in die Lavaasche, legte den Raubvogelbalg auf die brennenden Kohlen und hub an, laut zu beten:

«Du Mutter alles Lebendigen,
Du, die du bist der Anbeginn der Schöpfung!
Du lebst im Herzen des Menschen von Kindheit an.
Tu mir auf die Quellen der Sünde,
Auf daß ich ein Volk sündigen mache,
Ein Volk, das die Sünde austilgen wollte.»

Darauf führte Balak Bileam in die inneren Kammern der Höhle. Immer in Dämpfe gehüllt gelangten sie an einen Erdspalt, von dem Dampf hochwallte wie von einer heißen Quelle.

«Dies ist der Quell der Grausamkeit, aus dem das Volk Sodoms von einst zu trinken pflegte. Blicke hinab und sieh, was auf dem Grunde liegt.»

Bileam blickte mit seinem sehend gewordenen blinden Auge hinab und erkannte tief unten ein Blinken von Wasser. Er sah weiße Schlangen, die sich wanden und krümmten, und sah alle Greuel, die die Söhne Sodoms einst verübten.

«Wer von diesem Wasser trinkt, wird von einem Gelüst nach Grausamkeit befallen. Sein Wesen ist verwandelt und er giert danach, Mensch und Tier sich vor Schmerzen winden zu sehen.»

Und da er seinen Blick weiter hinabrichtete, ward Bileam ein immer deutlicherer Anblick. Er unterschied Gesichter junger und alter Menschen, von Männern, Weibern und Kindern. Er sah Lippen Worte bilden, die die Qual ihrer Herzen ausdrückten, und sah Lippen verzerrt zu schmerzlichen Fratzen und wahnwitzigem Lachen. Die Gesichter der Kinder aber drückten nur Angst aus.

«Dies sind die Opfer der Kinder Sodoms, die sich in den Wassern spiegeln. An ihnen frönten die Kinder Sodoms ihrer Lust am Anblick von Leiden.»

«Führe mich zum Quell der Unzucht», schrie Bileam, sein blindes Auge abkehrend. Selbst ihm war dieses Schauspiel zu gräßlich.

Am Grunde des Quells der Unzucht erblickte Bileam mit seinem blinden Auge alle natürlichen und widernatürlichen Greuel der Unzucht, die die Einbildungskraft des Menschen nur zu ersinnen vermag: Umgang von Mann mit Mann, von Mensch mit Tier, Blutschande und Selbstbefleckung.

«Wer aus diesem Quell trinkt, dessen Blut wird verwandelt in flammenden Samen; er strotzt von Gelüst, das er nie zu befriedigen vermag.»

«Dies ist das glühende Wasser, das ich suche. Kommt hierher, ihr Herren von Moab, und ihr, ihr Häuptlinge von Midian, tretet um mich her, und ich werde euch sagen, was zu geschehen hat, um Israel in Sünde zu stürzen, wie mir die Kunde geworden ist beim Opfer am Altar der Urschlange, der Mutter der Sünde.»

Als die Häuptlinge Moabs und Midians sich beim Quell der Unzucht um ihn geschart hatten, hub Bileam in gedämpftem Ton zu singen an:

«Also spricht Bileam, der Sohn Beors,
Er, dessen Auge aufgetan ist:
Besammelt eure Töchter,
Die jungen, die anmutigen,
Prinzessinnen für Prinzen,
Töchter eures Volks für ihr Volk.
Israel ist jung gleich einem springenden Stier,
Gleich dem ungeschirrten Eselhengst, der schreit nach der Eselin.
Noch unbeschnitten mangelt ihm noch
Die Tugend Abrahams.

Bringt eure Töchter in Marktbuden, heißt sie darin niedersitzen,
Buden der Hurerei? Mit nichten!
Buden mit Mundvorrat und Stoffen,
Buden mit erlesenster Ware.
Israel ist reich
Von der Beute der Amoriter
Mit dem Raub aus den Städten und Basan.
Es begehrt Linnen von Beth-Sean,
Schabracken aus Leder und Kupfer,
Sandalen, um die Füße vor Steinen zu schützen,
Nach Leckerbissen und seltenem Getränk;
Unersättlich sind die Gelüste Israels.
Doch hütet euch, sage ich, es trunken zu machen mit Wein,
Daß es sich nicht darauf hinausrede,
Und hinterher sage, es habe nicht die rechte von der linken Hand mehr zu unterscheiden gewußt,
Gleich Lot, dem Vater eures Volks, in der unvergeßlichen Nacht.
Nur die Wasser des Quells,
Die das Blut verwandeln in brünstigen Samen,
Nur die Wasser dieser Quelle hier
Lasset ihm zu trinken geben.
Und lasset diese Mahnung an eure Töchter ergehen,
Schärfet ihnen ein, auf daß sie daran denken:
Nicht um Silber oder Gold sollt ihr euch verkaufen,
Nicht für Silber oder Gold sollt ihr euch legen auf das Lager,
Sondern Israel soll gezwungen werden, die Knie zu beugen
Vor dem Baal zu Peor.
Eine Handvoll Weihrauch soll der Sohn Israels
Werfen auf den Altar des Baal-Peor.
Denket daran, nicht Unzucht allein will ich von Israel,
Denn Unzucht wird ihm der HErr vergeben:
Ich will, daß Israel anhange dem Baal-Peor.
Und nun, meine Brüder, schweiget,
Ich habe nichts gesagt, nichts getan,

Sondern nur dem Worte Gottes gehorcht,
Und bin heimgekehrt zu meinem Orte.»

«Bileam, Sohn des Peor, du verdienest, daß Balak dir das Haus füllt mit Silber und Gold für deinen Rat», riefen die Häuptlinge Moabs und Midians. Und Bileam erwiderte:

«Nicht um Lohn habe ich dies getan,
Denn wir ziehen an einem Strang,
Doch wenn es wohlgefällig ist in euren Augen.
Die Pforten meiner Wohnung stehen jederzeit offen.»

Da sie wieder aus der Höhle hinausgetreten waren, hüllte sich Bileam in seinen blaugestreiften Mantel und bestieg, mit Hilfe seiner beiden Söhne, die Eselin. «Warum hebst du dein frommes Gesicht zu mir?» fragte er. «Warum starrst du mich an mit deinen Augen einer Heiligen?» Und er gab sich selbst Antwort, indes er von dannen ritt:

«Ich habe nichts gesagt, ich habe nichts getan
Wider Jehovah, den großen Gott.
Sondern habe meine Sendung erfüllt
Und bin heimgekehrt zu meinem Ort.»

ACHTES KAPITEL

AM Fuß der Berglehne, auf der die Stadt Moab sich hindehnte, im Arnontal, welches in das Jordantal von Sittim überging, wo das Zeltlager der Israeliten sich befand, schoß auf einmal ein fröhlicher Jahrmarkt mit bunten Buden und Zelten empor. Auf Tischen und Schragen waren alle möglichen Waren zum Verkauf ausgelegt, deren Mannigfaltigkeit und Vielfarbigkeit in die Augen sprang und die Blicke auf sich zog. Da waren Sättel aus buntscheckigem Wollstoff, Reitsitze und Schabracken von hochroter und veilchenblauer Farbe, Mäntel und Schleier, Kittel und Hemden, Ballen mit blau und purpur gestreiften Stoffen, kurz, ein riesiger, flimmernder Regenbogen; und zwischen den Stoffen und Gewändern glitzerten künstliche Steine auf Armreifen, Nasenringen und Ohrgehängen.

Von der Mitte des Jahrmarkts stieg ein leckerer Duft von gebratenen Hämmeln, scharf gewürzt mit Nägelein, Zimmet, Lorbeer und Ingwer auf, sodaß sich die Nasenflügel der Vorbeigehenden von selbst blähten und ihnen der Speichel aus dem Munde lief.

Aus dem Lager der Kinder Israels kamen zwei junge Männer, die die Richtung nach der Anhöhe Peor einschlugen. Eigentlich wollten sie nur den strahlenden Tag zu einem Spaziergang ausnutzen, aber sie machten sich auch Hoffnung darauf, vielleicht die Fährte eines Hirschen oder Hasen zu finden, der aus den schattigen Hainen der Hügel herausgekommen war, um an den Arnonquellen zu trinken, oder gar auf den Schlupfwinkel einer Hyäne zu stoßen, die nächtlicherweile um die Herden strich. Wohlgelaunt und hochgemut, wie es ihrer Jugend anstand, wanderten sie dahin. Am Gürtel eines jeden von ihnen hing ein Dolch mit kupfernem, mit künstlichen Edelsteinen besetztem Heft; ihre Ohren waren mit Ringen geschmückt, aus denen es von blauen Steinen flimmerte, Beutestücke, die sie den Amoritern abgenommen hatten. Kriegsbeute waren auch die Reifen an ihren Armen und die aus gediegenem Silber gehämmerten, aus breiten Ringen bestehenden Halsketten, die sie nach dem Sturm auf die Bergfesten den gefallenen Riesen von Basan abgenommen hatten. Das dichte schwarze Haar fiel ihnen nach vorne über die Schultern zu zwei schweren Zöpfen geflochten, die mit Gold- und Silberflitter durchwoben waren, und über ihre kurzen, runden Bärte hinunterreichend, auf ihren Brustkästen hin- und herbaumelten. Bis auf die Gürtel, welche knapp die Schamteile verhüllten, waren sie nackt; ihre Unterleiber wie aus glänzender Bronze und ihre starken Schenkel wie aus geschliffenem Granit waren der Sonne ausgesetzt. Ihre Nacktheit war für sie kein Anlaß zur Verlegenheit; das Gespinst der Sonnenstrahlen, das ihre Muskeln überzog, war ihnen Kleidung genug. Sich bei den Händen haltend, wanderten sie fröhlich dahin, und ihre scharf gleich Schwertschneiden blitzenden Augen schossen hin und wieder nach rechts und links, um die Fährte eines Hirschs oder die Spur einer Hyäne zu entdecken.

Dabei unterhielten sie sich eifrig. Worüber? Nun, wovon sollten zwei junge Krieger sprechen, die gerade aus siegreichen Kämpfen wiedergekehrt waren, als von ihren Heldentaten und von den Mädchen, die sie gefangen genommen und ins Lager mitgebracht hatten, die ihnen Moses jedoch zu behalten verboten hatte? Davon sprachen sie, und außerdem über den letzten im Lager verbreiteten Klatsch.

«Mehr als vier Wochen ist es her, daß wir die Amoriter und den König von Basan besiegt haben. Wir haben Jaëser und die umliegenden Städte eingenommen. Wir haben das ganze diesseitige Jordanufer gesäubert, das nun besiedelt ist von den Söhnen Rubens und den Söhnen Gads; aber noch immer führt uns Moses nicht über den Jordan, daß wir unsere Städte erobern. Ruben, Gad und der halbe Stamm Manasse, die haben schon ihr Erbe bekommen; sie bauen die verheerten Städte wieder auf und lassen sich mit Weibern und Kindern darin nieder. Aber uns hält Moses weiter in der Wüste fest. Warum führt er uns nicht über den Jordan?»

«Es heißt, Jonadab, daß er uns erst beschnitten haben will, bevor er uns in unser Land geleitet.»

«Und ich sage dir, Moses wird uns nicht in den Bund Abrahams bringen, ehe wir nicht Jericho eingenommen haben. Er befürchtet, daß der Feind, wenn er hört, daß wir gerade beschnitten worden und daher schwach sind, uns überfallen wird. Aber, Osnath, es besteht noch ein anderer Grund, und den will ich dir sagen. Moses weiß, daß er diesseits des Jordan sterben wird, denn Gott hat ihm verkündet, daß er zu den Toten in der Wüste gehören werde. Und bevor er zum Sterben kommt, will er uns noch sein letztes Vermächtnis hinterlassen, das in nichts anderem als einer großen Sammlung von Gesetzen, Satzungen und Geboten besteht. So hockt er andauernd in seinem Zelt und denkt sich Vorschriften, Regeln und Gesetze aus. Und so lange diese Aufstellung nicht fertig ist, müssen wir hier diesseits des Jordan bleiben.»

«Jetzt hör mich an, Jonadab, ich werde dir erzählen, was ich von keinem Geringerem als unserm Hauptmann Simri gehört habe, und er hat sicher Recht damit: ‚Warum dürfen wir nicht sein wie andere Völker auch?‘, hat er gesagt, ‚wie Moab und Edom? Sind sie nicht auch vom Samen Abrahams? Warum dürfen wir nicht Ehen schließen mit den Kindern Moabs und Esaus? Entsinnst du dich des bildschönen Amoritermädchens, das ich vom Krieg mitbrachte? Ein Ältester kam zu mir ins

Zelt und hieß mich, sie heimzuschicken. Das Mädchen selbst weinte bitterlich. Sie wollte das Zelt nicht verlassen. Ich hatte sogar meine Frau, die Zipora, dazu überredet, daß wir das Mädchen bei uns ließen. Aber das fruchtete auch nichts. Sie durfte nicht einmal als Magd bei uns bleiben. Wir dürfen nichts mit ihnen zu tun haben.' Simri hat ganz recht. Schau doch Moses an; ihm war erlaubt, eine Midianiterin zur Frau zu nehmen, aber uns wird es verboten.»

«Darüber habe ich unsern Simri auch sprechen hören. Er sagt, es sei besser für uns, wenn wir mit unsern Nachbarn in Frieden lebten, statt dauernd mit ihnen Krieg zu führen. Drum wäre es richtig, daß wir ihre Töchter zu Weibern nähmen und ihnen die unsern gäben.»

«Aber man hat Moses' Ohr gegen Simri vergiftet, und seitdem hält ihn Moses von sich fern.»

«Jawohl. Moses hat Angst vor ihm. Er weiß, daß Simri ein größerer Kriegsmann ist als Josua. In Basan hat er die größten Heldentaten geleistet! Osnath, schau hin, dort! Siehst du den Sandaufwurf? Da muß das Lager der Hyäne sein. Aus dieser Gegend kommt nachts immer das Geheul. Geh du doch rechts herum, ich gehe links, dann kriegen wir sie zwischen uns.»

Doch gerade als sie sich trennen wollten, stockten sie und blieben wie gebannt stehen. Im gleichen Moment hoben sie die Arme und deuteten auf den Weg, der um die Höhe herum nach ihrem Tal führte.

Plötzlich war von dorther der scharfe Geruch des gebratenen Hammelfleischs an ihre Nasen geschlagen, sodaß sie gleichzeitig herumfuhren; und nun konnten sie jenseits des Sandhügels die Buden und Zelte und die bunten Waren sehen, die da ausgestellt waren. Sie dachten nicht mehr an die Hyäne und liefen wortlos auf das fröhliche Bild zu.

Als sie der ersten Bude näherkamen, wurde der Bratenduft unwiderstehlich; doch bevor sie ganz an die Bude herangekommen waren, trat ihnen eine ältliche, grauhaarige, mütterlich aussehende Frau entgegen, vor deren verschleiertem Gesicht ein riesiger Nasenring herumbaumelte.

«Friede sei mit euch», sagte sie in freundlichem, einschmeichelndem Ton. «Friede sei mit euch, Kinder Jakobs, Enkel Abrahams. Unsere Augen haben sich nach eurem Anblick gesehnt, seit wir vernommen hatten, der Gott unserer Väter habe euch aus der Knechtschaft befreit. Da ihr nun zu unserm Lande gekommen seid, seid ihr die liebsten der Gäste. Denn wir sind doch nahe Verwandte. Wir hatten ein und denselben Ahnherrn, Terah, und gehören zur gleichen Familie, der des Abraham. Wählt euch also aus allem, was ihr hier seht, das Beste aus und tut uns die Liebe, es als Geschenk anzunehmen.»

Vor Verlegenheit und Staunen über diesen warmherzigen Empfang blieben die Jünglinge stumm und steif stehen. Es kam ihnen keinerlei Verdacht. Es war ja kein junges Weib, das sie also ansprach; ihre Stimme hatte einen mütterlichen Klang, und auch in ihren durch den Schleier sichtbar werdenden Augen stand ein mütterlicher Blick. In ihren nicht mehr jungen, mit dünnen blauen Adern durchzogenen Händen hielt sie ihnen zwei weiße purpurngestreifte Mantelschleier hin.

«Eure Gewänder sind euch ja auf dem Leibe verfault während der langen Wüstenwanderung. An Schmuck und Geschmeide fehlt es euch wahrlich nicht, aber für euren Leib habt ihr keine Bedeckung. Laßt eure fürstliche Nacktheit mit diesen Mänteln verhüllen, die zu Beth-Sean aus feinstem Linnen gewebt und mit reinstem Purpur gesäumt sind. Ein Geschenk der Tante an ihre Neffen», sagte die Frau und warf ihnen, ohne ein zustimmendes Wort abzuwarten, die Mäntel über die Schultern.

Einer von den Jünglingen fragte:

«Wieviel Silberstücke? Oder einen Nasenring, einen Armreifen?»

«Was bedarf es des Golds oder Silbers zwischen uns? Habt ihr nicht unseren Feind, den Amoriter, vernichtet?»

«Moses hat uns im Namen Jehovahs geboten, euch, den Moabitern, kein Unrecht zuzufügen, noch euch zu berauben, noch ein Geschenk von euch anzunehmen, sondern alles bar zu bezahlen.»

«Gott ist unser Zeuge, daß ihr euch wie wahre Verwandte gegen uns verhalten habt. Kommt, ihr Kinder aus dem Bruderstamm, ihr sollt Brot mit uns brechen und vom Besten genießen, was wir zu bieten haben. Wir haben ja auch noch viel schönere Ware als dies hier, seltnere, in unserer Bude. Tretet näher, liebe Gevattern, wir haben auf euch gewartet. Jalda! Scharfia! Kommt einmal heraus und seht euch die Gäste an, die gekommen sind.

Unsere Blutsbrüder, die, die unsern Feind, den Amoriter, vernichtet und unsere Schande gerächt haben. Empfangt sie mit Liedern und Saitenspiel, wie sie es verdient haben.»

Und damit zog die mütterliche Alte einen Vorhang zurück und winkte den beiden jungen Helden, das Zelt zu betreten.

Jalda war eigentlich noch ein Kind von zehn oder zwölf Jahren, fast splitterfasernackt, nur von einem schmalen Band gegürtet, das kaum ihre Scham zudeckte; unverhüllt rundeten sich leicht wie zwei Tauben die Brüstchen an ihrem jungen Körper; in feinen Ringellocken fiel ihr das Haar über die Schultern. So saß sie, die Harfe auf dem Schoß, und spielte vor einem Standbild, das Baal als Krieger mit einem Bündel Donnerkeile in der Faust darstellte; dazu sang sie leise und melodisch die Worte eines Preislieds.

Im Gegensatz zu ihr wirkte Scharfia – wie ihr Name besagte – gleich einer Feuersbrunst. Lohfarben war ihre Haut, Brüste und Leib waren reif, ihr Haar war wie ein Gespinst aus goldenen Flammen. Sie lag ausgestreckt auf einem mit reingewaschenen Schaf- und Ziegenfellen bedeckten Ruhelager. Vor ihr stand eine Statuette der Astarte mit gespreizten Beinen und breitem Unterleib, aus dem ein wie ein männliches Glied geformter Nabel hervortrat; in ihren Händen hielt sie eine Taube, die sie an die Brüste drückte. Auf einem Tisch neben dem Lager stand eine Pfanne, in der Räucherwerk schwelte, neben der Pfanne waren allerhand Leckerbissen aufgebaut: Backwerk, Eier, Gemüse, Krüge voll Milch, Wein, Bier und Wasser. Über einem dreifüßigen Holzkohlenbecken hing ein irdener Topf, worin ein Zicklein in seiner Mutter Milch, mit vielen Gewürzen angesetzt, schmorte.

Die beiden Jünglinge standen verlegen, mit offenem Munde, da. Sie versetzten einander Rippenstöße, sie lachten vor Verlegenheit und zeigten ihre scharfen weißen Zähne. Heiße Blicke und freundliche Worte bewillkommneten sie:

«Tretet näher, liebe Freunde. Willkommene Gäste seid ihr uns, Gevattern. Ihr habt unsere Schmach ausgelöscht, indem ihr uns gerächt habt an den Amoritern. Wir haben euch Speise und Trank bereitet – vom Allerbesten.» Und damit standen die beiden Mädchen auf und führten die Jünglinge zu ihren Ruhelagern.

Es dauerte nicht lang, da war die Verlegenheit der Jünglinge verflogen; sie saßen auf den Ruhebetten und schmausten. Scharfia spielte bereits mit einer von Osnaths schwergeflochtenen Schläfenlocken. Ach, wenn sie nur eine davon abschneiden dürfe; mit Steinen und Goldflitter durchwirkt würde das ein herrliches Halsband abgeben, das sie selbstverständlich nur an Festtagen tragen würde.

Nein, die Schläfenlocke könne er ihr nicht geben. Das sei das Abzeichen seines Volkes. Wie könne er sich sonst wieder im Lager sehen lassen? Vielleicht gäbe es aber etwas anderes, womit er den Schlüssel zu ihrem Garten erkaufen könne? Vielleicht dieser Armreif hier, den er einem von ihm beim Sturm auf die Feste Basan erschlagenen Krieger abgenommen habe? Er war aus gediegenem Silber gehämmert und mit Mondsteinen besetzt, welche in der Nacht erschimmerten gleich Sternen.

Nein, weder Gold noch Silber noch Edelgestein vermöchte das Tor ihres Gartens zu erschließen; dazu bedürfe es lediglich einer kleinen Verneigung vor der Göttin Astarte und eine Prise auf das vor ihr rauchende Feuer gestreuten Räucherwerks. Davon werde der Rauch verstärkt werden und dessen Duft der Göttin wohlgefällig sein; ihr, Scharfias, Blut aber werde sich davon erhitzen.

Wie könne er so etwas tun? Moses habe im Namen Jehovahs strengstens verboten, andere Götter anzubeten. Der Tod erwarte ihn in viererlei Gestalt, wenn er eine solche Sünde begehe.

Es war jedoch gerade die kleine Jalda, der es gelang, die beiden starken Männer zum Götzendienst zu bringen. Sie sei eine «Kedescha», eine von frühester Jugend der Gottheit Geweihte, ihre Mutter habe sie dazu bestimmt, zwitscherte sie mit ihrem Vogelstimmchen. Eine Jungfrau. Ihr Schoß sei versiegelt mit sieben Siegeln, die nur erbrochen werden könnten von einem, der Baal gedient und ihm den Preis für sie entrichtet habe.

Was aber sei ihr Preis?

Kniefall vor dem mächtigen Baal, eine Prise Weihrauch auf seinen Altar und ein Mahl aus dem Fleisch des in seiner Mutter Milch gekochten Zickleins, verzehrt im Beisein des Gottes. Hier sei die Räucherpfanne mit den Kohlen, dort das in seiner Mutter Milch gekochte Zicklein. Vorher aber müsse er nackt vor Baal hintreten und seine Mannheit entblößen; denn bevor sich ein Mann ihr nähern dürfe, müsse er geheiligt sein von Baal-Peor.

Wie er denn solches tun könne? Dies habe Jehovah auf das Allerstrengste verboten.

Aber das sei doch gar nichts, nackt vor den Gott hinzutreten. Das daure doch nur eine Sekunde, und dann werde er mit Manneskraft gesegnet sein bis an sein Lebensende.

Es war nicht das Wasser aus den Brunnen Sodoms, wie Bileam geweissagt hatte, was die Sinne der jungen Krieger entzündete. Es war, ganz einfach, das Gerstenbier, das sie tranken, die Salben, mit denen Jalda und Scharfia Brust und Scham einrieben. Der Garten mit den sieben Siegeln tat sich auf. Nackt standen die beiden Männer Israels, Befehlshaber von Hundertschaften im Stamme Simeon, neben den Töchtern Moabs, vor dem Götzenbild des Baal, beugten die Knie vor ihm, räucherten vor ihm und küßten den honigbeschmierten Nabel Astartes.

Zu später Abendstunde stahlen sich unter dem Schutze der Nacht die beiden Männer vom Stamm Simeon ins Lager zurück und krochen in ihre Zelte. Sie waren gehüllt in Mäntel aus Linnen von Beth-Sean, und darunter trugen sie nun um den Hals gehängt kleine Götzenbilder des Baal mit Blitzbündeln in der Faust, und sie waren des Glaubens, daß ihnen daraus unversiegliche Manneskraft zufließe.

Und am Tage darauf trat ein allgemeiner Aufbruch, ein wildes Wettrennen ein nach der Budenstadt, die die Moabiter am Fuß des Berges aufgebaut hatten. Das ganze Volk strömte hin samt allen Anführern, den Hauptleuten der Hundertschaften, ja sogar der Tausendschaften. Die Ersten schlichen sich noch heimlich hin und schlichen sich in der Hoffnung, nicht bemerkt zu werden, ebenso heimlich zurück. Aber bald drängte sich ganz offen alles dorthin. Und überdies ging der Greuel bald den umgekehrten Weg und suchte die Kinder Israels in ihrem Lager auf. Absonderliche Männer und Weiber ließen sich dort sehen: Männer mit blaugemalten Ringen um die Augen und mit hochroten Salben beschmierten Lippen; Weiber in Männertracht mit Schärpen unter den Brüsten und Schwertern an den Hüften. Und auch über die israelitischen Frauen kam eine Verwandlung. Scharlachene Gewänder und Schleier leuchteten allenthalben auf, Brüste wurden schamlos zur Schau gestellt, Haare aufreizend locker getragen. Und israelitische Männer zeigten sich in der Öffentlichkeit mit auf den Brustkasten herunterbaumelnden Baalsfiguren. Gesang und Saitenspiel erschallte aus den Zelten der Israeliten, und im ganzen Lager verbreitete sich Duftgemisch aus allem möglichen Räucherwerk.

* * *

Moses hatte sich in sein Zelt zurückgezogen. Seit ihm Gott offenbart hatte, daß er das Los der Toten in der Wüste teilen müsse, weil er, gegen das Geheiß, den Felsen geschlagen statt zu ihm gesprochen, hatte er sich ganz der Gesetzgebung für Israel gewidmet; der Aus- und Umarbeitung der großen Zusammenstellung von Satzungen und Vorschriften, Ge- und Verboten, die er im Namen Jehovahs während der vierzig Jahre der Wanderschaft erlassen hatte. Das sollte sein Vermächtnis sein, seine persönliche Verlassenschaft, worein auch er die Aufzeichnungen aller seiner Prüfungen und Gedankengänge, seiner Versuchungen und Anfechtungen zu verweben gedachte. Er wollte den Kindern Israels ein immerwährendes Mahnzeichen, ein Gesetzbuch, einen Leitfaden für alle künftigen Zeiten hinterlassen. So mühte er sich denn ab mit der Anordnung und Darstellung der Gesetze, der Darlegung seiner Anschauungen, Warnungen und Ermahnungen sowohl wie mit der Aufzählung der früheren Ereignisse. «Nun aber, Israel, was fordert Jehovah, dein Gott, von dir? Nur daß du Ihn fürchtest, daß du auf Seinen Wegen wandelst und Ihn liebest von ganzem Herzen und von ganzer Seele.» Und er erwog und ermaß jedes einzelne Gesetz, prüfte es von allen rechtlichen und sittlichen Gesichtspunkten aus und verlieh ihm den knappsten und genauesten Wortlaut, die angemessenste und einschneidendste Gestalt. Er veränderte und verbesserte vielerlei; er milderte Härten, die aus einer besonderen, schicksalsschweren Lage heraus sich aufgedrängt hatten. Nicht mehr Rache bis ins zweite und dritte Glied, sondern: «Die Väter sollen nicht für die Kinder, noch die Kinder für die Väter sterben, sondern ein Jeglicher soll für seine Sünde sterben.» Mit aller Liebe und in jedem freien Augenblick gab er sich dieser Arbeit hin. Es sollte keine trockene Aufzählung von Gesetzen, sondern das Leben sollte darein verwoben sein. Und wenn er selbst die Kinder Israels nicht in das verheißene Land geleiten durfte, so sollten seine Liebe und Hingabe für Israel, die sich in den Geboten und Gesetzen niedergeschlagen hatte, sie begleiten, und nicht sie allein, sondern alle künftigen Geschlechter in dem Land, das ihr Erbteil sein würde, und darüber hinaus: der Samen Gottes für alle Länder, darin Menschen wohnten, und für alle Zeiten. «Denn ich mache diesen Bund und diesen Eid nicht mit euch allein, sondern beides mit euch, die ihr heute hier seid und stehet vor Jehovah, unserm Gott, und mit denen, die heute nicht bei uns sind.»

Aus dem schweren Mühen und Ringen wurde er aufgestört durch die furchtbare Nachricht von den Greueln, die sich im Lager zutrugen.

Und da trat Moses vor sein Zelt in die Nacht hinaus, an seiner Seite Josua, sein Vertrauter, und der junge Phineas, der Enkel seines Bruders, der der Priester des Kriegsheers war, einer aus dem Geschlecht der in der Wüste Geborenen, und er blickte hinab und sah am Fuß des Hügels die Lichter flimmern, wo das Standbild des Baal-Peor aufgerichtet war. Die Kinder Israels waren da versammelt und bei ihnen die Töchter Moabs und Midians, die sie zu ihren Huren gemacht hatten, und alle miteinander brachten dem Baal Opfer dar. Von ferne vermochte er das Getöse zu hören, das wilde Geschrei, so wie er einst das Kreischen und Johlen ihrer Väter in der Wüste gehört hatte, mit dem sie das Goldene Kalb umtanzten. Hub dies wiederum an, hier an der Schwelle des verheißenen Landes, nach vierzig Jahren in der Wüste?

Er wandte den Blick ab von dem Lichtschein. Doch er wandte ihn durch die sternhelle Nacht nicht dem Salzmeer zu, das im Tal erschimmerte, auch nicht gen Jericho, wie er sonst so oft zu tun pflegte, von Sehnsucht nach dem Lande erfüllt, das ihm zu betreten verwehrt war. Nein, er blickte nach der Wüste hin, die jenseits der Arnonquellen lag. Groß und hell standen die Sterne über den weißflimmernden Höhen. Unter dem leuchtenden Himmelsgewölbe herrschte tiefe Ruhe; die Ruhe des Todes breitete sich über die Weiten der Wüste. Doch selbst diese Stille ward unterbrochen von Stimmen, die an sein Ohr drangen. Er vernahm das Winseln und Heulen der Hyäne, den langgezogenen Siegesschrei des Schakals, der ein Aas zum Futter gefunden hatte. Sollte auch dieses Geschlecht ein Geschlecht der Wüste werden, sollten auch diese jungen Leiber ein Raub der Hyänen und Schakale werden? Wie gut kannte er dieses Geheul! Die Tiere der Wildnis hungerten; sie witterten Leichengestank.

Nein! Nein! Der Zorn Jehovahs mußte abgewehrt werden, bevor er zu verzehrendem Feuer aufschlug.

«Geh, rufe mir die Ältestenschaft Israels und die Richter zusammen!»

Und noch in der Nacht gab er an die Ältesten und die Richter im Namen Jehovahs den Befehl aus:

«Nehmet gefangen nicht das Volk, sondern die Hauptleute und Ältesten, welche ein Beispiel gegeben haben und vollzieht das Gericht an ihnen ohne Verzug. Packt alle die, die sich vor den Göttern Moabs gebückt und dem Baal-Peor angehangen haben, und hängt sie auf im Licht der Sonnen vor Gott. Das soll den Kindern Israels zur Warnung dienen, daß sie sich nicht einlassen mit den Töchtern Moabs und Midians, deren Väter sie ausgesandt haben, die Huren zu spielen, auf daß Israel vom Pfade Jehovahs abgezogen werde.»

Und da die Sonne des nächsten Morgens aufging, fielen ihre Strahlen auf eine Reihe von Galgen vor der Stiftshütte, und die daran baumelnden Leichen der Hauptleute, die Götzendienst vor Baal getrieben hatten, wurden ein Warnzeichen für ganz Israel.

Unter den am Galgen baumelnden Leichen waren auch die der beiden Hauptleute von Hundertschaften des Stammes Simeon, Jonadab und Osnath; an ihrem Hals hingen noch die Baalsbilder, die Jalda und Scharfia, die Töchter Moabs, ihnen gegeben hatten.

NEUNTES KAPITEL

DOCH damit hatte der Zwischenfall der Versuchung zu Moab noch nicht sein Ende gefunden.

Simri ben Sula war «ein Fürst aus eines Vaters Hause» im Stamme Simeon. Er war Hauptmann einer Tausendschaft im Heerbann seines Stammes. Die beiden hingerichteten Krieger Jonadab und Osnath waren seine Untergebenen gewesen gleich vielen andern jungen Kriegern aus dem Stamme Simeon, die ebenso zum Tode am Galgen verurteilt worden waren. Als Fürst aus altem Hause hatte Simri sich stets zu Besonderem berufen gefühlt. Seit langem war er gegen Moses verbittert. Er hatte nach der Stelle des Oberbefehlshabers des Heerbanns seines Stammes gestrebt. Doch Josua hatte ihn beobachtet, wußte um seinen ausschweifenden Lebenswandel, um seine Schürzenjägerei und seine abschätzige Auffassung hinsichtlich der Sonderstellung Israels unter den Völkerschaften; denn es war Simris Ansicht, aus der er auch kein Hehl machte, die Kinder Israels täten nicht gut daran, sich durch ihre Absonderung die sie umgebenden Völkerschaften zu Feinden zu machen, sondern es wäre richtiger, wenn sie sich mit ihnen durch Heirat vermischten. In der jüngsten Zeit nun hatte Moses auf Josuas Rat Simri von seinem Posten im Heer enthoben und an seine Stelle einen Fürsten aus dem Hause Zerah gesetzt.

Simri aber war bei seinen Kriegsleuten sehr beliebt. Er war ein tapferer Kämpfer und hatte sich in den Gefechten gegen die Amoriter und Basaniter sehr ausgezeichnet. In den Augen der Jünglinge des Stammes Simeon galt er als Held. Auch an seinem leichtfertigen Lebenswandel fanden sie nichts auszusetzen, im Gegenteil; denn er erlaubte seinen Untergebenen mancherlei, was verboten war und was kein anderer Hauptmann einer Tausendschaft seinen Kriegern durchgelassen haben würde: er stellte sich taub, wenn ihm berichtet wurde, daß seine Krieger Töchter des Feindes geschändet hätten, und er hielt sich nicht für verpflichtet, dem von Moses erlassenen Verbot der Ehe mit feindlichen Weibern Nachachtung zu verschaffen; auch war er bei der Verteilung der Kriegsbeute sehr freigebig. Ihm zuerst hatten Jonadab und Osnath Mitteilung gemacht von den Unzuchtbuden, die die Töchter Moabs dem Lager Israels gegenüber aufgetan hatten, und er war der erste der Hauptleute aus den vornehmen Familien, der sich dorthin begab.

Doch für Simri, den Befehlshaber einer Tausendschaft, war eine ganz besondere Schlinge gelegt worden. Diese Falle war das Zelt der Prinzessin Kasbi, der Tochter des Zur, eines Fürsten «in eines Vaters Hause» Midians. Dieser Anführer der Midianiter hatte, gleich andern Vätern seines Stammes, seine Tochter dazu hergegeben, als Lockvogel zur Verführung der Kinder Israels zur Unzucht zu dienen, um diese Jehovah abspenstig zu machen. Der Vater selbst hatte das Zelt im Tal ausgeschmückt, hatte kostbare Teppiche und üppige Diwane dazu hergeliehen, auch ein Ruhebett mit wertvollen Fellen und purpurnen und violetten Vorhängen. Kasbi wurde außerdem mit einem Hofstaat von Gesinde umgeben, das für Aufwartung und Unterhaltung im Zelt zu sorgen hatte: Flötenspielerinnen, Tänzerinnen, Haarkräusler, Salbenschmierer und Duftmischer. Es gehörte auch ein als Priester amtender Eunuch dazu, der die Aufgabe hatte, den Dienst vor dem steinernen Standbild des Baal zu versehen, das die Mitte des großen Zeltes einnahm.

So war also für diesen wichtigen Fang ein ganz besonderer Köder ausgelegt. Die Prinzessin selbst war ein in jeder Hinsicht höchst reizvolles Frauenwesen, und ihr Reiz wurde noch sehr gesteigert durch ihre Buhlkünste und ihre vornehme Abkunft. Ursprünglich hatte man sich sogar der Hoffnung hingegeben, sie zur Verführung keines Geringeren als Josuas ben Nun verwenden zu können, oder, wenn das nicht gelang, zumindest des jungen, feurigen Phineas, des Priesters mit dem aegyptischen Namen, von dem es hieß, daß seine Gebete Jehovah selbst mit kriegerischen Gefühlen erfüllten, während seine Ansprachen an die Krieger vor der Schlacht sie zu allerhöchster Kühnheit entflammten. Wenn es Kasbi erreicht hätte, eine dieser hochbedeutenden Persönlichkeiten in ihr Netz zu locken und damit dem Kampfgeist der Israeliten Schaden zuzufügen, so wäre das ein großer Sieg gewesen. Doch keiner dieser Höchstgestellten Israels ließ sich in ihr Zelt locken, weder Josua ben Nun, noch der Hohepriester des israelitischen Heeres, von dessen männlicher Schönheit und Kühnheit so viel erzählt wurde. So mußte sich Kasbi mit Simri begnügen, der ja immerhin ein Fürst des Stammes Simeon und Befehlshaber einer Tausendschaft war.

Die Prinzessin stand in der Reife ihrer Frauenschönheit; ihr Körper war von der Art, die den midianitischen Männern über die Maßen reizvoll erschien; ein Körper, unter dem das reichverzierte Ruhebett, auf dem sie halb saß, halb lag, zu einer üppigen Mulde einsank, nach aegyptischer Weise eine Lotusblume in der Hand haltend, die sie hin und wieder zur Nase führte. Eine schwere Perücke falschen rotgoldenen Haares saß wie eine flache Mütze auf ihrem Kopf. Ihre Augen lagen tief in den blauummalten Höhlen; um den Hals trug sie ein Goldband von dem, als einzige Bekleidung ihrer Nacktheit, eine Quaste auf die Brüste herabhing. Mit der Lotusblume spielend, unterhielt sie sich mit dem reichgekleideten Fürsten Israels im blau-und-rotgestreiften Mantel.

«Mögest du mich, Fürst, als eine Friedensbotin betrachten», sagte sie, «die mein Volk, die Midianiter, unsern Brüdern, den Kindern Israels, entgegensendet. In dieser Absicht haben unsere Väter uns in Israels Lager geschickt, Gruß und Segen zu bringen unsern Blutsverwandten, die in ihr Land heimkehren. Ich bin eine Fürstin, und so ist meine Botschaft für einen Fürsten bestimmt. Ich dachte, ich würde von den Helden Israels empfangen; diesem Glauben hatte ich mich gleich meinen Schwestern in Moab hingegeben. Wir erwarteten einen frohen Empfang, eine großartige Bewillkommnung als Antwort auf unsere Grüße und liebevollen Wünsche. Doch was fanden wir? Die Pforten des Lagers verschlossen sich uns, und die tapfere Jugend Israels, die, gütigen Vertrauens voll, zu uns gekommen war, wurde mit dem Tode bestraft. Sage mir, Fürst, was für ein Volk ist dies denn, was sind das für Priester und was für Sitten?»

«Diese Sitten, Prinzessin, sind eine Folgeerscheinung unseres langen Aufenthalts in der Wüste. Sie sind uns auferlegt worden durch einen kleinen Priesterklüngel mit Moses an der Spitze, der uns von unsern wohlwollenden Nachbarn abgesondert und getrennt halten will. Das Volk selbst würde gern in Frieden und Freundschaft mit euch leben, da es weiß, daß wir alle zur gleichen Familie gehören; dies hast du, Prinzessin, gewiß an dem Eifer gemerkt, mit dem die jungen Krieger dem ausdrücklichen Verbot Moses' zum Trotz zu euren Zelten gekommen sind. Ich darf dir versichern, Prinzessin, daß, wenn ich dich auf meinem Kampfwagen ins Lager Israels führen würde, das ganze Volk dich umschwärmen würde, um dich deinem Range und deiner Eigenschaft als Bringerin des Grußes der Midianiter entsprechend zu empfangen.»

Mit einer Gebärde, der er so viel Zierlichkeit und Schwung wie möglich zu verleihen trachtete, legte Simri seinen mit kostbarem Gestein reich geschmückten Gürtel und zwei Frauenbrustschilde, Beutestücke, die er des Amoriterkönigs geliebtester Kebse abgenommen hatte, zu Füßen der Prinzessin nieder.

«Mit dir, Fürst, ins Lager Israels? Fürchtest du nicht, daß Moses mit dir verfahren wird wie mit den andern Hauptleuten? Und wird dort nicht mein Leben auch in Gefahr sein?»

«Daß Moses mit mir verfährt wie mit den andern Hauptleuten?» wiederholte Simri in hochmütigem Ton. «Nicht um eines Fingers Breite stehe ich unter Moses. Ich bin ein Fürst in Israel, der älteste der vornehmsten Familie aus dem Stamme Simeon. Nach Hunderten zählen die Krieger in unserer Familie. Und hier in den Zelten der Töchter Moabs befinden sich noch Hunderte der tapfersten jungen Krieger Israels, darunter hochgestellte und wohlangesehene Männer; sie alle teilen meine Ansicht, daß wir in friedlicher Verbindung mit unsern Nachbarvölkern leben müssen. Im Augenblick fürchten sie sich, ins Lager zurückzukehren angesichts dessen, wie Moses mit jenen Andern verfahren ist. Aber ich werde sie zusammenscharen und sie mit ihren Schwertern und Bogen eine Wache um dich bilden lassen, Prinzessin, und so treten wir unversehens im Lager Israels auf. Wir wollen doch sehen, wer sich uns dann zu widersetzen wagt.»

«Auf einen Mann wie dich habe ich gewartet!», rief die Prinzessin aus, schmiegte sich an Simri und belohnte ihn mit heißen und kunstvollen Liebkosungen. Doch als der israelitische Fürst, erhitzt durch das Spiel ihrer erfahrenen, lüsternen Finger, den höchsten Lohn zu erlangen drängte, zog sie sich züchtig zurück, winkte warnend ab und zwinkerte ihm mit ihren blauummalten Augen zu, indem sie sagte:

«Nicht hier, Fürst ... In deinem Zelt, wie es sich für einen Krieger gebührt, der aus der Schlacht zurückkehrt mit dem erbeuteten Weibe.»

* * *

Doch die Prinzessin Kasbi verließ sich nicht nur auf ihre Buhlkünste; während sie sich für den ungebetenen Besuch im israelitischen Lager herrichtete, sandte sie zu Simri den Baalspriester, den ihr die Midianiter beigegeben hatten, um die Einflüsterungen der Sinnenlust durch den Zuspruch des begründenden Verstandes zu ergänzen und zu bestärken. Und der Baalspriester unterzog sich dieser Aufgabe mit großem Geschick. Er sagte zu Simri, indem er nachdenklich über seinen schwarzen Bart strich:

«Du kannst überzeugt sein, daß Jehovah euch nicht in das euren Vätern verheißene Land bringen, sondern daß Er euch gleich euren Vätern in der Wüste sterben lassen wird.»

«Warum hat Er uns dann bis hierher gebracht, an die Grenzen des Landes und ins Herz Moabs?»

«Gewiß, bis hierher hat Er euch gebracht, bis zu den Grenzen des Landes und bis ins Herz Moabs; aber hier endet Seine Macht. Jetzt wird Er euch zurückführen, wie der Ochs am Nasenring geführt wird, in die Wüste und wird euch dort einsperren und gefangen halten, bis eure Knochen wie die eurer Väter vom Sande verweht sind. Denn Jehovah ist ein Gott der Wüste, nicht ein Gott der besiedelten und besäten Erde. Wenn die Israeliten Verlangen tragen, sich anzusiedeln, so müssen sie dem Gott der Siedlung huldigen, und das ist Baal, gleichwie die Midianiter getan haben.»

«Sage mir», versetzte Simri eifrig, «was soll das bedeuten, daß Jehovah nur ein Gott der Wüste ist? Und wie trug es sich mit den Midianitern zu?»

«Auch wir Midianiter waren einst ein Wüstenvolk; es ist noch gar nicht so lange her. Auch wir lebten unter der Gewalt des Sturms und der Wolke, darein Jehovah sich verbirgt. Zur Zeit Jethros kam Moses zu uns und brachte Jehovah mit, und Jethro diente Ihm. Darauf gerieten wir gleich euch wegen jedes Bissens Brot und jedes Schlucks Wasser in Abhängigkeit von Ihm; um zu essen und zu trinken, waren wir auf Seine Gnade angewiesen. Dies währte so lange, bis wir Jethro totschlugen und uns freimachten von Jehovah und statt dessen den Gott der Saat und Siedlung anerkannten, den Gott Ammons und Moabs, nämlich Baal. Und da fingen wir an, unsern Boden zu bestellen und Brunnen zu graben und wurden ein Volk des Siedelns und Säens. Denn Baal ist der Gott der Landbestellung, und ohne ihn läßt sich der Erde keine Frucht und kein Wasser abringen.»

«Erzähle mir mehr, Baalspriester.»

«Jehovah aber ist, wie ich dir sagte, ein Gott der Wüste. Das erkennst du schon daran, daß Er ohne Gestalt und Bild ist, so wie die Wüste ohne Gestalt und Bild ist. Jehovah ist getragen von einer dunklen, bedrohlichen Wolke, die über dem Antlitz der Wüste hängt, und Er herrscht durch Schrecken, durch Donner und Blitz, die Er aus der Wolke herabschmettert. So machte Er sich viele von Abraham abstammende Völker untertan und hielt sie in Unterwürfigkeit, aber auch uns, die Midianiter, die wir anderm Samen entstammen. Wir alle verweilten in der Wüste, bis wir, eines nach dem andern, Sein Joch abschüttelten, ein Volk nach dem andern den Ackerbau aufnahm, Brunnen grub, seine Herden weidete und zum Gott des Bodens zurückkehrte, zu Baal. Und Baal machte die Wildnis selbst fruchtbar für uns, so daß wir Obst und Weizen aßen statt des wässerigen Mannas der Wüste; er gab uns Wasser in Fülle aus dem Innern der Erde, nicht aus dem Felsgestein. Er verleiht unsern Lenden Kraft und dem Schoß unserer Frauen Fruchtbarkeit; er vermehrt unsere Rinder- und Schafherden. Er spendet uns den Reichtum der Erde, denn er ist Baal, der Herr des Bodens. Ohne ihn vermag kein Volk der Siedlung zu gedeihen, denn er ist der Gott des Besitzes.» Und die Augen des Priesters begannen vor Verzücktheit zu glänzen. «Und wenn ihr Israeliten danach Verlangen tragt, ein ansässiges Volk zu werden, so müßt ihr fortan eurem Jehovah absagen und Ihn Seiner Wüste überlassen, so wie Edom, Ammon und Moab getan haben, und euch Baal, dem Gott des Bodens, zuwenden.»

«Aber wie? Wie soll das geschehen?», fragte Simri.

«Ist deine Familie nicht eine der größten in Israel? Und bist du nicht ein Fürst aus deines Vaters Hause? Bist du nicht der Hauptmann einer Tausendschaft? Das Volk kennt dich und wird auf deine Stimme hören. Tritt hin vor das Volk und sage ihm: ‚So lange wir in der Wüste waren, wir, die Kinder Israels, bedurften wir Jehovahs und Moses', Seines Propheten und Sprechers. Nun da wir aus der Wüste heraus und in besiedeltes Land gekommen sind, müssen wir es andern Völkern gleichtun, müssen wir werden wie Ammon und Moab. Wir müssen uns dem Gott des besiedelten Bodens zuwenden, dem Baal!' Und du, Simri, wirst der Prophet Baals in Israels besiedeltem Land sein, so wie Moses in der Wüste der Prophet Jehovahs war.»

* * *

Und nun stand Simri inmitten eines Haufens von Abtrünnigen, Kriegern und Hauptleuten Israels, die zu den Töchtern Moabs gegangen waren, aber nicht mehr ins Lager zurückzukehren wagten, damit sie nicht das gleiche Schicksal erlitten wie die Andern. Und Simri sprach, wohlweislich jede Anspielung auf Baal vermeidend:

«Was haben wir eigentlich getan, was Moses nicht getan hätte? Wieso war es ihm erlaubt, ein midianitisches Weib zu nehmen, und uns wird es verboten? Wodurch haben Osnath und Jonadab und unsere andern Brüder den Tod verwirkt? Unsere Freunde sind gekommen, uns Gruß zu bieten, unsere Nachbarn, unsere Blutsverwandten, die zu verschonen Jehovah selbst uns geboten hat. Wir sind Fremdlinge in diesem Lande hier. Wir können uns nicht für immer und ewig die Nachbarn mit der Schärfe des Schwerts vom Leibe halten. Wir müssen ein Bündnis des Friedens mit ihnen schließen. Wir sind nicht mehr einsame Wanderer in der Wüste. Wir sind zu unserm eigenen Land gekommen und wir müssen lernen, mit den Völkern um uns in Frieden zu hausen. Auf, Brüder, folgt mir ins Lager Israels. Was haben wir zu fürchten? In euren Händen sind Speere; ihr seid die Tapferen, welche die Amoriter und Og, den König von Basan, überwanden. Auf, laßt uns Moses und den Priestern beweisen, daß wir freie Männer in Israel sind und tun, was uns beliebt.»

So zogen sie denn hin zum Lager Israels durch die Stadt Moab, eine ganze Karawane von Kamelen und Eseln, unterm Geleit zahlreicher Krieger, von Kriegern Israels, Moabs und Midians. An ihrer Spitze, unmittelbar hinter den Herolden, ritt Simri auf einem hochrückigen Kamel, das ein kostbarer, vielfarbiger Sattel schmückte. Sein mit dem Speer bewehrter Arm war weit vorgestreckt, und im Sonnenschein blitzten die Bronzereifen daran. Auf seinem Haupt saß ein Helm aus gediegenem Kupfer, dessen Spitze hochgebuckelt war, der Helm, den die Krieger des Baal trugen; ein Panzer aus Kupfer bedeckte seine Brust. Hinter dem Helden schritten vier Aethiopier, die auf ihren Schultern die Sänfte mit Midians vornehmlichster Beisteuer zu dem Anschlag der Zerrüttung Israels durch Unzucht und Abgötterei trugen. In der halb offenen Sänfte befand sich in einer zur Darbietung ihrer Schönheit und ihres Sinnenreizes hergerichteten, halb sitzenden, halb liegenden Haltung die Prinzessin Kasbi: um ihr Haupt schmiegte sich in flachen Falten die schwere Goldperücke; ihre großen runden Augen funkelten in den frisch ummalten Höhlen; ihre Lippen waren mit leuchtendem Zinnober gefärbt, und die Kuppeln der beiden Brüste glänzten unter den Schilden hervor. Zahlloser goldener Zierart hing von ihren Ohren, ihren Locken, ihrem Halsband, ihren Brustschilden, ihren Arm- und Beinreifen und ihrem Gürtel herab. All diese baumelnden, klingelnden Schmuckstücke waren mit kleinen Ketten und Haken zusammengefügt, so daß es aussah, als sei die Prinzessin in einem goldenen Netz gefangen, das Simri, der Held, hinter sich herschleppte. Mit der einen Hand hielt sie an den Busen gedrückt eine Taube, das Sinnbild der Astarte, deren Verkörperung die Prinzessin war. Doch wenn die Prinzessin noch fast verhüllt war durch die Überladung mit Schmuck und Geschmeide, so hatte sich ihr Gefolge jeglicher Hülle entschlagen. Eine Horde von Tänzerinnen, nackt gleich Eva bis auf ein hauchdünnes Schleierband über der Scham, mit Glöckchen an den Fesseln, umtanzten zu Flöten- und Zimbelklang die Sänfte. Hinter den Tänzerinnen stolzierte ein hochmütiger Zwerg, der auf seinem übergroßen Schädel einen Affen, das Schoßtier der Prinzessin, trug. Dann kam ein Zug von Weibern aller Jahrgänge, schwer mit Geschmeide behangene ältere Frauen, Mädchen und Kinder mit schlanken Leibern und zarten Gliedmaßen; es fehlte auch nicht an allen möglichen Krüppeln und Mißgeburten, sodaß ein jedes natürliche und widernatürliche Gelüst seinen willigen Helfer finden mochte.

So also geleitete Simri unter einer Wache von Kriegern Kasbi, die Tochter des Zur, Prinzessin von Midian, ins Lager Israels. Die Stäbe erhoben führten die Herolde den bunten Zug zum großen Platz vor dem Heiligtum, wo Israel das Wort Gottes zu vernehmen gewöhnt war, wo Moses und der Hohepriester Eleasar sowie der Priester des Heeres, Phineas, und viele der Ältesten Israels gerade in der Beratung darüber begriffen waren, wie man der Pestilenz der Verderbnis Einhalt tun könne, die die Töchter Moabs und Midians über das Lager Israels gebracht hatten.

Moses trat mit dem ganzen Rat vor das Zelt, vor dem sich eine Riesenmenge israelitischen Volks versammelt hatte. Simri aber hub vom hohen Rücken seines Kamels herab mit lauter Stimme zu sprechen an:

«Männer von Israel! Unsere Brüder, die Moabiter und Midianiter haben ihre Töchter zu uns gesandt, nicht als zu Feinden, sondern als zu Freunden, um sich mit uns zu ergötzen und uns den Friedensgruß zu entbieten, da wir zu unserem Lande kommen.»

Und zu Moses gewandt, sagte er:

«Verbiete dem Volk nicht, was dir erlaubt ist . . .» und lachte dabei schallend. Darauf fuhr er, zum Volke gewandt, fort:

«Männer von Israel, wir dürfen die Töchter unserer Freunde nicht beschämen. Zeigt ihnen, daß ihr freie Männer seid.» Damit streckte er seine Hand nach der Prinzessin von Midian aus. «Seht her, die Prinzessin Kasbi, die Tochter des Häuptlings Zur von Midian, ist zu euch gekommen, um eure Bekanntschaft zu machen und euch Gruß zu entbieten, Männer von Israel. Es ist ein großer Festtag, und, Simri, der Häuptling Israels, wird der Tochter Zurs reiches Opfer darbieten. Ihr alle seid geladen zum Zelte Simris. Wir wollen unsern Freunden zeigen, daß unser Sinn nach nichts anderm steht als Frieden und keine bösen Gedanken zwischen uns sind. Kommt, ergötzt euch mit den Töchtern unserer Freunde. Wir wollen doch sehen, wer es uns zu verbieten wagt. Freie Männer sind die Kinder Israels.»

Und Simri begab sich mit der Prinzessin Kasbi nach seinem Zelt, und viel Volks folgte ihm nach.

Da aber verließ den großen Moses seine Kraft; Schwäche und Unentschiedenheit überkamen ihn. Welche Antwort sollte er darauf geben? Sollte er beten, daß die Erde sich öffne und das Volk einschlinge, wie sie die Rotte Korah verschlungen hatte, hier, auf der Schwelle des verheißenen Landes? Ein Mann Israels, ein Fürst und Ältester aus einer vornehmen Familie, hatte sich erfrecht, eine Midianiterin ins Lager zu bringen, vor allem Volk, vor dem Heiligtum und vor Jehovah, und es war kein Wort gefallen, keine Stimme hatte sich dagegen erhoben, nur weil er ein Fürst in Israel und von seinen Anverwandten umgeben war. Stünde es Gott nicht wahrlich an, nunmehr eine Pestilenz kommen zu lassen über dieses Volk, das Er dank so vieler Wunder bis an die Pforten seines Landes geführt hatte, und es vom Erdboden zu vertilgen?

Und wahrlich, so geschah es. Die Pestilenz fuhr hernieder, und Moses hatte nicht das Herz, Jehovah anzuflehen, ihr Einhalt zu tun. Seine Lippen waren mit Stummheit geschlagen. Sprachlos, versteinert, saß er allein abseits; sein langes Gesicht war weiß wie Marmor, und marmorgleich auch waren in ihrer Starre Haupt- und Barthaar. Dann gewahrten die, die ihn beobachteten in Schrecken und Ehrfurcht, wie zwei große Tränen über seine

Lidränder traten und die tiefen Furchen seines Angesichts hinabrannen. Mehr Tränen folgten, immer mehr, die in stetigem Strom über das weiße, ausdruckslose Antlitz liefen. Keine Silbe kam von seinen Lippen. Gleich dem Felsen, den er in der Wüste geschlagen, saß er da, indes die Tränen ihm entströmten.

Mit einmal ward vor dem Zelt ein Getümmel hörbar, dann ein Hilferuf. «Moses! Moses!» Der Ruf ward von Vielen aufgenommen und wiederholt. Moses rührte sich nicht; das Antlitz immer weiter von Tränen überströmt, saß er da. Die ihn Umstehenden – Eleasar, Phineas und die Ältesten –, sie wußten, was die Schreie bedeuteten. Doch Moses blieb stumm; stumm gleich einem ungeheuerlichen Felsblock, der nichts hergibt denn seine darin beschlossenen Wasser.

«Soll ich das Feuer des Altars durch das Volk tragen, um der Pestilenz Einhalt zu tun, wie mein Vater Aaron tat?», fragte Eleasar.

Moses blickte ihn mit tränenverschleierten Augen an und gab keine Antwort. Erst eine Weile darauf hatte er Worte gefunden:

«Willst du das Feuer Gottes in ein Haus der Unzucht tragen? Alles ist von Unzucht verseucht draußen im Lager. Frevle nicht gegen Gottes Feuer.»

Der junge Priester Phineas stand an den Türpfosten des Zeltes gelehnt und starrte auf Moses. Moses weinte! Es war Phineas, als schaue er durch Moses' Augen in einen Abgrund, den tiefsten Höllenschlund, in den Israel gesunken war. Er begriff die Antwort wohl, die Moses seinem Vater gegeben hatte. Wie durfte man das Heilige in die Unreinheit tragen? Israel war verderbt, unrein. Zuerst mußte die Unreinheit beseitigt werden; erst dann konnte Israel mittels des Altarfeuers geläutert werden. Das schöne, vom dichten jungen Rundbart eingerahmte Jünglingsgesicht des Phineas war bleich. Auch aus seinen jungen, kohlschwarzen, glänzenden Augen rannen Tränen. Seine Hände zitterten; die Finger krampften sich und lösten sich abwechselnd. Im ersten Augenblick, da er den frechen Simri auf seinem Kamel hatte herankommen sehen, war der Zorn in ihm aufgewallt, daß er am liebsten einen Speer gepackt und ihn dem Abtrünnigen durch den Leib gerannt hätte. Mit Müh und Not hatte er sich beherrscht und sich darauf besonnen, daß es ihm als Priester in Israel verboten war, Menschenblut oder gar eine Leiche zu berühren, daß er auch jede Einmischung in einen Streit vermeiden mußte. Die geringste Körperverletzung konnte den Priester des heiligen Amtes unwürdig machen, und darum hütete sich jeder Priester stets vor dergleichen. Und er, Phineas, gehörte ja zu den wenigen noch vorhandenen Nachkommen Aarons, des ersten Hohepriesters. Doch nun, da er die bittere Antwort Moses' gehört hatte, da er unablässig die Tränen über Moses' Antlitz strömen sah, wußte er, was zu geschehen hatte. Ein anderes Feuer mußte ins Volk getragen werden, nicht das Feuer des Heiligen, sondern das Feuer der Unreinheit, wie es diesen Menschen gebührte. Und es war an ihm, dies zu vollziehen. Wenn er sich dabei aber des Priestertums unwert machte? Nun, mochten hundert seinesgleichen zu Grunde gehen, wenn nur Israel gerettet wurde.

Und so verließ er eilends das Zelt Moses', lief hinaus ins Lager nach Simris Zelt. Der Schildwache davor, die ihm den Eintritt verwehren wollte, riß er den Speer aus der Hand und schleuderte ihn zu Boden. Dann stürzte er sich wie ein Rasender auf die im Zelt Versammelten, die ihre Lust mit den Töchtern Moabs hatten. Einem Racheengel, einem Engel mit dem Flammenspeer glich er, wie er die betrunkenen Festgäste zur Seite schleuderte und auf sie einschlug, daß sie tot zu seinen Füßen fielen. Dann riß er die Tür zu Simris innerem Gemach auf und verschwand darin.

Nach einiger Zeit erschien der Würgeengel wieder, ein Engel mit bleichem, von jungem schwarzem Bart eingerahmten Gesicht: in seinen starken Händen trug er einen Speer, und auf diesem Speer aufgespießt waren die Leichen Simris, des Sünders in Israel, und seiner Hure Kasbi. Dieses Zeichen der Unreinheit aber trug Phineas dann durch das Lager und warf die blutigen Leichen vor die Füße des Volks.

Da Phineas die Unreinheit durch das Lager getragen hatte, siehe, da hörte die Pestilenz darin auf, so wie sie einst aufgehört hatte als Aaron das Altarfeuer durch das Lager trug.

ZEHNTES KAPITEL

DER durch Simri heraufbeschworene Zwischenfall barg Momente großer, ja erschreckender Tragweite, und diese lagen der erschütternden Wirkung zu Grunde, die er auf Moses ausübte, der zeitweisen Unfähigkeit – so wenigstens kam es ihm vor –, sich so, wie es nötig gewesen wäre, damit auseinanderzusetzen. Er hatte seinen Tränen freien Lauf gelassen; er hatte zugelassen, daß der junge heißblütige Priester Phineas ben Eleasar mit einer Gewalttat sich ins Mittel legte, statt daß er, Moses, selbst Maßnahmen ergriff, wie er dies stets in den langen Jahren der Prüfung in der Wildnis getan hatte. Der Vorfall mit Simri hatte Moses mit beängstigender Plötzlichkeit den Abgrund erkennen lassen, der vor den Kindern Israels lag. So lange sie in der Wüste gewesen und gewandert waren, hatten sie keine Berührung mit andern Völkern gehabt. Es hatte keine Schwierigkeit geboten, sie abgesondert zu halten, während er ihnen die ihm vom Himmel gewiesene Zucht beibrachte, die sie zu Jehovahs auserwähltem Volk machen sollte. Nun war darin eine völlige Wandlung eingetreten. Jetzt standen sie in nächster Berührung mit Edom, Moab, Midian und andern Völkerschaften. Sie hatten deren Sitten und Gebräuche vor Augen, und das hier gesehene, freie, unbeschwerte Leben zog sie an, das vom Joch der Ge- und Verbote nicht belastete Leben, darin es nicht untersagt war, sich den natürlichen Gelüsten hinzugeben und der natürlichen Neigung zu sittlicher Laxheit nachzugeben. Die Israeliten des neuen, in der Wüste geborenen und aufgewachsenen Geschlechts waren Naturkinder: sie waren wie ein aus dem Boden brechender Quell, der in die Niederungen strömt und sich nicht durch künstliche Gräben in Fesseln schlagen läßt; oder sie waren vergleichbar dem jungfräulichen Erdreich, das noch kein Pflug berührt hat, jeglichem Samen offen und empfangsbereit. Durch den Vorfall mit Simri waren Moses die furchtbaren Gefahren sichtbar geworden, die den Kindern Israels bevorstanden, sowohl unmittelbar wie noch mehr in künftiger Zeit, wenn er nicht mehr bei ihnen sein würde.

Nicht daß er zu keinem Andern Zutrauen gehabt und sich selbst für den Einzigen gehalten hätte, der im Stande wäre, die Zucht im Volke aufrechtzuerhalten: er hatte uneingeschränktes

Vertrauen zu Josua ben Nun, und er war überzeugt, Gott werde einverstanden sein mit der Übertragung der Führerschaft an den Mann, der Moses seit Jahren dazu ausersehen und ausgebildet hatte. Andererseits aber war er sich bewußt, daß er hinsichtlich Israels in einer einzigartigen Beziehung zu Jehovah stehe; kein Anderer hatte so wie er die Eignung dazu, Jehovahs Zornesausbrüche gegen die Kinder Israels zu mildern, keinem andern Menschen würde der Gott der Vorfahren mit solcher Nachsicht entgegenkommen, wie Er das Moses gegenüber tat. Und auch dies nicht um deswillen, weil Jehovah auf einen Einzelmenschen Rücksicht nahm, sondern weil Gott sein Herz kannte, weil Er wußte, daß Moses jederzeit bereit war, sein Leben hinzugeben für die Kinder Israels, ihre Sünden auf sich zu nehmen, sich zwischen Israel und die über ihm geschwungene Geißel zu werfen. Und es kam noch ein anderes hinzu: zwei Aufträge waren ihm von Jehovah gegeben worden, und er mußte sie beide ausführen. Der erste war die Befreiung der Kinder Israels aus dem Glutofen Aegyptens; dies hatte er vollbracht. Der zweite war die Führung der Kinder Israels in das verheißene Land; und er gedachte nicht, von hinnen zu gehen, bevor er auch diese Aufgabe vollbracht sah.

Der Vorfall nun gab ihm umsomehr Anlaß zu Angst davor, die Kinder Israels zu verlassen. Eine neue Gefahr hatte sich aufgerichtet gegen die besondere Bestimmung der Kinder Israels, gegen ihre Eigenschaft als auserwähltes Volk. Und so zärtlich seine Liebe für die Kinder Israels war, so sehr seine Seele danach verlangte, sie in ihrem eigenen Land eingewurzelt und sie glücklich unter dem von Jehovah über sie ergossenen Sonnenlicht leben zu sehen, so hatte ihr Dasein für ihn einzig und allein Sinn als das des auserwählten Volkes, als ein besonderes, seiner Erwähltheit bewußtes und gewidmetes Volk. Ein Israel ohne göttliche Bestimmung, wie sie ihm durch den Bund zwischen Jehovah und Abraham zugewiesen war, war für Moses – wenn überhaupt denkbar – inhalt- und sinnlos.

Obgleich Moses der Zahl der Jahre nach ein uralter Mann war, so war sein inneres Fühlen doch von unverbrauchter Gesundheit und Jugendlichkeit. Sein Haupthaar war gleich einer Wehe weißen Schnees, doch wenn man diesen Riesen ansah, so hatte man die Empfindung, er brauche dieses Haupt nur kräftig zu schütteln, und der Schnee falle davon ab, daß der Kopf eines Jünglings hervortrete. Seine Augen hatten sich nicht getrübt; seine Zähne standen wie eine Reihe riesiger Perlen in seinem Mund; seine Bewegungen waren spannkräftig und schnell. Er war sich bewußt, daß er über die körperliche und seelische Kraft verfüge, um seine Sendung zu Ende führen zu können.

Doch keine Sekunde lang entschlug er sich des Gedankens an den Urteilsspruch, der über ihn verhängt war. Er wußte nicht, wann dieser Spruch seinen Vollzug finden werde; er erlaubte sich nur die Hoffnung darauf, Jehovah werde bei aller Seiner Strenge Nachsicht üben, würde ihm seine Sünde vergeben, wie Er so oft die Sünden der Kinder Israels vergeben hatte, und würde ihn lang genug leben lassen, um seine Sendung bis ins Letzte vollbringen zu können.

Einstweilen nun wandte er seine ganze Tatkraft daran, die Wunden zu heilen, die der unselige Vorfall mit Simri den Kindern Israels geschlagen hatte, wieder geordnete Zustände im Lager herzustellen und Vorbereitungen für den Übergang über den Jordan und die Eroberung Kanaans zu treffen.

Zunächst aber nahm er sich vor, die an dem Zusammenbruch Schuldigen zu bestrafen; doch hierbei sah er sich vor eine schwere Entscheidung gestellt. Als er Gott befragte, wie er gegen das Volk, das den greulichen Anschlag zur Verderbnis Israels angezettelt hatte, vorgehen solle, erhielt er zur Antwort: «Schlage die Midianiter.» Es fiel ihm außerordentlich schwer, einen Strafzug gegen jenes Volk zu unternehmen. Hatte er nicht viele Jahre in dessen Mitte verbracht? Hatte nicht Jethro ihn vor Pharao verborgen? War nicht seine eigene Frau, die nun schon so lange tote Zippora, eine Midianiterin gewesen? Er kannte sowohl die guten wie die schlimmen Eigenschaften der Midianiter; er wußte wohl, was er seinem Schwiegervater Jethro zu verdanken hatte, nicht nur was dessen gastfreundlichen Schutz betraf, sondern auch die weisen Ratschläge, die er von ihm empfangen hatte. Aber ob es ihm schwer fiel oder nicht, Moses war nicht der Mann, der aus persönlichen Gründen vor der Ausführung eines Befehls zurückschreckte, eines Befehls, der, wie er wohl wußte, ebenso gerecht wie streng war. Und nach heftigem innerem Kampf überwand er seine Bedenken. Er sah ja genau ein, daß nicht die Moabiter, sondern die Midianiter die erste Anregung gegeben hatten, zu dem ruchlosen Anschlag gegen Israel; jedenfalls war ihre Schuld größer. Es gab gewichtige Gründe dafür, daß Moab besorgt und voll Angst war; denn Israel stand in starker Stellung an den Grenzen Moabs, und sein Schatten fiel schwer über Moabs Gebiet. Moab mochte wohl auch davor bangen, daß Moses Rache nehmen würde für die habsüchtige, knauserige Behandlung, die es den Israeliten hatte angedeihen lassen. Für die Midianiter bestanden solche Beweggründe nicht. Die Kinder Israels hatten ihre Grenzen nie überschritten; ihr Land gehörte nicht zu denen, die Jehovah den Vorfahren Israels zugesagt hatte. Wenn Moses sich in ihrer Nähe aufhielt, hatte er stets eine rücksichtsvolle und freundliche Haltung gegen sie eingenommen. Ihr Haß auf Israel war ebenso unbegründet wie der der Amalekiter, und aus diesem grundlosen Haß heraus hatten sie ihre Töchter – aus den edelsten wie aus den gewöhnlichsten Familien – hingeschickt, um mit Israel zu buhlen. Aber gerade weil er auf der einen Seite sich so nah verbunden fühlte mit den Midianitern und sie gern verschont hätte, empörte ihn ihr Verhalten bei genauerer Überlegung, um so mehr. Vor seinem inneren Auge stieg die Gestalt seiner Frau Zippora auf, wie sie mit den andern Töchtern Jethros am Brunnen gestanden hatte. Auch sie alle waren Prinzessinnen gewesen! Und nun hatten Töchter Midians gleich ihnen sich zur Buhlerei abrichten lassen, um Israel zu verderben! Vielleicht war eine Zippora unter diesen elenden Verführerinnen! Solch ein Volk mußte gezüchtigt werden. Moab seinerseits hatte tatsächlich keine solche Sendbotin der Unzucht in Israels Lager geschickt. Damit unterschied sich Midian in widerwärtiger Weise von Moab, Midian, das eine Prinzessin in die Mitte des Lagers ausgeschickt hatte, um das Volk zum Frevel zu verführen und einen Aufruhr gegen Moses und die Ältesten anzuzetteln. Und dieses Weib hatte sein Netz über einen Fürsten in Israel geworfen und hatte sich mit ihm verschworen, den Baalskult im Volke zu verbreiten.

Das Ereignis hatte bei den Kindern Israels eine Stimmung der Verbitterung und des Grolls zurückgelassen. Doch Moses hielt sich noch eine Zeitlang zurück mit dem Strafzug, bis er die Ordnung wiederhergestellt hatte; denn wenn ein Großteil des Volkes auch von Zorn gegen Midian erfüllt war, so fehlte es doch nicht an Leuten – vorab aus der Familie Simris, – die wider Phineas murrten, weil er ihren Verwandten erschlagen hatte.

Auf Geheiß Jehovahs stellte Moses zunächst eine Zählung der Kinder Israels an; es war das die erste Maßnahme im Hinblick auf die kommende Überschreitung des Jordan. Gleichzeitig führte er die Amtsgewalt der Stammesältesten wieder ein und schuf eine feste Abstufung der Stämme und Sippen nach ihrer Anzahl und ihrem Belang für die Aufteilung des Landes, wenn es erst in Besitz genommen sein würde. Während des vierzigjährigen Umherziehens in der Wüste waren viele Stammesbräuche und -überlieferungen verblaßt, und es war auch eine gewisse Vermischung der Stämme und Sippen eingetreten. Moses' Absicht war es nun, die alte Ordnung wieder herzustellen, bevor der Jordan überschritten wurde. Der Fall Simri hatte außerdem deutlich die Notwendigkeit gezeigt, eine Umbildung der Anführerschaft und die Einsetzung von neuen, verantwortungsvollen und verläßlichen Männern vorzunehmen. Nur so konnten die Stämme und Sippen in Zucht und Ordnung und das ganze Volk unter wirksamer Aufsicht gehalten werden.

Als die Volkszählung und die Neubesetzung der Anführerstellen beendet war, empfing Moses den Befehl:

«Räche die Kinder Israels an den Midianitern, auf daß du danach dich sammelst zu deinem Volk.»

Da Gott Moses somit verkündet hatte, daß die Rache an den Midianitern die letzte Tat seines Lebens sein werde, beeilte er sich, dem Befehl nachzukommen. Er wollte nicht, daß es so aussehe, als ob er damit wegen seines bevorstehenden Todes säume. Daß ein solches Vorgehen notwendig und gerecht sei, darüber war er sich nunmehr im Klaren. Die Nachbarvölker mußten erfahren, daß Israel in sein Land einziehe, um sein eigenes, besonderes und gesondertes Leben zu führen, daß es Verachtung hege für ihre Greuel und Abgötterei und ein für allemal eine Vermischung mit ihnen ablehne. Es mußte ihnen dargetan werden, daß Israel von Jehovah dazu bestimmt sei, nach Seinen Geboten zu leben, das auserwählte Volk zu sein, nicht um seines eigenen Heiles allein willen, sondern als Vorbild für die Menschheit; denn Jehovah war nicht nur der Gott Israels, sondern der Vater alles Erschaffenen.

Für den Kriegszug wählte Moses tausend Krieger von jedem Stamm aus und gab ihnen Phineas, Eleasars Sohn, samt heiligen Gefäßen und Drommeten mit, um ihren Kampfgeist anzufeuern. Und das Heer der Israeliten zog in den Streit gegen Midian und erschlug alle Männer mitsamt den Fürsten. Auch Bileam wurde von ihnen gefangen genommen, der gekommen war, um seinen Lohn einzufordern für den durchtriebenen Rat, welchen er ihnen gegeben und welcher den Tod von vierundzwanzigtausend Israeliten im Gefolge gehabt hatte. Wundersame Geschichten wurden in späteren Jahren erzählt über die Gefangennahme und den Tod des Bileam.

Zur gleichen Zeit geboren wie der Erzvater Jakob, hatte Bileam sein fabelhaftes Alter durch Zauberei erreicht. Er war im Stande gewesen, sich mehrfach dem Zugriff des Todesengels zu entziehen. Sobald der Todesengel zu Bileam gekommen war, hatte dieser sich durch Zauberei in eine andere Gestalt verwandelt, einmal in ein Tier, ein ander Mal in eine Pflanze, einmal sogar in einen Stein. Und der Todesengel, der, nach ihm ausspähend, um ihn herum- und an ihm vorbeistreifte, vermochte ihn nicht zu erkennen. Da er nun den Israeliten in die Hände gefallen war, nahm er seine Zuflucht wieder zu diesem Kniff; doch er wurde durch seine Eselin verraten. Diese verklagte Bileam bei Phineas, er habe wiederholt sein Jakob gegebenes Versprechen gebrochen und erst kürzlich den Tod von vierundzwanzigtausend Israeliten herbeigeführt; und da dem Zauberer der Prozeß gemacht wurde, zeugte sie wider ihn. Als die Hinrichtung stattfinden sollte, verwandelte Bileam sich in eine steinerne Säule, sodaß alle Schwerter an ihm stumpf wurden. Als er dann diese Gestalt aufgeben mußte, verwandelte er sich in einen großen Vogel und versuchte davonzufliegen. Das Urteil an ihm konnte erst vollzogen werden, als Phineas mit Hilfe der ins Feld mitgenommenen heiligen Gefäße seinen Zauber überwand. Phineas zwang den Riesenvogel, zur Erde niederzugehen, und dann Bileam, wieder Menschengestalt anzunehmen; erst dann konnte er enthauptet werden. Als dies geschehen war, blieben von ihm nur seine grauen Greisenlocken und seine Fingernägel, alles Übrige ward vollkommen zu Staub.

Nach erfolgter Rache an den Midianitern kehrte das Heer mit einer unabsehbaren Beute von Geräten, Gefäßen, Kleidern, Geschmeide, Gold, Silber, Schafen und Rindern nebst vielen Weibern und Kindern ins Lager zurück.

* * *

Moses war ein Sohn seiner Zeit. So scharf seine Adleraugen in die fernste Zukunft drangen und dort eine neue Weltordnung erschauten, in seinen Kriegen gegen seine Feinde, die auch die Feinde Jehovahs waren, verhielt er sich wie jeder andere Heerführer seiner Zeit. Niemand wird sich finden lassen, der das Vorgehen Moses' gegen die Midianiter entschuldigen oder rechtfertigen könnte; aber, ohne eine Entschuldigung oder Rechtfertigung anzustreben, läßt sich vom Standpunkt der sittlichen Einstellung, die Moses kennzeichnet, hinsichtlich des Vernichtungskriegs gegen Midian doch manches vorbringen.

Der Glaube, den Moses auf Jehovah setzte, war blind, von jeder Fragwürdigkeit und jedem Zweifel unberührt. Die Gesetze Gottes nahm er hin nicht auf Grund ihrer Gerechtigkeit im Lichte menschlicher Vernunft und menschlicher Wertung, sondern darum, weil sie schlechtweg die Gesetze Gottes, des Schöpfers Himmels und der Erden, des Schöpfers der Naturgesetze, waren; auf diesem Grunde allein bestanden sie. Er glaubte auch daran, daß eine jede Eingebung, die ihm vom Heiligen Geist kam, eine Offenbarung Seines Willens sei, ein Ausfluß der Vollkommenheit des Weltenplans. Denn insofern als Jehovah der Vater des einmaligen Wesens einer jeden Seele war, waren Seine Gesetze und Gebote der Ausdruck einer höheren Gerechtigkeit und einer ewigen Wahrheit nicht nur für das einzelne Geschöpf, sondern für die ganze Schöpfung. Es kam hinzu, daß Moses' unbedingter Glaube an seine ausschließliche Sendung ihn mit einer eisernen Entschlossenheit und Hartnäkkigkeit erfüllte, die der Opfer, die von ihm selbst und von Andern gefordert werden mußten, nicht achtete: seine Sendung – die Erhebung der Kinder Israels in den Stand eines auserwählten Volkes – sah er als ein Werkzeug zum Endziel, das Gott dem Menschen und der Welt gesetzt hatte.

Zur Vollbringung seiner Sendung hohe und blutige Opfer entrichten zu müssen, damit hatte er sich abgefunden. Hatte Gott nicht ein ganzes Menschengeschlecht, das Geschlecht des

Auszugs, verworfen und preisgegeben, weil Er es als ungeeignet befunden hatte, das auserwählte Volk zu werden? Wie oft hatte nicht der Zorn Gottes in den Reihen der Kinder Israels gewütet? Mit starker Hand und ausgestrecktem Arm hatte Jehovah das Volk aus Aegypten geführt; mit starker Hand und ausgestrecktem Arm hatte Er es durch Hunger und Durst in die Zucht Seiner Gebote hineingezwungen; und mit starker Hand und ausgestrecktem Arm würde Er jeden Stein des Anstoßes beiseiteräumen, der auf dem Wege zu Seinem Ziel lag.

Ein solcher Stein des Anstoßes waren die Weiber Midians gewesen. Ihre Väter und Gatten hatte sie der Unzucht überantwortet und sie ins Lager der Kinder Israels gesandt, um sie zur Anbetung des Baal-Peor zu verführen. Unordnung und Verderbnis hatten sie in das Lager gebracht. Vierundzwanzigtausend Seelen waren ihrethalben an der Pestilenz zu Grunde gegangen. Jehovah hatte Moses geboten, Rache zu nehmen an den Midianitern und sie zu zerschmettern, «denn sie haben euch Schaden getan durch ihre List, die sie euch gestellet haben durch Peor». Warum also sollte er ihnen mitleidiger und rücksichtsvoller begegnen als den Kindern Israels? Sie waren eine Gefährdung und eine Bedrohung für die Kinder Israels, und so mußten sie aus dem Wege geräumt werden.

Doch mit der Besiegung und Vernichtung Midians war die Gefahr noch nicht aus der Welt geschafft.

Da er mit dem Hohepriester Eleasar durch das Lager ging, um die heimkehrenden Krieger zu begrüßen, sah Moses die Horde von Weibern, die zur Beute gehörte; keine Greisinnen waren darunter, sondern alles Frauen in voller Blüte, auch viele junge dabei, mit rotgeschminkten Lippen, blauummalten Augen und wohlgeschmückt für die Gefangenschaft. Hier nistete Niederlage inmitten des Siegs, das Übel, das das Unglück und den Krieg herbeigeführt hatte, das beide nun überdauerte zum Verderben der Kinder Israels. Sollten diese Sendbotinnen der Unzucht und Abgötterei Midians doch noch den Ratschlag rechtfertigen, den Bileam gegeben hatte, und in der Gefangenschaft vollbringen, was ihnen in Freiheit zu vollbringen nicht gelungen war?

«Warum habt ihr die Weiber am Leben gelassen?», schrie Moses. «Waren nicht sie es, die, angeleitet von Bileam, Israel zur Sünde mit dem Baal-Peor und Pestilenz über das Lager gebracht haben?»

Und Moses erließ einen Befehl, wie er den Kriegsbräuchen seiner Zeit entsprach.

* * *

Der Strafzug gegen die Midianiter war der einzige Angriffskrieg, den Moses unternahm. Alle seine andern Kriege dienten lediglich der Verteidigung. Zur Versinnbildlichung, daß, einem Menschen das Leben zu rauben, selbst im Kampf, und die Berührung mit einer Leiche, Sünde seien, erließ er einen Reinigungsbefehl an alle Krieger: «Lagert euch außer dem Lager sieben Tage; wer immer einen Menschen erschlagen oder den Erschlagenen angerührt hat, der soll sich läutern am dritten Tage und am siebenten Tage, und auch die Gefangenen sollen geläutert werden; auch alle Kleider und alles, was aus Fellen gemacht ist und sonstiges Pelzwerk, samt dem, was aus Wolle gemacht ist, all dies soll geläutert werden.»

Moses nahm auch die Gelegenheit wahr, um Ordnung in die Verteilung der von einem siegreichen Heer gemachten Beute zu bringen. Die Geräte, Gefäße, Kleider, Geschmeide, Schafe und Rinder sowie die jungen Weiber, die verschont worden waren – diejenigen, die noch keinen Mann erkannt hatten –, dies alles ward in zwei Teile geteilt; die eine Hälfte wurde unter die Kriegsleute verteilt, die gegen Midian gekämpft hatten, die andere Hälfte unter die gesamte Gemeinde. Die Stämme hatten ihrerseits einen Teil an die Leviten abzuliefern, und die Stiftshütte empfing ihren Anteil von der den Kriegern überlassenen Hälfte «als Hebe für den HErrn». Auf Vorschlag des Hohepriesters indes brachten die Hauptleute der Tausendschaften und die Hauptleute der Hundertschaften eine «freiwillige» Opfergabe dar zum Dank dafür, daß nicht ein einziger Mann, der in den Kampf gezogen war, vermißt wurde. «Wir haben dem HErrn als Opfergabe gebracht, was ein Jeglicher erhalten hat an Edelsteinen, Spangen und Armreifen, Siegel- und Ohrringen und Gürtel, daß unsere Seelen versöhnet werden vor dem HErrn.» Dieser Verteilungsschlüssel der Beute diente als Muster für alle künftigen Kriege. Die Abgabe von Gold und Silber an das Heiligtum sollte stets freiwillig erfolgen. Es wurde das «Korban» genannt, und bildete den Schatz des Volkes zur

Aufrechterhaltung des Heiligtums. Und wenn auch diese Opfergabe von Gold, Silber und kostbarem Geschmeide als freiwillig betrachtet wurde, so verwandelte sie sich doch allmählich zu einem gesetzlichen Brauch, dessen Unterlassung in späteren Zeiten streng bestraft wurde.

Weiterhin stellte Moses auch eine Ordnung der Verteilung des Landes auf, welches die Kinder Israels in Besitz nehmen würden. Bestimmte Städte schied er aus für die Leviten, andere als Zufluchtsorte für Leute, die einem Menschen ohne Vorsatz das Leben genommen hatten und vor den Anverwandten oder dem Bluträcher des Getöteten fliehen mußten. Auch setzte er im Namen Jehovahs die Grenzen des verheißenen Landes genau fest; und durch Josua ließ er den Männern der Stämme Ruben und Gad sowie des halben Stammes Manasse anbefehlen, ihre Weiber, Kinder und Herden auf der Ostseite des Jordan zu lassen, die den Amoritern abgenommen werden sollte, selbst aber mit den andern Stämmen über den Jordan zu gehen und diesen bei der Eroberung ihres Anteils beizustehen; erst dann sollten sie sich auf ihren eigenen Ländereien ansiedeln. Die zweieinhalb Stämme gehorchten diesem Befehl und trugen an ihrem Teil redlich zu der Eroberung bei.

Noch während der Ausarbeitung des Landverteilungsplans, der seinerzeit von Josua befolgt und ausgeführt werden sollte, erließ Moses, im Namen Jehovahs, noch im Anschluß an das von ihm gefällte Urteil in einem bestimmten Fall, ein Gesetz, das von großer Bedeutung für die Stellung der Frau in jenen Zeiten war.

Es erschienen nämlich vor ihm die fünf jungfräulichen Töchter des Zelaphehad, eines Vornehmen aus dem Stamme Manasse, und machten vor der ganzen Versammlung, zu der auch der Hohepriester und die Fürsten gehörten, folgenden Anspruch geltend:

«Unser Vater ist in der Wüste gestorben; er gehörte nicht zur Rotte Korah, die gegen den HErrn aufstand, sondern starb um seiner eigenen Sünden willen. Er hat jedoch keine Söhne hinterlassen. Warum soll unseres Vaters Name dahingehen unter der Familie, nur weil er keinen Sohn hatte? Gebet uns auch ein Gut unter unseres Vaters Brüdern.»

Es war ein so unerhörtes Unterfangen, daß die Töchter eines

Mannes in gleicher Weise wie Söhne Anspruch erhoben auf Beteiligung am Gute Gottes, daß die um Moses Versammelten gute Lust hatten, die Mädchen einfach hinauszuweisen. Moses jedoch sagte, er werde ihre Forderung Gott vorbringen. Und bald darauf fällte er folgenden Spruch:

«Der Anspruch der Töchter des Zelaphehad ist berechtigt; man soll ihnen ein Erbgut geben unter den Brüdern ihres Vaters, und ihres Vaters Erbe soll ihnen zugewendet werden.»

Und als Gesetz verkündete er im Namen Jehovahs:

«Wenn ein Mann stirbt und hat keinen Sohn, so sollt ihr sein Erbe seiner Tochter zuwenden.»

ELFTES KAPITEL

RUHIG zogen die Wolken in purpurner und lichtblauer Schwere über das Zeltlager der Kinder Israels hin gleich Schiffen, die mit himmlischen Schätzen für die Erdenkinder dahinsegeln. Es war die Zeit des «Malkosch», die große Regenzeit. Nie noch waren die Israeliten Zeugen gewesen, wie Gottes Segen vom Himmel herabströmte, sie staunten und jubelten bei diesem Anblick; und wie die Wasser den Samen im Erdreich befruchteten, so befruchteten sie auch das Gemüt der Kinder Israels, daß Glaube und Zuversicht in ihren Herzen erblühte. Sie liefen in die Regenflut hinaus, ließen sich von ihr überspülen und durchtränken und saßen dann beseligt zusammengekauert in ihren triefenden Zelten.

Es war die Stunde der Ruhe im Lager, die Dämmerstunde, wenn sich das Rauchwölkchen vom Heiligtum emporkräuselte, wo Eleasar mit den Priestern das Abendopfer darbrachte. Allmorgendlich und allabendlich, wenn sie den Rauch vom Vorhof der Stiftshütte aufsteigen sahen, knieten die Kinder Israels vor ihren Zelteingängen nieder und erhoben die Hände zum Gebet. Und so taten sie nun wiederum und knieten auf dem feuchten Boden vor ihren Zelten.

Im Heiligtum versorgte Eleasar den siebenarmigen Leuchter mit dem ewigen Licht, indem er aus der in kunstvoller Arbeit getriebenen goldenen Kanne das aus den reinsten und seltensten

Pflanzen gewonnene, vielfach geklärte Öl goß. Im Vorhof standen Eleasars Söhne in ihren Priestergewändern vor dem goldenen Altar. Sie streuten Räucherwerk auf das Altarfeuer wie auf die Flammen, die in den Pfannen loderten; mit den lohenden Pfannen umschritten sie den Vorhof und ließen den hochkräuselnden Rauch nach den Zelten der Kinder Israels hinausschweben, um sie zu läutern.

Im innersten Raum des Heiligtums aber, wo die Cherubim sich erhoben, herrschte tiefe Stille, eine Stille, die von dem strahlenden Dunkel zu erfließen schien, das das Allerheiligste umgab. Das durch den von den Feuerpfannen aufsteigenden Rauch gedämpfte Licht der Menora schimmerte schwach durch das Gewebe der Vorhänge. Hier, von den Falten der Vorhänge halb verhüllt, lag, in seinem weißen Mantel mit dem Angesicht auf dem Boden, Moses. Jehovah hatte ihn berufen ins Innerste des Heiligtums; denn wenn ihm eine bedeutungsvolle Offenbarung werden sollte, so konnte das nur im Allerheiligsten geschehen.

So auf der Schwelle des Allerheiligsten liegend, lauschte Moses, der aus der Weihrauchwolke über der Bundeslade dringenden Stimme Jehovahs, wo die beiden Cherubim über das Dämmerdunkel hinweg einander ihre kindlichen Gesichter zuwandten:

«Steige auf das Gebirge Abarim und besieh das Land, das Land, das Ich den Kindern Israels geben werde. Und wenn du es gesehen hast, sollst du dich sammeln zu deinem Volk gleich deinem Bruder Aaron; dieweil ihr Meinem Worte ungehorsam gewesen seid in der Wüste Zin über dem Hader der Gemeinde, da ihr Mich heiligen solltet durch das Wasser vor ihnen.»

Und Moses vergrub sein Angesicht in den Händen, damit das Licht der Herrlichkeit nicht zwischen seinen Fingern hindurch auf ihn falle, und sagte:

« Jehovah, der Gott über alles lebendige Fleisch, wolle einen Mann setzen über die Gemeinde, der vor ihr hergehe und vor ihr ein- und ausgehe, daß die Gemeinde des HErrn nicht sei wie die Schafe ohne Hirten.»

Und der HErr sprach zu Moses:

«Nimm Josua zu dir, den Sohn Nuns, einen Mann, in dem der Geist ist, und lege deine Hände auf ihn; und stelle ihn vor den Priester Eleasar und vor die ganze Gemeinde und übergib ihm dein Vermächtnis vor aller Augen. Und lege deine Herrlichkeit auf ihn, daß ihm gehorche die ganze Gemeinde der Kinder Israels. Und er soll treten vor den Priester Eleasar, der die Urim befragen soll über ihn vor Gott. Und nach deren Wort sollen sie aus- und einziehen sowohl er und alle Kinder Israels wie die ganze Gemeinde.»

Doch Moses rührte sich nicht von der Stelle. Das Gesicht in den Händen vergraben, brach er in ein leidenschaftliches Bittgebet aus:

«Vater alles Erschaffenen, in meine Hände hast Du dieses Volk gegeben, daß ich es bringe in das verheißene Land. Da Du mir nun gebietest, es andern Händen zu übergeben, lasse mich wissen, Gott des Erbarmens, ob er, der mir nachfolgt, die Sendung vollbringen wird, die mir zu vollenden nicht gegeben war. Laß mich sehen den Geist dessen, der mir nachfolgen wird. Wird er ein wahrer Richter sein Deinen Kindern? Wird er sie verstehen, einen Jeglichen für sich? Wird er in seiner Seele empfinden, was sie bedürfen und was ihnen not tut? Wird der Geist eines Jeglichen und der Geist aller in ihm sein, daß er ihnen ein wahrer Richter und ein getreuer Führer sei?»

Und es ward ihm diese Antwort:

«Du sollst sehen nicht nur den Geist dessen, der dir nachfolgen wird, sondern die Geister aller, die dir nachfolgen werden, die Richter und die Propheten, welche nach dir kommen werden bis zum Tag, da die Toten auferstehen werden. Öffne deine Augen und sieh!»

Und Moses öffnete die Augen und sah.

Von der Wolke zwischen den Cherubim aufsteigend erblickte er eine Vielfalt von Gesichtern, Gesichter nicht aus Fleisch sondern aus dem Geist. Er erschaute ihr inneres Sein, ihre geistige Wesenheit, die Stufenleiter ihrer Seelen in einem Anstieg, dem kein Ende noch Ziel gesetzt war. Und er schrie auf:

«Vater alles Erschaffenen, ich sehe die Geister. Gewaltig sind die, welche Du auserlesen hast als die Führer Deines Volkes; sie steigen empor auf den Schwingen der Weissagung und sie tragen das Volk mit sich, hinauf selbst bis zum Throne Deiner Herrlichkeit; doch das letzte Ziel erreichen sie nicht. Ich sehe, sie kämpfen mit Menschen und mit Teufeln für Deine Herrschaft. Gleich Riesen erheben sie sich aus den Tiefen der See des Bösen, mit sich emporreißend den Leib des Menschen. Und ich sehe weiter: näher, immer näher bringen sie den Tag der Erfüllung und Vollkommenheit, doch sie selbst, sie nehmen nicht Teil daran. Immerdar gehen und gehen sie, und erreichen doch nie das Ziel.» Trauervoll ward Moses' Stimme, da er zuletzt sagte: «Werden sie alle scheitern am Ende der Enden, so wie ich gescheitert bin?»

Und die Stimme, die zwischen den Cherubim hervordrang, antwortete:

«Wisse, daß diesen Geistern, die Ich dir gezeigt habe, einem jeden von ihnen ein Geist für sich und ein Wissen für sich eignet; doch ein solcher, wie du begehrst, daß dein Nachfolger besitzen soll, ein Mann, dessen Geist den Geist aller Kinder Israels umfaßt, ein solcher, dem es gegeben ist, für einen jeden von ihnen nach seinem Verständnis und für sie alle, zu sprechen, – ein solcher wird erst erscheinen am Ende der Tage. Er allein wird teilhaftig sein des Geistes, der die Geister aller Menschen umfaßt.»

«Wer ist er?», fragte Moses.

«Er ist der Messias», antwortete Gott.

* * *

Die Wanderjahre in der Wüste, die Kämpfe gegen die Feinde Israels hatten den Jüngling Josua, der einst im Zelte Moses' zu dessen Diensten war, längst zu einer gewaltigen Männergestalt von felsenfestem Charakter und erfahrener Kriegskunst umgewandelt. Die bronzebraunen, von grauen Strähnen durchzogenen Lockenhaare seines mächtigen Hauptes fielen ihm wirr – denn er gönnte sich nicht die Zeit, sie zu ölen und zu salben gleich den andern Fürsten und Hauptleuten – über Nacken und Schultern und vermischten sich mit den dicken Flechten der Schläfenlocken und den langen, drahtharten Barthaaren. Sein vom Wind gegerbtes Gesicht war tief gefurcht und in seinen Augen, die in einem Netz von scharfgegrabenen Krähenfüßen eingebettet waren, lag eine gebieterische Flamme, die jeden überwältigte, dem er den Blick zuwandte.

Moses nahm Josua in sein eigenes Zelt mit und darin in das innerste Gemach, das seine Zufluchtsstätte war, wenn er sich in Gott versenkte, und gab ihm Kunde von dem Geheiß, das er empfangen hatte. Bestürzung und Kummer erfüllten das Herz Josuas.

Zwar hatte er sich oft Gedanken gemacht über die Zeit, wenn Moses zu seinen Vätern versammelt sein würde, doch er hatte nicht geahnt, daß dies so bald geschehen würde; er hatte es noch in weiter Ferne geglaubt. Er wußte von dem Urteilsspruch, der über Moses verhängt war seit den Tagen am Haderwasser; doch er hoffte und glaubte auch zum Teil, Gott werde Seinen Spruch fallen und Moses seine Sendung erfüllen lassen. Zudem vermochte Josua sich nicht vorzustellen, wie die Lande jenseits des Jordan ohne Moses erobert werden sollten, dessen kraftvolle Erscheinung und ungeschwächter Geist in gar keiner Weise dem Bild eines Mannes entsprach, dessen Zeit abgelaufen ist. Da er nun die schicksalsvolle Entscheidung vernahm, bemeisterte Josua seine Erregung und sprach mit Moses zunächst wie einer, der sich Rats erholt über Geschehnisse, die sich seiner Beherrschung entziehen, die jedoch kühl und besonnen erwogen und ermessen werden müssen.

«Moses, mein Lehrer» – dies war die Anrede, die er stets gebrauchte –, «wer bin ich, daß ich etwas äußern dürfte über die geheimen Dinge, die Jehovah dir anvertraut? Doch als der Befehlshaber der Kampftruppen Israels liegt es mir ob, dies in aller Klarheit vorzubringen: wenn du dich jetzt der Gemeinde Israels entziehst, so gefährdest du die Sicherheit des Volkes. Dein Name ist vom Tag des Auszugs bis zum heutigen verknüpft mit der Befreiung. Die Zeichen und Wunder, die Jehovah uns durch deine Hand gewährt hat, haben den Schrecken deines Namens unter den Völkern verbreitet. Gleich reifen Ähren fallen sie vor dir und gleich gesammeltem Weizen liegen sie in Garben gebunden vor dir. Und wir sind erst am Anfang unseres Wegs zum Ziel. Unberührt liegt das Land am andern Ufer des Jordan; es ist bewohnt von mächtigen Feinden mit kriegsgeübten Heeren; hinter uns im Rücken lassen wir Moab und Ammon, das noch unbesiegt und stark ist, dazu Edom, das uns nicht geringeren Haß entgegenbringt als sie. Wenn sie nun hören werden, daß du von uns genommen wurdest, werden sie sagen: Ganz bestimmt hat Jehovah sie preisgegeben und sie gleich Schafen ohne Hirten in unsere Hand gegeben. Und sie werden sich besammeln und verbünden und über uns herfallen, um Midians Niederlage zu rächen. Nein, Moses, mein Lehrer, du darfst jetzt nicht von uns gehen. Du mußt deine Gebete verstärken, mußt Gottes

Erbarmen wecken, daß Er dich bei uns läßt, bis du das Land überm Jordan drüben erobert hast, das unsern Vorfahren von Jehovah verheißene Land.»

In Moses' Augen glänzte ein trauervolles Licht auf, indes er den Worten Josuas nachsann. Und mit einem wehmütigen Lächeln ergriff er Josuas Hand und sagte:

«Josua ben Nun, du weißt so gut wie ich, daß wir ohne den Willen und die Hilfe Gottes nicht bis hierher gelangt wären. Wir wären zu Grunde gegangen schon, da Amalek die Hand zum Krieg gegen uns erhob. Nicht der äußere Feind ist es, der dich mit Sorge erfüllt; etwas anderes beschwert dein Herz. Sage mir an, was es ist.»

Josua warf sich vor Moses auf die Knie, hob die Hände zu ihm auf und sagte:

«Mein Herr und mein Lehrer Moses, du kennst die Kinder Israels besser als ich. Du liebst sie auch mehr als ich. Du allein standest gleich einem Wall von Eisen zwischen den Sünden Israels und dem Zorn Jehovahs. O Israels Schild und Bogen Israels, wer bin ich und was bin ich, daß ich meine Fürbitte für Israel vor Jehovah bringe? Mir eignet nicht deine Liebe, noch habe ich so viel Verständnis wie du, und es steht nicht in meiner Macht, für Israel einzutreten. Bei der ersten Sünde, die es begeht, wird Israel zerrieben werden zwischen den Mühlsteinen von Jehovahs Zorn, wie die reife Ähre zermahlen wird zwischen den Steinen des Müllers. Ohne dich bin ich nichts. Du bist alles! Laß mich nicht allein, mein Lehrer!», und Tränen liefen über Josuas Wangen.

«Steh auf, mein Sohn! Es ziemt sich nicht, daß der Führer Israels vor einem Geschöpf aus Fleisch und Blut kniet.» Und Moses richtete Josuas Kopf auf. «Setze dich neben mich. Verkleinere dich nicht selbst. Sei getrost; höre mich an. Alle Völker, die auf Erden leben, wo immer es sei, sind Gottes Geschöpfe, und wir sind eines von ihnen. Doch nur in uns allein erkannte Gott die Hoffnung, daß Er verstanden werde, und darum erkor Er uns zu Seinem Boten an die andern Völker – vom Anbeginn der Schöpfung bis zum jüngsten Tag. Nichts ist Seinem Augenmerk und Seiner Voraussicht entgangen. Er weiß alles, Er sieht alles voraus, was sich begeben wird. Er hat den Pfad vorgezeichnet, Er hat den Weg eingeteilt. Er erkor mich zum Führer

Israels, zu bitten für Israel, wenn es sündigte und vom rechten Wege abwich. Nicht um meines Verdienstes willen traf Er diese Wahl, sondern aus Seiner Gnade und Seinem Erbarmen. Hör mich an, Josua: nicht um Israels willen und nicht wegen Israels Verdiensten und Tugenden wird Gott dir die Völker Kanaans unterwerfen und die Völker vernichten, welche Götzen anbeten. Es geschieht, um des Weges willen, den Er allen Völkern bestimmt hat von der Erschaffung der Welt an als Ziel und Zweck Seiner Schöpfung. Sei darum guten Mutes und stärke dein Herz, denn du bist ein Sendbote Jehovahs gleich mir. Er wird durch deinen Mund sprechen und wird durch deine Hand tun. Vernichte die Feinde Israels, belohne die Würdigen in Israel, züchtige die Missetäter mit harter Rute; doch sei dessen gewiß: wie bitter und schwer Gott Israel heimsuchen wird mit Feinden, Er wird es niemals austilgen, denn Israel ist Gottes vorbestimmtes Werkzeug, geschaffen zur Vollbringung Seines Willens. Geh darum und sei ohne Furcht; die Engel des HErrn werden mit dir sein und das Land erobern, das der HErr unsern Vätern verheißen hat.»

Eine Strähne seines ergrauenden Barts zwischen den Zähnen haltend hatte Josua zugehört; nun sagte er in flehentlichem Ton:

«Aber warum ich ... warum ich ... der Unwürdigste in Israel? Ich bin der Anführer eines Kriegsheeres, nicht eines Volkes. Ich verstehe etwas von der Kriegskunst, doch nichts von der Kunst des Herrschens. Ich bin ein Krieger, kein Richter. Es sind weisere und gelehrtere Männer ohne Zahl in Israel.»

«Diese Frage – ‚Warum hast Du mich erwählt?' –, auch ich habe sie Jehovah gestellt, als Er mir erschien im brennenden Busch. ‚Warum mich?', schrie ich. Doch Jehovah späht mit scharfem Auge aus nach dem, was Er sucht, gleich einem gewaltigen Adler; und wenn Er es erspäht hat, so stößt Er herab wie der Adler auf seine Beute und trägt es weg in Seinen Fängen. So hat Er mit mir getan und so tut Er mit dir, und so wird Er mit einem jeden tun, den Er ausersehen hat für eine Sendung bis zum jüngsten Tag. An uns aber ist es, zu gehorchen, ob wir wollen oder nicht, denn es gibt keinen andern Weg für uns.»

Josua senkte das Haupt auf die Brust und sann lange nach. Mit einmal stand er vom Sessel auf, sank wieder vor Moses in die Knie und flehte ihn an:

«Mein Herr und Lehrer, sage mir, teile mir deine Kraft und dein Geheimnis mit: wie hast du all diese Hindernisse überwunden? Wie hast du all die Steine des Anstoßes aus dem Wege geräumt, die auf deinen Pfad gestreut wurden, wie hast du die Kinder Israels errettet aus all den Gefahren, die sie bedräuten bis zum heutigen Tag, wie hast du den Zorn Jehovahs besänftigt und Israel dazu gebracht, in Seinen Wegen zu wandeln?»

«Die geheimnisvolle Kraft, mit der ich alle Hindernisse und Gefahren überwand, war: Liebe. ‚Du sollst den HErrn, deinen Gott, lieben von ganzem Herzen, aus ganzer Seele und nach all deinem Vermögen' und ‚Du sollst deinen Nächsten lieben wie dich selbst.' Die Zweiheit solcher Liebe war mein Schild und mein Bogen; und diese Zweiheit der Liebe lasse ich dir als Vermächtnis. Komm, laß uns zu Jehovah beten, daß diese Zweiheit in deinem Herzen zur Einheit werde.»

* * *

Die Kinder Israels, die so oft gegen Moses gemurrt und bittere Worte hinter seinem Rücken ausgestoßen hatten, gebärdeten sich in der Tat wie eine Herde, die ihren Hirten verloren hat, als sie vernahmen, daß Moses von ihnen genommen werden und Josua an seine Stelle treten solle. Sie standen in Gruppen beisammen und fragten einander leise: «Was wird aus uns werden, wenn Moses uns genommen wird?» Sie machten lange Gesichter, die Köpfe sanken ihnen auf die Brust, und die Ungewißheit blickte ihnen aus den Augen. «Weh uns, weh uns! Wer wird uns über den Jordan führen? Wer wird für uns kämpfen?»

Moses merkte, wie verängstigt und verloren das Volk geworden war. Er nahm sich daher vor, die Amtseinführung Josuas zu einer großen und eindrucksvollen Feier zu machen, die die Herzen des Volkes erheben und es mit Vertrauen in den neuen Führer erfüllen sollte.

Am Tag der Einführung hieß er die ganze Gemeinde sich am Eingang zum Heiligtum versammeln und ließ dorthin seinen mit Gold und Purpur bedeckten Richterstuhl bringen. Ein zweiter Thronsessel, ebenso würdig ausgestattet, wurde von dem Hohepriester eingenommen, der aus diesem Anlaß seine Amtsgewänder samt Ephod und Brustschild angelegt hatte. Die Söhne des Hohepriesters und die jüngsten Sprossen der Familie, die Blüten der Priesterschaft, reihten sich hinter diesem Thron. Auf andern ähnlichen, aber geringer geschmückten Sesseln, saßen die siebzig Ältesten, die zwölf Fürsten der Stämme und die Hauptleute der Tausendschaften.

Dann schritt Moses selbst, an der Spitze einer Abordnung, die aus den Ältesten, den Hauptleuten der Tausendschaften sowie dem Fürsten des Stammes Benjamin bestand, in feierlichem Zuge zu Josuas Zelt, um ihn zu der Feier zu geleiten, wo er den Richterstuhl Moses' besteigen sollte.

Da Moses das Zelt betrat, fand er Josua mit dem Angesicht zur Erde auf dem Boden liegen in tiefem Gebet.

Moses rief:

«Josua, Sohn des Nun, die Zeit deines Dienstes an Israel ist gekommen. Erhebe dich und übernimm deine Sendung.»

Das Gesicht von Tränen überströmt stand Josua auf und wollte sich vor seinem Lehrer verneigen, doch Moses hinderte ihn daran und sagte:

«Von nun an bin ich es, der sich vor dir verneigen wird», und dies tuend fügte er hinzu: «Josua, mein Lehrer.» Dann nahm er aus den Händen des einen der mit ihm gekommenen Herolde ein Wasserbecken und schickte sich an, Josuas Hände zu waschen; doch nun ließ Josua dies nicht zu und sagte:

«Moses, mein Lehrer, wie darf ich erlauben, daß du mich bedienst?»

«Es ist deine Pflicht, dich von mir bedienen zu lassen, so wie ich mich von dir habe bedienen lassen. Lehne dich nicht auf wider das Gebot Gottes.»

Und so ließ Josua zu, daß Moses ihn bediente.

Moses wusch darauf Josuas Gesicht und Hände, nahm einen weißen Mantel, den ihm ein anderer Herold reichte, und warf ihn über Josuas Schultern. Dann nahm er von seinem Haupt den weißen Schleier und hängte ihn über Josuas Haupt.

Als danach Josua auf der Schwelle des Zeltes erschien von Moses' Schleier bedeckt, und Moses selbst ihm folgte unbedeckten und unverschleierten Kopfes, da erbleichten die Ältesten und die Hauptleute der Tausendschaften und der Stammesfürst Benjamins und wollten schon entweichen und sich verbergen. Doch Moses zwang sie mit einem Blick, auf der Stelle zu bleiben, und gebot darauf den Herolden, in die Drommeten zu stoßen, um das Nahen des neuen Führers und Lehrers Israels anzukündigen.

Dem Zug vorangetragen wurde das Feldzeichen des Stammes Benjamin; dahinter schritt Josua; zu seiner Rechten und Linken, doch ein klein wenig im Abstand, schritten Moses und der Stammesfürst. Nach ihnen kamen die abgeordneten Ältesten und Hauptleute der Tausendschaften. Unterm Klang der Drommeten begab sich der Zug nach dem Platz vor dem Heiligtum, wo der Hohepriester, die sonstige Priesterschaft, die übrigen Ältesten und die Gemeinde seiner harrte.

Als das Volk Josua in der Tracht Moses' erblickte und Moses, unbedeckt und unverschleiert ihm folgen sah, wie der Schüler dem Lehrer folgt, da kehrten viele die Augen ab und Einige warfen sich sogar zur Erde nieder, um sich dem Anblick zu entziehen.

Moses jedoch nahm Josua bei der Hand und geleitete ihn zum Thron, der neben dem des Hohepriesters stand, hieß ihn hinaufsteigen und inmitten der Ältesten Platz nehmen; darauf kehrte er sich um zum Volke und sprach es also an:

«Vernehmet, Kinder Israels, Gottes Wort. Am heutigen Tage vollende ich das hundertundzwanzigste Jahr. Ich vermag nicht mehr ein- und auszugehen, euch zu dienen. Und Gott hat zu mir gesprochen: ‚Du wirst nicht über den Jordan gehen.' Jehovah, euer Gott, wird vor euch her- und hinübergehen. Er wird vernichten die Völker vor euch, und ihr sollt ihre Erben sein. Josua wird euch führen, nach Gottes Wort. Seid starken und standhaften Herzens und banget nicht vor den Bewohnern des Landes, denn Jehovah, euer Gott, geht vor euch her und Er wird euch nicht verlassen und preisgeben.»

Darauf trat Moses zu Josua heran und hieß ihn aufstehen und vor das Volk hintreten. Und Moses sprach zu Josua vor den Ohren des Volkes:

«Sei starken und standhaften Herzens, denn du wirst kommen mit diesem Volk in das Land, welches Gott ihren Vorfahren zugeschworen hat, und du wirst es ihnen zum Erbteil geben. Gott, der HErr, wird vor dir hergehen. Er wird mit dir sein und dich nicht verlassen noch preisgeben. Du sollst nicht bangen, und dein Herz soll nicht zittern.»

Darauf kniete Josua nieder, Moses legte ihm die Hände aufs Haupt und rief:

«Der Geist, den Gott in mich gelegt hat, ich lege ihn in dich. Geh hin in Stärke und laß deine Macht groß werden.»

Danach kniete Moses neben Josua nieder, hob die Hände gen Himmel und betete laut:

«Ich danke Dir, Gott, Gott unserer Väter, daß Du mir gewährt hast, den Führer Israels zu sehen, ehe Du meine Augen schließest. Und ich bitte Dich, Gott unserer Väter, stärke seine Hände und sei mit ihm, wie Du mit mir gewesen bist bis zum heutigen Tag.»

Dann erhob er sich von den Knien und rief dem Volke zu:

«Sehet euren Führer Josua! Ihm sollt ihr gehorchen!»

Doch beschwerten Herzens blieb das Volk stumm. Es erhob sich kein Getöse, und keine Stimme ward laut als die Josuas, und sie klagte:

«Mein Herr, mein Lehrer, mein Vater!»

Und Moses geleitete Josua vor den Hohepriester und danach zum Richterstuhl; nachdem er ihn auf diesem hatte niedersitzen geheißen, ging Moses von dannen in sein Zelt.

Vier Herolde, je einer für die dreigeteilten Heerscharen, stießen in die Drommeten und riefen:

«Israel! Israel! Moses kommet vor die Schwelle Josuas und verkündet also: ‚Wer immer Gottes Wort zu vernehmen begehrt, der soll kommen vor Josua, denn er ist der Älteste und Führer Israels nach Jehovahs Gebot.‘»

Doch das Volk rührte und regte sich nicht. Niemand kam zu Josua um Gericht, und nur leises Weinen ward gehört aus Ecken und Winkeln.

ZWÖLFTES KAPITEL

WIE eine Frucht, deren Zeit gekommen ist, daß sie vom Baume fällt, so war Moses reif zum Sterben. Doch er lehnte sich auf gegen den Tod gleich einer Mutter, die er hinwegraffen will, solange sie ihr Kind säugt: sie widersetzt sich Gott und dem Engel der Vernichtung, sie will sich nicht unterwerfen, bis das Kind von ihrer Brust genommen ist. So war es mit Moses: Israel war sein noch nicht entwöhnter Säugling, und das Kind wollte sich dem neuen Ernährer, den Gott ihm bestimmt hatte, Josua, noch nicht zuwenden. Vergebens gingen die Herolde durch das Lager, um zu verkünden, daß wer Gericht begehre, zu dem nunmehrigen Ältesten und Führer Israels nach Gottes Gebot, Josua ben Nun, kommen solle. Keiner aus dem Volk kam zu Josua, und ebensowenig die Führer und Ältesten, die Stammesvertreter und die Richter. Verwaist und verlassen streiften sie alle um Moses' Zelt herum.

Darin saß Moses allein, mit der Abfassung seines Vermächtnisses beschäftigt. Er beeilte sich sehr damit: wußte er doch, daß Israel nicht den Jordan überschreiten dürfe, solange er am Leben war, und es mochte kostbare Zeit verloren gehen. Doch auch die Aufgabe, die er sich hier gestellt hatte, war von Wichtigkeit; sie war ihm von Jehovah auferlegt worden: die Niederschrift der großen Warnung und Mahnung an Israel für alle künftigen Geschlechter.

Indes er noch einmal das Gesetz schriftlich niederlegte, ward er von einem erschütternden Erlebnis heimgesucht. Gott entrollte vor ihm nicht nur den langen Leidensweg Israels, sondern auch die nicht endenwollenden Wandlungen des unbeständigen Geistes Israels, den Wechsel von Überschwang und Kleinmut, zwischen qualvollem Streben zu den Höhen, empor zu Gott, und grauenvollem Sturz in den Abgrund. Wonach Bileam vergebens gesucht hatte, die verwundbare Stelle in der Seele Israels, die Wunde, in die das Gift seines Fluches sich träufeln ließe, dies, was Bileam zu finden versagt geblieben war, das ward Moses in vollem Maße offenbar. Eine lange, lange Heimatlosigkeit und Zerstreuung sah er kommen, einen Weg, auf dem Israel bei jedem Schritt eine Blutspur hinterlassen würde. Und mit einer Feder, die getaucht war in angstvolle Mutterliebe, Verfluchung und Segnung, Abschreckung und Mahnung, schrieb er die Worte:

«Wenn du aber nicht gehorchen wirst der Stimme Jehovahs, deines Gottes, nicht hältst und tust alle Seine Gesetze und Gebote, die ich dir heute gebiete, so werden alle diese Flüche über dich kommen und dich treffen ... Der HErr wird dich schlagen vor deinen Feinden; auf einem Weg wirst du gegen sie ausziehen und auf sieben Wegen wirst du vor ihnen fliehen... Du wirst tappen im Mittag, wie der Blinde tappet im Dunkel, und wirst auf deinem Wege nicht gedeihen und wirst Gewalt und Unrecht leiden müssen dein Leben lang, und niemand wird dir zu Hilfe kommen... Deine Söhne und deine Töchter werden einem andern Volk gegeben werden, daß die Augen es sehen und verschmachten nach ihnen täglich, und wird keine Kraft in deinen Händen sein...»

Wut und Angst trieben seine Feder zu diesen furchtbaren Sätzen:

«Und du wirst wahnsinnig werden vor dem, was deine Augen sehen müssen... Und du wirst ein Grauen, ein Sprichwort, ein Spott- und Spitzname werden unter allen Völkern, dahin der HErr dich getrieben hat...»

Er saß auf dem Fußboden seines Zeltes, die Pergamentrolle vor sich ausgebreitet, und schrieb mit einem in blaue Fischtinte getauchten Binsenrohr. Seine weißen Haare sträubten sich und standen steil hoch gleich Nadeln auf seinem gewaltigen Schädel, und sein Antlitz strahlte in gelblich bleichem Glanz; große Tränen entrollten seinen Augen. Über und über war sein Körper in Angstschweiß gebadet; gleich einem in einem Netz gefangenen und niedergehaltenen Tier saß er da. Er vermochte sich nicht von der Stelle zu rühren. Jehovah hatte ihn am Boden festgenagelt und zwang ihn, die versiegelte Zukunft zu erschauen, ihm die Hand über das Pergament führend. Und Moses schrieb weiter:

«Dieweil du dem HErrn, deinem Gott, nicht gedienet hast mit Freude und Lust deines Herzens, da du an allem genug hattest, darum wirst du den Feinden dienen, die der HErr über dich schicken wird, in Hunger und Durst, in Blöße und allerlei Mangel; und sie werden ein eisern Joch auf deinen Hals legen...»

«Ich kann nicht mehr, ich kann nicht mehr!», schrie Moses auf. «Ich bin nur ein Mensch aus Fleisch und Blut! Wieviel kann ich ertragen? Durchbohre meine Augen, auf daß sie nicht mehr sehen! Nimm meiner Hand die Kraft, auf daß sie nicht mehr schreibe. Ich kann nicht mehr, Jehovah, mein Gott!» Und er fiel mit dem Angesicht zu Boden.

Doch der Geist Jehovahs zwang ihn, sein tränenüberströmtes Antlitz wieder aufzurichten vom Boden, weiter zu sehen und zu hören, in den Abgrund hinabzuschauen und durch seine Feder das zornige Donnern des HErrn widerhallen zu lassen:

«Und der HErr wird dich zerstreuen unter alle Völker vom einen Ende der Erde zum andern, und wirst daselbst andern Göttern dienen, die du nicht kennst und die deine Väter nicht kannten, Göttern aus Holz und Stein. Und wirst unter diesen Völkern keine bleibende Statt haben und die Sohlen deiner Füße keine Rast ... Und dein Leben wird in Schwebe hangen vor dir, Nacht und Tag wirst du dich ängsten und deines Lebens nicht sicher sein. Des Morgens wirst du sagen: ‚Ach, daß ich den Abend erleben möchte!', und am Abend wirst du sagen: ‚Ach, daß ich den Morgen erleben möchte!' Vor Furcht deines Herzens, die dich schrecken wird, und vor dem, was du mit deinen Augen sehen wirst ...»

* * *

Und Moses schrie zu Gott:

«Warum hast Du uns mit dem Fluch deiner Auserwähltheit geschlagen? Auch andere Völker tun Sünde und nicht nach Deinem Willen. Weswegen müssen es die Kinder Deines Freundes sein, die auserwählt sind, das volle Maß zu entrichten? Warum hast Du sie auf diesen blutigen Weg gewiesen, sie allein?»

«Euch, euch allein habe Ich auserwählt unter allen Völkern, ein Volk zu sein, das Mir heilig ist. Dieweil Ich eure Väter liebte, habe Ich deren Kinder erwählt, Mein Volk zu sein, es auserwählt unter allen Völkern, als Mein besonderes, Mir eigenes Volk. Denn eure Väter haben euch Mir verkauft durch den Bund, welchen Ich mit ihnen machte. Und so ihr es nicht wollt, so werde Ich euch zwingen und euren Starrsinn brechen. Und für eure Erwähltheit sollt ihr das volle Maß entrichten ...» Also vernahm Moses Gottes Wort in seinem Herzen.

«Gott meiner Väter, Gott Abrahams, Isaaks und Jakobs, Du bist zu mir gekommen in der Wüste und hast mich auserwählt, Dein Sendbote zu sein bei Deinem Volke. Und ich kämpfte an wider Deine Sendung, doch Du zwangst mich dazu. Du hast Deinen Diener Deine Größe erkennen lassen und Deine starke Hand. Wo ist ein Gott im Himmel oder auf Erden, der tun möchte, was Du getan hast? Ich bitte Dich, laß mich das gelobte Land sehen, das jenseits des Jordan liegt, den lieblichen Berg im Libanon.»

«Wozu und zu wes Ende? Habe Ich dir nicht gesagt, daß du nicht über den Jordan gehen wirst, sondern daß Ich Josua senden will, daß durch ihn die Kinder Israels ihr Land erben?»

«Jehovah, Gott des Erbarmens, Du, der Du Mitleid hast mit all Deinen Geschöpfen, habe auch Mitleid mit Deinem Knecht. Mein Herz erzittert im Leibe, und ich vergehe vor Furcht. Ich ängstige mich, daß Israel abweichen wird von Deinem Wege und nicht gehorchen wird dem Gebot, das Du ihm auferlegt, und daß Du alle Flüche über es kommen lassen wirst, die Du mir gezeigt hast.»

«Wolltest du bei ihnen bleiben durch alle Geschlechter und ihr Führer sein bis zum jüngsten Tag? Weißt du nicht, daß Ich dem Menschen Gnade erzeigt habe, indem Ich den Tod schuf? Durch Tod habe Ich ihm Leben geschenkt, und durch Sterblichkeit habe Ich ihn unsterblich gemacht. Nur die leben, die gestorben sind. Willst du für alle Ewigkeit bei Mir bleiben? Vermeinest du, ohne dich könne Ich Israel nicht zu seinem Erbe führen und ohne dich werde Israel untergehen?» Also vernahm Moses die zornige Stimme Gottes in seinem Herzen.

«An Dich glaube ich», antwortete Moses, «in Dir ist meine Zuversicht. Doch ich glaube nicht an Israel, und meine Zuversicht liegt nicht in ihm.»

«So fordere Ich von dir, daß du nicht nur an Mich glaubest und deine Zuversicht nicht nur setzest in Mich, sondern daß Du glaubest an Meine Schöpfung und deine Zuversicht darein setzest. Darum habe Ich bestimmt, daß der Mensch sterben soll mit geschlossenen Augen. Ich habe einen Feuerwall aufgerichtet zwischen Leben und Tod, den niemand durchbrechen soll. Und dem Menschen habe Ich nichts gegeben, es mit sich zu nehmen in den Tod außer Glauben und Zuversicht. So auch soll es sein mit dir. Gehe denn hin zur Ruhe geschlossenen Auges, und nichts soll dich begleiten als Glaube und Zuversicht; Glaube und Zuversicht nicht nur an Mich, sondern an Israel auch, das du hinter dir lässest.»

Moses aber blieb auf den Knien liegen und wollte nicht ablassen:

«Gib mir ein Zeichen und eine Zusage, daß Du Israel nicht austilgen wirst», flehte Moses.

Und Gott antwortete in seinem Herzen:

«Dieses Zeichen und diese Zusage habe Ich dir gegeben, da Ich dir zum ersten Male erschien.»

«Mitleidiger Gott, mächtiger Jehovah, tue mein Herz auf, daß ich Dich begreife.»

«Bin Ich dir nicht erschienen im brennenden Busch? Und der Busch brannte und brannte und ward nicht verzehret. Dies wird Israels Schicksal sein.»

«Soll Israel ewiglich brennen auf dem Altar als ewiges Opfer?», schrie Moses verzweifelt. «Gott des Erbarmens, laß mich Deinen Befehl zerreißen. Laß mich bei ihnen bleiben, um sie zu warnen. Ich kenne sie, ich kenne ihr Herz, ich weiß, wie mit ihnen gesprochen werden muß.»

«Einem jeden Geschlecht habe Ich seine Propheten bestimmt. Sie werden warnen und mahnen. Und manch einer wird gegeißelt werden für seine Worte. Ihre Leiber werden getränkt werden von der Qual ihres Bluts und ihres Leidens. Sie werden von dem Volk verfolgt und ihr Gebein wird auf den Weg gestreuet werden. Dein Los ist ein besseres. Dein Leib hat nicht die Peitsche erduldet und dein Haupt nicht Steine empfangen. Was willst du noch?»

«Vater alles Erschaffenen, laß meinem Leib die Peitsche geben, laß mich Josuas Helfer sein, sein Diener und Schüler, wenn ich nur bei ihnen bleiben und mein Auge auf ihnen lassen, wenn ich nur Josua beistehen kann.»

«Dir ist genug gewährt worden. Wie einem jeden Menschen, so habe Ich auch dir eine Zeit und ein Alter bestimmt. Du gehörst zu deinem Menschenalter und mußt sein Schicksal teilen. Du mußt sterben diesseits des Jordan, auf daß dein Geschlecht mit dir aufsteige zum ewigen Leben. Deine Zeit ist erfüllt. Warum hältst du Israel davon ab, in sein Land zu kommen? Josua kann die Leitung nicht übernehmen, solange du lebst.»

«Gott Israels, laß lieber hundert solche wie mich zu Grunde gehen, als daß die Erlösung Israels um einen Tag, um eine Stunde aufgehalten werde. Sage mir, was ich tun muß.»

«Deine Tage sind gezählt. Rufe Josua und stelle ihn neben dich in deinem innersten Gemach, so will Ich dir Meine Botschaft zukommen lassen.»

Die ganze Nacht über schloß Moses sich mit Josua im innersten Gemach seines Zeltes ein und überlieferte ihm die Geheimnisse der unenthüllten Torah; und führte Josua seinen Freunden, den Engeln, vor und bat sie, ihm beizustehen, wie sie ihm beigestanden hatten. Und als der Morgenstern aufging, geleitete er Josua aus seinem Zelt und sagte auf die aufgehende Sonne weisend:

«Wenn du Israel lehren wirst, auf Gott zu hören und Seinen Geboten zu gehorchen, so wirst du dir nicht nur Menschen und Völker untertan machen, sondern auch die Sterne am Himmel, Sonne und Mond. Sie werden deinem Befehl gehorchen, denn sie sind Gottes Geschöpfe gleich uns, und Er wird dir Macht geben über sie, daß sie dir dienen.»

Darauf wusch er Josuas Hände, legte ihm den weißen Mantel an, entsühnte ihn und führte ihn wieder in das innerste Gemach. Und dort erschien ihnen Gott in der Gestalt einer Wolkensäule. Und Gott redete zu Josua und Er redete zu Moses, doch zu einem jeden allein. Und Moses hörte nicht die Worte, die Gott zu Josua sprach, sondern hörte nur die Worte, die Gott zu ihm selber sprach.

Und Gott sprach ihm Trost zu und gab ihm das Versprechen, das Er bis zu diesem Augenblick zurückgehalten hatte, und sagte:

«Siehe, du gehest nun hin zu liegen mit deinen Vätern, und dies Volk wird sich auflehnen gegen Mich und sich den Götzen und fremden Göttern des Landes zuwenden, in das Ich es führe; und wird sich vergehen gegen den Bund, welchen Ich mit ihm gemacht habe. So wird Mein Zorn ergrimmen wider sie, und Ich werde sie verlassen und Mein Antlitz verbergen vor ihnen, daß sie der Vernichtung anheimgegeben werden, und viel Leiden wird über sie kommen, und sie werden bereuen und sagen: ‚Sicher hat mich dieses Übel betreten, weil Gott nicht in unserer Mitte ist.' Ich aber werde Mein Antlitz verbergen vor ihnen zur Zeit der Missetat, weil sie falschen Göttern nachgelaufen sind. So schreibe nun dieses Lied und lehre es den Kindern Israels, und lege es in ihren Mund, daß es Mir ein ewiger Zeuge sei.»

Und zu Josua sagte Gott:

«Sei getrost und unverzagt; denn du sollst die Kinder Israels in das Land führen, das Ich ihnen zugeschworen habe, und Ich will mit dir sein.»

* * *

Nun blieb Moses nur noch übrig, das Buch des Vermächtnisses zu vollenden, das er für alle künftigen Geschlechter Israels geschrieben hatte. Und da er das Vermächtnis, oder Lied, wie Gott es genannt, vollendet hatte, übergab er es den Leviten, welche die Träger der Bundeslade und der Gesetzestafeln waren, und hieß sie, es neben der Bundeslade niederzulegen, wo es bei Kind und Kindeskind verbleiben solle als ein Warn- und Mahnzeichen. Darauf befahl er den Leviten:

«Und nun versammelt mir alle Ältesten der Stämme und deren Amtleute, daß ich diese Worte vor ihren Ohren rede und Himmel und Erde wider sie zu Zeugen nehme.»

Und als das Volk sich vor dem Heiligtum versammelt hatte, trat Moses in Begleitung des neuen Führers, Josua ben Nun, der zum Zeichen seiner Würde den weißen Schleier trug, heraus. Und da die beiden vor dem Volk standen, sprach Moses den Kindern Israels noch einmal die Zehn Gebote vor und fügte danach hinzu:

«Siehe, ich habe heute vor dich gegeben das Leben und das Gute, den Tod und das Böse, der ich selbst heute dir gebiete, Jehovah, deinen Gott, zu lieben und zu wandeln in Seinen Wegen, auf daß ihr lebet und euch vermehret und gesegnet werdet von Gott . . .

Nun, Israel, was fordert Jehovah, dein Gott, von dir? Nur daß du Ihn fürchtest und Ihn liebest und Ihm dienest von ganzem Herzen und von ganzer Seele . . . Denn ein heiliges Volk bist du Jehovah, deinem Gott. Und nicht, weil ihr größer an Zahl waret als andere Völker, begehrt Jehovah euch, sondern weil Er euch liebt und weil Er den Bund halten will, den Er mit euren Vätern gemacht hat. Und wenn Er euch züchtigt, so ist es, wie wenn ein Vater seinen Sohn züchtigt, denn ihr seid die Kinder Gottes. Wo aber ist noch ein Volk mit einem Gott, der ihm so nahe ist, wie Jehovah, unser Gott, uns ist, wenn wir Ihn rufen? Wo ist ein großes Volk mit Gesetzen und Geboten so gerecht wie dieses Buch hier, die Torah? Tuet Recht den Waisen und der Witwe und liebet den Fremdling, und gebt ihm Brot und Kleid, denn auch ihr waret Fremdlinge im Lande Aegypten. Und du sollst deinen Nächsten lieben wie dich selbst und barmherzig sein zu ihm, denn dein Gott ist ein Gott der Barmherzigkeit und des Mitleids. Darum hat Er euch Gesetze und

Gebote gegeben, die gerecht und barmherzig sind. Denn dies Gebot, das ich dir heute gebe, ist nicht im Himmel, daß du möchtest sagen: ‚Wer wird für uns in den Himmel gehen, und es dort holen und es uns verkünden?‘ Sondern das Wort ist bei dir, in deinem Munde und in deinem Herzen. Es ist der Weg des Lebens und des Guten, und so lebe denn nach ihm, denn nur so kannst du glücklich sein in dem Leben, das dich erwartet in deinem Land.»

Und er kündete voraus den Propheten:

«Einen Propheten wie mich wird der HErr dein Gott dir erwecken aus deinen Brüdern; dem sollt ihr gehorchen.»

Und stimmte an das Lied seines Vermächtnisses:

«Merket auf, ihr Himmel, ich will reden,
Und die Erde höre die Worte meines Mundes.
Meine Lehre triefe wie der Regen,
Und meine Rede träufle wie der Tau.

Denn ich will verkünden den Namen Jehovahs,
Gebet die Ehre unserm Gott.
Er ist ein Fels, Seine Werke sind vollkommen,
Denn alle Seine Wege sind Gerechtigkeit.»

Und er weissagte ihnen, daß sie sich auflehnen würden wider Gott, nachdem Er sie ins Land geführt haben werde, da Milch und Honig fließt, und sie ihn verlassen würden.

Doch ermahnte er sie auch, zu bedenken, wer sie seien und was Gott an ihnen getan habe:

«Denn des HErrn Teil ist Sein Volk,
Jakob ist die Schnur Seines Erbes.
Er fand ihn in der Wüste,
In der dürren Einöde, da es heulet.
Er führete ihn und hütete ihn,
Und behütete ihn wie seinen Augapfel,
Wie eine Adlermutter ausführet ihre Jungen vom Nest
Und über ihnen schwebet,
Die Flügel ausspreitet und sie nimmt
Und sie trägt auf ihren Fittichen.
Und ließ ihn Honig saugen aus dem Felsen
Und Öl aus dem harten Gestein.»

Und nachdem er sie mit Entsetzen geschüttelt, ihnen enthüllend, was ihr Los sein werde, wenn sie von Jehovah abfielen – «Auswendig wird sie das Schwert berauben und inwendig der Schrecken» –, hob er sie empor zu den höchsten Höhen, sie tröstend mit dem Versprechen, das Gott ihm gegeben hatte:

«Denn der HErr wird Sein Volk richten
Und über Seine Knechte wird Er sich erbarmen.
Denn Er wird ansehen, daß ihre Kraft dahin ist
Und sie verlassen und verloren sind.
Und die Völker werden sagen: ‚Wo sind ihre Götter,
Ihr Fels, darauf sie bauten?'
Denn Er rächet das Blut Seiner Knechte ...»

Und nachdem er jeden Stamm einzeln und beim Namen gesegnet hatte, ließ er über ganz Israel den Siegesruf der Hoffnung und des Trostes hinhallen:

«Wohl dir, Israel, wer ist dir gleich?
Ein Volk, das selig wird durch den HErrn,
Den Schild der Hilfe,
Das Schwert der Herrlichkeit.
Deine Feinde sollen vergehen vor dir,
Und du wirst auf ihrer Höhe einhertreten.»

Danach hob er die Hände hoch und rief über das Volk hin:

«Höre, Israel, der HErr unser Gott, der HErr ist Einzig.»

Dies aber waren seine Abschiedsworte an die Kinder Israels.

DREIZEHNTES KAPITEL

REGLOS wie zu Stein erstarrt sah die ganze Gemeinde Moses nach, wie er hinschritt zum Berge Pisga, dessen Hänge überall vom Lager aus wahrnehmbar waren. Kein Glied rührte sich, keine Träne rann, kein Wort ward gesprochen; kein Laut störte die Stille als das schwere Atmen der großen Menge.

Inmitten der Hochflut herrlichsten Tageslichts verließ Moses die Kinder Israels; nicht am späten Abend noch im Dämmer des Zwielichts, wenn Nebeltau die Erde bedeckt, auf daß das Volk erkenne, daß Moses nicht von ihm genommen werde, um anderwärts sich niederzulassen, daß er nicht in ein anderes Land gehe. Er entzog sich nicht Gottes Gebot, sondern ihm nachkommend stieg er den Hang hinauf, um auf der Bergeshöhe zu sterben. Das Gebot hatte gelautet: «Allein sollst du den Berg besteigen.» Josua, der Hohepriester Eleasar, beide in ihren Amtsgewändern, die Fürsten Israels und die Ältesten, die Hauptleute des Heeres und die Amtleute des Volkes, wohlgeordnet aufgestellt mit dem Stamm Levi – Moses' Stamm – an der Spitze und in seiner Mitte die beiden Söhne Moses', Gerson und Elieser, von denen er noch besonders Abschied genommen hatte – sie alle nebst der ganzen Gemeinde um sie her blieben wie angewurzelt auf der Stelle stehen. Kein Schluchzen, nicht einmal ein Flüstern war zu vernehmen; die weißen Gesichter hingen wie erstarrt an der weißen Gestalt, die, auf den gewaltigen Stab gestützt, ruhigen und gemessenen Schrittes auf den Berg zuging. In erhabener Wuchtigkeit hoben die Umrisse der Gestalt sich ab unter dem weißen Mantel, der sie bedeckte: die Gestalt eines königlichen Riesen umblitzt vom weißen Gewand. Die Strahlen der überherrlichen Mittagssonne verwandelten die Locken seines Hauptes zu einer lodernden Krone, und die Strähnen, die ihm über Nacken und Schultern fielen, waren wie der strömende Sturz eines Wildbachs. Ein einziges Mal noch wandte er den Kopf, um einen letzten Blick verweilen zu lassen auf denen, die er verließ. Dann nahm er die Wanderung wieder auf. Alles was ihm zu tun geboten worden war, hatte er getan; alles, was ihm zu sagen geboten worden war, hatte er gesagt. Nun ging er hin, allein, zu seinem Gott, der ihn zu sich gerufen hatte.

Lange, lange noch blieb das Volk, ihm nachblickend, stehen, so wie es versammelt war. Und selbst danach scharten sie sich nur zögernd um die Anführer oder an den Türen der Zelte, Väter und Mütter mit Kindern auf dem Arm, und blickten hinaus, um noch einen Schimmer der immer ferner, immer kleiner werdenden weißen Gestalt zu erhaschen. Und dies war das Letzte, was sie von dem Manne Moses sahen.

Was sich auf dem Berge mit Moses begab, bleibt ewiges Geheimnis zwischen ihm und Gott. Doch die Liebe Israels, die mit ihm ging auf seinem letzten Wege und ihn im Geist begleitete, da er dem Blick entschwand, vermeinte, das Geheimnis durchschaut zu haben und die Geschehnisse der Begegnung auf dem rätselumwobenen Berge entschleiern zu können.

* * *

Das Gebirge Abarim, zu dem der Pisga gehört, lag an der Grenzscheide zweier Welten. Der untere Teil des Gebirges gehörte dieser Welt an, der obere der höheren Welt. Mitteninne zog sich über die Hänge die Grenze zwischen beiden Welten.

Es war Vorfrühling, anfangs des Monats Adar. Noch gingen Regenfälle nieder in diesem Monat, doch schon behauptete sich die Sonne gegen sie. Winter und Sommer machten sich das Feld streitig. Auch an dem Tage, da Moses seines Weges schritt zu den Höhen, tobte der Kampf zwischen Licht und Finsternis. Die Strahlen der Sonne schossen Feuerspeere durch das dichte Regengewölk, das über dem Gebirge schwebte, und fielen auf das durchnäßte Gras und Kraut. Vom überhängenden Geäst der Bäume fielen Regen- und Tautropfen auf Moses' Haar. Die Oleandersträucher waren dicht mit frischen Blättern und Knospen bedeckt; die weißen und roten Blüten glänzten gleich Kerzenflammen zwischen dem Lorbeergebüsch. Je höher Moses kam, desto freier wurde die Landschaft von Unkraut, Dorn- und Schlinggewächs, sodaß es war, als trete er aus einer Wolkenschranke hervor, bis das Land hell und offen vor ihm lag. Er vermochte den Jordan zu erblicken, der schnurgerade seinen Weg durch das grüne Tal zog zum Salzmeer; er konnte die Bodennebel aus den grünüberwölbten Tälern aufsteigen sehen; er konnte winzige, langsam sich verschiebende graue Flecken erkennen, die Schafherden waren. Und es schien ihm, als vermöge er auch den fernen Laut von Menschenstimmen aufzufangen. Und Gott verlieh ihm die Macht, künftige Dinge zu erkennen, also daß ihm Gestalten künftiger Zeit erschaubar und ihre Stimmen vernehmlich wurden. Er erblickte «die Zelte Israels», die Städte und Ortschaften in dem Land, das Gott den Erzvätern verheißen hatte, er erschaute einen jeden einzelnen der Kinder Israels, sitzend «unter seinem Weinstock und unter seinem Feigenbaum»; er hörte den Gesang des Seelenfriedens und der Gnade. Sein Herz ward erfüllt von Glückseligkeit, und auf seinem Antlitz lag das Licht der Liebe und des Erbarmens.

Doch so lange Moses sich auf der unteren Hälfte des Berges befand, vermochte er nur die Dinge wahrzunehmen, die zum Lebensbereich dieser Welt gehörten. Er sah die Stadt Jericho am andern Ufer des Jordan, die Berge, die sich jenseits der Stadt aufhäuften und auf der andern Seite zum großen Meer hinabrollten. Er sah Feigenbäume und Weinberge, die einen grünen Gürtel um die Stadt bildeten, er sah Städte und Dörfer zerstreut auf den Hängen und Siedlungen, die in den Tälern nisteten.

Da verschwand mit einmal die ganze Landschaft jenseits des Jordan. Eine dichte, milchige Wolke war herniedergeschwebt, die den ganzen Weltraum erfüllte und alles Obere und Untere vor ihm verbarg.

In der Wolke schritt er dahin. Wolkenballen trieben über und unter ihm. Er wußte nicht mehr, worauf sein Fuß trat, nicht mehr, ob er die Grenzscheide zwischen Leben und Tod überschritten, ob er diese Welt hinter sich gelassen habe und in die nächste eingedrungen sei. Noch von Verwirrung erfüllt sah er auf einmal, wie die dichte milchige Masse sich vor ihm zerteilte und aus dem Herzen der Wolke ein Eiland hervorschwebte; es hing in der Luft, losgerissen vom Nabel der Erde, aufgehangen inmitten Wolkenrauchs, ein zu Kristall geronnenes Bild. Nichts war auf dem Eiland zu sehen als ein Bauwerk in Form eines Heiligtums: blauschimmernde Vorhänge, vor goldenen Säulen aufgehangen, flatterten und schwankten um das Heiligtum. Da teilten sich die Vorhänge, und Moses gewahrte seinen Bruder Aaron im Schmuck des Priesterornats vor einer goldenen Menora stehend, deren Lichter er beschnitt. Doch noch eine andere Gestalt war da: königlich anzusehen, umwallt von einem silbernen Mantel, von dem es in tausend Farben blitzte, auf dem Haupt eine Königskrone. Zwar die äußere Gestalt war wie die eines Menschen von Fleisch und Blut, doch sein Antlitz war beglänzt vom Licht des ihm innewohnenden göttlichen Wesens. Moses hatte sich bereits angeschickt, auf den Tempel zuzugehen, der aus der milchigen Wolke aufragte, als er die warnend erhobene Stimme seines Bruders Aaron vernahm:

«Moses ben Amram, tritt nicht herzu. Dies ist der Ort, wo die Schechina weilt, die Stätte der göttlichen Einwohnung; und kein Mensch von Fleisch und Blut darf sie betreten, ehe er nicht seine Seele dem Engel des Todes übergeben hat. Du bist im Vorhof des Heiligen Tempels, der hier erbaut werden wird, auf Erden, durch die Kinder Israels.»

Und Moses warf sich zu Boden zu Füßen dessen, der vom Nebel verhüllt war, und betete:

«Vater aller Gnade, ich weiß, daß der, welcher jetzt bei Aaron im Heiligen Tempel weilt, kein anderer ist als der König Messias. Lasse mich sprechen mit dem Sohne Davids, ehe ich meine Seele aufgebe.»

Da enthüllte Gott Moses den Unaussprechlichen NAMEN und sagte:

«Durch die Macht des NAMENS wirst du bewahrt werden vor der Vernichtung durch die Flamme.»

Im Augenblick aber, da Moses von Gott verstattet wurde, als lebender Sterblicher den Heiligen Tempel zu betreten, welchen die Kinder Israels auf Erden erbauen sollten, erhob sich ein Wind, der ihn hintrug zum andern Jordanufer vor das Tor des Tempels. Und Aaron und der Messias traten auf ihn zu, ihn zu begrüßen, und sie begrüßten ihn mit diesen Worten:

«Gesegnet seist du, der du kommest im Namen des HErrn.»

Moses aber sprach zu dem Messias:

«Siehe, Gott hat mir gesagt, daß die Kinder Israels Ihm einen Heiligen Tempel erbauen werden. So sage ich Preis und Dank dem HErrn aller Welten, daß Er mir gewährt hat, den Tempel zu erschauen – und dich in ihm – mit meinen eigenen Augen, indes ich noch lebe auf Erden.»

«Auch deinem Ahnherrn Jakob ward gewährt, mit eigenen Augen den Heiligen Tempel zu erblicken, den seine Nachkommen bauen sollen: es war in dem Traum, den er träumte auf dem Felde mit einem Stein unterm Haupt als Kissen und die Engel auf- und niederstiegen auf der Leiter. Doch dies sollst du wissen: der Heilige Tempel, der auf dieser Erde erbaut werden wird, ist ein zeitlich, flüchtig Ding. Von ewiger Dauer aber ist der Heilige Tempel, welchen Gott erbaut hat mit Seinen Händen im Himmel. Der Heilige Tempel der oberen Welt und das Jerusalem der oberen Welt, sie werden leben ewiglich.»

Als Moses diese Worte des Königs Messias vernahm, richtete er an den HErrn der Welt das flehende Gebet:

«Du, der Du lenkest die Welt, wann wirst Du den Heiligen Tempel, den Du mit Deinen Händen im Himmel erbaut hast, herabbringen auf Erden?»

«Das ist das Geheimnis der Endzeit, und dieses Geheimnis habe Ich keinem Menschen von Fleisch und Blut enthüllt und werde Ich keinem enthüllen. Doch diesen Hinweis sollst du vernehmen: es wird nicht geschehen, ehe daß Ich die Kinder Israels zerstreuet habe, gleich wie mit einer Schaufel, über das Angesicht der Erde, bevor sie nicht zerstreuet und ausgesäet sind unter den Völkern und die Torah, die Ich ihnen am Berge Sinai gegeben, gebracht haben nach allen vier Winden der Welt. Denn das Ende kann nicht kommen und das Himmelreich nicht beginnen, ehe das Gesetz vom Berge Sinai von allen Völkern der Erde angenommen ist.»

Darauf schlossen sich die Vorhänge aus weißen Himmelswolken wiederum vor Moses zusammen, und das Eiland mit dem Bau des Heiligen Tempels verschwand hinter den Himmelspforten. Moses befand sich wieder auf dem Bergpfad, den er immer weiter emporstieg. Und ein schwarzgewandeter Engel mit zwei mächtigen schwarzen Schwingen folgte ihm, Schritt um Schritt ihn begleitend, auf dem ganzen Wege.

Als sie darauf eine bestimmte Höhe erreicht hatten, trat der Engel plötzlich einen Schritt vor, drehte sich um und versperrte Moses mit gezücktem Schwert den Weg.

«Sohn des Amram, du bist angelangt an der Grenze deiner Welt. Kein vom Weibe Geborener überschreitet die Schwelle zur andern Welt, er habe mir denn Leib und Seele vorher überantwortet. Deine Seele gehört mir.»

«Mein Schöpfer, der auch der deine ist, hat mich zum Gipfel des Berges berufen. Seinem Befehl zu gehorchen, habe ich niemals unterlassen, selbst nicht im Angesicht des Todes, und werde es auch jetzt nicht unterlassen.»

Damit setzte Moses einen Fuß vor, sich anschickend, die Grenzscheide der Welten zu überschreiten. Doch der Engel verwehrte es ihm mit vorgehaltenem Schwert.

«Auch ich gehorche dem Befehl meines HErrn. Entweder schlägst du mich nieder oder ich dich.»

«Dein Befehl gilt dem Tode, meiner dem Leben», schrie Moses und er sprach den Unaussprechlichen NAMEN aus, welchen Gott ihm enthüllt hatte.

Und beim Erklingen des NAMENS entfiel das Schwert der Hand des Engels, und Moses schickte sich an, den Tod zu vernichten, indem er den Todesengel niederschlug. Da erschallte eine Stimme aus der Höhe:

«Nicht also, Moses, lasse ihn leben, denn die Welt bedarf seiner.»

Und Moses gehorchte und schritt unversehrt an Leib und Seele über die Grenzscheide zwischen dieser Welt und der andern.

Da er über der Grenze war, vermochte er zunächst nichts zu gewahren. Er war eingetaucht in ein nachtschwarzes Wolkenmeer. Da spürte er sich leicht werden; es war, als wüchsen ihm Schwingen unterm Gewand und als vermöge er zu fliegen. Und fast noch ehe er sich dessen gewiß wurde, schwebte er im Fluge dahin über die nachtschwarze Wolke hinweg.

Und plötzlich vernahm er Stimmen, die aus der Wolke ihm zuriefen:

«Moses, unser Lehrer, Moses, unser Lehrer, ist zu uns gekommen.»

Er blickte hinab auf die Oberfläche der Wolke und sah dürre, entfleischte Hände, die sich aus dem Rauch nach ihm emporstreckten; danach wurden bärtige Angesichter sichtbar, doch nur Gerippe, und sie schrien:

«Moses, unser Lehrer, nimm uns mit.»

Er erkannte sie. Es waren die in der Wüste zurückgelassenen Toten.

«Eure Zeit ist noch nicht gekommen.»

«Moses, unser Lehrer, bleibe bei uns!» Und die Hände wollten sich an sein weißes Gewand klammern.

«Ich muß weiter, gehorsam dem mir gewordenen Befehl», erwiderte Moses. «Ich kann nicht bei euch bleiben.»

«Moses, unser Lehrer, wir wollen bei dir sein», flehten und jammerten die Stimmen.

«Ihr werdet bei mir sein am Tage der Wiederauferstehung», tröstete Moses sie und schwebte weiter über die Wolke dahin, die das Tal des Todes bedeckte.

Als Moses über die Wolke und das Tal des Todes hinaus war,

wurde er auf einer breiten, glänzenden Straße niedergesetzt, die sich durch betaute Felder zum Fuß des Berges hinwand. Die Bergkuppe reichte bis in den Himmel und wurde mit ihm eins zu einer lodernden, bernsteinfarbenen Helle. Die Landschaft war ohne Laut und Regung; das einzig Lebendige in dieser Welt war Moses. Der Strahlenglanz der bernsteinfarbenen Helle lag über der Kuppe, doch auf den Abhängen lag eine seltsame, blauschimmernde Wolke, die grünblaue Felder bald verbarg und bald enthüllte. Die einsame Gestalt Moses' wanderte, keine Stimme vernehmend, keine Bewegung erblickend, durch die Landschaft dahin. Doch als er dem Berg näherkam, erhaschte er über den kreisenden blauen Wolken, die die Hänge umspielten, einen goldenen Schimmer von übereinander sich türmenden Kuppeln und Zinnen. Und bald vermochte er eine Stadt von weiß erschimmernden Bauten mit goldenen Kuppeln zu unterscheiden, die in die tauigen Taleinschnitte des Berges gebettet war; und bei weiterem Herankommen sah er Mauern und Türme, die über die Einschnitte emporragten, die Höhen erklommen und bis zum Gipfel reichten, darüber der gelbe Strahlenglanz ruhte wie ein Baldachin. Und nun schwebte ihm vom Berg leiser Gesang entgegen, eine Weise, ein Entströmen der Seele, hinausschwimmend zum Horizont hin, als wolle es die ganze Schöpfung erfüllen. Doch alles war still um ihn her, indes er den weißen Weg zur Kuppe des Berges entlangschritt. Die flackernde Kuppe umflogen, in das Lodern hinein und aus ihm heraus, Seraphim, und Gesang erscholl aus den Flammen. Und da Moses zum Saum der leuchtenden Stadt kam, kniete er nieder und streckte die Hände aus nach dem Licht, das von dem Heiligen Tempel der oberen Welt auf der Kuppe des Berges ausstrahlte; und er rief:

«Vater aller Seelen, in Liebe hast Du die Welt geschaffen, mit Liebe lenkest Du sie. Darum bezeige mir Deine Liebe. Überantworte mich nicht der Hölle Scheol, sondern erbarme Dich meiner und nimm mich zu Dir.»

Und da Moses aufstand und stehen blieb auf der Stelle, wo er gekniet hatte, erblickte er drei Engel: Michael, den Engel Israels, Gabriel, den Engel des Friedens, und Zagzagel, den Engel, der sein Lehrer im Himmel gewesen war. Und sie begrüßten ihn mit den Worten:

«Gesegnet seist du, der du kommest im Namen Gottes. Deine Gerechtigkeit gehet vor dir her, und die Gnade Gottes soll dein Lohn sein.»

Und sie nahmen Moses mit sich und führten ihn in den Saal. Gabriel stellte ein Ruhelager vor ihn hin, Michael breitete eine purpurne Decke darauf aus, und Zagzagel legte ans Kopfende ein weißes Kissen, welches Jakobs Stein war. Dann umstellten sie das Ruhebett; Michael zur Rechten, Gabriel zur Linken und Zagzagel am Fußende.

Und die Stimme Jehovahs ward hörbar beim Sterben Moses', so wie sie hörbar gewesen während seines Lebens.

«Strecke die Füße aus.»

Und Moses gehorchte.

«Kreuze die Arme über der Brust.»

Und Moses gehorchte.

«Schließe die Augen.»

Und Moses gehorchte.

Danach verspürte Moses einen Wind, der über ihn hinhauchte. Und eine Flamme streifte seine Lippen.

Auf Moses' Antlitz lag ein Lächeln, denn auf seinen Lippen schwebte der Kuß Jehovahs, der Kuß, mit dem Gott, die Seele Moses, unseres Lehrers, zu sich genommen hatte, um bei Ihm zu ruhen.

ZEITTAFEL

Nach dem derzeitigen Stand der Forschung hat sich das sagenhafte Geschehen um Moses und den Auszug der Hebräer aus Ägypten entweder im 15. oder im 13. Jahrhundert vor Christus vollzogen. Beide Hypothesen stützen sich mit zahlreichen guten Gründen auf Historie, Archäologie und den Pentateuch, das fünfteilige Gesetzbuch (Die fünf Bücher Mose), die Thora des Judentums, ohne jedoch eine der beiden Theorien völlig zweifelsfrei als richtig beweisen zu können. Da dem vorliegenden Roman die jüngere Datierung zugrunde liegt, bezieht sich auch die Zeittafel auf die historische Situation des 13. Jahrhunderts vor Christus.

Nach alter jüdischer Überlieferung verhieß Gott einst Abraham, dem Stammvater der Hebräer, große Nachkommenschaft und die Herrschaft über das Land Kanaan. Joseph aus dem Stamme Abrahams wurde dann Vizekönig in Ägypten und veranlaßte seine Stammesbrüder, in Ägypten zu siedeln. In Gosen nordöstlich des Nildeltas ließen sich die Hebräer nieder und wandelten sich in einer langen, friedlichen Entwicklung vom Stamme zum Volk.

um 1313

Mit dem Regierungsantritt des Pharao Sethos I. endet die friedliche Entwicklungsphase der Hebräer. Die in Ägypten lebenden Juden werden verfolgt und systematisch von ursprünglich freien Siedlern zu ägyptischen Sklaven erniedrigt. Ein Gesetz befiehlt, daß alle neugeborenen Knaben der Hebräer im Nil zu ertränken sind.

um 1305

Als Sohn des Hebräers Amram und dessen Ehefrau Jochebed wird Moses in Gosen geboren. Sein älterer Bruder heißt Aaron, seine ältere Schwester Miriam.

Die ersten drei Monate wird der neugeborene Knabe versteckt gehalten und dann in einem Binsenkorb auf dem Nil ausgesetzt. Die ägyptische Prinzessin Bathiya findet den im Nil treibenden Korb und nimmt den Knaben an Sohnes Statt an.

um 1292

Ramses II. besteigt den Pharaonenthron, und Moses wird als Adoptivsohn der Prinzessin Bathiya am Hofe des Pharao erzogen.

um 1287

Im Dienste des Pharao nimmt Moses an einem erfolgreichen Kriegszug teil und zeichnet sich durch Tapferkeit und strategisches Geschick aus.

um 1283

Entgegen dem Gebot des Pharao setzt sich Moses mit seinen hebräischen Landsleuten in Verbindung und lernt seine Eltern und Geschwister kennen. Bald darauf beschließt er, auf eine Karriere als Adoptivsohn der Prinzessin Bathiya zu verzichten und den Hof des Pharao zu verlassen, um bei seinen Landsleuten zu leben und deren Sklavendasein zu teilen.

um 1278 bis 1225

Moses erschlägt einen ägyptischen Aufseher, der die hebräischen Sklaven besonders grausam behandelt und deren Frauen und Töchter mißbraucht hat. Der Mord wird entdeckt und Moses muß fliehen.

Im Lande Midian am Fuße des Sinai-Gebirges im Süden der arabischen Halbinsel läßt sich Moses nieder und heiratet Zippora, die Tochter des Midianiter-Priesters Jethro, die ihm zwei Söhne gebiert: Gersom und Elieser.

Als Hirte zieht Moses mit den Herden seines Schwiegervaters ins Gebirge, wo er dann auf dem Berge Horeb aus einem brennenden Dornbusch die Weisung Gottes empfängt, das Volk der Hebräer aus der ägyptischen Knechtschaft in das verheißene Land Kanaan zu führen.

um 1225 bis 1215

Nach dem Tod von Ramses II. besteigt Meneptah den Pharaonenthron. Moses kehrt ohne seine Frau und die beiden Söhne nach Gosen zurück, um Gottes Gebot zu erfüllen und dem hebräischen Volk das nahe Ende der Knechtschaft zu verkünden. Mit seinem Bruder Aaron sucht Moses den Pharao auf und bittet Meneptah, die Hebräer in die Freiheit zu entlassen. Die Bitte wird jedoch nicht nur abgeschlagen, sondern hat verstärkte Unterdrückung zur Folge. Als auch Drohungen mit Gottes allmächtigem Zorn den Pharao nicht umstimmen können, schickt Gott zehn Plagen über Ägypten, die sich immer furchtbarer gestalten, bis die Ägypter schließlich froh sind, das von einem allmächtigen Gott beschützte Volk der Hebräer loszuwerden. Das Herz des Pharao ist jedoch so verhärtet, und seine Ratgeber sind so verblendet, daß sie es bald bereuen, die Hebräer haben ziehen lassen. Ein großes Heer wird den Flüchtenden nachgeschickt. Am Roten Meer erreichen die Ägypter das langsam und erschöpft dahinziehende Volk der Hebräer. Da teilt sich das Meer vor den verzweifelten Flüchtlingen, während die nachfolgenden Ägypter von den Fluten verschlungen werden.

Mühsam und entbehrungsreich ist dann die lange Wanderung der Hebräer durch die Wüste bis zu dem verheißenen Lande Kanaan, und Gott muß viele Wunder tun, um sein auserwähltes Volk vor der Verzweiflung und dem Untergang zu bewahren. Um die Hebräer in der Wüste zu ernähren, schickt Gott ihnen täglich Manna. Als dann das Verlangen nach Fleisch übermächtig wird, fallen riesige Wachtelschwärme vom Himmel in das Lager der Hebräer. Moses verwandelt ungenießbares, bitteres Wasser in süßes Trinkwasser und schlägt köstliches Wasser aus einem kahlen Felsen. Mit Gottes Hilfe gewinnen die Hebräer auch den Kampf gegen die gefährlichen Amalekiter. Ihr jugendlicher Feldherr Josua, der Lieblingsschüler von Moses, führt die Schlacht mit großer Umsicht.

Der Priester Jethro bringt die Frau und die beiden Söhne von Moses in das Lager der Hebräer.

Auf dem Berg Horeb im Sinai-Gebirge, wo Moses 40 Tage ohne Speise und Trank verweilt, werden ihm von Gott steinerne Tafeln mit 10 Geboten über das Leben der Menschen nach Gottes Willen anvertraut. Während dieser langen Abwesenheit fallen jedoch die Hebräer im Lager vom wahren Glauben ab, errichten ein goldenes Kalb und beten es an. Bei seiner Rückkehr zerschmettert Moses vor Zorn und Verzweiflung die steinernen Gesetzestafeln. Die Götzendiener werden streng bestraft, und dann steigt Moses erneut zum Sinai hinauf, um Gottes Verzeihung zu erflehen. Gott verzeiht, und nach verschiedenen Offenbarungen über Glaubensriten und Religionsvorschriften sowie nach einer Volkszählung und einer Neugliederung des Lagers wird der Zug zum Gelobten Land fortgesetzt.

Durch Kleinmut, Verzagtheit und erneute Glaubenszweifel der Hebräer kommt es immer wieder zu Verzögerungen der langen Wanderung. Endlich kommt man aber doch dem ersehnten Land Kanaan nahe. Es werden 12 Kundschafter ausgesandt, die nach 40

Tagen zurückkehren und versichern, daß eine Eroberung des verheißenen Landes unmöglich sei. Wieder zweifeln die Hebräer an Gott, fallen vom wahren Glauben ab und möchten zurück in die Knechtschaft Ägyptens. Nur Moses und Josua mit wenigen Getreuen bleiben unbeirrbar in ihrer Glaubenszuversicht. Es kommt zu Meuterei und Aufstand, bis Gottes Langmut erschöpft ist.

Da die Hebräer noch nicht reif sind, als das von Gott auserwählte Volk in Kanaan einzuziehen, müssen sie nach Gottes Ratschluß noch 40 Jahre durch die Wüste ziehen. Alle Männer und Frauen über 40 Jahre sollen in der Wüste sterben. Die Jüngeren müssen heimatlos umherirren, bis sie nach 40 Jahren genügend geläutert sind, das verheißene Land Kanaan in Besitz zu nehmen.

um 1215 bis 1185

Ein Teil der Hebräer mißachtet Gottes Willen und versucht, den Zugang nach Kanaan mit Gewalt zu erzwingen. In der Schlacht bei Horma werden sie vernichtend geschlagen. Dann ziehen die Hebräer erneut durch die Wüste, halten sich in verschiedenen Gebieten längere Zeit auf, ohne jedoch zu siedeln und seßhaft zu werden.

Nach und nach sterben die älteren Männer und Frauen auf der ewigen Wanderung. Auch Miriam und Aaron sterben in der Wüste.

Nahe den Ländern der Moabiter und Midianiter geraten die Hebräer in die Gefahr, der Sittenlosigkeit dieser Völker zu erliegen und erneut ihre Glaubensgesetze zu verleugnen, aber Pinehas, der Enkel von Aaron, rettet die Hebräer vor der Sünde.

Auch Moses unterliegt dem Gebot Gottes, vor dem Einzug in das Gelobte Land sterben zu müssen. Er ernennt Josua zu seinem Nachfolger.

An der Grenze von Kanaan im Gebirge Abarim ruft Gott Moses zu sich. Moses besteigt den Berg Pisga, stirbt dort in einem Alter von etwa 120 Jahren und wird nie wieder gesehen. Josua führt dann das Volk der Hebräer in das Land der Verheißung, das nach langen Kämpfen erobert und besiedelt wird.